荆楚文庫編纂出版委員會
武漢大學出版社

葉君健文集

YEJUNJIAN WENJI

圖書在版編目(CIP)數據

葉君健文集/葉君健著.
—武漢:武漢大學出版社,2023.11
ISBN 978-7-307-23866-4
Ⅰ.葉…
Ⅱ.葉…
Ⅲ.小説集—中國—當代
Ⅳ.I247
中國國家版本館 CIP 數據核字(2023)第 141449 號

責任編輯:程牧原
整體設計:范漢成　曾顯惠　思　蒙
責任校對:汪欣怡
出版發行:武漢大學出版社
地址:武昌珞珈山
電話:(027)87215822　　郵政編碼:430072
録排:衆欣圖文設計室
印刷:湖北新華印務有限公司
開本:720mm×1000mm　1/16
印張:39.75　插頁:6
字數:551 千字
版次:2023 年 11 月第 1 版　2023 年 11 月第 1 次印刷
定價:198.00 元

ISBN 978-7-307-23866-4

出版説明

湖北乃九省通衢，北學南學交會融通之地，文明昌盛，歷代文獻豐厚。守望傳統，編纂荆楚文獻，湖北淵源有自。清同治年間設立官書局，以整理鄉邦文獻爲旨趣。光緒年間張之洞督鄂後，以崇文書局推進典籍集成，湖北鄉賢身體力行之，編纂《湖北文徵》，集元明清三代湖北先哲遺作，收兩千七百餘作者文八千餘篇，洋洋六百萬言。盧氏兄弟輯録湖北先賢之作而成《湖北先正遺書》。至當代，武漢多所大學、圖書館在鄉邦典籍整理方面亦多所用力。爲傳承和弘揚優秀傳統文化，湖北省委、省政府决定編纂大型歷史文獻叢書《荆楚文庫》。

《荆楚文庫》以“搶救、保護、整理、出版”湖北文獻爲宗旨，分三編集藏。

甲、文獻編。收録歷代鄂籍人士著述，長期寓居湖北人士著述，省外人士探究湖北著述。包括傳世文獻、出土文獻和民間文獻。

乙、方志編。收録歷代省志、府縣志等。

丙、研究編。收録今人研究評述荆楚人物、史地、風物的學術著作和工具書及圖册。

文獻編、方志編録籍以 1949 年爲下限。

研究編簡體横排，文獻編繁體横排，方志編影印或點校出版。

《荆楚文庫》編纂出版委員會

2015 年 11 月

前　　言

在中國現當代文學史上，葉君健是爲數不多的精通多國語言、横跨多個文類且成績斐然的作家。他通曉英、法、意、德、西、日、丹麥、芬蘭、挪威、葡萄牙及世界語等十多種語言，不僅自己用漢語、世界語和英語寫小説，而且將大量用不同語言出版的世界名著譯成漢語，爲中外文化交流作出了傑出的貢獻。他是中國翻譯《安徒生童話》的“第一人”，其譯本被公認爲世界上最好、最忠實於原著的譯本。1988 年，丹麥女王瑪格麗特二世授予葉君健“丹麥國旗勛章”，感謝他把安徒生童話介紹給中國。

1914 年 12 月 7 日，我的父親葉君健出生在湖北省紅安縣八里灣鎮葉家河村的一個雇農家庭。6 歲左右，他給地主放牛的同時，在其自學成才的大哥的私塾裏免學費讀四書五經，從而打下了牢固的國學基礎。1929 年，葉君健離開了革命風暴下動蕩不安、貧困閉塞的家鄉，來到上海投奔二哥，二哥用工資供他學習當時被稱爲“新學”的數理化和英文等。1933 年，他考入武漢大學文學院外國文學系，並開始真正從事文學創作，以筆名馬耳(Cicio Mar)發表了用世界語創作的處女作《歲暮》。1936 年，葉君健從武漢大學畢業後，遠赴日本教授英語和世界語，不久就因參加日本反戰活動被日本警察廳驅逐回國。1938 年，他在武漢國民政府軍事委員會政治部第三廳從事國際宣傳工作，翻譯了毛澤東的《論持久戰》《論新階段》等在國外發表，並接待了很多國際友人去延安。日寇佔領武漢後，他來到香港，任《世界知識》雜志編輯。1940—1941 年，葉君健受聘於重慶大學、中央大學、復旦大學擔任外文系教授。1944 年，應英國戰時宣傳部之邀，葉君健到英國各地演講 600 多次，介紹中國人民英勇抗日的情況。1945 年第二次世界大戰結束後，他受聘爲劍橋大學國王學院的研究員，在那裏研究西方文學，並用世界語和英語開始出版宣傳中國人民苦難鬥争的小説。其中，長篇小説《山村》被翻譯爲20多種語言，被英國書會評爲1947年的“最佳書”。1949年8月，聽説新中國即將誕生，葉君健毅然放棄了劍橋大學提供給他的待遇優厚的職位，於當年11月抵達祖國。回到中國後，父親積極配合中國的文化外交工作，歷任文化部外聯局編譯處處長、《中國文學》副主編、中國作家協會書記處書記、中外文學交流委員會主任等。1953—1989年，父親利用業餘時間從事文學創作及翻譯，共發表作品900多萬字。1999年1月5日，與癌症鬥争了近10年的父親在家中去世，享年85歲。

這部文集，收録了葉君健1949年以前，也就是青年時期較有代表性的作品。在大學二年級到四年級這三年間，葉君健在課餘用世界語寫了一部小説集《被遺忘的人們》(*Forgesitaj Homoj*)；在劍橋大學居留期間，用英文寫作了短篇小説集《無知的和被遺忘的》(*The Ignorant and the Forgotten*)、《藍藍的低山區》(*The Blue Valley*)，長篇小説《山村》(*The Mountain Village*)、《雁南飛》(*They Fly South*)等，這些英語作品使葉君健名正言順地躋身英國文壇。本書短篇小説部分，選自上述三部小説集，由作者自己譯成中文，收集在江蘇人民出版社於1983年出版的《葉君健小説選》中。這些小説描寫的多是舊中國農村鄉鎮中一些平凡的人物，滲透着父親對童年生活的回憶和反思。中篇小説部分，《多事的日子》是葉君健1945年用英文寫成並在英國出版的，也收録在《葉君健小説選》中；《冬天狂想曲》也是1945年用英文寫成的，首次發表於英國《讀者文摘》1946年新年號，1987年由作者自己譯成中文，收録在西安出版社1995年出版的《冬天狂想曲》中。長篇小説部分，在世界文壇享有一席之地、可稱爲葉君健代表作的《山村》，1947年在英國倫敦西爾文出版社(Sylvan Press)出版，作者自己翻譯的中文譯本於1982年由河南人民出版社出版。這部小説是苦難的舊中國的一個縮影，它以一個男孩的口吻，描述了連年戰亂是如何把一個僻静的山村捲入革命洪流中的。《雁南飛》在作者心中是一部關於中國少數民族的童話，1948年在西爾文出版社出版，作者自己翻譯的中文譯本於 1994 年由海燕出版社出版。以上所有作品，又都收録在清華大學出版社 2010 年出版的《葉君健全集》中。

希望這部文集，能讓更多讀者瞭解青年時代的葉君健，看到他早早展露出的寫作才華、濃厚的鄉土情結和對家國的深深眷戀。

葉君健之子　**葉念倫**

2023 年 6 月

目　録

短篇小説

中篇小説

長篇小説

短篇小説

歲　暮

北國的邊區是荒涼的。展現在眼前的是一系列没有盡頭的起伏的群山。它們一會兒高，一會兒低，伸向遠方，伸向那不可知的天際。偶爾之間也出現一片松林或樹叢，不過它們裏面卻没有村落。人們也聽不見犬吠或雞鳴聲，因而在這裏也很難精確知道時間的早晚。

在群山的背上，在一些枯萎的野草中間，有一條小路在偷偷地向前蜿蜒。看來很少有人在它上面走過，但由於有些白亮的石子在它上面射出閃光，人們也就很容易能够看出它是一條路。它是從北方伸向南方，因而它也就成了聯結北方和南方省份的一條通道。在這條小路的旁邊，在一個山坡上面，有一座古舊的小石屋。它是不知多少年前由住在這一帶的山民所建造的。原先雇住的人大都是些北方佬、流浪的小販、燒炭夫、窑工和一些老獵人。他們在奔生活的過程中找不到宿夜的地方時，就到這裏來歇腳或暫住。

它附近再没有别的房子了。在這荒涼的北國群山中，它是完全孤立的。不過在歲暮的時節，每天倒是有些路過的人來此作短暫的停留。現在就有一輛獨輪手推車的吱咯聲從這條小路那彎彎曲曲的遠方飄來。在後面推着它的是一個中年男子；在前面拉着它的是一個十三歲的男孩。它的左邊載着幾件破傢具和幾包舊衣服；它的右邊坐着一個婦女，頭低着，懷裏抱着一個睡着了的嬰孩。當這個男子把手推車推到這個石屋附近的時候，他抬頭望了望天。這是一個身材矮小的人，大約四十來歲，汗珠正在不停地從他的額上滴下來。

“太陽已經到了天頂了……”

他説這話的時候，就把車停了下來。他站了一會兒，喘了口氣，於是便走向那個婦女，從她懷裏把那個嬰孩抱過來，好叫她能下車。她下了車以後，把孩子又從他手裏接過來。他們倆在石屋前的一條石凳上緊挨着坐在一起，想歇一會兒，什麼話也没説。那個男孩從附近撿來一塊石頭，坐在他們的旁邊。他也没有説話。

十二月的太陽很慘淡，但並不完全無光，它還是向這深奧的群山灑下了幾縷光綫。季節雖然已近歲暮，但這裏並没有狂風飛舞，因而氣温也不是太冷。這些走了好長的路趕着回家的旅人，在這休息，甚至還感到一些兒温暖。

那婦女，用疲勞的眼神，向伸展在她面前的小路張望了一陣，便好像記起一件什麼事情似的，把臉掉向已經疲憊不堪的丈夫。她用袖子把丈夫額上仍然在向外流的汗珠擦乾，接着便又望了那個男孩一眼——這小傢伙已在有氣無力地呆望着頭上的蒼天。於是她便立刻站了起來。

“他餓了！”她低低地叫了一聲，“他拉這輛沉重的手車，走了那麼長的路！”

於是她便把嬰孩放在石凳旁邊的地上，連忙走向車子，從裝着幾件新舊炊具的一個破麻袋裏取出一個斷了把的鐵鍋，然後又從另一個裝糧食的袋子裏取出一捲切面。男孩的父親，那個矮小的男子，慢慢從疲勞中恢復過來了。他也站起身來，撿了幾塊石頭，搭起一個臨時小爐灶。

那個嬰孩，由於没有人理，便把嘴一歪，哭起來了。他那黯淡無光的臉孔呈現出一副怪相，而且由於營養不足，黄得簡直怕人。媽媽聽到他的哭聲，心裏難過極了。她用一隻手撫愛地拍着他，用另一隻手煮麵條。爸爸没有再坐下來休息，卻在這個古老的石屋面前來回走動。他一會兒呼氣，一會兒若有所思地抬頭望望天，一會兒又瞧着正在忙碌着的妻子和哭得可憐傷心的嬰孩——他的那雙小眼睛正在傻望着那從鍋裏冒出來的、在空中旋轉着的蒸汽。他歎了一口氣。

這個矮小的男子是南方人，身體也瘦，臉色發黄，他那一雙淡淡的眉毛一會兒皺起來，一會兒又展開，是一副發愁的樣子。同這山裏的一些手藝人、流浪漢或者莊稼人相比，他算是一個文雅的人，因爲他所從事的職業不是體力勞動，而是在北方一個城市的布店裏當會計。由於常年的軍閥混戰和那些比手織的本地貨外表上好看而價錢又便宜的舶來品的大量傾銷，他的老闆開的那個小布店混不下去了，只好在歲暮的時節關門。他是一個誠實可靠的店夥，從來不要求超過他那簡單樸素的生活需要以上的工資，但是他那破了産的主人也不能因爲他具有這些優良品質而繼續雇用他。所以他也在這歲暮時失業了。

但他失去了工作後並没有立即離開那個小城市，他在那裏已經幹了十多年的活計，起初當學徒，後來當店夥，他捨不得離開那地方。他又在那裏住了一個來月，自己掏腰包，希望能找到新的工作。但是他的想法成了泡影。世界已經意想不到地變了樣；這，他作爲一個店夥，過去從來没有經驗過，也没有見過。在那小山城裏，那些販賣内地手工製品的商店，不論大小，全都破了産。他没有辦法，也只好回到老家，打算找别的活幹。爲了省錢，他没有乘公共汽車，而是自己推着一輛手車，在這條漫長的、狹窄的山路上行進。

“未來的日子比狗毛還多，我們得儘量節省。我推推車又有什麽關係呢？我還很年輕，還有把氣力呀。”

一路上他就用這樣的話來説服他的妻子的。這個女人，看到汗珠像泉水一般從他額頭淌下來，一直在心裏感到很難過，埋怨他不該這樣吃力地幹而毁了自己的身體。

不過丈夫説的話也有道理，她很理解他，因此也就只好默默無言了。但她的心是很痛苦的，直到現在還是如此，懷着這種痛苦的心情和取一種不得不沉默的態度，她不時掉過頭來，望望自己的丈夫，望望他那陰暗的面孔和那雙淡淡的眉毛。這位丈夫，他也能從妻子的那雙憂鬱的眼睛中看出她的心事。所以在路上他有時屏住呼吸，使勁地把那手車向前推一陣，以表示他真的還有一把氣力，幹這種活一點也不在乎。可是這時他額上卻總是青筋直暴，汗流如注。在這時刻，妻子總是把視綫掉開，像個小偷似的感到狼狽，眼睛裏隱隱地亮着淚珠。接着她就抱着懷裏的嬰孩下車，以減輕它的重量。

她本來是個農村婦女，娘家的景況也並不是太好。至於這個丈夫，這個矮小的男子，他雖然没有太大的本事挣錢，但是爲人很好，對她非常忠實和善良。她愛他，她願意把她整個的生命奉獻給他，和他一道吃苦。他的體質素來很弱，氣力有限，但他從不休息，全心全意地爲這個窮家的生計工作。她，爲了減輕他的負擔，自從第二個孩子生下來以後，也到了他所在的那個北方的城市，到一個富有的人家當奶媽，而只給自己的孩子喂麵糊。由於主人的孩子已經到了斷奶的年齡，她也在歲暮時失業了，她的奶汁已經被吸光了，她全身的精力和元氣也被吸光了。她也在枯萎，因此她臉上現出了一道很深的皺紋。

麵條在隆隆的開水中已經煮熟了。蒸汽在空中盤旋。那個在來回走動的矮小男子忽然停止了脚步。他像着了魔似的，呆望那翻騰的蒸汽。然後把視綫掉向了妻子。她的頭髮蓬着，臉上佈滿煙塵，懷裏抱着孩子，坐在火旁邊一動也不動。他没什麼話可説，又只好抬頭望望天，深深地呼了一口氣。

妻子撈了滿滿一碗麵條，遞給坐在她旁邊的那個男孩。麵條本來不够這一小家人吃，現在撈了滿滿一碗，鍋裏剩下的只是麵湯了，她把麵湯全部給了丈夫。

“我不餓，”丈夫柔聲地推辭説，“你吃吧。”

妻子聽到這話，就用她那對小眼睛盯了他一眼，撅起嘴來。這個矮小的男子，看見妻子如此瞪着他，感到頗有些爲難，便低下了頭；同時，爲了要表示他真的不餓，又做出一副毫不在乎的神色，嫌惡地向鍋裏的麵湯望了一眼。

“嗯，你的神色很累，”妻子用堅決的口氣説，“你無論如何得把鍋裏的東西吃掉。”

他仍然拒絶，不過妻子怎樣也不鬆口，非要他吃這麵湯不可——而這確也只是麵湯，成分除了水以外，還有一撮鹽，再也没有什麼别的東西了。没有辦法，他只好把麵湯分做兩份，而把較多的那一份給了她。

吃完“飯”以後，這個小家庭又在屋前休息了一會兒。那個男孩現在已經有了一點氣力，便像隻小羊羔似的，偎到母親身邊坐下來。母親把自己那蓬亂的頭髮理了理，便無言地解開衣襟，給嬰兒餵奶。爸爸也像母親一樣，一聲不響，抬頭向前方眺望，望着那遠方，那沒有盡頭的蜿蜒的小路。

“還得走四五十里纔能到家。”丈夫説，正在屈指計算着路程。

妻子沒有回答。她已經很累了，不過她還是很温柔地儘量向丈夫做出了一個微笑。丈夫仍然是一聲不響，陷入沉思中去了。

“當我們回到家時，”他停了一會兒開始説，儘量地把聲音降得低柔，“恐怕已經是深夜了。”

他又停了一下。他的這次的中斷引起了妻子的驚奇。

“唔？……”

“當我們深夜回到家時，”他低聲繼續説，“我們還得再吃一次飯——做點好東西吃，爲他，啊，他這個可憐的孩子。他像我們成年人一樣，也跑了這麽多的路。至於我們倆，吃不吃飯，都沒有太大的關係。不過……我不知道，我們好久沒有回家，屋子沒人修，爐灶也不知塌了沒有。如果塌了，恐怕臨時還不一定能修得好……”

這個矮小男子的聲音越來越低，最後就完全聽不見了。

妻子驚愕地望着他。她注意到了他臉上出現的痛苦的表情。她懂得了。

“哦……”她故意轉移説話的題目，好叫丈夫能忘掉對未來的憂慮。她裝做高興的樣子，大聲説：“明天你得去拜望你的老岳父母，對嗎？”

這時那個在她懷裏被拍得睡着了的嬰孩忽然醒了，大哭起來。她馬上把奶頭又塞進他的嘴裏。她又繼續説下去：

“那兩位老人有好長一段時間沒有見到你，他們一定會好好地款待你一番，也許還有噴香的燒雞給你吃哩。”

“對！”他也驚叫一聲，好像記起了什麽事情似的，“我當然得去看看你的父母咯。他們一直對我是那麽好！我不知道這對白髮老人現在的情況怎樣。此外，我還得去問候問候村長黄大爺。十五年前我們向他借了兩吊錢作爲我們結婚的費用，利息恐怕已經遠遠超過了本錢了。唔，現在我恐怕還得用銀洋還他的債……嗨，嗨！到現在我還沒有能還清債務……”

他的臉色又變得更陰暗了。他那一對淡淡的眉毛又在他那雙小眼睛上緊緊地皺起來，再也展不開。

“你還不清債，那也不能怪你呀。”妻子說，毫無責備的口氣，“像現在這樣的年頭，就是有多大本事的人也難辦。我們的日子還長得很，難道連一次時來運轉的機會也没有麽？你不是一個好吃懶做的人。説不定某一天你能發點小財，把你的債務統統還清。”

“對，你的話有道理。不過這是不可知的未來的事呀。我這次倒有點擔心，村長會不會逼着我還債。如果他逼的話，恐怕我們不能再像過去那樣，明天去看他時只送給他我們準備好了的那點禮物——那不會贏得他的好感。”

他原來準備好的一份禮物是一對鹵野鴨。這是北方特産，是他花了半塊銀洋買的。他原想帶這點禮物去向這位村裏有權勢的人拜年，以表示敬意。他還爲那對好心腸的老岳父母買了一對紅燒豬蹄，也爲遠親和村人買了一些零星的紀念品。當他買這些零星東西的時候，他確實皺了好一陣眉頭。但是他考慮了很久，還是下决心買了，因爲他也想藉此向村人顯示，他跑到那遥遠的北方去，找到的職業也並不錯，而不像許多村人那樣，在家鄉失去了土地，跑到外面的城市去只有流浪，找活計，回到家來時仍舊是一錢莫名，穿得破破爛爛，像叫花子。

“如果村長他老人家能讓我再晚一點還債，”他用温柔但很沉重的聲音説，“我就可以輕鬆一下。那麽我就要修修屋子——如果它是坍塌了的話。同時我也要佃來幾畝田種：我將改行，作爲佃户種地。這些年來洋貨和洋商店，像狂風暴雨一樣，侵入到了所有内地城市。内地的這些土商店在短時期内恐怕難得再恢復過來。我想，改行當莊稼人，是我現在唯一的出路。”

妻子聽到他這新的計劃，略爲變得活躍了一點。她用她那興奮得發亮的眼睛，把這個矮小的男子從頭到脚打量了一下。

“是的，種田也是一個謀生的道路，”她慢慢地説，“不過我懷疑，你的身體能不能吃得消。”

“我能!”他説，也變得頗爲興奮起來，並且把聲音也提高了。“你知道，若干年以後，只要我們不停地節省，我們就可以積點錢，隨後我們就可以不靠人過日子了。如果年成好，我那個開店的東家又能賺錢，他也可能重新開業，那麽我就又能出門，再幫他當店夥。那時你也不須再去當奶媽，和我一道去外地奔生活了，我們那時的家業就够你過日子了。如果我還能够掙得更多一點錢，我當然得把這個孩子送進學校，讓他學點東西，將來能在社會上找到一個好職業。這將也算滿足了我的一個心願。”

“好極了!”妻子的眼睛又興奮得發出亮光來，“這樣説來，我們還得多佃幾畝田種。”

“當然咯。”

“唔……”她好像忽然記起了什麽事情似的，她的聲音變得沉重起來了，“我們還剩有多少錢?”

這一提問，使這個矮小男子的面色立刻變得刷白起來。他那雙小眼睛，曾在暗藏的疲憊中隱隱地發出過一點閃光，這時又立即變得陰沉了，又被一種單調的勞累神情所籠罩。

“剩下三——三塊錢了……”

妻子聽到這個回答就没有再問。他們的對話也就繼續不下去了。她沉默起來。她的臉色露出一種抑鬱和陰暗的神色。

太陽已經西斜，很快就要墜入遠方的群山中去了。寒氣隨着黄昏向這幾個旅人襲來；他們的影子在這個石屋面前也變得越來越長。那個嬰孩，被這殘冬的寒風所襲擊，忽然大哭起來，哭聲的回音在這人跡稀少的北國的山谷裏旋轉，聽起來就像山妖的號叫。那個矮小的男子站起來，低着頭，吃力地發出這樣一個微弱的聲音：

“時間不早了。”

於是他緊緊地握着那輛獨輪車的車把，那個男孩也彎着腰，把那繫在車頭上的粗繩子拉過肩上，準備上路。妻子也重新坐到車子的右邊。這一天的長途跋涉他們又開始了。在一座小山的斜坡上，這一家人漸漸地進入了一個松林。松林上飄浮着幾塊暮雲。

王得勝從軍記

一

王得勝在没有從軍去當兵以前曾經是個長工。現在他又種起地來了，雖然他仍用他當兵時的那個名字：得勝，這個名字是他在軍隊裹扛槍時給自己取的。

他的背有點兒駝，但他並不認爲這有礙他的外表。在許多人面前，包括在那位知書識字的私塾先生面前，他常常發表議論，認爲駝背並不妨礙一個人成爲偉人——如果他命定要成爲一個偉人的話；相反，駝背可以作爲一個標志，説明這個人與一般芸芸衆生不同。張黑狗不是説過嗎，他一度曾取得過一個光榮的稱號：伍長——在軍事術語中叫做“下士”。

不過倒是有一件東西對他不利，那就是他的那雙小眼睛：他已經吃過它們不少的苦頭。它們一直是視覺模糊，好像瞳孔上永遠被覆上了一層豆漿之類的東西。每逢起風或炊煙彌漫的時候，他的這對珍珠般的東西總要流起傷心的淚來。村人都知道他不是屬於輕易流淚的那號子人，雖然他的一顆心有時也是多愁善感的。可是，對於他這種没來由的眼淚，人們總喜歡開點玩笑地説他在想他好久好久以前患霍亂死去了的媽媽。得勝並不認爲想媽不合適，不過他現在既不是一個小孩，也不是個兒女情長的人呀！正如他曾經滿腹牢騷地對他的那些譏笑者所説過的那樣，他一度是一個伍長呀！他一度英勇地、忠誠地在敵人面前保衛過他的將軍！爲了一勞永逸地制止這些不時襲來的訕笑，根據他的朋友張黑狗的話説，他曾經有一天深夜到土地廟去過。他在那裏燒了一袋綫香和一大堆紙錢，祈求土地爺把他那雙不湊美的眼睛治好。不過它們始終没有變得明亮或能控制住眼淚。

他有一間小屋，坐落在村頭。這是他的全部財産。當他還是一個長工的時候，他並不是完全不可能從他每年的工資中積下幾個錢。不過那時他感到生活非常單調、没趣，錢一到手他就花了。他花得很輕鬆，只要他一上賭場就光。但他並不惋惜，錢一到手，他就得要去賭一次——這種消遣逐漸成了他“心愛的嗜好”。這樣一來，他的那間小屋牆上的大洞小洞就年年如故，每到冬天，狂風就在這些洞裏奏起交響樂，跟着來的就是刺骨的寒氣，這就可把他的那雙小眼睛弄得更是苦不堪言了。不過自從他從軍隊裏回村以後，他決心要把這些洞堵住。這些洞堵好以後，他又從鎮上買來了一些戲曲人物畫，作爲裝飾品把它們蓋住，因爲他已經娶來了鄰村的一位“閨女”，成了家。

這位“閨女”的確算得是一位千金。娶得她，他該是花了多少心思、麻煩啊！

她是挂麵店有名的老闆娘母烏鴉的心愛的女兒。這位千金，鷹鈎鼻子，身材雄偉，在地裏幹起活來比得上最强壯的莊稼漢，但在家裏管家，其熟練的程度，也不亞於那些聰明能幹的主婦。在好多年以前，當還是一身破爛的長工的時候，王得勝就喜歡她，愛慕她。他曾發誓，而且也作出過決定，他一定要娶她爲妻，如果不是在當時，起碼在未來他必須做到。他甚至在當時就曾嘗試過：他求過他的朋友張黑狗代他到這位小姐的媽媽那兒去説媒。

這樣一件美好的差事，張黑狗當然不拒絶。他做出一本正經的面孔，曾拜訪過挂麵鋪的老闆娘。

“你這個黑廢物，在老娘面前胡説八道些什麼呀？”面店的老闆娘，一聽到這位媒人的話語就火高萬丈，感到受了極大的侮辱。“叫我的女兒嫁給那個討飯的長工？一個駝背怪物！一個賭棍！”

母烏鴉的這番出乎意外的侮辱和藐視，由張黑狗傳達給王得勝，真叫他感到痛不欲生。但是這次失敗並没有使他完全失望。他決定改變做法：征服這位未來丈母娘的心。他没命地爲他的主人幹活，希望通過這種方式使自己的工資得到增加。那時他想，他可以做一套新衣服，讓他心愛的小姐和可尊敬的媽媽看出，他已不再是衣衫襤褸的窮光蛋。但是，嗨，他的這番賣力，主人卻對此熟視無睹，好像根本没有那麼一回事一樣。有天晚上他提醒主人，說：

"地裏的活至少需要三個人幹，但我單獨一人就在三天幹好了……"

主人很滿意地微笑了一下，也對他很客氣地表示感謝，但卻是隻字不提增加他的工資。

"去他媽的！"

這次得勝倒是真的感到失望了。他再也不想幹活，徹頭徹尾地投向他"心愛的嗜好"中去了。他把附近村裏幾個知名的人物請到家裏，開始玩起擲骰子的賭博遊戲來。在這一夜裏，他把他所有積蓄的一點錢都輸光了；此外他還欠了許多人的債。在大家分手的時候，那些贏了錢的債權人抓住了他的胳膊，威脅着說，如果他不及早還錢，他們將要把他脱得精光，吊在他們門前的一棵桑樹上。他只好淚流滿面地下跪，答應在三天之內就把錢還清。但是就在這天天剛亮時，他逃走了。恰好鎮上有人招兵，他靈機一動，就去當了兵。在那雇傭軍裏，他完全改了一個樣兒，甚至還换了一個預示前程遠大的名字："得勝"。

三年以後他又回到本村來，穿着一身整齊的衣服。

"軍隊裏的那些公事，我已經幹得有些膩了，"他對他所遇見的朋友們都這樣說，"我現在決定解甲歸田，重新幹些農活。"

他的朋友張黑狗，看到他穿着一身新衣服，感到非常興奮，就自動在村人中間傳播這個消息，說什麼他的一位名叫王得勝的世交在國民軍中升了官，取得伍長的頭銜！此外，這位世交還發了財，現在決意回鄉（不是"告老"，因爲他還年輕），打算仍舊以耕地爲業開始過安静的日子！這番義務宣傳，得勝也不加以否認。而張黑狗自己也相信，他講的全是真話。村人對此事也不去懷疑，因而對於得勝也開始另眼相看起來。

挂麵店的那位老闆娘也改變了態度，不再像過去那樣瞧不起他了。她心甘情願地把她心愛的閨女嫁給了這位“下士”。

“瞧！”

在他娶了親的一天下午，王得勝翹起他的大拇指，對他的朋友張黑狗吐出了這樣一個字。而張黑狗呢，雖然他已“人近中年”，還是一個“瀟灑的單身漢”。

二

新婚後的生活當然也是新的。他得聽從心愛的人兒的枕邊忠告。這也就是説，他不能再談有關軍隊中的事，甚至想也不能再想，因爲他雖然在軍隊中創立了光宗耀祖的業績，但軍中的生活究竟是充滿了危險呀。此外，他還得對老婆發出誓言，答應此後再也不賭博，一定要按照她的意志在新近從鄰村的一位田東佃來的土地上辛勤勞動。

妻子相信他的誓言，可是卻也不像她的媽媽那樣輕信他所有講的話。

“是的，勤儉持家是走向興旺的正路。”那位有名的面店老闆娘的女兒現在講起話倒很像一個家庭主婦，“不過，如果你破了戒，又賭博起來，我可得把你的這雙小圓眼睛親手摳出來！”

王得勝大張着嘴，呆望着老婆，一句話也不敢反駁。他只能偷偷地發顫，他失悔他不該作出那樣的誓言。但是，作爲一位軍中的伍長，他也不願意在老婆面前示弱，表示害怕。他把視綫掉向牆那兒，摇頭擺尾地哼着貼在牆上的那些戲曲人物畫上的小調，裝出他這樣一個退伍軍官對於一個鄉下人的毫無意義的嘮叨，是不屑一顧的。

“看來你的心情倒是非常愉快！”

這位鷹鈎鼻夫人，聽了他所哼的小調，不禁心裹有所感。

她除養了公雞、母雞和小雞外，還養了兩頭豬。她已經計算好了，到了新年的時候，她可以從它們身上賺回十來塊銀洋。

“你如果没有事情可幹,”這次老婆用比較温和的語氣對他説,“你不妨出去放豬。你應該知道新年的時候,我們把它們賣給屠夫,就可以收回一筆錢呀……”

老婆説的話是無可非議的。但是除了田裏的活以外,他還得打柴,還得幹家裏和地裏的一些雜活。現在老婆又給他增加了一項新任務:牧豬。他不禁皺起額頭,眉毛深鎖,他的面孔也做出一副苦相。但是最後,親愛的妻子所提的這個寶貴的意見,他也只好無聲地接受。

“親愛的朋友!”他的“至交”張黑狗有一次見到他時説。那時天已經很黑了,他還在放牧那兩隻呼嚕呼嚕的肥豬。“怎的,你瘦成這個樣了!”

“是的……”得勝按着他這位好友的肩膀,對於這幾句關心他的話,幾乎感動得要流出淚來。“我確實是瘦了,這一點我自己也已經能感覺得到……我的身體本來就不太壯……啊……現在還要……”得勝模仿村裏婦人的口吃説,“家庭生活,實在是叫人煩惱不堪……”

“嗯,不要這樣説吧,”張黑狗也仿效一些老村婦的語調,安慰他的朋友説,“俗話説得對,活一天就要煩惱一天。不過……親愛的朋友,也不能老是幹活,半點休息也没有呀。比如説吧,忙了一個月,閑個半天也是應該的呀,對嗎?”

得勝摇了摇頭,是非常憂鬱的樣子。

就這樣,在一天下雨的日子,下田幹活既不可能,牧豬也没有地方可去,得勝感覺身心都很疲勞,就想撒撒野,找個機會消遣消遣。爲了避免老婆懷疑他又去賭博,他便偷偷地溜到隔壁家去——因爲他平時偶爾也到那裏去和那兒的一對老夫婦聊聊天。他在那裏窺伺了一陣。大概他的夫人也因爲雨天無事可幹,又多時没有去見媽媽,便也利用這個機會到娘家的面店去瞧瞧。他見她走遠了,就連忙又溜出來,去看他的一些“好朋友”和“半好的朋友”——這無非是張黑狗、黄富貴等一類的人物。他秘密地請他們到家裏來“消遣”。

這些朋友當然就立即到來了。有的和他聊些村裏有趣的新聞,有的在他的堂屋裏步來步去，欣賞貼在牆上的那些戲曲劇照，哼着在這些人物下邊印着的文字説明。這一類的朋友是藝術愛好者。他們能夠解説，誰是歷史上最重要的人物，誰最後在拱橋下面自殺了，誰的臉譜畫得最生動……不過有一張畫卻是誰也看不懂。它的畫面代表一個現代的故事，一場現代化的戰爭。

得勝看到他的朋友們迷惑不解，就站了起來。

"呀，呀，呀！這個場面發生在四年以前，是我親身參加過的！"他望着這幅畫，發了一聲感歎。"這個場面倒好像是昨天發生的事一樣，時間過得真快呀！"

站在他旁邊的這些藝術欣賞者，大張着嘴，呆望着他，完全不能理解他這聲感歎的意義。素來好奇的張黑狗，用驚異的眼光，不停地打量着他的駝背，好像他想從那上面探索出某種深奥的學問似的。

這時那個鷹鈎鼻女主人忽然從外面進來了。

"你就是這樣度過你的時光嗎？懶散地站在一旁什麼也不幹？"她痛駡起來，上前把他的駝背推了一把。"你這個好吃懶做的東西！牛已經在牛欄裏餓得直叫，難道你没有長耳朵嗎？"

王得勝的臉色一會兒發白，一會兒變紅。他什麼話也不敢説，搶着步子往外走，把他的朋友們留在後面不管。外面的雨已停了，他打算去放牛。

到了晚上，他禁不住要對老婆發幾句小牢騷。他埋怨説，她不應該在一些崇拜他的好朋友面前駡他。她的那番痛駡有傷他——一個"退伍軍官"——的自尊心。他進一步解釋着説，一個人被他的老婆瞧不起，就休想得到别人的尊敬，而别人的藐視對於這個人的前途自然也會起破壞作用。因此，他總結着説，今後她不應該當衆人的面來駡他。

"'退伍軍官'！'尊敬'！是的，你可以享受這些懶漢的尊敬，和他們一起聊閑天，如果你可以不吃飯的話！"

這位鷹鈎鼻的主婦完全没有把他的身份、地位和尊敬放在眼裏。

"如果你瞧不上我，"王得勝絶望地説，"我可以再回到軍隊裏去。那麽你瞧吧!”

老婆一聽到他的這句話，立刻就氣得火高萬丈。她用她的食指尖頂着他的額頭。

“你這個廢物！你這個吹牛大王！如果你再提起你的那個勞什子軍隊……如果你再提起你的那個勞什子軍隊！……”

她立刻就可憐傷心地大哭起來，罵他是個鐵石心腸的人，罵他竟敢斗膽離開他心愛的妻子，留下她不管……

他高高地望着她那個鷹鈎鼻子，又變得沉默無言起來。他再也不敢提起軍隊、他的軍銜……伍長等名詞了……

但是他可也再提不起勁來幹活了。他一下地，就變得懶懶散散，有氣無力地動着，好像一個没精打采的幽靈。只要他有機會偷懶，他就溜掉。當然，那位鷹鈎鼻的女主人也不會忽視這種現象。她已經可以預見，她的丈夫遲早要破壞自己的誓言——即洗手不再賭博的誓言。家裏只要有一文錢的進款，她就要親自保管起來。她還進一步定下規矩：天黑以後不准他離開家，只能陪她幹家務活或伴着她在房裏聊天，否則他就别想吃她做的飯!

親愛的妻子給他定下的這條規矩，像條套在脖子上的鏈子一樣，使他感到非常難辦。但是造反他又不敢。他只能偶爾有意無意地提醒她注意：他可不是一般農村婦女眼中的那種普通莊稼漢，這些婦女一般是發現不了一個人的偉大的，而他已經在軍隊中表現出過他的偉大……不過這一切暗示，對於這位鷹鈎鼻子的女人説來，只不過是耳邊風。相反，倒還引起了她的怒火。

“你有什麽本事？你這個荒唐鬼!”

她抓着他的胳膊前推後拉，他又變得啞口無言，像個傻子。看到他這副傻樣兒，老婆變得更是怒不可遏。她開始大哭，聲音是既尖鋭又嚇人，同時眼淚和鼻涕齊流，糊了滿臉，一直擴大到嘴巴兩邊。

“你這個糊塗蛋，你騙了我！嫁給你這個荒唐鬼，我一生全完了！難道你還不知道你有多少財産？你現在居然連活都不想幹了!”

她的這一連串的辱罵，把他弄得頭暈腦漲，狼狽不堪。他害怕她，而且也感到，有這樣一個女人對他如此嚴加管束，他的一生也同樣完了。

“嗨，嗨，在這樣一個家裏過日子，人生也就太無味了。”

這是他對他的一些朋友們偷偷地發的感慨，他的聲調是悲觀的，是抑鬱寡歡的。

三

到了秋天，他的日子更是難熬。由於夏天一直没有下雨，這年秋天糧食歉收，而他的收成更是糟糕，幾乎可以説是顆粒無收。這種情況的造成，按照他自己的解釋，那就是除了天災以外，他本人不是種地的材料，因爲他只習慣於軍隊生活而不善於扒土。可是他的老婆否定了他的説法，在他的一些朋友面前揚言：他所説的每一個字全是徹頭徹尾的謊言。

“除了扒土以外，你還能有什麽真的本事？”這位身材魁偉的夫人逼近他面前，反問着。“難道你忘了，你過去當過長工？習慣於軍隊生活！講這種話你不害臊麽？”

雖然他從地裏没有收到什麽東西，他的東家可不管這一套。此人按照佃約要求他付跟豐收年一樣的租穀。小心謹慎的老婆爲了怕田東要收回她家賴以爲生的土地，只好把冬天的衣服都當掉，湊足租金還債。但是對丈夫和她本人，她可不是這樣圓通。

“在冬天，”她對丈夫説，“我們没有那麽多的活幹，因此我們也不需吃那麽多的糧食。我們得把糧食留下來，對付不久就要到來的漫長的春天。”

這樣，她每天就只熬些稀粥吃，那裏面主要的成分是水。

這種新的伙食可叫得勝吃不消了。雖然他的身材比不上老婆，但他的肚皮卻是一點也不小。一般他可以裝進三碗乾飯。現在這種水汪汪的稀粥只能填他的肚皮的一個角落，而冬天又特别長，每夜他的覺只睡了一半腸子就叫起來了。他實在受不了！

“怎麼辦？……”

他去討教他的老友張黑狗。此人對於饑餓頗有經驗，因爲他從來没有土地，也從没有錢佃得一點土地。

“唔，找個地方去玩一下，把饑餓忘掉吧！”這位黑朋友低聲在他耳邊説，“我聽説，有人在鎮上聚賭。就在剃頭匠老黄的‘月宫理髮館’裏！不過全是現錢交易！”

“好極了！我心愛的嗜好！”

他利用親愛的老婆還在村後豬圈裏喂豬的機會，不聲不響地、偷偷地溜進睡房裏去。他賊頭賊腦地打開箱子，又在老婆慣常藏錢的枕頭底下搜尋了一陣。他把那兩個地方藏着的銅錢和一捲票子統統拿到手，於是便溜出睡房，飛快地往鎮上奔去。

他在“月宫理髮館”門口站了一會兒。他的朋友黄老闆給他的剃頭店起了這樣一個高雅的名字，並不是因爲那裏經常有文人學士光顧。它的最有身份的客人也無非是附近村子的一些頭面人物，如張黑狗、劉大嘴和黄富貴之類。他們倒也能認識幾個字，如一些店鋪的招牌，但是要談到學問，人們可以放心大膽地説，他們的腦袋是空的。

這些朋友們齊聚在“月宫館”裏，圍着一張大桌子坐下。七八個腦袋，有的大，有的圓，有的凹，有的半尖半圓，都湊在一起，集中在桌子中央的一點，一個物件上。每個臉孔都在發燒、發紅，每個耳朵都在充血，每一隻眼睛都在突出……王得勝一看到這一堆人，立刻就擠了進去，同時從衣袋裏取出一大把銅錢，往桌子上一放，大聲喊：

“雙！”

在坐的人一聽見他這個從天而降的喊聲，就全都掉過頭，感到非常驚奇：這位新來的賭客居然有這麼大的氣魄，掏出這麼一大把錢來押寶。黄理髮師坐在桌子的上首，豎起眉毛，瞧見了王得勝和他那一雙小眼睛，便爲他打氣，歡呼：

“真了不起，伍長!”

此人又是這次聚賭的頭人，是莊家。他能充當這個角色，主要是因爲他的錢比別人多；此外他也是這些賭具和賭場——“月宫館”——的主人。有人説，他的骰子在碗蓋下可以按照他的意志改變點數，而對此事堅持最力的是劉大嘴，因爲他在這裏輸錢不少，連他那件最心愛的新年穿的衣服，也不得不賣掉，來還清他欠黄理髮師的賭債。但是也有極少數的人不相信他的這種説法，因此黄老闆也就成了這個賭場的固定莊家，幾分鐘以後，當大家都把錢在桌上放好，黄老闆就揭開碗蓋。

碗裏的兩個骰子所呈現出的共同數字是“六”：押“雙”的人赢了!

王得勝押的那一把銅錢，本利一起，增加了雙倍。他的嘴唇上飄出了一個得意的微笑。張黑狗緊貼在他身旁，拉了一下他的衣袖，低聲地在他耳朵邊私語：

“伍長朋友，你實在是一個了不起的人物呀!”

得勝没有回答，他只是揚揚得意地晃着腦袋。

“單!”

他又在桌上放了一大把銅錢。

這次那兩隻骰子同所組成的數字是“九”。

“月宫館”的朋友們就這樣一直賭到天黑，他們的興致變得越來越高。

街上的頑童們這時已經捧着飯碗在“月宫館”門前吃晚飯。劉大嘴這次又把錢輸光了，因此他建議散場。

“爲什麽散場?”王得勝驚訝地問。“大家的勁頭正高呀！你們這些鄉巴佬，你能在村裏找到比這更好玩的機會嗎?”

“對，對，是……是……”張黑狗附和着説，可是也講不出一個什麽道理。“對，對，是……是……”

於是王得勝離開桌子，叫“月宫館”的服務員——黄老闆的一個學剃頭的小徒弟——去買三瓶黄酒和幾盤菜來。他冷冷地對剃頭匠老黄説：

“親愛的夥計，雖然你是老闆，這次可是我請你的客，也招待你們了，”他把腦袋掉向站在他身旁、大張着嘴的劉大嘴、張黑狗和其他幾個人，“你們——我的好朋友們。”

於是他把酒瓶打開，咕碌咕碌地喝了一大口。“月宮館”裏的其他朋友們也都興高采烈，喝得不亦樂乎。他們的脖子慢慢變得漲紅——一直紅到耳根子。

王得勝，一隻手把衣袋裏的銅錢撥得丁當響，另一隻手在桌上敲着拍子，開始唱起一支心傷腸斷的歌子，供他的朋友們享受。這是一支他在軍隊中學來的名叫《年輕寡婦》的新歌，歌詞如下：

瓜子臉，柳葉眉，
獨守空房白流淚，
丈夫當兵喪了命，
從今以後永不回！

黑狗素來是個求知欲很强的人，對新鮮事也很好奇，他對這支歌的下一半深受感動，因此就重複不停地念這兩句。在此同時，剃頭匠黄老闆也不停地用腳在地上打着拍子；劉大嘴，雖然因爲輸了錢而心中極爲不快，也不禁摇頭晃腦，表示他極爲欣賞這支歌的悲哀情調。“月宮館”就這樣忽然變成了一個音樂廳，充滿了美麗的合唱。

外面，夜幕漸漸降下來了。街上店鋪的門都關了，店裏的油燈也都亮起來了，亮光也從窗縫裏射了出來。這些店鋪的小夥計們，吃罷了晚飯，也都偷偷地溜到“月宮館”裏來，想參加這裏愉快的活動。那些唱着哀歌和“藉酒澆愁”的朋友們，似乎喝得也有點累，喝得也有點醉，都不禁低下頭來，有點想睡了。但是當他們一瞧見這些賭友的時候，他們馬上又變得勁頭十足起來。他們又向桌子圍攏。

“雙！”

王得勝仔細地數了三百個銅錢，把它們放在桌上“雙”數的那邊。接着他的那雙小眼睛就盯着那個裝着一對骰子的杯子。

但是，不知怎的，杯蓋子一揭開，那兩隻骰子上所出現的數目卻是“三”。黃老闆毫無歉意地就把押在雙數上的那些銅子統統都掃到自己面前來。對這次的損失，王得勝倒是毫無惋惜之意。相反地，他又在“雙”數這一邊押下四百個銅子，希望他不僅收回損失，還可以贏一百文。可是老天爺並不照顧他，這一堆逗人愛的銅錢又溜到他的朋友黃剃頭匠的手裏去了。

“雙！上八百！”

他的聲音之大，很像雷轟。在場的賭客們都感到驚奇不置，全把視綫集中在王得勝身上，好像不認識他究竟是個什麽人物，居然敢下這麽大的賭注。劉大嘴也驚得發起呆來。

“唔，老朋友，”劉大嘴捅了捅王得勝的腰，提醒他得注意。“少放一點吧，數目太大了呀！”

“你懂得什麽？”這位過去的伍長用藐視的語氣説，“你這個鄉巴佬！我在軍隊裏的時候，還用銀洋賭博呢！”

骰子杯蓋又揭開了。那一對骰子所組成的點數又是一個“三”。“月宫館”裏的客人們，全都用驚歎的眼光，望着“雙”數上的錢被掃到莊家黃剃頭匠那一邊去了。王得勝這時纔感到臉上在發燒，也察覺到所有賭友們的譏笑的眼光在向他集中。爲了表示他對於輸這點“微不足道”的錢毫不在意，他放開他那粗啞的喉嚨，唱起那支《年輕寡婦》來。

“雙！一千六百文！”

他唱完歌就這樣喊了一聲。

可是他衣袋裏剩下的錢卻離開這個數目很遠。這一點黃老闆已經看出來了。他很樂意借給他五千文。

“我們都是好朋友，”張黑狗親熱地對這位退伍了的下士説，“在錢的問題上我們就不要客氣。隨便用吧！”

他也拿出一把銅錢來。這把錢的數目，按照這位黑朋友在得勝耳邊的私語，也有五千！

其他的賭友，都用驚奇和羡慕的眼光，望着這三位朋友所表現的友情，認爲他們簡直不亞於是親兄弟。

這兩位朋友對他慷慨解囊相助，得勝也受之不恭。這筆錢，他以一百文爲單位，一批接着一批地押在“雙”數上。他説，他對於“雙”數有一種特殊的、頑强的愛好。他在哪一種數上輸了錢，一定就得從哪一種數上贏回來。

“有一次，當我還在軍隊裏的時候，”王得勝又説起他軍隊裏的事來，“我在雙數上輸了二十元大洋，但我堅持釘住這個數字不放，最後我又把這筆錢贏回來了。”

可是這次那對討厭的骰子卻也堅持起來，一直出現單數。到半夜的時候，王得勝不僅輸掉了他所有帶來的錢，他向他的好朋友黄剃頭匠和張黑狗所借來款項也一個不剩。

“哦呵呵……”

“月宫館”主人從座位上站起來，揉着他那要睡的眼睛，匆匆忙忙地跑到厠所裏去了。站在一旁的劉大嘴，因爲一開始就把錢輸光，早就失去了賭的興趣，便懶懶地打起哈欠，伸起懶腰來。大家吞進肚裏去的黄酒，現在已經失去了刺激作用。整個“月宫館”裏的客人們都想睡覺。劉大嘴頂不住睡魔的襲擊，没有向任何人告别就偷偷地溜走了。其餘的客人們，也跟着劉大嘴都離開了。王得勝走在前面，張黑狗在後面，前者哼着那支傷心的歌，後者背誦這支歌的下半段：

丈夫當兵喪了命，
從今以後永不回！

當“月宫館”老闆從厠所裏回來時，他發現他的賭場已經空了。他立刻命令他的徒弟追趕王得勝，向他索取酒錢，因爲這位過去的伍長答應這次是由他請客——看來他已經把這事忘記得一乾二净了。

這位小剃頭匠在後面大聲尖叫，正在哼着歌的王得勝被拉住了，不禁發起火來。他嘟噥着説他的朋友黄老闆是想故意拆他的臺：當他正要回家的時候，卻派這樣一個滿臉鼻涕的小傢伙來找他的麻煩。

“難道我没有錢還嗎?”得勝向這個小徒弟吼叫着，“回去告訴你的師父，我此刻手中没有。看他把我怎麼辦!”

他又開始哼那支歌，和他的朋友們大摇大擺地往回家的路上走。他們在一個十字路口分手。當他回到村後，他偷偷地溜進屋裏——幸好大門還没有拴住。他的老婆也没有拿着棒子在等他。他懷着謝天謝地的心情鑽進了睡房。

他心愛的妻子已經裹着被子睡了，只有她的鼻子和前額露在被子外面。在得勝溜進睡房的時候，她微微地睁了一下眼睛。她既没有採取任何行動，也没有駡他。她只用模糊的聲音自言自語地説，第二天早晨她得和他算總賬。説完以後，她又閉起眼睛，接着就發出一連串的小鼾聲來。得勝裝做什麼也没有聽見，就鑽進被子裏去了。

第二天早晨，王得勝起得比他的妻子早。他想，他的老婆一定不會饒他。爲了避免麻煩，他犧牲了他所喜愛的早飯，自願出去放牧那兩頭豬——它們已經長得很肥了。不過，當他一打開大門的時候，他的朋友黄剃頭匠和張黑狗以及幾個莽闖的年輕人已經在門口等候。他們什麼也没有説，就直接闖進屋裏，衝到豬房，把那兩隻肥豬用繩子套着拉走了。

到了門外，朋友黄剃頭匠纔開口説:

“得勝朋友，你昨夜欠我的債，我知道你是還不清的。我現在急於需要錢用，没有辦法，只好把這兩頭豬拉走。請你不要怪我。你也知道，它們的價錢還不够抵債，對嗎?”

他們飛快地拉着豬跑掉了。

得勝的親愛的妻子這時已經起了床。她從房裏衝出來，在丈夫的幾位朋友後面狂追。可是這幾位仁兄身强力壯，腿子又快，不到幾分鐘，他們連影子都不見了。

這位鷹鈎鼻子夫人只好停下步子，喘幾口氣。

“你幹了什麼好事!”她緊咬着嘴唇，大步走到丈夫面前來，“我早就知道，你又開始賭博了。”

於是她揪着他的耳朵，偏着腦袋斜斜地望着他，死死地盯着他那對小眼睛。

“請告訴我，你爲什麼要打破你在我面前發的神聖誓言。我倒要想看看你的心！”

得勝緊緊地閉着他那對小眼睛，像個聾子似的，既不回答，也不露出任何神色。

“我倒想要看看，從今以後你怎樣過日子！”老婆氣得連話也説不出來，“你這個荒唐鬼！”

這天她既不做飯，也不忙家務。她坐在祖宗的神龕面前放聲慟哭，説她受了騙，説他毀了她的一生……

得勝也變得有點兒感傷起來，他認爲她的大哭大叫，在他柔軟的心腸裏喚起了一大堆悲哀和愁苦。

在天黑的時候他背起一小捆破行李，偷偷地溜出村子。在一個十字路口他遇見他“一半好的”朋友張大嘴。這位朋友問他：

“天這麽晚，你到哪裏去？”

“從軍去！我朋友……××將軍……唔，我恰好剛剛忘記了他的名字，他寫信給我，叫我馬上回到軍隊裏，他已經委任我當一名軍官。”

娶親的故事

一

這幾天綽號叫做“粗腦袋”的黄馬没有幹什麽事，非常清閑。他像村裏的塾師或整天忙於公事的“知書識字”的紳士一樣，總是皺着眉頭，低着眼睛，貌似深思地在村前的小路上步來步去。他只要一看見鋤菜的丫頭或者在池邊洗衣的年輕主婦，就總要走過去，聊幾句天。爲什麽他專門找婦女聊天呢？因爲他認爲她們所知道的家務事，比一般男子要多得多。不過婦女總是很忙的，她們不願花太多的時間聊一些瑣事。因此他每次離開她們的時候，心裏總感到不足。不過有一天早晨他在山崗上遇見挂麵店的老闆娘“母烏鴉”。她正在放牧她那頭拉磨的驢子。他一看出了她的身影，就走近她。他做出那種在不意中遇見熟人的驚奇樣兒，步到她面前來。

“呀！劉大嫂，你真是勤快，不久就一定會發家的。”

“啊，黄馬叔叔，”這位老闆娘抬起頭來，微笑地説，“謝謝你的吉利話。不過，唔……像我這樣窮家薄業的人，連做夢也不敢想發財呀！”

這樣客套一番以後，黄馬就不再作聲了。他那對圓圓的小眼睛在他的眼窩裏快速地轉動起來。像慣常一樣，他咽下了幾口唾沫，開始吐出他近時慣常説的三句不離本行的話：

“劉大嫂，我的事，照你看來……”

這位面店老闆娘把他的那對小圓眼睛緊緊地盯了一會兒，微笑起來。

“呀，你是一個有福氣的人呀，”這位好心腸的婦人也按照她平時的那一套恭維了這位老頭兒一句，“你會過着美滿的生活。”

“粗腦袋”黄馬的嘴唇上也立即飄出微笑來。他把這句恭維話裝進耳朵裏，但是他卻摇摇頭，做出懷疑的樣子：

“哪裏會來美滿的生活呢？像我這樣一個可憐的人！”黄馬很謙虚地表示不相信。

“不要這樣説吧！”老闆娘把嘴拱起來，“你瞧你新娶的那位大嫂。她多聽話，多勤勞，多節省！不久老天爺就會送給你一個又白又胖的兒子。”

“很聽話，你覺得是這樣嗎？……唔，她對我百分之百地忠心嗎？她心裏不想别人嗎？唔……”

“哎呀呀，你太多心了。”母烏鴉開始呱呱地叫起來，“她已經是五十來歲的人，她還能喜歡什麼别的男子？哈——哈——哈……”

“也許老天爺……”母烏鴉的這一番哄笑，使黄馬臉紅起來。但是他仍低聲地繼續問。

“是的，她的肚皮這幾天顯得有點圓起來。”

這時太陽已經移到山崗旁邊地裏的一棵桑樹頂上。這位話多的老闆娘忽然記起她忘掉了及時做早飯，也許她那個暴躁的丈夫已經在廚房裏跳脚了，而廚房裏的那些碗兒碟兒又是一碰即碎！因此她急速地補一句：

“恭賀你早生貴子！”

於是她掉轉身就匆匆地往回家的路上走了。

“但願是這樣，謝謝你的好意。”

“粗腦袋”黄馬也離開了。他在村前村後又兜了一個圈子。他再也没有遇見過一個他可與之交談之人，他拖着步又回到家裏來。一到了家門口他就把他那對小圓眼睛盯着他的妻子。

這個老婦人坐在灶旁邊，正在熬稀粥。她没有看見他進來。

他不聲不響地站了一會兒，打量着她的肚皮。正如母烏鴉説的那樣，它有點圓起來了。

“也許？……不……不……”黄馬有點懷疑自己。

老婆在慢吞吞地幹活，一會兒塞一把柴火到灶裏去，一會兒抬起頭來，歎一口氣。她的外貌說不上吸引人：面孔蠟黄，佈滿了皺紋，皺紋裏面又填滿了煙塵……她的那對眼睛，在臃腫的眼皮下，不僅没有明亮的閃光，而且還顯得非常模糊。

"不可能……年紀這麼老!"

黄馬自言自語地咕噥着，連連摇着他的那個粗腦袋。

老婦人聽到他的咕噥聲，立刻就吃驚地抬起頭來。她看見丈夫正站在門口，她向他呆望了一眼。他也望着她：他娶她進門還只不過三個月，照理說她還應該算是一個新婚妻子，但是她的臉上可没有一點新嫁娘的光彩。這對新婚夫婦繼續相互呆望了一會兒。妻子没有臉紅，就把眼睛垂下了，又塞了一把柴火到灶裏去。

黄馬的一對灰白眉毛皺了一下。

他走進屋裏來，坐在一個三腳凳上，把腦袋支在雙手裏。没有多久，鍋裏的稀粥已經熬好了。這個一貫沉默寡言的婦人不聲不響地舀了一碗稀粥，把它放在桌上。黄馬在桌旁坐下來，把碗捧在手裏，開始喝起稀粥來。他一邊喝，一邊又偷偷地瞧他的妻子。

在吃飯的問題上，她不像一般的家庭主婦，食量可不是那麼文雅。她在結婚前當過乞丐，長時期挨過餓，因此她喝起稀粥來就不是一碗了，而是一碗接着一碗。

"唔，看樣子，她也應該懷孩子了……"黄馬對自己連連點着頭，"她吃起飯來簡直像個强壯的男人。"

黄馬感到相當滿意，心裏又充滿了希望。

二

黄馬一定是很幸運的——村人都這樣說，因爲他，作爲一個老長工，雖然已經年過五十六歲，但究竟還娶得了一個老婆，而且没有費太大的氣力和花錢。黄馬自己也覺得很幸運，因爲他完成這件終身大事没有借過債。只是機會一來，他排除一切俗套，就直截了當地把這個婦人娶進家門了。

那是下雨的一天，他已故的兄弟的兒子黄富貴，從二十五六里路之遥，特地來看他。這是一件不很平常的事，因爲這個年輕人有五個孩子要養活，總是在忙莊稼，一般是不大輕易走動的。他的這次來訪使他的這位親屬觀念很强的叔父感到非常高興。爲了招待他的這位唯一的親屬，黄馬不顧東家老闆娘的不滿，放下他正在田裏幹的活計，回到他在牛欄旁邊的那個睡房裏來。他和他的侄子在那裏聊了一陣，幾乎所有他們感到興趣的事都接觸到了。他們一面抽煙，一面寒暄，都感到無法形容的愉快。

“唉，叔叔!”年輕人望着叔叔的面孔，好像忽然記起了一件事情。接着他用嚴肅的聲音説：“没有想到你真的老了！你應該退休，享點福呀。你也是一個人呀！你現在最要緊的事，是找一個伴兒。她可以爲你做飯，爲你縫補衣服，這樣你也可以過點舒服日子呀。而且，叔叔，她還可以給你生個兒子，傳宗接代呀！將來你動不了的時候，她也可以是你的依靠呀!”

黄馬聽到這番他不曾考慮過的忠告，臉色馬上變得嚴肅起來。但是他對這個年輕人没有立即作出反應。他低下了頭，像是在思索的樣子。

這位關心長輩的年輕人，爲了要表示他的這番見解與一般村婦不同，還特别引了聖人孟子的一句話——這是他偷偷地從塾師那裏聽來的：

“不孝有三，無後爲大。嗨，請想想我們的聖人的這句名言吧。”

黄馬仍然低着他的那個粗腦袋。年輕人呆呆地望着他，等待他的回答。他咽了幾口唾沫，有點不耐煩起來。

“唔，你這話也對。”黄馬考慮了一陣以後，摸了摸鬍子又點了點頭，開始稱贊這年輕人的智慧。“你的話完全有道理。我現在是一個孤人。我應該有個兒子，好讓我死後也有個人修補我的墳墓。我在這個世界上已經受够了苦，至少我在陽間世界得有個人照顧我，讓我好好地休息。

我是個無依無靠的人呀。”

他的娶親問題就是這樣提起來的。這同時也使他記起了許多往事。他的父親也是個長工，一生先後爲好幾個主人幹活。他的母親是個女傭人。這個窮家除了氣力外，什麼東西也没有。有一個夏天，霍亂流行起來。這對苦人没有錢去看病，就都成了這場瘟疫的犧牲品。黄馬那時還不過十五歲，他無以爲生，只好替一個主人放牛，分文工資没有。過了一年，他有了點氣力，就開始當長工。他這纔算一年得到一千文錢的工錢。在他二十歲的時候，也是在一個夏天，他病倒了，不是因爲瘟疫，而是累垮了。他没有氣力賣了，也没什麼人要他。

他從這一村蕩到那一村，挨過了一個饑餓的冬天。到了春天他算是找到了一個主人。他拿出身上剩下的所有氣力，小心翼翼地爲主人幹活，怕再丢失職業。他再也不敢花錢，把每個銅子都積下來，爲了防病，也爲了防老。但錢卻是非常難掙，他所能積下來的也是少得可憐。誰知道，在他失去了工作以後，他還要活多少年？此外，誰能保證他不會像他可憐的父母那樣也碰上不治的病？

爲了接續可憐的父母所遺下的香火，他也應該娶個老婆。他已經進入了老年，他更應該趕快辦這件事。他一有了這個想法，便更嚴肅地考慮起他作爲黄家的後代所應負的責任來。

“我應該有個兒子！”

他的聲音是堅定的。

於是他娶親的想法便成了一件新聞，開始在村裏傳播開來。有一天他的老朋友張黑狗到來了。黄馬正在犁田，這位老友就在田邊坐下來。他寒暄了幾句以後就低聲地問：

“聽説你想要娶親啦……”

黄馬把耕牛止住了，接着便直起腰，把手擱犁把上，傻望着他的朋友——因爲這句突然的問話使他感到驚奇。

“我有這個想法，不過，不過……這個想法你怎麼知道？”

“嘿，嘿……”這黑傢伙做出一個神秘的微笑，“什麼東西能滑過張黑狗的耳朵？他是個非凡的人呀，就是耳邊風他也捉得住。老朋友，你真的有這個打算嗎？”

“當然有。”黃馬做出一個嚴肅的臉色，“我們既然是好朋友，我也不須瞞你了。我確實有這個想法。”

“那麼我就要喝你的喜酒了。”這位黑人物微笑地說，“我可以把你的這個想法變成真事。”

於是張黑狗興致勃勃地講起他所認識的一個婦女的情況。這個婦女是另一個莊稼人——也是他的“好朋友”——的寡婦。這個莊稼漢有點怪。本來他是個窮人，但有時他窮得無聊，卻喜歡撒撒野：他喜歡杯中物。有一年秋收後，他照規矩請他的田東家到家裏來吃飯，以表示他對主人的感謝和尊敬。他準備了燒雞、油燜肉、炸魚和一些其他味鮮的蔬菜和肉湯。菜肴是很豐盛的。他向田東敬酒，每次他總是先等主人喝了自己纔飲。主人的酒量不小。他雖然在苦惱的時候喜歡喝一杯，但他没有訓練，他的財力也只准許他能喝一杯的酒量。不過這次他得陪主人到底。當滿滿一瓶酒快要喝完的時候，他的臉色忽然變得漲紅起來，他的神經也失去了控制。他從座位上跳起來，捏了一個拳頭。他狠狠地在桌子上捶了一拳，用嘶啞的粗聲，向老東家大吼起來：

“你，你這個老混賬，你敲詐了我一生。記好，去年秋收以後，你把我全部的收成都搶走了。我一家人餓一整冬，這個春天我們還在挨餓。現在我得和你算總賬了！”

於是他便在東家的鼻子尖上晃起拳頭來。

東家雙手捂住鼻子，狼狽不堪，但是避開了他的拳頭，跑出了屋外。他徑直向村長家奔去。村長是他的好朋友，便立刻帶了幾個壯漢，來到現場。這個喝醉了的老佃户立刻被綁了起來，而且也立刻被拖到縣衙門裏去。他以犯上罪坐了三個月牢。被釋放以後，他從主人那兒所佃的土地已全部被收回去了。他成了一個流浪漢，再也找不到一個東家。幾個月以後他在愁苦和饑餓中離開了人世，留下兩個孩子和剛纔張黑狗想要作媒的那個未亡人。

“因爲她受過許多苦難,”張黑狗介紹了她的情況以後說,“她知道怎樣勤儉持家。老朋友,坦白地説,想討一個如花似玉的老婆,你不是那號子人。你所需要的是一個省吃儉用的、年紀比較老的女人。也只有這樣的女人纔知道怎麽持家,對嗎?”

黄馬對他朋友的忠告,没有立即作答。這位朋友一直用關心和誠懇的眼光望着他,但是他卻低着頭,緊閉着嘴,陷入深思中去。

“是的,我需要一個省吃儉用的女人,不過,但是……她是不是還能生……生……孩子……”

這是他沉思了一陣以後,抬起頭來低聲地、用猶疑的口氣向他的朋友提出的一個問題。

“哎呀,”張黑狗大張着嘴,作驚訝狀,“談到這個問題,這可是前生注定的事呀!如果你命裏有兒子,她一定會懷孕;如果命中没有,那麽即使她是一個十八歲的大姑娘,到老也不會生孩子。”

“嗯……嗯……”黄馬做出一個鼻音,接着又思索了一陣,點了點頭,“也許你是對的……那麽我就把她娶進來吧。”

他就是這樣把那個寡婦娶來作爲老婆的。娶親的儀式非常簡單:“新娘”從她的村子被領到黄馬的屋子裏來,在幾句“恭喜!恭喜!”聲中,這對年過半百的人就算結成了夫婦。黄馬没有花多少錢辦喜酒:他炒了十來盤菜,以媒人張黑狗爲上賓,他的侄子爲副上賓,不時給他忠告的母烏鴉爲特賓,請了一桌客了事。

三

在娶親的那年,黄馬是五十六歲,已經是老人了!再爲别人幹活當長工,他覺得不太合適。因此他回“家”了,因爲他現在有個自己的“家”。他的計劃是,先休息兩個月,然後再找點當小販或挑夫的零活幹。如果這點辦不到,他仍可找個主人當長工。他估計這也不太難,因爲他做事勤快，而且也很聽話。過一陣子，也許天老爺給他賜福，讓老婆生個男孩子。這樣他就可以有了倚靠，若干年以後，孩子也可以當長工或手藝人，那時他就可以完全不幹活了。他現在把藏在牆壁一些窟窿裏的錢都掏出來，開始和老婆過新的生活。

老婆愛勞動，樸素，很會持家。她整天不聲不響，埋頭幹活。雞一叫，天還没有亮，她就離開那温暖的被子，起來在昏黄中紡綫，直到陽光照進屋子裏來纔停。這時黄馬咳嗽幾聲也爬起床來。於是她便到廚房裏去做早飯。她不是紡綫，就是洗衣服，收拾屋子。如果她没有事幹，她就坐在陰暗的牆角裏，什麽話也不説，像隻抱雞婆一樣。她從不去找人談無聊的閑天。

黄馬最喜歡她的這個特點：永遠是無聲無息地、順從地勞動着。她彎着腰，真像一家的主婦，一天到晚總是不閑。他想，這纔是發家致富的道路。對黄馬説來，年紀老不老都不是大問題，因爲他自己也是一個老人——他總是用這種想法來安慰自己，像我這種窮家薄業的人，養一隻“小鳥”有什麽用呢？每天晚上當老婆睡在自己身旁，當他摸到她一身骨頭的時候，他就這樣問自己。這時他就又温柔地撫慰着她。至於老婆呢，她縮到一邊，仍然是無聲無息，什麽反應也没有。

黄馬的新婚生活就是這樣比較安閑地度過去了。這在他一生之中也算是最值得紀念的日子。他到村前村後散步，和偶爾遇見的朋友聊天。有一天下午，當他正在田埂上走來走去的時候，他又遇見了張黑狗。此人也在蕩來蕩去，向一些放牛的頑童兜售花生。黄馬帶着嚴肅的表情，走近他，並且熱情地按了一下他的肩膀。

“嘿，老朋友，最近生意好嗎？”

“唔，還勉强可以。你的身體好嗎？你滿面發光，看來你時來運轉了，哎？”

“唔……唔……”

黄馬没有回答，只是微笑了一下，似乎情緒很好。

張黑狗看到這個誠實的老人情緒還不錯，就把腦袋向他的面孔伸過來，把他瞧個仔細。

“新娶的大嫂還滿意嗎？嘿——嘿——嘿……”

他銳利的眼光使得黃馬感到很狼狽。後者低下頭，眼皮朝地上看，慢聲地嘟噥着説：

“唔……很不錯……張黑狗確是個能幹的人。”

滿意的神情在這個“能幹的人”的臉上泛發了出來。

“我不是吹牛，”黑狗搖着他那翹起來的大拇指説，“我，張黑狗，是從來不幹錯事的。”

於是他又搖頭晃腦發出微笑。

“謝謝你的作媒，不過，不過，”黃馬含糊地説，“她不會……不會逃掉……她會……給我……生一個兒子吧……”

“哈，哈，哈……我的粗腦袋大哥是這樣放心不下。哈……哈……哈……”

這位兜售花生的小販捧腹大笑起來。黃馬雖然感到不好意思，也只好微笑了。

四

可是他迫切盼望着的那個兒子，天老爺卻一直還沒有賜給他。時間是一個月一個月地過去了，老婆還沒有表現出任何生理變化的跡象。她的生活習慣一點也沒有顯出異樣，從早到深夜，她每天總是彎着腰，東摸西摸地活動着。她既沒有顯得更年輕，也沒有顯得更老；她既不是沒精打采，也不是勁頭十足。每天都是如此。黃馬開始有點不耐煩了。他常常逼近地觀察、檢查，看老婆的腹部有沒有什麼變化。毫無異樣。只有一天夜裏，老婆顯得有點不正常，但這卻不值得高興。

那是在吃了晚飯以後。外面吹起了一陣秋風。星星在冷冷地眨着眼睛；狗兒在風聲中狂吠。人們都感到寒冷正在襲來。村人都圍坐在自己的屋裏，閑聊着天。黄馬也和老婆坐在一起，想找些話語來消遣。不過坐在一個陰暗角落裏的老婆，對此不僅提不起興趣，甚至還不聲不響地偷偷地哭起來。

“你是怎麽搞的？肚皮裏有什麽動静嗎？”

黄馬是用驚奇的口吻問這句話的。他心裏想，可能她已經懷孕了。

這女人像平時那樣，一句話也不講。她仍像一隻母雞似的坐着一動也不動，臉上也没有任何表情。

“什麽？”

黄馬不耐煩地走近她，同時伸出手來，想摸摸她的腹部。這時她連連摇頭，用雙手護衛着自己。

“啊，”她低聲地叫喊着，“什麽變化也没有呀！”

黄馬仍然把眼睛緊盯着她，不相信她是説的真話。

“我不相信。好婆娘，如果你真的懷了孕……唔……我將買肉給你吃……唔？……”

他更逼近她。她已經能感覺到他臉上的熱氣。她害怕起來，全身發抖。她用一隻手把他推開，用另一隻手拉下她的破頭巾，不停地用它揩着眼角邊流下的眼淚。

“不，不是這樣，”她有氣無力地説，“我想起了我自己的孩子……”

她自己的兩個孩子只有十多歲——因爲她頭一個丈夫娶她的時候比較晚。這兩個孩子已經在幫人當牧童勉强混口飯吃，但養不活母親。黄馬也養不起他們，所以他在娶這個寡婦的時候，根本就不願意談這件事，媒人張黑狗也不提，只是説這兩個孩子姓别人的姓，無論怎麽説也跟他毫無關係。事實上，他答應把這個女人娶進來，這種“毫無關係”也是一個心照不宣的條件。

“呀！你心裏在想别人！”黄馬更是驚奇地大叫起來。

“不，不，不是别人，是我親生的孩子。你知道，天是這樣冷。我擔心，他們的衣服不够。”

黄馬一聽到這話，面色就立刻變得蒼白。他後退了兩步。

“她的心到底還是不屬於我……”

黃馬自言自語地這樣説，眼睛呆呆地朝屋子的中央望。

“給我生個兒子，唔……這全是在做夢!”

她望着丈夫神態所起的這種突變，也感到惶惑起來。她不知所措地望着這個粗腦袋的老頭兒，雙手緊按着太陽穴，在房間裏走上走下，完全像發了瘋一樣。她顫抖起來，她的整個身體顫抖起來。

“媽，冷呀！我們的空肚皮也在叫呀！……”

這個聲音似乎是來自她的那個較小的孩子。

“媽，你現在能够吃飽飯，是不是把我們忘掉了？……”

這似乎是她的那個較大的孩子的呼聲。

“啊！他們的那間屋，什麽東西也没有!”她意識到了這一點的時候，就感到她的脊椎骨裏有一股寒流通過。

自從他們的爸爸死後，家裏的什麽東西都耗光了。那時他們的年紀還小，没有謀生的能力，大家只有靠着野菜和水過日子。每天吃這樣的東西，不僅他們的饑腸忍受不了，她自己也常常暈倒過去。而孩子們又正在生長，他們只有用哭來應付這個局面，她自己也只有流眼淚。好容易他們熬到能够替人放牛的年齡，雖然在主人家也不一定能吃得飽，因爲他們那點微弱的氣力在主人的眼裏看來够不上吃乾飯的。但至少他們大概還不至於餓死。她作爲母親覺得鬆下了一副精神、物質和感情上的擔子。但她本人的情況卻惡化了。她的體力已經崩潰，她的精神也衰頹了。她似乎是正在等待死神的降臨。只有在這種情況下她的死去了的丈夫的“好朋友”張黑狗纔忽然發了善心，從而他的“靈機”也忽然發揮了作用：他興致盎然地充當“媒人”，把這位母親説給黃馬——“一個小康的老單身漢”。

“那個男人家境還不錯，聽説他也喜歡孩子。也許他會准許幫助你們一點……”

這是她到黃馬家裏去以前對孩子們説的話。但是實際情況怎樣呢？……

“哎呀，我差不多全把他們忘掉了，”這個一貫沉默的婦人忽然叫出聲來。她的感情很不安，她覺得自己有罪。“我什麽也没有能幫助他們！”

自言自語發了這聲感歎以後，她又變得沉默起來。她把頭用破爛的雙袖遮着，流起淚來了。

“她心裏有别的人，有她自己親愛的人……我……我……完了……完了……咳！咳！……”

“粗腦袋”黄馬在屋裏走來走去，自己埋怨着自己。在那快要熄滅的燈芯所發出的一點微光中，他的影子映在那老的土牆上，也在來回地摇晃。

五

這一整夜黄馬不能入睡。他在床上翻來覆去。他無力地、悲哀地呻吟着。他那個粗腦袋在旋轉，他感到眼前是一片漆黑。

“我的一切都完了！”

這句結論性的話是他在極度的痛苦中發出的。她有她自己的孩子和家。她能爲我生個兒子嗎？我是多麽愚蠢！我一生好不容易積下的一點錢，爲什麽要用來養一個這樣的老女人呢？啊，我的依靠在哪裏呢？我成了一個孤人，一個完全孤獨的人！怎麽辦？

他重新估計了一下自己的財産——自己的唯一依靠。他當了二三十年的長工。不錯，他每年也花掉了一點錢。每年年終時他總要算一下細賬。他把全年的勞動所换下來的銅子，剩下有多少，他就换成銀洋，小心謹慎地保藏起來。娶了親以後，他没有再當長工，打算做一個手藝人——因爲他没有土地，也没有足够的錢去買半畝土地或租來土地。他照舊是個一無所有的窮人。自己種不出糧食，他得花錢去買。但是這個女人？嗯，她只能每天彎着腰，在屋子裏摸來摸去，消耗糧食。而且她的消耗量！一碗，兩碗，三碗……

“啊，我的錢也在一天一天地消耗光了……當我再沒有氣力的時候，再不能勞動的時候……”

他發起抖來，抖得厲害。這時他忽然記起了他的父母，他那因爲没有錢治病而死於瘟疫的父母。他又記起了他的老朋友鄧黄鼠。此人一失去了勞動力就被主人解雇，過了没有多久就餓死了。

“我看，我也會遭到同樣的命運！”

他又尖鋭地大叫一聲，好像在夢中被一個惡魔纏住了。

躺在他身邊的老女人也嚇得發起抖來。她害怕，她害怕不幸的事情會降臨到她身上。她輕輕地挪動着身子，儘可能地離開這個陌生人遠一點。她什麽聲響也不敢發出來，她把頭彎到胸際，用雙手把它蒙着，在被子裏一動也不敢動。

“我也會遭到同樣的命運！”

那個陌生的老人，沉默了一會兒以後，又這樣地大叫了一聲。

這個無聲無息的女人開始恐怖地痙攣，全身在出着冷汗。床也由於她的顫抖而摇動起來。在床底活動着的耗子，也驚恐地向四處逃竄。接着雞叫了，晨光也通過牆上的空隙鑽進來了。再過一會兒牛也在外邊叫起來了。早起的、勤勞的村人的脚步聲也可以聽得見了。

黄馬也下了床。他的雙眼朦腫，眼皮下面還圍着兩個半圓圈——這是通夜失眠的結果。他也感到頭腦沉重。他一面唉聲歎氣，一面拖着步子往外走。他在村頭的一塊石頭上坐下來。

“我的一切都完了……”黄馬不停地對自己説。

軟心腸的母烏鴉瞥見了他。她正扛着鋤頭，忙着到地裏去幹活。她聽見黄馬在自言自語地嘮叨，就在他面前停下步子。

“哎呀，黄大叔，”她大睜着眼睛，驚奇地叫出聲來，“你病了嗎？着了涼嗎？肚皮痛嗎？快到塾師李先生那裏去，請他給你開個藥方。”

黄馬皺起那稀薄的灰白眉毛，連連摇着頭，勉强地吐出幾個字：

“没有病，完全没有……”

他又沉默了一會兒。接着他又吐出了幾個字：

“咳，劉大嫂……我是不是命中注定要受苦？……注定要受苦？……”

“唔，黄大叔，你是個有福氣的人呀！你現在有一個忠心的、終身的伴侣。她很快會給你生個胖娃娃。”

好心腸的母烏鴉從不説不吉利的話。不過她馬上發現她已經耽誤了十多分鐘，她立刻就匆匆忙忙地離開，鋤地去了。

呼——呼——呼……黄馬用雙手按着他那沉重的太陽穴。

太陽已經在天上升得很高了。温暖的陽光射在黄馬的身上。他感到身上也熱起來。他的饑腸開始發出叫聲，他那個粗腦袋也變得更沉重。這時黄馬纔站起來，連連地嘘着氣，拖着步子回家。

老婆坐在廚房的一個角落裏，毫無表情地望着通過屋頂瓦隙滲進來的、落到地下的陽光。她那灰白的頭髮搭在她那佈滿了皺紋和煙塵的面上。她那臃腫的雙眼也含着眼淚。她見到有人進門，就把頭抬起來，望了一眼，接着就又把頭低下去了。她什麽聲音也没有發出來。她坐着，坐着，一動也不動，像一隻在寒冬翻了巢的老鳥一樣。

“女鬼！消耗糧食的女鬼！我爲什麽要……我……啊，我的一切全完了嗎？……一切全完了……”

他一看到這個老女人，心裏就煩躁起來。他像個瘋子似的，又跑到外面去了。

六

幾天以後，在一個早晨，黄馬買了兩斤豬肉摇摇晃晃地朝村長的屋子走去。當他到達門口時，他停了一會兒。他聽到了屋裏的咳嗽聲。他走進去時，村長正在喝茶。黄馬幾乎把腰彎到了地下。他恭恭敬敬地説：

“我娶了親以後好久没有來看您老人家了。不過家裏的雜事太多，總抽不出空來。您老嚮來爲人寬大，我想你一定能够原諒我。今天我送點豬肉給您老，熬點湯喝……這點微小的東西只不過表示我對您的心意。請您收下……”

“不要這樣太客氣了。不要……”

村長微笑着，很和氣，很謙虛，但他還是把禮物收下了。他把肉挂在門邊的一個釘子上，然後給黄馬倒了一杯茶。黄馬捧着這杯茶站着，喝了一口，又細嚼一片茶葉，把他那粗腦袋低了一會兒，一句話也説不出來。

“哎，黄大叔，你看上去有些瘦了，也老了一些。”爲了打破沉寂，村長開始説話，“你病了嗎？”

“唔，也可以這樣説。不過……”黄馬好像喉嚨裏哽着一件什麽東西，説不下去了。

村長看到他的這副樣兒，嘴上就飄出一個微笑。

“這些時你很清閑，不再幫人幹活，對嗎？”

村長覺得無話可説，臨時又湊合這樣一句話。

“是的……不過……”

黄馬皺着眉頭，搓着雙手，想找出幾個文雅的字眼來表達他的意思，但是没有結果。

“您老，”他終於直截了當地説出了他的想法，“您老一直是公平正直，我們村人都信任您。您老就是我們的公斷人……像您老已經知道的，我是一個貧寒的長工。感謝媒人張黑狗和我的侄兒的幫忙，前幾個月我娶了親，不過……不過……我的女人……”

黄馬的話説不下去了。

村長繼續微笑着，又静静地打量了他一下。接着對自己點了點頭。

“唔，你的女人？……她不中你的意，是嗎？是的，聽説她相當老。我知道這件事。”

“對，不過……不過……而且，她不能生孩子……還……”

村長坐了下來，但是什麽話也没有説。他只是飲着茶。他思索了一會兒，又對自己點了點頭。

“唔，”村長抬起了他的下巴，半閉着眼睛，“你想採取什麼行動呢？”

“我想……唔……”黄馬的話一開頭就又中斷了。“唔……您老既公正，又有權做出決斷……如果您老准許……我……我就求張黑狗仍把她送回到她自己家裏去。……她非常想她的孩子，我不想留她……”

村長聽了他這句話，就忽然捶了一下桌子。

“不行！如果你把她退了，你得賠錢補償她失去的貞節。你知道，你已經損害了那個可憐的寡婦的貞節呀。照我們聖人的話説，你是個罪人。你必須賠出錢來，不然的話，我可不能保險，你退了她以後，縣衙門會不會把你抓去關起來。”

“粗腦袋”黄馬望着村長發呆，什麼話也不敢再講。唉，他心裏想，我的錢已經快花光了。我用什麼來賠償？……唔，這可做不到……

他的面孔忽然變得蒼白，他發起抖來，他幾乎連站都站不住。

“您老説得對……讓我想想……”

他向村長深深地哈了哈腰，離開了。他又在村裏没精打采地蕩來蕩去，腦子裏漆黑一團，他在屋子裏一些大洞小洞裏藏的錢還剩有多少，他也弄不清楚了。一種夢魘般的陰影籠罩了他的整個身心。

七

黄馬真的病了。他在發燒，燒得很厲害。許多村人都來看他，圍在他的床邊。這些人間還包括一些頑童，他的朋友張黑狗、侄子黄富貴和那軟心腸的母烏鴉。大家都對這位受了一生苦的老莊稼漢投射同情的眼光。

“我的一切都完了！……”

這個老莊稼漢仍然是愁眉不展，對自己這樣咕噥着。

“不要這樣看吧，大叔。在人生的路上誰不碰到困難呢？放心吧，天老爺會保佑你，你的病很快就會好。”

這是他的朋友張黑狗安慰他的話。他故意模仿年老村婦的語調，也學着她們的樣兒，選擇一些好聽的字眼，希望來消解他的愁苦。

黄馬聽了這番話就連連摇着手；

“你不懂得内情，張黑狗……完全不懂得……不懂得……”

“不要這樣想不開吧，大叔，”好心腸的母烏鴉安慰着説，“命中注定你要享福的呀！一位算命先生不是這樣説過嗎？”

“是的，算命先生這樣説過。”

他的侄子黄富貴也這樣附和着説。

“不可能，不可能。”黄馬把視綫掉向周圍的人，用他那無力的手摸了摸侄子，“好侄兒，我們都是命苦的人……我，你們大家，包括你的嬸媽——那個老女人，都是命苦的人……咳——咳——咳——呼——呼——呼……啊！她在哪兒？……”

黄馬劇烈地咳嗽起來，他的呼吸很困難。

精靈的張黑狗，聽到這個病人的話，就大聲喊：

“嬸媽！大嬸！快來呀，端一碗熱水來呀。快！”

過了一會兒，那個一貫一聲不響的女人蹣跚地走過來了，手裏端着一碗剛開過的水。她照例無言地走近床前，把水送給正在痛苦中的“老伴”。這個不講話的女人還是那個老樣子：滿臉皺紋，毫無表情。

“哎！你這個年老的苦命女人，”黄馬把水從她手裏接過來，放在床邊的凳子上，“瞧你這個難看的臉孔。它説明你是命定要受苦，一生受苦……唉，受苦的人，怎麼會是那麼多！……”

這個老婦人仍然是呆呆地站着，没有什麼表情，也没有什麼話講。在此同時，侄子、黑狗和那好心腸的母烏鴉都大張着嘴，望着這個場面，既不感到興趣，也不感到無聊。大家都在發呆。

“還有什麼説的呢？一切都完了！”病人沉默了一會兒後又非常吃力地對這個無言語的老女人説，“唔，在床後面牆上的一個窟窿裏還藏着幾塊大洋。把它們掏出來吧。如果我故世了，就用五塊錢買一口棺材；

剩下的你就隨便花吧。最好的辦法是，你仍回到你的孩子那裏去，和他們住在一起。你也老了，你也要有人照顧，你的孩子也需要有個母親……呼——呼——呼……咳——咳——”

黃馬一邊吃力地咳嗽，一邊流着眼淚。這是這個老莊稼漢有生第一次當着人的面流眼淚。

這個從不講話的女人望着丈夫痛苦的面孔和吃力的咳嗽，再也不能毫無表情地呆站在一旁。她的嘴唇在抽搐，好像她有什麼話要講，可是最後她仍然没有什麼話講出來。只是她的眼裏亮着雨點那麼大的淚珠。

在床旁站着的一些朋友和熟人，如黑狗、母烏鴉、他的侄子等，不知怎的，也都忽然什麼話也講不出來。這個小小的房間裏這時是一片死一樣的沉寂。每個人的眼睛都在射出水汪汪的亮光；那位一貫話多的母烏鴉也把衣袖拉到眼角邊，擦着她那無名的眼淚。

水　　鬼

“那池塘裏有一個鬼!”

争論一番以後，一個年輕長工對另一個長工這樣説。他的聲音是堅決和肯定的。

“呸! 鬼! 我從來就没有看見過。絶對不可相信!”

另一個長工這樣反駁着，表示他認爲這種有鬼的説法絶對不可靠。於是他把下巴擱在他支在膝上的雙手裏，望着坐在他對面的一個老長工，希望能從這個老莊稼漢得到對於他的看法的支持。不過這位老長工卻一言不發，既不表示贊同，也不提出否定。持反對論的那個年輕長工感到失望，就放棄争辯，把臉掉向月亮。月亮已經走到了中天，它也同樣沉浸在沉默之中，安静極了。

這正是七月中的一個月明之夜。白天打下的稻子正堆積在打穀場的中央，像個小金字塔，它的周圍有用稻草灰組成的四個大字:“五穀豐登”。在打穀場的盡頭堆着一個很高的草垛，靠着它有一個支起的大蚊帳，這三個長工就要睡在它裏面過夜，看守這一堆稻子。仲夏夜的月亮發出晶瑩潔白的光，看上去是很美的。一陣習習的微風也不時從南邊吹來。這三個長工，坐在打穀場上的脱粒工具上，由這柔和的微風吹拂着，都不想睡覺。爲了輕鬆地度過這個仲夏夜，他們相互講些有關附近村子的故事和傳説。當他們談到土雞山下那個池塘的時候，關於那裏有個水鬼的説法，兩個年輕長工都堅持己見，各有各的理由。於是談話就只好中斷了。那個老長工一直没有發言。爲了調解他們的争論，他就提出了他自己的看法。他説:

“那裏有一個水鬼!”

爲了證明他的論點，他很嚴肅地講了下面的一個故事:

那個池塘裏説不上有什麽水鬼。那不過只是一個人的幽靈。如果你們想瞭解它的來歷，故事可就有些長了。

從這裏向東走幾里路，你們就可以看到一棵粗大的松樹——那麽粗大，你們伸開雙臂都抱不攏它。它旁邊有個土地廟，廟後面有一個茅屋。

我在那裏住了一段時間——嗨！現在談起來，已經是像一百八十年以前的事了！

那裏最初的住户是一個北方佬，他的女人是來自河南。他長得很高大，他的後腦勺還拖着一條長辮子——他一幹起活來，流出一身汗，那裏就要發出一種難聞的味道。我遇見他的時候，正是冬天。他腳上蹬着一雙寬闊的布鞋，穿着一雙粗布做的襪子，看上去倒很像一個走江湖的拳師。他的臉色像古銅，額上暴出好幾根青筋。他的手指粗大得怕人，我過去從没有見過。

那個冬天，雇我的主人老是當面或背後埋怨，説我幹活不起勁，太過於貪玩。結果是，一到十一月他就不要我了，給了我四千文銅子，作爲那一年的工錢。實際上，我從來没有偷懶過。我可以看出，他開除我的主要原因是我在冬天吃起飯來仍然是一個粗壯的漢子，而在冬天田裏的活卻又没有夏天那樣多。

我離開我主人的屋子，發牢騷也没有用，而且作爲一個長工，我也無權講話。我背起我那捆硬被子和舊衣服，開始從這個村子蕩到那個村子，想找新的活幹。但是流蕩了許多天，什麽結果也没有。不到一個月，我不僅把我的那點工錢吃光了，連我的那床破被子和幾件舊衣服也當出去了。這就叫我感到非常着急了。

有一天，我偶然來到我剛纔説的那個土雞山下的破廟。這時，我已經餓得發慌，無法再往前走了。我想在那裏躺一天。忽然我發現廟後面有一個茅屋，我又馬上鼓起勁來。拖着步子向那邊走去，希望能在那裏討點東西吃。但是我一走到茅屋門口，我的勁頭就没有了；那裏面一股窮酸氣，一個叫化子在那兒權當宿夜的地方勉强還可以，别的希望就没有了。我很猶豫，要不要開口討點東西試試看。不過屋主人倒是出乎意料之外地和氣。他看到我那副狼狽相，就馬上向我走來。他熱情地在我肩上拍了一把。

“夥計,”他説話的態度好像我就是他的一個老熟人，“你的面色難看，餓了吧?”

他這樣和氣，倒使我不好意思起來。我不敢説我的腸子正叫得發慌。我只好摇摇頭。

“嗯，我看你餓得够嗆。”

他轉身掉向裏面，喊他的女人趕快拿點大餅給我吃。

我那時真不知該怎麽感謝他好。他看我吃完了餅，又這樣補充了一句：

“夥計，看來你是一個没有活幹的人，只好東遊西蕩，對嗎?你可以住在我這兒，我們可以一道到山上去打柴，你看行不行?我想，這辦法對你也好，對我也好。我們在這裏也很寂寞呀。”

他的女人，一直在灶房爐子邊悉悉索索地忙什麽，聽到“寂寞”兩個字，便也馬上把腦袋伸到灶門外來。

“哎呀，客人,”她連忙説，“你不知道，住在這裏是多麽怕人!夜半山上常常刮起狂風，樹木折斷，發出叫聲，好像許多餓虎正在從樹林裏跑出來要吃人。我們的那個小傢伙，早就在老家被槍聲和炮聲嚇怕，一聽到這風聲，就要一夜哭到天明。”

看來這個女人也想把我留下來，和他們住在一起。

對這個地區説來，他們是外來人。可是他們對我卻是這樣和氣!我並不是一個硬心腸的人呀。我怎麽能拒絶他們的這番好意呢?此外，我也没有地方可去，因爲冬天誰也不會再雇用長工了。因此我就走進了他們的茅屋。我很像個老住户似的，倒在一堆草上，攤開四肢躺下來。我太累了。我也管不了，我這個無家可歸的光身漢，和這個有女人的北方佬住在一間狹窄的茅屋裏，是不是合適。

這個北方佬告訴我，他和他的女人同孩子，住在這裏已經有一年了。

他也是討飯流落到這個地方來的。他在土地廟後面搭起這間茅屋，每天靠上山打柴混飯吃。他很有一把氣力。大清早他就進山，懷裏揣着兩個大餅，作爲這一天的糧食。他在太陽下山後纔回到家來。這時他已經在鎮上賣完了他全天砍得的柴，掙來了三四百文錢。

不過冬天一下起雪來，他打柴的活計就得停止了。他一家人得餓一陣子飯。有一天下雪的時候，我無心地問他：

“這該怎麽辦好？如果雪再下三天不停，餓鬼就要把我們帶上天了，對嗎？”

北方人在鼻孔裏做出一個不在乎的聲音，表示事情没有那樣嚴重。他臉上發出一個微笑，用他那粗大的手拍着膝蓋，回答説：

“我告訴你，南方佬，待新年過後，我就不幹這種活計了。我可以告訴你，我已經佃了李大爺的田種！嗯，田不少，二十畝！”

我的腦袋旋轉起來。李大爺是一個有錢的大田東，我知道得很清楚。他有上千畝地。他這個從外地來的陌生人，怎麽能佃到他的田？李大爺不是一個隨便的人，對他不信任的人，他是不會把田佃出去的。

“你，一個北方佬，怎麽能種得到他的田？”

“爲什麽不能？我有一身氣力，像牛一樣壯。”他用手掌拍了拍他寬闊的胸膛，顯示出他的强壯。“爲什麽李大爺不把田佃給我種呢？哼，還不止這。他還借給我種田的傢什。當然，收穫一下來，我得要付給他租費。”

他微笑了一下。接着他又補充着説：

“老夥計，我們這個冬天一同加把勁吧！掙幾個錢，打下一個底子。一到春天，我們就可以買一頭牛，那時我們就可以下田幹活了。南方佬，我對你説真話，我把你留下來，就是爲幹這活：請你來幫助我共同把這些田種好。你也是一個無家可歸、窮得發酸的漢子——你自己這樣親口告訴我的。你這樣一個人，也窮得連褲子都穿不上，我們彼此就不能算是外人了。稻子登場以後，當然有一部分得交給田東，作爲佃租；另外一部分我們就可以分享了。想想看，來年的冬天我們的生活就不會是現在的這個樣子了。那時我們就不怕颸風、下雨、飛雪了，對嗎?”

説完這話他就雙眼盯着我，他那伸出將近半寸長鼻毛的鼻孔也發出一個興奮的響聲。

我心裏想，他這條路倒是走對了。上山打柴或者當長工或賣零活，都不是可靠的辦法。特别是當長工，一到了冬天，主人不再需要買我們的氣力，我們就只有餓肚皮的一條路了。

“好!”我叫出聲來，表示同意。“不過，唔……你該是個種田的老把式吧?”他問。

“當然咯!”我説，睁大着眼睛望他。“我一直就是當種田的長工呀。”

這個冬天我們倆在山上没命地幹活，没命地積攢錢，準備來年春天種田。

可是不巧由於那年天狗吃了月亮，整個夏天没有下雨，秋收落了空，大家就都餓起飯來了。上山打柴爲生的莊稼人也就變得越來越多了，到了冬天就更多了。大樹上的枝椏都被折光，山前山後的小樹天天被砍，也逐步都變得無影無蹤了。甚至那些豪門大户家裏的樹也有人敢於去偷了。在一個伸手不見五指的黑夜，不知哪裏來的幾個年輕人，居然把財東長樂爺家門前三棵茶花樹也偷走了。你們知道，這是三棵好看的、有氣派的茶花樹。它們在長樂爺家門口並排立着，到了春天和夏天長得特别茂盛，像三把緑傘。

長樂爺當然非常生氣。有人膽敢偷他家的東西！這簡直是等於在太歲頭上動土。他説，他得把這些混蛋查出來，送進縣衙門關起來。可是他怎樣也搞不清究竟是哪些人偷走的。最後他只能推測到那個靠打柴爲生的北方逃荒佬的身上。

“這個混蛋!”他大發雷霆，“我得把他從這裏趕走。”

他真的派了幾個無賴到北方佬的茅屋裏來——我那時還呆在那裏。我們剛從山裏打柴回來，又累又餓；可是這群無賴，拿着兇器，就不管三七二十一，向我們打來。北方佬又是李大爺的佃户，他的女人又連連向這些壞蛋磕頭，那間茅屋算是保存住了。可是他們把北方佬打得遍體鱗傷，他積攢的幾個錢也全都被搶走了，我們打算在來春買牛的計劃也吹了。

他們離開以後，北方人和他的女人互相呆望着，笑不起來，也哭不出聲。望着這情景，我感到非常痛苦。你們知道，我是一個敏感的人，心也是怪軟的。

“這樣辦吧，”我沉默了一會兒説，“我們可以分手。我是沒有辦法買牛的，你這個可憐的北方佬現在又受了傷，我們還有什麽辦法種田呢？我還是離開的好。我再去找個主人，因爲我的肚皮並不比你的小，也得吃飯呀。我們現在是朋友，我實實在在地告訴你，你還是回到你北方的老家去吧，那裏你也許可以找到更好的謀生辦法。這裏對你説來是個陌生的地方，你在這裏活受罪。”

聽了我的話，北方佬的臉色變得蒼白了。

“好兄弟，不要講這樣的話吧！”

他的聲音很沉重，像是要哭一樣。

“我不能回我的老家去呀，”他説，向我望了一會兒，“一些軍閥總在那兒打仗，天天有炮聲和槍響，田地荒廢了，房屋被打壞了。現在他們的隊伍還在你打我，我攻你。老百姓在那裏活不下去了，連看家狗都逃難去了。現在只有那些扛槍的丘八在那裏活動呀……”

他的話忽然中斷了，他臉上現出非常難過的神色，好像他是盡力想要把他老家的一切都忘記掉。過了一會兒，他把臉掉向天空，换了個題目：

“好夥計，我已經告訴過你，我還很有一把氣力。我記得幾年以前，那些打内仗的丘八們把我抓去當伕子。你可以猜得出，那是一種什麽日子。丘八們逼着我挑一百多斤重的擔子，一天非得走一百多里路不可，走不動他們就用槍托子揍我。他們還没有一天給我吃過飽飯。這一切我都忍受住了。吃點苦頭我並不害怕。這次長樂爺的那批壞傢伙打了我一頓，也算不了什麽，至多三天以後我也就可以復元了。那時我們又可以進山打柴了。要緊的倒是：我們喜不喜歡幹活。如果我們勤快，我想買一頭牛也就不算是太難的事了。”

於是他就用他那雙毛烘烘的粗手熱情地拍着我的肩膀，等待我回答他。

我傻望着他，他的女人呆望着我，那個小傢伙，不聲不響地坐在一堆草上，盯着他的媽媽。我不知道該怎麼説好。我只覺得很不安，心也軟下來了。

“好吧,”我最後又無力地説，“我就在這裏呆下來吧，和你一道把你的那幾畝田種好。我這樣一個没有家的窮棒子，對生活還能有什麼太大的想頭。只要哪裏有飯吃，我就可以在哪裏呆下來。”

北方佬和他的女人聽完我的這幾句話，就同時都笑起來了。

那個冬天我們三人拼命地幹活，儘量地少吃，千方百計地積下幾個錢，準備買一頭牛。我們也不感到在吃苦，因爲我們心裏有了希望。

春天到來的時候，我們總算買得了一頭黄牛。李大爺也借給了我們一些農具。我們也就這樣開始種他的田了。

俗話説：荒年過後有豐年。這話不能説没有道理。這個春天下了幾場及時雨。每隔四五天上空總要出現一些烏雲，這些烏雲總不散，不多久就會化成爲新鮮雨。當然咯，荒年的情況我們也並没有完全忘記。那時天空也不時出現一些誘人的雲塊，但是它們卻老不變成雨。誰知道，它們飛到什麼地方去了？

我們插了秧，秧苗長得實在喜人。從遠處看，它們緑油油的，又密又茂，簡直像一片寬大的緑地毯。

每天幹完活，在太陽下山的時候，我們總要扛着鋤頭在田邊走走，瞧瞧這些緑色的莊稼。北方佬總是跟在我後面，走不幾步他就要熱情地拍拍我的肩膀，表示高興，特別是當我們來到莊稼長得最茂的地方的時候。

“南方佬,”他總喜歡以得意的神情説，“瞧，這些莊稼怎麼樣？”

他的問話後面總是跟着一陣愉快的笑聲。

“唔，很不錯,”我也笑着説，同樣感到滿意，“很不錯，很不錯。”

我心裏這樣想：我們以後可以跳出主人的巴掌心，不須再當長工了。過了幾年，如果我能積攢到足够的錢，我自己也可以成一個家，不再靠别人了。

每天太陽還没有出來以前，我們三個人——我自己、北方佬和他的女人——就一起下田，除草，加肥，真是忙得不亦樂乎。我們心裏也是樂乎乎的。

夏天終於到來了。我們冬天積攢下來的東西現在全消耗光了。剩下的只有幾件舊衣服。甚至這點東西我們也得當掉，换來還不到一千文錢。幸好天氣熱了，没有衣服穿也能過得去。野菜和稀粥也還够保住我們不餓死。日子雖然艱難，但我們一點也不覺得苦惱；相反，我們幹活的勁頭倒越變越大起來了，因爲一個希望在推動着我們往前幹。我們在做一個很美的夢：秋收一到，我們的困難就會過去了。有時我們的汗流得像河水，但我們還是呆在田裏幹活，太陽不下山我們不離開。嗨，現在回想起來，我自己也很奇怪，我們那時的勁兒怎麽會有那麽大。

炎熱的夏天就這樣過去了。秋天終於到來——收穫的季節！

我們的氣力没有白費。打下來的稻子，堆在稻場上，有好大一堆，簡直像座小山！我還忘記了説那些稻粒。每顆稻粒是又鼓又壯，在烈日的照射下，很難説它不像一顆金子。

當然，這時得把田東請來，按照佃約，在稻場上現場分配果實。

田主人來了，也帶來了他的管事先生和一群粗壯的漢子——他們每人都挑着一擔特大的籮筐。田主人和他的管事先生仔細檢驗了這堆金黄的穀子，然後站在它旁邊，很滿意地笑起來了。田主人甚至還撫摸了幾下他的小鬍子，對我們幹的活表示滿意。

按照原來的佃約，收成應該分做兩半：一半交給主人，作爲佃租；另一半由佃户本人留着，作爲一年辛苦的報酬。可是不知怎的，主人忽然變了卦，不同意這個分法。他的胃口很大。他説我們是用他的農具種出這些糧食的，没有農具，光有氣力也是白搭。

“這是天經地義的事，”他的管事先生附和着説，“你們過去當長工，只是拿出一點氣力，能分得主人的糧食嗎？能混得一口飯吃就很不錯了。這一年你們也算是混得了飯吃，並没有餓死呀！你們想過了嗎？”

事實上，還没有等我們想想，田主人就已經下命令，叫那些粗漢子動手，把稻子裝進他們的籮筐。他們的氣力大，動作快，一齊動手，不一會兒，不僅把田東分得的一半全都裝了筐，把應該留給我們的那一半也全都裝進籮筐裏去了。

北方佬呆呆地望着他們這一套像閃電一樣快的動作，腦子一時還拐不過彎來，變傻了。他的臉色蒼白，一句話也說不出來。但是漸漸地他明白了這是怎麽一回事。一股無名怒火開始在他心裏燒起來。

田主人和他的管事先生一直在盯着我們臉色的變化。他們看出我們的心裏正在有些什麽活動。管事先生對於這種情況看來是非常有經驗和有準備的。他對那些漢子使了個眼色，這些强盜挑起滿載的籮筐，拔腳就走。像是魔鬼給他們添了翅膀，他們不一會兒走得很遠了，連影子都没有在稻場上留下。那上面除了精光的黄土外，現在什麽也没有了。

這完全是白晝搶劫。北方佬氣得發抖，幾乎站不住腳。他的臉色一會兒從紅變白，一會兒從白變紅，青筋在他的額上直暴跳。我也是滿身大汗，雙手發癢，但我不是佃户，不是當事人，我得看北方佬的動静。

北方佬的雙手也在顫抖，但卻已經捏成了兩個拳頭。他逼近田主人——此人見勢不妙，正準備和他的管事離去。

“你倒活得快活，我們只配餓死，對嗎？”

北方佬發出這樣一個雷轟般的聲音。那個田東老狐狸吃了一驚，想不到北方佬居然敢説這樣的話。現在糧食既然搶到了手，爲了不吃眼前虧，他想他必須避免災亂臨頭。他真有些緊張起來了，但是要逃跑已經來不及，他的腿子開始在發抖。我大步地走到北方佬身旁來，我的手也捏成了拳頭。我也大吼了一聲：

“我們一年替你白幹活，憑什麽？”

我開始對着田東的鼻子揮動着我的拳頭。北方佬的女人，不顧她的小傢伙由於整天没有吃飯而正在哭叫，也衝到田東面前，忿忿不平罵他没有良心。

那位管事先生看來倒似乎心裏有數，他一直不動聲色。雖然我們的拳頭也在向他揮動，但他絲毫也没有現出緊張的樣子。相反，他把頭一偏，躲開了我們的拳頭，然後發出一聲冷笑，忽然反過手來揪住我的耳朵，向我斜斜地盯着，咬緊牙關説：

“朋友，你想造反嗎？唔，我看你還不是那種人……”

於是他放開嗓子，向那正在前方挑着穀子逃去的一群莽漢大聲喊叫，命令他們回來。你們可以想象得出，我當時心裏火燒得多麽厲害。這些老爺們太瞧不起人了，居然敢揪我的耳朵，像個大老爺。我現在也管不了什麽，甩起我的腿子直向他的肚皮亂踢。我的腳還很有一把勁兒。這一踢他没有能意料得到，也心裏慌了。他立刻鬆開了我的耳朵，他的身子晃了幾下，就像一隻肥豬似的倒在地上了。北方佬也放開他的拳頭，用巴掌向田東的臉上打去，發出兩個劈拍的響聲。

這時那群年輕的莽漢趕回來了。田東和他的管事看到這批匪徒式的人物到來，膽子又壯了起來。他們大聲叫：“打！使勁地打！打死了我抵命！”這批鷹犬，一聽到主人的命令，就一齊向我們撲來。我們也揮起拳頭，向他們還擊。我們這時什麽顧慮也没有了。這口氣非出不可。命不要都没有關係。我們大罵：

“你們這幫土匪……”

話還没有説完，兩條扁擔就同時向我的後腦勺劈了過來。我一點也没有防備這一手。那一下子可是真叫人痛。我不知道我的腦袋被劈開，還是在發漲，我站不住了，我眼前的一切都變黑了，我倒了下來。但我還似乎能模糊地聽見辱駡聲和北方佬和他的女人的掙扎聲。但是很快我也就什麽都聽不見了……

當我睜開眼睛的時候，已經是黑夜了。這時有一陣輕快的晚風吹起來。稻場上現在只剩有光赤的黄土。我打了一個寒噤。我感到全身的骨節都鬆散了，一陣劇痛透過了我的四肢。我立刻就聯想到北方佬一家人的命運。他們的遭遇不會比我更好——只有更壞。雖然我已經是遍體鱗傷，面青耳腫，我仍然掙扎着站起來，找到一根折斷了的扁擔，拄着它來到北方佬的茅屋。

但是茅屋已經没有了，只剩下一堆灰燼，床鋪和桌椅也只留下一些燒焦了的肢體……只有北方佬的女人，懷裏抱着孩子，頭低着，孤零零地坐在地上啼哭。她那蓬鬆的頭髮，夾雜着許多灰塵、稻草和血漬，在風中亂舞。她像一個活着的幽靈。

我在她旁邊蹲下來，問：

"北方佬呢？"

她一言不發，像個聾子。

我的心跳得厲害起來了。我又問：

"你的男人、北方佬呢？"

"唉！"她終於抬起頭來，用一個顫抖的聲音説，"他的傷勢太重了，他被扁擔打得不成人樣……你知道，那幫土匪的手是多麼狠……他們把我們的茅屋毁了，把我們唯一的一頭牛也牽走了……"

"請告訴我，他本人到什麼地方去了？"我感到有一股冷氣透過了我的脊椎。我似乎開始看到了他的魂魄在空中飄蕩。

"那幫土匪走後，他呆呆地坐在這座茅屋的一堆火灰旁邊，把全身的傷痛全都忘記了，像個木頭人。但不一會兒，他忽然大哭起來了，哭得可憐傷心！他是個堅强的男子漢，從來不知道哭的，但這次他卻哭得非常厲害，我也找不出話語來止住他，我也只好陪他一道哭，哭了好一陣子，他突然掙扎着站了起來。他對我說：去找另一個男人吧。和我這樣的人在一起，你會餓死。唉，我真對不起你！我是一個無用的人……"

她中斷了她的話，又哭了起來。

"我們去告他們！"我説，想安慰她，好叫她停止哭。

"哪裏去告？官府是他們的呀！"她説，算是中止了哭聲，"他有什麼辦法？他走了呀。"

我再也説不出什麼話來。我呆呆地望着她和她懷裏的孩子，心裏只有一個想法：天這樣黑，北方佬的傷勢又重，他能走多遠呢？他能到什麽地方去呢？

“他打算到什麽地方去，和你講過没有？”

她不再回答了。她又垂下了頭，她的眼淚不停地滴到整天睡在她懷裏的那個孩子的頭髮上。哎，我的天，這情景可叫我難過極了。我本來也是個窮光蛋，在這個世界上也没有什麽可以哭的——而且哭也没有用。但這次我的眼睛卻濕潤了，我也控制不住我的眼淚了。我安慰着她説：

“我去找他，你等一等，切記不要再哭……”

我又拄着那根折斷了的扁擔，拖着步子離開了這堆灰燼。我走了不到半里路，便感到腿子痛得要命，腦子特别沉重，好像天翻地轉，當然，一天没有吃東西，腸子也在造反了。我只有躺下來。我模糊地意識到，我躺的地方離一座孤廟不遠。

其他的東西我什麽也都再看不見了。我只是知道，夜幕把我籠罩了……

第二天早晨，我的體力恢復了一點，但肚子還是餓得要命，再要往前走，去找北方佬，起碼暫時不可能了。我只有拖着步子，又回到他的女人那裏來，因爲我也不放心這母子的處境。可是誰知道，待我來到那堆灰燼時，這母子也不見了。天知道他們到哪裏去了！我這時已經精疲力竭，一步也不能往前走。我躺在草上，只是睁着眼睛望着那白茫茫的天……

當我可以再站起來走動的時候，我又開始尋找這一家從北方老家逃避軍閥混戰來到這裏的三口人。我放心不下他們。雖然我們不是親屬，但我們畢竟在一起共同吃過一年苦，我總覺得他們是我這個光身漢的貼心人，我得非找到他們的下落不可。我又找了好幾天，找來找去，毫無蹤影，只是聽到一些謡傳。有人説北方佬的女人當了叫化子，有人説一個流氓把她騙走了，因爲她還年輕……總之，她不願意再呆在這塊地方，她要走得遠遠的……當然這次她不是逃兵荒……她要逃避一個可怕的記憶……

至於那個北方佬本人，我哪裏也打聽不到他的下落。但我還是一直没有停止努力。後來我碰到了幾個流往外縣而又回來了的長工漢，他們説有這麼一個挨過田東毒打的莊稼人，不過結果很可怕。原來他離開了他的女人和孩子以後，就在山裏加入了一個緑林幫。他倒不是因爲自己失去了一切而要去攔路搶劫别人的東西。他是想要報仇。他想説動他的同夥晚上去燒掉他的那個田東的老巢。但是他的想法還没有來得及兑現，他就在鄰縣被官家抓去了。幸虧他還没有傷過人，自己也没有搶過什麼東西，官家没有殺他的頭；可是把他關了好幾年。在牢裏他没有錢孝敬牢子，經常受到折磨和打駡，他終於病倒了。縣官覺得讓他死在牢裏將來不好交賬，最後就把他放了，但是不准他再呆在他們的縣裏。他又回到我們這個縣裏來——也許是因爲無地可去，也許他還夢想碰碰運氣，看能不能再找到他的女人和孩子，他纔又回到他這個吃過了許多苦的縣裏來。但是他的身體太弱了，他走到土雞山附近，腿子没有勁——也許是因爲他的心裏很難過，總之他站不穩，摇晃起來，腦袋一陣發暈就滑到山脚下的那個池塘裏去了。那時旁邊没有人，他就沉到水底，再也没起來……

事情就是這樣。這個説法我倒覺得還可信。我現在主人的大少爺就在鄰縣做生意，有一次他回家吃晚飯時和家裏人閑談起鄰縣的一些掌故。他也提起了這件事。他説我們縣出了一個强盜，到鄰縣去打劫，最後被抓住關了幾年，又趕回我們縣，“所幸在他還來不及回家就在一個池塘裏淹死了，没有成爲禍害——據説他原是一個佃户，但土匪成性，居然想打他的主人，最後跑去當土匪！”我在門外聽到了他講的這個故事。不用説，他説的這個“强盜”，一定是我的朋友——那個北方佬。

去年夏天，我的主人派我到鄰縣去，給他的兒子送夏衣。我偶然路過我剛纔説的那個池塘。那時天已經要黑了。不知道是由於趕路太累還是别的原故，我的腦袋有點兒恍惚。這時我似乎好像看到有一個黑影從那個池塘裏浮出水面，向我飄來。我出了一身冷汗。我想這可能是個水鬼。這時我就毫不猶豫地抽出我隨身帶的那把防身的刀子，我把它向那個陰影扔去。我猜想我的刀子大概打中了它，因爲我接着就恍惚聽見一個痛苦的叫聲：

“哎——”

這個聲音是那麽像我的朋友北方佬平時的歎息聲。我立刻全身顫抖起來，因爲我馬上記起了這個池塘和他的關係。我也感到非常痛苦，也極爲悔恨，我只希望我那一刀没有打中他。你們知道，我是從來不怕鬼的，可是這次我的那個一度非常强壯、好心腸的朋友的出現卻是在我的心裏引起了許多説不出的痛苦和害怕。我害怕某一天我也許遭到同樣的命運，因爲我，像我的這位北方朋友一樣，也是一個窮得發酸的莊稼人……哎，而且我現在還老了，氣力快要使盡……

老長工講完這個故事，就陷入沉思中去了，低着頭，再也没有多説出一個字來。其他的兩個年輕長工呆呆地望着他，也講不出話。在這鬱悶的沉寂中，老長工又似乎覺得他的故事没有一個結束，於是他只得又加了句：

“照這情形看，那個池塘是有一個水鬼，不過這是一個真人變的，而且還是我的一個熟人……”

他的聲音忽然變得很微弱，但是沉重，與他原有聲音不相稱。它顫動得厲害，裏面還夾雜着一種深沉的憂鬱和苦痛，同時還似乎帶有一點求情的味道：希望聽這個故事的人不要再追問細節和這個水鬼是否還活在那個池塘裏。

那兩個年輕的莊稼人似乎也懂得了這個老長工的意圖。他們也不再堅持自己關於這個水鬼是否存在的意見。但他們也失去了再繼續爲了消磨這個炎熱的仲夏夜而聊閑天的興趣。他們彼此望了一眼就都又墜入沉默中去，誰也不再發出一個聲音。在澄静的月光中，這種沉默呈現出一種哀悼的氣氛。在這氣氛中三個長工漢一齊都垂下了頭……

三　兄　弟

“要不要泡壺茶?”老大對老二説，同時伸了伸雙臂，打了個哈欠，“今夜是這樣寒冷，我的雙腳差不多要凍僵了。”

“我也是這樣。”老二表示同意，“火盆裏的木炭已經快要滅了。泡壺茶吧。”

老大到廚房裏去，把水壺放在火上。在此同時老二揉揉他那想睡的眼睛，發出一聲疲勞的歎息，接着便繼續打着算盤。算盤子在柱上響動，發出的聲音很像銀盤裏轉動着珠子，既清脆，又響亮，産生出一種音樂的效果。這音樂的節拍隨着他的手指撥動算盤子的速度的增長而加快。不一會兒，他又忘記了他的疲勞，他的眼睛又射出精力充沛的光芒，好像他剛剛睡完了一次舒服的、恢復元氣的大覺。這個古老的計算工具上所呈現出的可喜數字提起了他的精神。

他是在結算他和他哥哥的合股商店在過去十一個月中所獲得的利潤。

没有多大一會兒，老大從廚房裏走出來了。他在桌上放了兩個鐘形的藍杯子，每個杯子裏又放一撮長長尖尖的緑茶葉。接着他就把開水倒進杯子，茶葉接着便浮了起來，輕輕地，不聲不響地張開，直到它們變得又緑，又厚，又沉，在水面上動蕩了幾下，就又墜到杯底上去了。它們在杯底上躺着，再也没有動，發出一陣清香，好像青山上飽餐了春天雨露後的茶花所散出的氣味。老大對着杯裏蒸發出來的、在上空盤旋着的水汽深深地吸了一口，然後在半陶醉的狀態中閉上眼睛。他欣賞這茶和它所發出的香氣。

弟弟撥動着算珠的手指忽然停止住了，因爲他也受到這股香味的感染而不能自制。他也閉起了雙眼，墜入到一種安静的陶醉狀態中去。

這是他們最近這個階段在生活中所發現的一種樂趣。在緊張工作的間歇，這可以給他們帶來一會兒徹底的休息，把他們引向一個不同的境界中去。二十年前，他們是一個唱戲的流浪藝人的經常挨餓的孩子。這個流浪藝人，當時的活動是專爲來往於一條荒涼的大河上拉竹排的縴夫們作些簡單、粗俗的演出。他們没有家，甚至連故鄉都没有，因爲他們是在一個破竹排上出生的。他們的父親是靠做些怪相、唱些下里巴人的歌曲而謀生的。他所能獲得的生活資料，充其量也不過是够一家活命，免於餓死。他一生的日子就是這樣過去的，直到有一天他忽然在那孤寂的沙灘上，在一塊破棉絮上躺倒，離開了人世。他的妻子已經頭一年在憂患和窮困中去世。他正好去與她在另一個世界裏團聚。他對他的三個兒子——那時他們的年齡是從八歲到十五歲——的遺言是，他們應該從事一些實際和有用的職業，找個安静的地方住下，萬萬不要對這條荒漠的大河再作出任何幻想。

這兩個年紀較大的兄弟，流浪了十來年以後，换了不知多少活計，最後纔算是積得了一點錢，在這個小小的圍着城牆的鄉鎮裏擺起一個菜攤子。通過不要命的苦幹和節省，他們又使這個菜攤子發展成爲一個雜貨鋪，最後又擴大成爲一個合股商號。他們現在出售“洋廣雜貨”，也就是説油鹽和火柴之類的生活必需品。作爲這個小鎮的“最富有的商人”，他們可不能像那官紳一樣，安安静静地坐到深夜，悠閑地品嘗那芬芳的緑茶，而對河上寒冷的月亮和無情的寒冷空氣絲毫也不關心。

茶杯裏升起來的芳香蒸氣逐漸消散了。兩兄弟慢慢睁開眼睛，迷糊地望着杯裏的緑色茶葉冥思。只有當他們的嘴唇接觸到了這温暖的茶水以後，他們的頭腦纔開始清醒過來，回到生意收入的核算中去。

“總數是多少？”大哥問。

“還没有算完，”二弟回答説，“不過把這些數目加在一起，净利大概有一百五十元的樣子。”

“好！”老大歡叫了一聲。他又喝了一口茶，又墜入沉思中去。一系列的幻象開始在他的眼前浮現，而這些幻象，由於燈油已盡、燈芯要滅，變得更爲活躍起來：這個小鎮外面的鄉下有一幢寬大的房子，房子的後邊有個果園，左邊有個披屋——那裏面住着園丁和他的妻子，而這個妻子也可以作爲廚子使用；這幢房子的女主人將是長得胖胖墩墩，一副福相，她的臀部也將是相當寬厚，是多子多孫的樣子，因而在孩子們的傭人們中間她享有極高的威信。孩子們將會受到很好的教育，成爲高雅的人，他們將不再帶有河上藝人的任何痕跡，甚至也不再有出身於小雜貨店老闆家庭的任何記憶。

當大哥正沉醉在這些夢想中的時候，老二又在那個古老的計算工具上開始他的工作。它旁邊放着一本賬簿。他的手指在算盤子上撥動，從這一端跳向另一端，好像是在飛舞一樣。但是他的心也沉浸在一幅夢幻的圖畫之中。他夢見有一天他們兄弟倆都結了婚。那時他們將分家，因爲老大是個有點看破人生、與世無争和頗爲神經質的人，對於現狀容易感到滿足。他得獨自經營，在其他的鄉鎮裏開些分店——如果可能的話，也許還開幾個榨油的作坊，甚至還買一隊竹排來運輸他自己的貨物。

忽然間，外面傳來了鑼聲。這是更夫在報告夜的進展。他們兩人的兩股幻想也就這樣被打斷了。那個老銅鑼的聲音最初並不是怎麽太響亮，但是當它來到附近城牆上的時候，它播出的聲浪就能聽得很清楚了。但説來也奇怪，這倒更加深了夜的沉寂。除了這個更夫和這兩個勤勞的兄弟以外，城裏的居民都已進入熟睡的夢鄉了。這個小城鎮本身也好像是在夢中。大哥不知怎的，感到内心有某種奇特的不安，因而絲毫也没有睡意。他甚至打一下哈欠的要求也没有。也許那杯緑茶在他的神經上起了某種刺激作用。使弟弟感到極爲驚異的是，他忽然念起佛的名字來："阿彌陀佛，阿彌陀佛……"這是他早年在不知不覺中從母親那裏得來的一個奇怪的習慣：每當她的孩子饑餓得發慌的時候她就要念這個名字。這是一種禱告。但對他説來，這現在只代表一種心情，那就是當他不能入睡的時候。

當他正在喊起這個救世主的名字時，他不聲不響地走到樓上去，讓二弟繼續忙着打算盤和核對賬目。他站在一個小窗子旁邊，好像是在静静地、注意地傾聽外面寒霜下降的響動。接着，他用顫抖的手，把兩扇窗門拉開。那外面，冬夜的月光是多麽美啊！他伸出腦袋朝左邊望了望，又朝右邊望了望。的確寒霜正在下降。他可以望見許多屋頂上的瓦正在月光中發出閃光，像魚鱗一樣。再更遠一點，他還可以望見那條大河在蒼白的天空下閃亮，像一條白色的緞帶。沙灘上的沙粒也像無數的群星似的在眨眼。出乎他意料，他忽然感到心兒發緊：他記起了他的童年，記起了就在這樣的沙洲上他的母親抱着他們兄弟三人在一個破棚子度過這樣寒冷的月夜。這個記憶，在此情此景之下，變得越來越生動，他再也忍受不了，於是他便立即把窗門關上。他用遲疑的步子，走下樓梯，來到他店裏的賬房。

他的弟弟，低着頭，仍然在忙着撥動算珠，他那天真的身影斜斜地印在牆上。

"賬還没有算完，喂？"老大裝做出一聲憨笑問。他想聊幾句天，以便忘卻有關他的兒時和他們那個最小的弟弟的記憶。

"還有一點賬目没有算清楚，"老二回答説，"不管怎樣，下一更開始時我們就得準備上床去睡覺了。"

老大坐在桌子旁邊，靜靜地等待弟弟。時間一分一秒地過去，但下一更的鑼聲卻一直没有再響。也許更夫睡糊塗了或者正在被一個噩夢纏擾着。大哥感到很膩煩，眼睛一直盯着弟弟，觀察他那緊閉着的嘴唇、嚴肅認真的眉毛和高高的鼻子。這些面孔上的特徵，是他在父親死後親自帶養兩個弟弟時親眼看到發育成爲現在的這個樣兒的。這樣兒又無形把他帶到有關過去那些日子的回憶中去。説來也奇怪，他越看着這個弟弟，他就越想起了老三。這個最小的弟弟，現在究竟在什麽地方，他一點概念也没有。

"老二！"最後他再也無法保持住沉默了，"你想我們的老三此刻會在什麽地方？"

這位勤勞的二弟停住了他在算盤上飛舞着的手指。他抬起他那緊鎖的眉毛，望着老大。他猜不透什麽東西使老大忽然在這個時候想起了那個不可救藥的年輕人。"我想，他大概還是在沙洲上給那些愚蠢的縴夫逗樂吧。”於是，他照舊低下頭，又埋頭工作。但是過了一會兒，他又改變了他的想法，補充了一句：“哦，不，他一定又是和他那些流浪的朋友們一道，正在什麽地方一堆稻草上睡覺。”

這兩句無意中説的話，在老大慈父般的心裏引起了一陣刺痛。他什麽也説不出來。

他們的那位最小的弟弟，也許是由於他血液裏的遺傳基因的排列比較怪，與他們倆在各方面都不同。當他在那條荒涼的大河上度過他的童年的時候，他對他父親及其演藝的同夥們所作的一些滑稽相聲和粗俗的表演感到極大的熱情。這些長時期不理髮、臉上佈滿了風塵的藝人，在這條大河上下巡迴演出，爲的是讓那些拉竹排的縴夫們能在他們孤寂的生活中得到一點樂趣。當他長大了的時候，他也下決心要參加這些演唱藝人的行列。他熱愛藝術的“事業”，其頑强的程度，和老二熱中於做生意相比，絲毫也没有兩樣。當他的兩位哥哥苦口婆心地勸他參加他們的商業活動時，他斷然地拒絕了。他説他生來不是金錢的奴隸。這位白手起家的、精於世故的老二，對於他這種蔑視的回答，感到非常忿怒。他説：“滚開你的吧！”這位最年輕的弟弟也就真的“滚開”了，絲毫的猶疑也没有。

不過幾天以後，這個不可救藥的年輕人，忽然又在兩位哥哥的商店裏出現了。他的臉色蒼白，骨瘦如柴，頭髮蓬鬆，下巴上還留了一撮可笑的小鬍子。他的這副外表，與其説是像一位巡遊演員，倒還不如説是像個詩人。這一次，算是他有生第一回，也談起生意來。他聽説兩位哥哥的生意很興隆，他們打算討老婆，在安静的鄉下建立起各自舒適的家。他本人也想結婚，雖然他不知道他是否願意也找個什麽安静的鄉下住下來。

“那麽你爲什麽不立即結婚呢？”老大問，對於弟弟的這個想法深表同情，“這是一樁好事呀。”

“這正是問題的所在，”小弟弟説，“我需要一點費用。你知道，幹藝術這一行是掙不了錢的呀……”

“我完全理解。唔……也許我們可以……”

“等一等!”老二打斷哥哥的話説，面嚮老三，“你將要和誰結婚?”

“和一個女藝人，一個歌唱家，一個美麗的演員。”

“你的意思是指你們那幫流浪漢中的一員嗎?”二哥一聽到“藝人妻子”這個名詞就立刻火冒三丈，“你的意思是説，你們將雙雙地流浪一生，把你們的孩子丢在荒涼的沙洲上，讓月亮和星星去照看他們嗎?這種生活，我們自己在童年時期已經過够了。我告訴你：滚開!”

這位最年輕的弟弟又真的“滚開”了，像頭一次一樣。

對於這種“實利主義的、庸俗的、侮辱性的”話語，他再也吞不下去，正如二哥對他甘願讓自己的孩子在那無情的大河上度過童年的那種想法感到忿怒一樣。這一次他們的分手，不是作爲兄弟，而是作爲敵人。他們没有説聲“再見”，更談不上“後會有期”。

這一次的交鋒在老大的記憶中留下了深刻的印象。這個印象現在又在他的迷糊的視綫中變得活躍起來，好像是剛不久發生的事情一樣。“阿彌陀佛！阿彌陀佛!”他又念起佛的名字來。

他剛一念完，外邊的街上就響起了一片喧鬧聲。這聲音很大，像一聲春雷。老二本能地變得神經質起來。他立刻想到了店裏資財的安全。他從座位上跳起來，把賬簿夾在臂下，向樓上衝去。老大也馬上搬開賬桌，用它頂住大門，以加固大門的抵抗力。接着他也跑到頂樓上去。他小心翼翼地把樓上的小窗拉開一半，向外面窺望。有一群戴着面罩的人從城門那兒湧進街來——而城門，使這兩兄弟驚愕不止的是，它居然被打開了。

“難怪更夫一直再没有敲鑼了，”大哥低聲説，他的牙齒抖得咯咯作響，“這個可憐的老更夫恐怕已經被他們卡死了。這批强盗的探子大概在天黑以前就已經偷偷地鑽進了城裏，藏在一個什麽地方——也許就在更樓的附近。”

“不要廢話!”二弟提醒哥哥説，“他們就是來搶劫我們的呀。他們知道我們今年賺了錢。他們也知道，我們快要過新年，正在關門休息，現錢大概仍留在店裏。我們朝夕所夢想的建立家庭的計劃，現在要破滅了。

我們趕快上屋頂，得保衛我們的財産。”

這幾句頭腦清醒的話，使老大意識到事態的嚴重。他緊張起來。不過他的夢——建立一個美好的家，屋前屋後有果園和菜園，還有一個披屋——使他保持住了理智平衡。他跟着弟弟爬上屋頂上的護牆後面——這個護牆是他們在生意開始賺錢的時候爲了防止意外而特别建造的。

强盜的人數並不多，大概只有十六七名。他們没有攜帶特别有效的武器。他們只有一些老式的長矛和大刀以及兩三杆可能長時期不曾用過的土槍。月光把他們的身影都照出來了。看來，他們的面貌既不可怕，也不可憎，雖然他們嘈雜的吆喝聲聽起來似乎有點嚇人。他們在街頭上奔下跳，像魔鬼似的呼嘯，可是他們的這些舉動並没有能産生預期的效果。那些店鋪的門都很結實，在夜裏照例是關得很牢，而且一般都用桌子在裏面加固了，正如這兩兄弟的店門一樣。這些店門只有大力士纔能撞倒。

由於這些强盜所作的破門努力都没有獲得成功，這兩位兄弟静静地蹲在屋頂上也逐步恢復了自己的信心。不過很快他們的神經又變得緊張起來了。這些强盜最後選擇了他們的店門爲攻擊的重點。他們開始集中力量來對它撞擊。他們搬來了一塊長條石，把它繫在兩根粗繩子上。他們正對準店門有節奏地、沉重地來回甩動着這塊巨石，大門發出一種劈裂的回音。每一個回音都使這兩兄弟出一身冷汗。他們的事業，他們的未來，他們的生活，現在正處於毁滅的邊緣。他們的家業能够發展到現在這樣的地步，整整花費了他們十五年的時間；不過他們的這一切成就，現在有可能在一刻鐘之内就變成烏有。

在這種絶望的情緒中，大哥靈機一動，忽然想起了一個對策。他記起了店裏藏有不少的石灰，這原來是爲了要擴建這個老店面準備的。他立刻跑到下邊的儲藏室，搬上兩大桶這種乾燥的、烈性的粉末來。當攻擊者正在以全副精神和氣力有節奏、有計劃地撞門的時候，這兩兄弟就在瓦頂上猛然把這石灰對準他們的頭頂傾倒下來。一股氣味焦燥的、使人窒息的白雲立刻就升起來了，像一股煙幕似的把這些强盜層層包住。那空洞的撞門聲，這時也像有什麽人使了魔法似的，忽然停止了。只有陣陣受嗆的咳嗽聲纔打破了這突然的沉寂。强盜們的鼻孔和嘴巴被這石灰嗆得不能呼吸，他們的眼睛也被這烈性的粉末奪去了視覺的功能。他們像被一陣乍起的狂風吹散了的馬蜂一樣，開始四處奔逃。但他們並没有放棄搶劫這個店鋪的企圖。他們仍然在發出威脅性的吆喝聲。他們甚至還揚言，當他們撞開了店門以後，他們一定要把暗藏在瓦頂上的搗蛋分子殺頭。他們甚至還發誓，他們一定要在半個鐘頭之内把店門撞開。

石灰雲逐漸消散了，店門又在强盜們的視綫中顯露了出來。他們又齊聚到店門前來。這次他們同仇敵愾的氣氛更加變得强烈了。剛纔他們所經受過的窒息的苦痛，現在在他們心中煽起了怒火和仇恨。他們現在所要幹的就不單只是奪得資財了，他們還要爲剛纔强加於他們的“不義行爲”採取報復行動。事實上他們已經在向蹲在瓦頂的兩個“懦夫”辱罵，説他們進入店内以後，在把這兩個“儒夫”殺頭以前，先要把他們放在大飯鍋裏煮個半開。不過怎樣把兩個活生生的人放在一個飯鍋裏煮得半開，他們並没有作出任何説明，只讓這兩兄弟本人去猜測。他們還有些人則揮着拳頭，表示他們將會怎樣把這兄弟倆捶個半死，“因爲他們墮落到這種地步，居然乞援於毒粉來傷害人!”

在這些强盜中有一個年輕人，看上去非常活躍，而且機靈。他既不曾大喊，也没有揮動過拳頭。他一直是用平心静氣的口氣，像個指揮官似的，告訴他的同夥應該採取什麽步驟，應該運用什麽策略，以保證把店門撞開。現在石灰雲既已消散了，他又開始來指揮攻門。實際上他在做出手勢，告誡他的夥伴們不要空喊，而要盡力甩動那個又厚又長的石塊撞門。瓦頂上的老二用極度警惕和兇狠的眼光注視着這個年輕人的每一個動作。在大哥還没有來得及再運兩桶石灰到屋頂上以前，他從護牆上搬下一塊磚，等待機會來對付這個年輕的指揮者。

店鋪下邊的大門開始發出嘎吱聲。看樣子，大概過不了多久它就會被撞開了。攻打者現在也意識到了這一點。他們對準着門甩動着那塊又厚又長的石塊，速度在逐步增加，而他們肌肉的運用也變得非常靈活和有節奏，好像他們現在不是在搶劫一個店鋪，而是在挖一個金礦。他們現在對於勝利已經有了把握，因此他們也就哼起一支合唱——一支關於一個年輕寡婦渴望找到一個新丈夫的歌。那個一直在指揮着撞門的、活躍的年輕强盜，這時從一個門洞裏冒出來，坐在一個空香煙攤子上，想悠閑地抽一袋煙，静待他的策略産生結果。屋頂上的老二歪着他的左眼瞄準他。正當這位年輕的戰術家要點燃他的煙鍋的時候，他鬆開了他手裏的那塊磚。這塊磚正正地落在這位組織者腦袋的頂門心上。這位組織者立刻滚到地上，像一根木頭。他立刻失去了知覺。

那些正在哼着歌曲的攻門者立即就發現了這個意外。他們馬上放棄了攻門，對這意外當然感到非常惋惜。他們全體湧到他們受了傷的領頭身邊。不過他們怎樣也找不出辦法使他恢復知覺。他們没有任何急救的準備。他們連個地方燒點熱水給這個傷員喝都做不到。在此同時，遠方已經傳來了雞叫聲。這説明天快要亮了。使他們更感到狼狽的是，屋頂上的那兩位兄弟，被剛纔所取得的勝利所鼓舞，又開始在這些受了挫折的强盜頭上大扔特扔瓦塊。他們有許多人不是鼻子被打傷就是耳朵被削掉一半，或者頭蓋骨被打破。最後他們只好抬起他們的頭目，倉皇地撤退。

屋頂上的這兩位兄弟這時就走下樓，來到賬房裏。他們喝過茶的茶杯仍然立在算盤旁邊，好像什麽事情也没有發生過似的。大哥呆呆地望着這兩個杯子，他的厚嘴唇翹着像個豬鼻子。

“强盜都退走了。”他打破沉寂，最後説，“這整個事兒真像一場怪夢，但這也是事實。我們的財産和未來，我們許多年勞動的果實，我們的一切，可能在轉眼之間就變成了烏有，真險!”

説完這話，大哥再也不開腔了，只是輕輕地歎了一口氣。他的這種不合時宜的悲觀的表現，引起了老二的好奇。

“你歎氣幹什麽，大哥?”他問，“我們的資財現在不是全都安全無恙麽?”

“我正是爲我們的資財和未來而歎氣呀。”

“我不懂你的意思。”

“我剛纔有一個奇怪的想法：如果我們没有這些資財，我們也許會更快樂一些。”

二弟現在懂得了大哥這話的意思，因此没有再發表意見。他只是説：“我們的父母一生都受饑餓的威脅。”

“但是我們現在永遠也不會，哪怕我們任何資財也没有。”

“嗯……”

遠方傳來的一陣牛叫聲，把弟弟的話打斷了。天已經亮了。附近鄉下勤勞的莊稼人已經起了床，正在放出他們的牲口。這使這兩兄弟記起昨夜更夫忘記了打更的事。也許他已經被强盜們在他不備之中謀害死了。大哥一想到這點全身就顫抖起來。

“可憐的老頭兒！”他自言自語地低聲説，好像他已經看見了那個老更夫血肉模糊的屍體，“他有那麽一個和善的、與世無争的面孔！”

“你講的什麽？”二弟好奇地問，“你是和一個幽靈在講話嗎？”

“我講的是我們守夜的更夫。他在這個世界上除了一管舊煙袋以外，一無所有。一切其他的東西，更樓、他睡的草席、他經常坐着曬太陽的那隻小凳，這一切都屬於鎮商會。他爲什麽要被殺害呢？”

“不要説夢話吧，”二弟説，“你還没有去看過他，你怎麽知道他已經被殺害了呢？如果他真的被害死了，那也只不過是一樁不幸的意外，你我對此都無能爲力。”

“我們並不是無能爲力呀。”老大嚴肅地説，好像他自己就是那個謀害者似的，“如果我們去年没有賺那麽多錢，那麽也就不會有人來找他的麻煩了。他的被害完全是因了我們的資産。”

“不要説傻話吧。”老二説，想儘量使哥哥的神經鎮静下來，“死亡不過是一件不幸的意外。比如説吧，我向那個年輕强盜的頂門心上投下去的那塊磚，如果結果了他的性命，那也不過是另外一樁意外。這也只不過是偶然發生的一個事件。我並没有在三個月以前就計劃好了要這樣做呀。”

“怎的？你向那個極爲活躍的年輕人頭上投了一塊磚？我們且不談他的罪惡活動，但作爲一個年輕人，他倒似乎是很可愛的啦，不能説他一點前途也沒有。”

“老哥，真想不到你變得這樣溫情起來——這完全沒有必要。當然，當他要點起煙袋來抽煙的時候，是我正正地在他的頭頂上扔下那塊磚。”

“那麽你就是個殺人兇手了！”老大在一種自我掀起的恐怖中大叫了一聲，“我們家裏沒有任何人殺過一個活生生的人呀。他的血流得很多嗎？你看見他那被敲破了的腦袋噴出血來嗎？”

“老哥，別這樣胡思亂想、自作緊張吧。那不是一個人，而是一個强盜呀，而且還是一個誰也不知姓名的强盜。你從來沒有見過他的面孔，我從來也沒有見過他的面孔。我們管他幹什麽呢？”

雖然弟弟説了這麽多安撫的話，但是哥哥仍然是變得越來越神經質。他的想象中已經現出了一幅淒慘可怕的圖畫：一個一度曾經是非常生動活潑的年輕人忽然躺在一灘血泊之中，像被一輛大車碾過去了的一隻死老鼠一樣。

事實上，當這具想象中的屍體的體積在他迷糊的視綫中逐漸增大的時候，他的全身都顫抖了起來。他的雙腿簡直是在摇晃，幾乎使他要摔倒。

“我不知道，守住我們的這點資財，能有多大的意義。”他作一番努力來穩定住自己以後，不着邊際地説了這樣一句話。

老二還是聽不懂哥哥説這話的意嚮。他保持沉默，望着哥哥那沒有表情的、木然的臉色，迷惑起來。

“如果我們的三弟再來請求我們幫助，”哥哥仍不着邊際地繼續説，“我們不妨把我三分之一的財産分給他，好叫他也能像我們一樣，把日子過得好一點，好叫他能和他所愛的那個女子結婚，好叫他偶爾之間能請請他那些流浪的藝人朋友，大吃一餐。他們一定也渴望欣賞和享受豐富的飯菜，像我們小時一樣……”

這種不停的、毫無意義的自言自語，現在使這位二弟再也無法忍受。他從來沒有聽見過這種荒唐的想法。爲了制止大哥的這種幼稚的嘮叨，他提高聲音，説：

“大哥，恐怕你瘋了。你説的話簡直像個無知的老太太。”

“隨便你怎麼説吧,”大哥説,“我忽然感到我們生活的空虛。”

老二還來不及找到適當的話語來糾正哥哥的這種無頭無腦的悲觀思想,就忽然聽到外面有人在敲門。他這纔驚奇地發現,天早已經大亮了。他拍了拍身上的石灰塵,前去開門。這是鎮上商會跑差的老傭人來看他們。他臉上做出一個苦笑,慶祝這個精幹的二老闆的聰明能幹,昨夜與强盜鬥智,取得了勝利。但是很快他那皺紋滿面的臉孔拉長了。他很惋惜和難過:那個善良的更夫昨天夜裏被强盜用一個墊了棉絮的綫盒裝着的一個蘋果塞進嘴裏,活活地被悶死了。這個老頭兒最後又補充了一句,作爲他個人的感想,説:“那些强盜的本意可能不是想要把這個可憐的更夫弄死,因爲他也和他們一樣,是個窮人呀。”接着他又作出他的推想:强盜們也許以爲他們幹完他們罪惡的勾當後,老更夫可能已經把牙齒咬進了蘋果,把它嚼碎,並且也從中吮吸一些香甜的果汁來潤濕他焦乾了的嘴巴,作爲他忍受了這場痛苦的報償。“可是,哎!”老傭人歎了一口氣,“老更夫可没有這樣的幸運。這也是爲什麼他是睁着眼睛死去的。他的壽數不應該死,所以他不能瞑目。”

“他的壽數不應該死?”老大問。

“當然咯——這是我的看法。”商會的跑差老人説,聲音降得極爲低微。這時他忽然感到,無論從工資和年齡上講,他們都處於同樣地位;所不同的是分工有别:一個是在白天幹活,一個是在晚上值勤。這種共同的命運感,使得他極爲難過和感傷:誰知道某一天他自己會不會也遭到同樣的不幸呢?因此這位老跑差就再也説不下去了。“是,他死得太早了。這一切都是爲了保護你們的財産!”

他道出了這番略帶恨意的不滿以後,馬上又感到害怕起來。他説的這番話,從性質上講,帶有反抗味道的。不管怎樣,他每天的生計是靠像這兩兄弟這樣的人來維持的。因此他立刻把他那拉長的面孔用一個假意的微笑僞裝起來。他同樣用一個僞善高興的聲音説:

“没有什麼了不起。那批强盜用一個年輕人填了這條老命。從這一點上講,我們還賺了一點。”

老二打了一個寒噤。“你這是什麽意思?”他問。

“我今天大清早在沙洲上發現了一個傷勢很重的年輕人，他的同夥把他抬出城後，他就死了。他們把他，短命鬼，單獨扔在那裏，他們自己就逃到河對岸的深山裏去了。”

兩兄弟的面色立即變得慘白。二弟的心裏起了一陣痙攣。他忽然意識到他是一個殺人兇手，一個謀害了一個年輕生命的人——他曾蹲在屋頂上静静地注視着這個生命上躥下跳，甚至還打算在那清澈寒冷的月光中抽一袋煙，很像一位勇士或將軍在一場忙亂的戰鬥中所做的那樣。

“我們去看看那具屍體吧!”他急迫地説，懷着僥倖的心理，希望那個年輕的死者不是他手下的犧牲品。

“好!”商會的跑差老人説，“我們一塊兒去吧!”

兩兄弟跟着這個老頭兒來到沙洲上。在水邊，在一塊堆着一些被淌上來的竹排殘骸的地方，有一群人在圍看一件什麽東西。這兩兄弟擠了進去。在那裏，僵直地躺在沙灘上，是一具年輕强盜的屍體。官家派下來的仵作正在檢驗這具屍體。它的面孔，除了下巴上留的一撮小鬍子外，已經是模糊不可辨認。誰也看不出這究竟是什麽人。仵作只是在他的胸前發現了一封未寫完的信。信的内容是這樣的:

> 我的至愛的:
>
> 最後我決計作一次旅行——我想，這將是一次吉凶未卜的旅行。但是我將有許多朋友來幫助我——他們，在我們結婚的那天，將是我們最尊貴的客人。我相信，我的這次旅行將會是成功的，因爲我並不想傷害什麽人，我只不過想借點錢，而這點錢我覺得我有一定感情上的理由去借來，這也是爲了我們生活的幸福所必需的……

仵作向衆人念完了這一段話後，發表了一點自己的感想，説:“倒很像一首多情的詩，呃?”接着，他向周圍望了一眼，問:“你們中間有没有人認識這個作者或者他想要娶的那個女人?”

“當然咯，作者就是寫這封信的年輕人。”商會跑差的老人毫無意義地說，“瞧他蓄的那一撮小鬍子。除了流浪在河上的藝人，誰還能寫出這樣的東西?”

“這我當然知道，”仵作說，“但我所想要知道的是，這個藝人究竟是誰。”

“讓我來瞧瞧。”老大說，把那張紙從商會跑公差的老人手裏接過來。

當這位大哥正在研究紙上的字跡時，他的臉色就立刻變得死一樣的慘白。他的手開始顫抖，而且顫抖得如此厲害，弄得這張紙從他的手指上滑了下來。老二把它撿起來，也讀了一下。他的臉色也立即變得蒼白。商會跑差的老人當然也立即注意到了他這種神色的變化。他雙手扶着這位兄弟的肩膀，使他不至於倒下來。

仵作感到很好奇。“也許你認識這個年輕的强盜吧?”他問這位弟弟。

這位弟弟似乎没有聽見這句問話。他只是牛頭不對馬嘴地說:“我殺害了他……當他正要點燃一袋煙的時候我殺害了他……”

仵作被這種前言不接後語的句子弄得糊塗了，就掉向那位大哥，問:“你會不會和這傢伙有點什麽關係?你們之間似乎有某種老賬要算。難道你們是老仇人或者是對某份遺産有争議的相互懷恨的親屬?”

大哥呆呆地把這問話者望了一會兒，好像他是一個外鄉人。接着他就不着邊際地、自言自語地說:“我們没有什麽遺産可以鬧一場紛争。我們的父母留給我們只是三個兄弟，三個很健壯的兄弟。但是現在有一個已經死了……死了……他是在沙洲上長大的……”

這段誰也聽不懂的獨白，把圍觀的衆人弄得更糊塗了。他們都睁着好奇的眼睛，盯着這兩位兄弟，保持着一種極大的沉寂。

“這張信紙可不可以給我保存，作爲紀念?”老二從他神智迷糊的狀態中清醒過來，向仵作提出這個要求。

“作爲紀念?爲什麽?”仵作反問着。

“嗯，没有什麽!”大哥打斷說，“不過請讓我們爲這個死去的年輕人舉行一個適當的葬禮，把他安葬吧。他没有家。我們如果能使他長眠安息，我們也會感覺得好一些。”

這是一種慈善的姿態，因此公衆對此都很稱贊。不過使大家感到驚奇的是，後來他們所舉行的這番葬禮，卻是極講排場，像是要葬一個有錢的地主似的。許多人，包括活動在那荒涼的河上的流浪的唱戲藝人，也都被請來參加這個葬禮，而且受到豐盛的招待。送葬的行列拉有一里多路長。這個年輕强盜的墳墓位置在一座山的避風處。它面嚮沙洲，俯瞰那不斷向東流去的大河——在這大河上下，那些面上被風霜刻滿了裂紋的縴夫，總是彎着腰，拉着一隊隊的載重竹排，拖着沉重的步子，來來往往地前行，爲的是要掙得足够的錢，以維持他們那單調的、寂寞的生存。這座墳前豎立了一個長方形的墓碑，上面刻了這樣幾行字：

這裏安息着一個無名的偉大藝人。他爲了給河上孤寂的縴夫們提供一點樂趣，貢獻出了他整個的生命。

這整個的葬禮是非常隆重和豪華，花了很多錢。看來，這兩兄弟把他們的全部財産都爲這次葬事耗光了。

“我想他們一定是瘋了，”這次事件過後，鎮商會的那個跑差老夫役表示出這樣的看法，“我可以打賭，他們的店非關門不可。”

他的看法没有錯。喪事辦完以後，第二天店就關門了。它再也没有開門。它的一些老顧客只看見店門上懸着一個大牌子，上面寫着：“本店因一個近親的喪事歇業”。這個牌子不時在風中飄蕩。誰也不知道這兩兄弟去到了什麽地方。只有一次一個從鄉下到鎮上來賣菜的人説，他一大清早看見過他們：他們已經换上了流浪唱戲藝人的服裝，正在趕向沙洲上一塊避風的地方走去；那兒有一群縴夫正聚在一起等待他們表演一些粗俗的短劇和相聲，以便他們在開始這一天沉重的活計以前，心情能够變得略微高興一點。不過這個賣菜人説，他可没有把握，這兩個藝人會不會就是原先的那兩個店老闆，“因爲我的眼睛在早晨照例有點兒迷糊；此外，那天很特別：霧非常大。”

郎　中

我們老師治療這場病已經快有一年的歷史了。我不知道他還要在它上面花多少光陰。這是一場很奇怪的病，他至今還没有能够確診。時間每過一天，他的苦惱的比重也就相應地增加。這倒不是因爲他在這個地區被認爲是一個最有學問的大夫而感到有損他的聲譽，而是因爲病人的痛苦在逐日加深。這位老寡婦腹中所感到的難受，已經發展到了如此嚴重的地步，她差不多每個鐘頭都需要郎中在床邊護理。當然這是不可能的事，因爲他每天還得跑很多的路，去看一些其他的病人。但是他要求我留在老婦人的家裏，觀察和記録她的病情每一次的變化。

這項工作非常單調，但它的要求卻是很嚴，因爲老師對我交代得很清楚，休假的日子是没有的。除非老婦人的病痊癒，我没有任何理由可以離開她。她究竟什麽時候能够復元，那只有天知道。不過我什麽話也没有説，服從了老師的指示。他對我一直是非常寬厚的。他並没有把我當作是他的徒弟，而卻把我當作他的事業的繼承人。證明之一就是，他總是毫無保留地把所有的一切醫學知識傳授給我。我毫不懷疑，要不是這位老婦人需要有人在旁觀察病情，他決不會讓我經受這場嚴峻的考驗。他同時也把治療這位老寡婦的胃中疾病當作一項重要研究項目。我從他的許多談話中瞭解到，他的父親也處理過同樣的病情，可是一直未能找到治癒的方案。父親的失敗使他那顆善良的心一直感到非常不安，他的醫學良心也一直陷入痛苦之中，直到他咽最後一口氣這個痛苦纔算結束。我的老師從他的父親那裏繼承了這個職業。他認爲老婦人的疾病必須在他手上治好，這是他道義上的責任。

我在這個老寡婦家裏的一間空房裏住下來。我按照老師的指示，每隔一個時辰就到她房裏去一次，記録她的情況的變化。只有到了夜裏我纔算是收工。這時我就看看醫書，或和女主人的女兒聊聊閑天——她和鄰村的一個莊稼人結了婚，但現在回到這裏來專門照料她的母親。

老師每天吃完早飯後就按時到來——他也是這時候開始到一些村子去出診。他要做的第一件事就是向我要求看病人頭天病情變化的記録。他把它和前天的記録相比較。他的眼睛近視，而在那個時期配近視眼鏡之難，跟找不到醫院是一樣不容易。所以他每次看記録的時候，就得到窗子那兒去就着陽光細瞅。屋子裏的光綫是陰暗的，正如那時所有的村屋一樣。

“那麼没有新的情況了？”有一天他看了我的記録後這樣問。

“老師，據我所能觀察到的，没有。”我回答説。

我的確没有發現什麼特殊情況，只是她吞食的功能在一天一天地衰退。當然有時她也昏厥過去了，我和她的女兒只有向她喉管裏滴進一些温開水，讓她慢慢恢復知覺。半個鐘頭以後她又活過來了。接着她就咳嗽和嘔吐，這時她面上就出現一副極度痛苦的表情。不過這已經不是新鮮的事了。它每天都在發生。

老師把記録本交還給我，呆呆地站在窗旁，好像在那兒生了根似的。他墜入一場白日夢中，他的眼睛茫然地望着窗外天空上慢慢浮動過去的白雲。

“我真不懂這究竟是一種什麼病！”過了一會兒他自言自語地説。

我没有辦法安慰他，因爲我也被這病情弄糊塗了。

我們兩人又一同走進老寡婦的房間裏去。那裏面是陰暗的，好像黄昏正在那裏降臨。我劃了一根火柴，在前面帶路。没有一會兒，她的女兒從廚房裏走過來，點亮一支蠟燭。她的呼吸急促，好像她身上懷有孩子。在這房間的寂静中我可以聽到她的呼吸的節奏。

老師一看到病人臉上的表情，他自己的臉色也立刻變得蒼白。她的臉上，除了一層乾癟的黄皮以外，什麼也没有。不過深陷在她眼窩裏的那雙眼睛，卻仍然是有生命，反射着蠟燭放出的微光。它們在望着我們。它們似乎有許多的話要説。我從來没有見到過這樣的病人。她生命的火已經在接近熄滅，但她對周圍的一切動静似乎仍有感覺。當老師彎着腰在檢查她的身體時，她的眼睛已經覆上一層模糊的淚水。

“我是不是快要死了？”老寡婦用一個微弱的聲音向老師問。

“千萬不要這樣想，”老師説，“我將想一切辦法保護你的生命。我的職業就是叫人活，而不是叫人死。”

“我並不怕死呀，大夫，”她接着説，“我只是爲我的女兒感到不安。她不應該陪着我一同受這種痛苦。她還很年輕。”

“不，不要管我，媽。”站在旁邊的女兒説，“我並不感覺到苦呀。我很好。”

“不，你並不很好，”病人糾正女兒的話説，“你有妊娠在身呀。你應該休息。此外，我已經説過，你還很年輕。你應跟你的丈夫和兩個孩子住在一起。我毁壞了你的家庭生活。我希望我能早點死去。”

這番母女之間在極度相互理解的感情中所進行的對話，在她的病情已經發展到這樣一個程度的時候，真使老師感到非常難過。他把頭掉向一邊，避免看病人的表情——這個病人，在她的生命最危急的時刻，心裏仍然只是想着女兒，而毫不關心自己。他自己没有孩子，但是他理解一個母親的心：它總是想着子女的幸福。在房間裏這種陰沉氣氛之中，他好像正在被一個夢幻所籠罩，一句話也説不出來。過了幾分鐘，他把他那茫然的目光掉向老寡婦。他的嘴唇在不停地顫抖，因爲他没有勇氣説出他想要説的話。最後他用加重的語氣沖淡他的顫音，低聲説：

“你不會死。我將盡一切努力，叫你不要死。”

我們離開了她的房間，老師没有立即走開。他靠着窗子，沉思起來。“我真不理解，這究竟是什麼病。”他自言自語地説，“這不會是胃滯症，因爲她没有吃什麼東西——事實上吃得一天比一天少。這也不可能是氣脹，因爲如果是這樣，那麼她的腹部就會堵塞，一滴水也吞不進。我已經爲她作了多次消氣的治療。那麼這究竟是什麼病呢？”

老師還不能找出病源。他查看了他所有的醫書，但就是找不出解決的辦法。他把父親所記載的每一個病症，都一字不漏地看過。他只是在一本醫書裏看見過一段敘述，那就是，這種病一般發生在年紀較大的人身上，至於它的治療辦法，那時還没有發現，甚至到他的父親時也没有人能找出治療的方案。

“如果我治不好這個可憐的寡婦，”老師繼續自言自語地説，他那迷糊的視綫呆望着遠方，“那麼我這項濟世救人的職業就算是徹頭徹尾地失敗了。”

我知道，他是想要找出辦法來减輕這個病人的痛苦。我發現，他的神情變得越來越悽楚，他那高度近視的眼睛裏露出一種無可奈何的悲哀，而這種悲哀更被他那種頑强的决心而加强了深度。我想他心裏一定在進行激烈的鬥争，因此我也不敢發出哪怕是最微小的聲音。我屏住呼吸，直到屋外一群麻雀發出的嘰喳聲把他從夢幻中唤醒。他驚了一下，便立刻離開，到其他一些村子裏去看别的病人。他這一天的工作剛剛開始。

這個“病人”的疾病的發展過程，我一點也不知道。我所知道的是，她最初感到吞進食物有困難。每次她吃飯的時候她得喝大量的水。慢慢地，喝水也不起作用了。她一開始吃下東西，馬上就又想嘔吐。她只能喝點稀粥，一天大約十多次，藉以維持生命。老師就是在她的病情發展到了這個階段纔被請來診治的。老師仔細地檢查了以後，纔開始意識到，問題與消化疾病或神經失調毫無關係。他立刻感到一籌莫展，雖然他是一個名醫。他無法解除她的痛苦。

我從病人的女兒所瞭解到的另一個情況是，她是一個不信神的人。她的這種反宗教的態度是從她的丈夫遭遇到了一樁意外以後而開始的。那是一個很勤勞的莊稼人。有一天，他估計夜裏可能下雨，就忙着在草垛上堆草。到天黑時，由於又累又餓，他一時不慎，從草垛上跌下來了。他受了重傷，折斷了幾條肋骨。他立刻就失去了知覺。他那嚇慌了的妻子瘋狂地向上天禱告，許了很多願，答應一旦她的丈夫傷好，她一定要到東嶽廟爲玉皇大帝用最好的綢子挂紅。可是她的禱告最後完全落了空。

她很失望，對玉皇大帝也很生氣，從此她就再也不相信神了。不過，當她的女兒結了婚以後，她的信心又恢復了。她那滿懷孝心的女兒答應她，如果她生了三個孩子，她一定把那第三個孩子送給她，接她丈夫的香火。老寡婦感到説不出的愉快。她的丈夫没有兒子，她又是那麼愛他，他應該有一個孫子爲他傳宗接代。但問題是，他的女兒必須懷第三次胎，而這次胎所生下的孩子又必須是一個男兒。關於這一點，可没有任何一個凡人能開出保票。老母親無計可施，最後只有改變她對神的態度。她再次向神祈求，答應重新成爲神的信徒。這次她的禱告應驗了：她的女兒第三次懷了孕。上天的這種仁慈，使這位老媽媽感動得五體投地。她在神龕面前磕頭燒香，發誓吃齋，爲的是希望女兒生一個男孩。她甚至連雞蛋都不敢吃，因爲那裏面也有一個生命，而生命是上天創造出來的，因而也應該加以保護，使之生長發育。

她對外孫子的盼望越迫切，她的病況卻相反的就變得越嚴重，居然發展到連稀粥都喝不下去的程度。每次她喝進一口，她就得立即吐出來，接着就是一陣疼痛——這往往要持續半個鐘頭。疼痛過後就是一陣昏厥。只有當她的女兒喂她一口水以後她纔又逐漸恢復過來。

有一天，在一陣昏厥過後，她忽然變得感傷起來。和平時不一樣，她這次没有閉上眼睛。相反，她瞪着女兒，像個白癡，眼裏亮着淚水。我那時手裏拿着記録本，正站在她旁邊。我完全不懂得這種突然變化的意義。不過女兒似乎是充分理解。她把手伸到媽媽的嘴邊，媽媽温柔地親了它一下。無疑這是女兒小時經常和媽媽做的一種遊戲。不過這次很明顯，媽媽做這個動作的時候，心裏懷着完全另外一種感情。

“我毁了你，孩子,”她用微弱的聲音説，“你需要休息。你真的需要休息。你不能老這樣照看我。”

“我没有事，媽媽,”女兒説，“你不要惦記我。”

“我得惦記你,”老寡婦説，“應該是我照看你呀。要是我能做到的話，我照料你會感到非常快樂。告訴我你還得等多久。”

“我想，大概還有一個來月吧,”女兒説，“我能不時在肚裏感覺得到。”

我驚奇地發現，這位老寡婦佈滿淚水的面上現在發出了亮光。她的嘴唇在顫動，爲的是想做出一個微笑。我從來没有像現在這樣，看到一個人想儘量要顯得快樂，而我自己心裏感到如此不安。這位老寡婦似乎發覺了我的痛苦，因爲她立刻就把她那淡淡的、令人難過的微笑收斂起來了。一片無可奈何的烏雲覆蓋了她的面龐。她的女兒，爲了對她可能再度昏厥作準備，特地到廚房裏去端了一碗温開水來。媽媽的視綫跟着她。這位年輕的婦女，腹裏懷着一個即將要出生的孩子，走起路來顯得特別笨重。老寡婦於是又把視綫掉向我。我不像她的女兒，猜不透她的心事。女兒究竟是由她從小帶大的呀。我看不出她需要什麼。我只是問，她是否想喝點温開水。她摇了摇頭。接着她就低聲問：

“你覺得我還能活多久?”

我回答不了她的問題。但我儘量安慰她，説：

“大夫説過，你不會死。”

“我一定得死，”她説，“我帶給我閨女的痛苦太多了。她不能照顧她自己的家，她不能過自己的家庭生活。”

我開始懂得了她的意思。她的話有道理，所以我就再没有言語了。

“不過我還是想活下去，直到她的小寶寶出生，”她打破沉寂，用一個極度微弱的聲音説，“那時我就可以瞑目，問心無愧地去見我的老伴了。”

我感到極爲好奇。她的生命已經到了垂危的時刻，爲什麼還要爲這些道義上的考慮而苦惱呢？我不理解。

“你説的‘問心無愧’是什麼意思?”我問。

“你知道，我來到這個家，把它支撑起來，”她解釋着説，“我有責任叫這家的香火能有個子嗣接續下去。不然的話，我在陰間就没有勇氣見我的丈夫了。但是我馬上得去見他，我很寂寞呀。我想他一定也同樣感到很寂寞。這些日子我一直在夢見他。他看來的確是非常寂寞。現在是我去會他的時候了，是儘快地到他那兒去的時候了。”

我那時年紀還很小，不太懂得她的意思。我想她一定是在説夢話，希望早點死去，爲的是好減輕自己的痛苦。的確，任何人在這種情況下，大概都希望早點離開這個世界。即使她的病治好了，我也很懷疑她是否能够恢復她的體力，再過正常的生活。當然，我作爲一個學醫的徒弟，一時還不能作出任何判斷。我只是把我從她那兒聽到的這些記録下來罷了。

第二天，老師一到來，我就把我的記録交給他看；同時我也告訴他説，病人思想顯得很活躍，不平常地活躍。他問我這意味着什麼。我説，她的話特多，而且，很奇怪，她居然有那麼多精力這樣做。老師的臉色立刻變得蒼白起來。記録本從他的手上落到地下。我把它撿起來，又再交給他，自己也確實感到迷惑不解。

"當一個人長期受了消耗體力的疾病的折磨，"他用慈祥的、教學的口吻對我説，"他或她忽然有一兩天變得精神活躍，那就不是好兆頭。那叫做回光返照。"

"但是她倒希望活得更長一點，爲的是要看到她的外孫子安全地出生。"我説，"這件事情完成後，她就再也不願意多活一天，成爲你和我以及她的女兒的負擔。"

老師對我的這話似乎不感興趣。他把記録本拿到窗子那兒，就着陽光翻閲。他看了一會兒以後，忽然變得沉思起來。他抓他的光腦袋，咬自己的手指。我知道，如果他不是陷入一種苦思中去，他決不會做出這些無意義的舉動。過了一會兒，他的臉色忽然亮起來了，又似乎充滿了希望和快樂。這又使得我驚奇起來，我問他，什麼東西忽然使他感到這樣愉快。

"雖然她談了她的夢和死去的人，"他對我解釋着説，"但她還在人世追求一個具體的希望——一個外孫子。任何人，只要在追求一個巨大的希望，他就一定有想活下去的强烈欲望。上天總會設法滿足這個欲望而延長他或她的生命的，因爲上天創造生物的目的，就是叫他們活下去。"我們這位學究氣的老師講到這裏，面色就變得非常嚴肅起來。他清了清嗓子，繼續説："你知道，這正像我們所從事的這行職業：儘量使我們的病人活下去，不讓他們死亡。我所能想到的藥方，對我們的病人一直没有起什麽作用。因此我一直在思考，她是否需要某種精神的治療。也許，她所盼望的外孫子能够滿足她終生的希望，因而使她的心情變得高興，最後導致她獲得新的生命。”

老師忽然笑出聲來。這是一個發自内心深處的真誠的笑聲——他笑得把腦袋直往後仰。這是一個響亮的、痙攣的笑聲。它是發自一顆對於這個處於痛苦中的病人充滿了關懷和憂慮的心。我驚奇起來，因爲我從没有看見這位年老的郎中一會兒就變得如此天真和幼稚。他的笑聲無疑也引起病人的女兒的驚訝，因爲她從病房裏衝了出來，大瞪着眼睛望着郎中。也許她以爲他瘋了。

老師一見到她，馬上就恢復了他嚴肅的表情。“我正想見你，”他對她説，“請把你的左手伸出來。”他按着她的手，摸她的脈搏。在此同時我看到他的眼睛正在偷偷地打量她的腹部——它在她的衣服下，已經鼓得相當高了。

“你的孩子的出世，只不過這幾天的事，”他對她説，“據我的判斷，這也許是一個男孩。恭喜你！”

於是我們都到病人的房裏去，完成這天“查房”的任務。當老師把有關她長期所盼望的外孫子的消息告訴她以後，她真的立刻就變得精神焕發起來，好像她已經獲得了新的生命。她那深陷的眼睛開始發亮，那裏面滚着幸福和感激的眼淚。老師在離開她的房間的時候，就連連對自己點頭，低聲自言自語地説：“她的病現在有了新的、充滿了希望的轉機。”接着，當我們走到堂屋時，他對我説：“如果她想要吃點東西，不要一次就給她太多。”看來，她的病似乎已經好了一半。

正如所期望的那樣，幾天以後，女兒忽然感到腹部激烈的陣痛。我連忙去找她的丈夫。那是一個很善良的莊稼人，住在十多里外的一個村子。他放下田裏的活，和我一道向老寡婦的屋子趕來。當我們到達的時候，孩子已經生下來了——一個男孩。我們一同到老寡婦那兒去，報告她，她的孫子已經安全出世了。我們宣佈這個消息時都興高采烈，希望這消息能够給她帶來新的生命。

和我們的想法相反，不知怎的，她倒忽然昏厥過去了。過了好長一段時間她纔恢復了知覺。她醒轉來時，低聲地對自己説，好像是在做夢一樣："一個外孫！一個外孫！會是真的嗎？"

"完全是真的，像白天一樣是真的。"她的女婿説，"我把他送給你，媽，他是你的孫子。"

老婦人呆望着這個莊稼漢，好像他是個陌生人。過了一會兒，她微微地歎了一口氣。"這是真的。這是真的……是的，我現在有了一個孫子。我在這個世界上再也没有什麽放心不下的事了。我可以到我的老伴那兒去了……我是多麽快樂啊……"她想發出一個微笑，向我們表明她現在真正是非常快樂和對我們爲她所做的種種努力充滿了感激之情。不過她立刻又暈過去了。她是太衰弱了，想表示快樂也做不到。

三天以後，那個住在她家裏照料她和他的妻子的莊稼人，抱着孩子來到病房去，讓她好好地看一眼。我帶着蠟燭站在旁邊，使她能看得清楚。這是一個很胖的男孩，全身皮膚仍然是紅赤赤的。他一看見姥姥就睁着眼睛，像早就認識她。小傢伙的天真眼神簡直叫這個老婦人樂得發了狂。她自己的眼睛也發出一道呆板的光來，在這呆板的光中似乎浮現着一個神秘的夢。我很奇怪，她爲什麽不像其他的姥姥那樣，見到孫子就説幾句逗趣的話。這一點我只是發現得太遲，她已經又墜入昏迷的狀態中去了。

只有當那個莊稼人又把孩子抱到他的母親那裏去以後，她纔又恢復了知覺。我仍然端着蠟燭站在她的床邊。

"多漂亮的一個小孫子啊！"她對我説，"他一見到我就知道我是他的姥姥，你看出來了嗎？啊，我多麽想活下去啊！我現在不想死了。我想，我的老伴如果知道他得到了一個多麽好看的孫子，他一定會等待我的。我要活下去，親眼看着他長大成人、結婚和安家——你看我能活下去嗎？"

我相信老師的看法有道理。她現在又重新發現了生活，一個有希望和有目的的生活，因而她決定要活下去。我也記起了老師的話，那就是，只要一個人有强烈的求生欲望，上天總是儘量滿足他的這個欲望的。

“是的，你能够活下去，”我説，“因爲你有决心要活下去。”

“但我的身體現在是那麼虚弱……”她無能爲力地説。

“這是因爲你没有氣力，”我説，“只要吃些滋養的東西，你就會好轉，身體會恢復過來。”

正如老師預料的那樣，她開始要求吃東西。像她是想要在一天之内就把體力恢復過來似的，她要求吃些像雞肉那樣營養豐富的東西。我知道她内心有一種强烈的衝動在促使她要活下去，即使違反她宗教的信念也在所不惜。廚房倒是有一隻煮熟了的雞——這是她的女婿爲坐月子的妻準備的，不過這不是她在此刻所能吃的食物。在老師没有囑咐我安排她的飲食以前，我採取了一個折中辦法。我爲她規定一碗雞湯加幾根細麵條，作爲她每頓的飲食。

在進餐以前，老寡婦把這正在冒着氣的食品呆呆地望了好一會兒。無疑，她内心是正在進行着鬥争：她是否應該放棄她的誓言：吃齋，還是不吃齋。不過，求生的欲望最後還是剋服了她的這種考慮。她向我做了一個手勢，叫我把湯碗送到她嘴邊。當她嘗着的時候，我發現她閉起了眼睛。我不知道，這是否因爲她不願意看見雞湯，還是因爲湯的熱氣刺傷了她的眼睛。最後她嘔吐了，吐物裏還帶有血絲。她躺了下來，這場與死的搏鬥所産生的疲勞壓倒了她，她什麼話也説不出來。我像一個傻瓜似的望着她，手裏仍然端着湯碗。我開始意識到，在一個致命的疾病面前，人的意志是多麼無力。

第二天，老師照例來察看病情。我把全部的經過都告訴了他。他連忙跑到那個陰暗的病房裏去。我舉着蠟燭站在病人旁邊，好讓老師能够仔細檢查病情。她現在是非常安静，幾乎静得似乎呼吸都没有。她那没有表情的、白灰似的面上已經失去了生命的痕跡。但是由於燭光的刺激，她那呆板的眼皮又微微地張開了。

“大夫，昨天我喝了一點雞湯，”她用這話來迎接老郎中，“但是它並没有能在我的胃裏留下來。”

“没有關係，”老師柔聲地説，“這是你所能吃的最好的食物。我很高興你嘗了一下。”

“你想，嘗了這樣的東西，天老爺會不會罰我？”她帶着恐怖的心情問，“我許過願要吃素，現在我破了戒，天老爺大概要罰我了。他給了我一個孫子，已經是够厚道的了。我居然打破了我許下的願，這恐怕是太過分了……”

“不，”老師説，“他會寬恕你的。如果你爲了恢復你的健康的需要而吃了一點葷就懲罰你，那麽他也就算不上是天老爺了。他决不會懲罰你！”

“你有把握嗎，大夫？”她疑慮重重地問，像個小孩子一樣。我可以看出，在微弱的燭光下，她那呆滯的眼睛已經又亮着淚珠，“他不管給我什麽懲罰我都不在乎。我只希望，這不要影響我的孫子……你知道，昨天夜裏我一會兒也没有睡。我一直在禱告，求天老爺不要傷害我的孫子……大夫，你想他會傷害我的孫子嗎？”

老郎中回答不出來。我可以看出，一種奇怪的感情在困擾着他。他的老眼睛，像老寡婦的眼睛一樣，也亮着淚珠。這是他一生中遇到的一種最奇怪的病情，而這種病情他也是在最奇怪的情况下來處理。他的舌頭已經不聽調動，他最後只能勉强説出這樣一句話：“他不會傷害你的孫子。我絶對相信他不會傷害你的孫子！”這句話的語調是非常肯定，正像他平時給我的指示那樣。但我可無法理解，連他對於這個病人的病情都無法理解，他怎能够肯定知道上天的意志呢？他像一個罪人似的，匆匆地走出了房間。

有好一會兒老師無法鼓起精神去看他其他的病人。現在使他感到很苦惱的似乎還不只是他在處理這個病情時所遭遇到的困難本身。他不僅對他的醫道已經有了懷疑，而且作爲一個醫務工作者，他還在良心和責任感方面感到不安。他立在大門口，低着頭，手指不停地揪着自己的灰白鬍子，眼睛盯着冷凍的地面，好像已經被一大塊磁石吸住不能動彈。

我想鼓起他的情緒，説：“她的病情肯定已經有了好的轉機。她的食欲的加强就是一個很好的證明。”

“也許你的話有道理,”他説，抬頭望着上面陰暗的天空，“希望如此吧。現在冬天已經快要結束了。春天是萬物重生的季節。在這個新的季節裏，她也可能會重新獲得生命，特别是因爲她現在求生的欲望是那麽强烈。”

的確，農曆的新年已經快到了。這是陰暗的冬天和欣欣向榮的春天的分界綫。在新年前夕老師給我放了一天假。老寡婦很懊悔，决定再不喝雞湯。她只是偶爾喝點水，而這，她的女婿完全可以照料，不需要我再作安排。可是老師一再囑咐他注意病人病情的任何變化，隨時如實地匯報給他。他正在盼望一個奇跡，那就是這位老婦人，像任何其他的生物一樣，在新年後能够開始新的生命。

老師請我到他家去過年，參加他家人的新年團聚。他甚至還給我一件很好的禮物，把我當作家庭的一員，共同慶祝這個歡快的節日——這個節日開始了一個新的、充滿了希望的季節：春天。年夜飯是非常豐富的。老師的窮親戚和鄰人都被邀來共餐。看來他好像是想要把他一年的勞動所得花在這餐飯上，好叫他所有的窮困的、無家的熟人能够過一個快樂的年。不過當我們正要開始吃飯的時候，有一個客人闖進來了。這就是那個莊稼人——那個老寡婦的女婿。

他站在屋子中央，頭低着。他似乎失去了講話的功能。

老師的面色立刻變得蒼白，他有一種不吉的預感。“有什麽事嗎?”他急切地問這個莊稼人。

“我的岳母剛剛過世了，大夫。”莊稼人用一個沉重、但很樸素的聲音説。“因爲您囑咐過我：如果有任何變化，我就得立刻來告訴您，我現在就是來告訴您這個消息的。我在這樣一個高興的時刻來打擾您，希望您不要見怪，大夫。”

莊稼人把話一説完，就像個小偷似的逃走了。

老師立刻變得呆癡起來。他站在地上好像生了根，好像死神已經抓住了他不放。我們誰也不敢動筷子。大家都感到，這不是慶祝新年的時候。我們不聲不響地離開桌子，都靠牆站着，像老師一樣再也動不了。正在燙着裝在銀酒壺裏的燒酒和開水，蒸發出一層水汽，它彌漫在滿桌盛菜的上空。死寂般的沉默在持續着，直到我們聽到村中響起了鞭炮的聲音。冬天結束了。春天在村人的熱烈歡迎聲中到來了。莊稼人和手藝人都吃完了他們大年夜的盛宴，正在來到村前的廣場上慶祝新的季節的開始。我們可以聽到他們相互拜年和祝賀新春的喧鬧聲。

"我很抱歉，我們得放棄這番年夜飯。"老師終於對我們這些不安的客人說話了，"這是我没有意料到的事。當我的一個病人經過了長期的饑餓和痛苦死去了的時候，我們慶祝不下去了。"

接着又是一陣沉寂。所有被請來的人都知道，這位老郎中的心裏現在是壓着一件什麽沉重的東西。他們只有空着肚皮，溜出屋外，參加廣場上其他村人的賀年。只有老師和我留下没有走。

"情況就是這樣，"老師在客人都離去以後，用一個平淡的聲音說，"舊的一年過去了。你的學徒期限還有一年。你覺得你能够完成你的學習嗎?"

"您這是什麽意思，老師?"我問。他的這個意外的問話把我弄糊塗了。

"我的意思是說，行醫這個事業是很艱苦的。這行職業充滿了那麽多的失望和挫折，像我的父親和我所經歷過的那樣。當一個醫生需要有很大的勇氣——我的意思是說，當一個自覺的、有責任感的醫生。你有這樣的勇氣嗎?"

我注視着我的老師。這位老郎中的臉上充滿了一種既有決心而又無能力、既有希望而又失望的表情。這是一張充滿了憂患的臉——它說明了這個老郎中一生中的經歷。這也是一張很衰老的臉，它佈滿了皺紋和一叢花白胡茬。不過在這個外表的後面卻藴藏着一種旺盛的活力——這種活力是由於他具有一種對於病人的真誠的關心和自願分擔他們的痛苦的勇氣所産生的。

"有，老師，我有這樣的勇氣。"我說，仍然望着他那充滿了憂慮的衰老的面容。

“那麼，在你完成你最後一年學徒的期限以前，你得答應我一件事。”他説。

“什麼事，老師？”

“你得答應我，不管什麼時候，不管在什麼地方，你將竭盡全力，去找出治療那個老寡婦的疾病的方案。這個疾病使她受了那麼多的痛苦。”

我就是這樣開始完成我最後一年學徒的任務。當我快要成爲一個正式郎中的時候，我的師傅去世了。他没有子嗣繼承他的職業。我有無可推卸的責任把他在這個地區的病人接過來。在我執行業務的過程中，我有一次遇見了與那個老寡婦類似的疾病。像我的老師一樣，我同時也把它當作一項科研工作，希望我能研究出一個辦法，來剋服這個可怕疾病。但同樣像我的老師一樣，我也失敗了。我的那個病人也在極度痛苦和無法挽救的饑餓中死亡了。許多年以後，我聽説外國有些醫務工作者找到了用一種叫做鐳的物質治療這種疾病的辦法。我簡直高興得無法用語言來形容。我把多年的積蓄用來做旅費，專程去了一趟北京。那裏據説有一個新式醫院就用這種辦法治療這種疾病。我特别要求去訪問那位有關的醫生——一位在西方受過教育的年輕人。但是他拒絶見我，説我是個鄉下庸醫，什麼也不懂。我在門房那裏就被拒絶了。我真是失望得很，我差不多當場就要暈倒。

“郎中，你别太認真，”老門房對我説，想安慰我，“你想要知道這種治法，完全没有意義。就連我自己的母親也無治。她三個月以前就因這種病死去了。”

“怎的，這種治法没有效嗎？”我驚奇地問。“你本人就在這個醫院幹活，你的母親應該得到方便呀。”

“有没有效，我不知道，”老門房説，“但是醫費太貴，即使我幹一生活，我也掙不了那麼多錢來付哪怕一次治療的費用。”

“哦……”我一個字也説不出來。我想，即使這種治療有效，這對我的鄉下病人也確實没有任何意義——他們連旅費都出不起。

我很失悔，把我辛辛苦苦積的一點錢花在這次毫無結果的旅行上。我還不如把這筆錢贈送給我的病人，救他們的急。我懷着一顆沉重的心，離開了這位老門房，趕上第一班火車回到我的村子。我已經離開老家快半個月了。我只是祝願，我的離去不會影響我的許多病人——他們隨時都需要我。

離　　別

肖大參加了一個娶親的宴會。他所得到的感受很深。新郎官名叫康多，是他的一個老朋友。這是他有生來第一次被作爲一個客人請去參加一個喜慶的場合。新娘是鎮上鞋匠的女兒。她長得很吸引人，雖然她的身材有點過於粗壯。他認爲他喜歡她，要比康多早好幾年，而且一直——甚至到現在——還很喜歡她。不過他從來没有採取行動，求人做媒，雖然他每次在路上遇見她的時候，他的心總是不由自主地跳得厲害。他自己知道得很清楚，他是個賣氣力活的人，平時靠幹些零活維持自己朝不保夕的生存。他唯一能吸引人的東西恐怕就只是他那雙胳膊上結實的肌肉，但是没有土地，這又有什麽用呢？在一種無可奈何的心情下，肖大只好癡情妄想了。他這樣安慰自己説："嗯，嗯，當她到達了分水嶺的時候，也許她可以對我這樣一個窮小子會考慮考慮。那時我將解決這個問題。"他所謂的"分水嶺"是指當她的年齡到了三十歲的時候。這個想法是來自鎮上一度演過了很久的一出名叫《蔡明風》的地方戲。戲裏的女主角蔡明風頗有姿色，因此挑選對象很嚴，直到二十八九歲還没有選到一個中意的男子，因此她自己也不得不哀歎，唱："蔡明風，到今年，二十八九；到明年，三十歲，萬事皆休！"他想，他所欽慕的人兒，到了三十多，也可能下嫁於他了。

不知這是事出於偶然，還是命中注定，當這位鞋匠的女兒，過了二十九歲和一歲的四分之一的時候，肖大的朋友，即當前的新郎官，在外地流浪了十多年以後，回到了鎮上。他和肖大曾經是處於同一境遇：既没有土地耕種，也没有本錢去做小生意，兩人基本上都是在饑餓的邊緣上混日子。可是現在，康多前額發光，鼻頭微紅，臉上挂着和藹而略帶傻氣的微笑，是一副發跡的樣子。他結識了這位大姑娘只不過三個月的時間，也就是當她剛剛過二十九歲和一半的時候。

“她只需再過一歲的四分之一的時間就要到達她的‘分水嶺’了，但康多在她没有到‘分水嶺’以前就採取了行動!”肖大一邊在一個角落裏觀看拜堂的儀式，一邊偷偷地扳着指頭這樣計算新娘的年齡——新郎怎麽知道這位大姑娘的確切年齡，這還是個秘密。“但是，啊，她已經是他的新娘了!”

肖大在發出這個無可奈何的、隱秘的歎息的同時，感到眼前一片漆黑。他只能聽見賓客熱鬧的賀喜聲和新郎及新娘對來賓的感謝聲。對他説來，這些聲音似乎都帶有冷嘲熱諷的味道。整個屋子似乎都在笑他，笑他等待了鞋匠的這位千金那麽多年，結果是一無所得！要是地下有個洞洞，他這時一定會立刻鑽進去，躲藏起來。當婚禮結束以後，賓客開始吃喜酒，肖大也只好坐在他們中間，但是他的心已經裂成了一千塊碎片。他應付這個局面的辦法只是拼命喝酒——所謂一醉解千愁！他從來没有這樣牛飲過——事實上他從來也没有機會可以有這麽多的酒喝。正當賓客們的興致達到高峰的時候，肖大坐不穩，滑到桌子底下去了，軟綿綿的，像一塊鴨絨墊子。

新郎官的充滿了幸福感的岳父，在鎮上素來以交件迅速、具有超人的能力把舊鞋翻爲新鞋而馳名，現在又施展了他的另一種本領，把肖大從桌子底下拖起來，托在臂上，像根羽毛似的把他送回家，其速度之快，和他給主顧送一隻補好了的舊鞋差不多。肖大的媽媽把這位樂於助人的鞋匠領到一張床邊，後者把這位泥醉的客人扔在床上，鬆一口氣就離開了。他回到宴會上來，繼續吃喝，直到天快要黑纔散。左鄰右舍都在熱情地羡慕地談論酒席是如何豐富和豪華，而且“還有肖大不同凡響的表演助興”。

肖大的母親站在一旁望着自己的兒子——現在無言地躺在床上，像條死魚一樣。他是那麽無聲無息，好像他連呼吸的功能都已停止。要不是他那擴張的鼻孔在發出一種刺人的酒味，人們還可能認爲他已經真的死了。他一直是一個無聲無息的人。的確，他也没有什麽業績可以在這個人世間發出一點聲音來。不過這次他黯然的沉默，使母親感到非常傷心，特別是這次沉默是由於他的一個朋友擺的結婚喜宴所造成。她似乎覺得他的兒子一生下來就要受苦，命中注定是窮人。他甚至喝幾杯酒的能量都没有！對照一下，他和他的朋友康多兩人生活的境遇，其差距簡直比天上和地下還大！

在極度抑壓的心情下，老母親也就失去了理智。她要採用一種劇烈而有效的辦法叫兒子復活過來。她趕到廚房裏去，取了滿滿一桶水，把它全部傾在兒子的臉上。接着她又取來另一桶水，一滴不留地潑在他的肚皮上。水在床上泛濫起來，流到地上，形成一些大大小小的水坑，好像一陣狂風剛揭去了屋頂，暴雨正在從天上傾瀉下來。

在掌燈時分肖大醒過來了。他感到全身發抖，立刻就跳下床來。他像個呆子似的，站在母親面前。過了一會兒，他把頭掉開，又望了望他剛躺過的那張床——水仍在從那上面滴下來，流入大大小小的水坑，滴滴答答，好像一個古代的漏鐘的響聲。他這纔瞭解到，剛纔發生了什麼事情。

“你爲什麽讓我在床上睡呢，媽?”他問母親，頗感到有些惋惜。

“這不能怪我呀。是那位鞋匠把你抱回來的呀。我不能叫他把你放在那張桌子上——那會大大地丢我們的面子呀！”母親説。她不能讓那位鞋匠知道，她的兒子每天晚上在飯桌上鋪一張草席睡覺。

肖大再也找不出話説。媽媽考慮得非常周到：她決不能在那位勢利的鞋匠面前露出她家的寒酸相，特别是由於她的兒子對他的女兒曾經一度抱過幻想。

“不過，媽，你今晚在什麽地方睡呢?”他問，“如果你睡在這張水漬漬的床上，你會打擺子。家裏再没有乾被子呀。”

“没有關係，孩子，”母親説，“今夜我可以坐在廚房裏的那張靠椅上睡呀。靠爐子旁邊的那塊地方很暖和。你自己去休息吧，孩子。明天你還得早起，到康多那兒去爲今天出的這樁事道歉。他是你的朋友，又特别請你去吃喜酒。你應該懂得禮貌，像個君子人。”

“像個君子人!”肖大覺得在當前的情況下完全沒有必要。他一想起康多和鞋匠的女兒快樂地拜了堂，而他自己在他們吃喜酒時則充當一個滑稽角色，心裏感到極不舒服。如果他第二天再去向新郎官道歉，他的那顆心將會像篩子那樣成爲百孔千瘡了。

這天夜裏肖大一眨眼的工夫都沒有睡着。他想起：他的老母親在廚房裏把一張椅子當床使；他想起他自己；人近中年，還是個單身漢；他想起聖人的話：“不孝有三，無後爲大”；他想起他是否應該像個“君子人”，第二天早上去向康多道歉。他越想這些問題，他就越感到苦惱。

“日子不能再這樣過下去!”天快要亮時他對自己説，跳下床來，“這會逼得我發瘋!”

只有天曉得，爲什麼在過去那麼長的歲月裏，他對人生没有採取這樣積極的態度。生活早該把一個有感覺的人逼得發了瘋。

第二天，肖大還是覺得做人應該有禮貌和通人情，於是他就决定當一個“君子人”。再次考慮了一陣以後，他去看他的朋友康多，爲他在頭天晚上酒席上所表現的“未能預見的、丢臉的、使人難堪的”行爲正式道歉。幸好新娘不在家。她一清早就回到娘家去了，順便取來她坐花轎前忘記帶走的、她媽媽作爲私人禮物特别給她買的一雙繡花鞋。她害怕她的爸爸，一個非常務實的人，會把它扣下，留給第二個女兒作爲嫁妝，以節省一筆開支。肖大得知她在吃中飯時纔能回，便大大鬆了一口氣：他再也没有勇氣見她——她，一個他多年爲之傾倒和追求的對象!

康多接受了他的道歉，但是滿不在乎，因爲他覺得這完全没有必要。不過他覺得他一成爲有家室的人，就有朋友來訪，他不能不對此感到高興。他要利用這個機會使肖大知道，他現在不僅有錢，還有能力挣錢。他領他參觀他所裝修過的屋子。在他的洞房裏有一面新的鏡子；在廚房裏有一把新式火鉗；在堂屋裏有一些有關俄羅斯村子的、異國情調的風景畫以及諸如俄國式的茶炊、雪橇等等——當然這些東西對肖大説來毫無意義，因爲他對它們並不熟悉。對這些東西，康多作出一種貌似感傷的表情。他們在堂屋裏一坐下，康多就長長地歎了一口氣。

“這些東西使我記起了我在外國度過的那些年月,”他對他的朋友說,“那像塔一樣的傢什叫做薩莫瓦爾。洋人用這傢什熬茶喝。我常常冬天坐在它旁邊品茶。你知道，這是一種奇怪的東西。你只須把水倒進去,它就自動地吐出味鮮的茶來。這也就是爲什麽洋人從不種茶樹，因爲他們有這種奇特的茶炊，就不需要了。你可以從白天喝到晚，一點也不需擔心茶葉。而且他們喝茶的那副樣兒！他們仰臥在地上，讓一個孩子把茶水通過一條橡皮管子壓到他們的嘴裏，在這一點上，你就可以看出文明人和普通人的分別。我們從不欣賞這種喝茶的方式!”

“我完全同意你的看法,”肖大說，“但是，如果你能把這種塔形的茶壺帶幾把回來，那倒很有意思。你可以不要本錢就能在鎮上開一個茶館。”

“我帶了一個回國呀!”康多說，他的眼睛立刻亮了起來，“不過當我踏入國境的時候，我就把它送給邊防軍的司令官了。你知道，薩莫瓦爾是結結實實的真金做的呀。那位司令官非常喜歡它。我想，不管怎樣，他代表我們國家，把這件奇妙的東西送給他，也算是一種愛國的表現吧。這樣，離開了祖國十來年，我也總算貢獻了一點東西給國家吧。”

對於這位朋友的愛國心——也許根本就没有這麽一回事，肖大絲毫也不感到興趣。不過康多所說的外國茶壺是由真金所做成的這件事，倒給他留下了深刻的印象。

“外國其他的東西也會是金子做的嗎?”他偏着腦袋，天真地問。

康多沉思了一會兒，於是他用肯定的語氣說：“當然，當然咯！甚至開門的鑰匙也都是用金子做的。我記得，我所住在的那個村子有個公共茅房。爲了避免擁擠，它的門老是鎖着的，但是每個人都有一把鑰匙。這也都是用金子做的。”

這個故事實在迷人，使肖大感到驚奇不置。康多所描繪的這個國家，聽起來很像一個大金礦，那裏的金塊像馬鈴薯一樣堆成山，只待勤快的人去把它們撿起來，帶回家。肖大呆呆地望着他的老朋友，很奇怪自己爲什麽没有早點聽到這個故事，同時也很惋惜自己没有在那個冬天和康多一道到那個國家去——就是在那個饑餓的、陰慘慘的冬天，康多離開了他的故鄉，跟一批“同路人”流浪到遠方去。

“現在到那個國家去還行嗎？”肖大用極爲嚴肅的口氣問。

康多又沉思起來。他已經看出他的這位朋友想和他一樣，出去淘金。在此同時他很失悔不該信口開河，這樣胡吹了一通。當然，如果他的朋友真的想要到那個氣候惡劣、土地荒涼的世界的一角去，那跟他也沒關係。他所顧慮的倒是怕肖大在那裏發現了真實情況。他本人在那裏混了許多年，没有任何回憶可以值得他驕傲；相反，他在那裏吃了説不盡的苦頭。當他作爲一個江湖醫生參加那個“同路人”組織時，他唯一的目標是想從那些輕信的本地人身上騙些錢，在他們中混兩三個冬天，然後揣着一些金銀回到鎮上來，過着一種“君子人”的小康日子。

但是他的記憶力素來很壞，“同路人”組織的頭頭所口傳給他的一些治療普通病的偏方，他全都忘了。他總是把感冒和肺癆混在一起，把腹痛和懷孕當成一回事。結果他的治病記録給組織的聲譽造成了極大的損害，最後被開除出去了事。無論在名譽還是在經濟上講，他是一個失敗者，弄得走投無路。他只好決定向更遠的地方流浪，尋找新的活動基地。由於他對那裏的地理情況完全無知，他越走越遠，結果跑到了極度荒涼的西伯利亞，最後又從那裏轉到一個叫做頓巴斯的地方。他好不容易在那裏的礦井裏找到了活幹。他在煤礦裏幹了好幾年工作纔算積得了足够的旅費，買了一張火車票經海參崴回到故鄉來。

肖大看見他的朋友保持着一種神秘的沉默，不禁變得有點神經過敏起來。他想康多也許是因爲他也想到外地去發點小財，而對他變得嫉妒起來。

“現在要去那個國家，還有可能嗎？”肖大又重複他剛纔的問話，逼他的朋友作出回答。

“當然，還是可能的，”康多只好這樣説，“不過那個國家很遠、很遠呀。你也許永遠到不了那裏。”

肖大没有把握，他的嫉妒的朋友是不是想要阻止他前往。不過，如果康多能到那裏去，而且還發了一點財回來，那麽他，他想，他爲什麽不能去呢？

“不過，我的朋友，”肖大非常客氣地説，“請告訴我，有什麽辦法可以去。不管它多遠，不管我能不能到達那裏，我是全不在乎的。試試看，總没有害處。”

“那麽你就參加‘同路人’的組織吧。你會從他們得到關於旅行的詳細指示。我就是那樣去的。我不能給你比這更多的忠告。”

“同路人”組織是一個秘密結社，由這一帶破了産的莊稼人和小手藝人所組成。它的宗旨是到一些原始的國境邊遠的地區去，從那裏一些無知的土著民族中弄些錢，然後再回到家鄉來買點土地或做小生意。他們的旅行一般是在農閑的冬天開始，有的向西走，到撣邦，甚至更往前到緬甸；有的向東流，到東北或西伯利亞——有的人跟組織失散了，甚至還跑得更遠，到歐洲的許多國家去，改行當小販、廚子或洗衣工。

他們總是隨帶一些老家樹木花草的種子，作爲成藥，裝成是來自遼遠地區或仙山的神醫。這種經常的遠行，使他們與沿途的客棧和它們的主人建立了交情和拉上了關係。他們可從店老闆賒賬，暫時吃飯不付錢，甚至還可以借點旅費，待他們發了點小財回家時再歸還。不過偶爾這些秘密結社裏也有些人不負責任，和當地的婦女結了婚，此後就永遠也再不回故鄉了。從傳統的倫理觀念看，這些人當然算是不肖子孫。甚至因爲如此，這種秘密組織也就在貧困的農民和小手藝人中没有太大的吸引力。

但是肖大一貫認爲自己是一個講孝道的人，因此他立下一個誓言：永遠不和外國女人結婚。就他而言，這一點是完全可信的。他决心參加“同路人”組織。

他很感謝康多，對他作了一番這麽富有啓發性的談話。他低着頭，像個富於思考的哲學家一樣，沉思地步回家來。他没有作太多的猶豫就把自己的心事告訴了母親。這個老婦人感到左右爲難。她不能説同意，也不能説不同意。事情是明擺着的：家裏窮得發酸，既無田地，也無本錢做小生意，兒子有力無處使，她没有理由把他留在自己身邊。

“但是我老了，孩子。”她所能説的就只有這句話。

“也正是由於這個原故，在時間還没有變得太晚以前，我得出去，”肖大説，“我得想辦法改變我們的境遇，好叫你没有離開這個世界以前能够過一個像樣的晚年。除此以外，我還得找個媳婦，來減輕你的家務負擔。”

母親想了一會兒。兒子説的每句話都是有道理的。

“那麽你不會討一個外國女人，在她的國家裏安家吧！”母親問。

“當然不會！”肖大用堅定的口氣説，“我不像那些荒唐鬼，對老家毫無感情。我一定要回到我出生的地方、我祖先的地方來的。”

“你説得對，孩子，”媽媽説，“我同意你的想法。那麽你去吧，不要記挂我。不過告訴我，你將在什麽時候回來。”

這的確是一個難以回答的問題。一個“同路人”一旦到達了國境邊境地區，誰也不知道他會在那裏呆多久，而中國和一些外國接壤的地方又是那麽長而又不是太明確，他很容易滑過去，到達另一個國家，而變得完全失蹤。鎮上已經在流行一個故事，説是有一個“同路人”流浪到了俄國，後來又從那裏流浪到荷蘭去了——他還以爲那是中國的一個邊遠省份呢！他娶了一個荷蘭女人，還以爲她是中國的一個少數民族，因而也奇怪她爲什麽不懂中國話。有許多“同路人”就是這樣失蹤而永遠没有回鄉的。

“孩子，告訴我，你什麽時候能够回到家裏來。”母親重複問，“能够掙點錢當然更好，但是我更需要你呀。”

“這就要靠運氣了，”肖大説，“如果我能在兩個月内掙得足够的錢買幾畝田地或者開一個小生意，那麽兩個月以後我就回到家來。如果這需要三個月，那麽我就三個月以後回到家來。不過我答應你，我決不會在外面呆得太長。”

母親思考了一陣。

“好吧，我同意你走，”她説，“不過最長也不能超過五年以上。我相信，那時我還會活着。”

這樣，肖大就成爲一個“仙山”下世的“郎中”了。康多把他介紹給一個“同路人”組織的頭目——這批人計劃到了冬天就向一個“金銀鄉”出發，他將也一起同行。他向頭目發了誓，答應在任何情況下一定遵守組織的紀律，同時如果掙得了足够的錢，一定不增加組織的負擔，不要求組織開支在沿途客棧所賒欠的費用。他們還以自己的名譽作擔保，答應決不向局外人泄露組織的秘密和他們實際活動的方式。他承擔了這些責任以後，頭目就以順口溜的方式，教給了他一些醫治常見病的藥方，如肚痛、心氣痛、凍瘡和頭痛等等。頭目還給了他一個袋子，裏面裝滿楓葉、松針、乾菊花、葵花子以及許多其他類似的土産，作爲醫治百病的萬應靈藥。

肖大，作爲一個從事“人道主義職業”的人，一切已經算是準備齊全了，只等冬天的到來。光陰似箭，盼望了很久的冬天終於來到。在啓程的那天，一批“同路人”朋友到肖大家來接他。他們都屬於吃不飽飯、被踐踏的底層人物，没有希望可以得到任何遺産——在這個意義上講他們都是兄弟，而他們也自稱爲“兄弟”。他們將要以人道主義的名義——因爲他們公開宣稱的職業就是要解除人生的病痛和疾苦——將要從四海内外的兄弟們取得他們生活的資料，以改善他們的命運。他們的面孔都是爲本鄉的人所熟知，因爲他們長時期以來一直是作爲木匠、轎夫、燒窑工甚至寺院的雜役爲本鄉的公衆服務，但是在生活上他們卻從來没有取得過任何成就。他們每人除了一袋子“成藥”以外，什麽行李也没有。只有肖大多了一件東西：裝着兩雙襪子的一個小包。但這是由於他還有一個母親——她在他臨行前爲他趕縫了這兩件東西。

所有的鄰居和熟人們，包括肖大所崇拜過的鞋匠的大女兒，都前來送行。只有康多没有露面。也許這是因爲嫉妒的原故——肖大認爲一定是如此。事實當然不是這樣，而是因爲康多感到良心有愧。他現在看得很清楚，肖大就是受了他所吹嘘的關於在俄國淘金的一些故事的影響而離開故鄉的。他也知道得很清楚，像他和肖大這樣的一些窮光蛋，掙錢並不是那麼太容易，而在一個陌生的國度裏，那比在家鄉更要難上加難。他自己要不是迷了路、滑到那個陌生的國度去，他怎麼樣也不會在一個礦井流那麼多年的血和汗。這批"同路人"向故里告別時，他正藏在一個祠堂廟裏，祈求寬宏大量的祖先們原赦他的虛榮心和不可救藥的撒謊的習慣。

肖大的身影，在一批"同路人"中，漸漸在遠方的大路上變得模糊，但他還能望見他的親友們，他們仍在向他依依揮手。看樣子，他似乎並不太願意離開故里。儘管他在這裏一貫受窮，但這究竟是他的生地呀。

過了一會兒，這群"同路人"就完全在大家的視綫中消失了。他們所留在後面的只是一股塵土，但這股塵土是由一陣乍起的狂風掀起的，並非由於這批流浪漢的依依不捨、流連的步子所攪起。送行的人的眼睛都被眼淚蒙住了，而這陣狂風更使得他們的視綫變得模糊。接着就是死一樣的沉寂，好像大家正在參加一個葬禮。

最後一位老人打破了沉寂，說："我們剛剛收回了一個兒子，他已經成家立業，在我們中間住下來。"於是他把他慈父般的視綫掉向鞋匠的大女兒——他剛纔所說的那個兒子就是指她的丈夫。他繼續說："可是另一個兒子又離開了我們。"

他的話一說完，一陣抽咽引起了空氣震動。它是來自肖大的年邁的媽媽。"這個兒子不巧正是我的孩子，"她說，更抽咽得厲害，"我的獨生子……"

“瀛寰星相學家”

泰山又回到鎮上來了，這真是一個奇跡。許多人都以爲他早就死了。許多許多年以前他就失了蹤，能够記得起他的人真是少而又少。現在他的外表已經改變得無法辨認。年老的人用驚訝和奇異的眼光望着他，年輕的人則乾脆懷疑他不是本地人。小孩子們全部認爲他是陌生人，問：“老爺爺，你是縣衙門來的收税官嗎？”

“我親愛的小傻瓜，爲什麽我一定就得是縣衙門來的收税官呢？”他反問孩子們中一個似乎較有頭腦的頑童。

“因爲除了收税官兒以外，我們很少看到像你這樣一個有派頭的人物。”這孩子吱吱喳喳地説。

“該死的收税官，他們把我和他聯在一起了！”他心裏想，“這種人似乎永遠也不會受時間變化的影響。我不知道，他們是否還像過去那樣，對老百姓仍舊像風箱那樣呼嚕呼嚕地吹鬍子。”

他關於這類官兒的記憶是慘痛的，因爲他吃過他們的苦頭，雖然不是太直接。那是三十五年以前的事。那時他靠種菜園子謀生——這個菜園是他從他的父親，一個不可救藥的酒鬼，所繼承下來的遺産之一；另一項則是他父親的嗜好：喜歡喝酒。那個菜園子的出産從來不够付他的酒賬，更談不上交地畝税。因此他所欠縣衙門的税，一年一年地加起來，數目就相當可觀了。這就不得不引起收税官的重視。此人是一個慣於沉思、頗有點哲學家味道的人物，成天躺在床上一盞鴉片煙燈旁邊冥思。他難得下鄉來親自收税，一般地總是派他一個最有氣力的名叫方治的轎夫代他催款。這是一個艱苦差事，而他對於税款從來又是一絲不苟，他催起税款來總是一抓到底，每隔一天派人來一次。他自已没有那麽大的氣力，所以就把這個“光榮任務”交給方治幹，藉此也表明他很瞧得起他的這位忠心的轎夫，很重視他那具有“威懾力”的氣力和嘶啞但是具有同樣“威懾力”的硬喉嚨。

至於方治呢，他本來是個窮得發酸的光蛋，把肩膀當做收税官的地板，不折不扣地被他踩。只有當他受命執行催款的“光榮任務”時，他纔覺得他是一個人，可以擺點小架子，甕聲甕氣地對欠税人説話，雖然後者也没有太把他放在眼裏。他每次來向泰山索款時，總是要拉一個長臉，提高嗓子吼幾聲，有時還揮揮拳頭。泰山由於早已打定主意，堅決不交税，所以他也只好忍受他的這一套架勢。不過有一天，剛好他把他的菜園賣給了一個混名叫做“世界主義者”的酒店老闆以後，收税官的跑差方治又來了。這次他再也忍不住了。他和方治打了一架，當場打斷了這位“代理收税官”的鼻樑和捶傷了他賴以謀生的腳踝。在場的觀衆都興高采烈，拍手叫好，稱他爲“無名英雄”。但是在真正的收税官快要到來、捉他去縣衙門吃官司以前，他逃走了。那時恰好有一個路過的雇傭軍隊伍正在招兵，他便應招换上一身丘八服，再也没有人敢找他的茬了。

現在這位“無名英雄”就站在他原先和方治打過架的方場上。但是時間主人已經把他改變成爲一個心地善良、温和和富有幽默感的人物，光光的頭頂上發着亮光，兩鬢各挂着一撮白髮，禿紅的鼻頭上覆蓋着一層鮮紅的網狀血絲。如果他不向他的一些老朋友説出他的名字，誰也不會知道他就是早年的泰山。人們現在再也不能小看他，因爲他已經成了一個有點來歷的人物：他當過大兵，做過馬伕，後來又在軍官的廚房裏當過廚子的二把手。這點來歷並不枯燥寡味，他自己都欣賞它，特别是他當廚子的那一段。他和他的夥伴們經常在廚房裏一起閑聊，講些天南地北的故事。這些人都是來自五湖四海，在當兵以前他們所幹過的活路的種類，連算盤都數不清。當他們品着從軍官廚房偷來的美酒的時候，他們的靈感就源源不斷而來，他們的故事也就講不完，有的情節甚至還遠遠超過《西遊記》這類的名著。但這些卻都是他們自己頭腦的創造。

當然這一切現在已經成了過去，遥遠的過去，正如他年輕時候做的許多夢一樣。他現在已經退役——也不得不退，因爲他已經老了。作爲他的養老金，他的腰包裏還剩下半個銅板，不多不少。“我的天，我怎麼活下去呀?”這是他無頭無腦地跑回到這個小鎮時忽然想起的一個問題。他與這個小鎮的關係只不過是一點記憶，而這個記憶也並不是太甜蜜。當左鄰右舍的人都來看他的時候，他就不得不忽然感到苦惱起來了。一個綽號叫做守財奴老二的中年人看到這位遠方歸來的浪子像是被某種夢魔所困擾，便打破沉寂，說：

“泰山，你生性是個英勇的人物，我們有時還想你可能在抵抗外國敵人進攻的一些戰役中犧牲了。不過看你現在的外表，紅光滿面，你似乎在軍中的日子過得還不錯哩!”

這番貌似恭維的話，使泰山聽了不由自主地發出了一個天真的微笑，也掀起了他在軍中形成的一個頑固不化的習慣所產生的欲望——捏造一些關於“保衛國家”時所創造的英勇業績的荒唐故事。這種欲望幾乎要把一連串無稽之談推到他的舌尖，但臨時他控制住了，因爲他忽然意識到守財奴老二的恭維話似乎帶有譏諷和開玩笑的意味。因此關於他在軍中的一些似是而非的掌故，他暫時就決定收起來了。

“我們不要談軍中的事。那不過是我生活中一個簡單的階段。”

“那麼你這許多年幹什麼去了呢?”守財奴老二問，倒是真感到迷惑起來了。

“唔，說來話長，”泰山說，故意發出一聲帶有感傷情調的歎息，“簡單地講，我打了第一次勝仗後就離開軍隊了。”

“當了老百姓嗎?”一個禿腦袋的店夥問，也驚奇起來，“如果你不嫌我嚕蘇，請你告訴我，那以後你幹些什麼營生?”

“什麼也沒有幹，絶對什麼也沒有幹。”這是他的回答。

“不過，親愛的朋友，你看起來滿面春風，是發財的樣子呀!”另一個人好奇地說，“你一定幹了一些事。”

“是的，如果你一定要問，我也可以說我幹過一些事，不過這不能用一般庸俗的看法去理解。”

“那麼究竟是什麼事呢?”一個名叫“圓腦袋”的身材龐大的腳夫問。

“觀察星象，”泰山毫不在意地説，不過説完後他自己也感到驚奇，因爲他不知道爲什麽“觀察星象”這個概念在此時此地忽然鑽進了他的頭腦裏來。

“那麽星象能够叫你吃飽飯嗎？”守財奴老二的老婆，一般被稱爲“財迷”，以極爲嚴肅的口吻問。

“啊，你們這庸俗的實利主義者，你心裏所想的只是吃飯和穿衣！”泰山像個聖人似的用感歎調子説。他爲他虚構的這個“觀察星象”故事在衆人中掀起的興趣所鼓舞，便故態復萌，又想吹起牛來。不過他也鬥争了一番，想壓制住他這個在軍中養成的老習慣，可是没有結果。他開始編造，好像他仍然是在軍中當廚子的時候一樣，説：“聽着！我參軍以後没有多久，就參加了一個戰役。我們在長滿古松的兩座高山下的山谷裏和敵人相遇。我們誰也戰勝不了誰。僵持的局面拖了四十天和四十夜。最後我想出了一個策略。我帶着一挺機槍，繞過山上的古松林，來到敵人的後方。我從他們的背後用機槍掃射。他們不一會兒就被擊敗了。你們知道，在戰争中策略比軍隊本身還重要呀……”

“請准許我問，”當泰山正要繼續以行家的姿態發揮他有關“策略”的理論時，守財奴老二又問，“你在這次戰役中獲得了大勝以後，是否被晉升爲將軍。如果你晉升了，他們給你多少錢——用金子還有用銀子？”

“你這個庸俗的實利主義者！”泰山説，“我們爲什麽老要惦記金錢的報酬呢？長話短説吧，在那個山頂上住着一位半仙。他能未卜先知，對世事了如指掌。他的慧眼發現了我，單槍匹馬，居然把一整營的敵人打敗。在戰鬥結束以後，我看見他就站在我的面前。他對我説：‘年輕人，你的頭腦適宜於在哲學和天機探測方面發揮作用。不要在軍中浪費你的天才吧。跟我來！’我的生活就這樣起了一個變化。我成了他的客人，不久我自己也成了一個隱居的哲學家。”

“你所説的‘哲學家’是個什麽意思，我可以問嗎？”“圓腦袋”問，儘量使用他那個圓腦袋所能想出的文雅字眼。

泰山清了清嗓子，解釋着説：“一個‘哲學家’就是這樣一種人：他通過觀察星象來發現宇宙間的一切秘密和人間的吉凶禍福。要成爲這樣一個人，那就得花很長的時間修煉。在我的情形下，精確地説，我花了整整四十年和三個月的時間。"這裏可以順便提一句，他一時頭腦發熱，忘掉了他離開老家總共不過三十五年。不過聽衆似乎完全忽略了這個細節——也許他們根本就没有時間的概念，他們没有追問這件事。

"我親愛的大爺，"女"財迷"忽然冒出這句話，使在座正聽得入神的人大吃一驚。"那麽你就是一個星相家咯！"

這個意外的提法正是泰山夢寐以求而不曾想到的一個稱號。他一直在探求今後謀生的辦法，現在無意中這個辦法卻從天而降。他私自點了點頭；當一個算命先生也並不是一個不足取的主意，因爲幹這行業只須動動嘴，不需要任何本錢，而且我得動嘴，否則我的日子也就太單調和無聊了，何況我現在還是一個老單身漢！主意已定，他就作出一個微笑，對這位"庸俗的實利主義者"的女人的富有啓發性的發言表示感謝。他決定利用這個機會來展開一個宣傳攻勢，宣佈自己是個未卜先知的"哲學家"。

"我能預測人生的吉凶禍福——這一點是没有任何懷疑的，"他以極大的信心説，"不過，可别把我當做一般的江湖人物看待。他們只會憑想象胡謅一些關於命運的謊言——這是一種罪過，我一貫反對，我是從天上星宿的方位和安排來預言人間的吉凶禍福，换一句話説，我是從哲學的角度來研究星相學的。"

對於在座的這些人説來，他的理論是太深奥了——雖然也很含糊。不過泰山已經看出他們已被他的三寸不爛之舌唬住了，因爲他們都畢恭畢敬地對他呆望着，好像一群孩子們望着他們有學問的塾師一樣。這種出乎意料的事態發展，使泰山更相信他今後完全可以靠爲人算命爲生。謝謝老天爺，他心裏對自己説，在軍中廚房裏的一些閑聊，到底還不能算做是浪費時間——這幫助我現在輕鬆地解除我的困境。

"星相大師，"守財奴老二打破了沉寂，恭恭敬敬地把這莊嚴的稱號贈送給這位新回鄉的流浪漢，"你能不能推算一下我母親的八字？"

“怎的，我想她應該是一個年紀不小的老媪了，”這位新就職的星相家説，“她不能幹活，她只能等待西歸，還爲她算什麼八字？”

“問題就在這裏，星相大師，”守財奴老二愁眉不展地説，“她不能幹活，但是她的飯量卻不小。而且她還光想吃好東西，像雞和肉，因爲她説她一生没有嘗過這些東西，在她去見閻王爺以前，她得嘗嘗。”

泰山把這個中年漢子端詳了一會兒，想弄清楚他説這番話的背後動機。很明顯，守財奴老二不願意給老母親雞肉或豬肉吃。也許他有道理。一個無用的老女人不應該消耗貴重的食物。此外，像雞肉和豬肉這類油膩的東西對他的老腸胃也不一定太合適。

“好，守財奴老二，”泰山説，“我懂得你的意思了。我明天上午來看看。現在我需要休息了。”

這樣，他就算找到了一個新職業，而對這個職業所應做的廣告，現在看來已經是恰到好處，他可以離開了。因此他就飄然退場，讓他的聽衆們驚奇不已地議論他以判斷人的命運爲目的而分析星辰的神奇能力。

第二天早晨，泰山穿上一件黑長袍，把自己打扮成爲隱居哲學家的模樣兒，道貌岸然地來到他的第一個顧客守財奴老二的家裏。後者的老婆“財迷”，把他領到婆婆的房裏。老婦人坐在一張靠椅上，正在嘟囔着，説她的喉嚨發乾，只有用雞湯潤一潤纔能解除她的痛苦。

這位星相大師研究了一下她佈滿皺紋的面孔，估計她大概已年届七旬。接着他就向窗子那兒走去，瞭望天空，裝作是觀察隱在太陽後面的星星。過了大約一刻鐘的光景，他回到這位發牢騷的老婦身邊來。

“年高德劭的老太太，”他説，“我得如實地告訴你，你的星宿有點兒昏暗。恕我爽直，你的高壽恐怕快要到頭了。惟一的補救是争取天老爺的諒解。辦法是避免吃葷，因爲一切生物都是他老人家創造的，不吃生靈的肉，他老人家自然會高興，而願意延長你的壽命。”

老母親，雖然年歲不小，但像一般勞動家庭出身的婦女一樣，仍然有一身氣力。她跳起來，把這位星相大師推出房外，大聲叫駡：“滚你的，你這混賬東西！我是死不了的！我不會死！”對於“死”的概念，她簡直是恨透了。一提起她要去見閻王，她就火高萬丈。

對於泰山説來，他的這頭一次算命，可算是徹頭徹尾地失敗。守財奴老二拒絕付費，因爲他未能説服他的母親放棄吃肉的念頭。這使得泰山感到非常尷尬。他作爲一個星相大師的名聲，已經在鎮上傳出去了，要想收回是來不及了。不過鎮上的一切活動主要還是靠四鄉的群衆。正如洋人在一個諺語中説的那樣，"面熟就會覺得没有什麽了不起"，他不能靠鎮上這些"庸俗的實利主義者"謀生，他得面嚮外邊廣大的陌生群衆。這就使他想起了鎮上的市集廣場。那裏每天有無數的鄉下人來趕集。他可以在那裏開業，建立起他的地位。本地還有一個諺語，那就是"野兔不吃窩邊草"。從道義上講，他也不能在熟識的人中間打主意。

在市集旁邊理髮店附近還有一塊空位置。泰山從理髮店老闆——他的一個"老朋友"——借來一張桌子，作爲報酬他有一天在一個茶館對這位愛聽海外奇聞的理髮師無償地講了許多他臨時編造的故事。他用同樣的方式還從他的另一位"好朋友"，一個魚販子，弄得一個像傘一樣的帳篷。他在這個帳篷下面，坐在那張神聖的桌子後邊，穿着一件寬大的黑長袍，就正式開始執行星相家的職務，爲過往的鄉下顧客預卜吉凶禍福了。爲了吸引川流不息的趕集鄉民的注意，他在帳篷前面挂起了一個招牌，上面寫道這幾個大字："瀛寰星相學家"。"瀛寰"是他絞了好幾天腦汁後想出來的兩個深奥富有哲學意味的字，即"世界"的意思，意味着他是一個"走遍世界的星相學大師"。

作爲一位來自"瀛寰"的神秘人物，他故意改變他的本地口音，裝出一副洋腔，對顧客們炫耀他洞察天體的奥妙和判斷人生吉凶的能力。極少人能認出他就是過去的泰山，不交地畝税的逃犯。如果他自己不承認，即使是他的朋友也看不出他的來歷。他虛構的天才使他達到了這種境地，他所編造的那些故事，不僅使他的顧客深信不疑，甚至他自己也認爲是絶對真實。他大言不慚地宣稱，他以他的"名譽爲擔保"，既能預卜人的死，也能測出人的生。一句話，一個人的命運，從出生到死亡，他都能準確地作出預言。

他的這種絶對自信和把握，把從四周鄉下來的莊稼人和手藝人弄得神魂顛倒。有一位笨手笨腳的老漢走到他面前來，但是由於有許多人在場，他不好意思説出他的來意。他站在這張有靈氣的桌子面前，頭低着，撫弄着一條紅綢子——無疑這是他剛從市場上買來的。泰山的本能立刻告訴他，此人將是他的第一個顧客。不過，他出於一個什麼奇怪的理由，在這麼一大把年紀的時候來玩弄這條鮮豔的綢子呢？作爲一件衣服的料子，這太小了，作爲他小女兒的手帕，又太長了。不過它一定與某種事件有關——也許正是由於這個原故，這個老漢現在要來請他算命。這種推想使這位星相大師找到了一點綫索。他立即得出結論，這位老漢大概快要得一個孫子，因爲這麼大的一塊綢子只够在孩子出生後爲送子娘娘披紅之用。

"請站近一點，老大爺，"泰山微笑地，但也很有權威性地説，"我想你大概在盼望家裏來一個新的成員吧？"

這種千真萬確的推斷使老漢立即對他感到信服，同時也從心眼裏對這位"半仙"表示崇拜和尊敬。他對這位神靈的星相家深深地鞠了一躬。

"是的，老爺，"他説，"我希望得一個兒子。"

一個兒子！這個新聞倒把這位聰明的星相家弄得糊塗了。難道他的老伴年過五十歲，還能生孩子嗎？這個老漢他想至少也有六十歲，因爲一個鄉下莊稼人娶老婆，最年輕的也不能比他小十歲以上，除非她是個小老婆。但是這個衣衫簡陋的鄉下人决不可能享受這種奢侈品。

"老大爺，請你説清楚，你的老伴今年年紀有多大，以便我能找出她的星宿。"泰山説。

"十八歲，老爺。"老漢説，"我現在來請求你老爺的，就是給她算個命。她躺在床上起不來已經有一個來星期了，她的肚皮痛得難受。接生婆説，她快要生第一胎孩子。不過孩子至今還没有生下來。我很擔心，老爺。我希望準確地知道孩子會在哪一天出生。您老爺剛纔還説過，您可預卜死，也可以預卜生。"

"是的，什麼事情我都可以預先算出來。"星相大師説。不過他還是覺得這個情節太複雜，完全超乎他推測的能力之外。他若有所思地把腦袋掉向天空，好像他是要觀察星象。過了一會兒，他又掉向老漢，繼續説：“老大爺，請告訴我，她懷孕多久了。”

“老爺，我們結婚也只不過半年。”老漢説，當時就在衆人中引起一陣哄笑。

星相大師上上下下拍着他張開的雙臂，要求大家安静下來。

“這是一樁很嚴肅的事，女士們，先生們，”他説，“因爲這牽涉到我們下一代的問題。這决不是好笑的事呀!”

但是他自己也好不容易控制他自己的笑聲。他推測，這個嬰兒的來歷一定有些蹊蹺。她也許在結婚之前的兩三個月就懷了孕。如果情況是這樣，現在媽媽既已經躺在床上起不來，孩子應該隨便哪天就可能出生。要不是因爲頭一胎比較難，孩子也許現在已經在吃奶了。

“我清楚了，我看清楚了，”星相大師説，“我剛纔仔細觀察了尊夫人的星宿。她的星宿指明，在最近三天之内她的孩子就可以出世。你放心吧，老大爺。”

老漢立刻變得非常愉快起來。他把他腰帶裏所有的錢全都掏了出來，放在星相大師神靈的桌上，作爲他感激的表示。接着他就像隻鳥兒似的連奔帶跳地走開了。

這天晚上，泰山算是返鄉以後第一次買了一壺酒，獨自慶祝他的新職業的成功。在他高度快樂的心情下，他唱了一支新婚之歌——爲什麽要唱一支新婚之歌，誰也猜不出其中的奥妙。這只有使得他的鄰居們猜測：他想要討老婆。

兩天過去了，没有特殊的事情發生。有半打左右年輕的和年老的顧客來找他觀察星象。他用他那個想象豐富的腦袋所能發明的種種“預測”，使他的每一個顧客都得到滿足。不過到了第三天，一件意想不到的情況出現了。守財奴老二忽然來到這位星相大師的“接待處”——這裏已經擠滿了一些二流子式的人物、好奇的婦女和孩子們，他們都大張着嘴，傾聽這位“半仙”關於“現代星相學”的高談闊論。來客把他們分開，擠了進來，站在這位博學多才的“哲人”面前。他把一束綫香放在神靈的桌上，接着便深深地鞠了一躬。

“尊敬的星相大師，”守財奴老二説，“請接受我至誠的敬意。你的預言真是靈驗萬分！”於是他直起腰，指着那一束綫香——大約價值一個銅子——繼續説：“這是我所能買到的最昂貴的禮物，爲的是想以此尊奉你是個神人。”

星相大師對這份禮物瞟了一眼，不由自主地眉頭皺起來了。但他對於這份禮物卻没有發表意見，他只是問：“究竟是怎麽一回事呀？你似乎一夜之間就變了一個樣兒。”

“説實在的，星相大師，”守財奴老二説，“我今天是太高興了。我的母親今天上午没有再要求吃肉或喝肉湯。她説，如果像您對她忠告的那樣，放棄吃葷而能延長壽命，她願意從今以後每天吃素。”

星相學大師沉思了一會兒，把這位愛財如命的來客端詳了一下，看他是否真正感到快樂。“你這個庸俗的實利主義者！”他真的像個聖人一樣，把這句話幾乎説到口邊上，但臨時縮回去。他知道，那位老母親大概把他的話咀嚼了幾天，由於怕死，最後改變了主意，決定吃單調的蔬菜飲食。不過，對他説來，這種突變是再好不過的宣傳。在衆人没有離散以前，他改變了他宣傳的題目。他記起他第一天開業的時候他在守財奴老二家裏所受到的侮辱。他清了清嗓子，用手指着這個守財奴的仰鼻孔，以教訓的口吻説：“得有耐心呀，我説！所謂‘預卜’，就是説在事情没有發生以前的頭幾天預測出來的意思。如果你相信我，你就得有耐心等待。耐心是現代星相學的精髓。耐心……”正當他説得興致高昂的時候，忽然有個憤怒的聲音把他打斷了。看來，他可以給任何人算命，就是預卜不了自己的事。

一個老漢從衆人中擠了進來。他滿頭大汗，臉孔氣得發紅。“你這個爛嘴爛舌的江湖騙子！”他向星相大師衝過來，大聲喊，“你這個空話大王，你把我所有的錢都騙走了！”他没再作進一步解釋，就把懸在帳篷面前一根竹竿上的那塊寫着“瀛寰星相學家”的招牌摘下來，一把摔倒在地，又在上面踩了幾脚，好像那是一個可詛咒的偶像。這種既愚蠢又滑稽的動作，引起在場的人一陣哄笑。但説來也奇怪，這陣笑聲倒反而使老漢變得冷静下來了。他呆呆地站在這位“星相大師”面前，像個傻瓜。

泰山既不能笑，也不能哭。他剛纔還在諄諄地勸大家要有“耐心”，因此他自己也就不能够感情用事。他把這個老漢仔細打量了一下，認出他就是那位曾經拿着一塊紅綢子求他預卜他的假想的兒子出生日期的那個人。

“請告訴我，你有這麼一把年紀，爲什麼能變得如此衝動?”泰山壓住自己的肝火，用一個平静的聲音問。

“你説我的女人在三天之内就會生下孩子。現在第三天都差不多快要過去了，她還在床上哭叫，而且叫得比頭幾天還要厲害。這叫聲弄得我的心都碎了。我實在受不了，我完全受不了。”

“你必須學會受得了，”泰山説，“她叫，正説明你的孩子快要出生了。如果你信任我，那麼請你趕快回家去。我相信，你會信任我，正如這裏所有的人一樣。”

老漢向周圍的人望了一眼，大家對這次意外的事件也感到非常迷惑不解。他茫茫然向大家觀望，他的脚仍然踩在那塊招牌上。接着，他像一隻受了驚的兔子似的，拔腿就跑掉了。

“等一等!”泰山大聲喊，止住這個逃跑的人，“我的招牌該怎麼辦?你褻瀆了我這神聖的職業，應該坐三年班房，你知道嗎?”

老漢更變得驚恐起來。他跑得更快了。當他在人群的視綫中消失了以後，這位星相大師掉向觀衆，説:“這個傻老頭兒知道他錯了，因此他現在非常害怕。關於人世間的事，我所作的預言總是可靠的。我已經説過，你得等待，等待時間證明我的預見正確。”於是他繼續發揮有關“耐心”是一種可貴的美德這個論點，像任何意外都不曾發生過似的，雖然剛纔那個老漢捅的亂子幾乎使他急得要哭出來。

第二天泰山顯得有點神經緊張。他没有把握，他是否應該繼續在理髮店旁邊擺他的“接待處”。困難之一是他的那塊招牌已經被踩碎了，而且更不幸的是，理髮匠的那位勤儉持家的老婆順手牽羊，把這些木片頭天晚上就收走當柴燒掉了。他呆在方場附近一個茶館樓上，從窗口向外窺望，無法作出決定。只有到了中午所有趕集的人都辦完了事，又圍到他平時宣講有關天體秘密與人生的關係的那些引人入勝的理論的地點時，他纔鼓起勇氣，決定在没有招牌的情況下繼續展開他預卜人間吉凶禍福的活動。

他一走到這塊他既贏得榮譽、又受到屈辱的地點時，頭天那位和他搗亂過的老漢匆匆地趕來了。他現在是滿身大汗，因爲他背着一塊沉重的新制招牌，上面刻着“瀛寰星相學家”幾個大字。幸虧他是背着這塊招牌而來，不然的話，泰山就會不聲不響地溜掉，避開這個老漢——因爲他現在一見到他就害怕。

“老爺，昨天我一時衝動，幹了對不起您的事，我很難過，”老漢説，使這位星相大師暗暗地鬆了一口氣。“我現在帶來一塊新招牌，賠償那塊舊的。這是我昨晚求一個木匠師傅趕制出來的，因爲我知道您今天需要它。”

星相大師感到有點兒莫名其妙。圍觀的衆人也是如此。

“你怎麽忽然變得這樣通情達理起來——而且變得這樣快？”泰山驚奇地問，聲音中不無一點怨恨的調子。

“您老爺不知道，我昨天一從您這裏回到家裏，我的女人懷的那個孩子就生下來了——一個男孩子呀！”老漢興奮地説。

“現在你懂得了吧？我的預言是多麽靈驗！”泰山説，現在完全恢復了鎮定和沉着。

“絶對靈驗，星相大師！”老漢説。這時他的聲音爲之一變，被一種感激之情所推動而有點發顫，像是要哭的樣子。“你真是個活神仙！”

泰山這時已經完全恢復了自信。他立刻意識到這是難得的來作一番自我宣傳的天賜良機。他瞧了瞧周圍的群衆，放开嗓子，像孔夫子和他最忠實的弟子對話一樣，問：

“你現在獻給我這塊新招牌，是完全出於感激之情和對我的預言的絶對可靠性的崇敬，還是因爲怕被抓到縣衙門裏去坐三年班房?"

"我到縣衙門去坐班房?"老漢用藐視的口吻説，"永遠不會！對我永遠不會!"

這一聲反駁又使泰山驚奇起來。他把這個老漢打量了一下。他的這句反駁除了表示他對他五體投地的信賴以外，還似乎暗示他有某種值得注意的後臺。一個普通的鄉下人，不管他的高年是多麽值得尊敬，是不敢説出這種充滿自信的話的。看來，這個老傢伙也許曾經在縣衙門當過役吏之類的小官兒。的確，看樣子他似乎曾經是這類人物。他的聲音倒似乎像是個收田畝捐的跑差。

"老大爺，請准許我問你尊姓大名。"泰山説。

"方治，田畝税代理催款人。"老漢説。

泰山一聽，涼了半截。但是一種自尊心使他仍保持頭腦鎮静。他心裏暗想，這個老漢原來就是那個田畝税收官——一個鴉片煙鬼——的轎夫。他正是因爲和這位方治打了一架纔離開故鄉而去當一名雇傭兵的。這也是他在他那任性的青年時代幹的最後一次荒唐事。由於這件事他長期割斷了和家鄉的關係，在外鄉流浪了三十五年。現在不僅他的生活際遇改變了，他的外貌也改變了：腦袋秃了頂，腮幫上長了兩大把白鬍子。他們兩人誰也認不出誰來：一個成了來自海外的"瀛寰星相學家"，另一個是新結婚的有家室之纍的人。可是他們的舊賬還没有算，特别是他欠縣衙門地税的那筆賬。

"你能不能告訴我一點關於那位税收官的情況?"泰山神經質地問，開始擔心起他所欠的那筆債來。"我聽説他是一個想象豐富、喜歡思索的人，特别是當他躺在鴉片煙燈旁邊的時候。"

"呀，那位又熱情、又冷静的老爺，"方治説，微微地歎了一口氣，"他在幾個月以前就去世了！我很難過。"

泰山這纔算是放下了心。死可以消除一切糾紛，當然也可以消除他的債務。"他留下了什麽值得紀念的東西嗎?"泰山裝出一副同情的口吻問——事實上，他是在惦記這位"冷静"的收税先生私吞的那從鄉下人身上擠出來的那些税款和可能還保存着的、記載着他的欠債的一些賬本。

“是的，他留下一件東西：一個十八歲的丫頭，”天真的老漢説，“只是留下這件東西，不多也不少。”

星相大師微微一笑，立即懂得事情的全貌，但是爲了厚道起見，他没有再就這個問題問下去。他已經猜出了，這個老頭兒的妻子是什麽人。她一定就是那個丫頭。那位“冷静”的、喜歡沉思的收税官把她送給方治，一半是爲了感謝他那個雷轟般的、一貫被他用來嚇唬鄉下人的粗聲音，一半也許是爲了補償他和泰山打一架所遭受的肉體上的損失。但是這位好奇的星相學家還是想把事情弄得更明確一點。

“請問你，地税代理催款官，那個丫頭現在怎麽樣了呢?”泰山問。

“她出嫁了。”方治回答説。

“嫁給誰?”

“唔。”老漢説不下去了，羞答答地低下了頭。

泰山現在算是把事情百分之百地弄清楚了。他那個靈活的腦袋不禁又產生出一個奇想：如果他也能有個像鴉片煙鬼那樣的主人，那該多美!此人不僅給了方治一個老婆，還送給了他一個遺腹子。對於一個陷入長期慢性貧困病、永遠討不起老婆的人説來，再也没有什麽禮物比這更實際的了。從這個丫頭的角度講，這種轉移也是一種不同凡響的安排。這個老頭兒一定會像個傻子似的寵愛她，同時也一定會作爲慈愛的父親使他的孩子合法化。這整個事情佈置得如此妥帖，甚至這位星相大師也不禁感到有些嫉妒起來。

“嗯，老太爺，你也繼承了那位和氣，但很冷静的税收官的職位嗎?”泰山滿懷嫉妒地問。

“很不幸，没有。”方治説，聲音中略帶有一點淒慘的調子。

“這，我可不理解了。我聽説，你過去替他催款，本事還很大哩。”

“唔，衙門發現他的一些賬目很亂，也認不出來，因此就停了他的職業，聽説還可能要送他去坐五年班房。所以他很着急，在拘票没有下來以前他就死了……”方治的聲音忽然斷了，眼皮下垂，在此同時，這位星相學家的面孔倒反而因爲收税官的賬本一塌糊塗，認不出來而忽然射出愉快的光彩。“代理税收催款員”不意中瞥見那塊新的招牌還横靠在他的腿上，便繼續説：“呀，星相大師，我幾乎忘了我的這件簡單的禮物。我能把它在你的帳篷前挂起來嗎？”

“謝謝你，你可以挂。”泰山説。但他馬上又補充着：“等一等！你能不能把你的尊姓大名和官職也加上去？”泰山認爲他的那個自我戴上的、具有一定“影響”的稱號也許可以在他的一些鄉下顧客中提高他的威信和聲譽。

“當然能！”方治對於這個建議感到受寵若驚，相信這樣作也可以使他自己的名字永垂不朽。不過他又馬上發現了一個難題。“但是我來不及請木匠來把這些字刻上去呀！”他説。

“没有關係，”泰山説，“我自己可以辦。”

於是他立即在一張紅紙上揮毫寫了這幾個大字：“前代理税款催收員方治敬贈”。他把這張紙貼在“瀛寰星相學家”的下邊。新招牌就這樣挂上了，他的“接待處”又算重新開張。他熱情地拍了一下方治的肩膀，用一個和藹的聲音説：“當我年輕的時候你拔了我的根。現在我們老了，你作了彌補，幫助我創業。我們從今以後做朋友吧。”

老漢不停地轉動着眼珠，望着這位神秘的星相家直發愣。“老爺，我聽不懂你的話，你説的是什麽意思？”

“你不需要懂得，我的朋友，”星相學家説，聲調中仍然帶着一種神秘的味道，“没有這個必要了。你和我，我們現在重新開始我們的生活吧。”於是他便坐在他那張神靈的桌子後邊，除了直接與他的職業有關的事，他拒絶再説其他的話。甚至關於“現代星相學”所要求的“耐心”的理論，他也諱莫如深，不再作任何發揮。他已經使所有的人，包括這位重要的人物“前代理税款催收員”在内，深信不疑，他是“瀛寰星相學家”，其“接待處”就設在“理髮館”的旁邊。

當太陽升起的時候

荷花爲六麻子老闆幹活已經快十二年了。當她最初作爲一個歌女在“新月”茶社賣唱的時候，她的年紀還不過十七歲。現在她不僅已經是成年婦女，而且，按照那些顧客們的説法，還正在“走下坡路”，因爲她的前額上已經出現了不少皺紋。幸運的是，她有足够的聰明及時改變了她的髮式：她現在梳一個劉海頭，髮絲一直搭到她的濃眉之上。這裏還可以附帶提一句：這對濃眉已經被拔得既細而又彎，正如這個茶社的名字所暗示的那樣。只有一個名叫張黑狗(因爲在一個熏肉店裏當了三年學徒，天天生活在熏煙氣氛中，他的面孔被熏出了一種永不褪的煙灰顏色)的糊塗蛋偶爾掀開她的劉海，在那些皺紋上親一下，同時説：

“我喜歡你，荷花，正如喜歡你那美麗的聲音一樣!”

她的聲音其實並不美麗。有時，當她一直唱到深夜的時候，它甚至還顯得有些嘶啞，很像鬆了弦的胡琴聲一樣。不過，説句公平話，她的聲音曾經一度是美麗的。正是由於這種美麗，她一回到鎮上，“新月”茶社的老闆就雇用了她，作爲一個“歌唱家”。

她並没有受過專門訓練。她唱歌是從她的爸爸和媽媽所在的那個雜技班子裏學來的。這個雜技班子是由一批有點氣力，但無土地，也無本錢做小生意的年輕人組成的。那時她的爸爸就是這批年輕人中的一員。他們拜了一位會武藝的人爲師，開始在各地流浪，成爲靠耍雜技爲生的江湖客。他們後來把家屬也帶去了，作爲“後勤”。因此在流浪中他們也生男育女。荷花就是在雜技班子裏長大的。由於她天生體質弱，她只能唱唱歌，作爲正規雜技節目間歇中的“餘興”。由於自然規律的支配，她父母到了五十來歲的時候，精力用盡，只好告退了；没有多久，由於同樣規律的支配，再加之“失業”的折磨，也就離開了人間。她的姨媽，在雜技班中以“女丑角”——簡稱“女丑”——聞名，有先見之明，不等到她的精力用盡，就提早退了出來，帶着外甥女荷花，來到六麻子老闆所在的這個鎮上落腳，想從此過一點安定的生活“以終餘年”。

六麻子原也是個跑江湖的人。他同樣具有“先見之明”，提前退到這裏，開這個“新月”茶社。他的本錢極爲有限，但他的精力旺盛。他在他的茶社裏一身而兼三職：經理、跑堂和招待員。荷花到這裏來唱歌正是他的生意興隆發展到了頂點的時候——也正是因爲這，他纔雇用了一個“歌手”。這種做法，也可以説是他的發明，但這個發明也並非來自偶然。他曾到縣城去作了一番調查和考察。那是個繁華的城市，有縣太爺，有衙門，有相當大的山貨行，當然還有許多相當近代化的商店，銷售“洋廣雜貨”。那裏有兩個茶館，名叫“雅士居”和“文藝軒”。前者是衙門稅收官的頭腦的産物，後者是縣太爺的一位“幕友”的絶作，因爲他們分别是這兩個茶座的後臺老闆。它們是“過往客商”和地方士紳的聚散場所，因而也生意興隆。

六麻子老闆，考察了這兩個茶社以後，得到了許多啓發和靈感。他認爲興旺的基礎是顧客盈門，而要使顧客盈門就必須做到這幾點：第一，茶社的名字必須雅致；第二，必須有一種誘餌以吸引顧客；第三，必須經常做宣傳，即俗話所謂做廣告。他的茶社最初開張時本叫做“憩園”。他發現這個名字有點老氣横秋的味道，便毅然改爲一個既新鮮而又能引起人作許多美麗聯想的名字“新月”。至於“誘餌”，荷花的到來，問題就“迎刃而解”了。找一個“廣告員”，他也没有費太多的周折。他的“新朋友”、“交遊廣闊”的張黑狗願意爲他效勞，聽他的指揮。作爲他後半生的“事業”，他的茶社，在他足智多謀和精心管理的安排下，便一直一帆風順地在向前發展。

荷花進入這個茶社以後，很快就成了一個“明星”，因爲她的歌喉響亮，而且因爲多年在雜技班裏生活，習慣於與廣大群衆接觸，因而她的舉止活潑，表情動人，她很快也就名揚整個地區。她的姨媽“女丑”，由於天生的不幸，長得鼻大、眼小、嘴闊，一直没有能赢得男子的歡心；

而且因爲如此，她的個性便變得特别剛强，結果在日月如梭的光陰飛逝中她逐漸接受了當“老姑娘”的命運。但她的外甥女“紅”起來了，她想她的下半生有了依靠，便也下決心在這個小城“安身立命”。

六麻子老闆，經過了一番冷静的觀察和瞭解，基本上掌握了她的情況。荷花一受雇於他，他就認爲她必須成爲他的“藝人”，不能成姨媽的“摇錢樹”。因此他得把這個“藝人”固定下來。經過了多天的思考和計算，他決定和她訂個合同：有效期限是十二年，在此限期間，荷花不能結婚。至於工資，那僅僅够維持生活而略有一點富餘，可以使這位“老姑娘”不至於餓死。“女丑”吃了她自己“性格剛强”和“吃軟不吃硬”的虧，終於受了六麻子老闆在她身上所施的“軟功夫”——如請她吃飯，稱贊她“能幹”“有個性”等等——的騙，作爲荷花的“家長”，在合同上押了手印。合同上冠冕堂皇的話語一大堆，但實質性的内容只有幾個字：年薪三百個銅板，也就是每天平均工資不到九個銅子，假日除外。

“女丑”當然很快就發現了這個騙局，但是已經來不及補救了。她只好安慰她的外甥女，説：“你還很年輕，遲早我會使你——也使我——擺脱那個奸狡的麻子的束縛。”當然這句話也不過只是表示一個决心，至於具體做法，説實在的，“女丑”還“心中無數”——也不可能有數，因爲她自己已經走上了“下坡路”，能量在一天一天地縮小。而且光陰又飛得很快，轉眼之間，十二年的期限就快要過去了。

這許多年的歌唱不僅毁壞了荷花的嗓子，也摧殘了她的身體。她額上出現的那一大堆皺紋就是一個不好的象徵。如果她臉上没有塗那麽厚的脂粉，人們還可能懷疑她是否得了肺病。每天從早唱到深夜並不是一件容易的事。她被剥奪了呼吸新鮮空氣的權利。至於茶社内部，那裏整天是各種煙草的氣味彌漫，她的胸腔不會是像一般人那樣健康。證明之一是，她很容易感到疲勞和無力。“女丑角”開始尖鋭地感到“擺脱那個奸狡的六麻子的束縛”，已經是刻不容緩的事了。該取怎樣一個步驟呢？

别的問題不談，首先她必須使外甥女的終身大事有個着落。時間再不能拖了。她不能讓這個下一代的親人再蹈她的覆轍，當個“老姑娘”。

但荷花雖然作爲一個“藝人”有點名氣，她的職業卻使她失去了一個受尊敬的女子所應有的尊嚴。她的名是“賣唱”的名。此外她也不會做針綫或繡花，更没有料理家務的經驗。這樣一分析，“女丑”認識到，爲外甥女找個適當對象的前景都很渺茫。當然，事情也不一定是絶對毫無希望。張黑狗就多次公開表示過“喜歡她”和“敬慕她”。但這個廢料，荒唐得有點近乎白癡，不能考慮。

這個“白癡”在“新月”茶社裏是靠説謊混口飯吃，而這些謊還説得非常荒唐。也可能正是由於這種荒唐性，他所做的廣告纔特别吸引人，因而也可以招徠一些好奇的顧客——在這方面講，他也可算是一個“天才”。他説“新月”茶社用的茶葉是來自一個銀白色的、叫做“冰島”的國家——只有天知道，他從哪裏得知有這樣一個國家！他説，這個茶社用的泡茶的水是來自一條龍所吐出的龍涎，而這條龍就住在六麻子睡房裏的一個秘密的井中。六麻子就是根據他的這些“天才”的創造，每天免費供應他“龍井”茶水數杯和每餐一塊大餅。好在他的飯量不大，他還能够活下去。但成立一個家？他也没有資格。

在此同時，荷花的合同到期了。幾天以前六麻子老闆已經仔細地研究過了荷花的處境。他得到一個結論，認爲在當前的情勢下，他的“藝人”——這是他公開送給她的一個稱號——離開他不行。因此他就故意不敦促她簽訂新的合同，爲的是避免她提出增加工資的要求。相反，他舒舒服服地躺在那鋪有一張虎皮的藤靠椅上，和張黑狗聊有關擴大廣告宣傳的新策略。他對他的事業的發展，一直是這樣關心！

老合同終於屆期了。六麻子老闆在他的“沙龍”裏等待“女丑”來要求簽訂新“聘約”，但是毫無消息。他繼續和他的廣告員研討擴大“新月”的影響問題，雖然他的面孔隨着時間的流逝變得越來越蒼白。到黄昏的時候，當他的茶社正在準備迎接夜市的顧客，這位老闆開始感到不安起來。他只好派黑狗去請“女丑”來喝茶。他指示這位黑皮膚的人：在掌燈以前這個客人一定要請到。

“爲什麽你的老闆要特别在今天來請我呢，而且是在正吃晚飯以前?”“女丑”質問這位隨和的特使，“這不是請喝茶的正當時刻呀。在過去十二年間，他隨便哪一天都可以請我喝茶呀!”

很明顯，“女丑”已經發現了這次邀請的幕後動機。她生氣了，而且鑒於頭一次簽訂合同的慘痛經驗，她這次已提高了警惕。她不再願接受六麻子用一杯茶所施的“軟功夫”，而且一杯茶對這位老闆說來，也是一文不值。在過去的整整十二年間，他徹頭徹尾地疏忽了她——荷花的保護人和事實上的家長。看來這位老闆似乎覺得她太醜，讓她在他的茶社裏出現會有損它美麗的招牌——“新月”。她對這個“醜”字極爲敏感，而這敏感又刺激了她的自卑，這種自卑又在她那個“老姑娘”的心裏煽起一股無名怒火。這股火此刻是什麽水也無法撲滅的，即使是“龍涎”也無濟於事。

“你的聲音裏面似乎帶有一點火氣,”這位黑皮膚人物説，發出一聲傻笑，“你去不去與我無關。我只是來邀請。不過，如果我是你的話，我一定要去。别的且不談，光那裏茶就值得一喝，因爲茶葉是從銀白的冰島國進口的。另外一點是，這碗茶是白送，絶不收費。”好像這番還不足以挑起肝火已經燒得很旺的這位老姑娘的怨恨，黑狗又繼續説下去。引了一句他平時從“瀛寰星相學家”泰山那兒學來的一句孔夫子的話:“天予不取，自取其咎!”

“女丑”放大嗓子，直接對着這位忠於職守的特使的黑皮膚人物大吼:“我相信你是個君子人，因爲你引用了我們聖人的話語。你知道嗎，一個正派的女人是不到男人成堆的地方去私談的，特别是在晚上。”

這段富有啓發性的訓詞，弄得張黑狗啞口無言。但這是他有生以來第一次聽到有人把他稱爲“君子人”。因爲他整個一生是一無成就，他做夢也不敢想他能獲得這樣一個高雅的稱號。作爲一個“君子人”，他也不能反駁，説這位“女丑”曾在雜技班把她醜陋的面孔向成千上萬的人亮相過，她那珍貴的外甥女也每晚在“男人成堆”的茶社露面——這件活生生的事實，這位老姑娘在盛怒之下，已經忘記得一乾二净。黑狗一邊向她滿懷敬意地作揖打躬，一邊後退，一直退到門外。説來也奇怪，這位黑糊塗蛋，由於這個毫無意義的稱號"君子人"觸動了他柔軟的心弦，現在幾乎想要哭出聲來。

六麻子老闆對於黑狗這次出使的失敗，感到氣忿萬分。那天晚上他按照定量分配應該給他的兩塊大餅，他也不給了。他對這個天才的廣告員大吼一聲："滾你的！"接着他就在他的茶社門口挂了一個牌子，上面寫了這樣一段公告：

> 本社從京城國立歌劇院借來一位名歌星，但由於交通阻塞，未能及時到來，不過近日她隨時可以與聽衆見面。爲了不要錯過這全國馳名的藝人的首次演唱，甚盼各位顧客每晚光臨。

"女丑"對六麻子老闆的態度忽然變得如此僵硬，不接受他的任何嘗試，也並不是完全出於感情用事。事實是，"新月"茶社對面的那個面店，由於主人——一個老單身漢——年老歇業，在兩天以前就關了門。鎮上曾經有這麼一個謡傳，説在那美好的往昔，當"女丑"以"健康皇后"的綽號而聞名時，他曾與她相好過。這個謡傳後又爲另一件事實所證實，那就是"女丑"不時到他的面店去吃面而不花錢，有時主人甚至還額外請她抽兩袋煙。這種交情現在使得"女丑"能以最低的代價把這個店面頂過來，而這點代價她也有力量可以及時付出來。她的計劃是把這店改裝成爲一個茶社，她自己當老闆娘，她的外甥女繼續唱歌——不過此後是爲自己挣錢罷了。

這當然是一種冒險的行動。在採取這個行動以前，"女丑"對於整個形勢已作了粗略的估計。她的結論，與其説是悲觀，倒不如説是樂觀。不錯，"新月"已經是一個招牌很響的娱樂場所，引用六麻子的話説，"顧客滿天下"，也就是説鎮上以及周圍地區喜歡喝茶和聽唱的人，差不多都到這裏來。不過她的茶社是個"後起之秀"——這事實本身就會引起大家的興趣：第一，這是她開的，鎮上第一個女人當老闆的茶社，而且這個女人還曾經是一個有名的雜技班子的"女丑角"；第二，荷花的歌唱現在仍能發揮“誘餌”的作用，仍然能抓住顧客們的想象，因而她的影響就可抵消没有像黑狗那樣“廣告員”的缺點。此外，“女丑”還相信，六麻子老闆門上的那個“公告”完全是虚構的。她曾經到京城去過，她知道從國立歌劇院請，甚至“借”一個“藝人”，代價是多麽高，且不説對於像“新月”茶社六麻子這樣一個鄉鎮的老闆的聘請，京城的“藝人”連理都不會理。

總的説來，“女丑”把一切的有關情況研究了以後，確信她完全可以與六麻子老闆競争。她的這種樂觀估計進一步又引起了她許多的翩翩聯想。她甚至還想象，有一天，她的外甥女，既有錢，又受人尊敬，終於和一個正直可靠的年輕人結了婚，最後退居在一個安静的家裏，成爲賢妻良母，生育半打健壯和快樂的孩子；那時她本人，作爲一個慈愛的姥姥，就收她那茶社的攤子，安度她的晚年，在門口曬太陽取暖，有安琪兒般的小孫子在她身邊玩耍，或爬到她膝上捉弄她，頑皮地喊她的綽號“女丑”！——那時她也決不會爲此生氣。

一想起這些前景，這位未來的姥姥感到如此幸福，以致她變得極爲友善起來。她完全忘記她對六麻子老闆所懷有的敵意和即將與他所要進行的競争。她甚至還幻想，在她的茶社開張的那天，她將請六麻子和他的“廣告員”黑狗，作爲貴賓，來參加她的開張喜宴。人要想與周圍的人生活在一起，畢竟還是以友善而忘掉一些小摩擦和齟齬爲好。她既然要開始新的生活、新的事業，也就得決心與六麻子老闆交朋友。她把她所有的積蓄都投進她的這個新事業中去。

那個舊面店現在已經裝修一新。“女丑”又花了三天三夜爲它想出了一個新名字：“圓月”。據這位女作者構想，它當然要比六麻子老闆的茶社的名字好得多，因爲那個名字聽起來未免有點小氣。不錯，她覺得“新月”一詞有更多的詩意；但是“詩意”和做生意賺錢有什麽關係呢？做生意和賺錢就得圓滿，不能像“新月”那樣像個蛾眉，“虧損”了一大半。她對於她的這個創造感到很滿意。在茶社開張的那天，她擺了一桌酒席。她按照原定的計劃，除了鎮上的一些名人以外，還請了六麻子老闆和黑狗。所有的客人，包括黑狗，都懷着不花錢大吃大喝一頓、再加之不花錢聽一晚歌唱的美好打算，欣然接受了邀請。只是六麻子老闆心裹有些不太自在。他認爲這是一次對他公開的挑戰。他决心接受這個挑戰。

在宴會開始之前的黄昏時刻，六麻子老闆把黑狗喊到他的那個秘密房間裹來——爲他吐出泡茶的龍涎的那條龍據説就住在這裹。他們兩人密談了一個半鐘頭。談完以後，六麻子老闆給了黑狗四塊大餅而不是平時的兩塊，此外還給了他一碗黄酒，以沖下這些粗乾的食物。這裹還可以順便提一下，在這碗酒裹六麻子摻了四分之三的黄水，不過由於黑狗從來没有機會喝酒，因而也就覺得酒味很醇，使他有"飄飄欲仙"之感。在從這種陶醉的感覺中醒過來以後，他使勁地擠出了兩滴眼淚，以表示他對這位慈祥、慷慨的老闆的由衷的感謝。老闆握着他的手，像兄弟一樣，也想擠出一滴眼淚，但是"由於年齡的關係"，他的眼睛不幸失去了這種功能，擠不出來。

事情就是這樣，宴會的時刻終於到來了。尊貴的客人們都陸續光臨這爿過去的面店——它將在這些客人面前正式改爲"圓月"，將作爲茶社莊嚴地當他們的面宣傳開張。屋子的中央堂而皇之地擺着一大桌酒席，一塊蓋有紅綢子的金字招牌立在神龕上財神爺的塑像面前。"女丑"以主人的身份招待客人。她敦促大家放懷暢飲。説實在的，她的酒是貨真價實，一點也没有摻水。但是，不知是由於一個什麽奇怪的原因，這次黑狗卻非常剋制，吃得很文雅。他顯得有點神經質，他的眼睛不時在和六麻子老闆交换信息。

當這些客人們正第三次舉杯、在荷花歡快的歌聲中把貨真價實的美酒灌進喉嚨的時候，"女丑"站起來，提議向財神爺幹一杯。荷花也停止歌唱，揭開覆在金字招牌上的紅綢子："圓月"算是揭幕了。接着的一個步驟就是"女丑"把這招牌挂在店門口，把這個過去的面店正式命名爲茶社。但正當她走到門口去的時候，"新月"茶社的老闆卻眨了一下眼睛，給他的"廣告員"遞了一個訊號。黑狗馬上就站起來，裝做是醉了。他也真像一個醉漢似的，摇摇晃晃地步到門那兒去。在"女丑"還没有來得及舉行挂招牌的儀式以前，他拉開他的褲子，正正地在大門口撒了一大泡尿。這個可憐的女主人立刻變得面色蒼白，馬上扔掉手裏的招牌，因爲它已經受到褻瀆，不會帶來好運，只能使這個茶社倒黴！

所有的賓客都站起來，驚呆了。他們没有一個人，包括那位未卜先知的“瀛寰星相學家”，能料到會有這樣的事情發生——當然六麻子老闆是例外。但這已經是“既成事實”，什麽别的辦法也没有。“女丑”也不能把黑狗送官府問罪，因爲他是醉後幹出這種煞風景的事的，縣太爺至多只會罰他一吊錢。而他又是一個身無分文的人，罰管罰，他就是交不出款，又能把他怎樣。大不了不過是請他坐個把月的班房。但這也正是他求之不得的事，因爲在班房裏他可以不花錢吃飯和睡覺，得到實惠。“女丑”當然不願意反過來給他造成這樣一個好機會。此外，這也解決不了問題。按照傳統的辦法，店是不能再開的，除非褻瀆了財神爺的這位罪魁禍首，給他老人家挂紅，在他老人家面前賠禮道歉和贖罪。

“女丑”在驚呆了一陣以後，頭腦逐漸清醒過來。她決定不讓感情所支配，因爲生氣是解決不了問題的，那只有叫六麻子老闆感到高興，她不能幹這種蠢事。因此她連連向她的賓客道歉，説她因這件悲劇的發生而感到不安，同時爲不能按預定計劃爲公衆服務而感到難過。賓客們也表示惋惜，懷着對女主人和中途夭折的茶社的深切同情，都離開了流産的“圓月”。但是黑狗卻無言可説。他並没有醉，一點也没有醉。他呆呆地站在門口，一會兒望望沮喪的荷花的失望的面孔，一會兒瞧瞧他在門口撒的那一大泡尿——它現在已經在發出强烈的臊氣。他靠着門柱站着，真像個白癡，那塊被摔破了的招牌就躺在他的脚下。

在所有賓客都走光以後，黑狗仍然孑然地站在門邊。他的這種傻氣的沉默更激怒了“女丑”。她一把抓住他的肩膀，把他拉進店裏來。

“告訴我，誰叫你來褻瀆我的招牌！”她對他吼叫。

這個黑傢伙發起抖來，一個字也不敢講。

荷花走上前一步，死盯着黑狗的那副愚蠢的面孔。她把他的下巴抬起來，其輕鬆的程度正如他撩起覆在她那打了幾道皺紋的額上的劉海一樣。她死盯着他那對愚蠢的眼睛。

“你怎麼能够是這樣没有良心，居然來毁壞我姨媽的生意?”她對着他的鼻子逼問，“這多年來，我們不都是朋友嗎?”

對於荷花，這位黑臉人物是從來没有害怕過的。因此他開口了，像個孩子，説：“是的，我們一直是朋友。我甚至還對你説過‘我喜歡你’，對嗎?”

這句蠢得不能再蠢的話，弄得荷花啼笑皆非。她的面孔氣得發青。

“女丑”知道，這個愚笨、但是天真的傻子，使她的外甥女感受到了極大的侮辱。她把她推向一邊，自己雙手叉腰，對這個罪犯用最大的聲音質問，幾乎使整個房子都在震動：“告訴我，誰教你來破壞我的茶社！你怎麼能對我幹出這樣的事?我不是稱你爲‘君子人’麽?”

“是的，你曾經稱我是‘君子人’，”他仍像個白癡似的説，“我希望大家都像你一樣稱我爲‘君子人’……”

這個傻瓜説完這句話以後，出乎意料，忽然變得深思起來，像是墜入了一個夢境之中。他把這位老姑娘和她的外甥女呆望了好一陣，使這兩位婦女大吃一驚。他忽然在她們面前跪下來，用巴掌激烈地打自己的臉孔。

“我是個混蛋，”他連連説，“我是個廢料，是個畜生，是個傻瓜，是條蛇，是個賊，是個撒謊大王，是個懶漢，是個倒黴人！是六麻子老闆叫我來破壞你們的店的。我剛説過，我喜歡你的外甥女。你太厚道了，請我來作客。從來没有人把我當作一個客人正式邀請過。我是個廢料，是個傻瓜，是條蛇，是個賊，是個撒謊大王，是個懶漢，是個倒黴人！”

同樣，出乎意料之外，他把自己大駡了一通以後，又嚎叫和痛哭了一陣。接着他就哈下腰跪吻“女丑”的脚，求她寬恕他。

這最後一幕打動了這位老姑娘的心。在她整個的一生中從來没有男人這樣尊重過她的脚。當黑狗帶着滿臉眼淚和鼻涕在哭訴着的時候，“女丑”静静地掉向她的外甥女，説：

“他倒很像一個孤兒，對嗎?”

"他本來就是個孤兒,"荷花説,也深深地被黑狗這番感人的表演觸動了心弦,"他小時就失去了他的父母。"

"你覺得你能喜歡他嗎?"姨媽用一個嚴肅的聲音問。

荷花變得沉思起來,望着這個可憐的荒唐年輕人仍在滿懷歉意地、瘋狂地吻着姨媽的雙腳。過了一會兒她説:

"他倒像是一個有熾熱感情的人。我過去從來没有注意到他的這個特點。"

"他也似乎非常崇拜女性。在現在這個世界,這倒是稀有的事情,"姨媽説,已經懂得了外甥女的意思。"這真是没有料到的好運氣,事情起了這樣一個突變。"

於是她便把這個哭得可憐傷心的傻子扶起來,用她的手帕擦乾他的眼淚。

"不要哭吧,黑狗,"她像個母親似的用温柔的聲音對他説,"請回答我,你是不是仍想給六麻子老闆幹下去。"

"如果我有辦法找到一口飯吃,我發誓再也不給他幹了。"他説,"我現在懂得了,他是個大混蛋。"

"請你再回答我,你説你喜歡我的外甥女,是真的,還是開玩笑?"

"黑狗過去説話有哪一次是開玩笑?"他毫不猶疑地説,"你曾經稱我是君子人。君子人是説話算數的,對嗎?我有好幾次吻過荷花額上的那些皺紋。我甚至還不怕麻煩把它們從她的劉海下面找出來,專門吻它的。你想,一個人不是真喜歡一個女子,會去專門吻她額上的皺紋嗎?"

"好,"姨媽説,"我相信你説的話。從今天起你可以和我們在一起,給我們的茶社做廣告——但作爲一個合股者,不作爲一個吃不飽飯的傭人。"於是她掉向荷花繼續説,"到廚房去找點東西給他吃,也拿點酒給他喝。剛纔他在酒席上没有能好好地吃,我可以看得出來。"

外甥女立即跑到廚房裏去,心情頓時歡快起來。她也很喜歡黑狗。雖然他有點傻氣,但是人很單純、老實,而且更可貴的是,還有一顆熱情的心。他可以成爲一個有用的丈夫。他所需要的是嚴加監督,但是關於這一點，有像“女丑”和她自己這兩個女性來應付，已經是很够了。

情勢的這種突變，對於“女丑”説來，等於是一石三鳥：她找到了一個外甥女婿，一個廣告員和一個原褻瀆者來向財神爺請罪，使這位神明息怒而繼續保護這個茶社的生意興隆。第二天，一個新的招牌刻好了。到了下午，女主人正式舉行了招牌揭幕和茶社開張的儀式。黑狗按照“女丑”的吩咐，給財神爺挂了紅，磕了頭，認了罪，祈求他老人家寬大爲懷，不咎既往——這一點大概是没有問題的，因爲福神一貫是寬大爲懷的。不過新招牌的名字换了。它不再叫做“圓月”，而名爲“太陽升”。這個新名詞的内在含義是，太陽既然升起來了，“新月”必然就要下落，以至於消失。

事情也確實如此。這天晚上，當荷花在這個新開的茶社唱出她最好的歌兒的時候，對面那個茶社的老顧客差不多都擠到這裏來了，興致勃勃地欣賞她的歌喉。至於六麻子老闆從京城國立歌劇院所“借”來的那位“藝人”，現在據説“仍在途中”；至於她什麽時候到來，日前還没有任何明確的消息。這樣，六麻子老闆的生意就開始急轉直下，一蹶不振，而且，根據黑狗所作的廣告説，他的那條吐龍涎泡茶的龍，也打通了一條地道，已經鑽到“太陽升”茶社來了，並且還決定在那裏長期定居下去。

我的伯父和他的黄牛

當我還是一個孩子的時候，我常常喜歡在長江沿岸附近的草地上和我的伯父的耕牛玩耍。它是一隻温順的動物，非常有耐心，而且跟村裏的任何婦女一樣，也非常勤勞，只是没有她們那樣話多。當它感到疲勞時，它只是垂下頭，不聲不響地咀嚼着，它的嘴巴周圍糊滿了泡沫。不過它從來不拒絕拉犁。它只是有時掉過頭來，向我正在握着犁把犁田的伯父静静地望一眼。我的伯父是一個熟練的莊稼人，他立刻就懂得它望這一眼是什麽意思。他會把它從軛下解放出來，説："你現在歇一歇，玩一會兒吧。"他自己也就在田邊的一塊石頭上坐下來，抽幾口煙。他的煙袋是根長竹根做的，形狀很怪，結結疤疤，像一條龍。

我先把這頭黄牛領到河邊。它在那裏痛痛快快地喝了一陣子水，費去了約莫十來分鐘的時間。於是它便慢慢地抬起頭來，水點從它的嘴上往下滴，滴到河裏，發出像遠方背貨的驢子脖子上所挂着的鈴鐺的響聲。它安静地望着河對面的緑色青山和牧場。我們一萬多里路長的古老的揚子江，在中國的中部地帶起伏着，越向下流，江面就越向兩邊擴張，弄得那對面的青山和牧場從這邊看去，顯得迷蒙和深不可測。它似乎對這些景象懷有某些眷戀，某種别人無法捉摸的感覺。每次它這樣望着江那邊的時候，它就要發出幾聲長長的叫唤。

"你不要傻裏傻氣，做些荒唐夢，"我的伯父對它説着，同時站起身來向它走去，"那裏没有什麽公牛呀。"他輕輕地在它那光滑的肚皮上拍了一把，"我從來没有看見過一個像你這樣容易感情用事、容易衝動的女人。"於是他給它套上犁軛，它不需任何説服，就又自動地拉起犁來，它那沉重的步子，像往常一樣，很有耐心地、不聲不響地，在這古老的土地上向前移動。

我的伯父，從他對於田地的土質和他所使用的牲口的理解看來，應該説是一個很有經驗、很熟練的莊稼人。冬天過去以後，他總要從田裏取出一撮土，用大拇指在手掌心上捻一陣，然後放在鼻子底下聞一聞，於是他便知道泥土是否獲得了新的生命，换一句話説，是否可以下種了。當田裏插上秧以後，他可以從泡在水裏泥土的顏色看出它是否需要及時施肥——施絶對符合它所需要的肥。“豬糞太厲害，”他會這樣説，“三分之一牛糞，加上三分之二的水就够了。”他一般是不會錯的。

但是我的這位伯父，卻從來不曾有過自己的土地。我的爺爺也是一個以種田爲業的莊稼人。對於他所耕種的土地的理解和他所使用的牲口的理解，他也和我的伯父一樣，非常熟悉；但他卻死在極大的貧困之中。他所遺留下來的那間小村屋，爲了買一具裝他的遺體的棺材，也只好賣給他的老田東——他當了一生這個主人的佃户，每年交的租子是收成的百分之六十。雖然他勤勤苦苦、老老實實地種了一輩子田，可他什麽也没有留下來。爲什麽是這樣呢？這是一個秘密，誰也弄不清楚。因此我的伯父剛到十歲的時候，就得自己謀生，最初是當放牛娃，後來就成了一個長工。他幹了二十五年辛苦的農活，總算積下了一點錢，在一個牛市上買了一頭小黄牛。他像一個母親似的照看着這個小生物。每天早晨它醒來，他也起床了；每天晚上他和它一道在同一個屋頂下睡覺。他親眼看到它長大——它身上長的每一斤肉和每一塊骨頭。他親眼看見它變成現在的這個樣兒：光滑、温柔，還有一點兒害羞。

他現在算是一個有財産的人了——他有一頭黄牛，有條件足够佃幾畝地耕種了。不過他還没有辦法找一個妻子，雖然他轉眼就要成爲一個中年人、甚至老年人了，因爲成天幹重活的莊稼人，總是未老先衰的。

“没有關係，”他對自己説，“只要我能租得土地和有一頭黄牛，我總會有一天討到老婆的。”

於是他便開始夢想有一個家，有一個女人爲他做飯，與他共同過日子，爲他擦乾臉上的眼淚——當他受到了地主老財的侮辱或者挨了逼租的管家的痛打以後。他還開始夢想有一個兒子——一個能接續他的煙火和繼承他的"事業"，即種田的兒子。"可是，啊！"他歎了一口氣説，"如果我得不分晝夜地辛苦二十五年纔能買一頭黄牛崽，再不要命地勞動另一個二十五年纔能娶一個媳婦……"他感到有一陣涼氣透過他的脊椎骨。他知道他還得没命地幹許多、許多年。

但是當他剛剛要定下心來開始實現他的夢想的時候，"國民革命軍"在工人協助下在中國南方掀起了革命。它暴風雨般地席捲了華中，把那些經常派管家和差人下來逼債和逼捐的地主老財以及舊官吏横掃了一大幫。在此同時，人民的力量也開始在農村膨脹。

革命工人隊伍中的一個年輕人來到村裏。他站在村前的廣場上，對莊稼人説："你們不須再付沉重的捐税了，對嗎？你們不須再有地主老財了，對嗎？"

這些問題還没有人敢於回答，因爲他們從來没有聽到過這樣的話語。

"好吧，這些東西現在已經統統都被打倒了，你們不再需要他們了。"年輕人繼續説，把他們的沉默當做是默認。

"不錯，"我的伯父説，連連對自己點着頭，"這話説得有道理。"

"那麽，"年輕人又繼續説，"你們得有一個農民協會來保護你們自己不再受欺侮。"

"呀，那可不行！"我的伯父想，"我没有那麽多的時間。我不能讓我的田地荒廢，不能讓我的耕牛挨餓。"他掉向站在他旁邊的那頭母牛。"你説呢？"他問它。"嗯，聽話的婆娘，咱們去幹活吧。"

不管他有没有時間來爲農民協會工作，他成了它的會員。他每星期花半天的時間在村前的廣場上參加大會，另一個半天到曾經被地主老財佔據的鎮上遊行，再又花一個半天聽那些年輕的革命者所作的一些報告。

時間未免花得多了一點，他想。但不管怎樣，地主老財都嚇跑了，縣裏的差人也有一些被鎮壓了。"嗯，嗯……"我的伯父現在覺得他所處的地位很爲難，因爲他没有理由不贊成這個新的運動，"只要我能和我的黄牛一道在田裏幹活……"

但是很快城裏傳來了相互矛盾的消息。這可把我的伯父弄糊塗了，因爲他從來也不懂得政治。流傳的消息説革命的力量分裂成爲了兩半，分裂出來的“國民革命軍”的政府鎮壓了許多年輕人，它本身成了反動軍隊，戰爭已經在舊的和新的勢力之間打起來了。很快不少莊稼人就得到了槍，他們的協會改了一個新名字：自衛隊。村子本身也變成了一種類似大家庭的組織，大家都共同分種所有的田地。村裏那個農閑時曾幹剃頭活的莊稼人被選爲這個大組織的主席，兩個年輕的革命者當他的助理。

“村裏所有的土地現在是我們的公共財産！”那個曾經幹剃頭活的莊稼人在村前的廣場上興奮地作出這個宣佈。對村人説來，這是一件驚人的事，特别當它是由這位莊稼人兼剃頭匠的口裏宣佈出來，因爲他過去一直是那麽窮困，連想住一個破牛欄都不可能。“所有的田地都爲大家所有！”

“但我的黃牛是例外！”我的伯父説，仍然没有注意到這位主席的權威，“自從它是一隻牛崽的時候起我就養着它！”

我的伯父講的這句話當然没有人理，因爲當他正在講的時候，不太遠的山裏已經響起了槍聲。

“反動軍隊想來鎮壓我們了，”那兩個年輕助理中的一人對群衆説，“我們得反擊，我們得保衛我們的果實。”

衆人都變得狂暴地激動起來，拿起武器，向山裏湧去，那個當剃頭匠的莊稼人跑在前面打頭陣。我的伯父一時腦子拐不過彎，站在村前的廣場上發呆。對於這個突變他没有一點精神準備。村子還是原來的村子，那些屋頂仍然是瓦和草蓋的屋頂，各家門前還是長着同樣的榆樹，鋪着同樣的石子——自從他記事的時候起，它們一直是這個樣子。但是村人現在變了。他們變得大膽了，敢於起來反抗了。“這是怎麽一回事？”他問自己，但是他一時還找不出答案。當他心裏正感到不知如何是好的時候，他把他的黃牛牽到村子的另一端，在一個比較安全的地方藏起來。

槍戰持續了約兩個來鐘頭。一切終於又恢復了沉寂。村人回來了，他們誰也没有講話。那兩位年輕的助理没有了。曾經是剃頭匠的村主席也不見了。誰也似乎没有心情講話。我的伯父感到非常寂寞，他只有牽着黄牛到田裏去，去看他親手插的秧——他那雙從十歲開始就在土地上勞動而變得出奇粗大的手所插的秧。在田頭上他發現了剃頭匠的屍體。槍彈在身上穿了許多洞，打得像一個蜂房。這是爲什麽？他從來没有看見一個人在他的田裏這樣被打死。血改變了泥土的顔色。我的伯父想，這泥土將會影響到莊稼。“我怎麽能吃由我的老熟人、村裏的剃頭匠的血所灌溉過的糧食？”我的伯父問自己，眼睛望着黄牛，希望它能作出一個回答。黄牛站在他面前，也傻裏傻氣地望着他。他們倆互相凝視着，什麽話也説不出來。最後，不知怎的，我的伯父忽然大哭起來。他一生從來没有哭過，甚至在我的爺爺咽氣時他也没有哭過。

當他回到村裏的時候，反動軍隊已經把村子佔了。軍隊的頭目説：“這是匪區，放把火把它燒掉！”於是便有好幾個丘八點起火把，在那些草屋頂上放起火來。很幸運，這批丘八没有在這裏呆得太久。他們又到别的地方去“清剿”自衛隊了。村人算是搶着時間撲滅了火，没有讓整個村子變成一堆灰燼。我的伯父的屋子的草頂被燒掉了四分之一，但是他又用些稻草把它補起來了。爲了這事他忙了整整三天。這段期間，那頭黄牛被扔在附近的一座多石的山上，餓得够嗆。

“啊，我可憐的婆娘！”當他看到它的肋骨在向外凸出的時候，他歎了一口氣説。於是他又想起了他的稻子染上了他的朋友剃頭師傅的血，想起了這稻子他決不能吃……他又大叫了一聲：“啊，我可憐的婆娘！”

當村人修補完了他們的屋子，正想要重新開始幹活的時候，一隊遊擊隊來到了村裏。他們是扛着槍正式武裝起來了的莊稼人。和他們一道來的有更多像以前村主席的助理那樣的年輕人。他們把村人召集到村前的廣場上來，其中有一個人向大家説：“反動軍隊想消滅我們，想卡死我們的運動，想恢復舊的秩序。我們得用我們自己的力量保衛我們的果實！”

所有的村中壯丁都加入了遊擊隊，開始接受軍事訓練。我的伯父雖然年紀不小，也加入了。他每天花兩三個鐘頭學習打槍，學習射擊人。但是每次他扳動槍機的時候，他就不由自主地想起被槍彈穿了許多孔的、躺在他的田邊的剃頭匠的屍體；他的心充滿了對反動武裝的恨，對朋友的難過；在這樣一種混雜的感情中，他的手一直不停地在顫抖，他的射擊老瞄不準目標。這樣他持續了幾天以後，便開始感到他没有用，他老了，心也老了。他向村自衛隊裏的、從城裏來的一位助理員説："這杆槍我使不好。我的手老了，心也老了，用不好。"他交出了槍。

"没有關係，"助理員説，"參加不了戰鬥，就不要勉强。"

我的伯父牽着他的黄牛到草地去放牧，因爲它非常需要營養。他躺在草地上，腦子很亂，一會兒望望太陽，一會兒望望這頭除了犁田和吃草外什麽也不知道的牲口。他不願意再下田去幹活，因爲那裏的泥土滲進了人血。但是他的職業卻是種田，他的肢體不習慣於休息，他的心忘記不了插秧，他的眼睛習慣於在田野上張望，像他現在一樣。他該怎麽辦？於是他第一次感到説不出的苦惱。

幾天以後，反動軍隊又來了。這次村人可要對他們抵抗了。戰鬥是激烈的。因爲村人已經學會了使槍。他們也打得很不錯，因爲他們已經有了一些經驗。他們也像那個剃頭師傅一樣，瘋狂地進行戰鬥，興奮得不得了，因爲他們已經認識到他們是在對敵反擊。但是反動軍隊由於有更强烈的炮火支援，終於打到了村子的附近。子彈在屋頂上呼嘯，迫擊炮彈在田裏炸出許多坑洞。我的伯父呆在一個山腳的石崖下面，用手指堵住自己的耳朵，他不願意聽這些毁壞莊稼的炮聲。這一天結束的時候，村人終於把入侵者打退了，趕回到他們原有的駐地。我的伯父從石崖下走出來，好像是做了一場噩夢。他所要做的第一件事就是去看他留在山上放牧的那頭黄牛。起先他没有能找到它。到了天黑的時候，他纔在一個灌木林旁邊看到一具母牛的屍體，躺在血泊之中。它的肚皮被槍彈穿了好幾個洞，像死去了的那個剃頭匠一樣。要不是因爲這頭牛有一條很長、很光滑的尾巴，他簡直没有辦法把它認出來——這條尾巴，每次當它看見他的時候，總要很親熱地向他摇擺。我的伯父想要大哭一場，可是他哭不出來。這頭曾經一度是那麽親熱、温順和害羞的母牛，現在卻顯得是那麽説不出的難看。不過他仍然覺得它是他的孩子，他自己的創造，他親手喂大的和親眼看見長大的“婆娘”。

那天夜裏，他躺在床上一直合不上眼。他想起了他用二十五年辛苦勞動積蓄下來的錢所買來的這頭母牛，想起了那塊生長着他再也不能吃的稻子的田，想起了他原來打算要娶而永遠再也不會娶到的老婆……他仰臥着，睜着他那發狂的眼睛，想着這些事情，一直到天明。於是他便像個瘋子似的，向村自衛隊的隊部裏跑去。

他對那個助理員說：“請發給我一支槍。”

“幹什麼?”年輕人問。

“去戰鬥!”

“你真想要去參加戰鬥嗎?”年輕人用懷疑的口氣問，記起了他曾經從訓練中半途退出來的情況。

“當然要去!”我的伯父用堅定的聲音説，接着他就降低了語氣，好像是對自己私語，他的眼睛沮喪地望着他那雙粗大的、莊稼人的手，補充着説：“這是一個戰鬥的年月。没有土地了，没有耕牛了，更談不上找一個老伴……”

年輕人觀察了一下我的伯父的那張飽經風吹、雨淋和日曬的臉。這張臉顯得有些過度興奮，但卻是非常嚴肅和認真，像任何一個老莊稼人的臉一樣。年輕人決定發他一支槍。

在中午的時候，反動軍隊又來進攻了。村人聚合在一起，前往進行抵抗。我的伯父走在最前面，像犧牲了的那個剃頭匠一樣，他是那麽興奮和激動。

這裏没有什麽前綫和陣地，也没有什麽戰壕和鐵絲網。農民戰士只是隱在樹後、石頭後或麥田之間的溝裏進行戰鬥。他們不能隨意開槍。只有當敵人由於不瞭解地形和埋伏而走到近前的時候，他們纔發射。這些愚蠢進攻的丘八，只要一走到他們近前，他們的槍聲一響，幾乎都要無例外地倒下，發出一聲痛苦的尖叫，或者連一聲尖叫都没有。

我的伯父是埋伏在一個小山上的土墳後面。戰鬥的槍聲使他興奮過了頭，無法控制住自己，因而他也就大放起槍來了。他感到槍管在他的手裏跳動，槍托頂着他的肩撞擊，他完全沉浸在這種射擊氣氛之中。但是他的射擊卻也無意中給敵人提供了綫索。一個丘八在他面前十碼以外的地方出現，正在用槍向他的腦袋瞄準。他也把槍向這個兵士瞄準。但是此人的面孔也是同樣被風霜、雨露和太陽改變成了棕黑色，除了他身上的軍服以外，看上去它幾乎跟村裏任何莊稼人的面孔没有兩樣。“這就是我要打死的敵人嗎?”我的伯父向自己發問。在他還没有來得及找出答案以前，他的對手已經向他開槍了。他倒了下來。

黄昏的時候，戰鬥結束了。進攻的軍隊撤退了，回村的村人清點人數時發現我的伯父失了蹤。他們在交戰過的地方作了徹底的清查。在一個小山的旁邊他們發現了一具屍體，很有些像他，但是誰也没有把握，因爲他的大半個腦袋已經被炸得没有了。

最後，一個老莊稼人，我的伯父的鄰居，低聲説：“瞧這雙特粗的大手！這一定是他!”

一樁意外

當暮色正在從上空下降的時候，一陣鏗鏘的響聲從山那邊飄過來了。這響聲是從遠方向這邊擴張過來的。它越飄越近，最後人們可以很清晰地察覺出，這是金屬的鐺鐺聲，很像山裏寶塔上那個生鐵鑄鐘所傳出的聲音。接着晚風也吹起來了。山坡上和山下的麥子已經成熟，穗子也全都變得金黄；它們跟着響聲悠閑的節奏，在風中泛起成千上萬的波浪。這一天算是結束了。但是響聲卻使整個大自然活躍了起來。

山谷裏整村的人也加入了這個夜的世界的活動。他們從他們的茅屋匯集到村前的廣場上，肩上扛着鋤頭和鐵鍬以及他們用來射野豬的土槍。有好幾位媽媽也跑出來站在一旁觀看，她們懷裏抱着吃奶的孩子和淘氣的頑童——這些小傢伙扭着媽媽的衣襟，不停地嘟噥着，説他們的肚皮很餓。幾塊薄薄炊煙仍然停留在一些茅屋頂上，留連不散，而且在不斷變幻它們的形態，一會兒像條龍，一會兒像美人魚。大家望着這些景象，都給迷住了，變得沉默起來。

一位面孔曬成古銅色的莊稼人從人群中走了出來。他打破沉寂，説："通訊員剛剛從總部送來了警報，有二十多名鬼子兵組成的巡邏隊要從這附近路過。我們得在公路上截住他們。弟兄們，站隊！"他把他的一雙赤腳並到一起，把他那疙裏疙瘩的左手舉到他左眼的眉毛上，做出一個行軍禮的姿勢——可是他那眉毛上卻没有毛，連一根也没有，因爲當他還是一個燒磚的窑工時，窑口飄出來的火焰把他的眉毛全燒光了，再也没有復生出來。

所有村裏的壯丁都按照他的口令排好了隊，望着這位過去的窑工，都在羨慕他所行的這個軍禮——他的動作敏捷，態度莊嚴。由於他一貫勇敢，他被推選爲這支遊擊隊的隊長，不過他卻從來不曾受過軍事訓練，也没有工夫和機會去受訓練。他甚至連外界的世面都没有見過，因爲他一生一直是在這個山溝溝裏當窑工。“天才，真是一個軍事天才!”他的隊員有些心裏暗暗這樣想，滿懷敬畏地望着他們的這位指揮員。有一位駝背的矮個子莊稼人對他崇敬到了如此程度，他甚至還決心想要學他的這套很講究的、但學不到手的軍禮。他也把他的一雙赤腳並到一起，做出一個“人”字形的姿勢，同時也把他的左手舉到前額的中間，他就以這個姿勢站在隊伍中不動，像個木偶，完全忘記了“稍息”。

“駝背老弟，你這個姿勢不對呀。”窑工用嚴肅的神情望着這位矮個子人物，作出這樣的批評，“你這個軍禮是日本式的。我們現在採用西洋式的了。像這樣!”於是這位隊長又再一次行了他那有名的軍禮，作爲示範。

“駝子”——這是大家對他起的代號——不知道下一步該怎樣動他的手腳纔好。他一直保持原樣不變，他的嘴唇緊閉着，他的一對神經質的小眼睛嚴肅認真地盯着窑工，像一個小兵盯着一位兵團司令一樣。“倒是一個很標準的日本式軍禮!”群衆中有一位議論説。接着大家就發出一陣笑聲。

“够了！够了！弟兄們，我們得出發了！一、二、三……”窑工大聲喊着。他在前面帶路。這整個小隊開始向七八里路外的那個汽車公路行進。那些站在一旁觀看的婦女們，對她們的丈夫瞧了最後一眼，就各自分散回家去了。

當隊員們在那些金黄麥浪中間的小道上正要消失的時候，“駝子”忽然從隊伍中跑出來，站在村子對面的一個山丘上，放大嗓子，向一個正要走進屋子裏去的女人喊：

“黑烏鴉!”(因爲這是他的妻子的綽號)“啊，不!”他急忙改正説，“貴花!”(這是這個女人當閨女時的名字)“貴花！不要忘記到牛欄裏去加一捆新草，放在母牛的飼架上。它今晚不吃飽明天就不會犁田呀。還給我煮一大罐豆飯。如果今晚我不吃夜飯，明天我也不能幹活呀。聽見嗎?”

他喊完話以後，馬上就又跑回到隊伍中去了。他發現大家都在站着等他。窑工隊長感到很不快。他對正在喘氣的“駝子”說：“駝子老弟，行軍的時候你就不應該離隊呀。如果你非得離隊不可，你就先應該向我報告。”

“是的，隊長，一定！”“駝子”回答説，立刻把左手舉到他額角的中央，行了一個他自己發明的、時髦的軍禮。接着他就和大家一起前進。

他們走過了一大片麥地。晚風吹得越來越大。麥浪也變得洶湧起來了，沉重的麥穗在發出嘩啦和沙沙的聲音，好像是在向大家提醒，敵人已經快要接近他們了。松濤聲也在夜風中從遠方傳了過來。“弟兄們，加快前進呀！”窑工隊長下達着命令，“我們必須在日本鬼子經過以前到達目的地。”

“是，隊長。”“駝子”迅速地回答説，又從隊伍中站出來了，“報告，隊長。我的褲帶鬆了。没有辦法呀，隊長：肚皮裏没有糧食，空了。一分鐘就繫好。”他站着，花了約莫五分鐘纔把腰帶繫牢，大家也只好等他。這次窑工幾乎要真的發起脾氣來了。所幸“駝子”繫褲帶時幾次失誤，弄得褲子落到腳上，引起大家一陣哄笑，把隊長的怒氣沖淡了。

在做了一段急行軍以後，他們終於到達了公路。這條公路是從北邊延伸過來的，經由一大片麥地，然後翻過一座小山，向東展開去。在小山的拐彎處那兒，山坡上有幾叢灌林，林邊長着幾棵古老的松樹。它們居高臨下，俯視着公路。

“這些灌木林是天然的掩體，”窑工説，“弟兄們，準備好足够的石頭。但是在敵人没有到達我們埋伏地點以前，你們萬萬不能扔下石頭。你們扔的時候，也必須對準他們的腦袋，好叫他們馬上就失掉知覺。這時我們就可以用鋤頭和鐵鍬對付他們了。各自隱蔽！”

這些莊稼人都分散到那些灌木林後面去，把自己隱蔽起來。窑工隊長本人打算爬到山頂上，監視敵人。忽然他又記起了一件事，大聲說：“駝子老弟，你得到離開這裏遠一點的地方去隱蔽。啊，對了，那邊有一塊大石頭。你就隱在它後面吧。去！”

“是，隊長。”“駝子”向隊長指定的地點走去，但是他的神情相當沮喪。那塊大石離公路拐彎的地方有一百多碼遠，他藏在那裏開展不了什麼戰鬥。這位窑工隊長每次總是給他指定這樣一個位置，很安全，但卻使他感到丟臉。

“駝子”是一個很勤苦的莊稼人，但卻不是一名出色的戰士。他生理上的缺陷使得他的行動不靈。由於這個原故，窑工隊長曾多次勸他退出遊擊隊。但他總是很頑強地拒絶這個忠告。他的理由有二：第一，當日本軍在三年前佔領了這個地區以後，他們殺掉了他那頭心愛的耕牛，當作肉吃掉。第二，有一次一個日本兵路過他的家門口，看見他那個滿臉麻子的媳婦正在門前空地上曬衣服，就故意當她的面扒開褲子撒尿，像個魔鬼似的大笑。當他出來干涉時，那個鬼子就在他的臉上甩了兩個耳光，同時放一把火，燒了他的那間茅屋。

現在他蹲在離開公路那麼遠的一塊石頭後面，感到既羞恥，又怨恨。羞恥的是，這個位置是如此安全，他決不會受到傷害。怨恨的是，他覺得大家瞧不起他，認爲他的戰鬥力很低。他感到非常不快和惱火，他咒駡他的那個駝背——他認爲這是他缺乏戰鬥力的根源。正在這時候，得得的馬蹄聲慢慢地響起來了，而且越響越近，没多久，馬兒的呼吸聲也似乎可以聽得見了。

“攻擊!”這是窑工隊長在山頂上發出的命令。這個命令好像擰開了一個擲石機的開關，石頭像瀑布似的從山坡上滚下來，弄得公路上的日本軍人仰馬翻。日本巡邏隊這纔知道中了埋伏。他們的對策是不停地放槍。不過在黑夜中他們什麼人也打不中。好幾個鬼子被石塊打暈了，也有不少的馬匹的腿被打傷，他們只好連忙扶起傷員，倉皇地逃遁。

“駝子”看到好幾個馬上的人影，一個接着一個地在公路上逃走了。他手裏捏着一塊相當大的石頭——他捏得那麼緊，好像是怕它溜掉了似的。好幾次他想從他埋伏的地點衝出來，但是每次他都拿不定主意，因爲他看見後面還有些鬼子跟上來。最後，那一長串的騎在馬上的身影終於變得模糊了。只有一匹馬馱着一個鬼子拖着沉重的步子跟在後面，離前面奔馳着的一些馬兒約有五十碼的距離。很明顯，馬的腿什麽地方負了傷。“駝子”再也忍耐不住了。他從藏他的那塊巨石後邊衝出來，把他手裏捏着的那個石頭正正地向這個鬼子的腦袋打去。他所使的氣力是那麽大，弄得他自己幾乎也站不穩。這個鬼子立刻就失去了知覺，連痛也没有叫一聲就從馬鞍上翻下來了。“駝子”馬上跳過去，騎在他的胸膛上，好像是坐在馬背上一樣。他用一隻手卡住鬼子的脖子，另一隻手捏成拳頭，在鬼子的腦袋上狠狠地痛打。他打得那麽重，鬼子痛醒了，拼命地掙扎，四肢不停地亂踹，亂彈。在掙扎的過程中他身上的那支手槍忽然走了火。“駝子”也同時應聲倒地，他那抓住敵人的手也鬆開了。

當窑工隊長和他的隊員們在公路上集合的時候，他們在他們剛點燃的三個竹皮火把的亮光中發現有一匹迷路的馬，在附近的一塊麥地裏兜圈子。此外，他們還發現了路上敵人丢失的三支手槍。“還不算太壞，”窑工一邊撫摸着這幾支手槍，一邊説，“不過我們這次卻一個敵人也没有打死，太可惜了！”於是他走到那匹馬兒跟前去。這是一匹純蒙古種的馬兒。他撫摸着它那光滑的肚皮，説：“我親愛的馬兒，我們將用你來拉大車。這比讓鬼子騎在你的背上要好得多呀。我們的駝子老弟將會非常喜歡你。他特别喜歡那些幹莊稼活的牲口。”接着他就掉轉身，喊：“駝子老弟，我們給你找到了一個朋友！”

可是没有人回答。

“駝子不見了，隊長。”打着火把的一位莊稼人説。

窑工隊長把視綫從馬兒身上掉過去，吃了一驚，説：“趕快去找，我可憐的駝子老弟！”他記起了他給這個動作不是太靈活的莊稼人所佈置的那個隱蔽的地方。他連忙向那裏跑去。出乎他意料之外，他發現附近有一具日本騎兵的屍體。“駝子”就無聲無息地躺在這個鬼子的旁邊，身旁還有血在隱隱地從他背上滲出來。“駝子老弟！”窑工向他彎下腰，對着他的耳朵喊。但是“駝子”没有回應，他的眼睛是緊閉着的，他那長期因風吹雨打而變成了棕黑色的面孔現在也顯得像死一樣地蒼白。他那佈滿了疙瘩的莊稼人的雙手現在也僵直地向兩邊分開。窑工把自己的手放在這個莊稼人的心坎上，他幾乎很難感覺到他的心是否在跳動。

隊長這時纔知道發生了什麽事情。這真是他料想不到的事。但他更料想不到的是，這個莊稼人這次的戰鬥表現卻是那麽出色。當他望着那個日本侵略者的屍體、躺在一個中國種田人的旁邊的時候，一股强烈的感情不由得在他的心裏波動起來。“駝子老弟!”他使勁地在這個沉默無言的莊稼人的耳邊大聲喊，“醒過來呀！在和你永别以前，也許你還有什麽事要對你的大嫂講。”

“駝子”真的還没有死過去。他慢慢地半睁開眼睛，他的眉間浮現出一道痛苦的皺紋，一道在那些饑餓的年月裏他的額上經常出現的皺紋。在他那兩片木呆呆的嘴唇間，幾個不連貫的字繼續地冒了出來：“是的，隊長……請告訴黑烏鴉……那一罐豆飯……得蓋嚴實一些……以防夜裏耗子……把罐子……放在涼水裏……免得……變餿……嗒……嗯……唉……嗯……嗒……”那兩道在他棕黑色的臉上深鎖着的皺眉，這時算是鬆開了，永遠地鬆開了。

窑工感到有一件沉重的、一件使他感到説不出的難過的東西壓在他的心上。他急忙用手在“駝子”的臉上撫摸來，撫摸去，像是想要把他從沉睡中弄醒，同時用一個急速、深爲抱歉的聲音説：“請原諒我，駝子老弟，我責備過你，説你行的軍禮是日本式的。我不是這個意思，老弟，説實在的，我自己也不懂得是哪個式的軍禮……”

他心裏充滿着後悔和難過，等待這位種田的老朋友和夥伴，在走向另一個世界裏去以前，能够對他表示寬恕。但是“駝子”没有任何表示，他的眼睛也再没有睜開。

夢

山裏的天氣非常熱，熱得使人幾乎要感到窒息。我已經走了一整天的路，因此滿身大汗，我的雙腳也起滿了水泡。不過我終於還是來到了一個小山坡。當我在走下山坡的時候，我就望見洞庭湖了。太陽正在下落，吹起了一陣晚風，既新鮮而又涼爽。這裏再没有逃難的老百姓，路上也没有人群擁擠，頭頂上也没有日本的飛機在肆虐了。我呼了一口氣，感到一陣輕鬆。接着我便聽到湖那邊傳來的一陣孤獨的犬吠聲。再接着就是沉寂——湖邊安静的沉寂。

我取下我背上背着的一捲破爛行李，把它放在地上。我把它當作枕頭，在草地上躺下來。天空的顔色很藍，很安静，像下邊湖裏的水，直到一片像少女臉上紅暈那樣的晚霞慢慢地把它掩蓋起來。一排正在暮歸的飛雁匆匆地向東方掠過，發出頗爲淒涼的低鳴。太陽已經下落了。

有好一陣子什麼聲音也聽不見，甚至我一路上聽到過的蟋蟀的不停的叫聲，現在也消失了。不過，漸漸地，一陣迷糊的琴弦音卻飄進了我的耳鼓，像遠處湖上的波聲。它最初不太清晰，但逐漸就很清楚了，像銀鈴發出的響聲。這聲音在陣陣吹來的晚風中擴大。於是我便分辨出這是怎麼一回事兒。原來這裏有人在唱歌，一支我很熟悉的歌，一支我在中部平原上放牛時常常聽見女孩子們所唱的歌——這支歌常常在我的心裏攪起一陣無名的哀愁：

我和你一起走到天邊，
我和你一起走到海角。
海水可以乾枯，
石頭可以變爛，

但是我的心永遠不變，
哎，我的心永遠不變。

在這個孤寂的地方，這樣的歌聲不禁要使我感到驚奇。但更使我感到驚奇的是，在這附近居然出現了人間——居然有一個人在唱出這樣一支簡單的歌。人間！正當我想起這一點的時候，我就聯想起了食物。一聯想到食物，我就越感到饑餓。我已經有一整天没有吃東西了。一意識了這一點，我就覺得好像我已經餓了好幾個星期。於是我想，我怎能像個傻瓜似的躺在這兒的草地上，呆呆地望着天空變成黑夜！我跳了起來，向着歌聲來自的那個方嚮走去。

我在湖的右邊看見了一個村子。它是藏在一堆楓樹的後面。有一堆人群正在走開——一群年輕的莊稼漢、衣着襤褸的孩子和抽着煙的老人。他們有的面色悲戚，有的睁大眼睛茫茫地望着那剛剛歌舞了一陣的年輕女藝人——她們呆在村前的方場上，若有所失，也在凝視着那神秘的、正在變暗的遠方。有幾個天真的女孩子觀衆甚至睫毛上還挂着淚珠呢。無疑，那支歌觸動了她們的靈魂，簡單而脆弱的靈魂。我知道，那是一支悲哀的歌，因爲藏在這支歌後面的是一個悲哀的故事。我拖着步子走近前去，我背上吊着的那個行李捲左右摇動着。我到達時人群已經全散光了。他們都回到自己家裏吃晚飯去了。我不禁想，這些人是多麽幸運，一點也不知道敵人掀起的戰争正在後面逼來。我只覺得心裏很難受，也説不出什麽道理。

我現在是站在一個外貌似乎有點傻氣的跑江湖的老漢和兩個年輕女子的面前。這兩個女子中有一位長得比較豐滿，也很有風度，像風中的一朵百合花；另一位則仍然是茫茫若有所失，凝望着那深不可測的遠方。她的個子長得很苗條，像垂柳的一根枝條。我們都面對面地站着，什麽話也没有説，只是凝望夜幕在村前的方場上徐徐下降，直到它漸漸把我們和我們周圍的一切全都掩蓋住了爲止。

“你也像我們一樣，是個無家可歸的人嗎?”老漢終於打破了沉寂，這樣問我。

“是,”我回答説,“日本鬼子長驅直入,前天把華中的重鎮武漢佔領了。我是從那裏逃出來的。”

“唔,那麽我們也算同是患難中的人了。我們一起去找個地方度過這一夜吧。”

於是他便開動步子,走在前頭。我像受了催眠似的,也跟着他走,那兩個小女藝人跟在我後面。但我馬上就感到好不自在和尷尬。實際情況是,每當我和不相識的女子在一起——特别是頭一次——的時候,我總覺得有點兒難爲情,特别是當她們跟在我的後面、看着我每一步子移動着的時候。不過,幸運得很,那個老漢開始講起話來了。他的口齒不是怎麽太清楚,因爲他的門牙脱落了。他説:

“年輕的陌生人,我是一個音樂家呀,你知道嗎?”

“是的,我可以看得出來,”我回答説,望着挂在他肩上的一個小鼓在兩根破舊的皮條上郎當地擺動——每擺動一下,旁邊懸着的鼓棰就碰着它,發出一個“咚”的響聲。雖然如此,我還是故意地問了一句:“大叔,你演奏哪一種樂器呀?”

“怎的,我是一名鼓手呀,難道你没有看出來嗎?”他很有把握地説。停了一會兒後,他又補充了一句,好像是要使我相信,“我還是這個班子的班主哩,懂得嗎?”

“什麽班子?”我倒真有點兒糊塗了。

“一個歌舞班子,當然咯!你没有看到這兩個姑娘嗎?雖然她們是我的女兒,她們也是我的藝人呀。你知道,她們是第一流的藝人,不折不扣的第一流!”

我們一邊聊,一邊漸漸走近一個孤零零的破廟。它位置在一個小山脚下。“小夥子,我們就在這裏過夜吧。”他説。我們走了進去。我劃了一根火柴,點起油燈。這裏真是非常寂静和荒凉,連一隻老鼠也看不見。我不知如何是好。我呆呆地站在這個古舊的油燈旁邊,提着那根捆着我的一捲舊衣的繩子,神經質地甩動着,不知下一步該怎麽辦。

“這是蘭妞兒，我的大閨女。”老漢指着站在我面前的那個外貌很豐滿的女子說，“這是春妞兒，小閨女。”他作了這番介紹以後，就躺到一堆乾草上，攤開四肢，輕鬆地呼了一口氣。

“嗨，感謝老天爺，這一天算是過去了！”

當我被介紹給這兩個“藝人”的時候，我微笑了。她們也向我微笑，其態度的友好我還不會用字眼描寫出來。她們的微笑中含有某種温暖的味兒。當她們望着我的時候，我發現她們的眼睛在射出某種表示歡迎和親切的光芒。這時我馬上有了一個想法。我對老漢說：

“大叔，我能加入你的班子嗎？”

“怎的，你很像一個學生——一個有學問的人呀。”老漢說，驚奇地望着我，“說實在的，我們的活計可不是很輕鬆的呀。”

“没有關係，”我用加重的語氣說，“我會拉胡琴。這樣一個琴手你也許會有些用處——雖然你自己是一個很好的音樂家。”這話的後一半，我覺得有點不太實事求是，但是我没有辦法——這話是自動地從我的嘴裏跳出來的。不過，我的這番恭維，老漢聽起來倒似乎感到很滿意。他說：“好吧，只要你願意，歡迎你參加，四海之内皆兄弟嘛。”

我很高興。剛纔我對這兩個女子所感到的不自然，現在全都煙消雲散了。我幫助她們生火，做晚飯。我們聊了很多事情，起先是關於我們的工作，接着就談起我們的老家。我發現她們是來自東北，不過她們的祖先是從華中遷移過去的。我又發現我非常喜歡蘭妞的聲音。那聲音是既清脆而又帶點少婦味。我也喜歡春妞的眼睛。它們周圍鑲着一圈很長的睫毛，眼珠是又大、又野、又黑——黑得幾乎像午夜一樣。

吃完晚飯以後，老漢就倒到一堆乾草上，跟誰也没有道晚安就呼呼地睡去了。不過他的舌頭還在活動：在舔他那雙還糊有一些油膩和菜湯的嘴唇。我望着他，感到怪好玩兒的。我從没有看過一個人在睡夢中做出這樣的動作。

“不要老是這樣望着他吧！”蘭妞用她那種我所喜愛的、有點少婦味的聲音說，“瞧瞧天上的月亮，它今晚明朗極了。”

我抬起頭來，看見一輪明月，懸在無雲的天空上，正在向院子灑下它的光輝。自從日本侵略軍在華中展開他們的攻勢以來，我已經把月亮忘掉好幾個月了。

“多麼美啊!”我高叫了一聲，“我甚至還可以看見月宮裏的仙女站在月桂樹旁向模糊的遠方凝望哩!”由於我的聲音太大，春妞發出一個怒聲來止住了我。

“静些!”她指着院子裏的一棵老榆樹説，“瞧你幹了什麼好事!”

我向那棵樹望去。那棵樹的形狀古怪，結結疤疤，看上去起碼有一百多歲。有幾片葉子正從那上面飄下來，像從一座斜塔上飛下的羽毛。接着我便聽見樹枝裏有翅膀拍擊的聲音。“我知道了,”我心裏想，“我的聲音驚醒了一隻睡鳥，可憐的鳥兒。”

“這倒使我想起了一句老話,”春妞説——她的聲音現在變得平静些了，“如果有人聽見一隻睡鳥拍了三下翅膀，他就會做一個美好的夢，而且這個夢還一定能兑現呢。”

“那麼你聽見它拍了幾下翅膀呢?”我問，感到興趣起來。

“三下，不多不少。”

“那麼你就會做一個美夢了。”

“我不太相信,”她翹起嘴唇，用一個暗淡的聲音説，“這些年來，我一直只做噩夢……”

“連一個好夢也没有做過嗎?那該是多奇怪!請告訴我，那是什麼道理?”

我感到，我的聲音變得有點焦急起來。我自己也不知道爲什麼要對别人的夢如此感到興趣，而且還很焦急。

春妞没有回答。她用她那雙黑得像她的頭髮、亮得像貓子的瞳孔一樣的眼睛盯着我。她被某種使她無法理解的東西弄得糊塗了。她的這種情狀也使我感到迷惑，結果我只有墜入她那無瑕的、天真的凝視中去而不知所措。這樣，蘭妞就出來干預，作出一個解釋。她打破這種緊張的沉寂，説:

“這是因爲我們的生活太不安定的緣故。自從日本軍四年前燒掉了我們的村子，我們就没有一天安静過。我們走到哪裏，他們就跟到哪裏。”

“不過現在我們可以安静一下了。”春妞忽然插嘴説，她的腦子裏現在似乎有了一個新的看法，“我們已經有了三天没有聽説日本鬼子打過來的消息……”

對於她的這種説法，我倒有些兒懷疑。我心裏想：等着瞧吧。但是我不願意破壞她們的心境。我只是説：“那麼你們將能做些好夢了。不過你們在等待哪一類的好夢呢？等待一根能點石成金的魔杖嗎？還是想長出一雙翅膀，把你們帶到幸福的國度裏去？”

“我們這些跑江湖人的女兒不敢有這種高的希望。”春妞説，微微地歎了一口氣，“我只是希望當一個學生，能有機會讀書，學會寫字，能閱讀一些歌兒，還會寫出歌兒，知道嗎？啊，我是多麼喜歡聽媽媽給我們念那些歌兒啊！媽媽能歌善舞，掙的錢要比爸爸多得多。”她忽然止住了，開始又用她那雙沉浸在夢境和現實之間的眼睛向前方凝視起來。

蘭妞本來也變得興奮起來了，但馬上又墜入愁思中去。她偷偷地歎了一口氣，被我注意到了。她説：“我也希望有一天我能當一個學生。”

“當一個學生！”春妞忽然從她失神的狀態中驚醒過來，“那天你在村前方場上歌舞的時候，那個叫什麼名字的地主土老財不是稱贊過你嗎？他對爸爸説，因爲他的太太死了，又没有孩子，很想收你做養女，送你上學校。不過你喜歡裝假，你説你不感謝他的好意，你願意和爸爸一道過苦日子。”

蘭妞没有精神準備，感到很尷尬，一時找不出話來反駁，只是囁嚅地説：“你太傻了，那個老混蛋説的不是那個意思呀！他完全是别有用心……”

“救人呀！救人呀！把我的女人還給我！”這叫喊像一聲霹靂，向我們衝來，打斷了我們的話語。它是來自正躺在草堆上打呼的那個老漢。我還以爲有一條蛇正在咬他的脖子哩，因爲在這種荒凉的地方經常會有長蟲出現。所以我連忙拿起一根棍子，想要跑過去打蛇。但是蘭妞止住了我。

“不要驚慌，”她說，“他正在做一個噩夢。自從日本鬼子來到我們村裏，把媽媽搶走以後，他就常常做噩夢。媽媽的下落一直不明。我希望她已經死去了……”

我開始懂得了，這段遭遇一定是非常痛苦。但是我不敢追問細節——那會更引起她們、甚至我自己的難過。說來也奇怪，在戰爭年代，人們的心都是很脆弱的。我只能簡單地說：“我看我們得睡覺了。你們明天還得多幹活，因爲現在又多了我這張嘴，要吃飯呀。”作爲道“晚安”的表示，我在她們年輕的心裏注入了一個小小的希望：“當我們的國家解放了、獨立了、自由了的時候，我們大家將都會上學校，我們大家將都能够讀書，能够編歌兒。”於是我便睡去了。

第二天早晨，我們來到附近的一個村子。我拉着二胡，我們的那個老漢敲起他的那個小鼓。我覺得我的琴拉得還不錯，雖然我已經好久没有玩它了。無論如何，這對蘭妞身上發生了一定的作用。她正在方場上又歌又舞。我已經說過，她長得很豐滿，不過她押着我伴奏的拍子，舞起來倒是相當輕鬆和優雅的，好像一條美人魚在水上浮動。當她在邊唱邊舞的時候，她的聲音也是很清脆，帶着那種少婦味的特色，而這也深深地打動了我，也正如打動了所有在場的年輕人的心一樣。她那罌粟花般的嘴唇上飄着的微笑，偶爾之間顯得有點像是做作，但卻是很自然地流露出一種憂鬱的表情。這種表情也吸引住了年輕人的心。可是到來的觀衆這次並不是很多。

我是那麼嚴肅認真地在拉琴，真像個樂師一樣。但當我看到蘭妞在這個寂寞的方場上獨舞而没有人鼓掌的時候，我卻不禁感到有些滑稽。而我們的那位老漢在那最後幾分鐘，更是使勁地擊鼓，像個瘋子。但他忽然間卻扔掉了鼓槌，在一塊石頭上坐了下來。他用一個極度疲勞的聲音對蘭妞說：“孩子，休息一下吧。”這位年輕的女藝人於是就走過來，坐在爸爸的身邊，她那個淡漠的微笑仍然浮在她那豐滿的嘴唇上，像平時一樣地充滿了憂鬱。

過了一會兒，我們收拾起我們的行頭和樂器，轉向另一個村子走去。太陽已經爬到了中天。一路上我們遇見了長串的人流，他們的頭低着，挑着的籃子裏坐着孩子，或背着行李，他們的看家狗伸着長舌頭跟在他們的後面。太陽烤着他們黄銅色的前額，汗珠沿着他們臉上的皺紋滴向地上。我已經猜出發生了什麽事情。但爲了證實我的推想，我止住一位莊稼人，想問清原由。

"日本鬼子又逼近來了，"他説，"今天早晨一隻大鐵鷹在我們的村裏下了蛋。蛋爆炸開來，炸死了二十五個人，包括六個孩子和三頭大黄牛。"

"這成什麽世界！"我們的老漢歎了一口氣説，"過去四年來我們一直在逃難，哪裏也找不到一塊安静的地方。"於是他掉向他的兩個女兒，補充着説，"我可憐的孩子，我能爲你們做些什麽呢？我的骨頭已經生銹了，而你們也已經長大成人……"。

這兩個女兒什麽話也回答不出來。她們同時垂下了頭。我們繼續拖着步子往前走。我們來到另一個村子，那裏的人已經跑空了。我們又來到第三個村子，它也是空無一人。我們没有飯吃，因爲這天我們什麽錢也没有掙到；而我們也累了，我們的腿子也開始怠工了。

"我們還是回到昨天的那個破廟裏去吧。"我們的老漢最後説，"再往前走也没有用了。我的精力已經用光了。"

我們只好跟着他往回走。當我們到達那個破廟的時候，我們再也支持不住了。兩個女兒在一堆乾草上坐下來，我靠着牆坐在她們旁邊，老漢則坐在我們的對面。我們什麽話也説不出來，好像我們已經失去了講話的氣力。不過在這兩個女子的天真的眼睛裏，我發現了某種東西，某種無可奈何、傻氣，但又憂傷的東西，某種比語言本身還要能説明問題的東西。她們的目光是集中在這個老漢的身上，而這位老漢正在瘋狂地抓他的腦袋，滿身大汗，像是坐在一個土耳其浴室裏一樣。最後他跳了起來，説：

“我們沒有什麽東西吃了。我去向那位地主老爺借點米試試看。”他斜斜地向蘭妞望了一眼，“他並不像是一個太壞的人。他説他要收你做養女，我想他的意思是誠懇的。”

於是他就像風中的一個影子，走出去了。去辦這樣一樁差事，他的確是太累了，太老了。可是誰又能辦這樁差事呢？我第一次覺得我們是多麽無能爲力！

兩個鐘頭以後，他回來了，手裏提着一小袋米。我們大家立刻都變得興奮起來。我向他跑去，把這一小袋東西接過來——這點東西，現在真是像同樣重量的金子一樣珍貴。春妞扶着他坐在乾草堆上，蘭妞在輕輕地爲他打扇。他的額上升起了一層蒸汽，像秋大的沼地升起來的煙霧。可是這位老鼓手並不感到愉快。他皺起眉頭，説：

“坐下，孩子們。”於是他歎了一口氣，把臉掉向蘭妞，對她説：“蘭妞兒，我已經爲你作了安排——也並不太壞，只是太倉促了一點，對此我感到非常不好過。”

“你這是什麽意思，爸？”蘭妞的眼睛表現出一種驚惶的神態。

“送給我這袋米的那個地主老爺——你知道我指的是誰，他非常喜歡你。不過他説他現在不收你做養女了，因爲現在沒有什麽學校可以送你去上了。他願娶你爲家室，他保證一定要叫你生活過得快樂。”

“你答應了嗎？”蘭妞問，她的聲音也和她的眼睛一樣，變得越來越驚惶。

“也只好這樣！”

“爸！我要和你在一起呀！”

“廢話！”爸爸説，他的聲音相當尖鋭。可是不一會兒他又軟化了，重新變得平心静氣起來。“我知道，對你説來，他未免老了一點。不過，我的孩子，你想想看，你和我在一起過的是什麽日子。你是在耽誤你的青春呀。我現在老得非常快，在我這一生剩下的日子裏，我永遠也不能改善我的生活境遇。他的生活過得好。你在他家裏不需再愁衣食了。你的兒女將會上學校，變成有學問的人。瞧，我能爲你幹些什麽呢？我把你養大，只不過是一個跑江湖的女兒！……”

蘭妞垂下頭來，沉默得像一具木乃伊。外面吹起了一陣微風，微風中夾雜着一些喧鬧聲。老爸爸抬起頭來，有氣無力地說：“那位老爺派人來接你了。日本鬼子已經打得很近了，我的孩子。再没有時間猶疑了呀。那位老爺將要遷到一個安全的地方去。不要胡思亂想，準備上路吧。”

這時一頂轎子在廟門口出現了——一頂紅轎子，上面挂着一些綢穗子。但這不是一頂花轎，有錢人娶繼室是不用花轎的。一個狡獪人物闖了進來，後面跟着兩個轎夫。這人就是那個地主的管家。轎夫都是身强力壯的漢子，光着上身，胳膊上青筋直暴。看樣子，他們是準備來搶親的。

老漢坐着不動，也没有理那個狡獪的管家。他不言不語，看上去像個傻子。忽然他全身掣動了一下，說：“蘭妞兒，我心愛的孩子，没有辦法呀。我是你的父親，我親眼看你來到這個世界，親眼看你長大成人，我生命中最關心的事就是你的幸福和昌盛。願你將來生個好兒子。”

蘭妞一句話也説不出來。她像一個受了催眠的人一樣，被拉進了轎子。那個狡獪的管家繫牢了轎門。那兩個轎夫把轎子往肩上一横，就像抬着一個普通物件似的開步走了。暮靄在開始下降。不過西邊的地平綫上還横着一條不完整、但是很美麗的長虹。一定是在什麽地方起過了一陣暴風雨，因爲氣温忽然變得有些涼意，楓樹的葉子也開始在沙沙作響，像是一半在唱歌，一半在哀哭。

忽然空中升起了一個狂暴的叫聲，很像一個失去了母親，站在十字路口的孩子的嚎哭。從這聲音的劇烈程度看來，我知道它是蘭妞發出來的。不過没有多久這聲音就在大氣層中變得微弱了，終於消失。剩下來的仍然是死一樣的沉寂、長虹最後的弧光和從天上垂下來的夜幕。

我的心變得非常沉重，沉重得像一塊鉛。我幾乎要呼喊起來：這就是我的祖先的國度，這就是我們今天的生活！我開始意識到再往前“逃難”是没有什麽意義了。什麽避難的地方也不存在。這是我出生的國度，它的土地給我提供生活的資料。於是我斷然地走到老漢的面前——他一直閉着眼睛，不願看人。

我說："大叔，請原諒我打亂了你的休息。我要去打遊擊，抗擊侵略我們國家的敵人。我很抱歉，不得不離開你。"

這位老樂師睜開他的眼睛，呆呆地望了我一眼，用一個極爲微弱的聲音說："對。這個世界是你們的。不過今天你什麼東西也没有吃。和我們一道吃餐晚飯，明天再走吧。"接着他又閉起了眼睛。他自己拒絶吃任何東西。

我感到有點兒寂寞。我掉向春妞。她正孤零零地坐在神龕旁邊的一堆乾草上。我想她一定在爲她姐姐的命運而偷偷地哭泣。

但出乎我意料，她没有這樣做。她在注視那條長虹最後的一段弧光和那棵楓樹的葉子的沙沙顫動，同時也在對自己低語："真怪，昨天夜裏我什麼夢也没有做。我曾經很清楚地聽見一隻鳥兒拍了三下翅膀……"

"那是迷信呀。"我在旁說。這使她驚了一下。

"啊，不是！因爲我媽媽相信這個兆頭。"她急忙解釋着説。她發現我就坐在她旁邊，感到很意外。"隨便問你一件事，你真的是個學生嗎？"

"當然是個學生。"我對她肯定地説。

"那麽，就請求你教我學會識字。"她用一個懇切的聲音説，同時把我的手拉向自己，好叫我坐得離她更貼近一點。"我們再也没有時間耽擱了。求求你，教我識字。我們得抓緊時間呀！"

我用一根枝子在地上劃出了幾個字。頭一個字就是"虹"。"它是由兩個部分組成的，"我對她解釋着說，"左邊是'虫'字，右邊是'工'字；'工'就是'藝術'的意思。因此'虹'就是一條藝術的蟲。"

"呵，我們的文字多美啊！"她高興地叫出聲來，她的眼睛也射出明亮的光芒。"我真希望我能識字。我希望我能讀媽媽經常唱給我聽的那些歌兒……"

“廢話!”我大聲説。我只覺得整個情況是多麽荒唐和滑稽。她此刻似乎只記着我們的文字，而把其他的什麽事情都忘了，包括她姐姐的命運。這個局面使我更感到難過。我現在没有任何心情向她解釋我們的文字的構造。我裝做是疲倦了，躺到草上睡了。當然我睡不着。我想起了蘭妞，想起了我所喜愛的、她那清脆而又帶點少婦味的聲音。想起了她那罌粟般紅的嘴唇，想起了她那充滿了憂鬱的微笑，想起了她今後的命運。我感到我的心在碎裂。

第二天早晨我第一個起來。在我離開以前我想和老班主及春妞説聲再會。可是這老漢卻是裝做正在熟睡，雖然他的眼皮在神經質地顫動，好像他在偷偷地哭泣。這樣，我就不敢開口了。至於春妞呢，她一動也不動，像一塊石頭。我只好準備不做告别就離開了。不過正當我要轉身走出去的時候，這位年輕的女藝人卻忽然大睁着眼睛——一對粗獷的、悲哀的、反射着這一天頭道陽光的、淚汪汪的眼睛。

“你終於决定離開了?”她問，“聽着，昨天夜裏我總算是做了一個夢!”

“一個好夢嗎?”我問，心裏感到非常沉重。

“是的，一個好夢。”她説，她那悲傷的嘴唇上浮出一個勉强的微笑，“我夢見我的蘭姐姐和一個漂亮的大學生結了婚，她能够讀書，也能編許多歌兒……”

我差不多想要説：“我真希望這個夢變成事實。”但是某種無名的力量控制住了我的舌頭。我像一個白癡似的站在這個女子面前，一句話也講不出來。“那麽，再會吧。”最後她對我説。可是她的眼睛在擴大，變得越來越粗獷，像是在説出某種我所不懂的東西。我掉轉身，離開了她和她的老爸爸。有好長一段時間我一直想要猜出，她那對眼睛究竟説的是什麽東西，可是没有得出結果。只有現在我似乎懂得了……

風

長青正在上歷史課，聽那位老教師講授中國的古代史。他忽然感到他的心跳得厲害，像在敲鼓似的。他想找出這裏面的原由。難道這位老師由於他遲到而要發他的脾氣嗎？決不會。他是一個軟心腸的老頭兒，對中國古老的文化和藝術持有説不盡的愛慕。此外，他對那些不顧日本人的佔領而仍然在古都北平繼續學習的年輕人一直懷有很深厚的感情。難道他在鄉下的老媽媽被日本侵略者殺掉了嗎？也不太像，因爲兩天前他還接到了她的信。在那封信裏她説她一切還好，只是等待他念完書趕快找個職業謀生。那麼，他的心跳得這樣厲害，究竟是爲了什麼呢？

當他正在思考和推想的時候，學校的老門房手裏拿着長煙袋，蹣跚地走進教室裏來了。這個老漢一直是那個樣兒，不慌不忙，忠於職守，對於老師的尊嚴也並不怎麼害怕。他徑直走到長青身邊，像一位老爺爺似的在他的耳邊低語了一句："我的孩子，有位先生在課堂外面等你。"他向課堂門外指了一下，歎了一口氣。長青看到一個穿黑衣服矮胖子的圓肥背影。他的心也就不再跳了。這就是他早晨上學時發現在他後面跟蹤的那個人。他和這位好心腸的門房一道走出教室，没有驚動他的同學，當然也没有干擾老教師的講課——這位感傷主義的老學究，一描繪起他的古老的祖國的歷史，就自我陶醉起來，把什麼都忘記掉了。

那個穿黑衣服的人掉過身來，向長青冷笑了一下，露出一口狼牙。這時他把他的上衣分向兩邊，雙手叉腰，顯出他挂在屁股上的一支勃朗寧手槍。這是一支很好的槍，槍的把手閃閃發光，好像是新上過漆似的。長青心裏想，這傢伙用這支槍對付我的同胞，大概已經有數不清的次數了。"放聰明點，"穿黑衣服的人説，"老實跟我走。"

"好吧。"長青乾巴巴地説，心裏有一種不快的感覺，但是也没有辦法。不過在他離開以前，他掉向門房老爺爺，說：“大叔，再見吧，好好保重。”門房老爺爺没有回答。他的那雙老眼睛曾看見過許多年輕人這樣失蹤，現在已經被淚水弄得模糊了，而他也太老、太衰弱，無力再説出一聲：“祝你一切平安。”

長青被帶到日本的憲兵司令部。一路上這個穿黑衣的人在他屁股上踢了不知多少次。當他在一個小房間裏、坐在這個蓄了一撮小鬍子的怪物對面時，他仍然感到臀部在發痛。小房間是緊閉着的，門邊站着另一個日本人。他很胖，長了一身粗毛，他的一對眉毛看上去就像兩把掃帚。

“現在，把你們組織的活動如實講來。”蓄了一撮小鬍子的那個人說，他那對充血的眼睛直盯着長青不動，“我們已經監視你很久了。不老實是没有用的！”

“你這是什麼意思？”這時長青抬起頭來問，他也緊盯着這個看上去簡直像個土匪的審訊者。“我是一個學生。我什麼組織也不知道。”

“不知道？”小鬍子發出一個尖鋭的“女高音”，其效果很像一隻正在向獵物撲下來的貓頭鷹的長嘯。“瞧瞧這是什麼東西！”他取出一張傳單，它的標題是：“同胞們，起來趕走侵略者！”下邊署名的是“中華救國青年聯合會北平分會”。

長青静静地把傳單看了一眼，什麼話也没有説，現出一副不在乎的樣子，好像他不是太理解文字的内容。但是他心裏知道，這是由分會的秘書李莉起草的。他想，一個多麼聰明的女子，居然能把我們這個如此古老、和平、藝術的文字化成爲如此威力强大的、爲民族解放而鬥争的武器。他自己同意了這個内容，甚至還愛上了它的文字，因爲貫串在它裏面的那種熱情洋溢的戰鬥感情也表現出了李莉所特有的性格。他立刻就懂得爲什麼他現在被抓到這裏來了。事情是昨天下午發生的。那時他正坐電車上學校，當他在掏錢向售票員買票的時候，那張傳單就從他的衣袋裏冒出尖來。一個同車的乘客瞥見了這個跡象，立即用偵察的眼光注意起他來了。爲了避免他的懷疑，長青把傳單揉成一團，當作廢紙扔向窗外。看來這個鬼頭鬼腦的人物後來把它撿去了。長青那時就有預感。

昨天晚上他就没回到他朋友常來常往的那個公寓。他在一個客棧裏宿了一夜。

“它是誰寫的？你一定還能記得！”小鬍子用一個尖鋭的女性聲音説。他把他那根又粗又短又秃的、像根變了形的胡蘿蔔棒般的食指指着這張攤在長青鼻子底下的傳單。“把實情告訴我。”小鬍子忽然把他那個奇怪的聲音放得柔和了一點，“我的孩子，我知道你是無知的，是一個盲從者。告訴我它是誰寫的，我將放你回去。”

“我不知道。”長青説。但是他卻知道，向敵人示弱是没有用的。

“不知道？”小鬍子變得狂暴起來，開始大叫，“我已經抓住了你們的頭目，他把什麽都告訴我們了！”

長青幾乎要笑出聲來，但他控制住了自己。這個小鬍子是在説謊，説很笨拙的謊，因爲他自己就是組織的負責人。不過他很高興聽到這番暴露。這説明，除了他自己以外，日本侵略者並没有抓住他的任何朋友。所以他不慌不忙地説：“我不知道。”

“三郎！”小鬍子向站在門邊那個多毛的漢子説，“你知道怎樣叫他承認。”

這位毛烘烘的人物看上去倒很像一個柔道專家，五短身材，胖胖墩墩，蹣跚地步了過來，像隻肥鴨子。他在這個年輕人面前站了一會兒，瞧了他幾眼，好像對他很陌生似的。接着他緊咬着他那一口粗牙，在長青的光頭上甩起拳頭來，一次又一次，好像他是用榔頭在敲一座教堂的鐘一樣，直到這個年輕人倒在地上、失去知覺爲止。長青縮做一團，木然地躺着。那個多毛的傢伙接着用他那釘滿了平頭釘的靴子又在長青的肋骨上猛踢了好幾脚，他自己也滿頭大汗。

“暫時到此爲止。”柔道專家對小鬍子説，發出一個冷笑。於是他便走到牆角邊一個冰櫃子那兒，取出一罐冰水。他用心地、仔細地把冰水澆到長青身上，使它能匀稱地滲進這個學生的衣服裏面。長青全身濕透，也真像剛從水里拉起來的一個死人。但是被冰水泡了一陣以後，他逐漸恢復了知覺，又睜開了眼睛。他的視綫正好與這個毛烘烘的人物的視綫相遇。

“年輕人，把實情告訴我。”小𩮲子説，現出一個得意的微笑。

“我什麽也不知道。”長青茫然地説，也不太知道自己是在講什麽東西。

“嗯……”小𩮲子向那個全身粗毛的人物使了一個眼色，没有再説下去。

柔道專家這時點燃了一束氣味很濃的綫香，把它伸到長青的鼻子底下。煙氣熏進長青的鼻孔，很輕柔，好像全能的上帝正在用極大的愛把生命吹進他用泥巴所捏成的那個男子的體内一様。長青劇烈地打了幾個噴嚏，也真的獲得了新的生命。接着他就再也没有動静，無聲無息地躺着，像一具木乃伊……他的靈魂也似乎飛向了一個虛無縹緲的新世界——那裏没有人類，因而也没殘酷，只有緑色的草地、青青的樹木和一平如鏡的、有許多小魚在游來游去的池水。李莉就在那裏，正從一個竹林向他走來。這是他兒時的李莉，和他一起上學時的李莉。愉快樂觀的姑娘！她老是在微笑，好像不知道人間有愁苦。

“長青，今天是我們的假日，”她拉着他的手説，“教數學的老師病了。我們不必上課、絞盡腦汁去解決那些枯燥的數學方程式了。啊，瞧，長青，那早晨的太陽！”李莉在草地上跳躍着，望着那東方地平綫上新出現的太陽。它最初是一團半圓形的紅光，接着就像一個火球，把地球照亮，驅去迷霧，使一切生物又恢復了活力。這時，一隻鹿從一個緑色的灌木林裏跑出來了，魚兒在水上翻騰，雲雀在歌唱。“來，長青，我們也跳吧，也唱歌吧。怎的，你爲什麽要哭呢？今天是我們的假日呀。今天我們不需要和那些枯燥的方程式打交道呀！”李莉取出一塊紫藍色的繡花手帕，擦乾沿着長青臉上流下來的眼淚。

於是長青忽然從昏迷狀態中醒過來。他的臉上真的有幾顆眼淚。不過他現在所在的地方並不是花園，而是一個地下的小囚室。這裏只有一個小小的洞口，開向一個寬大有圍牆的院子。氣氛是陰森、野蠻和恐怖的。

他躺在又冷又硬的水門汀地上鋪着的一張蘆席上。他感到肋骨在劇痛；感到它們是既僵硬而又鬆散，鬆散得就好像它們已全部破裂，脱了節，只是由一層薄薄的皮連在一起。他同時也覺得他的肺部發脹，像是一個吹鼓了的皮球，隨時都可以爆炸。他的鼻孔也發乾，堵滿了凝血。他很想活動一下，但是他没有一點氣力。他開始感到苦惱和孤獨起來。

除了囚室看守在過道裏走來走去的脚步聲外，一切是非常静寂。面對這過道的是一排小囚室。那裏所有的囚徒似乎都没有聲音。人真是奇怪，他們一被關進囚牢就似乎失去了説話的功能。長青很想找一個什麽人談談，但甚至李莉的形象都似乎在他的腦海中消失了，像他消失了的童年一樣。上邊的那個小洞口只顯露出一小塊單調、逐漸蒙上了暮色的天。他前面則是一排鐵窗，給他一種生硬、冷冰，但粗暴的感覺。

他的心顫動了一下。他開始意識到呆在這裏説明了什麽問題。無數的年輕愛國者，懷有對人類未來的一種模糊、但很美麗的希望和對自己祖國與人民的愛，先後在這裏埋葬掉了他們的生命。看來，他自己也許也得在這裏埋葬掉自己的生命。然而他的生命卻是纔開始，纔開始使他感到生的温暖和活力。啊，這塊冷冰的地方！是的，侵略者曾經給了他一個選擇，那就是出賣他的人民和他的靈魂。那麽活着又有什麽意義呢？又是爲了什麽呢？望着鐵窗的欄杆——這些不説話的欄杆！他有生第一次感到心兒沉重。

他小的時候，他的母親曾經對他講過他父親的事蹟和遺言。他現在又記起那些話了。那個老愛國者，一生爲建立民國而貢獻出了他的青春。滿清的監獄奪去了他一生最富有創造性的年代，待他走出來時，他的精力已經磨損光了，他很快就離開了這個世界。他躺在病床上臨終的時候，曾經握着母親的手，説："我現在已接近死亡，但後來人會繼續我的生命。"是的，生命不過是創造的繼續——長青一意識到這一點，就忽然像是得到了一個新的啓示：我不過是整個人類生命中的一個小細胞，我已經盡了我的力量做了我應該做的事。萬一有什麽不幸，他想他的組織的秘書李莉將會繼續他的創造，大家將會選她繼續做他所未能完成的工作。

她是一個多麽能幹的女子！於是他又想起了她的警覺性！她做工作的高度效率、她對敵鬥争的決心、她對所有朋友們的深切理解，特别是她對她正在苦難中的人民所懷有的熱情和愛。這時他似乎能够聽見她在高興時所發出的笑聲，那像春天的太陽一樣明朗的響亮的笑聲。它像他的祖國的未來一樣，充滿了希望……

當他正恍惚地沉浸在這些幻象中的時候，開門的聲音響了。戴着紅臂章的三個憲兵走了進來。他們推開鄰近兩個小囚室的鐵栅欄門，拖出了兩個青年，然後又把門關上。這時已經是黑夜了。上面的那片丁點兒小的天空，他也無法從頂上的那個洞口看見。"開槍!"他聽見有人在外邊的院子裏喊。接着就響起了一排槍聲。再接着就是什麽物體倒地的聲響。他知道這是兩個年輕人的隕滅——兩個生命細胞的結束。他急忙從他的一個本子上撕下一張紙，馬上又用同樣急迫的心情在上面寫下兩行字，好像他隨時都可能失去寫字的機會似的："請把我的生命接續下去!請把我的生命接續下去!"於是他便在心裏祈求，希望外邊馬上能吹起一陣狂風，把這張紙通過上邊的那個小孔吹到街上去，吹到李莉身邊去……

可是這天整夜卻没有一點風的信息。漸漸地天亮了，太陽出來了，鳥兒也唱起歌來了。那個穿黑衣服的小鬍子來到他的囚室，又帶他到拷問間去。

他現在又隔着桌子坐在小鬍子的對面。這個敵人冷笑了一下，露出他那焦黄的、不整齊的牙齒。他説："你對昨天夜裏的生活印象怎樣?喜歡它嗎?我的孩子，告訴我吧。"這時他用他的"女高音"又加重他的語氣，"把你的組織的整個情形告訴我。我可以讓你自由。我知道你們年輕人有時是感情用事的；你的意思不一定是要造天皇陛下的帝國的反。"

長青一會兒望了望這個玩世不恭的審訊者，一會兒又望了望站在門邊的那個滿身黑毛的打手，感到整個情勢非常荒唐滑稽，這使得他既憤怒又難過。這兩個傢伙也算是生命的一種細胞，他想，但是卻在起着破壞的作用。"我只是一個愛我的國家的人，"長青用堅定的聲音説，"别的什麽也不知道。”

“你什麽也不願意再告訴我嗎?”小鬍子又冷笑了一下，“記住，我們是很忙的人呀。我們没有太多的時間花在你身上!”

“我没有任何東西可以再告訴你。”長青不動聲色地説。他知道，一落到這種人類敗類的手中，再也没有别的話可説了。他的父親爲了新的生命——他的人民的新的生命——貢獻出了他自己的生命。他自己也可以這樣做。“我絶對再也没有什麽東西可以告訴你!”他補充着説，聲音變得更强硬起來。

那個柔道專家走到門邊的一個櫃子那兒去，從中取出一根有彈性的、尾部分成兩條鞭子的橡皮棒。他用它猛烈、但是熟練地、敏捷地向他的頭部打來。長青感到天旋地轉，像根木柱似的立刻倒在地上，而這位拷打者卻一點也不感到吃力。長青在那個冰涼的地上躺着，臉朝天，没有言語，没有抗議，甚至連痛苦的表情都没有：他完全失去了知覺。那根橡皮棒仍繼續像雨點似的向他頭上打來，没有遇到任何抵抗，只是發出空洞的聲音，留下一條一條黄色、紫色和青色的印跡。

“我看今晚可以結果了他，”那個小鬍子一邊點起一支煙，一邊若無其事地説，“他没有什麽用了。”

當長青逐漸恢復了知覺以後，他痛苦地睜開眼睛，但是他什麽也看不見。他現在又是躺在他的那個小囚室裏。已經是夜晚了。他感到他的頭異常沉重，沉重得使他甚至對痛楚都没有知覺。他只是覺得自己好像是在雲塊中飛行，在陰間的國度裏徘徊，在分隔人間和鬼蜮世界的那條河上航行。“我是不是已經死了?”他問自己。但是他又似乎聽到某種暗示着生命存在的聲音。呀！是一隻蟋蟀在一個牆縫裏歌唱。還有監獄看守的那種有節奏、但是威脅人的脚步聲。啊，原來這是囚牢。那連結這個地下囚室和人間世界的小洞口在什麽地方呢！他抬起頭來，望見了那個圓圓的小孔，一顆星星正在那上面微笑。生命！我仍然活着，他想。於是他記起了那一小張紙，他在那上面曾寫着：“把我的生命接續下去!把我的生命接續下去!”啊，李莉，你得看到我最後寫的這兩行字！於是他又祈求，希望外邊吹起一陣風，一陣旋風，好把這張紙帶到她的身邊去。可是這一夜卻是非常静寂，静寂得像伊甸園裏的第一天。

這時他那個小囚室的門忽然開了，而頂上那個小洞所顯露出的那顆星兒卻仍然是在微笑。三個戴着紅臂章的憲兵打着電筒出現在他的面前。他們中的一個對他説：“跟我們來，小混蛋，我們將結束你的痛苦。”長青知道什麼事情將要發生。他站了起來，勇敢地發出一個微笑，因爲他知道他再没有别的事情可做了。不過他心裏還是有某種沉重的感覺，使得他的微笑很快就收斂了。他和這三個憲兵走出囚室，來到空曠的院子。他向四周望了一眼。周圍很寂静。他只是用極低、低得幾乎像是對自己私語的聲音，説：“還是没有風，没有風……”

没有“莎哟娜啦”*

在離開東京回到中國的頭一天晚上，我出去做了一次散步。我從那個裝腔作勢的一些政府部門所在地的丸之内走到銀座的那個五光十色的市場區，爲的是想最後看一眼日本花樣繁多的夜市。當我慢悠悠地在人行道上徜徉着的時候，我感到有點累。我想喝點什麽東西。當然不是咖啡，因爲由於某種原因，它會使我夜裏睡不着覺。我一睡不着覺就想起我的國家和我的童年，我的村子和那周圍放牧的緑草地。這類的記憶有時會使我感到苦痛，特别是當月亮正圓、月光穿過格子紙窗在我床前的地上泛起一片銀潮的時候。我也不想步進一個街頭的帳篷小吃店，喝一杯燒酒，伴以兩串烤雞雜。那是一般自作多情的日本年輕人幹的事，他們爲了表示時髦，常常鑽進這種地方去幹兩杯，然後裝做喝醉的樣子，唱幾支低級趣味的歌兒或哼幾聲流行在菲律賓的第二手的爵士曲調。精確地説，我想坐在一張靠椅上喝一杯中國茶，凝視着杯子裏的緑葉，恢復疲勞和做短暫的休息。

街道兩旁的咖啡館很多，但説來也滑稽，在大多數的場合下人們卻在那裏賣茶。可是我不願意進去。原因之一是我不願意聽那些小巧的女招待爲她們的顧客們所唱的歌。這都是一些感傷的東西，調子是日本式的，但歌詞則來自夏威夷，聽起來很輕鬆，但其中卻充滿了憂鬱。這和我們中國人飲茶的習慣完全不相同——要品茶，我們就得心境寧静。此外，那些漂亮的女招待的面孔使我感到不快。她們的人工打扮簡直達到了殘酷的地步：臉上撲了那麽多死一樣蒼白的粉，其中點綴着幾塊過度鮮豔的胭脂，而嘴唇則野蠻地染得像血一樣紅。她們的這種做法有時走

---

* “莎哟娜啦”是日文“再見”的意思。

向這樣一種極端，甚至還要在臉上安裝幾顆“美痣”——即我們通常所謂的“痣”，而且把它們染成棕色、栗色、灰色或者紅色，偶爾還粘上一兩根毛。不過她們面上所呈現出的整個氣氛是呆板、不自然的。她們唯一吸引人的表情就是隱藏在她們的打扮背後的厭倦和疲勞。這種隱藏着的東西總是使我感到難過。

因此我也只好徑直在街頭上往前走，雖然我感到很乏，急於想喝點什麽飲料。走了半個來鐘頭以後，我終於走近了住宅區。我已經是汗流浹背了。我在一條街旁看見了一個咖啡館。因爲這地方很偏僻，很清静，它也顯得有些孤零。多少年來，當我還是帝大的學生的時候，它一直是我常去的一個地方。它是爲我的一個好朋友中垣所有。中垣也是帝大的一個校友。由於他是一個理想主義者，在一定的程度上還相信社會主義，他就把它改裝成爲一個類似沙龍的場所，好讓他的一些朋友們能够隨時來，隨時去。我常常在下午或者晚間無聊的時候到這裏來，翻閱馬賽爾·普魯士(Marcel Proust)的作品，或者抽一陣蝙蝠牌的香煙，或者思考一些考試的問題，或者和中垣進行一些有關馬克思主義、輪回轉世、種族偏見和人高於其他動物或低於其他動物這類的辯論……不過自從半年以前中垣由於被懷疑有叛國活動——也就是他的理想主義和社會主義思想——而被警察抓去以後，我就避開了這塊地方。在這一點上，我知道我很自私和懦弱，但我没有别的辦法。

此刻我可是没有選擇的餘地了。這無法抑制的乾渴，逼得我幾乎要發瘋。因此我也管不了什麽，只好走進這座不大常有人光顧的咖啡館。它是空空的。過去我所熟識的老顧客，如專靠寫些雜七雜八的文章糊口的“作家”和自以爲了不起的、三個月理一次發和一季换一件襯衫的“藝術家”，現在一個也看不見了。我想，這個咖啡館可能已經换了主人吧。我感到放心了一點，這正是我目前想要找的一個休息的地方。我安安然然地在我所習慣的一個角落裏坐了下來，叫了一壺茶。

這裏唯一的一個女招待是一個年輕的女子，很瘦，但就日本人來説身材還是相當高。她穿着一件薄薄的紫色和服，上面印着幾隻蝴蝶落向一些開着的蘭花的圖案。她一走動着的時候，這些蝴蝶就好像真的飛了起來一樣。我過去似乎没有見過她。當我的朋友是這裏的主人的時候，只有他的妻子當女招待。“難道她這個女子是一名不成功的歌唱家或舞蹈演員，没有出路，得在這裏混一口飯吃嗎?”我這樣問自己。她的步調和動作是那麼輕盈而又優雅，她那鵝蛋形的面孔，雖然没有撲什麼脂粉，卻也很吸引人。我不禁對她感到興趣起來。那塗在她栗色嘴唇上的一點緋紅色的口紅，恰好加深了圈着她那對黑眼珠上的又長又暗的睫毛的神秘感。當她把茶壺放在桌上的時候，她對我作出一個勉强的微笑。我知道她的這個微笑只不過是一種例行公事，並不是發自她的内心，因此使人感到有些黯淡。但是我很同情她。我請她在對面坐一下。

“你想要我給你唱一支歌嗎?”她在我對面坐下來的時候問。雖然她的微笑還没有消失，她的面色卻變得微微有點不快。這使我感到驚奇。

“不，小姐,”我客氣地説，也作出一個表示歉意的微笑，“付了一壺茶的錢就想得到一支不費分文的歌——我不是那種人。告訴你真話，小姐，對於你們日本的那些歌兒，我的心已經是很老了，信不信由你。我只是想和你聊聊，如果你不介意的話。”

“我當然不在乎,”她冷淡地説，“這是我的職業呀。”她有所思地注視着我。她的注視，也像她的那對大眼睛，顯得同樣地神秘。我不知道她是否想要發現我的臉上有没有痣或者我鬍子有没有刮。我低下了頭，有點不自在起來。

沉默了一陣。在這沉默期間她的視綫絲毫也没有移動。我鼓起勇氣抬起頭來向她的眼睛望去，同時做出一個不自然的微笑。我説：“請告訴我，誰現在是這個咖啡館的主人。我相信它已經换了老闆了。你知道，曾經有一度我是這裏的一個老顧客呀。”

“原來是如此!”她叫了一聲。“我猜想你一定是舊時常來這裏聊天的一個客人。你們這些靠不住的人！我一接手這裏的工作，你們就再也不光臨了。”

“那麼你是新的主人了。祝賀你。如果我知道這情況，我早就會來了。"我用一個僞裝的高興的聲調説，想奉承她一下，從而消除我的不自在之感。

"不！"她説，她的神情變得嚴肅起來，"這還是中垣的店，只不過現在是由我經管罷了。"

她的這種透露，倒把我弄得糊塗起來了。這個女子是誰呢？她的嘴是那麽尖鋭和不留情，而她的舉止卻又是那麽文雅。難道她是中垣的情人嗎？不過我從來没有聽説過她。中垣在他的私生活上從不保守秘密，正如他從不隱瞞他的政治觀點一樣。我呆呆地望着她，好像她是從一個不知名的國度來的人。我儘量搜索我的記憶，我似乎覺得在好久、好久以前，我曾經在什麽地方見過她。她那個小巧而又相當高、同時還引起人憐愛的鼻子，與一般日本普通女性的那種粗短的呼吸器官是那麽不同，不禁使我想起了我曾經相當熟悉的一個面孔。我在什麽地方見過它呢？這真像一個夢，一個在很長時間裏難得出現的夢，它在我的心中引起一些幻象，但卻是捉摸不住。

"我不是一個藝妓，先生，"她説，更逼近地注視着我，好像是被我臉上出現的夢境一般的表情所吸引住了，"我是中垣的妹妹呀。你聽説過，中垣有一個年輕的妹妹嗎？"

"我的天！"我拍了一下桌子，幾乎要跳起來，"當然聽説過！當我頭一年在這裏的時候，我還是一個不到二十歲的年輕人，你的哥哥在一個暑假曾把我帶到你們鄉下去。我記得我曾看見你在你們屋子附近的一個果園裏走動。"

"啊，原來是這樣……"她小聲説，像在向我低語。於是她把她那清瘦的手掌按着她的前額，似乎是想要找回那由於時間的逝去而消失了的某種東西。

我抬起頭來，望着對面那片緑色的牆在一個黄色燈罩下所泄出的光中逐漸變得模糊和陰暗。那裏曾經挂着一幅速寫像——由中垣的一個朋友用畢加索式的手法素描出來的。它只有寥寥幾筆，代表一個女子，天真而又樸素，她那有所思的眼睛羞怯地朝下望着，頗有一點鄉下姑娘的味道。當我還是一年級大學生的時候，我一想起了故鄉，就到這裏來望望這幅速寫畫，於是我便在想象中似乎看見了我的國家的那些連綿起伏的阡陌、在太陽底下勞動的農村婦女，還似乎聽見了她們在曠野上所唱的一些民歌。她也曾經是個農村的婦女。在我離開這個充滿了矛盾的國家的前夕，她現在就坐在我的面前。

"我明白了……"她用一個極低、低得幾乎聽不見的聲音慢慢地說，"我懂得了。當我還是十四歲的時候，你是我所看到的頭一個亞洲大陸的學生。中垣哥哥每次回到鄉下時，總要談起你。多麼奇怪，我們居然在這裏意外地相遇了……"

"中垣有時也談起你，"我說，感到興奮起來，因爲我已經在我們之間找到了共同點。"你知道，他非常喜歡你呀。我記起他曾給你起了一個代表他學生時期的人生態度的名字。請告訴我，這個名字怎樣叫。我已經忘記它了。"

"哈！哈！我們家庭的秘密你知道得那樣多，甚至有關我的名字的故事你都知道！"她忽然大笑起來，露出兩排潔白的細牙齒。她這次的笑是自然的，因爲她發現了我是她家的一個老朋友。"我的名字！它有一點佛教的味道：朝露。"

於是她就解釋"朝露"這兩個漢字的意義：早晨的露水形成點滴，挂在樹葉上、草葉上和花瓣上，看上去簡直就像珠子，清新而不涼爽，純潔而不透明，像玉而不堅硬，有光而發不出亮。它們很美，像我們的人生一樣；但是也像我們人生，它存在的時間短促。我們的童年時代是純潔和無瑕的，像天剛亮時的露珠。我們的成年時期倒是豐富多彩，像是初升的太陽中的露珠，反射出萬花筒般的光彩。但是一到老年，生命就很快結束了，像露珠在太陽正要發熱的時候立即消失一樣。

"所以，我們的生命該怎麼說呢？"她補充着說，她的聲音忽然變得沉重起來。"它像一個走馬燈。這也就是爲什麼我的爸爸和媽媽一死去中垣就成了我的保護人。他讓我住在鄉下，照他的話說，'爲的是接近大自然'，因爲我們的生命本身也不過是大自然極微小的一部分，還是讓它在大自然中自生自滅好。"

"因此我就再没有機會見到你，是嗎?"我問。

"我的哥哥一直不讓我再到城市裏來，而你也從不到我們鄉下的寒舍了。"她説。

"請告訴我，你在鄉下怎麽生活?"我不由得追問起來。

"看果園。有空的時候就讀些中國舊詩。你知道，我哥哥的思想對我也有影響呀。他給我完全的自由。當然，現在……"她的聲音忽然斷了。她的眼光垂向桌子——那上面狼藉着茶壺、杯子、煙盤、火柴等一大堆雜七雜八的東西。

我知道她心裏在想些什麽。擺在她面前的現實是：茶壺和煙盤以及不是發自她内心的例行公事的微笑。這就是她現在的生活。我能設身處地地想到她的心情，我也感到有些悲哀。在這悲哀中我無法自制，對她産生了一種强烈的情感。我緊握着她的手。她没有任何表情，只是有意地盯着我，她的眼神是既和善而又鋭利，弄得我只好低下了頭。我含糊地説："從前這裏的招待——你的嫂子，現在到什麽地方去了呢?應該是由她來照顧這個咖啡館纔對呀……"

她沉默了好一會兒。在沉默中我發現她的脈搏跳得很快。她不安地擺脱我的手，説："過去三個來月她一直是臥床不起。她患一種歇斯底里式的憂鬱症，什麽醫藥也不起作用。"

她於是把視綫從我臉上掉開，沉思地望着那個黄燈罩下面的燈光——它在她鵝蛋形的、橄欖色的臉上灑下一層神秘的薄影。她在如此懷念地想些什麽呢?在想她度過兒童時代的那個果園嗎?或者在想那流水般逝去了的、一去不復返的青春?我呆望着她那夢幻一般的臉，發現不出什麽綫索。

夜是静極了。街上没有車子行駛，没有醉漢在叫喊，没有行人的步子在回響。但是慢慢地有一個疏遠的聲音升起來了。這是這個區域的守夜人在敲着竹梆，報導夜的進程。

"是午夜了，"她低聲説，又把眼光向我掉過來，"我卻没有想到。你知道，剛纔我還覺得我好像是生活在一個不同的世界。你知道，”她的聲音這時低得幾乎聽不見，“我的哥哥已經犧牲了。他的死去結束了一切……”

“什麽？”我跳了起來，像是從一個噩夢中驚醒，“你説什麽？”

“中垣被殺害了。”她慢慢地重複着説，像受了催眠似的，“警察拷打他，想從他口裏逼出情報。他是一個沒有政治組織關係的人，他什麽也沒有講。所以他們就把他打死了。”

這就是我的一個最好的朋友中垣的生命的結束嗎？我不相信我的耳朵。但是一點也沒有錯。講話的聲音是那麽嚴肅，充滿那麽多的情感和懷念。“生命就是這樣結束了。我們已經進入了午夜，我們的生命也進入了午夜……”她的聲音忽然斷了。她的面部沒有表情，黯淡得像秋天的雲塊一樣。

我發現淚水已經在她那黯淡、模糊的眼裏聚結，她那長長的睫毛上面甚至還懸着幾顆淚珠。它們像天亮時的露水，在那淡淡的燈光中反射出悽楚的微光。在這幾顆淚珠的後面我能看出一顆幻滅了的、孤獨的心——一顆充滿了宿命論的、典型日本式的、但同時在這個國家裏又是那麽陌生的心。我在這個國家也算是一個陌生的人。一股巨大的同情在我的全身内激蕩，我不由自主地伸開雙臂，緊緊地擁抱着她，好像她就是我自己正在苦難中的一個親人。

我低聲地對她説：“和我一道去中國吧……你的這個國家簡直是個地獄。這是我在這裏的最後一天呀。”

她沒有回答。她静静地凝視着我，好像她對我一點也不認識。她的眼裏已經在迷漫着潮霧。透過它我似乎能模糊地察覺到一個夢境，一個國土——那裏連綿不斷的青山伸向遠方的地平綫。不過，很快這層潮霧就凝成一顆晶瑩的水點，它沿着她那長長的睫毛滴下來，滴到我的手背上。這是一顆溫暖的水滴，它在燈光中亮得像一顆珠子。望着這顆既清亮而又美麗發光的水滴，她不由得發出一個無可奈何的微笑。她説：“謝謝你，不過現在不行……”在她的話還沒有説完以前，一串鐘聲從一個教堂的尖塔上飄了過來，打破了夜的静寂，但同時卻又加深了這種夜的静寂。這是來自一里路外的一個廣場上的羅馬天主教修道院。

我看了看錶。正是清晨一點鐘。“嗯，”我説，“我今天得動身返回我的國家。我得收拾行裝。”於是我便站起身來。

“那麽把你的地址留給我吧，我將寫信給你，”她用一種無可奈何的聲音説，“我一定經常寫信給你。”她取出了一本紀念册。這是一個皮面精緻的本子，上面有燙金的她的名字。

我翻開這個本子。我發現頁裏有兩片玫瑰花的花瓣，它們已經被壓得扁平，但仍然還有些香味。在花瓣旁邊是一張穿着軍裝的年輕男子的照片，不知怎的，我倒忽然覺得有點不自在起來。我問：“這是誰？”

“是我的一個遠房的表哥。”她静静地説。但她馬上又急忙地補充了一句，好像是要使我安心，“他已經不在人間了。”

“爲什麽？”我焦急問，有點兒嫉妒起來。

“……他在滿洲被打死了……”

忽然一股涼氣透過了我的脊椎骨。我想：也許她曾經一度瘋狂地愛過他——他，這個夾在玫瑰花瓣中間的人，在我的國家被人打死了……我不敢想下去。我静静地把這個本子推開，無法把我的地址寫下來。

她看到我在猶豫，又補充了一句：“他是被强迫徵去的呀！他也像我和哥哥一樣，希望有個和平的世界、希望人類能够和平相處——現在我仍然抱有這種希望，唉——”

這個“希望”現在等於是一個空想。我説不出話來。我只有保持沉默。過了一會兒，我便不安地走出咖啡館。

“你真的要走了嗎？”她在我後面問，感到迷惑。

我不知道，我該怎麽回答好。我只是垂下了頭。

她跟着我，一直到門外，又問了一句：“你怎麽能够這樣就離開？難道連‘莎喲娜啦’都不説一聲嗎？”

“啊，請不要再説‘莎喲娜啦’吧！”我終於痛苦地説出了這幾個字，連頭也不曾掉過去最後望她一眼。

在這天下午，我乘坐的郵船離開横濱。我立在甲板上，憑着欄杆遥望日本：這個櫻花的國度，在那裏我度過我青年時代最寶貴的六年，我在那裏經歷了恨，也經歷了愛，做了許多夢，也起過不少的鄉愁。當這艘郵船有節奏地、無憂無慮地開向那佈滿了煙雲的太平洋上的時候，這個島國在我的視野中就逐漸變得模糊了，直到它最後完全消失。我深深地呼了一口氣。但是我的心卻變得非常沉重。第三天，我在上海登岸了，那裏正在醖釀着一場與日本侵略軍的抗擊戰。作爲一個中國人，我没有任何猶疑，就投進了這場抗擊鬥争。

中篇小説

多事的日子

一

十二月還没有到來。不過雪已經連續下了三天了。老劉原是坐在油燈旁邊編草鞋，現在他小心翼翼地用一口碗把這油燈蓋住。屋子裏立刻變得一團漆黑。他把那些小股草繩推向一邊，立起身，走向用一塊板子擋着的紙糊格子窗那兒去。他把耳朵貼在格子上，静静地站了一會兒。什麽動静也没有，裏裏外外都是如此，連梁上老鼠跑動的聲音都没有。他静悄悄地把窗子打開，向外面觀望。一片廣漠的雪地，從他村屋的籬笆那兒一直伸展到遠方的山丘。所有的大路小路全都不見了。菜地、豬圈、打穀場，甚至村子本身，也似乎都被一張白色的大地毯所覆蓋住了。而且天還在下雪——在風中狂飛亂舞的紛紛大雪。雪花打在老劉佈滿了皺紋的臉上。

老劉覺得皮膚上有陣陣刺痛。不過這種刺痛卻使他感到高興。他記起了一句老話：大雪兆豐年。他過去的經驗也多次給他證明，這句老話完全可信：每個冬天下了幾場大雪以後，來年就從不會有蝗蟲或其他害蟲來毁壞莊稼。不過……老劉不敢再想下去了。去年的雪也下得很大，也預示着一個豐年，但結果卻成了一個災年。老劉感到心情沉重。他又静静地把窗子關上。

他又站了一會兒，機警地静聽外面的動静。没有什麽聲音。甚至看家狗也似乎受到了“軍法管制”的影響，噤若寒蟬。它們不像往常那樣，在這樣冷凍的夜裏總要悻悻地嚎叫幾聲。他想，如果日本鬼子的巡邏隊這個時候還沒有來，今夜大概是不會再來的了。他鬆了一口氣，又把覆在油燈上的那口碗揭開，用打火石對着一根紙捻擦出一簇火星，紙捻立即就點燃了。接着他又把燈也點亮了。當他重新在燈旁坐下來的時候，他的眼神落到躺在地上他的工作凳旁的兩個包袱上。一個包袱裏包的是些家人穿的舊衣——從春天的短衫到秋天的長袍，另一個包袱裏裝着破床單和被子，中間還藏着半斗米。這兩件東西使他感到很苦惱。

正當他想重新再編草鞋的時候，他聽到院子裏有輕輕的腳步聲。他立刻跳了起來，抓住這兩個包袱。他打算馬上就跑進睡房裏去，把他的女人喊起來。幸好這時一個熟識的聲音從門外悄悄地傳進來了：

“劉老弟，快開門吧，我有一件事要告訴你。”

這是他的鄰居三老叔的聲音。老劉把門拉開，那兩個包袱仍然挂在他的臂上。

客人瞧見他這兩個挂着的包袱，不禁大笑了起來。他説：

“我神經過敏的朋友，放下這兩個倒楣的包袱吧。我可以對你打保票，日本鬼子今夜不會來了。”

他停了一會兒。老劉的樣子仍然顯得非常狼狽，他又對他大笑了一陣，補充着説：

“就是日本鬼子今天夜裏來了，你想你能逃到哪裏去呢？外面的雪下得這樣大？你的這一身老骨頭也許能頂得住，但是你的老伴行嗎？你想你能拖着她冒着這樣大的雪逃進山裏去嗎？”

“當然不能，”老劉説，不知不覺地也就讓那兩個包袱撲通一聲落到地上，“但是我有什麼辦法？你知道得很清楚。那一次她受到震動，至今還沒有恢復過來。現在她一看見日本兵就要暈倒，也許就會當場死掉——這一點我並不懷疑。”

“嚴重到那種程度嗎？”三老叔問，大睜着眼睛，感到非常驚訝。“就在那同一天，鬼子兵在我的背上不知捶了多少次。我相信那個混蛋一定是個有功夫的拳師，他每捶下一拳，你就會覺得它結實得像一塊大石頭。就是在現在，天一下雨我就感到全身骨頭痛。但我並沒有像你的老伴那樣，神經就受到震動呀！當然，鬼子把我最後剩下的一點口糧搜走了，對此我感到很難過。這正好像是把我最心愛的寶貝搶走了一樣，因爲我花了那麽大的氣力和血汗纔把它收進來、藏在屋裏的呀，而且没有這點東西，這個厲害的冬天我也度不過。不過要記住，他們是來佔領我們的土地的呀。如果他們不來搶我們的東西，那麽他們來打這場仗幹什麽？你想，他們遠渡重洋，從他們的老家到我這裏來，是爲了無事可幹麽？我就是用這種想法來安慰我自己，因爲這樣一想，我的心情也就平静一點，我也就把事情看得開一些了。老弟，你們也得把心胸放開闊一點呀。你的老伴也没有必要走向那樣一個極端，那樣害怕日本人。我們現在究竟再没有什麽東西可以讓他們搶劫了呀。此外，只要我們的身體没有垮，我們失去的東西還是可以掙回的。我們有句古話説得好：'留得青山在，不怕没柴燒。'你説對嗎？哈……哈……哈……"

"我的好三叔，"老劉説，眉頭皺了起來，對於這位老朋友的一股囉唆勁兒頗感到有些厭煩：他聊起來老是像個老太婆或某種哲學家，"你完全是從另一個角度來看待我們的困難。她受了那麽大的神經刺激，並不是因爲我們被搶去那點糧食呀。當然那是很不幸的事：去年秋天的收成又偏偏是那麽好。這倒順便使我想起，對我們這樣一個偏僻的地方，日本鬼子居然感到興趣，恐怕也是因爲這個緣故吧。不管怎樣，對於去年的收成，我們高興過度了，因此這樣一種意外的損失，自然也使我們的神經容易受到刺激，使我們感到忒傷心。一半的糧食已經作爲佃租送給了東家胡雅，另一半又被日本鬼子搶走了。我連半粒穀子也來不及藏起來。你藏起來了嗎？"

"當然没有！你半粒糧食都没有藏好，我連三分之一粒的糧食也没有藏好啦！鬼子這次來打劫，算命先生陸明可没有算出來，因此我也没有作絲毫準備。我想，有一天我得在村前當着衆人的面將他一軍。他現在在我們中間已經成了一個廢物了！"

"這也不能完全怪他呀。一般來説，他還是相當可靠的。過新年的那天，我在我們的神龕前給我們的祖先燒紙，我仔細地瞧了一下火的勢頭。火焰燒得旺，很集中，一點也不分散，一口氣就燒成了灰。這是個好兆頭。我對自己説：‘謝謝祖先，我們這一年將會過得很平安!’但是現在怎樣呢？命運給我們開了一個大玩笑。命運是上天神仙安排的呀，誰也預料不出來。比如説吧，我的兒子最先逃脱鬼子。可是他早返回了半個鐘頭，恰好落進鬼子的手裏。除了命運的安排以外，你還能找出一個什麽道理解釋呢？”

三老叔點了點頭。他還能很生動地回憶起前不久發生過的事情，因爲那是他親眼看見過的。

日本鬼子佔領了這個地區以後，有一天半夜他們從他們總部所駐紮的那個城鎮，派了一隊人馬來到村裏，把村人都從床上抓了起來。只有幾個年輕的莊稼漢鑽空子逃掉了。這幾個年輕人中包括老劉的兒子後發。他是從後門溜進山裏去的。倒是出乎大家意料之外，夜襲的鬼子還算客氣。他們没有開刀殺人，雖然他們向一些比較膽小的婦女，如老劉的老伴，像老虎似的大喊大叫了一陣，把她們嚇得魂飛天外。看情形，他們這次來的目的是要趁莊稼人還來不及把糧食收藏好以前全部搶走。他們用威脅和拳打腳踢的方式，逼迫村人把糧食交出來。最後他們把所有的糧食，包括頭年冬天殘留下來的一點小米，全部搜查了出來。在太陽還没有出來以前，他們就完成了全部的工作。

但是他們並没有立刻就離去。那些開始溜出屋子、到太陽光中來覓食的母雞似乎吸引住了他們的興趣。他們立刻就展開了一場對雞兒的圍剿戰役。不過他們的戰術相當原始，但是很瘋狂，他們連追帶抓，再加之開槍射擊，弄得這些雞兒向樹上、屋頂上和草垛上亂飛，混亂不堪。有的雞驚惶失措，叫得可憐傷心。一個名叫五月鮮的女傭工，爲了某種“道德品質上的理由”，正藏在一個草垛裏。她聽見這些雞的叫聲，心裏難過極了。

這個女僕是一個已經到達了成年的孤兒。她從她當鞋匠的父親那兒什麽别的東西也没有繼承下來，只有一筆小小的債務——她父親在一次賭博中對一個屠夫欠下了一筆錢。她當然拒絶接受這筆遺産。地主胡雅，出於一種“仁慈”的考慮，就讓她在他家當女僕。由於她不能像一個身强力壯的女人那樣幹活，胡雅家人每天給她的飯食定量也就控制到最低限度。雖然由於年齡的增長，她的工作量一天一天地增多，但是這個定量始終没有改變。最後她就决定擺脱這項工作，而開始自己養起雞來。這就使她在經濟上“獨立”了，因爲她可以靠雞下蛋來養活自己——不過説來也奇怪，胡雅幾乎成了她的雞蛋的唯一主顧。所以她也很自然地把公雞、母雞和小雞當作自己的孩子看待，雖然她還没有過當母親的經驗。現在她聽見她的孩子們又叫又跳，她自然再也忍受不了。她從草垛裏鑽出來，向一個已經抓住了她的一隻大肥母雞的鬼子兵面前衝過來。

“這是我的母雞!”五月鮮義憤填膺地吼着，“你無權抓它!”

“我的寶貝!”日本鬼子高興得歡呼起來。他立刻扔掉手裏的母雞，展開雙臂，把五月鮮抱住。“我正要尋找像你這樣一隻漂亮的母雞!”

他緊抱住她不放。她像熱鍋上的螞蟻，拼命掙扎，但是怎麽也擺脱不了鬼子的魔掌。於是她便大叫大喊，她的聲音驚惶而狂暴，撕裂着空氣，傳得很遠，在聽到的村人中間掀起一種憤怒而又恐怖的反應。

後發正藏在附近山裏的一塊大石頭後面。他聽到了這種掙扎和痛苦的呼救聲音，知道是來自村中婦女五月鮮。他對她爲人並不怎麽太喜愛，不過她那對又黑又野，有時又顯得頗爲神秘的眼睛卻常常吸引住了他。他一想到她正在受鬼子的折磨，就無法控制感情。他衝進村裏來。他一看見鬼子對她的那種野蠻態度，就向這個侵略者撲過去，拿出他全身的氣力，捶打他那個又圓又胖、樣子很傻的腦袋。不過他還没有來得及解放五月鮮，另一個鬼子已經跑過來了。他抓住後發的雙手，把它們扳到背後。第三個鬼子就用一條長繩把它們捆綁起來，並且把長繩的末端甩過一棵樹的枝椏，接着就使勁拉起繩子的末端，後發便被提升到空中去，懸在樹枝和地面之間。

“你這個混蛋!”鬼子對像懸在空中的一隻青蛙的後發駡，“現在你該得到教訓了!”

後發的媽媽聽見這陣罵聲，就從窗子後面偷偷地朝外看。兒子正像一個鐘擺似的被吊在空中擺動。她一看到這情景就什麽恐懼都没有了。她衝出屋外，倒在這些侵略者面前，求他們釋放她的兒子。這幾個鬼子，看見後發的眼睛已經閉了，便鬆了繩子，讓後發落到地上。他們在他身上潑了一些涼水，又用綫香熏了熏他的鼻孔，最後算是把他的知覺恢復過來了。但是媽媽卻暈過去了，一連許多天起不了床。

鬼子離開村子，回到鎮上去時，除了糧食和雞禽以外，還把後發和五月鮮也帶走了。

"讓他們幹幹活，"鬼子對村人説，作爲一種告别的表示，"這對他們有好處。你們這些老傢伙，也可從中吸取教訓。"

"你覺得你老婆的神經錯亂，不是由於損失了糧食，而是由於你的兒子被綁架走了造成的嗎?"三老叔天真地問。對於人們一切生理和神經系統的錯亂，他總是用大米、小米和母雞這類的因素來解釋。

"你以爲是由於什麽?"老劉反問着，同時又拿取一股草繩編進草鞋裏去。

"唔，不過問題現在解決了，"三老叔翹起他那打了皺的嘴唇，像個哲學家似的，做出一個鎮定自若的神態。"你的兒子馬上就要回來了。那個小妖精也要回來了。"

"真的嗎? 你怎麽知道?"老劉把他正在編的草鞋推向一邊，把腦袋向三老叔更湊近一點，以便能更清楚地聽清他的話。

"好傢伙!"三老叔瞧見老劉對他的話是如此認真對待，驚叫了一聲，"我到這裏來就是專門爲了告訴你這個消息的呀! 不幸得很，我一和你見面就把這事全忘掉了。自從日本鬼子來了以後，我們就不再有機會像往常那樣，可以晚間坐在一起聊閑天。我們住得這樣近，但我們現在卻像陌生人一樣! 但是無論如何，我也不應該忘掉我這次來的目的呀，你説應該嗎? 我真糊塗!"説到這裏，他開始捶他的腦袋——當然捶得很柔和，同時也訓起他的腦袋來："你這塊笨木頭，你就不應該忘掉這麽一個重要的消息呀！哎呀，我真是老了。光陰跑得這樣快，呀！呀！……”

老劉立刻打斷他這番充滿了感傷情緒的獨白，不耐煩地說：“請把你的重要消息告訴我吧！我知道你是老了。每個人也都會老的。究竟是什麼消息呀？”

他用訊問的眼光盯着他的這位鄰人，而這位鄰人似乎還沉浸在他的記憶力衰退和年紀變老這個問題之中。

“唔，唔，”三老叔自言自語地說，儘量想抓回來剛纔又從他記憶中溜走了的那個消息。他開始撫摸和搔抓他那個禿光頭，埋頭思索。過了一會兒，他忽然敲了一下桌子，說：“我記起來了！我記起來了！啊，對了，你記得黃冕那個狗腿子嗎？”於是他又放低聲音，用一種機密的口氣說：“他是在剛吃晚飯前回到村裏來的。三個月不見，他完全變成了另外一個人。他現在是自鳴得意，驕傲得了不得。他說，日本鬼子不會再找我們的麻煩了，他們已經征服了中國，他們現在只希望恢復和平和秩序。田東胡雅明天也要回村，也是爲了恢復和平和秩序。鬼子說，作爲真正親善的一種表示，他們將也要讓他把後發和五月鮮一起帶回村。所以老弟，從今以後，你就不須再把你那幾件破衣打成包，隨時準備逃走了。”

“是誰告訴你這個消息的？”老劉問，對這位容易忘事的朋友的話不免抱有一種懷疑的態度。

“怎的，我是親眼看見的呀。我還可以告訴你，雖然在戰爭，黃冕現在看起來卻比前些時胖多了。你說這事怪不怪？我倒很希望，在打仗期間我也能發胖一點，你呢？”

老劉沒有回答。總之，不管在不在打仗，他對於發胖不感到興趣。只有一個思想佔據了他的靈魂：這位胡雅大爺能給村子帶來哪一種的和平呢？此人又懶又貪，只要舒服，什麼事也幹得出來。鬼子還沒有到來前不久，他就帶着他的總管黃冕逃到城裏去了。他害怕鄉下會起騷亂。爲什麼他現在又要回來？還是單由他的總管先回來，設法恢復秩序，以便他再來搜刮佃租嗎？老劉心裏馬上就浮起了這位人物的新形象，因爲他作爲田東胡雅的一個佃户，直到不久前還和他打過許多交道。每年秋天，只要收成一下來，此人就會到他家裏來，當場拿走糧食，作爲佃租。“爲的是節省時間，因爲我是個忙人呀。”他總是静坐在他的屋裏，像一隻母雞孵蛋一樣，望着大家在打穀場上忙亂不堪。在他的要求没有得到滿足以前，他就坐在那裏一動也不動，有時可以坐一整天——在此期間，老劉得把他所能弄到的最好食物拿來款待他。

“我的老天爺！日本鬼子爲什麽不找一個比他更像樣一點的人來幹這樁事呢？”老劉憂心忡忡地獨語着。

“什麽？日本鬼子？”一個驚惶的歇斯底里的女人的聲音從裏屋傳了出來，“啊，祖先啊，快來救我！”緊接着的就是一個沉重的墜落聲。

“對不起，三老叔，”老劉站起身來，非常狼狽地説，“我的老伴又在做噩夢，我得去看看。”

老劉急忙跑到他老伴的睡房裏去。他發現他的老伴已經墜到床下，正在地上掙扎。他把她抱起來，又放在床上。接着他就用一個顫抖的聲音在她耳邊低聲説：“放安静些，没有日本鬼子來。我們不須向山上逃了。三老叔剛纔告訴我，他們不會再來和我們搗亂了。我們將會平安過日子。”

空氣又恢復了寧静。老劉走到堂屋裏來，他的臉色沮喪。他用道歉的語調説：

“三老叔，很對不起你。在這樣的深夜，我的老伴發出這樣一個怕人的叫聲。自從鬼子把我的兒子在樹上吊起來和接着把他抓走的那天起，她一聽到‘日本鬼子’這幾個字就要狂叫，拔腿就逃。没有辦法呀，三老叔。大概有個妖魔在她身上作怪。也許在我没有轉世變成人以前，我作過孽，所以現在她到了晚年就有妖魔附體了，嘿……嘿……”

老劉無可奈何地垂下了頭，幾乎要哭出聲來。

“也許算命先生陸明可以給你想點辦法，”三老叔用同情的口吻對他提出這樣一個忠告，“我聽説他有道法可以和冥王通消息，他知道許多秘密符咒。我想你如果能弄點來送給他，他一定能替你驅掉附在她身上的妖魔。可憐的人，他這整個冬天都在挨餓。”

老劉没有回答。三老叔的這種想法他不大贊成，因爲這種想法總是以大米或其他糧食爲依據，而且這與他平時所表現的那種哲學觀點也不大相稱。老劉認爲，糧食固然在我們的生活中起很重要的作用，但它不一定能從妖魔手中買得到自由。此外，自從鬼子來搶劫過後，他現在什麽糧食也没有。

他們倆好一陣子相對無言，三老叔也只有打起哈欠了。他揉了幾下眼睛，想驅走睡魔，但是没有效果。他再也坐不下去了。他站起身，説了聲再見。老劉送他出門——大雪已經把門封了一半。

二

第二天，中午時分，雪停止下了。村子裏響起了緊急的當當鑼聲。鑼聲像火警一樣，從村這一頭傳到村的另一頭。過去幾天的大雪和對鬼子兵來搶劫的恐懼在村裏所造成的一種沉悶的寂静，現在算是打破了。老劉神經質地、静悄悄地從窗裏朝外面窺望。没有什麽特殊的情況發生，只有阿奎在傻頭傻腦地敲着銅鑼，來回地叫喊：“到祠堂裏集合呀！馬上到祠堂裏集合呀！胡雅大爺要和你們講話呀！”

阿奎原是地主胡雅的所謂馬伕，看管一匹棗紅馬，因爲他的田産多，在鎮上也有生意，到各地去辦事得騎馬。這位馬伕是一個不折不扣的糊塗蟲，對賭博養成了一種不可救藥的習慣。新年的時候，莊稼人一般都玩紙牌和擲骰子消遣，他也日夜參加，勁頭很大。但他也就不斷地輸錢，總是把一年的積蓄輸得精光，最後只剩下一條褲子，弄得他萎靡不振，神情沮喪，對於照看馬兒也逐漸失去興趣了。在這種情況下，胡雅當然總要結實地打他一頓，引用他的話説，爲的是好叫他“振作起來”。於是他也就只好又重新打起精神，鼓起熱情再幹。但是話又説回來，他的這種不幸的習慣，在某種意義上講，倒也成了一個優點。由於他永遠也積蓄不到一定的本錢使自己獨立起來，所以也就得在任何情況之下替胡雅幹活。胡雅也就利用他的這個弱點(對胡雅説來這就是優點)，不管他同意不同意，每年總要削減他的工錢兩次。他也没有别的選擇。胡雅喜愛他的也就是這一點：廉價勞動。因此他是“永遠有活幹”，因而也就使得村裹那些窮得發酸的人對他表示羡慕不止。不過，自從鬼子把那匹漂亮的棗紅馬“徵用”去參加“聖戰”以後，他就失業了。從那以後，他就一直在餓飯。現在他的勁頭又來了，好像剛在五分鐘以前吃過了一頓盛餐似的。他的那陣叫聲，聽起來倒很像是在唱歌一樣：“田東胡雅有重要的消息在祠堂向大家宣佈。我説的是真話：他有振奮人心的消息告訴大家!”

“看來田東胡雅倒好像真的是回村了。”老劉對自己低聲説。他以極大的興趣望着這位骨瘦如柴的失業馬伕，像隻猴子，上躥下跳地到處叫喊。他想，前天晚上三老叔所説的話是可信的了。他開始感到好奇起來：胡雅這個人物能够同日本人達成什麽協議呢？此人過去一直善於和官府及軍閥搞好關係，特别是當這些人物下鄉來勒索捐款和糧食的時候。也許他能爲我們和日本鬼子之間達成某種妥協的安排吧——他不禁開始想入非非了。當然他也知道，這種安排，對莊稼人説來也無非是給鬼子貢獻某些“慰勞品”。不過只要他們不再來騷擾村子……

老劉從窗子那兒走到灶房裹來，他的老伴正在煮稀粥當中飯。她坐在灶旁邊的一個三腳凳上，雙手支着她那瘦骨嶙峋的下巴，心不在焉地望着鍋裹在開水中打轉的幾顆數得清的米粒。老劉輕輕對她彎下腰來，温柔地把她的下巴抬起來，凝望着她那失神的、像在做夢一樣的雙眼。他做出一個勉强的微笑，用一半哭泣、一半高興的聲音説：

“胡雅回村了。你知道這是什麽意思嗎？這就是説，也許我們又可以下地去幹活了。他要在祠堂裹告訴我們一些消息。你願意去聽聽嗎？我得去。”

妻子望了一下這個老莊稼人，她的丈夫。她什麽話也没有説。沉默了一會兒後，她站了起來，仍然没有説什麽話。她扶在他的臂上，站穩了以後，便和他一起踉蹌地走出來，向祠堂的那個方嚮走去。

祠堂裏已經擠滿了村人，而且還有些婦女和孩子們陸續到來。很明顯，胡雅的回村掀起了大家的好奇心，給大家提供了許多猜測和希望的資料。祠堂的上半部搭起了一個主席臺，臺中央放了一張桌子，桌子旁邊有兩把椅子，後面則是一條長凳。在後臺的牆上挂着兩面交叉着的旗子：一面是中國旗，一面是日本旗，叉子中間是一張日本天皇的肖像。旗子兩邊挂着一副對聯，這是用肥胖有力的字體寫成的。對聯上寫着這樣兩行字：

亞洲各國共存共榮
中日兩邦親善無間

不過胡雅卻没有到場。坐在主席臺上的唯一大人物是他的總管黄冕。他倒真是坐在正席上，右肘壓着桌子，面嚮下邊坐在地上的村人。使老劉感到極爲驚奇的是，此人倒真的長得比前些時胖多了。

“瞧見了嗎?”坐在他旁邊的三老叔低聲説，表現出頗爲羨慕的味道。

“他看上去確是與衆不同。好傢伙，在這樣一個大家都餓肚皮的冬天他是怎樣發胖的？我倒希望我也有辦法……”

他的話説不下去了。他的那對天真的老眼睛直盯着這位總管，顯出一種既憂鬱而又好奇的神情，他那蒼白的佈滿了皺紋的嘴唇大張着。至於老劉呢，他所獲得的印象卻是完全兩樣。黄冕的發胖，似乎把他的樣子變得更嚇人，因爲他那雙貪得無厭的眼睛，經他的一臉横肉一擠，就形成一條黑綫；這條黑綫，在他那兩根掃帚般的濃眉的掩蓋下，就顯得深不可測地神秘和陰險。

老劉打了一個寒噤。他聯想到在他現在這種大腹便便的情況下，他一發出聲音，可能會像悶雷那樣嚇人。有多少次，此人坐在他家裏逼佃租，他的吼聲曾經是多麽可怕！他現在的這種新形象，在村人中所引起的猜疑和推測，頓時使得這個祠堂裏的氣氛變得非常緊張和可怕。這時後院裏響起了腳步聲。不一會兒，後邊的門開了。田東胡雅出場了，他後面跟着三個人。其中一個就是老劉被日本鬼子綁架走了的兒子後發，另一個就是五月鮮。至於那第三個人，誰也不認識。他的特點是身材短小，嘴唇上留了一撮小鬍子。老劉一瞧見他的兒子，就立刻從他一些漫無邊際的疑慮中醒轉來。他的老伴幾乎要大聲呼叫，衝到臺上去擁抱她的兒子，只是由於她身體衰弱，她未能做到。不過，在任何這類兒女情長的事情發生以前，黄冕忽然講話了：

“全體起立！”

所有的村人，像通了電的木偶，都站了起來，莫名其妙地在猜想這究竟是怎麽一回事，因爲他們從來没有經歷過這一套儀式。胡雅邁着八字步，走到臺前來，同那個留着一撮小鬍子的人一同在那條凳子上坐下。後發和五月鮮則站在兩邊。

“全體唱國歌！”這又是黄冕的叫聲。

可是他的這個命令卻叫村人感到爲難了，因爲他們一生中從來没有唱過什麽國歌——中國的也好，外國的也好。事實上，這位大會司儀人，所要求大家唱的還是日本國歌，而不是中國國歌。黄冕領唱。大家發現，他唱出的字没有一個人能够聽懂。但他所發出的號令，一般總是必須執行的。爲了應付這個局面，幾個勇敢的年輕莊稼人就按照一個流行的民歌《寡婦懷春》的調子，哼了起來。黄冕所唱的這種具有異國情調的歌詞，配以莊稼人的這種土曲子，倒是頗像一個歌唱隊所表演的一種特殊節目，其在聽衆身上所産生的效果，可以説與一個夏天水池裏一群青蛙所掀起的合唱相媲美。蓄了一撮小鬍子的那個人皺了皺眉頭，不安地咳嗽了兩聲。

“坐下！”領唱者忽然又下命令，樣子顯得很狼狽。

所有的村人又規規矩矩地坐下來，但他們仍然感到莫名其妙：這究竟是一回什麽事呀。

胡雅從他的座位上站起來，在臺上向前走了兩步，像他平時一樣，神氣既威風而又莊嚴。他穿着一件灰色的皮袍，看上去比以前要漂亮得多。他手裏仍然握着他往常當作抽煙和手杖兩用的那根竹煙管。的確他的變化不大，唯一特殊之點是他新蓄起了一撮日本式的小鬍子。他用冷漠和安靜的眼神向衆人打量了一下。這種眼神從他那對深不可測的眼睛中射出來，照樣有點神秘嚇人。平時它一落到村人的身上就要催出一身冷汗，現在在這個祠堂的大殿裏卻造成一片死一樣的沉寂。接着，他像個魔法師似的，忽然用一種奇特的尖聲音打破了這種沉寂，説：

“父老兄弟們，過去幾個月來我特别想念你們，想念的程度不亞於對我的那些田地。但是，爲形勢所迫，我没有别的辦法，只好暫時離開你們。爲此我在心的深處感到很難過。但是你們一定也知道，我對你們的關心，也同樣不亞於對我的田地的關心。事態發展的情況證明，我到城裏去一陣子完全有道理。感謝日本皇軍參謀部的好意，我現在又能够爲你們繼續效勞了……”

他忽然把話頭帶住。他若有所思地低下頭來，抓了抓他的脖子和新蓄起的那撮小鬍子，想從他那空洞的腦袋中找出適當的字句來説明他如何爲大家效勞。他搜索了好久，終於前不久從城裏日本鬼子那兒學來的一些新詞句爲他解了圍。這些新詞句包括“亞洲各國共存共榮”“亞洲屬於亞洲人”“爲從布爾什維克拯救世界的文明而進行聖戰”等口號。他便開始根據這些口號的内容，像一位大學教授似的，用一種神秘和曖昧的方式，發揮他個人的見解和認識。

村人們大張着嘴，拿出最大的注意力來盡心傾聽，但他們始終還是弄不清楚胡雅到底講的是什麽東西。這些新詞句和他們的耕牛、佃租等等都没有絲毫關係，因此他們也就對這些東西感不到半點興趣。胡雅越是盡情地發揮他的見解，衆人就越感到他無聊透頂，因而他們的注意力也就不知不覺之間轉到那兩個被綁架走了的年輕男女和那位留着一撮奇怪鬍子的新面孔上去了。這位新人物坐在胡雅旁邊一動也不動，保持一種難以捉摸的沉默——從中誰也猜不透包含着什麽意義。

後發除了外貌顯得老了一點和額上出現了兩三條皺紋以外，似乎没有其他太大的變化。與他這個外貌相稱的是，他顯得成熟和鎮定得多，不像從前那樣浮躁和容易激動。的確，他的面色是那麽鎮静自若，誰也猜測不出他回到老家來是感到高興，還是不大在乎，也許他還没有發現他的父母就坐在衆人中間，而且他的媽媽爲了他的原故還幾乎發了瘋。不過五月鮮倒是呈現出另一副神態。她看上去非常清瘦，好像已經生過了兩三個孩子。不過她的皮膚倒還没有垮下來。相反，她的這種清瘦倒使得她看上去相當秀氣，也擴大了她那對黑得異乎尋常的眼睛。她的這副明眸現在正在衆人身上轉來轉去。這不僅使村人又記起了她，同時也刺激了好幾個年輕莊稼漢的想象。

那第三個人物，對村人説來至今仍是身份不明，因而愈顯得神秘。他是又圓又胖，一個傻腦袋看上去就像一個西瓜。他那個扁平而肥厚的鼻子底下的一簇毛茬茬的小鬍子，在他那個滑稽的臉孔下部形成一種既嚴肅而又稀奇的形象，因而也使村人禁不住要發笑。可是祠堂裏這種嚇人的沉寂和神秘氣氛，又使得大家有點惶惶然，弄得他們連微笑都不敢露出來。此外，他裹在身上的那件黑大氅，給他在村人中所造成的印象，簡直像是兇神惡煞再世。

在這整個期間，胡雅不停地發揮他有關"東亞新秩序"的觀點。只有當他的那些新名詞的庫存用完以後，他的演説纔最後點題。

"父老兄弟們，請聽着!"他把他那個尖鋭的聲音提高到頂點——村人們這纔被這個假女高音從朦朧中唤醒過來而豎起耳朵傾聽。"這裏有一個具體的例子。它給我們證明日本皇軍是多麼仁厚和充滿善意。我想你們還能記得，後發和五月鮮，由於他們的幼稚和一時衝動，去年秋天冒犯了皇軍的巡邏隊，而被皇軍帶到城裏去，對他們進行改造。現在他們又安全地回到你們中間來了。"他掉過頭來，指着那兩個曾被抓走了的年輕人，補充着説，"瞧他們不仍是原來的那個樣子麼?"

"歡迎你們回來!"幾個被五月鮮的眼睛迷住了的年輕莊稼漢和幾個喜愛後發的孩子齊聲喊。在這歡呼聲中，一個尖鋭、狂野的叫喊忽然升到空中："我的孩子！我的孩子!"緊接着這叫喊聲的是一個歇斯底里的狂笑。這笑聲震撼着大殿，好像整個祠堂在旋轉。這當然是老劉的老伴發出來的。後發瞧見了他的母親，幾乎要從主席臺上栽到地上來。但是胡雅止住了他。他在臺上直頓腳，弄得臺上所有的木板也都尖叫起來。接着他掉向衆人，做出一個慈父般的神色，同時裝出一副笑容，說：

"安静些！請你們都放安静些！"

"現在你們像我一樣都懂得了，日本皇軍並不是我們的敵人，"他繼續說，"從今天起我們得按照我們原有的樣子過日子，繼續幹我們祖先傳下來的種地活。現在腐敗的舊政府已經没有了——我很驕傲地在這裏申明我和這個縣府素没有任何關係，我們得建立新的制度。爲了你們的利益，我提議成立一個和平維持會。"

他向村人全體望了一眼。由於大家從來没有聽説過這樣一個名詞，他們也不便發表意見。

"那麽你們没有反對的了，"胡雅又開始説，"我把你們的沉默當作同意的表示——我很高興你們對於維持和平表示了一致的意見。照我看來，黄冕是領導這個維持會的理想人選。他爲人非常能幹，辦事效率高。這一點你們從他管理我的田產的經驗中可以看得出來。他也是一個非常厚道的人，對於村人的福利極爲關心。這一點你們從他作爲我的管家與你們打交道中也可以看得出來。他也是一個工作很忙的人。"説到這裏，胡雅忽然中止了，他用那鋭利的眼神又把衆人打量了一下。他發現這些村人正在驚奇不止地大睁着眼睛望着他。"我提議老劉作爲他的副手。老劉是我的一個老朋友，多年來一直種我的田地。我知道他爲人誠實，因爲他從來没有短欠過我的佃租。我知道他會同意接受我的建議，因爲這是他爲了他的兒子獲得釋放而表示感謝日本皇軍的一個好機會。"於是他對這個老莊稼人盯了一眼，又補充着説："你同意吧，老劉？"

關於這個職位的性質，老劉還没有來得及問，胡雅已經把他的名字寫在一張紙上，遞給了那位矮小、圓胖、裹在一件黑大氅裏的、蓄着一撮小鬍子的滑稽人物。他請此人講幾句話，以結束這次大會。這人温文爾雅地、蹣跚地、用一種奇怪的步法走到臺前來。他用一種村人聽來不知所云的中文講了一段類似這種意思的話：

"我非常高興，我們終於能建立起和平。在一種意義上講，我們屬於同一個種族；在另一種意義上講，我們講同一種語言。我們應該和平共存共榮，這是天經地義的事。我不過是日本皇軍的一個成員。”這時他脱下他那件黑色大氅，露出他的軍裝和吊在他屁股上的一把長劍——這傢什使這些莊稼人變得噤若寒蟬。“我的微職只是粉碎横在共存共榮道路上的障礙。我羨慕你，黄冕先生，你能在百姓中間爲這個目的而作出你的努力……”他又停了一下，文雅地接受新被任命的會長黄冕對他所鞠的一躬——他一聽到他的名字被提到就已經站起來了。於是這個滑稽人物又繼續説：“我祝賀你，老劉，你能爲這件神聖的事業協助黄冕貢獻出你的一份力量。”他又停了一下。不過老劉對這整個事兒還是一竅不通，更談不上鞠躬這套禮節。因此他也就没有站起來。事實上，他意想不到地發現這就是一個日本鬼子。他已經感到有點恐怖了，巴不得立刻就逃走。可是皇軍的這位代表這時已經變得有些不耐煩了。他開始高聲大叫：“老劉，我祝賀你！”

在他喊出“老劉”這個名字第二遍的同時，被喊者的那位摇摇欲墜的老伴忽然歇斯底里地大叫了一聲，真的像有一個鬼魔附體似的：“救救我的丈夫！”日本鬼子的那一身軍服和那把長劍已經把她嚇壞了，現在他又喊出了她男人的名字，因此她就推斷出這個滑稽人物大概是想要把他從衆人中挑出來，像對待他的兒子一樣，再把他吊在豬圈旁的那棵楓樹上。她這樣狂叫了一聲以後，立刻就暈倒過去了，躺到地上。所有的村人都湧過來，會場也就因此變得混亂一團。這次大會也就在這混亂中，草草收場了。在收場時會上作出了一個“決議”：從此以後那個日本鬼子將作爲和平維持會的顧問幫助維持地方秩序。

三老叔幫助老劉把他這位被嚇懵了的老伴抬回到家裏去。她在床上失去了知覺，呼吸也很微弱。到了第四天，她的四肢變得僵硬了。由於村裏没有醫生，算命先生陸明也無法解釋清這個意外，一些老人們也只好相信附在她身上的那個妖怪終於把她的生命奪走，因此她也就只能死去。她的屍體被夾在兩塊木板之間，算是作爲一個戰時的棺材，被埋葬掉了。

三

一直是處於一種半傾頹狀態之中的祠堂，現在被修得煥然一新了。它的四壁也刷了白灰。屋頂上那些密密麻麻的漏雨窟窿，現在都被填好了。那座被蟲蛀得像蜂窩一樣的香案，現在也用新的木板加固了。和祖宗牌子並排立着的是當前的日本天皇昭和的名字。祠堂的大門口挂着一大塊長牌，上面雕了一行古雅的字體：第三十二區和平維持會。大門前面的一塊空地上立着的一個旗杆上面飄着一面太陽旗。整個祠堂的翻新，花了僅僅兩天工夫。看來一切都是按照一個固定的計劃事先預製好的。

祠堂大殿的正中擺着一張桌子，上面有一個四方木塊。木塊上面用濃墨寫了兩個大字："主席"——但在當時的日語中這個新名詞變成了習慣用的"會長"。黃冕也確是坐在一個很引人注目的"席"上——一張有靠背的籐椅子。這張椅子一直也是阿奎爲之好奇的對象。他遵照"維持會"的指令，一直是作爲一個"勤務"或"聽差"坐在門口的一塊石頭上。雖然這算是一個"委員會"——這是"維持會"的官方别名——的辦公室，可是一直没有出現過什麽"委員"。不過黃冕，作爲孤家寡人，似乎很欣賞這個清静的局面。他一會兒皺皺眉頭，好像他是正在思考一件什麽重要的國家大事；一會兒他發出微笑，好像他已想出了解決這件國家大事的方案；一會兒點點頭，好像他正在主持這個委員會的會議，對委員們的意見表示贊許。他作了這種種面部表演以後，似乎感到有些膩煩，於是他便放開嗓子，對阿奎喊：

"勤務，拿茶來！"

這個一直呆望黃冕所坐着的這張舒服有扶手的新椅子和他臉上不斷出現的種種富有官氣的表現而感到驚歎不已的傻瓜，一聽到他的喊聲就立刻掣動了一下，但一時還無法從他的驚歎中清醒過來。他揉了揉眼睛，便跳到大殿的一角，那裏有一壺水正在臨時用三塊石頭搭起的一個爐子上開得隆隆作響。他急忙提起這個開水壺；由於會長的命令緊急，而阿奎本人又渴望能有所表現，他在匆忙中没能把壺提穩，結果弄得一些滚水濺到他的腳上，而他的這雙腳由於他一直没有領到餉金，雖然時令已經進入嚴冬，還一直没有襪子穿，而是光着的。他不由自主地發出了一聲尖叫，這就激起了會長的一股無名怒火。他拉長面孔，大步跨了過來，奪過開水壺，同時順手在這個傻子臉上甩了一個耳光。這位可憐的勤務，於是就昏天黑地頭暈起來了。

"你應該小心謹慎，自覺地執行你的任務。"會長再度坐上他的靠椅的時候說，同時爲自己沏了一杯茶。"你要知道你現在是爲公家做事，而且這也是非常重要的公事，因爲你一身而兼二職：當我的勤務和警衛。你犯的任何錯誤將會對村人産生非常不良的影響。懂得嗎？"

"是的，會長，我懂得了。"阿奎回答說。事實上他一點也不懂，因爲第一，他的腦袋正在像風車一樣地旋轉，根本失去了思索的功能；第二，他的這職務的性質他始終還没有弄清楚。不過他已經模糊地覺得，他已經是處於一個可以隨便被黄冕打耳光的地位。這種本能的感覺使他提高了警惕。因此他儘可能快地連忙補充着說——不僅改變了他的語調，還改變了他的人身："是的，會長，小人現在真正懂得。"

"好。退下！"

這可又把阿奎弄糊塗了。他從來没有上過學，因此，像"退下"這樣的字眼從來就没有在他的語彙中存在過。他像一根木頭那樣站在會長面前，大張着嘴，想弄清這兩個字究竟是什麽意思。但他越想弄清楚，他就越變得糊塗起來。

"你這個糊塗蛋！"黄冕站起來，又像剛纔那樣，輕輕鬆鬆地在他的臉上甩了一巴掌，"我的意思是說：回到你原來坐的地方去！"

經過了這場風波，阿奎似乎再也不感到膩了。他又乖乖地在那塊石頭上坐下來，輕柔地摸撫着他那正在發燒的臉孔。會長開始品茶。不幸的是，在這期間，茶已經變得有些涼了。他呷了幾口以後，覺得無味，就開始抽起煙來。他點燃一支香煙，慢慢地吐出煙霧，望着它像龍一樣在空中旋轉。忽然他腦子裏閃過一個思想，他記起了一件事情。

“勤務！”他又對阿奎叫起來。後者立刻站起做個立正的姿勢。“你執行我今天早晨的指示没有？説清楚！”

“是的，會長，小人執行了。”這位勤務一害怕，就變得口吃起來，“老劉説，他一吃完早飯馬上就來。”

“他吃一餐早飯，怎麽要花這麽多的時間？”會長像一個法官審案似的問，他的眉毛豎起，表示出他既感到吃驚而又憤怒的神情。

“小人不知道，會長——”阿奎爲自己申辯着，“也許他今天的午餐特别好，他想多花點時間吃得痛快一點，會長。”

“廢話！”黄冕拒絶接受這個解釋，“快去，把他喊來。就説此時此刻會長黄冕要和他研究一樁非常重要的國家大事。聽到没有？”

“是，會長，小人聽到了。”阿奎一邊説，一邊連忙溜出去，同時爲了怕忘記了這個重要指示，嘴裏不停地念：“會長要和他研究一樁非常重要的國家大事。”

這個指示中的每個字對他都很新奇，因爲每個字對他説來都是新名詞。

事實上老劉大清早就通過阿奎接到會長召見的要求。他的老伴的突然逝世不僅使他感到痛苦萬分，同時也在他心裏種下了對會長和那個鬼子顧問的恐懼。諸如“會長”“副會長”“委員會”“研究”這類的詞兒，他一聽到就頭痛難忍。他過去從來没有聽到過這些名詞，因此它們對他説來也是毫無意義的。

現在阿奎這個傻子又來向他傳令了。“會長要和你研究一樁國家大事。”這幾個字眼，阿奎這次吐得既清楚，又準確，簡直像個讀書人一樣。

老劉望着這個可憐的傻子，立刻就皺起了眉頭。他也不知爲什麽，忽然對這位戴上了“勤務”這個官銜的過去的馬伕害怕起來。不過，事情既然到了這步田地，他想他大概也没有别的辦法，只好跟着去了。他像一個囚犯似的跟在這位“勤務”後面，拖着步子向那個已經變成維持會會所的祠堂走去。

“請坐，副會長，”黄冕彬彬有禮地對老劉説，同時作出一個微笑，“請坐，請隨便坐。”

“很對不起，黄總管，我來晚了。”老劉囁嚅着説，不停地道歉。

“不！黄會長，”黄冕糾正他，又作出一個微笑，“從今以後我們的稱呼是：我是維持會的會長，你是副會長或老劉副會長。弄清楚了嗎？我得改掉我那個已經爲大家所熟悉的名稱——總管，真可惜。由於我得爲大衆幹這點小差事，我也很難找到理由拒絶這個稱號——它是作爲一項榮譽授予給我的呀。我相信你也有同樣的感覺。”

“嗯。”老劉剛一開口就馬上又停止了。他當然没有“同樣的感覺”，而且他也非常願意奉還他被授予的這個稱號——雖然這個稱號不須他花一文錢而全是免費贈給他的。但是在他還没有來得及找到適當的字眼來表達他的這個意思以前，會長已經又開始講話了。他説：

“副會長——也許爲了不見外，我就把你叫做副手老劉吧。你同意嗎？”

這個老莊稼人一言不發。

“唔，”會長繼續説，“不管怎樣，這不是一個重要的問題。説實在的，我一直想和你長談一次。不過，你也知道，自從維持會成立以來，我半分鐘的閑空也没有。爲了重新建設這塊地方，我有許多事情得作計劃。在這同時我還得和日本皇軍進行不斷的磋商，好叫他們儘可能地給我們幫助。雖然我們是同文同種，正如他們的學者已經科學地證明過的那樣，他們的心理狀況究竟還是與我們有差異。因此和他們磋商問題，有時也還是很吃力的啦。我想你一定能推測到我的處境是多麼困難，特别是因我爲人爽直和坦率——這一點你知道得很清楚。你作爲我們的一個老朋友，一定也知道，我做人是多麼謹慎。我希望，在我們的盟邦眼中，我們處理一切事情能做得穩妥和周到，免得失去了他們對我們的信任。我想你一定懂得我的意思，對嗎？”

“是的，我懂得你的責任是多麼重大。”老劉説，儘可能地想弄懂他的話的意思。

“對啦！你說得完全對！”黄冕大聲說，“你真不愧是我的老朋友！這也就是爲什麼他們一定要任命我當會長——對我說來這是一件最不幸的事。”這時他又深深地皺了一下眉頭，好像他真的不喜歡這項任命。“不過還有一點你似乎没有太懂——如果我可以這樣說的話，那就是我們不要失去了他們對我們的信任；换一句話說，我們必須對我們現有的和平及安定付出我們的代價。他們在這裏究竟不過是客人呀。你聽懂了我的意思嗎？”

老劉很難說他聽懂了他的意思。他抓了幾下他那秃頭，仍然琢磨不出他的意思。

“比如說吧，我們現在用的這個辦公室，”黄冕說，同時用他那留着長指甲的手有節奏地敲着桌面——附帶提一筆，他自從當上了會長以後，爲了表明他是一個有身份、文雅的人，就故意把手指甲留得特長。“你也知道，這原來是一個快要倒塌的祠堂。現在它修復好了。你想，在一個戰争時期，誰能這樣快就把這件事辦好？甚至田東胡雅大爺也做不到。只有日本皇軍纔是那麼慷慨和友好，撥給了我們一筆錢。你想我們這樣剥削我們的盟邦，是公平的嗎？不錯，我們得靠他們的軍隊來維持和平，但是像這樣的小事我們就不應該全依靠他們了。”

“是，用别人的錢是不公平的，特别是外國人的錢。”老劉說。他一想起用鬼子肮髒的錢來修祖宗的祠堂，心裏就感到可憎。

“對了，你現在說實話了！”黄冕大聲說，感到非常滿意，“因此我們必須歸還這筆錢。全部總數加起來大約有一百多元。我們村裏一共有三十三户人家。用三十三來除一百，每家得分擔三元。剩下還有一元錢没有人負擔。我想我可以利用我的影響，來說服胡雅大爺承擔。”

“你的意思是說，我們得真的還錢嗎？”老劉不安地問。他開始感覺到事態的嚴重了。

“當然咯，難道你不同意嗎？我相信你是會同意的。”黄冕說，用訊問的眼光盯着這個老莊稼人。

老劉没有回答。他無可奈何地低下了頭。他想起了他自己。自從他的老伴過世以後，他家裏没有剩下半文錢。他也没有一粒米可以賣出錢來。他現在就只靠一點大麥種活命，而到了春天没有麥種就要産生另一個嚴重的問題。此外，他的兒子後發，自從被鬼子放回以後，一直就没有冬衣穿，現在正凍得發抖。

“我想你一定會同意，”黄冕繼續説，“這事我們不能無限期地擱起來不管，否則我們的面子就下不來。你也知道，我們一丟掉面子，以後和日本友人打交道就不好辦了。”説到這裏，這位會長向老劉斜望了一下，露出他的全部眼白，而他的這一手既使人感到神秘而又可怕。“好吧，副會長老劉，我可以説這是你作爲我的副手對村人行使你的權威的一個好機會。在某種意義上講，我倒非常羡慕你哩。要不是我得和日本皇軍辦許多外交工作，我倒很願意自己辦這件事呢。你會懂得我的意思，對嗎？你將去把這錢收集攏來。我相信你一定會盡你最大的努力做好這件工作，因爲你一貫是一個熱心爲公益服務的人。好吧，請你在一星期之内把這件工作完成，超過一天也不行。”

這一串的話語，像傾盆大雨似的，弄得老劉完全不知所云。他的整個思想只被一個數字所佔據：三元錢。這個數字，在這個特殊的冬天，是相當龐大的，任何人也付不出來。因爲誰也没有糧食可賣。由於日本鬼子的入侵，所有的當鋪也都關了門。不，就是當鋪開了門，誰也没有東西可當。他自己甚至還想爲他的兒子買點冬衣。這纔是他的實際問題。他開始又抓他那個秃腦袋，神經質地囁嚅着説：

“副會長也得分攤這筆錢嗎？”

“當然咯！”黄冕毫不猶疑地説，“這是民主呀。我們現在就是爲民主而工作呀！没有等級之分，懂得嗎？”

老劉很難説他懂得。在他看來，等級卻是分得很嚴。會長就似乎心裏一點也没有考慮到，他自己也得出一份錢。如果他的記憶没有錯的話，田東胡雅也只不過出一元錢，而這個數目會長還得施加他“個人影響”纔能辦到。不過，現在來争論這個問題也没有什麽意義。他所感到苦惱的是，他自己能够想什麽辦法來籌集這三元錢和怎樣從一個一個的村人身上擠出這個數目。從現在糧食緊張的情況看，這完全是件不可能的事。

“我是個頭腦簡單的莊稼人，會長，”老劉用懇求的語氣説，幾乎要哭出聲來，“作爲你的副手我一點也不够格。如果您能找一個更有能力的人挑起這個擔子，我將對您感謝不盡。”

“不要講這種話吧，老劉副會長，”黄冕不動聲色地説，做出一個勉强的微笑，“這是一樁神聖的工作，目的是爲我們的同胞恢復和平和秩序。辭掉這個工作是不合適的。此外，你的任命是日本顧問親自點過頭的。你不記得他嗎？”

那個矮胖人物老劉記得太清楚了——就是此人把他老伴嚇死的。老劉點了點頭，表示他記得。

“好，你的記憶力很好。如果你不想幹這個工作，你自己去和他講吧。”

“嗯，會長，請您可憐我的年歲……”老劉用猶疑的語調低聲説。

“勤務！”黄冕裝做没有聽見，忽然中止談話，向阿奎大喊了一聲，“把報紙拿來！”

這位勤務員已經進入了半眠狀態。他一聽到這喊聲就立刻從他坐着的那個石塊上站起來。他跑到放着一堆報紙的三脚凳那兒去。他抽出了一張髒新聞紙——已經是四五十天以前的出版物了。他把它遞給會長。這是一個日本人編的報紙，是在北京出版和印刷的。它的内容除了包括一些有關東亞新秩序的建設和皇軍無數的勝利消息以外，全是一些淫穢的打油詩和關於鬼子士兵與中國女子親善的掌故，所用的中文也是屬於洋涇浜式的語言。

會長便開始摇頭晃腦，念起這些文字來。他認爲這都是優美的散文，值得欣賞。他完全没有把老劉放在眼裏，好像這個莊稼人不在他身邊。

老劉像個傻瓜似的站在一旁，只好告辭了。當他正拖着步子跨出門檻時，會長偷偷地望了他一眼，但没有停止他對這些優美散文的吟誦。在門口那位勤務畢恭畢敬地説：

“副會長，再見！”

老劉無法對他還禮，因爲他想要哭。

四

老劉坐在他那條古舊的工作凳上，一句話也不説，心裏恍惚地朝門外望。他旁邊放着一把編草鞋的草繩。他還没有動過它。對它説來，編草鞋是他的業餘嗜好。雖然這是一種老掉了牙的手藝，他還不能放棄它。作爲一個勤勞的莊稼人，他不慣於讓他的手閑着。一到了冬天，當秋收完畢以後，如果他不幹點活，他就會感到雙手酸痛，背上發冷。但只要當他一開始編草鞋，他就會立刻感到青春復活和氣力再生。對他説來，這種手藝就好像是具有某種神奇的力量。只要他一幹起這活來，他就把什麼都忘記掉了。有時甚至天黑了他還不知道。

不過這天老劉一股草繩也未能編進去，雖然他仍像往常一樣，是正正經經地坐在凳子上。他不知道他的手出了什麼問題，它們就是不聽調動。他心裏只想着一件事情：三元錢。在豐收的年成，這也不能説是一個大數目。但在目前，當米罈子裏一粒糧食也没有的時候，要想弄到這筆錢，那就像是想在大雪的冬天去找竹笋一樣困難。這種困難由於現在已經真的在下大雪，使他更意識到不可想象。他看見一隻鴉雀正在扒雪，想從中找到一點食物，但由於它的努力没有得到什麼結果，它就唱了一聲悲歌，一口氣飛走了。老劉深深地皺起了他的眉頭。

他的兒子坐在另一條凳子上，正在忙着編織草鞋。儘管這個冬天是那麽寒冷，而他又没有足够的衣服穿，他仍然似乎是毫不在乎。他甚至還伴着那隻鴉雀，唱起一支順口溜來。順口溜的結尾迭句是這樣的："哎哎喲，哎哎喲，漂亮的、仰鼻子的五月鮮，我們大家都爲你的不幸遭遇感到可憐。"

這個順口溜是一批修路苦工編的。後發就曾經是他們中間的一員。自從他被鬼子巡邏隊抓進城裏以後，他就被强迫服勞役，在那個城市附近改建一條鐵路。五月鮮被抓去以後也被勒令在現任維持會的顧問、當時巡邏隊的隊長家裏當女僕。她得到這樣一種“輕鬆”的工作，引用後發和其他改建鐵路苦工的話，是因爲這位顧問“對她那個特別吸引人的仰鼻子和那對大眼睛”感到興趣。可是她對她的日本主人的那副蠢樣卻是討厭透頂。她經常溜出屋外，偷偷地混在後發等年輕人中間開鬼子的玩笑，因而也在他們中間成爲一個人所共知的人物。她所描述的有關她那位圓肥、矮小的鬼子主人的一些醜事常常引起這些年輕人的歡笑——這在冷凍和單調的冬天，對他們苦寂的生活說來，並不是没有幫助的。因此他們就爲她編了一支順口溜。當他們想念她的時候，他們就唱起這支歌來。

老劉聽到他的兒子哼這支歌，不禁大爲感傷——倒不是因爲這支歌本身，而是因爲這個年輕人唱這支歌時所表現出來的心情。他走到他旁邊，把手搭在他肩上，說：

“孩子，我多麼羨慕你。在這樣一個特別困難的時候，你居然能有心情唱這樣的歌。我是做不到的。”

年輕人抬起頭向父親望了一眼，感到很奇怪。

“你是怎麼搞的，爸爸，”他問，“你的聲音聽起來是那麼難過！媽媽已經去世了，也埋葬了，再也活不過來了。爸，你就是怎麼樣想她也是没有用的呀。她既走了，就再也不會回來的呀。”

老父親連連地摇着頭。

“不，孩子，不，”他說，“我也知道，想你媽是没有用的。可憐的老伴，我一直在盡我的力量去忘掉她呀。現在真正叫我苦惱的是三塊大洋。”

“什麼?”孩子用驚奇的聲音問。

“三塊大洋，孩子，”老劉愁眉苦臉地說，“黄冕會長要我交出三塊大洋，還强迫我從村裏的每户人家擠出同樣數目的錢來。這筆錢將要交給鬼子。”

“那麼你打算怎麼辦，爸?”

“我也不知道。”

“你得知道，爸。對鬼子你不能説不知道呀。”

“那麽我該怎麽説呢，孩子？”

年輕人沉思了一會兒，於是説：“告訴他，‘没有錢’，再就是這——”他握了一個拳頭，“對那個爲日本鬼子幹活的總管，我們只有用這個辦法對付。”

老莊稼人一籌莫展地摇着頭，皺起眉來。

“你太感情用事了，孩子，”他説，“你應該懂事些，你應該對生活懂得更多一點。光武力是解决不了問題的呀。”

他記起了，這個年輕人曾經在一時衝動之下怎樣觸犯了鬼子，怎樣被吊在樹上，他可憐的媽媽的神經怎樣因此而錯亂，最終導致她的死亡。這個記憶使得他非常難過。他無法再站在這個年輕人身邊。當他走出去的時候，他説：

“孩子，你得記住，武力不僅不能解决問題，而且還帶來新的麻煩。”

他向三老叔的屋子走去。他希望和這位老朋友討論一下他所面臨的困難。他想三老叔也許能够幫助他，同時出於對他的同情甚至想辦法湊足三塊錢，作爲他徵收捐款的一個良好的開端。

五

村裏維持會的“成立大會”給三老叔留下了極爲深刻的印象：那莊嚴肅穆的氣氛，那位日本巡邏隊長以前所未有的和平姿態和親善面貌的出場——這都是具有“歷史性”意義的。大會又以極富有戲劇性的結尾收場，即老劉的老伴的暈倒。還有，老劉當衆被日本鬼子任命爲副會長也引起了大家的想象，而且這想象還一直在大家的腦海裏發展，没有停止。過去從來没有一個莊稼人得到過這樣一個官方的稱號。

“爲什麽他們不任命我呢?”三老叔問自己。

當然他無法回答這個問題。

當他的老朋友走進他的茅屋時，他以敬畏和懷疑的眼光望了客人一下。他的腦子裏在想：“這就是維持會的副會長嗎?”的確，老劉的外表一點也没有變，只有他那對稀薄的眉毛比過去皺得更緊了一些。無論從哪方面説，他覺得這位副會長並没有什麽勝過他的地方。“這完全是個機會的問題，命運的安排問題。”他用這樣的想法來安慰自己。他勉强地對來人哈了哈腰，説：

“你新官上任，我早就該去你家恭賀你，只是，你也知道，每天一些毫不足道的柴米油鹽瑣事，總是把我糾纏得無片刻閑空。不過，劉老弟——附帶提一句，我還可以把你稱爲‘老弟’嗎——我從心眼裏恭賀你。”

“你説什麽?”老劉問，呆呆地望着他的老朋友，“你發瘋了嗎?怎麽講起這樣無聊的話來?”

“怎的?”這位鄰人也驚奇起來，“難道你現在不是一個官兒麽?你現在是村裏維持會會長的副手呀。至於我呢，我還只不過是一個一文不值的扒土的莊稼漢。我是屬於另外一層人呀，老劉——如果我還能用過去熟悉的稱呼叫你的話。”

“别談這些無聊的話吧，”老劉説，“如果你願意的話，我非常願意把這個差事送給你。不過你得從村裏每户人家擠出三塊錢來。”

“你説什麽，劉老弟?我還得提醒你，你還没有回答我剛纔提出的問題：我是否應該用你的新頭銜稱呼你?”三老叔問，一半驚喜，一半被副會長的建議弄得糊塗起來。

老劉把爲鬼子收集捐款及限期的緊急等情況，完完全全地對他這位好奇而又有點野心的老朋友講了出來。三老叔一聽完，臉色便由蒼白而變得發青。他忙不迭地用恐懼和抱歉的聲音説：

“是這樣的嗎?那麽這件差事就太難辦了。這也就是爲什麽他們任命你而不任命我當副會長的原故。劉老弟，你是個能幹的人，辦事又麻利。我是個無用的人，完全無用，是一個不折不扣的廢物。我是一個閑混的人。我是一個懶漢。不，我是一個有病的人，一個年老的病人。請你切記不要把我推薦給會長先生。我没有能力幹這個差事。我不够格當副會長。我請求你，請求你把我徹頭徹尾地忘掉，正像你忘掉一隻貓、一隻狗、一頭驢或你在水池邊碰到的一隻青蛙一樣。”

三老叔這一串自我貶低的字眼，把老劉弄得莫明其妙起來。他弄不清，是否他的這位朋友也發了神經病。不過很快他也發現，他的這樁差事是糟糕透頂。它像一塊腐爛了的臭牛肉，誰也不要吃，一聞到它的味道就掩鼻而過，儘快躲開。而他，很不幸，卻是嘴裏被塞進了這塊臭牛肉！他一陣心酸，感到自我憐憫，幾乎眼淚都要像泉水似的流出來了。他用一個嗚咽的聲音説：

“三老叔，這次你得幫我一下忙。我的意思是那三塊錢……”

他的老朋友裝作完全没有聽懂他的話。他把話岔開，説：

“今天的天氣非常冷，對嗎？嗨，我的天老爺，我實在受不了。這些日子我天天把水當飯吃。這種流質的東西在身體裏一點熱也變不出來。我一點勁兒也没有了。鬼子把我所有的糧食都搶走了，你是知道的。”

老劉把三老叔的話信以爲真，認爲這個冬天的饑饉不僅使他的身體垮了，甚至使他的耳朵也變聾了。因此他又用更大的聲音重複着説：

“我的意思是那三塊錢……”

“啊，對了，”三老叔眨着眼睛，毫不猶疑地説，“我想五月鮮和算命先生陸明在這方面能出點力。他們兩人都是單身漢，没有家室之纍。五月鮮是以養雞過日子，每天吃一個雞蛋而不吃米。陸明仍然在繼續算命，預卜鬼子的命運和來年的收成。我想他既然還在幹活，他就應該照舊還有些進款吧。啊，對了，剛不久我還看見了他。趕快去找他。可不要忘記，他是一個忙人啦。聽我的忠告吧：趕快去抓住他！”

這位朋友於是便把他的客人推向門外。他使出了全身氣力幹這件事，好像他是要推出一個瘟神似的。嘎的一聲，他在客人後面把門關上了，而且還插上了門杠。

“感謝祖先!”三老叔站在門後說，鬆了一口氣，“他總算走了!”

三老叔的這種行爲，使老劉感到極爲奇怪。他想起了一句老話：饑餓之年，人情冷淡。不過他想象不到像三老叔這樣的老朋友居然改變得這樣大，這樣快。在他感歎人性墮落的同時，他拖着沉重的步子，來到陸明屋子的門口。他猶疑起來，像一個小偷似的，偷偷地朝屋裏窺探，静静地傾聽。最後他決定徑直走進去，照例門也不敲一下。

陸明正在聚精會神地研讀一篇有關星相學的文章。這篇文章是他在一個被路過的鬼子巡邏隊燒毁了的塾師的屋裏尋找食物時發現的。他越讀就越對這篇作品感到興趣，因爲它裏面所發揮的理論是他從來没有聽見過的，從而他就認爲它具有極高的價值，甚至對他的職業説來可以稱之爲一項革命。雖然他的視力本來不好，又由於近年營養不良而更在急劇衰退，他似乎仍然抱有最大決心，要把文裏所包含的天機和秘密探索出來。他那戴着一副深度近視眼鏡的眼睛幾乎是貼在那些焦黄的紙上。當他一發現老劉走了進來以後，他吃了一驚，連忙把這個貴重文獻藏進抽屜裏去。

“副會長，您能光臨寒舍，真是榮幸之至!”這位星相學家裝出一副驚喜的神態喊出聲來，儘量想在他那個相當空洞的腦子裏找出幾個文雅的字眼，以表示他有學問。不過他的聲音裏並不是没有一點怨氣，因爲他認爲要選出一個人作爲村裏的官兒，恐怕誰也不能比他更够資格了。

“陸明，不要叫我副會長吧，”老劉哀求地説，“看來你們很喜歡這個頭銜，我可以很容易地把你推薦給總管先生，頂替我的這個位置，而且我也非常樂意這樣做。”

陸明没有立刻直接回答，只是以極大懷疑的眼光望着這位客人。他覺得世界上再也找不到這樣一個傻瓜，甘願放棄這樣一個頭銜，連半點猶疑的神態都没有。他用一種星相學行家的方式，觀察了一下老劉的臉色。他立刻發現了一種新的跡象。老劉的眉毛愁苦地深鎖着，好像是剛被一位姑娘抛棄了的一位單身男子；他的嘴唇緊閉着，好像一個多時無人管的孤兒。陸明不禁得出結論，這位副會長大概心裏藏有一大堆難言的苦衷。他的這個即興的感想立刻使他記起了村裏流行的一個謠傳，而他作爲一個消息靈通人士，也不難很快地證實了謠言的真僞。他瞭解到，日本鬼子正在勒索款項。

“呀，不行！多謝你的好意，我不想當副會長，”這位星相專家急急忙忙地説，聲音中還帶有一點狼狽的語調，“我現在在星相學方面有個嶄新的理論上的發現，正在爲此事忙得不可開交。順便提一句，副會長，如果你能在這方面替我做點宣傳，我將感激不盡。我想，今後我對一切事物的預卜，無論收成也好，戰争也好，根據我現在新的發現，將會是完全可靠的。”

“是的，我一定爲你做宣傳，”老劉結結巴巴地説，“不過，有一件事我得求你幫幫忙……”

“哎呀！”陸明馬上打斷他，已經猜到他打算講什麽話。爲了避免接觸到這三塊大洋的問題，他馬上把話題轉移到無聊的事情上去。“副會長(老劉一聽到這個頭銜就皺起了眉頭)，你説怪不怪，我們的感覺不僅隨着天氣而變，也隨着事態的發展而變。比如説吧，在這多事的年月裏，我們都感到老得異乎尋常地快。雖然我現在還只不過四十八歲，但我已經覺得我是一個老頭兒了。照理説來，我作爲一個未婚的單身漢，應該是感到無挂一身輕，心情很愉快的。可是，嗨，我的那顆心簡直就像秋天的山丘一樣衰老。我對於衰老的感覺是那麽尖鋭，我甚至還迫切地盼望有個孫子呢！”

“是的，陸明，你應該結婚呀，”老劉忠告着，“你盼望有子孫，這是完全對的。孔夫子説過，不孝有三，無後爲大呀。不過，至於説到孫子，恐怕這在目前你未免要求過高了。”

“你的話完全有道理，副會長，”這位算命先生稱贊老劉的看法，“我絶對同意你的觀點。不過當前一個叫人泄氣的問題又來了：我到哪裏去弄到錢來吸引一位姑娘，甚至一位老寡婦呢？”

“這些年來你爲人卜卦算命，搞星相營生，難道你一點錢也没有積攢下來麽?”

“没有, 絶對没有!”這位星相學家用毅然決然的語調説, “甚至三塊錢也没有積攢下來!”

“那就太糟了, 確實太糟了!”老劉低聲地説, 開始沉思起來。

陸明馬上又發出一聲感歎, 補充着説: “呀, 我幾乎忘了, 今天上午我還和人約好要辦一件事: 我答應了一個生意人要爲他算卦。我得去。副會長, 馬上就得去。請原諒我。這是我的飯碗問題。我得去。再見吧, 副會長!”

於是他就溜出去了, 把老劉扔在他的屋子裏。事實上, 他什麽約會也没有。真正的原因是, 過去半個多月他一粒糧食也没有, 只好靠自己發明的一種特殊食物維持生命。這種食物包括某種不知名的樹木的樹皮、竹葉和水。無疑它對腸胃産生了某些消極影響, 這也就是説每隔半個鐘頭他得去上一次茅房。爲了不弄髒茅房的地面, 最近他就跑到較遠的山上去卸下這個包袱。“一箭雙雕。”他説。他的意思是説, 這樣做他同時還可以呼吸些新鮮空氣, 而新鮮空氣本身就是一種“天然的養料”。

老劉只好離開陸明的屋子, 把門順便帶上。他像一個偉大的思想家似的, 低着頭, 拖着步子, 不慌不忙地慢慢往前邁步, 滿腦子爲一種迷信思想所困擾: 命運在捉弄他。如果事態是按照這個方嚮發展, 那麽他的這個公職就完全無法繼續下去了。但是他還得作一番努力, 看能不能想到其他的辦法。村裏另外一位無家室之纍的人是五月鮮。如果她真的像三老叔所描述的那樣, 每天吃一個雞蛋, 那麽她應該算得是小康的了, 應該可以拿得出那三塊錢了。他徑直向這個女子的屋子走去。

五月鮮不在家。不過老劉聽到一個女子的叫聲從這屋子後面的山上飄過來。這引起了他的注意。他向傳來聲音的方嚮走去, 他發現這正是五月鮮和他的兒子後發在一起打鬧。這個年輕人正在追她。一隻受了驚的母雞飛到樹上, 神經質地狂叫, 不敢下來。

“你在這裏幹什麽?”老劉對他的兒子吼了一聲, 認爲他這種行爲有傷風化, 因而火高萬丈。“我是想捉住那隻母雞呀。”年輕人毫不在乎地説。

“她的母雞關你什麽事?”

“可以吃呀!”

“聽見嗎?”五月鮮也參加進來説,感到自己受了委屈,“他想要吃掉我的母雞。雞就是我的生命、我的希望、我的前途呀。因爲我没有糧食喂它,它還没有開始下蛋呀。”這時她把聲音提得更高了,淚珠也開始從她的眼裏流出來。“後發居然想奪去它的生命,説他的肚皮很餓。難道你自己的兒子你也養不活嗎?你還是個副會長?羞呀,副會長!”

老劉説不出話來。的確,他的兒子没有什麽東西可吃。只要一接觸到“饑餓”這個問題,他自己的肚皮也就馬上要叫起來了。至於“副會長”這個稱號,這個天不怕地不怕的女子甚至還對它有點譏笑和藐視之意。一種惱怒和一種羞慚之感使得他那顆年老的心也劇痛起來了。他真想大叫或大哭一場。不過在這個没規没矩的女子面前,他這樣做又似乎有失體統。最後他只有逃避,溜到在兩排樹之間、通向維持會辦公室的一條小路上去。在此同時他對自己嘟噥着説:“我一定得甩掉這個頭銜,這個丢臉的頭銜!”

他一時衝動,就硬着頭皮步進維持會的辦公室裏去。他想向會長黄冕遞交他的辭職請求。

會長正在品茶,阿奎打着赤腳站在他旁邊,隨時準備加水。黄冕的頭低着,注視着杯子底下的緑茶葉,他的眉毛一會兒緊,一會兒鬆,好像他正在爲重建東亞和平而在作一個重要的計劃。

“很對不起,會長,我没有辦法做好我的工作。”老劉直率地説。

“你説什麽?”總管先生問,裝作没有聽清楚。

“三老叔拿不出那三塊錢。陸明也拿不出來。甚至五月鮮也拿不出來。”

“你説什麽,副會長?”

“我説,我收不到那筆款子。甚至我本人也拿不出半文錢來。我得辭職。”

"我將叫他們交出錢來!"這時會長纔抬起頭來，正如他抬高聲音一樣。"我將請日本人叫他們交出錢來!"他捏了一個拳頭，在桌子上狠狠地捶了一下，弄得他的茶杯跳了起來，落到地上跌碎了。看到他那美麗的瓷器變成碎片，這位總管便變得更惱更怒。他開始像隻老虎似的咆哮起來，瘋狂地敲着桌子。"我將請日本人叫他們交出來!"

老劉自己也不知道他剛纔說了些什麽話，因爲他的腦子已經被嚇懵了。他只有儘可能快地向外面逃走。

會長現在心裏很清楚，他上任後放的頭一炮就這樣失敗了。他不得不到城裏去，向他的主人胡雅和他的"顧問"——那位蓄了一撮小鬍子的日本隊長——請示。自從維持會舉行了那次成立大會以後，胡雅又回到城裏去了。在戰爭還没有結束以前，他打算就在城裏住下去。在和平與秩序没有完全恢復以前，他也不敢常回村子，雖然他在那裏的田産很多。農村的普遍不安静不僅不能維持他那舒適的生活，而且還使得他的神經變得高度緊張。在日本人佔領下的城市裏生活，至少他還能睡得着覺。

他在城裏的公館是一座有兩百多年歷史的大院。會長來到這個戰時住宅的時候，他已經是滿身大汗，氣也喘不過來，因爲他趕了一陣路。不過使他大爲感到興趣的是，他發現胡雅和那位顧問已經在一起討論什麽問題。他從心裏感到高興，因爲他可以立即參加他們的會商，而不必再花費時間和手續召開一個所謂會議。不過在他静静地、用心地聽了一下他們的談話以後，他發現他還不能馬上就插得上嘴。

原來這兩位要人所談的既不是有關戰争，也没有接觸到東亞共榮的問題，而是牽涉到女人和烹調藝術這類的事情。説來也很偶然，這位日本顧問自從來到中國第一次嘗到中國菜後，他便對這種菜喜愛起來。在這方面他走向這樣一個極端，他甚至還放棄了他的民族料理，而專吃中國飯——這正如他後來對胡雅解釋過的一樣，應該説有"不愛國"之嫌，但他"没有辦法"。爲了這個目的，他特别雇了一個中國廚子。不知是由於愛國心在起作用，還是由於他的工資低得不可置信——兩元錢一月，不多不少，這位"忘恩負義"的廚子堅決拒絶給主人做真正的中國菜。雖然主人多次威脅他，要把他處以絞刑，他仍然没有做出值得一嘗的任何飯食。他的主要辯護理由是，他並非一個廚子，而是被日本皇軍“徵用”過來，强迫他做飯的。如果主人對他這種半路出家所學得來的一點做菜本領不滿意，他隨時都願意捆起行李告别。

也巧得很，胡雅有一天請客，這位日本顧問自然成了貴賓。顧問發現東道主家裏做的菜真是美不可言，他非常愛吃。於是他便找出種種理由，使自己成爲胡雅家裏的一個經常食客，而他自己的那個中國廚子也因此得以免予絞刑——他自己當然也每月可以省下兩元錢。他一餐也不耽誤，每飯必來。他認爲這種作法對他提供了許多方便：他不須再與那個可惡的廚子周旋，把自己從清理伙食賬這類瑣碎事中解放出來，以全副時間和精力來從事維護東亞和平和秩序的工作。爲了把自己打扮得像一個知心的朋友——甚至是這個家裏的一個成員，每次飯後這位顧問總要和胡雅聊一陣天。最初他們的談話只限於反對共産主義及在東方的英美帝國主義所進行的聖戰，但是後來話題卻慢慢地轉到女性問題上去了——而且最後這就成了唯一的話題。在這個問題上他承認中國女子也有許多優點，比如五月鮮被抓去以後就一直爲他當女僕，雖然他没有給她工錢，但他從没有聽見過她發出怨言。

“要不是爲了建立我與你們村人的長期友誼，我決不會放她回村。”這位顧問説，語調很感傷，甚至還發出了一聲歎息。

會長黄冕站在一旁洗耳静聽，時間已經不短了。這種飯後的私人閑聊，他再也聽不下去了。他冒可能挨駡的風險，向這兩位上司深深地鞠了一躬。然後他清了清嗓子，用十分嚴肅的神情説：

“如果您們准許的話，在下有一件重要的事情要報告。”

“什麽事情?”胡雅問，不禁有點感到驚奇。

“唔，兩位長官，我想您們大概還記得，您們要求我向村人徵收一百元錢。我一接到兩位的指示就立刻認真負責地作出了具體佈置。可是誰也不願意交錢。甚至像三老叔和陸明這樣的單身漢也不拿出錢來。更使我感到驚異的——也許您們兩位也同樣感到驚異——是，老劉完全没有能力完成上級交托給他的重任。”這時他難過地低下頭，望着自己的雙脚，羞答答地補充着：“在這種情况下，我恐怕也幹不下去了，雖然我是全心全意地想幫助皇軍建立新秩序。如果二位有更能幹的人選，我甘願辭職，以贖我的罪。”

“不能！”日本顧問用嚴厲的語氣説，同時也生起氣來，因爲這位總管的報告使他痛苦地記起了五月鮮來：他爲了表示願意與村人合作和親善，曾經割愛把這個不付工資的好女僕送回村去。“這不是你的過錯。那些忘恩負義的無知莊稼漢，居然敢抗拒我的命令！”他覺得他的尊嚴受到了傷害。這時他對他的拳頭不自覺地失去了控制——他每次發脾氣時就是這樣，使勁地往桌上捶了一下。桌上的茶具和煙灰盂跳起了半寸，所幸還没有滚到地上跌成碎片。

胡雅立刻面色變得蒼白。他從親身體驗知道，這位日本友人，不管交往多麽親密，有時很容易忘掉友誼，而把朋友當做他表現英雄主義和勇敢的目標。挂在他那個圓肥腰間的那把長劍，曾經不知多少次引起過他的神經衰弱。這裏還可以附帶提一句，這位顧問一分鐘也不忘記帶着這件光榮的武器，雖然它常常使得他步履艱難，因爲他的那雙腿是短而粗，笨得出奇。根據他自己的敘述，這把劍是因爲他一九三八年在中國東北和朝鮮邊境上所發生的張鼓峰“事件”中殺了兩名紅軍戰士而由日本天皇授予給他、表彰他的英勇的。胡雅心裏想，如果他像對付共産黨那樣也在他身上揮舞起這件武器來，那可怎麽辦？他打了一個寒噤，連忙説：

“顧問，請息怒。我懂得我的村人。我知道怎麽對付他們。請您安静一點。務請您安静一點！”

“那麽請告訴我，怎麽樣對付您的村人。”顧問説，用他右手的四個指頭按住他屁股上吊着的那把長劍。

“您知道，鄉下人害怕實力，”胡雅用安静的聲音説，“如果會長最初就有足够的武力作爲後盾，那麽會長執行起任務來就要容易得多了。你同意嗎，黄冕先生？”他把臉掉向仍然在一旁畢恭畢敬地站着的他的總管。

“絶對同意,”總管附和着説,“我認爲你抓住了問題的實質。”

“那麽好吧,”胡雅又掉向他的顧問,“我的意思是説,顧問,您派點軍隊到那裏去駐紮一兩個星期。在他們的幫助下,會長就可以按部就班地工作了。順便提一句,”胡雅對他的總管擠了一下眼,“五月鮮也拒絶交出那三元錢嗎?”

“她當然拒絶!”會長回答説,“她似乎覺得,像她那樣一個吸引人的女子,一切公共負擔就可以免掉了。她倒是長得比以前還更動人哩。”

“連這個丫頭也敢這樣不聽話!”顧問生氣地説,“胡雅,我覺得你的意見很好。我得帶着我的衛士到鄉下去幾天。”

“好極了!”胡雅稱贊地説,“好極了!”

在此同時顧問也把按在他長劍上的那幾個手指鬆開了。

幾個星期以來,胡雅這次算是感到真正的快樂。我終於可以安安静静地過幾天清静日子,獨自欣賞桌上的飯菜,使他更感到高興的是,暫時可以不爲他那個年輕姨太太的安全擔憂,因爲這位日本顧問,由於經常到他家裏來吃飯,最近對他的這位心愛的人兒也開始産生出濃厚的興趣來了。

顧問帶着三名衛士、兩杆步槍和一挺機槍,偕同黄冕向鄉下出發。事實上,即使胡雅没有作出這個建議,他也決定最近到鄉下去“視察”一趟。因爲鬼子兵的參謀總部已經定出了計劃,要在中國的佔領區修些公路,以便利軍隊的調動。由於恢復和平和秩序的任務緊急,這種修路的工作還必須在儘可能快的時間内完成。顧問正好可以利用這個藉口下鄉,强迫老百姓幹這項工作。

他一來到村裏就立刻召集一個大會。勤務阿奎足足忙了一整個下午,敲着鑼,拉開嗓子大叫,召集村人到會。不過,鑒於頭一次大會出了事故,老劉的老伴當場暈倒,最終導致她的死亡,很少的村人敢於再來參加這次的大會,特别是那些上了年紀的人。副會長老劉也憂慮重重,全身發抖，好像是瘧疾又在發作。年輕的人大都想逃進山裏躲藏起來。不過當他們正要溜走的時候，他們發現村頭已經蹲着兩個日本鬼子，並且還面對村子架起了機關槍。像一群無援的山羊似的，這批逃亡者又被趕回到坐落在村子另一端的祠堂裏來。

和平維持委員會的“禮堂”塞滿了人群。大家都張着嘴巴，相互觀望，被這次大會所引起的一種恐懼和神秘感弄得發起呆來。臺上並排站着會長和日本顧問，好像是兩位親兄弟一樣。所不同的是，會長顯得身材很高，雖然近時他身上增加了一堆肉；而顧問卻是意外的圓而矮，不巧他又戴着一頂小得可笑的尖頂軍帽，結果使他在村人眼中就像一隻穿山甲。不過這個滑稽的對比卻没有能在這些一貫幽默的莊稼人中間引起哄堂大笑。空氣中充滿了一種吉凶未卜的沉悶感。

顧問没有再通過什麼介紹就徑直走到臺前來。他這種作法倒使他顯得真像是村人的一個老朋友。他那兩片帶着一撮濃密小鬍子的粗厚嘴唇上上下下地抖動了幾下，最後吐出一串洋涇浜的中文來：

“我親愛的朋友們……”他一開始就又停下了，把聽衆打量了一下——這些村人像通了電似的，聽到這個對他們異乎尋常的熱乎的稱呼，就全體掣動了一下。那三名全副武裝的鬼子衛兵，守在門口，同時把他們的手指按着扳機。衆人一瞥見這副架勢，立刻就變得肅静起來。顧問看到群衆如此守秩序、聚精會神地注意聽，感到很滿意，便繼續講下去，説：“自從我上次見過你們以後，我一直在想念你們。我們的聖人孔夫子完全對。他説：‘思君令人老。’的確，我在年齡上並不算老，但是一想起你們我在心情上就感到老了。説來也奇怪，這些時我常常感到，我們不僅都是天皇的子民，同時還是兄弟。我覺得我對你們親近的程度要超過對朝鮮人。我相信你們也一定有同樣的感覺。但是我們必須用實際行動來證實我們的感情，否則這種可貴的感情也就不能持久了。”

説到這兒他清了清嗓子，觀察村人們的反應。衆人再度掉頭瞧了瞧守在門口的那幾名鬼子，都變得鴉雀無聲。顧問咳嗽了一聲以後又説：

“但是我感到很惋惜，你們之中還有些人没有理解這一點。這種情況，我相信，到頭來會對我們共存共榮産生災難性的後果。舉例來説吧，維持會會長所提出的捐款問題，有許多人就拒絕作出響應。從長遠來看，這是一種不友好的姿態。這不僅對維持會的會長是如此，對皇軍也是如此。要知道，在東亞建立和平和幸福，皇軍的責任是艱巨的，你們非全心全意地來支持不可。然而，既往不咎，像孔夫子説的一樣。我們的皇軍是生性寬宏大量和體貼人的；我們對於此事不再深究。但是從今以後，"演説者忽然又停下，再度打量了一下衆人的動静——大家都没有作聲，"像這樣的情况决不能讓它再發生。爲了公衆的福利，正如一位希臘的戰略家所説過的那樣，我們不容許我們中間有特洛伊木馬存在。"

這時村人的眼裏纔射出驚奇的閃光。他們望着這位顧問，正如一群學生望着一位有學問的老師或魔法師一樣。他們確實看見過不少的馬兒，各種各色的馬兒，但是他們卻從没有聽説過什麽特洛伊馬兒或什麽希臘馬兒。至於會長，他最近在認真研讀皇軍的《軍人手册》，爲的是要學會正確地對皇軍行軍禮。這個新名詞，在他聽來，簡直像是一個軍事術語，因而引起他無限崇拜顧問先生的軍事學識淵博。不過對於村人説來，這種新名詞，在顧問所講的那種特殊的洋涇浜中文的腔調中，聽起來倒很像是一妖術咒語，用來攝取他們的靈魂。因此他們也就身不由己地抖動起來，好像魔鬼已經在他們身上附體了一樣。爲了驅除這種魔力，他們都作出一個微笑，因爲他們迷信地認爲，在這種情况下這是一種有效的辦法，使妖魔知道他們毫不在乎，附在他們身上完全是浪費精力。這個微笑是由星相學家陸明最先作出的。在這類的問題上，他在村人中間享有很高的聲譽。因此他一帶頭，大家就跟着做了。

"很好！"顧問稱贊衆人，對他們全體一致所作出的微笑表示很滿意。"我想，如果我們的天皇在這裏，我毫不懷疑，他對你們的喜愛將會遠遠超過對朝鮮人，甚至超過對我們自己——日本人。我深深感謝你們所表示的真心親善情感。不過目前擺在我們面前的有一件巨大的工作要做。爲了交通暢通，好使我們能更密切地聯繫在一起，我們必須修建更多的公路。現在已經是冬天，大家的農活實際上一點也不忙，我建議你們大家都參加修建公路。此外，一幹活你們也就不會感到那麽冷了。在冷凍的冬天，這也是一種理想的體育鍛煉和取暖方式。我自己倒也很希望我能擺脱纏身的許多公事，和你們共同完成這件具有深遠意義和重要的工作!”

“現在你可懂了，副會長。”三老叔對坐在他旁邊的老劉小聲説。他已經從傻乎乎的微笑中醒過來了。

“那麽伙食的問題怎麽解決?”五月鮮站起來關切地問。她對於這位顧問已經不再怎麽害怕了，因她被俘虜後强迫當他的女僕時，已經看透了他的一切醜態。“你會給我們糧食和工錢吧——比方説吧，一天半塊錢!”

一股無名怒火在顧問的心裏升了起來。他重重地在臺上跺了幾下腳。但當他一發現這是五月鮮提出的問題時，他的態度軟化了。他降低聲音，像個貓叫似的説:“唔，五月鮮，會長將會回答你的這個問題。在我個人看來，我覺得你自己不須和大家一道去築路。嗯……”他結結巴巴地吐出了幾個字音，便掉向黄冕，“主席，這是一項牽涉到地方行政的事。我想你回答她比我更好。”

於是他坐到椅子上，把位子讓給會長。他的那雙小眼睛一直不停地在五月鮮身上轉溜，好像是在動物園看一隻可愛的熊貓一樣。

會長站了起來。他向顧問鞠了一躬，説:

“我不會演説。我是一個實在的人，因此我也就説實在的話。我們不供應糧食，因爲這件工作是爲了聖戰。爲了同一理由，我們也不發工錢。聽見没有?没有更多的問題。好，大會到此結束。”

他向聽衆鞠了一躬，然後静静等了一會兒。他看見没有人鼓掌，便退到臺後邊去了。

顧問向守在門口的鬼子做了一個手勢，叫他們讓群衆離開。老劉鬆了一口氣，隨着衆人走了出去。他從心眼裏感謝老天爺，這次大會總算没有發生什麽意外，全村人都安全回家了。

從這天開始，顧問和他的衛兵就呆在村裏，開始監督計劃中的築路工作，同時也“保證村裏的和平和秩序”。他們的總部就設在胡雅的鄉下公館裏——一個有十二個房間的大屋子。由於那三個鬼子兵，在某種意義上講，也算是“顧問”，同時也因爲他們爲了大東亞新秩序所做的工作很艱苦，他們住在這裏也算是暫時休假，日子還得過舒服一點。看守總部的任務——這是一種原則性和軍事紀律的問題——就落在會長的勤務阿奎肩上了。這個長期没有吃過飽飯的傻子因此就日夜在這屋子的大門口站崗，没有人和他輪换，他肩上扛着一杆笨重的老銃——附帶提一筆，他還不知道怎樣用它。由於他的身體瘦小，時間一拉長，他也就感覺到它的重量頗不輕鬆。所幸一到了晚間，屋子的大門就從裏面關得很緊，他不須按照《兵士手册》的要求，整夜以“立正”的姿勢站在門口，他可以靠着牆打盹。

作爲兩個種族的一種親善標志，會長按照顧問的提示，又把五月鮮作爲皇軍的女僕“徵用”了。五月鮮知道這是一種什麽性質的工作。她除了給鬼子洗衣、擦地和倒尿壺這類的工作外，還憎惡他們無休止的糾纏。因此她最初拒絶“應徵”。但經過了多次威脅，説是要把她痛打或吊在樹上示衆，她的面色變得發青，意志纔有些動摇，最後只好屈服了。這類的生活細節安排好以後，這幾位皇軍，在監督修路的同時，便開始一半休息，一半享受平安生活了。

六

不知是純粹由於偶然性，還是根據村人的看法，由於鬼子的到來也帶進了妖魔，自從顧問和他的衛兵進駐村子以後，狂風一直在不停地吹。狂風中還夾雜着旋風，又叫又號，整日不停，好像這種意外的現象是以搗掉所有的屋頂和凍死村人爲目的。冬雪剛開始融化，經這一吹，又全都凍結了，把大地變成了石塊。

村人的任務就是要用一些原始的農具，如鋤頭和鐵鍬之類的東西，把這石塊敲開，修出平整寬闊的公路。副會長老劉被任命爲修路隊的隊長兼監工。最初他作出了種種嘗試，想推脱這件美差，但後來會長卻用毫不含糊的語言，對他進行“開導”，説由於上次的任務他没有完成，應該受到嚴厲的懲罰，現在的任命正是給他一個贖罪的機會。會長進一步指出，由於日本人就住在村裏，如果懲罰，那就一定會就地執行。老劉那對稀薄的老眉毛，一會兒緊，一會兒鬆，反復緊緊鬆鬆了好幾次，終於使得他歎了一口氣，只好接受了會長贈給他表示監工權威的那杆竹棍。他現在就站在路旁，手裏拿着這杆竹棍，呆呆地望着村人吊兒郎當地敲着冰塊。

“副會長!”三老叔説——他一直想推開一個冰塊而没有氣力完成，就乾脆停下工作不幹了。“請你行行好，准我到附近什麽地方撒一泡尿，好嗎?這不能怪我呀，副會長。我今天吃的那餐早飯，除了水以外，裏面没有一粒米。没有辦法呀。我得去解溲；不然，我的活就幹不下去了。”

“三老叔，不要説吧。你喜歡怎麽辦就怎麽辦。我不是你的監工。你知道得很清楚，這杆竹棍是强迫塞進我手裏的呀。”老劉説這話的時候，聲音像是要哭一樣，同時他那對老眉毛又皺了起來。

三老叔想奉承他幾句——他以爲這樣作就可以使得這位工頭感到高興。他説：

“對，副會長。我們之間確是不需要説什麽客套話。誰都知道，你就是我們的監工。我們都羡慕你的這個差事呀。”

於是他把鋤頭扔向一邊，溜進附近的山裏去了。事實上，他這天根本就没有吃過早飯，因此也就無尿可撒。不過在山裏避風的地方找塊石頭坐下來，比在崎嶇的路上敲冰塊，當然要舒服得多——説實在的，他也没有氣力敲冰塊了。他終於在一個地方找到一個形狀像靠椅似的石叢，他毫不猶疑地坐進去。風兒確是有點刺人肌膚，但這裏没有風，所以他也就處之泰然。他點起他的煙杆，一面抽煙，一面思索臨時在他腦裏出現的一些怪問題，如會長、勤務阿奎、鬼子所推行的“親善”，等等——

事實上，村裏最近所發生的一些事情，全部擠進他的腦子裏來了。逐漸地，他進入了一種哲學境界，一面抽煙，一面冥思當前的這個愚蠢的人間世界。這樣一來，他就把修路的事忘得一乾二净了。

“副會長！啊，不，請原諒我，工長！”陸明一看見三老叔很輕鬆地溜掉了，就站到老劉面前來這樣説，“報告，工長，我的肚皮今天出了毛病。我想這是受了這兒冷風的影響。哎喲！哎喲！”他發出一個痛楚的喊聲，雙手捧着肚皮，好像馬上就要腹瀉似的。“我控制不住，工長！”

他還没有來得及等待批准就跑進山裏去了。

陸明所提出的理由倒是真的。他所發明的那種樹皮加竹葉和水的飯食對他的腸胃所造成的損害，至今還没有恢復。相反，由於他還在繼續靠這種食物維持生命，情況更變得嚴重了起來。現在的這種築路工作，由於得拿出一點氣力，他就支持不住了。在他還没有能找到一個僻静的地方以前，他肚皮裏那些稀稀拉拉的東西已經冒了出來，把他的褲子弄髒了一大片。他除了感到很難爲情以外，還得忙着處理這個意外的事件。他在附近找到了一個小水潭，他就在那兒蹲下來，用一個石頭把冰塊敲開，開始洗掉褲子上的髒東西。那水可是刺骨的寒冷，他每洗一分鐘就得停下吹吹手指頭。這件小意外使他整整忙了個把鐘頭。由於這天没有太陽，他一時也無法穿上這條褲子。他只好找一個避風的山洞，把褲子像一面旗幟似的晾在外面的樹枝上，自己鑽進洞裏去打盹。

村人就這樣一個接着一個地溜進山裏去了。他們有很多藉口這樣做，主要是“小便因爲天氣冷，憋不住”等等。最後只有一個人還留在路基上，這就是後發。他乾脆不幹活。他把鐵鍬扔到一邊，蹲在離他的父親約兩碼遠的一塊石頭上。這位工長對兒子多次投擲了不滿的眼光，但卻説不出什麼責駡的話。

“不要老這樣瞪我，爸，”年輕人説，“誰也不願意幹這種活，除非他是一個漢奸。日本鬼子修這些路，是爲了想便於奴役我們。只有傻瓜纔在這裏幹活。”

兒子的這種説法，老劉還聽不太懂。的確，這個年輕人起了不少變化。自從日本鬼子把他抓進城裏强迫他到鐵路上去幹苦役以後，他和工人的地下抗日活動有了接觸。這些活動也有學生參加領導，因爲日本人把他們的學校摧毁了。他們所提出的主張不僅逐漸把他説服了，而且還把他訓練成爲一個活躍分子。他參加了許多秘密政治討論會，從中他不僅學得了許多有關地下鬥争的技巧，而且還懂得了不少關於人生的事情。他甚至還參加了一個學生領導的秘密業餘夜校，學習識字和寫字。

"如果大家都像你一樣拒絶幹活，"父親説，對兒子的不服從感到非常苦惱，"我將怎樣對會長回話？日本人將會把我們打成肉泥。"

他幾乎要哭起來。

"你不須去對會長回話，你只須告訴這裏的人起來打日本鬼子就得了。這件事容易幹得很，因爲鬼子欺侮我們，他們的人數也比不上我們多。"

"胡説！你簡直發瘋了！"父親罵了一聲，記起兒子早先由於感情用事不僅幾乎被日本人吊死，甚至也使他的母親神經錯亂。"簡直是瘋了！你如果再這樣想，我一定要報告會長。"

"那麽你就真的成了一個漢奸，爸。"

"你是漢奸！"老劉吼着，急得直跺腳，"快去幹活！"

"不，爸，我不能幹這種活。"

這個年輕人也溜掉了，把老爸爸扔在一邊，在恐懼和苦惱中發呆。後發像其他人一樣，徑直往山裏走去。他想找到陸明。但是他卻碰到了三老叔。這個老莊稼人仍然是像個哲學家似的蹲在一塊石頭上，一言不發，似乎在做夢——夢想遇到一個奇跡：某一天他能在附近找到一個金礦，使他永遠免於恐懼和饑餓。他又碰見了許多其他村人。這些人不是像隱士似的在抽煙，就是仍然在"解溲"。但是他卻没有發現那位星相學家。

他在山谷裏找了約半個鐘頭纔根據挂在樹上的一條褲子作綫索，找到了這位自由職業者的隱藏處。他是村裏唯一的知識分子。他正在山洞裏昏沉地打盹，好像他是現時世界上一個最無憂無慮的人。後發走近他時纔發現這個中年的單身漢原來没有穿褲子，而且還在全身發抖——雖然他正睡得鼾聲如雷。

“醒來呀，陸明！你這樣睡下去會傷風的！”後發大聲喊，抓住這位算命先生的雙肩前後摇動。

陸明跳了起來，像是從一場噩夢中驚醒。但當他一發現他的下身是光着時，他又馬上坐下來，他的臉上泛起一股羞紅，像五月鮮在某種場合下所表現出的那樣。目前的這個局面，對他説來不僅很尷尬，而且很荒唐。像他這樣一個在村裏唯一知書識字，又能預卜吉凶，受到村人極大尊敬的人，居然變成這個樣子，他覺得真是太失體統。他的嘴唇開始顫動，想找出一個遁詞來挽回面子。他説：

“真對不起，對不起……”

“不要廢話，陸明，”後發止住他説，“你不能再這樣混下去了。不，我們大家也都不能這樣混下去了。我的爸爸將要變成漢奸。如果我們大家也都這樣混下去，將來總有一天我們都會被當成漢奸算賬。我相信日本鬼子遲早會完蛋的，會被趕出去的。”

“那麽我們該怎麽辦？”這位星相學家問，仍然凍得發抖。

“我們得告訴大家，共同起來幹掉他們。先從我們村子開始。他們的人數並不多，並不困難。”

“啊，對了，我們能做得到，完全能做得到！”陸明連連説，但是卻講不出更多的道理。他在村裏一貫喜歡以新思想的倡導者、先知先覺者自居。作爲一個“未卜先知”的星相學家，這種吹嘘有時也起一定的作用，在村人中赢得一定的尊敬和信任。

“我很高興，你也有這樣的看法，陸明，”後發用半開玩笑、半興奮的語調稱贊他説，“在村裏你真算得是一個有遠見的人。”

“當然，我當然是這樣一個人！”陸明用極爲滿意的聲調叫着。後發對他這一贊揚，倒真的在他腦子中啓發出了一個“新思想”。於是他講起星相學的行話來，補充着説：“可不是，昨天夜裏我特别觀察了星象。那個囂張的掃帚星，此刻正代表維持會的顧問和他的衛兵。但它卻被一大堆雲霧遮蓋住了。這説明它正面臨着災難；換一句話説，我們很快就可以結果掉這幾個日本鬼子。”

他臨時編造的這個荒唐故事，幾乎要使後發大笑起來。不過這位星相學家現時所擺出的一副一板正經的面孔，加之他那光赤的下身，使得他感到很難過，因而他也就笑不出來，甚至不表示意見了。他只是説：

“好吧，如果你是這樣看，那麽你就去告訴大家吧。比起我來，他們更相信你的話。”

陸明的褲子這時已經有一半吹乾了。他穿上它，隨着後發爬到山上去。他所遇到的第一個人是三老叔。他把大家意想不到的這個關於鬼子的預言告訴了這個老莊稼人。這個老莊稼人對於陸明能觀察星象的本領已經是驚歎不已，對於他所預言的鬼子倒臺更是高興萬分。不用説，他也立刻把這個消息偷偷地在村人中傳開了。

第二天，日本顧問由他的三個衛兵和黄冕陪同，前來檢查修路工作的進展。對於他們的來臨，老劉一點也没有精神準備，因而感到非常緊張。他一瞥見他們的身影，全身就不禁發起抖來。這些築路工人連三碼的冰土都没有掀開，就已經在撒野。他們四個一堆，三個一群，蹲在路邊，討論起陸明關於鬼子前途的預言來。

當這些觀察員來到現場的時候，村人已經來不及重新開始幹活了。他們望着不需一個工就可以開出來的這一丁點兒土地，自己也不禁要哈哈大笑。事情既然到了這種不可收拾的田地，他們也只有聽天由命了。他們乾脆放棄裝作是想要幹活的任何打算，他們吊兒郎當地站在一旁，手擱在鋤把上，大張着嘴。老劉不安地一會兒走到這頭，一會兒走到那頭，想催促他們幹點活，但是毫無結果。

顧問先生瞧着這些村人既不顯得聰明，又不愚蠢，既不像是友好，又不敵對，他的臉色最初是變得蒼白，接着就是變紅，最後他就怒火衝天，發起雷霆來。像他平時在發脾氣的時候那樣，他不停地在地上頓腳，揮舞着他那根油漆得發光的手杖。村人們瞠目望着他，嘴大張着，好像是在看一位魔術師正在揮動魔杖，召喚妖怪來害他們。這種呆裏呆氣的、毫無感覺的表情，使得這位顧問更是怒不可遏。他用他那種特殊的假女高音大叫：

“這就是兩個偉大種族的合作和親善嗎？你們這些混賬王八蛋，瞧你們幹的什麽活？”

於是他用他那根“魔杖”在這翻開了不到三碼長的凍土上東一指，西一劃，他的視綫也隨着這根“魔杖”一東一西。在此同時他的全身也發起抖來，臉色一會兒變白，一會兒而變青。他看到這些怠工者没有表示出任何反應，就乾脆發起瘋來。他又跳又蹦，簡直像猴把戲中的一隻胖猴在表演。最後，當他的怒氣發展到了高潮的時候，他咬緊牙關，用他那根“魔杖”使勁向會長的腦袋上打來，同時狂叫：

“這就是你爲皇軍執行的任務！”

築路工人看見會長挨他的主人的痛打，忽然從癡呆的狀態中醒過來，一齊發出一陣哄笑。

“你們笑？”顧問狠狠地問，更火起來了，“我要看你們能笑得多久！”

他掉向他的衛兵，說：“把這些狗仔們使勁地打，打！”

這三個鬼子兵馬上就揮着槍托子行動了。他們用力之猛，好像他們是在進行一場肉搏戰。第一個挨打的人是星相學家。他在背上挨了重重的一槍托子，立即倒地。接着是三老叔，他倒在地上後就滚到下邊的溝裏去了。副會長得到顧問親自打的一記耳光。事實上所有的人都挨了一次痛打，除了後發以外，無一倖免。這個年輕人在這場混亂中鑽空子偷偷溜進山裏去了。

由於所有的怠工者都得到了結結實實的懲罰，顧問似乎暫時感到滿意，息怒了。在他離開的時候，他又順手在老劉的臉上打了一記耳光，但是“爲了厚道起見”，這一記耳光比頭一次輕一點。他説：

“這只不過是一個警告。告訴你們村人，如果他們再像這樣怠工，下次我將把他們處以絞刑，你自己將是第一個。聽見了没有？去！叫他們幹活！”

視察官和他的隨從，帶着一瘸一拐地跟在後面不停地撫摸他的傷痕的會長，漸漸走到遠方不見了。這時村人纔逐一爬起來。陸明肩上有一大塊青紫的傷處。三老叔的眼睛有了黑圈，而且也腫了。這就使他看上去像一個小丑，而不像一個哲學家了。老劉的臉上燒得發紅。他們都彼此望着，説不出話來。老劉本想責備他們一下，説他們小便的次數太頻繁，同時也想忠告他們在幹這種活的期間少吃流質的東西。不過考慮到他自己也没有實在的東西吃，他就決定最後不開腔了。他儘量要使自己鎮静下來，好讓他臉上的充血能够分散開來。

不過三老叔無法老不作聲。他開始埋怨陸明的預言不可靠，誤了事。

“你觀察的什麽星象——太不可信了，”他當面對這位星相學家説，“瞧，出了什麽事情。我親愛的朋友，甚至你自己也没有逃脱災禍。如果我是你，那麽我也要像日本鬼子説的那樣，搞什麽‘切腹’了。”

陸明的臉紅起來。但是他拒絶承認他的預卜不靈。從實際需要出發，他決不能承認。如果他觀察星象不可靠，那麽他爲人算命也是扯淡了。從這一點看，三老叔的挑戰就不只是開玩笑，而是比這更要嚴重的問題了。這牽涉到他今後的飯碗。因此他堅持己見，説：

“我對星象的觀察，是絶對正確的。你等着瞧吧！”

“我已經瞧見了。我不須再等了！”三老叔反駁着説。

他反駁的聲音把所有的村人都吸引了過來。這就使得這位算命先生變得更緊張起來。他決不能在這麽多的人面前打破自己的招牌。

“放安静些，朋友們，”他以行家的口吻和他所擅長的一貫不動聲色的態度説，“你們聽着：妖魔已經在顧問和他的衛兵身上附體了。瞧他們剛纔所表現的那種瘋狂的舉動：又跳又叫又打，揮舞那根哭喪棒和幾根槍托子，簡直是像猴子在發狂。你們可以很容易地看得出來，這不是人的行爲。他們完全失去了人性。朋友們，請相信我，他們很快就會完蛋。”

“真的嗎？”有幾位決心想要報復的年輕的莊稼人問。

“當然咯！”後發説——他剛從山裏回轉來，“不過他們自己不會完蛋的。只有我們共同起來和他們打纔能叫他們完蛋。我們一定會打贏，因爲我們的人數多。這不僅在我們村裏是這樣，在他們所有佔領的地方都是這樣。遲早我們要叫他們統統滚出去的。”

“對！你們現在懂得了我的意思吧？”星相學家問大家。接着他向後發鞠了一躬，説：“謝謝你，你證實了我的預言。你真是我的一個好朋友。”

“這纔對頭！我們得和他們打！”年輕的莊稼人都齊聲説，“他們太瞧不起我們了。他們簡直没有把我們當人。以爲我們都是傻瓜！我們不能再這樣活下去！”

“瞧！瞧他們怎樣侮辱我們的女子——五月鮮。”一個年輕村人跳了起來，怒叫一聲，同時指着通向村子的那條小路。

大家都向小路那邊望去。五月鮮正在向大家走來。她蓬頭散髮，樣子很狼狽。

“你們這些自私自利的人，”她對大家生氣地説，但她的視綫卻在盯着後發，“你們都不管我了。你們讓我去當鬼子的傭人，你們自己過着安然的日子，像話嗎？日本鬼子是禽獸，簡直没有把我們中國女子當人。我不幹了！”

“究竟是什麼事呀？你這樣没頭没腦地駡我們一通？”陸明問，“我們日子也不好受呀。剛纔大家還挨了打。”

“瞧我像個什麼樣子，”五月鮮説，火氣更大了，“鬼子簡直没有把我們當人，成天和我無理取鬧——一天比一天變得不像話。我是正經女子呀。我們是中國人呀。我不幹了。我要到山裏去當尼姑！”

這時後發講話了。

“你説的話的意思我們都懂得，”他説，“我們大家剛纔還吃了鬼子的苦頭。但是當尼姑不是辦法。你逃脱了——恐怕也逃不脱，還有其他我們的婦女怎麽辦？我們正在商量應付鬼子的辦法。你也可以出點力呀！”

“我能出什麽力？”五月鮮反問着，“你們讓我在鬼子那裏受折磨，我有什麼辦法？”

“要説辦法，恐怕還得靠你呢!”後發用平静的嚴肅的聲音説，“你不要以爲你是孤零零的，只是受欺侮，就不能反擊。”

五月鮮聽了這，思索了一會兒，有點猶疑起來。她從後發的話中感到一種親切、一種關心和一種鼓勵。村人並没有忘記她，任憑鬼子蹂躪。想到這裏，她改變了語氣，也用平静、嚴肅的聲音説：

“我並不想當尼姑——我不是那種材料。但是鬼子確實逼得我無路可走。我一看見他們的那副蠢樣子就噁心——還要伺候他們！説吧，只要我能爲大家做點什麽，我就是再吃點苦頭也行。”

後發向周圍瞥了一眼。所有的村人都保持安静，等待他拿出辦法。他的父親也在不安地望着他，但是没有講話。

“好，五月鮮，你這就很不錯，”他柔聲地説，“你得頭腦放冷静些。我的意思是説，你還得回到鬼子那裏去伺候他們一天。到了半夜，當鬼子正在熟睡的時候，你輕輕地把門打開，讓我們進去。”

五月鮮立刻懂得了他的意思，就點了點頭。接着她就用手理了理她的頭髮，離開了衆人，從她來的那條小路又回去了。

所有的築路者這時都變得嚴肅起來，懂得了後發心裏正在計劃什麽事情。他送了五月鮮幾步就又回到衆人中來。他走向他的父親，用一個深沉的聲音説：

“爸，請不要把我的計劃告訴會長，否則你就成爲我們不能饒恕的漢奸了。爸，我知道你不會的。”

“當然不會!”好幾個其他的年輕莊稼漢齊聲説，同時都揑起了拳頭，“當然不能告訴。老劉伯伯，我們相信你不會去告訴他們。”

老劉點了點他的那個因剛纔挨了打而仍然在痛的老腦袋。可是他的眼睛變得迷糊和濕潤了。他已經開始意識到世界是無法挽回地改變了。處處在打仗，想要恢復過去那種安静的日子已經是不可能的了。

“我決不説出去，”他對村人們説，“我將也參加你們，一起幹。”

那天夜裏風仍然刮得很大。風是從北方吹來的，不時發出號叫聲，還夾雜一些翻轉的雪花。村人們已經預料到一場大雪即將來臨。他們都没有睡，坐在家裏，吹滅油燈，等待天氣的變化。什麽事情也没有發生。他們聚精會神地傾聽外面的動静。仍然没有什麽聲音。整個村裏安静得像平時一樣。

在快要臨近午夜的時候，所有的莊稼人都静悄悄地從他們的屋子溜出來。他們都穿着草鞋，爲的是不要在雪地里弄出聲音。他們齊集在老劉的屋子面前。這個老莊稼人和他的兒子已經在門口等待。他們都默不作聲地站了一會兒，屏住呼吸，静聽空中有没有什麽聲響。静極了，甚至饑餓的貓頭鷹拍翅的聲音他們也没有聽見。

當時間已經是午夜的時候，他們就向胡雅的房子走去。房子門口除了“哨兵”阿奎以外，什麽人也没有。他正坐在門洞裏，背靠牆，手裏抱着那杆他不會使用的老銃。這個可憐的傻子幾乎快要被凍僵，但是還能發出一點像秋天蒼蠅叫的那樣的鼾聲。後發卸下他的那杆老槍——他在城裏被强迫修鐵路時已經偷偷地學會使它。在此同時，另一個莊稼漢把這個孤零的門衛抱了起來，送到半里路以外的一個公共土茅房裏去，讓他在那裏休息。阿奎繼續在那裏昏睡。雖然那裏發散出來的刺鼻臭味擴張到周圍五十碼以内的空間，但他仍能安之若素，不停地發出鼾聲。

不一會兒這個臨時“總部”的大門開了，没有發出一點兒聲音。五月鮮在門口出現，手裏拿着兩支槍。

“送給你們。”五月鮮低聲説，把這兩件武器交給兩個年輕的莊稼人。“日本鬼子還在大睡，没有醒來呢。那挺機槍我拿不動，你們自己去取吧。”

“我們進去吧。”後發用一個極爲微小的聲音説。

他們跟着五月鮮走進屋裏，徑直分頭步入四個睡房，鬼子正在床上熟睡。他們毫不費力地卡住那三個衛兵的脖子，把他們活捉了。這三個俘虜拿出他們全身的力量掙扎，想擺脱控制。但是這些農人慣於在夏天的稻田裏捉鱔魚，對於滑溜的東西早有鍛煉。鬼子越掙扎，越想擺脱，農民的粗手在他們那不太滑溜的肥脖子上就箍得越緊。睡在一間特大房間裏的那位顧問，似乎警惕性很高。莊稼人一走近他的床邊時，他就醒過來了。不過，他没有來得及跳起來拿他的手槍，後發就已經舉起那杆沉重的老銃的槍托，向他那個圓肥的腦袋打來，他立即應聲又倒下去了。三老叔急忙抓緊時間，解下他的腰帶，把這位顧問的雙手反綁起來。會長倒是鑽空子逃掉了。由於他熟悉當地的地形，在黑暗中大家無法追尋到他的蹤跡。

“下一步!”三老叔勝利地説，手裏牽着綁住顧問的那根繩子，“我們現在得作出一個決定，吊死這個道德敗壞的肮髒傢伙。我們的副會長呢?”

“對，對，我們一定得這樣幹。”陸明附和着説，“老劉副會長！你現在是村裏的頭頭，你得下命令吊死他呀!”

可是老劉卻不見了。這位星相學家急迫地想要找到他，因爲他渴望想要看到執行決定吊死鬼子頭目的那個興奮場面，同時也想藉此向當前村裏一個最重要的人物劉副會長證實，他關於這個日本鬼子的命運的預卜是多麽可靠。他們把這個屋子的每個角落都找遍了，想要發現“副會長”，但是没有結果。最後，還是按照慣例，在緊要的關頭，他那個異乎尋常的足智多謀的腦袋又立刻在發生作用，他急中生智，使他連忙動身往老劉自己的住屋裏跑去。

在那裏他終於找到了這個老莊稼人。這個老漢正跪在祖宗的牌位面前，低着頭，口裏喃喃有聲，念出一長串很難聽得清楚的字眼。原來他正在爲被抓住的日本鬼子做禱告。他想象，村裏那些粗魯的年輕人一定正在把他們打成肉泥!

“菩薩，把他們靈魂引導到大海那邊他們的家裏去吧。他們一定也有孩子和家室，他們一定也想看他們最後一眼。菩薩，在您把他們殘暴的、好戰的靈魂投胎到豬狗的肚皮裏去以前，讓他們的靈魂回家去看一次吧……”

陸明站在他身旁，對他這種毫無必要的禱告感到驚訝萬分。最後他變得有點不耐煩起來，説:

“副會長，你在幹什麽傻事，起來呀！他們没有靈魂。我們大家正等你下命令把他們吊死呀。”

老劉仍然是一動也不動，繼續做他的禱告。

陸明變得更不耐煩了。他使勁把這個老頭兒拉起來，説：“你這個糊塗人！你爲這些殘忍猴子禱告什麽呀？難道你還不記得他們把你的老伴活活地嚇死了嗎？”

老劉終於開腔了。

“難道你忘記了，我們並不是鬼子呀！我們是人，我們幹事得真像人一樣呀！”

“啊，少講廢話吧！”陸明説，把他推出屋外，向胡雅的房子所在的那個方嚮走去。在路上，他軟化了他的聲音，補充着説：“我提醒你一下，老劉，你見到村人時千萬不要忘記向他們指出，我的卜卦是絶對可靠的。”

老劉没有回答。他全身冷得發抖，因爲鵝毛大雪正在紛紛圍繞着他飛舞。

冬天狂想曲

按照陰曆計算，到今天——十二月的第十五天，冬天應該結束了。但雪花仍在下飄，不停地，輕輕地，不聲不響地，像羽絨一樣，絲毫也没有春天的信息。村子後面的群山仍然覆着一層厚厚的雪毯。院子裏那株不知活了多少歲月的楓樹，站着一動也不動，它們每根枝椏承受着這玉白色的物體。樹前堤岸下的那條河，又寬又長，讓它的沙灘延伸出去不知多遠；平時裝載着山貨的竹排，在它的水上來來往往，活躍非凡，但現在它們也沉静得像停止了呼吸一樣。河水再也没有反射出太陽光，也没有縴夫唱那鄉間流行的曲調。

茵茵站在那不知經受了多少風雨的石砌的村屋的樓上，面對着紙窗子，向這静寂和這一片茫茫的白色凝望。外面的景物一年總有一次披上這樣的素裝，這在她的心裏也没有引起什麽特殊的反響。大約在三年前，在她開始能欣賞詩詞的時候，許多自然現象也開始在她的想象中活躍起來，如風兒的細語、樹葉的沙沙作響、溪流的潺潺低訴、雷鳴和閃電，等等。這些活動有時使她愉悦，有時使她憂傷、激動或者恐懼。不過這次的這麽一大片雪卻僵凍了她的感覺。她向它凝望了一陣後，就離開了窗子。

但是當她在木炭火盆旁的一張椅子上坐下來以後，她卻起了一點感想。"已經是深冬季節了，"她自言自語地低聲説，"雪下得這麽大！"她這一聲輕柔的感歎，出乎她意料，忽然使她的心靈活躍起來了，因爲接着就有一個想法跟了上來："這一年又結束了……我們可以盼望新年的到來……"想到這裏，她又顫動了一下："又是一個新年！"不知不覺地她右手的食指就在她左手的五個指頭上扳弄起來，計算時光的流逝——一次又一次。她計算完畢以後，又微微地歎了一口氣，對自己低聲説："新年過後我將有十九歲了……"

她不自在地垂下頭，雙眼盯着那個火盆，沉思起來。木炭燒得很旺，紅得像微笑。偶爾之間，木炭發出一個爆裂聲，放出幾個火星。這些火星，像那微笑着的炭火一樣紅，似乎在譏笑着她。不以她的意志爲轉移，她的雙頰也緋紅起來。於是她便對她父親的侍童小劉，不知怎的，感到有些惱怒起來。這個年輕人幾天以前，作爲最後一次，送來了一筐木炭。他把木炭扔在旁邊的小堆房裏。這個小房裂縫很多，雪常常從那裏飄進去，把木炭打濕。這個年輕人從很小的時候起就在她家當父親的書童。現在他長大了，也像個頗有學問的人，可以爲自己創造前途，因此，前天他被辭退，將去自謀出路——因爲他當侍童的期限已滿。也許因爲這他纔故意選些濕了的木炭送給她，而最後開她一次玩笑。他一直很淘氣——對於這一點，茵茵一直印象很深。當然，那些火星燒不傷她，雖然它們會刺痛她柔嫩的臉和皮膚。

在她走向那格子紙窗邊去看那雪景以前，她正在一塊綢子上繡花和鳥。現在她又拿起它來繡，爲的是想藉此轉移她的注意力而不去想那些使她煩惱的事。這幅刺繡將是送給一位遠房表姐結婚的禮物。婚禮就要在新年舉行——當她一想起又有一位她的同代人就要結婚，不知怎的，她心裏就不自在起來！刺繡上的圖案很簡單：一對喜鵲雙雙栖在一棵李樹的枝上，你啄着我，我叼着你，親熱得像蜜一樣甜。它們上面繡着五個漢代隸體字："恩愛到白頭"。這個畫面是由她的母親設計的，因爲她是一個相當不錯的畫家。至於那五個隸體字則是出自侍童的手筆。這個小青年已經練好了一手稀有的漂亮字，甚至作爲大學者的她的父親也挑剔不出什麼毛病。他的毛筆字很瀟灑、豪放，頗帶有一點詩意，甚至還染上了一點浪漫主義的色彩。當她在聚精會神地凝望這幾個字的時候，她禁不住對它們感到非常欣賞。當她念到"恩愛到……"的時候，她的心竟然突突地跳起來。

"對了，"她低低地叫了一聲，好像她忽然發現了一個真理，"弄得我心神不自在的，原來就是這幾個字兒！"

一點也没有錯。是這幾個字剛纔使她無法繼續刺繡下去，以致她只得走到窗前，漫無目的地觀望外面那單調的、把她引向發呆境地的雪景。

她拿起針來重新開始刺繡。她在這塊綢布的設計中又發現了另外一個有趣之點：如果這幾個字是這幅畫面的説明，她想，那麼這一對被當做是在熱戀中的喜鵲，頭頂上的羽毛就應該是白色的了。當然，她對於鳥類的知識只限於她在屋後的果園裏所常看到的那幾種雀子，而她到目前爲止確還没有看見過頭上長着白羽毛的喜鵲。她的母親人生的閱歷豐富，見多識廣，也許她曾經看到過這樣一種喜鵲。“但是，不!”她忽然有了另外一個想法，“也許這又是那個小夥子弄的惡作劇。也許是他故意創造出這幾個字，專門來測驗我的想象力。這個年輕人，太大膽了!”

的確，最近一段時期他變得非常頑皮——也許他覺得他這樣做没有關係，因爲他很快就要離開了。比如説吧，他每次送來木炭時，他嘴角上總要挂着一個微笑。雖然從某方面看這微笑顯得很友好、溫柔和文雅，但説不定它也有别的用意。不過她並不因爲這個小夥子的輕率而感到受了冒犯。事實上，她越研究這個小夥子的動機，她就越感到有趣，她甚至還對這個頑皮的小青年感到有些喜愛起來。他的這筆字的確與畫面的設計很調和。照這個小夥子在他的題詞中所作的解釋，這對喜鵲的愛情是那麼深沉，甚至時間和生理的變化都不能在它們身上發生作用，就連它們的頭髮變白了都影響不了！這想象之美真是超乎一般。這不僅給她母親所精心設計的畫面賦予了生命，也與這幅刺繡相映生輝。

外面似乎有幾隻雀子也在對她的思考表示同情，因爲她聽到了窗外傳來悦耳的啁啾聲，好像是在與她的思路相互呼應。她急忙站起身來，又走到窗前，輕輕地把窗門拉開。雪花已經停止了紛飛，甚至還有微弱的太陽光在偷偷地露面。兩隻鴉鵲也正在一個草堆上跳躍和歌唱。

她立刻又轉到樓上後房的一個小屋裏去，從一個米罎裏抓出一把米。“你們不須爲搶點東西吃而打架，”她對鳥兒説，“如果你們不聽話，我以後就不再喂你們了。”於是她把米撒到草堆上，凝視着鳥兒啄食。它們一邊吱吱地歡叫，一邊叼吃。不一會兒工夫，它們把米全吃光了，接着就向一棵楓樹的枝上飛去。它們在那兒靜靜地栖下來，把頭緊緊地偎在一起。它們的這副樣兒，完全像她正在刺繡的那幅畫面。不同的一點是：這兩隻小動物正在用它們那兩對神經質的、明亮的小眼睛望着她。“它們是在感謝我，還是在向我誇耀它們是怎樣相親相愛?”她這樣問她自己。但她轉念一想：“也許它們在偷偷地譏笑我，笑我獨自一人立在窗前，像個傻子。”她本能回憶起了她剛纔在手指上所計算的結果：過了新年我就十九歲了。“你們這對忘恩負義的小鳥兒!”她半生氣半開玩笑地對樹枝上的鳥兒説。

她挪動着猶疑的步子，走下樓梯，向她的父母報告，説雪已經停了，太陽也出來了。不過關於那對“忘恩負義”的鴉鵲她卻隻字不提。

那天夜裏她做了一系列的夢，她的夢從這一場跳到那一場，像現在新聞電影院裏放映的電影，一下是新聞，一下是唐老鴨，一下是世界各地，一下是偵探故事。所不同的是，她的夢境比較雜亂無章，毫無條理。

她最先夢見她兒時和哥哥一道在果園一角的草堂裏背誦經書的情景。家庭教師原是她父親的一個老朋友，他們兩人都同時考上了秀才。這位老師完全可以像她的父親一樣，當上一名七品縣官。但是他感興趣的是老莊哲學，而不是儒教。他寧可當一名隱士，也不願作爲一名小官兒而得在道台面前折腰。他不拘形跡，天生一副喜愛澹泊生活的性格。要是他的弟子年齡能够更大一點，精通經史，他也許可能成爲一代宗師。但不幸的是，這兩個弟子都還是在少年時期，根據孔子的教義應該嚴加管束，但這位老師卻有些放任他們，以至那位哥哥有一次仿着他的模樣，一面欣賞唐詩，一面品起味醇，但極爲强烈的橘子酒來。

有一天下午，老師在與她的父親吃了一餐豐盛的午飯和作了一陣有關當前文學現況的暢談以後，便躺在靠椅上，由旁邊一壺温熱的黄酒陪着，打起盹來。她乘此機會偷偷地抽開書桌的抽斗，没有弄出一點聲響，開始聚精會神地讀起《紅樓夢》來。這是家裏嚴禁閲讀的一部書，因爲它所描寫的内容是有關愛情——而且還是頗爲感傷的愛情。她的父親曾警告過，男女青少年不應閲讀此書，因爲它會把他們的感情和心靈導向歧途，對於青春發育期的青少年尤其危險，只有結了婚的人可以閲讀它，因爲這時他們纔懂得什麼叫做愛情——在這種情況下，這部書還可能增進他們夫妻生活的幸福。她的父親曾把這部書藏在書架上的一個秘密角落裏，而這個書架上裝的卻差不多都是清一色的孔聖經書！然而，渴求知識是人的本性。父親對“不良書籍”的説教，她聽得越多，她就越想找來看看。一天晚上當她的父親去參加一個官府的商談時，她終於找到了這部禁書。她把這部書抽出來，挪到她書桌子的抽屜裏。她很快就對這部書感到喜愛——喜愛到這種程度，她甚至把自己也當成是那位女主人公林黛玉！

也許老師把她父親的私人廚子特做的佳餚吃得多了一點，也許他把黄酒喝得略微過量，也許他和父親的聊天太放任了一點——附帶提一筆，這兩人都是健談家，這位老學者居然睡過去了，而且還似乎睡得很香，因爲有一個奇怪的聲音已經從他的嘴裏和鼻裏衝了出來。頭一陣聲音聽起來像春雷，使茵茵嚇了一跳。她在慌亂中忽然抬起她壓在抽斗上的雙肘——她就是這樣低着頭細心地讀那部書。這一突然的動作當然就産生出了一個嘎嗒的聲響。這聲響又把她嚇了一跳。於是她就急促把抽斗推進去——這又産生另一聲嘎嗒。不用説，這幾聲驟響把老師驚醒了。

“什麼事？”老學者問。

茵茵抬起頭來做不出回答。她的雙頰變得緋紅，像五月間開的一朵玫瑰。正在這時候，那個小青年卻不意地從果園衝進來了，樣子看上去很驚恐，他徑直走向老師，筆直地站在他面前。這位老學者也就只好留在原座位上不動。他深深地鞠了一躬，説：“老伯，剛纔的那個響聲是我弄出來的，因爲我在園裏打算扳正那條凳子歪斜的腿。老伯也許記得，葡萄架下的那條凳子早已經立不穩了。請老伯原諒我這一回吧！”

這位信奉老莊哲學的老居士，用一塊黄手帕揉了揉他那睡意未消的雙眼，説：“下次不要在這附近幹那樣的事了，特別是在吃了午飯以後。懂得嗎？”

“是，老伯，我懂得了。”侍童小劉説。於是他又鞠了一躬，小心翼翼地走了出去。當他正在走出的時候，他偷偷斜睨了茵茵一眼。這位可憐的小姐臉上仍然在泛着緋紅。幸幸這位小青年没有暗笑，她也就低下頭，裝作什麼事情也没有發生過的樣子。

無疑，她的秘密被這個小夥子發現了。他是兩年以前被派到這裏來伺候這位老學者和打掃書房的衛生的。他從那時起就不再爲她的父親倒茶裝煙了。哪知他一擺脱了這位老儒士的監督，就像她的哥哥和她自己一樣，變得喜歡撒野起來。早晨他在收拾這書房的時候，他總要偷看一下她的抽屜。但最耐人尋味的是，他現刻居然衝進來代她向老師道歉，而且來得很及時，恰到好處。他一定在外面傾聽，透過窗子向裏面偷看。對，最近一段時間他變得有點詭秘起來。他實際上在窗外偷聽了老師全部關於詩詞和經書的講課。他甚至還學着做起詩來。有一次她在果園的百合花畦間的一條小徑上撿到一首寫在紙條上的詩——每當夕陽西下時她總喜歡在這條小徑上散散步。這首詩在風格上似乎還欠成熟，但卻朗朗上口，還略微有點脈脈含情的味道。“啊，我懂得了！”她這時靈機一動，若有所悟，“一定是他故意將這紙條扔在路上，好讓我能够看到！”

接着另外一件小事打斷了她夢境的連續。但這仍然與這個頑皮的青年有關。當她在晚間穿過前堂回到她臥室去的時候，她看見他在一盞油燈下伏案練習書法。看來他真的是非常勤奮。難怪他的字寫得比哥哥和自己的好，母親也因此常常叫他在她設計的刺繡圖案上題字。“他倒是抱負不凡哩！”她想，“我真希望他能……”啊，不！她不應該在他身上費那麼多心思……

接着一些其他不太清晰的夢境出現了，一個接一個，但轉瞬即逝，她也記不清楚。最後一場夢是從家庭的圈子轉到户外的環境。那是過中秋節的時候。這一天，按一般慣例，她總要到山上去採野菊花。她並不特别喜愛這種花兒，因爲她覺得這種花兒的顔色只是單一地金黄，未免單調了一點。不過她欣賞這種傳統做法，即在秋天的正中期，天高氣爽，把野菊採來，留待來年泡茶——據説喝了可以明目，特别對於年輕的姑娘有好處。

當她彎着腰在一個山坡上野菊叢中採花的時候，她忽然聽見有腳步聲輕輕地從上面走下來。她抬頭一看，這又是那個淘氣的小青年！他怎麼知道她到這兒來了呢？他一定是隨時隨地在探尋她的動静。她的雙眉緊鎖，繃着臉，裝出一副生氣的樣子。但是小青年的那副面容！他滿面笑容，傻氣到逗人喜歡的程度，傻氣得像他在六年前當她的玩伴時那樣，她禁不住喜歡他這副傻氣起來，因爲這引起她回憶起她的童年時代。他手裏捏着一大把菊花——這一定是爲她而採的，而且採得那樣多，他一定還很花了一點工夫。因此她那緊鎖的雙眉鬆開了。他站在原地不動，畢恭畢敬地低着頭，囁嚅着説："您的僕人奉獻您這點小禮物，以表示他對您的美貌的欽敬。最尊貴的小姐，請接受它吧。它是來自一顆虔敬的心。"

你好大膽！——她心裏想。她幾乎要叫出聲來："滚開！"但是，望着他那副低頭的樣子，瞧着浮在他那年輕臉上的嚴肅神情，她不禁又感到很好笑。因此她改變了口氣，用一種貌似生氣的聲調説："直起腰來，你這個冒失鬼！"他很聽話，就把腰直起來了：高高秀氣的身材，就這樣立在她的眼前。

不知怎的，她説不出話來了。他們倆的視綫相遇，静中有笑，但很快她就感到無法形容的尷尬。她既無法逃走，也不能低下頭。因爲他們是面對面地站着，那麼貼近。她驚慌萬狀，只好説："離開吧，我請求你！你爲什麼要這樣來給我製造麻煩呢？"

"我崇拜您，小姐。"這個冒失鬼説，倒很像古典浪漫小説中的一位男主角。

"你爲什麼要崇拜我？我並不是神仙呀！"她生氣地説。

"爲了您的這雙眼睛，"小青年説，又發出一個微笑，"您的眼睛是那麼明亮，像這個月十四號那天晚上的月亮……"

居然用這樣的語言來形容！她感到她的雙頰在發燒，但是她的心卻很輕快，輕得像是要高飛！她羞澀地彎下腰，撿起那獻在她脚下的一把菊花……

要不是因爲那不知深淺的公雞開始啼鳴，打斷了她的夢境，她的夢還會不停地做下去。她睜開眼睛，發現夜仍然是漆黑和空洞。這種慣常的漆黑和空洞，不知怎的，在這天夜裏使她特别感到苦惱。她翻了一個身，希望再進入夢境。但是她聽到了從隔壁房裏傳來的父母的聲音。隔壁房是由一面紙糊的格子牆分開的。因此聲音聽得很清楚。

母親説："你聽見了嗎，茵茵在喊那個侍童的名字？"

父親回答説："對，我想她一定是在做一個噩夢。"

"不只如此，"她的母親説，"考慮到她的年齡……我想新年後我們得去探探趙家的口氣。她現在已經長大成人。"

趙家！她懂得母親説這話的意思。她感到不安起來，一半是因爲她害怕她在夢中可能講出不恰當的話語，一半是由於"趙家"這個名詞。她再也睡不着了。她望着紙窗發白，旋即透光，最後天亮了。

"趙家"就是她未來的婆家，因爲她就是許配到這一家的。那是十八年前的事，她生下没有幾天，她的終身就定下來了。趙家是個望族，世代書香。趙老先生很早就通過了朝廷的最高考試，以闡釋儒家學説觀點最正統而著稱於世。她的父親多年來一直與這位大儒保持着通訊聯繫，相互交换關於孔聖教義及國家大事的意見。他們覺得他們在文學的欣賞趣味方面有共同點，在對當前政治方面的看法也接近。爲了鞏固他們之間的友誼，最合乎常規的做法當然是兩家相互建立起姻親的關係。茵茵就這樣被許配給了比她大一歲的趙家公子。這是一種理想的結合。哪裏也找不到這樣在社會地位和文化水平上如此門當户對的安排。

茵茵從來没有見到過她的未來夫婿——連聽都没有聽説過。她的父親和母親一直避免談有關他的事。任何牽涉到這位未來女婿的話題，他們總是儘量撇開。在父親方面，他覺得女兒現在正在接受婦道的教育，如在實際生活方面學習刺繡和烹調，在品德方面學習對未來的公婆盡孝和對鄰居及陌生人善良，暫時不談有關那個年輕人的事情是明智的。此外，過早談起她未來的丈夫，攪亂她處女的心，那是路綫上的錯誤。不過他的這種沉默現在卻在她身上産生了相反的效果，特别在這天淩晨她聽了父母的對話以後。

"新年後我們得去探探趙家的口氣"這句話的意思，茵茵現在完全理解：她的父母將要去探詢趙老先生是否準備在最近的將來讓他的兒子與他們的女兒完婚——因爲她現在已經是成年人了。趙老先生也許説："好!"那麼茵茵就要成爲一個素不相識的人的妻子了，那麼她就得……啊，她再也没有勇氣想下去了。她真不敢想象，她怎樣和一個絲毫也不瞭解的人生活下去，而且要生活終身……

假如他是個駝背，走起路來得哈着腰，像個老頭兒；假如他是個半神經病，假如他全身是毛，像隻猿猴；假如他滿臉麻子，假如他是個歪嘴，説起話來就要抽搐；假如他是個斜眼，望着人的時候就像一個竊賊；假如他的脾氣暴躁，不時要在她身上敲敲打打；假如他的聲音粗暴，一開口就像破鑼在響；假如他的語言鄙陋，假如……啊，即使她一天花二十四小時來設想這些"假如"，她也設想不完。這些"假如"中，無論哪一項，只要成爲事實，那麼她的一生就只能在痛苦中度過。比如説吧，假如他滿臉麻子，她怎麼去親他？假如他全身是毛，她怎麼去摸撫他？她怎麼能含情脈脈地望着他的眼睛，假如他是個斜眼？……

她幾乎要哭出來。她那雙杏眼裏已經彌漫着一層濕熱的潮霧。她獨坐在房間裏，從來没有這樣痛苦過。而且這種痛苦她還没有辦法消除，因爲誰也理解不了。她只好拿起她那幅未完成的刺繡，像是想要用它來遮住自己的臉，免得她得正視這個世界。不過她一拿起這幅刺繡時，她的視綫就落到畫面上的一行書法優美的題詞上。這時她的兩行熱淚就墜到了"白頭"這兩個字上。她幾乎要大哭一場。當她偷看《紅樓夢》時被發現後，那個小夥子曾來爲她解圍。可是現在，這個世界上没有任何一個人能解除她的苦惱!

如果她讓這苦惱主宰着她，她幾乎可以從窗口跳下去，以結束在這個惱人的世界上的生存，幸好她所涉獵過的那些古典哲學著作能够給她提供一些人生智慧，使她懂得世界上的一切事物總在向一個特定的目標發展；换一句話説，一切都是爲了一個特定的目的而安排和確定的。所有的花兒並不全都在春天開放。有的花兒只有在冬天纔顯出它們的美麗。不錯，假如一個人命定要富有，不管他怎麼愚蠢，他都會成爲一個富翁——而有的富翁也確實是愚蠢的。假如一個侍童被那萬能冥冥中的神注定要成爲一個偉大的學者，不管他出身怎麽寒微，他都會成爲一個偉大的學者。“啊，我怎麽能讓我的想象這樣漫無邊際地跑得那麽遠!”她開始提醒自己。她的雙頰發燒，把她流在那上面的淚水烘乾了。不過她感到心裏略微輕鬆了一點。“我懂得了，掌握我們生活的是命運。”她低聲地對自己説，好像發現了一個真理。

現在她想知道，她的命運是什麽，因爲她所讀過的一些書，包括《紅樓夢》，都没有能對她展示出那確定我們命運萬能的神的秘密。她得去詢問一位行家。對，她得去。她記起了她的母親曾經談到過的一位名叫“半仙”的星相家，談到過他怎樣成爲一個半仙，他怎樣研究出觀察星辰日月的本領，而這個本領使他能够窺測那神秘世界中的一切，使他能洞察人的内心的種種活動，正如一個建築師一眼就能看出一張藍圖裏的一切細節一樣。困難的是，她能找出一個什麽理由去拜訪這位半仙，因爲此人住在離家五里路之遥的一個鎮上。一位小姐是不應走到比村子界綫更遠的地方去的。對於五里路的旅程她是無法作出解釋的。

她低下頭，眉也皺起來了，嘴也努着，陷入深思中去。“怎的，這是最簡單不過的事呀!”她終於對自己説，一半兒覺得有趣，一半有點生氣——氣自己爲什麽剛纔没有想到這個主意。“我已經不是個孩子了呀。像許多其他女子一樣，新年那天我得到鎮上的廟裏去敬敬菩薩呀。”但是，不!她轉念一想，覺得她是利用菩薩來達到一個自私的目的。一個正派的女子心裏怎麽能有這樣的一個念頭!

不過在我們生活之中，我們偶爾也得叫菩薩勉爲其難，爲凡人做點事。人類究竟還是一種自私的動物。考慮到有些困難横在我們面前，阻擋我們走向幸福，懂事的神仙也應該原諒我們這些凡人玩的一點小花樣呀。因此有天早晨茵茵就毅然地去看她的母親，把她熱切地希望到鎮上廟裏去敬菩薩的意圖講了出來。

“對，我的孩子，我很高興你想到了這件事，”母親温和地説，“願菩薩祝福你。你現在是正要他們祝福的時候了。”母親特别在最後這一句話上加重了語氣。

的確，我現在需要他們的祝福——她在心裏想，不過此刻我更需要那位“半仙”來告訴我的命運的秘密。

在新年過後的第五天，她吃完早飯後就動身到鎮上去。她拒絕讓她父親的老車夫老王推車送她，因爲在鄉間走走比坐車要好得多——她是這樣對瞭解她的愛好的母親説的。正月間在外邊走走總是很愉快的。雪已經化了，太陽照得很温暖，而且一天比一天晴朗。春風吹在身上很柔和，會使人感到振奮。可憐的茵茵，過去一年一直呆在樓上的小房裏，把時間整個兒花在刺繡上。雖然這種工作對完成一個女子的教養是不可缺少的，但它究竟很沉悶，使她感到無限寂寞。當她在念書的時候，她還能享受她哥哥的陪伴，但在她繡花時就没有辦法了。她的確需要吸點新鮮空氣，活動活動。因此她的母親也就同意讓她自己作出決定。

事實上她所要求的是自由行動。如果讓老王推車送她，那可就麻煩了，特别是因爲她這次出行的目的並不是爲了敬神。一切總算進行得很順利。也許這就是一個好兆頭。懷着鬆快的心情她出發了。不到兩個鐘頭她就到達了目的地。

她一走進那位“半仙”的聖堂，就發現他正在一爐香前研讀《易經》。他戴着一副很厚的水晶眼鏡，看上去和她父親的年紀相仿，但是他的頭髮卻要白得多，腰也有些彎。聖堂相當暗，裏面迷漫着西藏香煙，因而呈現出一種神秘氣氛，這與這位哲人的神態很相稱。茵茵所得到的印象是，這兒纔是人們可以揭開覆在他們生命上的秘密帷幕的地方。她已經下了決心，要把她的全部秘密告訴給這位被認爲是半個神仙的老人。

“請您告訴我，小姐，您有什麽事要問我。”老“半仙”摘下他的眼鏡，用一個深沉而響亮的聲音問。

茵茵有半晌没有作聲，眼睛盯着這位老先生，她的那張小嘴也感到有點羞怯，很難啓開。但看到他是那麽認真，而且眼神又充滿了對她的同情，耐心地等待她的回答。她也只好鼓起勇氣，説：“老伯，我希望知道我的生命今後的進程。我是屬虎的那年生的——那天桃花正要開放，雞在黎明前正好叫到第三聲。我的母親告訴我，我的頭先出生，面嚮北。當我一接觸到這個人世間的空氣的時候，我連連哭了三聲。”

這位老哲學家連連對自己點頭，接着便伸出他的右手，掌心朝上，擱在桌上，不停用手指計算。過了一會兒，他説：“這月第七天太陽出來的時候，你就十九歲了。我想順便問一句，你挽髻①没有？”

茵茵臉上立刻泛起一片緋紅，羞怯地低下了眼睛。如果不是這位老先生盯着她那泛紅雙頰的眼睛是那麽慈愛和充滿了理解，她真没有勇氣回答。她用微弱、羞怯的聲音説：“還没有，老伯。”

“好，”這位哲人用極爲同情的語調説，“那麽我就得向你講真話了……”

“這樣纔好！”茵茵打斷老人的話，迫切地説，“請一切直説，不要有任何保留，老伯。”

“好！”她的這種迫切心情和求知的渴望打動了老頭的心。“照你雙頰上的紅雲看來，小姐，我相信你很快就會坐花轎，因爲紅雲是成親的信號。”

“那麽……”她一開口就馬上又停住了。她無法完成這個句子，因爲下半句是：“我的對象將是怎樣一個人呢？”——這句話她怎麽也鼓不起勇氣讓它從她那害羞的小嘴裏吐出來。不過這位老先生很理解她的意思。他説：

“嗯，聽着吧，小姐。你是在桃花要開的那天出生的。這是一個浪漫的日子，因爲桃花是一種浪漫的花兒。它比别的花先開。它當然很鮮豔，但總未免有點太浮華。你將會有一位貌美、富於同情心和具有文學氣質和才華的男子作爲你的丈夫。你和他在一起的幸福也有點類似那忽然開放的花兒，因爲你正好是在黎明前出生，那時東方出現了朝霞——但這朝霞只象徵短暫的快樂，因爲太陽一出來它也就消逝了。”這位老先生停了一會兒，好使他那同樣老的舌頭得以休息一下。

茵茵聽到“短暫的快樂”這幾個字時全身顫動了一下。但在此同時她

---

① 即把少女時期的辮子挽成髻。表示進入成年，準備出嫁。

也不禁感到偷偷的高興。假如這個男子是既貌美而又有才氣，那麼她過去作出的那麼多的“假如”也就不能成立了——她在內心裏禁不住祈禱：但願如此。

“不過,”這位老學者又接着説，“這個男子不一定出身於高貴門第，因爲桃花畢竟還不能算是一種貴族花。”(茵茵在這兒驚了一下：難道這意味着那個男子就是她父親的侍童嗎？——她對自己私自發問。)“但是没有關係,”老先生用眼睛望了茵茵一下，“我相信，你本人是出自名門。小姐，你出世的時候面嚮北方——那是帝王寶座所在的方位呀。不過，如果你不介意的話，你的生活將會轉向對涅槃的追求，因爲你一接觸人世的空氣以後，就連哭了三聲。這意味着你的心並非熱衷於這個人間世界。我所能告訴你的就只有這些。”

“謝謝您，老伯,”茵茵滿懷敬意地説，同時站起身來，“您給我的啓發很大。我將永遠記住您，我將逢人便説，您是一位最有學問的人。”她走向那牆邊雕有蘭花和飛蝶的茶几，在那上面的盤子中放下一塊銀子——這是她從新年的零花錢中節省下來的。她放得那麼輕，“半仙”似乎還没有察覺到。她用同樣輕的步子走出了聖堂。

要不是她害怕回家晚了，她也許去瞧菩薩一眼，聊以塞責，並平復她良心上的不安。但是太陽已經快要走近中天，所以她只好立即回家。中午的田野與大清早不同。空氣在陽光中顯得乾燥，微風也吹得極不温暖。小麥和大麥都已經長到三四寸高了。春風一拂過，它們就都彎下腰來，動作一致，既柔軟又鮮嫩，把整個田野化成爲一片遼闊的海洋。遠處，在河溪岸邊，垂柳已經冒出嫩綠新芽，在風中飄蕩，看上去就像一層層的雲煙。四周飄來陣陣清新味，幾乎要使她陶醉。“多可惜，現在只有我一人單獨欣賞這樣美好的春光,”她低聲對自己説，“而我現刻卻又無法欣賞它。”的確，她那顆被“半仙”攪亂了的心，現在還無法平静下來。

當她正在吸飲這自然美的時候，她察覺遠方有個人向她走近來。從身材的高度和走道的樣兒看，這個人對她倒是好生面熟。她用手掌遮開眼上的陽光，在路中央站着凝視了一會兒。呀，這又是那個頑皮的侍童小劉！他似乎也發覺了她，因爲他更加快了步子向她走來，在路上攪起一股塵土。她的心立即突突地跳起來，好像心裏有一隻小鹿正在東奔西闖。他已經在前些時就離開了她的家，她時常想念他，想得還有點如隔三秋的味道。現在她覺得他倒很有點兒像個陌生人，雖然她還在夢中見過他。

很快這個年輕人就站到她面前來了。時間現在顯出了它的魔力：這位曾經是非常頑皮的侍童，現在竟是完全判若兩人。他似乎長得更高了，更秀氣了，頭上還閃着一層烏黑的頭髮。他的眼睛也變得更大了，更亮了，也顯得更聰明了。他那略帶神經質的、薄薄的小鼻孔，在他那個細長的高鼻樑下面(這個器官在其他男子的臉上並不是太吸引人的東西)，賦予了他的面貌一種獨具詩意的特色。他穿着一身青紫色的緞子長袍，看上去倒很像一位高貴的王子——但比王子有更高的才智。

"多幸運，我在這裏遇見您！"這個青年的雙肩神經質地掣動了一下，表示出他的狂喜和興奮。"我剛纔去問候一位朋友新年好纔回來。"

茵茵默默地望着地面。"這真是命中注定，現在又在這裏遇見他。"她心裏思量着，記起"半仙"告訴過她的話。"如果'半仙'説的可靠，那麼他就是那個人了。"於是她羞答答地抬起頭來，正視着他，用一個顫抖的聲音説："我很高興看到你，小劉。這真像一場夢，對嗎？"

"的確是這樣，特别是像在這樣一個美好的天氣裏。"年輕人説，微笑着。這次他的微笑卻不像他當侍童時顯得那樣傻氣。在茵茵現在看來，這次他的微笑帶有一種聰明的樣兒，現出一排整齊發亮的牙齒而不露牙床。小小的面部表情多麼能够生動地展示出一個人的性格和魅力啊！——茵茵偷偷地在心裏這樣想。她從來没有看見過這麼一個迷人的男子。的確，這是她第一次發現男人也可能變得非常吸引人。

年輕人用他流利的口齒繼續説下去，詞彙就像溪水似的淙淙地流出來："這真是少有的事，一開年天氣就這樣好。太陽笑得那麼温暖，好像現在已經是陽春三月。我感到全身充滿了生命力。而且那像牛奶一樣的白雲！我在中秋時節都不曾看見過，那麼乾净，浮得那麼高！風兒也吹得那麼叫人心曠神怡——叫人欲醉和迷離。多可惜，這兒没有黄菊花

(這時茵茵不知不覺地顫動了一下，因爲她前些時夢見這種花兒的事)，没有黄酒，没有東籬(無疑，這位過去的侍童在藉用陶淵明詩的意境來表現自己)，而且也没有五月牡丹來打扮一位公主!”這時他忽然降低聲音，幾乎像是私語：“這兒倒是有幾叢美麗的報春花。”於是他彎下腰，從一片報春花叢中折下幾根發出了新葉的嫩枝。“我可以爲您編一個花冠，您喜歡嗎?”

茵茵無法回答，低低地垂下了頭。但是她的嘴唇上卻浮出一個動人的微笑。可是這個大膽的年輕人這時卻把頭垂得更低，仰着望她的雙眼——這雙眼睛也在微笑。“您喜歡嗎?”他重複着問。在她還來不及下決心回答他以前，他已經在她那緋紅的臉上印下一個吻。

“你幹了什麽，你這個不知深淺的鬼東西!”她抬起頭，裝出一個生氣的聲音説，“要是有人看到了我們，怎麽辦?”

“我就説，我在挨一位公主的駡!”這個大膽的年輕人回嘴説。

她故意綳起的臉蛋現在鬆開了，擴張成爲一個微笑。她喜歡這個侍童，從心眼裏喜歡他。的確，她喜歡他賣弄他對詩詞的知識，但是不可否認，他的想象豐富，雖然他顯得未免有些幼稚。但是他可愛。“下不爲例。”她對侍童説，她的聲音已經柔和得多了。

“我將嚴格遵守。”年輕人説，畢恭畢敬地鞠了一躬。於是他們繼續往前走。他們談着花，談着白雲，談着鳥兒，談着這時正是味道鮮美的北方鴨梨，談着西湖龍井緑茶，並且也聯想起這位侍童經常爲那位服膺老子哲學的老師沏茶的事——“啊，”這時這位年輕人發出一聲輕微的感歎，“據我瞭解，我們的這位老朋友兩年前就放下了教鞭，回到山裏隱居去了。不久他就得了風濕病，成天和關節痛糾纏。他再也無心欣賞龍井茶和黄酒了，當然更不能午飯後坐在書桌旁打盹。時間總是在我們的生命中造成不尋常的變化!”

茵茵忽然停下了步子，没有作任何回答，因爲她忽然聽到一隻孤獨的畫眉在唱一支淒涼的調子，好像它也對衰老和這位侍童對時間快速流逝的哀歎表示同情。她也歎了一口氣，静静地説：“我們快要走近家門了。恐怕我得在這裏向你告别了。不然的話……"忽然她的雙頰泛起一片紅霞，她説不下去了。

"我能否有幸再和您相會？"年輕人問，有點兒難捨。

"唔。"她若有所思地低下了頭。過一會兒她説："也許在清明時節。那時我得出來到山上爲祖先掃墓。"

她的家已經在望，她加快步伐向屋子走去，把這位侍童扔在後面。走着走着，她感到一陣輕鬆，慶倖這位侍童没有問她爲什麽要走出閨房，而且到鎮上去連車子也不坐。如果他問，她就很難找出適當的理由回答了。

至於這位過去的侍童，他對他的老朋友、她父親的那位車夫老王從心眼裏覺得萬分感謝。老王在不經意中曾向他泄露過這樣一個事實：本來他被吩咐送小姐到鎮上的廟裏去進香，但忽然這個吩咐又撤消了，没有人告訴他什麽理由。小劉就利用這個機會僞稱他去看了一位朋友，正巧當她回返的時候在這美麗的田野上遇見了她。

就是在茵茵到鎮上去的那天，她一離開村子，她的父母就在一起商量起來。母親非常嚴肅地説："你看！她現在已經開始考慮她的未來生活了，因爲她這次到鎮上去是希望得到菩薩的保佑。我那天對你講的話完全正確。她並非像你想象的那樣是在做噩夢。她現在已經成人了。她是在夢見一個年輕人，而她所想的就是你的那個侍童。這是個很危險的小夥子，因爲他是那麽聰明伶俐。更糟糕的是，他寫一手好字。他還作詩呐！我們決不能讓女兒的情感走向歧途。你怎麽想？"

父親没有作聲。他那細長的指頭——那乳白色的指甲修得那麽講究，很像蘭花的花瓣——神經質地在桌上敲擊，他那沉思的眼睛望着沉到一隻古老茶杯底上的緑色茶葉。他感到很難辦。也許夫人的話是對的。對於這種年齡的女子的心理的理解，她當然更内行。但是作爲一個男人和父親，作爲一家之主和地方上一位德高望重的學者，他不便於警告他的女兒不要夢見那個侍童，也不能禁止那個年輕人夜裏進入她的夢鄉，更不好告訴茵茵的未來公公趙老先生，説可憐的茵茵有另外一個男子在騷擾她的潛意識。

“我想，像我已經説過的那樣，你得去探探趙家有怎樣的想法。他們的公子也長大成人了。”母親仍用同樣嚴肅的語調敦促着。

這位老學者的眉頭皺起來了，他那蘭花瓣似的手指在桌面上敲得更響。過了一會兒他忽然拿起筆來，説：“我給他寫封信。”

這封信花費了他好一陣時間——第一，因爲信很長，開頭敘述關於天氣的變化，由此所引起的他的心境的變化，而心境的變化又促使他想與他作紙上的敘談(因而纔寫這封信)，接着他又抄下“小兒小女”新作的幾首詩——這幾首詩表達了他們天真幼稚的激情，因而引起他的興趣，但詩雖然不成熟，倒也能顯示出他們新近的一些進步；第二，他們所選用的詞彙也還很典雅，接近後漢時期的風格——這當然也説明他們還知道怎樣下工夫。但這封長信的實質内容卻是這樣一段話：

> 小女茵茵已修畢四書五經，初步熟諳孔聖教義之精髓。刺繡品大有進益，於色彩調配更爲精湛。愚念伊當前急務爲婦道之培養，俾來日伺奉翁姑，能稱心如意。惟此事涉及翁家，愚自量不才，無以爲濟。

他把這封信交給夫人審閲，作字句上的斟酌。她惟一的意見是，信中對茵茵的渲染不够，關於她的美貌甚至一個字也没有提。但是父親辯解説，這類細節有傷大雅，顯得庸俗，可能對於這封信的意圖會引起誤解。他認爲恰當的作法是含蓄，而不是直言。

“那麼，”母親對於父親的理論一半表示同意，一半懷疑，“信中這一段的最後一句又未免太直率了。”

“那麼你覺得怎麼寫好呢？”父親問。

“我的意思是：‘惟此事愚無能爲力，恭候指教。’”

他們倆對這個修正最後取得了一致意見。他們把信裝在一個大紅封套内。老僕人老王平時也兼作傳信工作，所以這次就由他執行這項任務。

“是，老爺，在！”老王把腳比齊，深深地鞠了一躬，同時用手拂着他下巴上垂着的那把長鬍鬚。

望着這位老僕人站在主人面前的這副既嚴肅又滑稽的神態，母親對女兒的關注就暫時轉移了。她説："老王，我向你提醒過不止一次：在家庭裏就不能像在軍中那樣，見面就行禮。這種老習氣必須改正，聽見嗎?"

"聽見了，夫人。"老僕人畢恭畢敬地回答説，又不知不覺地把腳比齊，向女主人鞠了一躬。

"你真是不可救藥!"母親説，不禁笑了起來。她這一笑，也把父親逗得笑起來了。

但這位老聽差卻感到狼狽不堪，非常不好意思。他只有難爲情地逃出屋子，手裏捏着那封信。他也覺得這種當兵的老習慣不像話。他在十五歲就在主人去世了的兄長名下當一個小勤務兵。這位兄長是個武人，曾經爬到類似中將這個位置。他也篤信儒教，爲人極爲拘謹。這個可憐的小勤務，每次聽他的使喚時，就得嚴格按照他的要求，行一個"合乎規格的、莊嚴的"軍禮。而且在那朝廷多事的年月，每天值勤的任務又是那麼多，待到那位武將在疆場上犧牲而他不得不在十九歲的年齡退役時，他所行的軍禮，總共計算起來不下五十萬次之多。結果他這個行軍禮的習慣，就在他身上深深地紮下了根，深入骨髓。要想他去掉這個習慣，那比叫他從地上拔起喜馬拉雅山還難。

除了這個習慣以外，從各方面講，他是一個完美無缺的僕人。他很老實、忠誠、可靠；由於長時期對這兩兄弟服務，他也產生了對這整個家庭的無條件愛護的感情；不過主人最欣賞他的，還是他執行任務的迅速。比如説吧，這封信他當天上午就送到了趙老先生手裏，而且天還没有黑他就帶回了復信。路程有二十多里，而且基本上都得翻山越嶺，一來回就是四十多里路，一個普通的信使也得花一整天工夫。

趙老先生充分理解信中内容的實質。他很高興得知他的這位親家在信中所暗示的建議，因爲他在回信中説，他也由於天氣變化的影響，心情也起了變化，不過他的變化與其説是積極的，還不如説有些消極。他説，春天的到來，不知怎的他感到有些衰老。年事已高的這種感覺，又使他切望有個孫子，以便他能含飴弄孫，使他“無用的暮年得以在愉快甚至欣欣向榮的心境中度過”。“因此，”趙老先生强調説，“如尊兄及尊嫂贊同，甚盼年内能早定吉日良辰，完成賤兒與令愛之終身大事。”

“尊兄”當然贊同。“爲什麽不呢?”他邊推敲趙親家的備受歡迎的來信，邊對自己説。站在一旁伸着脖子偷看此信的母親，被他這一發問所驚動，好奇起來。“我又有什麽不同意呢?”當她偷看到趙親家的聰明建議時，她不禁這麽叫出聲來。

在那位“半仙”向茵茵泄露了她的命運的秘密以後，茵茵一直在不安情境中度日。她不僅每夜夢見許多荒唐的事情，連白天她也被數不清的無頭無腦的思緒所困擾。有時她在繡花的時候，針會從她的手上落到地上——而她一點也不知道！有時她坐着發呆，茫然地望着牆上挂着的那幅軸畫——那上面各種不同字體的題詞像蟲一樣蠕動，像麻雀一樣跳躍，或者像蝴蝶一樣飛翔；有時她望着窗外的白雲飄來飄去，一會兒像美人魚，一會兒像一條長長的天河，一會兒又像城堡或山丘，只有知更鳥、畫眉、喜鵲或慳鳥的啼囀和歌唱聲纔偶爾把她從這些白日夢中唤回來。

她一恢復了正常，她的思想又開始變得活躍起來。她反復思量那位“半仙”對她所説的話。她運用她的一切邏輯來推斷。按照三段論法的方式，她先定出前提，接着便從中引出結論，最後又從結論恢復到原來的假設：如果我命中注定要和那個侍童結成良緣(按照那位“半仙”的斷語，這完全是可能的)，她想，那麽我就不該在我出生三天後就被許配給趙家公子。如果那冥冥中的萬能之主要責成我成爲趙家一員，那麽我就不應該遇上那位侍童。但是我既然遇上了那個小青年，而且喜愛他，那一定是命運之神使事情不得不如此。這樣説來，我和趙家公子的訂婚，一定是那冥冥中的萬能之主在安排人間命運的時候，弄出了一個差錯。既然是差錯，那就應該及時加以糾正。但是怎麽個糾正法呢？會不會趙家公子忽然出了一場災難性的天花，其可怕的程度使他結婚的可能性完全破滅，導致我能解除婚約而獲得自由？但是，啊！我怎麽能有這種卑鄙、下流的想法？願上天原宥！於是她的這個三段論法式的邏輯又徹頭徹尾地全部破產了。

在她感到極端苦惱的時候，她真想溜出她樓上的那個閨房，到後邊的果園去走走，呼吸一點新鮮空氣，使她混亂的頭腦可以清静一下。空氣的確是很清新，因爲這是春天。但果園老是那個樣兒。蹲在一個不顯眼的角落裏作爲她讀書處的那個草堂，仍然是像從前那樣肅穆，但是堂裏現在卻已經是空無一人。那位樂天的、幽默感很强的老師，慣常每天下午總要坐在他書桌旁打一會兒盹，但他現在卻住在山裏起不了床，爲關節風濕所困。時間飛逝得多快啊！而那曾經一度是非常頑皮的侍童，經常藏在窗子外面偷聽老師授課，現在已經長大，可以成家立業了，因而也就離開了她的家。呀，又是這個侍童！這真是命中注定。四周的一切景象都把我的思緒牽引向他，正如條條道路都通向羅馬一樣！

不以她的意志爲轉移，她的思想又回到她前些時從鎮上回家時遇見小劉的情景，特别是這個侍童在她没有防備的時候在她臉上印下的那一吻。這時她不自覺地舉起手來，在自己臉上撫摸了一下，好像那一吻仍然貼在那上面似的。不錯，她已經摸不着了。那一吻當時微微有點涼（也許是因爲早春的清風在他的嘴唇剛拂過去的原故），略有大理石的味道——當然要比那柔軟得多——柔軟得像一瓣玫瑰花一樣，也像玫瑰花一樣甜蜜。她還記得，她接受那一吻的時候，她感到她的皮膚微微有點發顫。現在當她在花叢中間的小徑上走過的時候，她又再度體會了一下這種感覺。很巧，忽然一陣微風吹來，把一片梔子花瓣吹到她的臉上，這倒很像一個吻。一陣顫抖馬上透過她的全身。她感到四肢無力。而這時有好幾隻不知天高地厚的鳥兒卻唱起歌來。歌聲倒是很美，很甜，但在這個特殊場合，她實在忍受不了，只好轉身逃回到她樓上的小房裏去。

在這整段時間，她卻没有注意到，她的母親正坐在客廳的窗子後面觀察她。當女兒走進自己房間裏去時，她意味深長地連連對自己點頭。她認爲她非常理解女兒在這種春天環境影響之下内心所産生的一切活動，因爲她自己，在女兒的這種年齡，當她想到自己快要結婚、快要在行婚禮的那天第一次看見她的未婚夫時，她也有同樣的内心活動。她懂得，這對一個處女的心是多麽大的折磨。“我可憐的女兒,”她自言自語地説,“現在只好孤獨地承受着這種折磨!”

因此母親也就加速準備她的婚事。她請了兩位姨媽——兩位美麗的婦女——來和茵茵同住，做她的伴娘。這兩個人物，剛步入中年，非常健談，對於少女的思想和生活頗有些經驗，自以爲完全理解了茵茵的煩惱的所在。她們認真負責地履行她們作爲監護人的責任。她們帶她到許多花園裏去參觀，告訴她各種不同花兒的名字，教給她應該用哪些不同的花去裝飾不同的房間，等等。“玫瑰和牡丹是浪漫、甜蜜的花兒，能誘發愛情,”她們説，“因此應該把它們插在紅色的花瓶裏，放在你將來的臥室中；蘭花是純真而高雅的植物，儘管樸素，但富有詩意，因此它們應該裝在白玉色的花瓶中，放進你的書齋。”等等。她們還教給她怎樣與她未來家庭的成員聊家常——當然應該既有風趣而又得體。她們還教給她，怎樣用手勢和面部表情應付她未來的丈夫——如果他變得頑皮和“缺乏家庭觀念”的話。

她們所描繪的有關她未來生活的這些玫瑰色圖景，她們所作的那些美妙的暗示，都未能在她心裏引起興趣，自然也不會掀起熱情和嚮往。相反，她們倒提醒了她不久前對未見過面的未婚夫所作出過的種種“假如”。只要她所作的這些“假如”中之一成爲事實，那麽她們所教給她的這些生活細節就不值分文。“假如他全身多毛，像隻猿猴；假如他胖得像隻豬，肚皮突出；假如……”她想，“那麽我有什麽理由要討得他的歡心呢？有什麽必要用嫵媚的姿態和表情來迷住他呢？”她一想起這些事就噁心。她確實也噁心了三天三夜。她漸漸失去了胃口，她的臉色也開始發白。

這兩位伴娘以極大的關懷注視她的心情、胃口和臉色的變化。她們私自感到愉快，甚至驕傲，認爲她們的誘導已經在她身上產生了效果：她因沉湎於新婚生活的幻想中而正在變得憔悴。這不是一件壞事。這是走向幸福婚姻所必經之道。“這正像釀酒一樣,”兩位伴娘有一天對茵茵的母親解釋着説，“爲了使酒的味道又香又美，你得讓葡萄儘量發酵，甚至到黴爛的地步。同樣，她得焦思、煩惱一陣，以便她能獲得夫妻生活的靈感。當她女性的激情和她丈夫熾熱的愛和諧地結合到一起的時候，她的生命之花就會茂盛地開放，可以與五月的鮮花比美，那時她的雙頰就會像桃花那樣鮮豔，她的笑容就會像太陽那樣燦爛。”

母親連連對自己點頭，同意這種理論。“但是我們決不讓她過久地這樣憔悴下去，”母親對兩位伴娘説，“她的體質素來脆弱，久了她受不住。”

“對，”伴娘們説，“她的婚禮必須立即着手辦理。”

於是有一天晴朗的早晨，當茵茵正坐在樓上她的小房裏，面對着窗子讀一册手抄本的唐詩的時候，兩位伴娘走上來了。她們滿面笑容，一位手裏托着一個漆製的梳妝匣，另一位拿着一面銅鏡。她們説，她的母親請她們來替她梳頭。接着她們的話匣子就打開了，喋喋不休，像在背誦一首長詩，説什麼她的頭髮在世界上最美麗；説什麼她的面型適宜於梳成一個髻而不適宜梳成一個挂在後腦勺上圓球；説什麼她額上的頭髮應該分開，以便與她那特殊的、迷人的眉毛相稱——因爲這對眉毛雖然修長，但顔色卻深黑得富有一點神秘味，同時又略帶粗獷；説什麼她的睫毛應該用蛋清强化，以突出她那秀氣的鼻子，還説什麼如果她經常保持微笑，露出一點她上唇下面的那一排珍珠般的牙齒，她的美貌可以壓倒任何公主，甚至壓倒秀麗的觀音。

茵茵只發出一個慘淡的微笑，什麼話也不説。她把那本手抄詩集合起，挪了一下位置，把背掉向這兩位伴娘。這兩位心地和善的婦人解開她的辮子，把她的頭髮分做兩大股，懸在她的背上，像兩股烏得發亮的泉水。一位伴娘禁不住彎下腰來，深深地在她的發上吸了一口氣。“多高貴的頭髮啊，茵茵，”她説，“它放出高貴的氣息。”

整個上午她們都花在爲她梳頭的工作上。她們做完這件工作以後，其中的一位扶着她的頭略微向右偏一點，以襯托出她的側面形象，另一位則把鏡子對着她的正面。她只向銅鏡瞥了一眼，因爲她有點害羞。但這一瞥已經足够告訴她，她已經是個少婦了，而且還是一個不同凡響的少婦。於是她也就知道了將有什麼事情會發生。

這天晚上，她的母親來到她的房間。她以爽直、慈母般的口氣滿懷熱情地在她耳邊低聲説：她家已和趙家有好幾次信件來往，趙家迫切地等待迎接新娘，婚期(説到這兒母親停了幾秒鐘)已經定在清明後的第五天，也就是那慈悲的觀音菩薩的生日。茵茵一直低着頭，默不作聲，甚至也没有提出一個問題。

“不要害羞，我的孩子，”母親補充着説，“我知道，女孩子們一談起結婚，總是感到不好意思。但是她們很快就會喜歡這件事。我自己也曾有過這樣一次的經驗。但我想象，趙公子不會喜歡你老是那麽腼腆。你的父親過去也不喜歡我這樣。”

趙公子！——茵茵私自歎了一口氣，他到底還是没有罹上天花。那麽“命運”又作何解釋呢？她開始懷疑起“半仙”的話來。然而在這同時她似乎已經開始瞭解自己的結局了。

常言説，光陰似箭，日月如梭，時間一天一天地過去，清明時節到來了。這是一個喜慶的節日，但也是一個悲戚的節日。喜慶，因爲這時春色正濃，一切植物都换上了緑裝，所有的花兒都在盛開，天空潔白無雲，像新鮮的牛奶，太陽也光耀奪目，笑臉盈盈；一切鳥兒，正如鄉下人所説的，都在比賽歌喉，尋求知音。悲戚，再引用鄉下人的話，因爲這樣的良辰美景，引起我們對童年時代的回憶——那時我們在如茵的草地或繁花盛開的花壇上，在父母或祖父母的膝下打鬧嬉戲。不過茵茵的這類混雜的感想卻來自不同的渠道。她感到高興，是因爲她記起好幾個星期以前她和那個侍童定下的這天的約會。她感到悲戚，是因爲到目前爲止，那位趙公子還没罹上可怕的天花。也許晚些時這襲擊會到來，但那也無濟於事，因爲舉行婚禮的日子五天以後就要成爲定局……

大清早，那兩位伴娘又幫助她梳頭。不過，就在這天，這兩位聰明的婦人有意識地在她的臉上撲了一層薄薄的、噴香的白粉，以襯托她那高高的、烏黑的髮髻。爲了不使她的面部表情顯得單調，她們又用一小片木炭把她那清秀的眉毛畫成新月形狀，同時又從杜鵑花中擠出一點汁水，把她的小嘴染得像一顆成熟的櫻桃。這種樸素的化妝，被她新近所特有的一種悲戚所感染，倒不使她顯得美麗，而是迷人。

“今天你的兩位好心腸的阿姨將陪你到那春意盎然的緑原上去走走。”母親説，滿臉挂着得意的笑容。在此同時她望了那兩位伴娘一眼。“我相信，她們成熟的中年美態，對照你少女的容顔，將會使你顯得更爲動人。”她的母親真的感到非常驕傲了：她的女兒是這個地區惟一的女子，可以賽過最美麗的女神。

“啊，不，媽。”女兒强烈地反對，雙眼望着地下。

母親感到迷惑起來，同時也感到不安，因爲她不忍看到女兒的心情是那麼抑鬱和不快。她有所思地沉默了一會兒，於是眼神忽然亮起來，説：

“啊，對了，我懂得了。你想到你奶奶的墓前單獨地大哭一場。的確，這是最後一次你可以在你的祖先面前哭個痛快。來年這個時候你只能上你婆家的祖墳了。”她的母親就這樣又心情愉快地笑起來，以爲她的這番議論可以興奮這個年輕女子的心情，雖然話聽起來有點難過。

就這樣，茵茵單獨一人上山，正如她前些時去鎮上一樣。不過這次她的意嚮是完全不同罷了。要不是五天以後那件不可避免的事情就會發生，這次出行倒真是可以叫人感到興奮。因爲春色是那麼宜人。在這樣一個值得懷念的日子裏能和侍童那樣一個聰明的年輕才子信步出遊，世界上恐怕再也没有比這更美好的事了；不拘形跡地一道聊聊我們生活中的瑣聞或者對時下詩詞風格的創新作些討論。

當她在向山上走去的時候，她不停地東望望、西瞧瞧，希望發現那個年輕人。有時她在一棵丁香樹下停住步子，用手遮住太陽，向遠方凝望，看這個年輕人是否正在麥田間的小徑上急行。倒是有幾個人影在走動，但這些並不是她所想象的那樣，步子很快——她認爲他一定應該如此。“難道他改變了主意不成?”她問自己。儘管她儘量想把他的失約不放在心上——從理智上講她應該如此，但她還是禁不住感到非常失望。不巧這時有一對布穀鳥正在她頭上的丁香樹葉叢裏相親相愛地對唱。這歌聲幾乎要逼得她發狂。

她繼續前走，爬山又下坡，下坡又爬山，越過了許多麥田，也走過不少的墳墓。但是她所希望遇見的那個人連影子也看不見——那個人，這可能是她最後一次看見。她的焦急已全部消耗了她的耐心，她的雙腿也開始站不穩，顫抖起來了。“男人真是不可靠的動物!”她歎了一口氣，只好放棄希望。“也許他已經聽到了那即將發生的事情，覺得來和我相會已經不值得了。”這時她纔開始認真地考慮到慈愛的奶奶的墓地去上墳——關於奶奶的記憶在她的腦子裏仍很新鮮，她將把一直控制在自己眼裏的眼淚痛快地流出來，爲人類的不可靠、爲命運的無常哭個痛快……

當她挪動不穩的步子，向奶奶地下的住宅走去的時候，她迷糊地察覺到，在右邊的遠處，在一個不太陡的山坡上，有一個年輕人背靠着一株古松，垂頭坐着不動。她走近前去。這時她吃了一驚，因爲這個年輕人倒很像她正在等待的那個侍童。但是她還不敢太肯定。她懷着强烈的興趣，徑直走到這個人面前，裝作是一個上墳的人，偶爾在這兒經過。但是她的心卻在突突地亂跳。最後，當她走到他面前時，她立刻認出了這是什麼人。可憐的侍童！他的手肘支在膝上，雙掌捧着下巴，已經無聲無息地睡過去了。

她彎下腰來，一聲不響，俯視了他好一會兒。她從他的頭髮上嗅到了朝露的氣息，同時也感覺到了他有節奏的呼吸。在此時此刻，對她來說，這位侍童就好像是一個没有父母的孤兒，疲勞過度，因而就睡過去了。她把腰彎得更低一點，在他的耳邊用輕柔的聲音說：“小劉，你怎麽啦？你的這副樣兒叫我真難過……”

這個年輕人跳着站了起來，用一隻手揉着他那迷糊的眼睛，向站在他面前的這個女子凝視了一會兒。他猛地舉起雙手，擱在她的肩上，熱情地把她前後摇着，像發了瘋似的。但是他卻什麽話也没有說。他的雙眼盯着她，迷惑，恍惚，閃着水珠。

“小劉，這是怎麽一回事呀？”茵茵用柔和的聲音重複着說。

這個年輕人仍然不回答……他現在看上去與以前完全判若兩人。他已經變得很消瘦，臉色發白，神態悲淒。他的機智、風采、流利的言詞，現在全都消失了。他顯得那麽樣孤苦伶仃，茵茵的心都要碎了，她的眼睛也濕潤了。

“你怎麽啦，我可憐的小劉？”茵茵再次在他耳邊柔聲地問。

“我不相信，現在站在這裏的就是你，”他説，好像他是在睡夢中一樣，“這簡直像一場夢。茵茵，我已經放棄了一切再見到你的希望呀！”

“爲什麽呢？你現在怎麽成了這個樣兒？”茵茵焦急地問。

“那個好心腸的老頭老王已經把一切都告訴我了，”年輕人説，“我知道我配不上你。我知道，你即將要成爲一個婦人，一個從不認識的人的妻子。我一想到這一點就像在油鍋裏熬煎。一連幾天我連眨眼的時間都没有睡過。我今天天還没有亮以前就起床，到這裏來坐了一整個早上……”

“我可憐的孩子！”茵茵只能説出這幾個字。凝聚在她眼裏的淚水，這時纔一滴一滴地滚出來了，一直滚到地上。

他們面對面地站着，兩對眼睛互相凝視着，什麽話也説不出來。有好一會兒他們就這樣站着，一點也没有注意到白雲在他們的頭上悠閑地掠過，微風在輕輕拂着他們的頭髮，丁香和野玫瑰的芳香在風中朝着他們擴散。最後，一隻知更鳥從一株栗樹的枝上飛下來，落到這個年輕人剛纔坐過的那一塊石上，並且唱起一支輕快的歌，好像是在譏笑這對年輕人的傻氣。他們不知不覺地把視綫掉向這隻小小的歌唱家，而這個小動物絲毫也不在乎，仍然繼續唱它的歌，他們倆也就不得不破涕爲笑了。

“我們不能站在這裏，像對傻瓜，任憑這隻小鳥揶揄。”茵茵説，開始用一塊紅紫色的手帕擦這個侍童的眼淚。

他們開始沿着一股潺潺的溪流向山裏走去。太陽已經照射得相當强烈，他們開始感到相當熱。在此同時他們也感到好過一些，從而他們的步子也變得更有力了。他們一邊走，一邊望下邊的流水——從山上的崖石間流出來的溪水。他們望着那小鮭魚成雙結隊地逆流而上，自由自在，盡情嬉戲。年輕人不禁歎了一口氣，説：“我真希望我能變成一條魚。”

茵茵回答説：“我也希望是這樣。”

“那麽我們就到一個什麽地方去，到一個無人知曉的地方去，變成一對魚兒!”年輕人用一個快捷誘導的聲音説。

茵茵一言不語，滿懷思緒地望着潺潺的水在溪裏向下流。它在一個拐彎處兜了一個圈子，接着打旋，變成幾個漩渦，又繼續潺潺地往下流去，仍然是自由自在，像剛纔一樣。“你這話是什麽意思?”她最後問。

“我們飛向一個自由的地方去吧，飛向一個没有習慣勢力的地方去，一個我們可以作爲平凡人生活的、不知時間、没有貧富、不分主人和侍童區别的地方去……”侍童的聲音忽然斷了。

“我喜歡你這個想法，小劉。”茵茵説。他的這一串脱口而出的言詞使她感到萬分高興。“但那是世外桃源，在我們的這個現實世界裏是不存在的呀!”茵茵補充着説。她記起了她慣常睡覺前在床頭讀的那些古代隱士們寫的詩句。“那是少數極爲有限的、超脱的、净化了的人的世界。我不相信我們能進入那個世界。”

“爲什麽不?”侍童迫切地問。

“因爲那是命中注定的。”

“那麽我們的命是怎樣的呢?”

“我不知道。”茵茵低聲地説。她抬起頭來，望着天上那乳白色的雲塊——這些雲塊，像幾千年前那樣，或者是像昨天那樣，仍然是無憂無慮地、自由自在地横越天空。“我的確不知道……我想我們的命中出現了某些差錯。”

“差錯在哪裏呢，茵茵?”侍童又迫不及待地問，“你去問過算命先生嗎，比如説吧，那位‘半仙’?”

“嗯……”茵茵的話一開頭就馬上又縮回去了，她感到脖子微微地有點發燒。於是她向那微笑的太陽望了一眼，説:“天氣熱起來了，對嗎?我覺得它在燒我的皮膚。”

這位侍童對太陽燒不燒皮膚，絲毫不感到興趣。他繼續問:“請告訴我，我們的命中有什麽差錯!”

“我想一定出了毛病，”她心不在焉地説，“不然我們就不會投胎成爲兩個不同的異性，而且幾乎是在同一個時辰投胎，因爲我們的年齡相差無幾，我們又常常有機會在果園相遇……在投胎的時刻，我想一定在什麽節骨眼上出了故障。”

“那麽又是什麽故障呢?”侍童變得失去了耐心。

“如果没有故障，那麽你就應該投胎到趙家，成爲趙公子。這樣我們就可以結爲夫婦了。”

“那麽趙公子該怎麽辦呢?”

“他應該投胎爲一個侍童。”

“侍童！侍童!”年輕人自言自語地説，發起呆來。忽然他的臉色變得慘白，他的嘴唇發青。“我知道我和你不門當户對，茵茵。”小青年低聲説，眼神下垂。

“我不是這個意思，小劉,”茵茵説，變得緊張起來，“我只是説，命運在和我們惡作劇。”

可是她這句話也安慰不了他。他頭低着，好像是在參加一個葬禮。茵茵望着他這副樣兒，難過極了。她扭着雙手，心裏陣陣發痛。她再也想不出别的辦法，只好貼着他的耳朵甜蜜地、動人地低聲説：“我愛你，小劉，從心眼裏愛你!”

侍童抬起頭來，注視着茵茵的面龐，從她的話中得到莫大的安慰。他説：“再過五天你就……”年輕人的話忽然斷了。

“但是關於命運誰能作出預斷呢?”她用這話既安慰他，也安慰自己。“在最後一分鐘什麽事情都會發生……”這時她又想起了趙公子可能遭到天花的襲擊，但是爲了厚道起見她没有説出來。“不過我還是永遠愛你。”

“真的嗎?”侍童説，興奮起來，眼睛也亮了。他從來没有從她的嘴裏聽到這樣肯定的一句話。

“你想，在這個世界上還有什麽别人能得到我的愛?”她説，同時記起了她的儒教的著作常見到的一句話：“一女不嫁二夫。”

“我的女神!”侍童贊歎地説，同時跪在她的脚下，畢恭畢敬地低着頭，好像一位古代英雄跪在一位美人腳下一樣。他從懷裏取出一塊疊好了的手絹。他把它捧在伸出的雙手中，獻給她。

“這是一個卑微的僕人從心的深處獻給你的一件紀念品。”

茵茵打開這件禮物。這是一塊淡緑間紅的手絹，上面有五個大字：恩愛到白頭。它們是出自侍童那瀟灑的手筆。茵茵凝視着這幾個字，好像是在做一場夢。她記起了下雪的那天早晨她在樓上自己的房間裏繡這幾個字時的情景。她回想起，這位頑皮、聰明但有時又有些傻氣的青年如何掀動了她那顆處女的心的想象，一會兒起，一會兒伏，好久不能平静。

“你是多麽美啊！”望着她那失神的狀態，侍童説，聲音輕柔得像一陣微風。

茵茵仍然沉思不語。

“你面上那和平、安静、端莊的表情升華了我的精神境界，你烏黑的眼睛和浮在你那櫻桃嘴上的樸質的微笑，陶醉了我的心。”侍童又柔聲説。

茵茵仍然是沉思不語。

“你的腰肢比月裏的嫦娥還要苗條，你的步履超過唐明皇所崇拜的愛姬！”他的這些詞句有節奏地、輕柔地從他的嘴裏吐出來，聽起來很像某個詩人通過雲層和春風傳過來的一首詩。

茵茵把手絹又重新疊起來。她望了一下這位侍童，説：“你説的是真話嗎？”

“一句也不假，發自我的肺腑！”

“我剛纔流的那些眼淚是否破壞了我的容顏？”她又問。

“什麽也破壞不了你的美貌。”

“那麽好，我可以放心地回家去了。”她説，不知不覺地發出一個滿意的微笑。於是她親手扶着這位侍童站起來。

“最後的一刻”終於到來了。什麽意外也没有發生：趙公子也没有突然遭到天花的襲擊。到底還是命運主宰了一切。

茵茵全家的人都忙了起來。她的父母在神龕所在的那個小房裏，跪在祖先的牌位下面頭低着，向家神爲他們的女兒祈求在她未來的家裏得到幸福。“茵茵是這個家裏的惟一女兒，”母親用低沉、嚴肅的聲音禱告説，“列宗列祖，請保護她不要誤入歧途。請祝福她多生白胖的美兒郎。請賜予她我這家族傳統的聰明智慧。請啓示她成爲一個配得上我這個家族聲譽的才德兼備的妻子……”

她的哥哥也從京城北京趕回家來——他在那裏從一位當代大儒學習，做參加京試的準備。他現刻在大廳裏招待一些來對即將出嫁的新娘祝賀的賓客。那位忠實的老僕老王站立在大門口，迎接賓客——他對他們每一位都行一個軍禮，完全按照《士兵守則》的要求，每個動作都正確、莊嚴。他爲這個特殊的場合所鼓舞，一點也不感到疲勞。他的第五十五個動作同最初的第一個動作是同樣敏捷和準確。

那兩位伴娘爲茵茵的頭髮和面部化妝，花了一整個上午的時間。除了常規的打扮以外——她們對此做得很出色，她們還附加了一項創造：她們爲她點了兩顆栗黑色的痣——一顆點在她那個小嘴的右上角，另一顆點在她那白嫩的脖子上，略微靠她左耳耳垂下邊一點，以襯托出耳環上那顆發亮的鑽石。“美中不足的是，”一位伴娘對另一位伴娘偷偷地説，“她缺少一個酒窩，而且她現在還似乎不大喜歡笑的樣子。”

中午時分，村外傳來了鑼鼓聲。爆竹聲迅速地打破了鄉間的平静。不一會兒樂隊到來了，後邊跟着一個六人抬的花轎，再後邊一點就是一群約莫有三十多人的賀喜隊伍——他們老少都有，全穿着最漂亮的節日盛裝。老王站在門口，儘量把腰板挺直，雙脚比齊，好像一個司令官在檢閲他的隊伍，直到所有的客人都進入了廳堂。

趙家派來的迎親代表是一位有名的鄉紳。他的一雙眼睛小得出奇，但鬍子卻長了一大把。他向新娘的父母連連點頭，深深哈腰，遞上一張紅色名帖，上面寫着“鄉試考官”的頭銜。父親把這個頭銜察看了好一會兒。這位代表静静地站在一旁，頗爲自負地望着。兩人似乎彼此都不太瞧得上眼，但是卻相互嫉妒，因爲各自都認爲自己是本地區的學術權威。最後父親回鞠了一躬，用一種貌似尊敬的聲調説：

“大駕光臨，滿室生輝。”

“久聞大名，如雷貫耳。”迎親代表説。

看來此人倒還有些學問——主人心裏竊想：瞧他回答我的挑戰，既敏捷，又得體。他立刻感到滿意，居然有這麽一位大儒來迎接他的女兒。

“我有幸得趙老先生之托，到此向令愛迎親。”客人微笑地説，深知主人已經瞭解到了他的身份。於是他遞給主人一隻裝在小天鵝絨匣子裏的指環。

茵茵右手的第四個手指被戴上了這隻指環以後，她的打扮就算是完備了。那兩位好心腸的伴娘扶着新娘起身，步出繡房，來到大廳，花轎已經在這兒等待。她低低地垂着頭，走出來時禁不住抽咽地哭起來。她與一般的新嫁娘不同，她哭不是因爲要離開祖居而依依不捨，而是爲了自我憐憫。

她一坐進花轎，就在爆竹聲、喜慶聲、樂器聲和站在門口送她的母親的哭聲中被抬走了。她的哥哥，作爲新娘家的送親代表，跟在這熱鬧非凡的行列後面，帶着老勤務老王作爲他的跟班。

在新娘還沒有到來之前，趙府的廳堂裏已經擠滿了人：鄰居、親戚、陌生人、小販和流浪漢。社會各階層的一切差別，只有在這種場合，纔算暫時抹煞。這是一個快樂、充滿了期待、新生一代開始的場合，應該普天同慶，不論貧富貴賤，熟人或陌生人，都可以來參加慶賀。在這種場合，一個家族的知名度是以未被邀請而自動前來觀禮的人數而衡量的。趙氏家族當然是遠近馳名。大廳的客人擠得水泄不通，空着的只是祖先神龕前面的那一小塊地方。

新郎是一個高身材、漂亮的年輕人。他穿着一件青紫色的絲繡長袍，配以一件黑色發亮的馬褂，站在兩位面對着衆人的美麗中年婦女之間。這兩位婦女被選中執行這次的司儀任務，是因爲她們的體態豐滿——這象徵有福，也因爲她們曾經生過好幾個漂亮的男孩——這將對新娘産生良好的作用。當花轎到來的時候，她們就走上前去，把雕花的轎門拉開，扶下新娘。新娘一步入廳堂，周圍就發出一陣歡呼。她的手和新郎的手被連在一起，由這兩位司儀婦女在兩旁領着，步向祖先的神龕。

“瞧，那新娘子穿的紅綢袍！”一位非邀請的女客人對她旁邊的另一位觀衆低聲説，“這件衣服像是露水織成的，反射出太陽的閃光。”

“新郎高大而秀氣，與這位苗條的新娘配得真好。”另一位客人評論着説。

“祖先靈牌前面的蠟光，映在他們年輕貌美的臉上，使他們的風采和容顔顯得多麽相稱！”

“他們倆簡直像從古代浪漫小説中走出來的一對王子和公主。”

嘖嘖的贊美聲浪在廳堂的四個角落翻騰。但那兩位司儀婦女一宣佈婚禮開始，全廳立即恢復了平静。

“一拜我們萬物之主——天和地！”她們提示説。

這對新婚夫婦就自動地向神龕叩頭。當他們站起來後，這兩位婦女又低聲地、親切地説：

“二拜我們文化昌盛和文藝繁榮的天朝。”

這對新婚夫婦又在神龕面前端莊地一拜。

“三拜你們的父母——是他們撫養你們成人，教育你們得以才學兼備。”

這幾項禮節完成以後，客人們全部保持沉默，注視着婚禮的最後一項儀式。兩位司儀女性做出一副笑容，又輕聲地對兩位新人説：

“你們彼此一拜，慶賀你們的美滿婚姻。”

有好一會兒茵茵覺得實在難爲情。新郎偷偷地望了她一眼，希望她先開始。當她快要彎下腰的時候，觀衆中忽然發出一陣騷動：一個年輕人暈倒了，癱在地上，嘴裏不停地囁嚅着，像在説夢話：

“我受不了！我受不了！”

這項意外事件使所有的客人都變得驚惶失措。他們都目瞪口呆，望着這個癱倒在地上的荒唐的年輕人。老王也站在人群中間，他立刻就認出這個不幸的年輕人是誰。他奔向他，扶着他坐在地上。這個年輕人面色蒼白，四肢無力，甚至連抬起頭的氣力都没有。他仍在不停地自言自語："我受不了！我還不如就此結束我這不幸的一生！"

"我親愛的侍童，你怎麽啦？"老王焦急不安地問。

"我不要活了！你不用管我！"侍童説，顯得極度痛苦。

"告訴我，究竟是怎麽一回事呀！也許我能够幫助你呀！"老頭兒緊迫着問。

"我愛她！我愛這位新娘！"侍童説，聲音提得很高。觀衆中爆發出一陣哄堂大笑，但新郎卻變得面如土色。"我從心的深處愛她！"侍童補充着説。

"我的老天爺！"這位老退伍軍人禁不住也笑出聲來。"我五十多年來没有討到一個媳婦，但我的神經從來就没有因爲看到别人幸福地結婚就變得錯亂起來。站好吧！不要發傻氣！"他扶着他站立起來。

但是這個年輕人拒絶動彈。他仍然不停地自言自語："我愛她，我全心全意地愛她！"

"原來是這麽一回事？"這位老兵心裏開始開了竅，沉思起來。於是他降低聲音，用同情的語調説："我瞭解你，親愛的侍童。我瞭解你，單相思是多麽折磨人。兩年前，我同樣看上了一位老寡婦，弄得我暈頭轉嚮，許多天睡不着覺。但是你要知道，我比你的年齡還老得多啦。我可憐的侍童！"

"不！"年輕人繼續語無倫次地説，"我們兩人之間不是單相思，不是……"

"啊，不要傻氣吧！我領你找個地方去休息一下。你的頭腦變得清楚了一點以後，你就會感到好過了。"於是這位老兵就把這個年輕人抱起來，在哄堂大笑和驚愕聲中退出了大廳。

這陣意外過去以後，婚禮也就草草收場了。在來客們分散的時候，有人説："你們説奇怪不奇怪，對於這個小青年的這陣發瘋，新娘倒似乎還流出了同情的眼淚呢。"

半夜時分，客人、親戚和朋友都漸漸離開了洞房。只有這新婚的一對單獨在一起。新娘坐在床沿上，頭不自在地低着。新郎站在床旁一個精雕的桌子旁邊，面嚮兩根明亮的蠟燭，背斜對着新娘。兩個人都墜進了沉思中去。

頭天晚上茵茵的母親曾親切告訴過茵茵，在新婚之夜她應該怎樣對待新郎。在許多忠告之中，她説："對他無論從言詞或行動方面都不要採取主動，否則他會認爲你是一個没有教養，甚至淫蕩的女子。儘量做得拘謹些。他會喜歡這種態度。這是你的自尊心的最起碼的表現。男人一般都認爲自尊心强的女人會成爲忠實的妻子。不過，"母親在這裏加强了語氣，"如果(他一定會——所以不必擔心)他主動接近你，你得對他作出微笑，像這樣——"於是她把她那已經有了不少皺紋的嘴唇微微地向上裂開一下。"懂得嗎？最初不要露出你的牙齒。"

茵茵現在倒是願意做出這樣一個微笑。雖然她爲她曾經愛過的那個侍童難過，而且對他在舉行婚禮時所作出的那件扣人心弦的意外行動，也感到傷心，但在她當前心情之下，她倒也準備接受既成事實，甚至還感到相當滿意！像她的這種感受，人們也不應該苛責，認爲這是女子的反復無常。第一，婚姻是命中注定的——常年的家教一直使她相信這一點，一個普通的凡人没有力量去反對命運。第二，結婚已經成了定局。惟一解除婚約的辦法也許只有走自殺的道路——在清明時節她和侍童相會時也曾模糊地想到過這一點。但是現在……在客人們鬧新房的時候，她曾偷偷地望過新郎一眼。她驚奇地發現，她過去所設想的那一系列"假如"没有一樣有根據。

但是站在床頭桌邊的新郎卻仍然是沉思不語。

也許他比我還更害羞吧——她想；不管怎樣，應該考慮他過去從來没有交過女友這樁事實。但是她母親的忠告卻阻止她採取主動的行爲。她惟一所能做到的只是全神注意他的動嚮，只要他一掉過頭來，她就得準備有所行動。她的注視持續下去，使她感到越來越覺得有意思：他的身材不僅又高又秀氣，同時面孔還相當漂亮。在他那兩道濃黑修長的眉毛下面，他的雙眼一點也没有歪斜的跡象；相反，倒是顯出一副聰明相。她想，他身上決不會像猴子那樣多毛，因爲他的臉上非常光潤。他的皮膚顔色也一定會介乎羊脂玉和大理石之間。

“如果他能像那個侍童那樣聰明和頑皮，”她想，“他一定可以成爲一個理想的丈夫。”

但是他現在的樣兒卻顯得非常嚴峻。他的嘴唇緊閉，站着一動也不動，毫無表情，幾乎像個聖徒。這裏不妨附帶提一下，聖徒並不一定可以成爲好丈夫。她的思想不知不覺之間又轉向那位侍童。這時她纔感到痛苦了，感到夜是無止境地漫長。事實上，夜已經快完了，因爲有一隻早起的公雞已經開始在啼鳴。

她想打個哈欠——這個動作她終於在手背的遮掩下完成了。爲了消除疲勞和睡意的壓力——在她丈夫没有請她入寢之前她是無法消除的，她打算做點活計。於是她馬上又記起了母親的一個重要的忠告：第二天黎明剛一開始她就應該去向公婆請安，以便她一進入家門就能造成一個良好印象——她將是一個勤勞、盡孝道的兒媳。這個印象是那麽重要，它可以影響到她未來長期和趙家人在一個屋頂下的共同生活——因爲在第二代就分家是不可能的。因此，她就走到臨窗的梳妝檯前，打算重新打扮一下她的面容。

她重新整理一下頭髮，在臉上撲了一層薄粉，在雙頰上打了一點胭脂，又重新畫了畫眉毛。於是雞叫了第二次。丈夫仍站在快要燃盡的紅燭前面，一動也不動。這時她的耐心已經到了盡頭。她羞怯地、輕輕地走向他，站在他的右邊。她用柔和的低聲，説：“能不能請你看看我的眉毛，是否畫得深淺合適？我要去向公婆請安。”

新郎没有回答這個問題，相反，卻用粗魯的聲音——這使茵茵大吃一驚——問：“在婚禮舉行時客人中暈倒的那個流氓你認識嗎？”

“是的，我認識他，”茵茵神經質地、結結巴巴地説，“他從小就是我父親的侍童。”

“是嗎？是嗎？”新郎用譏諷的口吻説。他二話未講就和衣倒到床上，讓新娘望着快要熄滅的燭光發怔。她那凝滿了淚水的雙眼，映在殘燭的微光裏，變得暗淡無光。房間隨着燭芯的倒下，也變得陰暗了。最後燭芯爆出一顆火星，剩下的一點餘光也滅了。房間裏是一片漆黑。於是紙窗上出現一點魚肚白的淡光，這淡光逐漸加强，使茵茵覺得她剛從現實走進夢境，現在又從夢境回到現實中來了。天亮了。

她歎了一口氣，用手帕擦乾了眼淚，開始在黑暗中摸着走向廳堂，然後再從那裏摸到公婆的房裏去。她在房門上輕輕地敲了一下。她想公婆可能已經起床，正在等待着她——在一般的場合下公婆大都是這樣。她已經準備好讓嘴唇做出一個微笑，準備回答公婆可能對她要問的話，可是公婆房裏没有傳出任何回答。她又輕輕地敲了一下。仍然没有回答。一股冷流開始沿着她的脊椎骨衝了下來。她又神經質地第三次敲了一下門。

“誰?”房裏傳出一個迷糊的聲音。

“媽，您的兒媳婦。早安!”她回答説，儘量使她的聲音顯得自然。

“哦——”婆婆做出一個驚訝的聲音説——這聲音在此情此景之下顯得特别冷淡和無情。“你不必講這些客套。去吧，去休息吧。”

這兩句話震撼着茵茵的耳膜，好像有一桶冰水正在向她的頭上傾倒下來。她開始全身發抖，頭髮直立，腦子在打旋。要不是她在靠着門支着，她可能滚到地上。在她逐漸從暈厥中恢復過來以後，她的雙腿開始有了點力氣，使她可以站住。她又摸着走回去。在她快要進入洞房以前，她發出了一聲無法安慰的痛哭。

在婚禮後的第三天，按照習俗，娘家派來兩頂轎，接新郎和新娘回門。但是新郎拒絶前往，托詞是自從舉行婚禮的那天起，他的頭一直痛得厲害，未能恢復。作爲答覆，趙老先生寫了一封道歉的信，交轎夫帶回去。所以茵茵只好單獨一人回娘家了，後面跟着一頂空轎——這對新婚的娘子説來確是極不平常。

回到家來時，她的母親以一個安静的微笑和憂鬱的視綫接待她。一頂空轎伴着她回來，對此她並不感到驚奇，因爲兒子回來已經告訴過她舉行婚禮時所發生過的事情。可是父親的臉色卻顯得非常不安。他是一個嚴謹的儒家信徒，一個德高望重、深諳作爲我們行爲指針的儒家教義。而且這個家庭，在某種意義上講，還有兵家傳統，因爲伯父曾經當過朝廷的一名武將——這事實，在這位儒士的思想中又特别增加了一種愛榮譽的傳統。女婿拒絶回訪，不僅是對他家庭榮譽的挑戰，也是對他爲人正直、作爲地方上最有德行的碩儒的聲望的駁斥。

他拆開趙老先生親筆寫來的這封信，認真細讀。他的臉色最初發紅，接着轉爲蒼白，最後變得青紫。在這當兒，母親和女兒相互呆望着，眼裏含着淚珠。她們好像有許多話要講，但卻是一個字也説不出來。她們的眼睛，自從女兒生下來三天以後，就能相互默默地傳情。現在這兩對眼睛把什麽事情都説清楚了。

父親把信疊起來，一言不發，凝視着母親和女兒。他們相互之間好像都是陌生人一樣。最後父親歎了一口氣，自言自語地説："這都怪我，都是我自己的錯。我不懂得怎樣教養我的女兒！"他停了一會兒，接着他更提高了聲音，繼續説："我算不了什麽儒士，因爲在道德、做人方面連在我自己的家裏都起不了什麽影響。我曾經當過一任地方官，事實上我是在欺騙老百姓。我只不過是個江湖術士罷了！"他又停住了。他的面色變得越來越蒼白，淚珠開始在他的眼裏凝聚，並且發出閃光。於是他高聲地對自己責駡："我不是孔聖的門徒，我褻瀆了他的教義。我浪費了我的一生，也浪費了我的同胞從地裏流血流汗得來的糧食！"他忽然舉起他的右手，打了他的左臉，又打了他的右臉，聲音之響亮，有如馬鞭在馬背上猛抽。

"爸，請停住，爸！殺死我吧！"茵茵大叫起來，跪在這老學者的腳下，痛苦地扭着雙手。"是我不孝，墮落，犯罪。讓我自己死去，以洗刷爸爸的羞恥。"

"羞恥是永遠也洗擦不掉的，我的孩子。"老學者低聲説。在這同時他向女兒的臉上凝望——這臉，像所有少女的臉一樣，是天真的、無瑕的。他又歎了一口氣——這口氣拉得特長，特深沉。"請告訴我，你爲什麼要愛上一個没有許配給你的人——那個侍童?”

“我自己也不知道，爸爸。”

“你看這!”老學者把趙老先生的信又攤開，遞給他的女兒。信的内容極簡單，只有一段：

> 吾輩無需深談孔聖教義——君爲當代碩儒，早已知之甚熟。吾百思莫得其解者爲：君深知此次婚姻大典爲一笑柄，爲一愚弄勾當，爲何使其隆重舉行？吾家世代書香，聖人著作爲吾家最初，亦即最後之研讀典籍。君應知吾家不能再次受辱。

當他們看完這封短簡以後，父親用冷静的聲調説：“我想你們都懂得了最後一句的意思。”於是他望着女兒的雙眼：“我的孩子，你覺得怎樣?”

女兒放聲痛哭，前額連連撞着老父親的膝蓋。她回答不出這個問題。

母親把女兒扶起來，緊緊地抱在懷裏。然後她掉向父親，生氣地説：“不要把孩子逼得太緊。她還没有開始她的人生呀。”於是她用手指梳着女兒烏黑發光的頭髮，像慣常那樣，柔聲地在她的耳邊説：“我的孩子，我永遠有一個房間留着爲你居住。你離去以後，你樓上的那個小房絲毫也没有變動。不要哭吧。你永遠是我們疼愛的女兒。”

茵茵聽了母親的這番話，哭得更厲害了。

她樓上的那間小房的確一點也没有改變。那紙糊窗子，像往常一樣，仍然是面對着那兩株楓樹、那些山丘和那河上的堤坎。惟一不同的是，現在這些東西都换上了緑裝。而且，由於冬天已過，喜鵲又開始在樹枝間唱起歌來——唱得比前些時更好聽、更歡樂，因爲現在正是它們求偶的季節。那個取暖的木炭火盆仍然立在房間的中央，只不過多覆上了一層灰塵。母親確是非常慈愛。茵茵出嫁以後，房裏的什麼東西她都没有動。

可是這閨房中她所熟識的一切佈置，在她腦海所引起的回憶，卻不是天真爛漫的童年，而是傷感的過去。就是在沒有多久以前，她曾在這裏做過一系列的夢。在這些夢中她開始嘗到人生的悲愁、焦慮、興奮——當然也有快樂和銷魂的狂喜：如與那個侍童的幽會。但是時間改變事物的速度是多麼快啊！她也可能再做那些同樣的夢，但人事已非。而且她的心情完全變了，青春時代的詩情已經完全化爲烏有，代替的是具有老年特點的失望和幻滅。“我老了嗎？”她對自己發問。她似乎回答不了這個問題。不過，如果永遠在這座小樓裏住下去——看來她非這樣做不可，那麼她很快就會真的變得衰老了。

趙家不承認她是他們家的媳婦。這嚴重地損害她父親作爲一個在道德和文章上具有高度修養的學者的聲譽。她也不能再和另一個男子交往而進一步損害這種聲譽——一想到這裏，不知怎的，她全身忽然顫抖起來。婚姻的破滅是命運的安排，一個凡人對此也無法補救。孔子曾經説過，一個正派的女子决不能第二次出嫁——這個説法跟命運的理論完全能够吻合。“這就是我生命的歸宿。”她自言自語地説。她站起身，關上窗子。她不願看那披上了緑裝的大地，那蔚藍的天空，那在太陽光中閃閃發光的河水。

她忽然起了自殺的念頭。但是死並不就是解决生命悲劇的辦法。她仍然會再投胎，如果來世不變成一個動物(看來不大可能，因爲她仍然年輕，天真無邪)，那麼就會又變成一個人。又變成一個人！這時她記起了，她的母親在自己苦惱的時候常常引用那位偉大的智者佛陀對於人生所下的定義：人生就是“生、老、病、死、苦”的全部化身。惟一的解脱就是涅槃。“那位‘半仙’説得多麼對啊！我的生命只有在追求涅槃中結束！”她對自己説。這位未卜先知的人所作的判斷，現在又在她的記憶中重現，仍很新鮮。

她在房裏徘徊起來。最後她在書架旁停下來，取出一本佛經。這是《觀無量壽經》，公元一百七十九年由支婁迦讖從梵文譯成漢文。由於它的文體雅典，她曾不時翻閲它。她現在倒是想要從中找出有關生命智慧的啓示，像往常她在繡花的時候一樣，她在木炭火盆旁邊坐下來，翻閲這本手刻的經書。這裏面是一個動人的故事，由王舍城的王后、美麗的韋提希對她夫王所表現的忠誠愛情的敘述開始。夫王頻婆娑羅被他野心勃勃的王太子所監禁，接着她自己也被打入牢獄。她對人類感到徹頭徹尾地失望。在失望中她看到了世尊釋迦牟尼佛，“身紫金色，坐百寶蓮花。田蓮侍左，阿難侍右。”①她對這位偉大的智者祈求説：

> “惟願世尊，爲我廣説無憂惱處。我當往生，不樂閆浮提濁惡世也。此濁惡世界，地獄餓鬼畜生盈滿，多不善聚。願我未來，不聞惡聲，不見惡人。”②

這正是我所要祈求的東西——她在心裏想。這也正是一直藏在我心的深處的話，只不過我没有發現罷了。於是她繼續讀下去：

> “爾時世尊，放眉間光，其光金色，遍照十方無量世界，還住佛頂，化爲金臺，如須彌山。十方諸佛浄妙國土，皆於中現。或有國土，七寶合成。復有國土，純是蓮花。復有國土，如自在天宫。復有國土，如玻璃鏡。十方國土，皆於中現。有如是等無量諸佛國土，嚴顯可現，令韋提希見。”③

① 譯成口語爲：“身上閃着紫色金光，坐在鑲有一百顆珍珠的蓮花上，左邊站着田蓮，右邊站着阿難。”

② 譯成口語爲：“啊，世尊，請您給我指點出一個没有任何苦惱的處所，好使我在那裏獲得重生。我對這個充滿了罪惡的閆浮提世界完全失去了希望——這個遍地是地獄、餓鬼和畜生的世界。這個罪惡的世界還充滿了惡人。我祈求以後不要再讓我聽見他們的聲音，也不要再見到他們。”

③ 譯成口語爲：“那時閃閃金光從世尊的眉間放射出來。它擴散到十方無可數計的世界。它折回來又停在佛的頭頂上，變成一座金柱，像須彌山。在這裏面佛陀十方純浄、美麗的國土，同時被映射了出來。有的國土是由七顆寶石所形成。有的國土是由蓮花所形成。有的國土則是自在天宫。有的國土則像純玻璃鏡。十方的所有國土，全在裏面映射出來。這樣的國土成千上萬，光輝奪目，富麗豪華，賞心悦目。這一切都是爲了讓韋提希觀看。”

茵茵閉上眼睛，自言自語地説，好像是在祈禱："我多麽希望能投生到那様的一個國土上去啊！"於是她就立刻似乎已經在冥冥中看到了那些國土。接着她便睁開眼睛，繼續讀下去：

> "爾時世尊，告韋提希：汝今知不，阿彌陀佛，去此不遠，汝當繫念，諦觀彼國，淨業成者。欲修淨業者，得生西方極樂國土。"①

她讀完了這部佛經以後，就把書合起來。她仍然保持坐着的姿態，一動也不動，沉思起來。她奇怪，過去她爲了欣賞書中優美的文字風格和動人的故事經常翻閲這本書，爲什麽她偏偏没有看懂書中内涵的真諦。它顯示出世界上的最高真理，指出獲得永恒幸福的道路，把人的靈魂升華到涅槃。多可惜——她心裏想，同時不自覺地歎了一口氣——我得經受了那麽多的痛苦纔悟出世尊的智慧！

"我得離開這個世界，遁入一個與世隔絶的地方，默想那最純真的善。"她對自己説，同時把這部佛經放回到書架上去。

她現在感到輕鬆多了。她已經開始忘掉這個世界，忘掉人間那些名、利、欲等等不值一顧的瑣事，特别是忘掉她在學究氣重的趙家手裏所受到的恥辱。她已經開始覺得她在重生，雖然她還没有開始默想。

她徑直去看她的母親，告訴她自己發現偉大的智慧後所感受到的振奮。慈愛的母親看她不幸的女兒又重新變得快樂，心裏感到説不出的愉悦。她没有再作思考就肯定了女兒的想法，同時含着眼淚，説：

"只要你快樂，我的孩子，你怎麽想我都同意。也許我可以介紹你到山裏的白雲庵去。在那裏你可以修行。那裏的女住持是一位修養很高的佛門學者，也是我最好的一個朋友。"

---

① 譯成口語爲："於是世尊説：'你現在看到了，啊，韋提希，阿彌陀佛就在你的身邊。你應該聚精會神地、全神貫注地沉思。默思那些爲進入佛國而必須完成了淨化大業的人。修好淨化大業的人，可以投生西方極樂世界。"

“非常好，媽。”茵茵説，感激的眼淚開始在她的眼裏閃亮。她覺得，除了世尊外，世界上第二位最慈愛的人恐怕就是她的母親。她跪在母親的膝前，把頭埋在她的裙兜裏，讓眼淚盡情地流個痛快。

第二天上午，茵茵帶着母親寫給女住持的介紹信，向白雲庵出發。這次她不反對她的父親的老僕人老王陪她同行。這個忠誠的老僕爲她挑着一個箱子和一包書籍。雖然天氣熱，擔子也重，但他的心情一直保持輕快。他不時和茵茵搭幾句家常，以免她感到旅途沉悶。不意間他們的話題扯到他們共同認識的一些人——但這些人並不太多，除了那位篤信老莊哲學的家庭教師(他已經被風濕病纏得動彈不得)外，恐怕就只有那位侍童了。

“您知道，”老僕人非常嚴肅認真地説，“那位侍童對他在您舉行婚禮時所造成的意外，感到非常痛心。他説，他絲毫也没有意思要做出那樣的表現。他只是無法控制自己。年輕的小夥子都是那個樣兒，感情一上來就什麼也不管了。”老僕人長長地歎了一口氣，他倒好像情場上的一個過來人，非常懂得年輕人失戀時所感到的痛苦和熬煎。

“可憐的人!”茵茵也極爲同情地歎了口氣，深爲這個老僕人所傳遞的信息所感動。撇開社會上的一些習慣考慮不談，她覺得侍童也可以算是一個真正偉大的戀人。“但是老王伯伯，”她繼續説，“我得忘記他，忘記一切，包括我的父母甚至也包括您。”

“這倒有點奇怪，”老僕人嘟噥着説，“爲什麼您要忘記您的父母呢?他們都是非常好的人呀！還要忘記我！我從來也没有做過對不起人的事呀。”他似乎對女性的心理感到有些莫名其妙——他作爲一個愛情中一貫失敗的單身漢，還一直以爲自己最懂得女性的心理。

時間可是不允許他們這樣漫無邊際地談下去：他們已經來到廟庵的門口。茵茵在門上敲了好幾下，一個空洞的回音從遠方山裏傳過來。不一會兒一個年老的尼姑從裏面走出來了。茵茵把她母親的介紹信遞給她。女住持把它拆開，仔細地看了一下。她微微地歎了一口氣。整個的情節她已經從信中知道了。她把來人從頭到足打量了一下，又望了這位老僕人一眼——他挑着那個擔子，站在茵茵旁邊，像個傻瓜，仍然在揣摩女性的心理。女住持説：

“我永遠爲你這樣的女子保留了一個房間，請進吧。”接着她掉向老王，“你可以回去，老爺爺。這裏不是男人所停留的地方！”

在這位老僕人離去以後，茵茵茫然地朝她剛剛走過來的那條曲曲折折的小路望了好一會兒。女住持把她喚醒過來，問：“你對那人間世界還有些留戀嗎？”

“哦，不！”茵茵回答説，做出一副堅强的樣子。

“那麼好，去收拾你的房間吧。它就在那兒，面對着後花園。”

那是一個相當舒適的小房，右邊有兩個紙窗，面對着外面山坡上的一叢青青的竹林，房門在左邊，開向一塊百合花畦。整個的環境呈現出一種安静、和平的氣氛。但是聲響還是有的，只不過這些聲響更加强了這種安静感罷了。遠處小溪的潺潺聲，風中樹葉的沙沙聲，百合花叢中蜜蜂的嗡嗡聲，路過的飛雁偶爾發出的鳴叫聲……這一切，使她好像已經進入了另一個世界，在這個世界裏她還没有開始默想就已經進入了默想的境界。

第二天大清早，山門上響起了輕輕的敲門聲。在静寂中這聲音一直傳到後花園茵茵的耳裏。過一會兒，女住持走了進來，告訴她有位年輕的來訪者要見她。她隨同住持去接見這個人。這就是那個侍童。他孱弱地靠在門邊，手裏拄着一根拐杖。他似乎害過好長一段時間的病，因爲他顯得既瘦削，又蒼白。

“你怎麼找到這裏來的？”茵茵問，對於他這突然的來訪感到驚奇。

“是好心的老王告訴我這個地方的，”年輕人用微弱的聲音説，“我到這裏來是爲了向你辭行。”

“你要到别的地方去嗎？”

“對，我要到滿洲去，到那裏的處女地上去開荒。我想那裏的寒冷對我很合適。我喜歡冰凍的風、紛飛的雪、野馬在那冰天雪地裏的嘶鳴……我也不知道爲什麼。”

“啊……”茵茵忽然停住了，覺得她有許多話要對這個年輕人説。但她没有作聲，静静站在女住持的旁邊。

“你能不能給我一點什麽，作爲紀念？”侍童沉默了一會兒説，用祈求和探問的眼光凝望着她。

茵茵沉思了一會兒。於是她説：“好吧，請等一等。”她回到她的房間裏去，從衣箱裏取出一塊絲手絹——這就是這位侍童在那清明時節送給她的那件禮物，她回到大門口，把它遞給這個年輕人。

侍童攤開手絹，凝望着它，發起呆來。手絹仍然很新，像他給她的時候一樣。手絹上的那行字“恩愛到白頭”仍然顯得像他寫它們的時候那樣新鮮。她一定是一直把它當做最珍貴的寶物一樣保存着的。他想要大哭一場。

“你能否在它上面寫幾個字，作爲你的手跡留念？”侍童懇求着，儘量控制住自己的眼淚。

“好吧。”茵茵説，也被這個年輕人的多情所感動。她從門裏一張小桌上拿取一支筆，思索了一會兒，便在絲絹上，在侍童寫的那行字的下面寫了一行，不過增加了三個字：

恩愛未必能到白頭

侍童用憂鬱眼神默默地把這一行字凝視了好一會兒。接着他抬起頭來，像個孩子似的盯着茵茵，問：“你真的這樣想嗎，茵茵？”

這時女住持干涉了，説：“年輕的客人，這裏不是討論這個問題的地方。我想茵茵得開始作今天對佛陀的默想。”於是她合上了大門，把這侍童關在門外。

這位年輕客人在門外站了一會兒，呆望着這座孤獨的尼姑庵、不言不語的樹木和起伏的山丘。於是他便走下山坡，蹣跚地，像個老人。

長篇小說

山　　村

一

天氣好的時候，山沖裏總有一支歌在空中飄蕩，不管是在早晨還是在下午。甚至在没有人唱的時候，歌聲仍似乎在那兒留連，不願意離去。起伏的山巒把載着歌聲的空氣圈在山谷裏面，歌聲也無法消散。這是一支簡單的、但很悦耳的調子，它是這樣開頭的：

哎喲，哎哎喲，哎喲——嗬……

同時它也總是用這樣一個疊句結尾：

春天這片黄土給我們稻米，
秋天它給我們黄豆和紅薯。

這是一支没有什麽意義的歌，但是人們在幹活的時候卻喜歡唱它。他們只要一開口，回聲就從四面八方傳來。開始的時候，這些回聲顯得有點兒嘈雜，但是它們逐漸匯合在一起，形成一個龐大的合唱。最後它們就結集成爲一個單一的回聲，音域也逐漸增大，直到最後它忽然停止，變成一個微弱的音調，在空中盤旋，像一支催眠曲，直到一切又逐漸歸於寂静。這説明時間已經到了中午，或者太陽快要下山了。

於是許多那些在山沖裏看上去像一群群螞蟻的莊稼人開始從田裏走

上來，形成一個長長的行列。他們在河邊的大路上走——這條路，沿着河流，一端伸向遥遠的天際，另一端則鑽進一個濃鬱的樹林。他們肩上扛着鋤頭或鐵鍬，拖着倦怠的步子，慢悠悠地鑽進那一堆茂密的樹叢。第一個人鑽進去了，接着便是第二個、第三個……直到最後一個。他們蜿蜒地進入那樹林，没有在後面留下任何痕跡。他們像一條長蛇，或者像一縷暮煙——它一接觸到那古老林木的濃密葉子，就無形地消散了。

這些樹木，有的是山楊，有的是櫟樹，有的是楓樹、槭木，它們圈了好大一片空地。它們事實上是在起着一種屏風的作用。透過這道屏風，人們可以瞧見外面的世界、山河和大路。在這塊空地的後邊立着二十來間用木料和石塊建造的村屋。它們也是同樣的古老，像外面的那些山丘，像上空的藍天，像那永遠微笑的白雲——它們是那麼古老，誰也不知道它們究竟存在了多少歲月。那些木門和石牆，在外表上都看不出有什麽太大的差異，無數的寒暑和風霜已經使它們全都變得蒼白了。唯一可以和它們成爲鮮明對照的，是屋頂上的那些楞瓦——它們全都是黑色。這些瓦頂，連成一片，看上去就像懸空的一層層波浪。村裏的老爺爺都説，它們一直是那個樣兒。不管哪個朝代來，哪個皇帝去，它們永遠是那個樣兒。

所有的大門都開向村前的那塊空地。這塊空地很平，很結實，很像近代的一個網球場。夏天人們在這裏打穀、脱粒，黄昏時候人們聚在這裏聊天，晚間大家則坐在這裏聽我們村裏的説書人講故事，或者在仲夏夜漫無目的地凝望天上的星星和銀河。這塊空地右邊的面積比較窄，那裏有一幢唯一可以稱得上有一點氣魄的建築物是祠堂。它屋頂的瓦，上過緑色的釉，朝着它們望去，你會感到你的眼睛發花。它們反射着太陽光，倒是顯得非常生動活潑。據説這反光可以直接通到天上，因而就起着一種連絡人間和天上的作用，我們的祖先也可以通過它在節日降臨凡界，來接受我們的祭禮。

在村子的左邊，幾乎是隱在大路旁的樹木裏，住着我們的土地爺。他的屋子是一個石砌的小亭子，他那位心寬體胖的老伴也和他住在一起。

他是一位温和的長者。他一天到晚坐在亭子裏，他那柔嫩雙手上的尖尖指頭，搭在他的膝上，一動也不動。他的老伴也以同樣姿勢坐在他旁邊，臉上總是堆着慈祥的微笑。他們不僅關心我們的莊稼，也關心我們的福利和耕牛。他們這樣爲我們服務了幾年以後就得退休了，當然是不需要退休金的。他徑直升到天上，成爲神仙，永遠也不再墮入輪回而變成人，生活在我們這個憂患重重的世界。我們當前的這位土地爺據説是我們一位曾祖父的曾祖父。他曾經是一位既有學問而又品行端正的人。每天在黄昏時分，村裏就有一户人家到他那兒去燒香。香爐很大，是鐵鑄的。它立在祭臺下邊的一張石桌上。

在我們村子外面的遠方，那條河老是不慌不忙地向西流去。由於河岸上長滿了樹，我們總是無法看清它的完整形態。不過它的流水我們是可以瞧得見的，因爲它在太陽中射出反光，吸住人們的視綫。當微風吹皺水面的時候，它的微波就在太陽光中閃耀，像笑盈盈的一顆顆星星，通過那碧緑的樹葉空隙向我們擠眼。就是在這種時刻，正如在其他的日子裏一樣，我走出村子，沿着那斜斜地伸向河床的大路，去看我們正在放牧的母牛。有一大片草地從河岸向前展開。我們的耕牛——公的、母的和它們的兒女——就在那裏吃草、相互頂角或嬉戲，像一些小狗那樣活潑。

在草地的外邊有一片長長的沙灘，它將近有一里路寬。沙粒在太陽光中發出閃光，很像沙金。沙灘的外邊就是河流。河水永遠是那麼安静和透明。我有時喜歡打着赤脚去攪亂它幾下。這天就是如此，我走到它旁邊去，把脚伸進水裏，把它攪渾，於是沙子便從河底盤旋地往上浮，像一炷旋轉的煙。河水開始發起牢騷來，聲音最初很高，過了好一會纔逐漸低下來。可是那悠閑的水流立刻就把沙子捲走，那泛着泡沫的漩渦也很快地變得平静下來。在我步出流水以後，一切便又變得静寂了。粘在我脚上的沙粒，面對着太陽發出微笑。我站在水邊遠眺，發起呆來。長長的流水啊，它没有盡頭！

“這是世界上一條最長的河流。”潘大叔有一天説。那時他正在草場上刷我們的耕牛。“它有幾萬、幾萬里長，比我們國家所有的大路加在一起還要長。”

“它怎麽能够會有那樣長？”我問。

“想想看，登上銀河該是多少路程？這條河就是從銀河流下來的呀，懂得嗎？”

“那麽銀河又是什麽呢，大叔？”

“它就是天河呀——天上的河呀。”他説。他仍然在刷我們那頭母牛的腹部。當刷子一碰到她的乳房的時候，她就跳了一下。“天河，同樣，也没有個盡頭。”

當我打着赤脚在沙上向遠方凝望的時候，立刻就想起了這些話——沙粒仍然在我脚上對着夕陽閃閃發光。我抬起頭來，把視綫又移到河上，面嚮東方。的確，它没有盡頭。接着我就聽到一頭母牛低沉的叫聲。這是我們的那頭母牛。她正在迷糊地向另外一個方嚮呆望。她常常是這個樣兒，無緣無故地叫幾聲，然後就像在夢鄉裏一樣，凝視着那日夜不停地、有節奏地、平静地、向西方流去的河水。我從她所凝視的那個方嚮望去，也没有發現什麽新鮮的東西，只看見河流在村前的一個土丘那兒拐了一個彎。那道彎一拐完後，它就照樣往前流，一直流向遠方的地平綫。不過，就在那拐彎的地方升起了一個歌聲。也許我們的那頭母牛錯誤地把它當做公牛的呼唤：這大概也就是爲什麽她變得那樣的發呆吧。

> 嗨—嗬，嗨—嗬，咯咯咯，嗨，咯咯，嗨—咯。
> 呵嗬，唬，嗨—嗬，唬，嗨—嗨—嗬，咯—咯—咯……

這是一個没有什麽意義的調子。它就是河灣那兒沙灘上的幹力氣活的人哼出來的。我不瞭解他們爲什麽要哼出這種歌。它，聽起來有些傻氣。這些幹力氣活的人正低着頭，背着沉重的貨物，吃力地往前走。他們是在走向坐落在群山所形成的一半圓圈裏的那個古老的城鎮。他們一邊走，一邊哼出這種單音節的曲調。好像這樣就可以促使他們的步子加快。這個城鎮，除了許多店鋪和住屋以外，在它的東端還有一座很大的寺廟。廟前有一個廣場，爲的是便於節日來進香的人在那裏休息。

那些店鋪從這條河下游三百多里路之外的“大城市”批發進來各種各色的貨物，供應地方上鄉民的需要。這些貨物都是用竹排運上來的。每天總有成群結隊的縴夫，拉着竹排，逆流而上。他們一到河流那個拐彎的地方就要停下來，休息半天或度過一夜。在這期間，那些幹氣力活的人——當地人把他們叫做“腳夫”——就把竹排上所裝載的貨物卸下來，運到鎮上。河灣旁邊的那塊平地上有幾個飯攤和茶座，甚至還有一個剃頭匠的小鋪。那些縴夫，由於長時的風吹日曬，已經變得黝黑了；他們坐在茶桌旁，像異國來的人似的，一邊喝茶，一邊呆望着那些正在背貨的腳夫哼那種毫無意義的曲調。有時他們對那些腳夫發出微笑，像孩子一樣。有時他們也利用這休息的時間把自己打扮一下；到那露天的剃頭鋪裏去刮刮那些糾纏不清的濃密鬍子，推掉他們腦袋上那佈滿了灰塵的頭髮，同時也痛痛快快地洗一次頭。

貨物卸乾浄了以後，縴夫們就又把竹排向上游拉去。他們在沙灘上拖着遲緩的步子向東方前進，沿途經過一些小鎮，不時停下來裝載一些土産，然後又運往下游的那個“大城市”。他們像腳夫一樣，拉縴的時候，也要哼些類似的曲子，不過調門卻是要憂鬱得多。一般説來，河面上總有些微風，他們的歌聲也就在風中被沖淡了；因此他們的調子也就變得稀薄，終於着上一層悲愴的色彩。同樣，當他們折回向上游拉縴的時候，時間一般總是在下午或黄昏，他們倒映在沙上的影子就變得非常瘦削和單薄，像他們的歌聲一樣，因而他們的形象也變得有點像幽靈而顯得淒涼。

我現在又看到一隊竹排從西邊在逆水上行。當這隊竹排在逐步向我接近的時候，我可以聽到竹排下面的浩浩水聲。我們的那頭母牛呆呆地向它們大睁着眼睛，同時也豎起耳朵傾聽縴夫們的歌聲。也許她又把歌聲當成是公牛對她的呼唤。忽然，縴夫們的合唱停止了，竹排也就來到了我的面前。但我的視綫卻是集中在我們的那頭母牛身上。

“你這個偷懶的放牛娃。”一位縴夫對我説，“你的母牛想要回去睡覺呀，偎在公牛旁邊睡覺呀。你還在這裏撒野！”

説這話的人是一個身材結實的、黝黑的縴夫。他説完後便大笑起來——他的這陣傻笑，在這静寂的河上，聽起來倒真有點怪。另外一個縴夫接着説：“回家去吧，傻小子。母牛想要歸欄呀。”於是他便向沙灘上撒了一把花生，好讓我撿起來吃。接着他們又拖着沉重的步子向前進。每次他們經過這裏的時候，他們總要留給這裏的放牛娃一點東西，以求博得好感，因爲他們相信這種好感會在夜裏在這孤寂的河上給他們帶來甜美的夢。

我把花生一顆一顆地撿起來，接着便向西邊的群山凝望。那個膨脹起來了的血紅的太陽正懸挂在西山的松林之上；在下邊的山沖，這時也有一層煙霧從積水的稻田裏升上來。當夜幕逐漸變得昏暗的時候，這煙霧便也以更大幅度向四周擴展開來。它慢慢地向天空浮動，包圍那血紅的太陽，使它的顔色變成淡白——接着太陽便也逐漸往樹叢的後面下沉，直到它墜入西山，完全消失爲止。這時西邊的群山也變得模糊起來，像中國傳統畫中表現夜色的淡墨。

我牽着穿過牛鼻子的那根繩索，領着母牛回家。她温順地跟在我後面。我們以緩慢的步子在河岸上行進。當我們來到保衛我們村子入口的那兩行古樹的中間的時候，我回頭向那隊竹排望了一眼。它現在已經完全被河上所升起的迷霧遮蓋住了。只有縴夫們唱出的那種没有什麽意義的曲調還在夜空中微弱地顫動。

我走進了村子。外面的世界已經入睡，但這裏的生活則剛剛開始。所有的莊稼人都已經從田野裏到村子裏來。他們正在向村前的廣場上集合。老年人點起他們的長煙袋，年輕人則鬆開他們的腰帶，拍掉他們在田野幹活時所染上的灰塵。瘌痢頭毛毛背靠牆站着，正在興致勃勃地描述他怎樣碰見了母烏鴉，又怎樣像讀書人一樣和她講了話。母烏鴉是鄰村釀酒匠的九個女兒中的一位千金。毛毛遇見她的時候，她正是到鎮上去買東西。她是一個身材魁偉的女子，嘴非常大，一雙腳也不小，幾乎成爲方形，但是她的一對眼睛卻是小得出奇。毛毛原是一個孤兒，現在當長工，一分地也沒有。他常常聲明，他對這位姑娘是五體投地地愛慕，他一定要想法娶她爲妻。他相信：她不僅現在是一位很能幹的莊稼婦女，將來一定還會成爲一個賢妻良母，因此村裏任何人沒有得到他的同意，絕不能打她的主意。

“你有把握保證她一定會嫁給你嗎？”我們的道士本情問。此人雖然知書識字，而且還會驅魔，但卻一直是個“老單身漢”，討不起老婆。他連立錐之地都沒有，而且瘦得皮包骨，像個骷髏，腰也變得直不起來，眼睛更是近視得可怕。周圍村子的婦女，沒有一個願意做他的妻子。但是不知怎的，毛毛卻認爲他是一個潛在的情敵——對此誰也不懂得其中的奧妙。

“你要懂得，我是一個意志堅强的人。”毛毛説，“一個意志堅强的人總有一天會成氣候的。”

“是的，你那個發亮的瘌痢頭，也是一種吸引力。”我們的道士先生説着，發出一個傻笑。

“哈，哈，哈！”所有在場的人也都大笑起來。潘大叔正背靠一棵古老的榆樹站着。他有個怪習慣，那就是笑的時候，他總要腦袋往後一仰，所以這次他的腦袋就撞到樹上去了。這又引起一陣笑聲。

“够了！先生們，够了！”老劉説。他是我們村裏的説書人。他正提着一個小鼓、一副響板、一個鼓架和一根敲鼓的小棍，從他的屋子裏走出來。“回家吃夜飯吧，先生們。夜飯一吃完，我就要開始了，我是誰也不等待的——不管他是縣太爺或田老闆。而且，同一個故事我也決不會再重講一次的。”

他是一個非常坦率和説話算話的人。同一個故事他確實不再講第二次。我們村裏沒有誰肯漏聽他所講的故事。

人群都分散開來，各自回到自己的家去。

我們在我們堂屋中間一張低矮的小桌旁圍坐着，離我們祭祖先的神龕只不過幾尺遠。阿蘭從廚房裏端出一鍋麵條來。麵條是和白菜、紅薯片煮在一起的，還加了一點大蔥。當她把面鍋在桌子中央放下的時候，一股蒸汽就立刻升了上來，圍着油燈翻騰。有好一會兒我們看不清彼此的面孔，所以我們就静静地等待。待蒸汽消散以後，我的母親就用一個木勺把面舀進我們的碗裏。我們又等了一會兒，静待每人的飯碗裝滿。不過阿蘭等不了。她總是家裏一個最容易肚餓的人，因爲她整天不是在廚房裏，就是在菜地上勞動。她立刻就開始大吃這稀湯麵條，弄出一片響聲。

"吃得太快會傷嘴。"我的母親對她説。我知道，母親的意思是指：鲁莽的吃法，對一個女子説來不太合適。

潘大叔的吃法比較文雅，他沮喪地低着頭，好像他是用舌尖輕嘗食物似的。看到他這種矜持的樣子，我的母親就發出了一個微笑。她似乎記起了一件什麼事情，但她卻不直接説出來。她望着潘大叔，看他究竟怎樣文氣地吃完這碗麵條。

"你累了，潘大叔?"我的母親最後問他，臉上仍然挂着微笑。

"有一點，但也不太累。"潘大叔回答説，仍然噘着嘴唇，但卻没有把頭抬起來。

"那麼爲什麼不喝一杯酒暖一下身子呢?"我的母親提示着，特别着重"喝一杯酒"這幾個字兒。

潘大叔立刻抬起頭來，容光焕發。"對，這個想法很好!"他説，"我一直没有想到這一點!"我知道這是一句謊話。每天吃晚飯時他總要喝一杯酒，而每次他總要説他不曾想到這件事。事實上，每次吃飯的時候，他的面前總是放着一個緑酒杯的。

他走向神龕下面的酒罎子，揭開新啓封的罎蓋子，用一個銅勺子舀出了滿滿一杯酒。這是我們家裏自己釀的酒。每年秋天，收穫以後，我們總要請鄰村的釀酒匠來爲我們蒸餾幾罎子大麥酒，而喝酒的人就只有潘大叔。他常常喜歡開玩笑地説，要不是爲了這種"提神的瓊漿"，他決不會和我們在一起住這麼久。

他原來並不是我們家裏的一個成員，甚至也不是我們村裏的一員。他是許多許多年以前從北方來的——那時我的年紀還很小。那時他出生的那一省內有兩個敵對的軍閥在打内戰，除此以外黄河也決了口，淹了一大片農田。他和一大批災民向"大城市"逃荒，希望到那裏去找一個拉洋車的工作謀生。誰知，路經我們村子時，他忽然病了，掉了隊。我的父親把他收進家裏來，我的母親照顧他，直到他的病好。這時他忽然改變主意，想呆在我們家裏，因爲他瞭解到我們有幾畝田，由於我的父親在外面教書，人力不足，只好不時請村裏的人來幫忙耕種。他願意爲我們解除這個困境，代我們把這點土地耕好，以報答我們在他最困難的時候所給予他的照顧，條件是我們得把他當自己人看待——後來我們纔知道，他在本鄉是一個賣零活兒的人，成不了家，隨處都可以安身。再晚些時我們更瞭解到，他只會種田，不是拉洋車的材料，在"大城市"混飯吃他更不習慣。

我的母親發現他熱愛土地，因而他也非常喜歡我們家那頭耕地的母牛。我們家裏原來就缺少一個强勞動力，現在有了他這樣一個人，不僅勞動力問題解決了，額外又多了一個人爲我們晚間壯膽。因爲遇到荒年，夜裏就不時有人來挖洞，盜去我們的耕牛和財物。有了這樣一個人在家裏，我們晚上睡覺就安心了。看來他也是一個老實人，可以成爲我們家裏的成員。所以我的母親就把他留下來，把牛欄旁的一間柴草房騰給他住，他每天和我們一塊吃飯。他住在那頭母牛的隔壁，感到很愉快，從此就再也没有返回老家的念頭了。

現在他把酒杯舉到油燈的亮前。燈火立刻就伸展到酒杯上，點燃杯裏的酒，引出一種神秘的、淡緑色的閃光。潘大叔微笑地凝視了一下這道閃光，然後忽然把它吹滅，一口氣把酒灌進喉嚨裏，接着他就呼出一口充分感到全身鬆快的氣。他那佈滿了皺紋的雙頰上開始出現了一點紅暈。

他開始話多起來了。話語從他的嘴裏吐出來，正像一條小溪從一個斜谷上流下來一樣。他在敘述故事的時候，不時用些着重的字眼來加强他的語氣，好像是這條小溪在它下流的過程中碰到了一些石頭似的。爲了使他的敘述形象化，他常常伴以各種手勢，而他所敘述的內容也是每天晚上各不相同的。他説：有人告訴他，某村的某一位莊稼人捉到了一隻水獺，此人用繩子把水獺綁在鋤頭把上，卻没有料到這個詭計多端的小動物居然把繩子咬斷，逃掉了；那個頭腦簡單的人，在驚訝之餘，感到非常沮喪。他還説：他看到過鎮上有一個買賣人從一個流浪的獵户手裏買了一隻野兔，付給了一大把銀毫。“數目至少有兩百五十三塊，可以够我花半輩子。”他對於這個數字咬得特别清楚，好像他親手數過似的。像這類的故事，他講得簡直没有個完。

我的母親只是不停地問：“真的嗎？真的嗎？”

“大娘，我一生從來没有説過謊呀。”他毫不含糊地説，“這些事情完全是真的，真得像毛毛和我一樣。”

就這樣，我們在不知不覺之間把一鍋麵條吃完了，時間花了多少當然也没有注意。

阿蘭這時候站起來，打算收拾桌子。但是我的母親止住了她，説：“我來做這些事吧。你收拾一下，準備到村前的廣場上去。你的嘴上有油，鼻頭上也有油亮，去擦一把吧。”阿蘭臉紅了起來，但她的心情是高興的。她是老劉的忠實聽衆之一，如果她遲到哪怕是一分鐘，她也會哭的。她匆匆地走進廚房裏去，她的那根小辮子在她的背上摇擺着。没有多大一會兒工夫，她又走出來了。她已經洗好了臉，頭髮上也擦了一點油，並且還在那微弱的燈光中發出一點閃光。我的母親對她的這番打扮望了一眼，没有發表意見，只是對她的虚榮心静静地發出了一個微笑——因爲在黑夜中誰也無法欣賞她那一頭發亮的頭髮。

我們一同出去——我們三個人：潘大叔、阿蘭和我。我們跨過門檻的時候，母親警告阿蘭説：“聽那些故事可不要流眼淚啦，否則你夜裏又會做噩夢的。”“知道了，媽媽。”阿蘭心不在焉地説。我們急於要到廣場上，在説書人的附近找個好座位，以便能更清楚地聽到他講故事時的説白和歌唱，以及敘述過程中的抑揚和頓挫。

村裏的人先後從自己的屋裏來到廣場上，坐在老劉的周圍，形成一個半圓圈，留給他大約直徑三米左右的空間，以便他能够自由活動，因爲他説書時有一個怪脾氣：當他在説白的時候，他總喜歡繞着鼓架走來走去，只有當他以韻文來歌唱的時候他纔坐下來。我們這次坐在後一排，因爲我們出來有些晚了。潘大叔坐在中間，我坐在他的左邊，阿蘭坐在他的右邊。坐在我近旁的是菊嬸。她是我母親的一個最好的朋友。由於她自己没有孩子，她也非常疼愛我和阿蘭。我們也非常喜歡她，因爲她看上去非常吸引人。雖然她差不多已經有三十歲了，但看上去仍然像一個十八歲的姑娘。當她説話的時候，她嘴角上總是飄着一個温柔、和藹可親的微笑。

老莊稼人開始吸起煙來。煙鍋裏的煙草，對着天空的星星擠眼，好像它們在私自交換某種愛情的私語。這些暗號吸引住我們的注意。大家都想猜出，它們這樣談情説愛究竟具有什麽内容。所以誰都在凝望着，保持着一種神秘的沉寂。當大家正進入了這種狀態的時候，老劉就忽然敲起他的鼓來。那一邊套在他的拇指上、一邊可以自由活動的響板也同時卡嗒卡嗒地響起來了。隆隆的鼓聲持續了將近十來分鐘的樣子，把大家的視綫從星星和煙鍋吸引到説書人的身上來了。這時，鼓聲突然嘎地一聲停了。老劉被他那個奇怪的習慣所驅使，開始繞着他的鼓架邁起步來。他要開始他的故事。他先來一個開場白，而這開場白一般則是没有韻文的平鋪直敘。

“各位女士們,”他説(事實上，除了他本人——也許還包括我們的道士先生本情——聽衆中間没有一人可以談得上是“士”，但他講話老是那麽彬彬有禮)，“今晚在下所要講的是一個嶄新的故事。它是那麽新，在下還來不及爲它找出一個適當的題目。但是，只要故事有趣，一個題目又算得什麽呢？它有一個具有重大意義的來歷。當我把它的來源講出來的時候，請大家不要激動。有一天，當我在那風景如畫的三魔山上散步、爲一個新的故事尋找靈感的時候，無意中我遇見了一個遊方的老和尚。根據在下的看法，他一定是來自西藏，因爲他穿着一件非常寬大的黄袈裟，大得和一幅蚊帳差不多。他腳上則是蹬着一雙長靴子。他那時正坐在一棵古老的栗樹下，凝望一條一丈來長的毒蛇。這條蛇在他前面蜿蜒地移動着，但卻不敢接近他。

“在下馬上就看出這一定是一個有道法的人。在下作爲一個説書人，對於上天對人世間的善惡所給予的啓示總是非常關心的。因此在下就走近這個有道法的人，希望他能給我講個故事，以便開導世間的生靈。我還稟告他，在我們的這個中華古國，一個説書人不單是一個討飯吃的人，同時也是一個具有高尚道德觀念的人。他用他那敏鋭的眼睛注視了我好一會兒，忽然説：‘年輕人，請坐下來吧。我知道你的用意很好。我告訴你一個故事。’這就是——”

他的聲音中斷了，爲的是要給他的鼓兒有機會表現一下自己。鼓聲越升越高，直到最後它響得像遠方的雷聲那樣轟鳴，預示將有一場驟雨到來。煙鍋裏那些閃耀的火星忽然全都熄滅，好像一層濃厚的烏雲已經飄到大家的頭上。只有當一顆流星墜到我們前面地平綫下面去了的時候，我們纔回到現實中來。我伸直了腰，偷偷地瞧了一下菊嬸。她正伸着頭，用她那烏黑放亮的眼睛望着老劉，好像她全身的精力就集中在這對眼睛裏似的。老劉製造出了一個緊張局勢：他忽然把鼓棒按在鼓上，發出一種如箭出弦的顫聲——這聲音向四周擴展開來，像一層波浪。於是他便在椅子上坐下來，保持着一種深不可測的沉默。

這種沉默當然只不過是暫時的間歇。

奴家取名海棠花，
花朝生在書香家；
家在五柳溪邊住，
學得詩書並繡花。

這已經不是老劉的聲音了，而是一個嬌滴滴的女高音。詞句從我們説書人的嘴裏吐來，就像是落到一個古老漆盤上的珠子，又清又脆，滾動起來的時候就發出裊裊的餘音。這聲音在空中顫動着，但這種顫動卻在我們的耳鼓上產生一種和諧而有力的效果。老劉的唱詞使整個廣場都寂靜下來。聽衆也似乎都變成了寂静無聲的人影。整個的夜似乎只剩下一個被音樂的迷霧所籠罩着的月亮和充滿了憂鬱的模糊的夜色。這個故事具有悲劇的色彩。

女主角海棠花很不幸受到了一個花花公子的欺騙，而更不幸的是，她深深地愛上了他。這個年輕人長得很漂亮，也聰明，還擅長詩歌。但是他没有好好地發揮他的才學。他從小就和壞人交往。他不去趕考功名，卻把他的光陰用來寫情詩，從而騙取了許多良家女子的青睞。現在的這位小姐就是他的一個最淒慘的犧牲者，他不僅殘忍地遺棄了她，還在她的心裏留下一個可愛、但是虛假的印象。這個印象她怎樣也忘記不了，因而日夜受折磨。

“現在我要遵照那個神人的囑咐，提醒各位注意兩件事情。”我們的説書人忽然用鼓棒在鼓上輕拂了一下，發出一個顫震的聲音，接着滚珠也就忽然停止不動了。“第一件事是，那個年輕人因交友不慎而被壞人所帶壞。第二件事是，那位小姐也太輕易交出她的愛情，换句話説，她太急躁了!”

“但是誰知道，這個年輕人是壞蛋呢?”菊嬸低聲對自己説，歎了一口氣，“男人是靠不住的!”她用結論性的語氣説。於是她取出一塊手帕，擤了擤鼻子，擦了擦眼睛。像所有在場的婦女一樣，她控制不住爲她的同類所遭遇的不幸而流出的眼淚。

老劉真是一個説書的好手。知道他的歷史的我的母親，一直堅持這個看法。他是經歷了無數的艱苦和磨煉纔學會這行技藝的。他的父親是一個貧無立錐之地的莊稼人，因爲養不活他，纔把他送到一個廟裏去當小和尚。長老教他識字和念經。他天生有一個好嗓子，因此在念經的這門學問中他進步得很快。不過當他自己認識了足够的字的時候，就對那些神巫的經書不再感到興趣，而鑽到一些舊小説和傳奇戲劇中去了。有一天他的師父在他的床底下發現了他所收藏的這類作品，這位虔誠的教徒就毫不客氣地在他的屁股上狠狠地踢了幾脚，二話未説，就把他趕出了廟門。

他是天生的一個無法擺脱塵世情欲的人。如果他繼續在廟裏住下去，他也決不會成爲一個够格的僧人。我的母親説，他的腦子裏事實上充滿了一些浪漫主義的想法。比如，他曾經想在一個戲班子裏學習當一個旦角演員，但是老闆卻不欣賞他。只是當他遇見了一個流浪的説唱藝人時，他纔學會了用男中音、假嗓子和女高音來講故事。當他長大成人以後，他回到村裏來，已經是一個有成就的説書人了。

他娱樂我們的村人，直到月亮西斜，露水開始下降的時候。有許多婦女常常是流着眼淚回家去的。一般説來，我的母親不等故事講完就出來接阿蘭回家，因爲故事的結尾常常是很悲哀的。的確，老劉是一個感傷情緒很濃的人，他只善於講悲劇性的故事。可是今晚我的母親來遲了。老劉已經開始唱出了悲哀的調子，要結束關於海棠花早期生活的故事。阿蘭已經是泣不成聲，頭幾乎抬不起來。

我的母親托着阿蘭的後腦勺，使她的臉可以仰起來。她眼裏的淚珠在星光中閃耀着。如果不是我母親把她扶得很牢，她就會倒到地上去。

“你真是一個傻丫頭!”我的母親用責備的聲音説，“每天晚上流眼淚，你怎麼會吃得消?”

阿蘭没有回答，但是仍然在不停地嗚咽。

母親扶着她站住，補充了一句:“如果你老是這樣哭泣，明天晚上我就不讓你再來了。故事只不過是故事呀，你不能那麼相信它。”

“不過老劉的説唱和哭訴是真的呀。”潘大叔説，對阿蘭表示同情。

“呀，這就是爲什麼你讓她呆那麼久!”母親説，“你早就該叫她回家去睡覺。”

潘大叔再没有説什麼話，只是垂下頭。阿蘭用袖子擦去她的眼淚，没奈何地走在我母親前面回家去了。在我們回家的路上，母親低聲問我:“阿蘭是什麼時候開始哭的?”

“我不知道。”我説，“也許是在海棠花的心傷透了打算自殺時開始的。”

“又要自盡?”

“對，不過這次的做法不同。”

“明天晚上你們兩人都得呆在家裏。”母親特地提高聲音説，爲的是叫阿蘭可以聽見，“這些自殺的情節對於你們的睡眠是很不好的。”

不過，第二天我們一吃完晚飯，潘大叔照舊帶着我們到廣場上去。母親也没有提出反對的意見。洗完碗筷以後，她自己甚至也來了。這晚的故事是頭天晚上的故事的第二部分——因爲這是一個三部曲。母親坐在菊嬸的旁邊。菊嬸一邊聽，一邊在母親耳朵旁邊低聲地對故事加以評論:“男人没有一個好東西!男人没有一個好東西!”

“不過老劉卻是一個好男人。”母親對她説。

“唔，有點太女人氣和軟弱。”菊嬸隨隨便便地低聲説。

“你不喜歡這種氣質的人嗎?”母親也低聲反問她。

“嗯……”菊嬸的話説不下去了。

在這同時，老劉繼續講他的故事。當他以那個花花公子的身份出現的時候，他就用一個男中音説唱;當他作爲那位女主角的化身的時候，他就用女高音訴説。這兩種不同的聲音，在夜空中聽起來就像是發自兩個完全不同的人物。在我們的心目中，老劉本人的確已經是不再存在了，而是兩個人物在敘述:一個人物女性氣質特濃，文静、美麗、而且多情;另一個人物則完全是男性，聰明、狡獪而又漂亮得可怕。爲了酬謝他這種神奇的説唱藝術，我們村人每個季度送給他一擔米，好叫他可以繼續編他的故事，而不至於爲生活擔憂。這年有幸收成很好。雖然住在城裏的地主儲敏拿去了一大部分糧食作爲地租，但是村人還是能够節餘一點，以應付不時之需。

二

阿蘭是一個孤獨的女子——像潘大叔一樣的孤獨。但她不是像潘大叔那樣來自遥遠的北方，而是來自十多里外的一個村子。當她剛開始記事的時候，她家裏的人就都死去了。她的爸爸是一個貧困的莊稼人。像他同一境遇的人一樣，他在一個大旱年忽然意外地離開了人世。那年整個夏天都没有下雨，田裏的稻子都被烤成了灰。因此饑民遍地，人們把這一年叫做“大荒年”。整個地區都没有糧吃，只有住在城裏的、最大的地主儲敏存有大量的糧食。這位地主非常吝嗇地把他的糧食“施捨”給困難中的莊稼人，以交换他們手裏所存的一點土地。不到幾個星期他就利用這種方式把這一帶的田地都弄到了自己手裏去了。可是忽然間天下起雨來，而且是大雨。這真是令人喜愛的甘霖。它給這死去了的土地注入了新的生命。阿蘭的爸爸走下他那塊耕種了多年的土地，想在那上面種點豆子。

“你現在無權在這裏耕種了！”儲敏的新佃户説。這是一個長得又粗、又壯、又黑的漢子。他接受了比較苛刻的條件佃得了這塊土地。“它現在是東家儲敏的産業。”

“這是我的一塊地！”阿蘭的爸爸説，“我在它上面耕種了一輩子呀！”

“你真是一個大傻瓜。難道你忘記了你領了三斗米把它换出去了嗎？我和儲敏大爺訂了約，把這塊地佃下來了呀！”這個年輕莊稼人用譏諷的口吻説。

“你好大膽！這是我的地！……這是我的老人家傳給我的地。”

他忿忿然地説着，並用他那又粗又大的手甩了這個年輕莊稼人一個耳光。這個年輕人也不甘示弱，像一隻猛虎似的向他撲來，用一個粗大的拳頭捶他的腦袋。阿蘭的爸爸這時年紀已經不小了，他頂不住這場廝打，倒在這塊他認定是他祖傳遺産的土地上。他口吐鮮血，鼻子也在淌血，像兩條小溪一樣。阿蘭的媽媽，由於失去了丈夫和土地而感到前途漆黑一團，也在第二天晚上懸樑自盡了。阿蘭那時還只不過三歲。

阿蘭是一個長得很俊的孩子。那時她的村人正在爲這對死於非命的人捐錢買兩口棺材。我的母親也去了，想幫一點忙。她看見阿蘭正坐在門檻上發呆，因而我母親注意到了她，於是把她帶回到我們家裏來。爲了使她在我們家居留合法化，我的母親請了一些人到家裏來喝茶，宣佈説收她爲我家的童養媳，待我的哥哥長大後，將來和他結婚。不過按照風俗，在她正式結婚以前，她得在我家幹童養媳的活。她從五歲開始，就在我母親的監督下做起家務勞動來。

當她逐漸成長起來以後，她確實看上去很像一個美人。我的母親珍愛她，像自己的女兒一樣，希望有一天她真正可以成爲很好的家庭主婦，有能力接她的班，使得她能在晚年卸下家務的擔子，過安静的日子。她不讓阿蘭在户外幹些艱辛的重活，爲的是怕損害了她美麗的容顏。我母親也有條件對這個童養媳表示她的疼愛，因爲我們已經不再單靠土地生活。我的父親原是一個貧困的教員，現在他已經在下江"大城市"一家興旺的棉花商行裏找到了一個當文書的職業。他所得的薪金要比他教書多得多。

阿蘭最初並不知道，在她成爲我的哥哥的妻子以前，她是一個童養媳。但是從她開始懂得世事的時候起，她就意識到自己的地位，而感到她的命不如别人。她有時陷入沉思，甚至變得憂鬱起來，特别當中秋節到來的時候，年輕人都帶着禮物到其他的村子去拜望他們的遠房親戚，阿蘭當然没有什麽地方可去。

這一天又是中秋節日。大清早她的面色就顯得有些蒼白，她的眼皮紅腫，看來她頭天晚上没有睡好。後來我得知，就在頭天晚上她到村後山上的墓地去過，在不久前一個死於天花的童養媳的新墳上大哭了一場。她們曾經很要好，常常在一起訴説她們的孤寂和哀歎她們的命苦。不過我的母親卻不知道這些事。她只是以爲阿蘭的心情不好，在這個歡喜的節日没有親戚可走而感到不快。她給她放了一天假，同時也叫我在這一天陪着她玩。

我們不知道怎樣度過這個節日。我們只是沿着河岸走走，因爲那裏太陽照得非常温暖。許多年輕人也都來到外面。他們大多數都在唱着一些情歌。這確是一個晴朗的秋天日子，桂花的香氣在微風中從各方飄來。大家都想唱出一點歌聲。

不過阿蘭卻是沉默着的。當我們在河邊走着的時候，她只是低頭望着自己的步子。所有歌聲她似乎都没有聽見，桂花香她似乎也没有聞到。我們只是一言不發地往前走，她像是去參加一個葬禮一樣。忽然，一陣狂風吹來，把她那美麗的黑髮吹亂。她的臉上起了一層雞皮疙瘩，她的雙腿開始發顫，她倒到路旁的一塊草地上去了。

"我覺得有點不舒服，"她急忙地説，有點兒氣促，"把我攙回去吧。"

我扶着她站起來，用我的雙臂架起她走。她身上確實有什麽地方不好過，我感到她的手熱得燙人。

我們回到家裏以後，母親把手心放在阿蘭的額上貼了一會兒。"不太好，"母親對自己説，"這是發燒。你們到什麽地方去過？"她把她的視綫轉向我。

"到河岸上去過。"我説。

"她一定着涼了。河風在這個時節是很尖利的，它會偷偷地從毛孔鑽進你的身體。"

她把阿蘭扶到床上，在她身上蓋了棉被，而且把冬天的衣服也加蓋上去了。"好叫她出一身大汗，讓寒氣再從毛孔裏沁出來。"她説。接着她就到灶房去弄點滚熱的湯水給她喝，以便加速風寒的蒸發。這熱湯是葱、薑、紅糖加水，用一個小罐在温火上熬的。熬到了一刻鐘以後，她就把它倒進一個碗裏。一股熱氣立刻從碗裏升上來，散發出一種强烈的葱薑氣味，看上去白得像牛奶。母親端着它送到阿蘭面前，輕聲地説：

"孩子，喝了它就會好的。"

阿蘭聽到這聲音就迷糊地睁開眼睛。她本能地坐起來，神志昏迷地凝視着母親。她從來没有違抗過我母親的意志。只要母親喊她的名字，她甚至在夢中也會回答。她連望都没有望一下，就把碗從母親的手裏接過去，把這熱湯一飲而盡，發出一個咯咯的聲音。然後她就又倒到床上，閉起了眼睛。

吃晚飯的時候，我們坐在桌子旁，看到一個位子空着，感到非常不舒服。我們從前一直没有意識到阿蘭在我們生活中所起的作用。潘大叔每晚習慣地要喝的一杯酒，這次也不喝了。他説，阿蘭生病，他感到很不安。因爲少飲了這杯酒，他的嗓子也感到了有些焦乾了。他再也没有心情講那些關於獵人捕捉海獺或鎮上的商人花一大把銀毫——銀毫的數目他只須望一眼就知道是多少——買一隻野兔的故事。整個的氣氛是很冷清的。

我的母親那天晚上没有睡覺。她不時去看看阿蘭，而每次去看的時候，她總要在她旁邊站好一會兒。她的額頭皺着，她的眉毛蹙着，以焦急不安的神情望着這位童養媳，望着她額上冒出的汗珠，在燈光中閃亮，像一顆顆的淚珠。這種没有知覺、癡滯的表情籠罩着她整個的面龐，而這個面龐平時則總是給人以誠摯和熱情的印象。不知怎的，我也感到非常痛苦。我母親的眼睛似乎也變得濕潤，在閃着淚珠。

到了半夜，阿蘭忽然呻吟起來。這呻吟聲聽起來就好像她平時在做噩夢時所發出一些不連貫的低語。但是這次也有不同的地方：她在喘息，而且喘息得非常吃力。我母親從床上跳下來，把燈點亮，匆忙地來到阿蘭的房裏。我跟着她去。阿蘭全身在出汗，汗珠所蒸發出來的熱氣形成一層薄層，籠罩着她。她已經墮入了一種可怕的昏迷狀態之中。母親摇着她的頭，驚恐地對她喊：“阿蘭！阿蘭！”阿蘭慢慢地睜開眼睛，露了一下眼白，便又閉上了。她已經不能再作出平時那種迅速而敏捷的反應了。

“她的病不是着涼。”母親用責備的口氣對自己低聲説，“葱薑糖水還可能使她的情況惡化。我該怎麽辦？我該怎麽辦？”

她一時驚惶失措，就機械地在阿蘭床前跪下，合掌禱告起來：

列祖列宗啊，如果她有什麽事情冒犯了您們，請您們對她發發慈悲吧。上天的神靈啊，如果她年幼無知，亂用了您們的名字來詛咒她所不喜歡的人，就請您們寬恕她吧。她没有父母教育她懂得道理。如果她褻瀆了什麽神祇，犯下了什麽罪過，那麽責任就在於我。如果她應受到懲罰的話，那麽懲罰就應落在我的身上，不應由她負責，她是一個孤兒……

我的母親不停地低聲祈禱着，好像是着了魔一様。在這同時，阿蘭的喉嚨裏就發出咯咯的響聲。每次這種乾嗆的聲音從她的嘴裏冒出來時，我母親的祈禱聲也同様變得沉重起來，像和尚在爲超度死人的靈魂而做法念經時發出的那種單調聲音。阿蘭的臉色變白，像石頭一様；她的嘴唇也發青，像五月的丁香。我不知道這究竟是怎麽一回事，因爲我的腦子已經不能再思索了。我的視綫一會兒從阿蘭掉向母親，一會兒又從母親掉向阿蘭。她們兩人在這暗淡的燈光下形成這様一幅圖景：既呆板而又陰沉，既悽愴而又可怕。最後我也機械地在母親旁邊跪下來，成了這幅圖景的一個組成部分。

到天亮的時候，阿蘭就變得静寂無聲了，她的面色顯得白而帶青。母親用手摸了一下她的面額，發出了這様不連貫的低語聲："她已經昏迷過去了。這是怎麽一回事呢？怎麽一回事呢？我們得叫潘大叔去請一位郎中來。我們得馬上這様做！"

她急速地走出了房間，去找潘大叔。

潘大叔來到十多里外的一個村子，那裏住着一位中醫郎中。在吃早飯時他就跟着這位郎中一起回來了。這位有學問的先生仍然是穿着早晨起床的便服。無疑，潘大叔運用他平常講話時所慣用的那些有名的手勢和着重語氣，説明了阿蘭病情的嚴重，因而這位郎中還來不及穿好衣服就跟着他趕來了。他和我母親應酬了幾句後，就徑直走到阿蘭的房裏去。按照我們那裏平時接待郎中的習慣，我們應該先款待他一碗肉湯，然後再請他看病，以表示對他這種從事濟世救人職業的人的尊敬。但這次這套禮節就全免了。他拿起阿蘭的手，摸了摸脈，眉毛馬上緊緊地皺起來了，好幾條横綫在他的額上凸了出來，他的雙眼也在不停地眨着。我們保持極度的沉默，甚至可以聽見我們自己的呼吸聲。

"她這毛病是昨天晚上忽然得的？"他説着把阿蘭的手放回到被子裏去，"不過現在她的發燒已經過去了。脈仍然跳得很快。這確是一個奇怪的症狀。”

“那麼她究竟得的是什麼病呢，郎中？”我的母親問。

這位郎中又皺起眉頭來，鼓起嘴唇：“我一時還説不出一個所以然來。這絶不是傷寒，因爲它爆發得那麼突然；也不像是瘧疾，因爲發燒後並没有接着發冷。”

“那麼請您推斷一下，這究竟是什麼病？”

“大嫂，這我很難説。”郎中説，臉上露出一個表示歉意的微笑，“我的職業的良心不准許我胡亂推測病情。”

“哎……”母親輕聲歎息着。

“但是大嫂，請不要害怕，”郎中用一個柔和的聲音補充着説，“她的脈跳得還比較平穩，雖然比平時要快一點。看來她的生命不至於會有危險。如果您讓她好好休息，每天給她一些稀粥和開水喝，我想她的病會很快地好轉的。”

“我將照您説的辦，郎中。”母親説，“只要她能活下來，怎麼辦都行。”

郎中起來告辭了。他拒絶接收任何酬謝，因爲他還没有把病情確診出來。

郎中走後，我們的道士先生本情來看我們。他没有敲門就偷偷地溜進來了。甚至當他已經走進了堂屋，也不吭一聲。他静静地站在一個角落裏，那對小眼睛直對着阿蘭的那個睡房的門眨巴。當我發現他的時候，他這種賊頭賊腦的窺探神情使我大吃一驚。他以一個友好的姿態不停地對我摇晃他那隻顫抖和瘦削的手，同時向我挪動他那像貓一樣輕的，幽靈般的步子，偷偷地問：“郎中先生走了嗎？”

“走了。”我回答説。

“好！”他提高嗓音説，“他没有用。”於是他以急速的步子走進阿蘭的房裏去，好像他本人就是一個郎中似的。

母親正在床沿上坐着，喂水給阿蘭喝。

“早上好，大嫂！”本情説，“我聽説阿蘭病了。我感到非常不安。病得厲害嗎?”

“你來看她，謝謝你，本情。”母親説着，又喂了一湯匙水到阿蘭的嘴裏。

“郎中?”本情做出一副驚訝的樣兒，“他能有什麼辦法?”

“是的，他甚至於還不能確診。”

“當然他不能!”本情用一種非常有把握的腔調説，“讓我來瞧瞧看。”

他不等我母親讓他，就直接擠到她身邊去。他把他那副厚眼鏡在他的近視眼上調整了一下位置，便對着阿蘭哈下腰來——他哈得那麼低，他的鼻子幾乎要貼着她的面孔。

“瞧，她那對眼睛的神色很不正常。”他對我母親説，“它們呆呆地瞪着你，空空洞洞的。當你要細看它們的時候，它們就設法避開你的注意。你知道這是什麼意思嗎?”

“唔，我不知道……”我的母親不安地説，向這位道士斜望了一眼——此人這時看上去倒很像是一位病理學專家似的。

“這情況説明她已經是身不由己了。”他自言自語地説，“這説明有件什麼别的東西在主宰着她的意志。”

“什麼别的東西呢，本情?我不懂得你的意思。”

“嗯，假如你要我説真話……”他忽然停住了，等待我母親説話。但母親偏偏不開腔，只是用一種疑問的眼光盯着他。母親的沉默使他忍受不了，他便繼續講下去:“唔，按照我的經驗，她現在已經有什麼鬼魂附體了。那也許是某一個死於非命的無家可歸的人的魂魄。你知道，當一個人在閻王還没有召唤他以前，如果他意外地死亡，比如説吧，被謀殺或淹死，他們的魂魄就在各處遊蕩，直到它找到什麼牲口或人可以再投生爲止。在它遊蕩的期間，它有時感到膩煩，就想再度變成人形。在這種情况下，它就附在天真的男孩或女孩身上，而叫那被附體的人害着重病。”

“是這樣的嗎?”母親帶着懷疑的口吻問。她是相信神仙和祖宗的，但是她卻不相信幽靈。我們誰也不相信幽靈。

“當然是這樣的咯!”道士先生説，又把他那没有鏡框的舊眼鏡在他的那對小眼睛上調整了一下位置，“這是我長期對鬼神學作的專門研究所得的結論。我親眼看見過遊魂在各處找活人來附體，而且我一直就在與它們鬥，把那些天真無邪的男孩和女孩從它們的魔爪裹解脱出來。”

“真的嗎?”母親又重複了一次她那充滿了懷疑的問話。

“當然是真的!”道士先生以堅定的口氣説，又把他那雙小眼睛上的眼鏡調整了一下位置。

接着又是一陣沉默。母親不願意再繼續談論幽靈，因爲這使我們更感到驚恐起來，因此本情就不再和我們談下去了。他向阿蘭最後望了一眼——她閉着眼睛，像死一樣地没有聲音。他只好做出一個失望的姿勢，離開了。不過他仍然在對自己嘟噥着：“可憐的孩子，這麼小就被鬼魂附體。我一定得把這個萬惡的鬼魂從她身上驅走。”當他跨過門檻的時候，又把聲音提高了一點，繼續説：“是的，我一定得把這個没有良心的鬼魂趕出村子！一定！一個鬼魂居然敢在我的鼻子底下肆虐，這簡直是對我的侮辱!”

根據我們村裹一些老年人敘述，本情曾經一度以“遊魂法師”這個稱號而出名，他能召喚各種神靈來幫助他降伏鬼怪。當某一個家裹出了意外事故的時候，過去一般總認爲這是由於鬼怪在搗亂，而常常請他來驅魔。人們也送給他糧食或錢財作爲報酬。不過自從那次“大饑荒”發生以後，我們村人家裹的意外事故就太多了，即使有了一打的道士先生也起不了什麼作用。人們在饑餓中失去了許多親人，除此以外他們的土地也被儲敏奪走了。

没有了土地，他們的命運就完全是由田東來擺佈了。他們苦惱的事情委實是太多了，鬼魂這類的東西他們也只好置之腦後。本情也就因此失業，弄得全身骨瘦如柴，没有一點氣力，其結果就是他成天無事可幹，甚至做法事的活計也没有了。這種惡性循環把他推進絶望的深淵，在經濟上和健康方面一天一天地走下坡路，以致毛毛也瞧不上他，認爲這位道士先生在爭取母烏鴉的感情這個問題上，絶不是他的對手——雖然他本人是一個徹頭徹尾的文盲。

不過這次本情似乎下了決心要提醒村人有鬼魂這種東西存在，而他就是驅鬼魂的權威人士。他想以此再恢復他當道士的行業。就在這天晚上，他穿上那前後胸都繡了白色飛龍的神聖法衣和戴着頂上横貫着一根簪子的黑色方巾帽——這套行頭，雖然他的經濟狀況是極端困難，還能保持完好，因爲没有哪個當鋪願意接受它。然後他帶着那顯示他的威嚴和道法的靈牌，煞有介事地從村子裹衝出來，奔向土地爺所在的那個亭子，那件寬闊黑色的道袍在兩邊扇起一陣狂風。聚在村前廣場上聽老劉講故事的村人，看見他這副樣兒，都以爲他瘋了。他神情是那麽果斷，他的架勢是那麽有勁，好像他剛在不久以前足足睡了一大覺、飽吃了一頓盛餐似的。他的雙眉深鎖，他的嘴唇高聳，完全是一副兇猛戰士的神氣，決心要與鬼魂大戰一場的樣兒。

他在土地爺神龕下邊那張石桌面前跪下來，他的那個小腦袋昂着，他的那個彎腰儘量地伸直。於是一連串咄咄逼人的喃喃咒語，面對着土地爺和慈祥的土地奶，開始從他的嘴裹衝出來：

> 某老子道君之虔信弟子，復以道人之身份，祈求尊神禳除阿蘭之祓，驅鬼魅於村子之外，並囚之於對岸橡樹之上，直至投生於豬犬之時。設或尊神不克執行此令，某將上稟玉帝，陳奏尊神之無能。事關尊神之切身利益，務須與某協作，以村神身份，顯示威靈，遵照某之指令，拔除邪魅……

發佈這番命令以後，他的聲音忽然停頓下來，接着就是一陣沉寂。老劉這晚講故事已經受到干擾，還不敢開始。這時他想道士驅鬼的法事大概已告一段落，因此鬆了一口氣，開始擊鼓，打算敘説故事的楔子。但是他的鼓棒一落在鼓上，土地爺的神龕那兒就忽然發出一個粗暴、刺耳的聲音。這聲音直射夜空，刺激每個人的耳膜。這又是來自本情。他正在那石板桌上狂暴地拍着他的靈牌，像個瘋子一樣。他使用各種字眼，咒駡那附在阿蘭身上的鬼魂：

> 鬼魂聽着，爾若不遵吾令，迅速退避，本人決不姑寬，當即召閻羅天子、九頭天神，將爾緝捕，投入滾油鍋中，或若牝雞，烤於冥火之上，或如豚肉，擲向尖刀山巔，爾其思之！爾將永無超生之日矣。何去何從，爾宜速決！急急如敕令……

他的聲音越高，他的靈牌就在石頭桌上拍得越響。他對他想象中的那個不聽話的邪惡的鬼魂所發的火氣越大，他的聲音也就升得更高。不幸的是，他的這種粗暴、刺耳的聲音卻把我們説書人的那種抑揚頓挫的音樂性很强的聲調全都淹没了。由於老劉無法再繼續他的説唱，本情馬上就有一種勝利之感，於是便把他的聲音提得更高。他開始意識到，對於這位在全村馳名、從而過着較好的生活的説書人，他已經取得了絶對優勢。的確，這天晚上老劉毫無辦法，只好收拾他的行當，向聽衆道歉，説他無法進行他的工作。

説書人這樣突然中止他的節目，自然使我們感到極爲不快。我們懷着對這位道士先生的滿腹牢騷和恨意回到家裏來，而這位道士先生卻仍然在繼續發出他的怒吼，其聲音之大，簡直是如雷貫耳，我們甚至連覺也睡不着。毛毛終於感到吃不消了，因爲第二天他得下田去幹活，不能不睡。不過他不願去打斷這位道士，也不打算和他毆鬥一通，因爲他害怕這種公開打鬥會加劇本情爲母烏鴉與他開展競争。他想儘快地娶她當媳婦，在他向她求愛的過程中，他必須謹慎從事，不要鬧出意外。

不過毛毛想出了一個天才的辦法，來對付這位惱人的降鬼法師。正當本情在精神百倍地痛駡那個“全村公敵”、自我欣賞他對我們的説書人取得了絶對優勢的時候，毛毛踮着腳尖，拿着一把掃帚，偷偷地走到他的身後。他把這掃帚繫在一根小繩上，然後又把小繩的另一端繫在本情的法衣的後裾上。於是他便偷偷地溜走，我們的道士先生一點也不知道。

本情仍然是不停地用他的靈牌擊着石桌，他咒罵鬼魂的聲音也就越喊越高。

毛毛遥遥地站在一棵樹下，静觀這位道士先生的動態。觀察了一會兒後，他也累了，想睡了。但是在他離開這塊地方的時候，他撿起一把石子，向本情在做驅鬼法事的地點撒去，以發泄他對這位道士的憤怒。石子像冰雹似的向本情的方巾帽上落下來。這位道士立刻就意識到，這大概是他正在驅除的那個鬼魂，召來了一大堆其他的冤鬼，來對他進行反擊。他馬上變得驚恐莫名，就站立起來，爲了保命，想向村裏跑，到自己家裏躲藏。但當他一拔開步子，那拖在他後裾上的掃把就在石子地上嚓嚓地響起來，很像那個由群鬼所形成的追趕他的大軍的脚步聲。他跑得越快，這個聲音就越大。

“救命呀！救命呀！”本情使出他所有的氣力，喊破嗓門。

可是誰也不來救他，因爲大家認爲他在發瘋，故意要把大家弄醒，不讓睡覺。最後，在他没命的奔逃中，總算把那根繩子拖斷了，群鬼追趕的聲音就忽然中止。雖然如此，他仍然把自己的脚步聲當成是鬼魂的追趕聲。當他回到自己屋子裏來的時候，已經丢掉那代表他的權威的靈牌和那作爲道士的標志的方巾帽。他當然也没有勇氣再回到那黑暗中去把它們找回來。爲失望和恐懼所困擾，第二天早晨他就病了，他倒床不起，一直在家裏睡了足足兩個月。

當我們的道士先生正在害一種神秘的病——這種病的性質，除了毛毛以外，誰也不知道——的時候，阿蘭的病情便逐步變得明朗化了。按照郎中的指示，她每天喝些温開水和稀粥，她情况進展得非常令人滿意。她不再發燒了，雖然偶爾之間她也説幾句胡話——但這種情况總是很短暫的。在第三天的時候，母親已經在阿蘭的臉上發現了一些徵象：一種水汪汪的斑疹開始在她的鼻子兩邊和雙頰上出現。“呀，我真没有想到！”母親彎在她身上、觀察她的面孔的時候，這樣叫了一聲。這些斑疹實際上是些小膿疱。阿蘭在出天花。在我們村裏，這是一種極端危險的疾病，每年有許多孩子就在這種病中喪生。不過籠罩在我母親心上的許多疑慮，現在算是完全消除了。她鬆了一口氣，把整個情況告訴了潘大叔，同時也要求他採取些安全措施。

潘大叔從頂樓上取下一捆乾艾。這種植物不僅氣味好聞，而且據説還能滅菌。它是我們每年在端午節日出以前從野外採來的。母親把它點着，在屋子裏各個角落和陰暗的地方用它好好地熏了一下。許多藏在那裏的蒼蠅和蚊子都被熏了出來，從窗子飛走，或者發出幾聲嗡嗡叫後就當場死去，落到地上。與此同時，潘大叔還調了一桶石灰水，把它洒在一些陰暗的地方，包括阿蘭睡床的下面。

這一切消毒的措施完畢以後，母親就找出一塊新的紅綢子，把它搭在送子娘娘的雕像上。接着她就低下頭來，雙手合十，低聲祈禱着説："祈求娘娘保住阿蘭的生命，我們將來還要在娘娘身上挂紅，以表彰您的仁慈和厚道；阿蘭病好以後，我們還要捐些錢，設法爲您建一座獨立的廟宇……"

祈禱完後，母親領着我到菊嬸家去。她對菊嬸説，在阿蘭生病期間我能不能住在她家裏。菊嬸若有所思地望了母親一眼，最初一句話也没有説，接着她低下了眼皮，説："我單獨一個人生活，對於男子總感到有點害怕。在這個屋子裏已經有許多年没有男子了。"菊嬸的這句話引起我的注意，這間屋子確實有點冷冷清清，很像一個寺廟。菊嬸的丈夫明敦是曾經在這個屋子住過的最後的一個男子。可是他們結婚後不久他就離開了村子，再也没有回來。我的母親感到很不安，她在我肩上拍了一下，打算把我領到另一位鄰居家裏去試試看。忽然菊嬸抬起頭來，臉上露出一個勉强的微笑。"不過他並不是一個成年男子，對嗎?"她指着我説，"我記得，他還是一個娃娃的時候，常常坐在我的膝頭上曬太陽。"接着，在我不經意之間，她忽然雙手捧着我的腦袋，在我的額上熱烈地親了一吻。她補充着説，"我將把你當做我的一個大兒子，就住在我這裏吧!"

這天晚上我就和菊嬸在一起吃晚飯。這餐飯很豐盛，有炒雞蛋、熏臘肉和醬豆。菜都很好吃，因爲菊嬸是一個做菜的能手。我從來没有吃過這樣的好飯。

“菊嬸，這些好吃的東西你從哪里弄來的？”我問。我有些好奇。菊嬸並没有種地，家裏也没有男人，因此她也没有養豬和雞——因爲她没有飼料。“你知道，就是我們養的有豬，我們也製不出這樣好吃的臘肉來。”我對她解釋我好奇的理由。

“哈！哈！這可是秘密。”她説着對我大笑起來，“你們男子不管談什麽事情，總要扯到田地上去。即使我没有種田，我也可以弄到東西吃呀。”

“怎麽弄呢？”

她又大笑了幾聲。“我買來的呀，懂得嗎？”她説，“我買來的呀！”

我不敢再追問下去，她從哪里弄得錢來，因爲她看起來並没有幹什麽活兒，成天都呆在家裏。她和我們村裏的許多婦女不一樣，甚至洗衣服也不到村邊的池塘那兒去。她不喜歡涼水，因爲涼水會損害她那柔嫩的手上皙白的皮膚。當我正在心裏思索這些情況的時候，她把我叫醒，補充着説：

“你知道，這臘肉已經藏了五年了！它也是一件稀奇的東西呀。”

“呀，菊嬸，那可是真正很貴重了。不過，你把它藏這麽久幹什麽？”

“爲的是明敦可能在某一天晚上或半夜回來。你知道，如果他有一天衣錦還鄉，我得好好地慶祝他一番，款待他一餐好飯……”忽然間她的聲音中斷了。她變得沉思起來，她的眼睛也變得沉思起來，望着油燈發呆。過了一會兒，她驚醒過來，對自己低聲説：“啊，我得幹活，我得幹活。”於是她把臉掉向我，繼續説：“如果你困了，你就先去睡吧。你睡的地方就在我睡的隔壁房間裏。”

“我不想睡。”我説，“我還想坐一會兒。”

“好吧，如果你想要睡，你就自己去吧。”她説。她不想再説什麽話了。她心裏壓着某種沉重的東西，這一點我可以看得出來。

她走到屋子下邊的紡車那兒去，在紡車前面一個凳子上坐下來。她開始紡綫。她的右手摇着紡車的輪柄，左手拿着一根像松鼠尾巴那樣長的棉條。紡車輪子轉動着，發出一連串枯澀、但頗有音樂性的唧唧聲。一條細綫開始從棉條上被抽了出來，正如一根絲從蠶兒嘴裏被吐出來了一樣。細綫捲在錠子上，而錠子的體積則在不停地增大。不到一刻鐘的工夫，它就變成了一個小球。菊嬸把它從紡車上摘下來，接着她就開始紡出另一個球。

菊嬸不停地紡，一個錠子接着一個錠子。她打了好幾次呵欠。於是她把眼睛揉了幾下，數了數她所完成的錠子的數目。接着她深深地吸了一口氣，又繼續紡下去。我静静地望着她，感到非常有趣。她的腰身苗條，手臂細長，因此她紡起綫來就好像是在跳舞一樣。此外，錠子不斷增長體積的過程也很吸引人。這情景我已經有好久没有看見過了。自從幾年以前我們開始買從“大城市”進口的機器織的洋布以來，村裏實際上就再没有人在這種老式的紡車上紡綫了。

菊嬸終於長長地呼了一口氣。紡車停止歌唱了。她把她身邊那個籃子裏裝的那些紡好了的錠子數了一下：“一、二、三……十二……十五。謝天謝地，今天晚上的數目够了！”她説。她從凳子上站起來，在地上攤開一個包袱，把那些錠子倒到上面，然後包成一個包。接着她就掉向我，發出一個微笑。她説：“你想睡了吧？我可要去睡覺了。”

“你每天晚上都得幹這些活嗎？”我問她，同時也站起身來。

“不單是每個晚上，每個白天也是這樣。”於是她臉上露出一個模糊的微笑，“好好去睡吧。”

她的這一切情況我完全不理解，使我感到迷惑。她幹的這活計實在太單調，而且也没有必要，因爲我們鄉下人現在誰也不再織布了。爲了這個緣故，我整夜没有睡好，越想越覺得這事情奇怪。紡車所發出的那頗有音樂性的唧唧聲，一直還縈繞在我的耳際。不過，半夜過後不久，當我已經倦了而要睡去的時候，忽然有個新的聲音把我驚醒了。我聽到菊嬸走下床來，弄出一陣窸窣的音響。接着我就聽見脚步在地上走動的聲音。看來她也睡不着覺。我在心裏想：菊嬸真奇怪，半夜裏起來在屋裏散步。她自從二十一歲嫁給明敦以來，一直是單獨一人住在這屋子裏，難道她怕鬼嗎？不過很快我就聽到她念念有詞，發出這樣的聲音：

列祖列宗阿，請保佑明敦在生活上一帆風順，在他的事業上取得成就，一旦他成了一個偉人，就立刻指引他回到我身邊來。我這些年月一直在等待他光宗耀祖。我還要繼續等待他。他是一個意志堅如鐵、具有雄心壯志的人。他一定會有一天名成天下揚，只有列祖列宗能助他一臂之力……

原來菊嬸在禱告祖先。我開始懂得了，她是在爲她的丈夫祈禱——一個具有雄心壯志的人，但我們的村人已經很久很久没有聽到他的消息了。

第二天早晨菊嬸問我，頭天夜裏是否睡得很好。我説睡得不錯。但這樣一回答，我卻不便於再問她：爲什麽她夜裏這麽晚起來祈禱，是否她因爲想念自己的丈夫而失眠，纔不得不起來這樣做。不過没有多久我就把這件事全忘了。

幾個星期以後，我的母親來接我回去，因爲阿蘭的病已經好了。

我很高興聽到阿蘭的生命終於被挽救了過來。我回家裏第一件要做的事，就是馬上到她房裏去，和她聊聊天。可是，使我失望得很，阿蘭卻不在房裏。我在那裏所見到的，卻是一個很奇怪的女子，消瘦而蒼白，坐在窗子旁邊，像個傻子似的向外面呆望。聽到我的腳步聲，她就掉過頭來，眼睛直盯着我。她的嘴唇在神經質地顫動，但是卻没有發出聲音來。我感到既奇怪，又迷惑，只能望着她的臉發愣，她那大睁着的、無光的眼睛忽然發出光來，幾分鐘後，豆粒大的淚珠也在她的眼眶裏亮起來了。她發出一陣嗚咽的哭聲。

“是我呀！是我——阿蘭呀！你不認識你的阿蘭嗎？”她説。

是的，我現在認出她的聲音了。但，是一個與過去多麽不同的阿蘭啊！她的臉上佈滿了麻子，又密又大，像盤子裏的一堆豆子。

三

阿蘭完全恢復了健康以後，就開始做家務活。菊嬸告訴我，她要送她一點禮物。“可憐的孩子。她的心情一定是非常不好，”她説，“像她這樣年齡的女孩子，出了天花，真是不幸。我得給她買點東西，叫她高興一點。你要不要和我一道到鎮上去一趟？你可以幫我挑選一下，看買點什麼東西給她好，因爲你知道她的愛好。”

她的這個建議使我感到受寵若驚，因爲我喜歡和她在一起，特别是一同到鎮上去。有許多年輕莊稼人都想陪伴她，但從没有獲得成功過。和她在一起真是一件愉快的事。因爲她没有下田幹過活——她是靠紡綫度日，所以她的雙脚是既嬌小而又纖細，她的腰肢也輕盈靈活，面龐也雅致多姿。當她走動起來的時候，輕盈苗條，看上去簡直像老劉所講的故事中的一位女主角。有一次，我們的説書人看見她在村前廣場走過，曾經作過這樣的評論：“她具有一種不可捉摸的迷人的嬌美，而她那不落陳套的打扮更加强了她這種美的效果。她的忠誠和高尚的品行，使她不僅成爲一個理想的妻子，而且也是一位舉世稀有的情人。啊，我的天！如果她能對我……她確需要一個像樣的男子來成全她的美！”不過她從來没有把他放在眼裏，雖然他是我們村裏一個最文雅、最有藝術氣質的人。

我絲毫也不猶豫，答應了她的要求：“當然！我非常喜歡和你一道到鎮上去，菊嬸。”

“那麼我們就去吧，等一會兒。”她説着把我領到她的屋子裏去，“我只是想把我的頭髮理一理，花不了多少時間的。”

她來到她的梳妝桌旁，開始打扮自己，完全忽視了我的存在，好像我不過是一個嬰孩。她把鏡子的方位調整了一下，好使她的面龐能够在它裏面全部顯現出來。然後她又後退了兩步，以便她能看到自己的頭髮。

她的頭髮長得非常茂盛，像午夜一樣烏黑，像蠶絲一樣射出光澤。她站着凝望鏡子裏的形象，相對無言。我立在她身後，保持一定的距離，静静地欣賞她的姿態。

她把她的頭髮散開，然後慢慢地向後輕輕攏了幾下。這時一頭又長又細的黑髮，披在她的背上，就像一條從山澗裏流下來的溪水，映着那水底下長着的紫藍色的青苔。她用機械的動作，梳着梳着，像一個白癡一樣。她這種機械的動作使我感到驚奇。她這時的表現，倒很像一個偷懶的丫頭，藉口要梳理頭髮而把時間混過去。我咽下了一口唾沫，我的喉結也上下移動了一下。我的這個動作她在鏡子裏看見了。她也驚了一下。

“你這個小傻子，你這樣瞧我幹什麼?”她說，她那靈敏的嘴唇擴大成爲一個微笑，但是没有張開。她的右手仍然是在不停地往下梳着頭髮，一遍又一遍地，同時她的左手則托着那像溪流一般的長股烏髮。

“我不知道。”我説，“看來你不像是在理你的頭髮，你只是不停地梳，不停地梳。”

“什麼話!”她叫了一聲，裝出吃驚的樣子，她那敏感的微笑更擴大了，露出一排細小而又光亮的牙齒。“你想猜出我的心思，對嗎?你這個不老實的小鬼!”

“你在想什麼事情嗎?”我問。

“嗯。”她說。但她馬上又抑制住了自己，不讓她的話語直吐出來。我看見她的舌頭捲上去，頂住上顎，兩條青筋在舌頭下面脹出來。“是的，我在想一件事情。”她最後證實了我的猜測。

“想些什麼呢?”

“什麼使你對我想的事情感興趣起來?”她裝出一副惱怒的神情説。

“因爲我喜歡你呀，菊嬸。”我説，“你對我那麼好，那麼親切，像我的媽媽一樣。”

“你是個好孩子。”她說，“我在想我的明敦。你可知道，他有好久好久没有寫信給我了。”於是她發出一聲輕微的歎息，這歎息聲逐漸轉化成爲一個議論："男人真是不可靠。你覺得怎樣?"

我不願意證實她的這個議論。我只是説："你只不過是在梳頭，爲什麼忽然想起他來了呢? 你盡可以在别的時候想他呀!"

"哈，哈，哈! ……"她那捲起的舌頭鬆開了，在她兩排牙齒之間擴散成一陣銀鈴似的笑聲。"你的話真有意思!"

"難道我説錯了嗎?"我問，"'一心不可二用'呀。"當阿蘭幹活忽然懶散起來了的時候，我的母親就常常喜歡説這樣一句話，現在我把它在這兒引用起來。

"瞧你像你父親一樣，也是一個學究!"她板起面孔説。於是她糾正我："當你真正要想一件事的時候，你倒不一定能够想得起來了。只有當你正在做一件别的事情的時候，你就突然想起來了。一件事會勾起另一件事的記憶呀。"

"你梳理頭髮，勾起了什麽别的記憶呢?"

"你真是一個頑皮的小夥子。"她説，"這是一個私人秘密呀。"

"可是你得告訴我，菊嬸。"我哀求着説，"你的話引起我的好奇!"

她思索了一會兒，接着問："唔，你真的好奇嗎?"

"真的。"

"唔，我不是告訴過你，我想起了明敦呀。而且也不單是梳頭使我想起了他，你也使我想起了他呀。"她瞧了我一眼，發出一個微笑。"我們剛結婚不久的時候，每次我梳頭他就立在我背後，望着我的頭髮和我的手的動作，傻裏傻氣地，像你一樣。不過，你知道，他是一個成年人呀……他懂得許多事情……"她忽然止住了，她那閃亮的眼睛忽然變得呆滯無光，盯着鏡子，好像在沉思一件什麽事情。

我感到迷惑起來。明敦與她的頭髮有什麽關係呢? 此外，他已經是屬於過去了的人，村裏没有誰能够記得起他。比如説吧，我自己就對他一點印象也没有。當他離開村子的時候，我還不到五歲。甚至他是個什麽樣子，我也記不起來。我的母親只有一次在吃晚飯的時候和潘大叔談起過他，而那是與老劉有關的。那時潘大叔問媽媽：

“菊嬸就不能對老劉有點好感麼？老劉是那麼喜歡她呀！”

“老劉的確是一個可愛的人。”母親説，“但是我可説不上他能不能討到她的歡心。她總覺得明敦是個了不起的人呀。”

“那是爲什麼呢？我聽説明敦和她結了婚不久就離開她了，從此就再没有給她寄過一行字。他渺無消息，也就等於和她没有關係了。就是現在也還活着，她對他也没有任何責任呀。”

“但是我想她仍然很愛他，因爲他是爲她纔離開家的呀。你知道，他是一個喜歡場面的年輕人。他知道他的新娘子是一個美人，所以在他結婚的那天，大大地熱鬧了一番，請了許多客人，爲的是要抬舉她。當然，辦這樁喜事，他得向放債人借錢。可是喜事一完，放債人就逼他還錢。他當然還不了。因此放債人就把他的幾畝田全都拿走了。這樣的意外真叫他感到難堪極了。你知道，這種事在他所愛的新娘子面前叫他大大地丟掉了面子。所以在一天大清早，當菊嬸還在睡覺的時候，他就偷偷地離開了村子。他留下的話，雖然很簡單，卻是很叫人感動，菊嬸永遠也忘記不了。他説，他一定要回來，作爲一個大人物回到家來，不僅要勝過那個放債的，甚至也要勝過田主儲敏。”

“那麼爲什麼這多年他連信都不寫一封給她呢？”

“也許那是因爲他還没有變成一個大人物吧。”我的母親解釋着説，“你知道，在外面的那個茫茫世界，一個普通鄉下人要想成爲一個大人物，並不是那麼容易呀。”

“那麼他是在癡心妄想了。”

“這可難説。”

“我相信只要老劉多下點工夫，他一定可以赢得菊嬸的好感。”潘大叔説這話的時候，就努起他那年老的嘴巴，好像是一個飽經滄桑的風月老手在敘述自己的經驗似的。“你知道，女人是一種古怪的東西，要她順從，就得先施一點壓力。我相信，從許多方面講，老劉要比明敦機靈伶俐得多。我的意思是説，他應該做的是施加壓力——壓力呀！”

“你有把握嗎，潘大叔？”母親用懷疑的口氣問。

"啊，大娘，我得請你原諒。"潘大叔忽然道起歉來，臉色發白，也感到不安，因爲他意識到他不該在我母親——也是一個女人——面前誇口。"我請你原諒！大娘，不要理我所說的話吧。我的腦子糊塗呀！"他的脖子和雙頰都漲紅起來，好像龍蝦一樣。

當我望着站在鏡子面前的菊嬸的時候，潘大叔講的話和他滿臉漲紅的那副樣兒，就在我的腦海中浮現出來。菊嬸是在想念她的丈夫——一個叫做明敦的年輕村人。

當我正在不言不語地沉思的時候，菊嬸開始挽起她的髮髻來。不到一刻鐘工夫她就把這弄好了。那個髮髻高聳在她的後腦上，她輕輕地用手在它烏黑閃亮的頂上捋了幾下，接着她就歎了一口氣。

"他是一個有志氣的男子，一個大丈夫！"她低聲地對自己說。當她向鏡子中的她的臉龐作最後一瞥的時候，她特別加重了最後那個名詞的語氣；"只要有一天他回鄉到我身邊來，我什麼都可以原諒他。"

她拉開梳妝檯的抽屜，從中取出一個裝有撲粉的小盒。她把一塊黄色的絲絨在盒内的粉上抹了一下，然後又用絲絨在她那嬌小的鼻子上擦上一點粉。在她那纖細的鼻樑兩邊散佈着幾顆雀斑，所以在這兩邊她特別把粉打得重一點。

"現在我準備好了。"她對我說，發出一個微笑。過了一會兒她又用開玩笑的口吻補充了一句："你看我像碧玉嗎？"

"像，"我說，"但是還有一點不同。"

"什麼不同？"她好奇地問，她那微笑同時也着上了一點憂鬱的色調，她那潔白閃亮的細牙齒也藏起來了。

"唔，按照老劉的說法，"我說，"她的眉毛是像楊柳的葉子一樣尖，但你的眉毛卻是像一鈎新月。"

"你什麼時候看出來的？"她急切地問，但她的面孔卻被一個新的微笑照亮了。

"當你在你的鼻子上撲粉的時候。"

"呀，你這個頑皮的小男人！"她叫出聲來，她的微笑擴展成爲一連串的大笑聲，“但我喜歡這個樣子。我不願意一絲不差地像碧玉那個樣兒。”

碧玉是一系列連續故事中的一個女主角。從上個月開始，老劉連續講這個故事，已經有一個多星期。她是一個美麗而又忠誠的女子。她的丈夫是一名下級武官，在明代日本海盜入侵中國沿海的時候，他奔赴海防陣地保衛國家。在他離開的前夕，他告訴他的妻子説，如果他不驅除海寇，他就永不回來。他成功地完成了他的任務，但這卻足足花費了他十二年的工夫。在長期的戰鬥中，他連給妻子寫信的時間都没有，因此就有謠言傳回來，説他已被海盜所俘虜，已被送到日本當奴隸去了。

在這充滿了使人焦慮的不幸消息中，許多人托媒人來向她求親，其中有花花公子，也有讀書人。他們都對她表示無限的愛慕和獻給她無數的金銀，但是她都一一拒絶了。最後當她對她英勇的丈夫的焦灼思念發展到了“爆發點”的時候，她望眼欲穿的男人終於在村頭出現了，挂滿了勛章和封號。

“嗨，各位先生和女士們，請想想他們會面時的情景吧！”我們的説書人就這樣結束了他的故事。“他們熱烈地相親相愛，好像他們還不過只是二十一歲的年輕人！”

“像碧玉一樣！”菊嬸自言自語地低聲説，“明敦會不會從軍去了呢？”

“你喜歡一個當兵的丈夫嗎？”我聽了她那句低聲私語以後問。

“嗯……”她忽然臉紅起來。她拒絶回答這個問題。她用猶疑的步子走向牆角那兒去——紡車就在那兒。她提起一個包袱。“我們走吧。”她説。於是我們就離開了屋子。

當我們走出巷子來到村前廣場的時候，老劉正坐在一個凳子上曬太陽，他的背靠着一棵面對巷口的古老的楓樹。他正在低低地吟誦一支短歌，歌聲在空中飄忽，像一支催眠曲。當他在吟誦的時候，他的頭輕輕地在兩邊摇晃，好像一個母親在摇一個摇籃。當他瞧見菊嬸的時候，便立刻停止吟詠，站起身來，發出一個羞澀的微笑，像一個十八歲的大姑娘。他每次見到菊嬸，就老表現出一副羞答答的樣兒。

“又到鎮上去嗎，菊嬸！”他用一個清晰而又柔和的聲音問。他的臉色也漲紅了。

“對。”她回答説，斜斜地望了他一眼。

接着就是一陣沉寂。我們向前走了幾步，快要走上大路。老劉猶豫地跟在我們後面，好像是想要散步而又下不了決心的樣子。當我們快要走出村子的時候，他忽然又開口了：

“今天的天氣真是好，不是嗎？”

“是的，真是好。”菊嬸回答説。

又是一陣沉寂。這時我們已經來到大路上。老劉仍然猶疑不決地跟在我們後面。太陽照得非常温暖，是一個晴朗的天氣。我感到背上有點發癢的味兒。這頗有點像七月的天氣，雖然節令已是晚秋。一群向南飛去的大雁，正在我們上空發出嘎嘎的叫聲。忽然老劉大步趕上前來，走到菊嬸的右邊，同時殷勤地低聲説：

“我能幫你提提這個包袱嗎？我也是要到鎮上去呀。”

“謝謝你，不需要。”她用一個乾巴巴的聲音説，“這個包袱很輕，我自己能够提。”

“哦！”老劉發出充滿了苦痛的歎聲，别的話再也説不出來了。他的面色變得紫紅，在太陽光中看上去就像一個熟了的蘋果。與此同時他的步子也慢下來了。他又落到了後面。

“我們快走吧！”菊嬸對我説，發覺到老劉已經後退了。

我們加速了步伐。菊嬸走得非常快，行動起來就好像是在飛一樣。因爲她的身材很輕巧，我趕不上她，落後了好幾步。一陣微風向我吹來，我可以聞到菊嬸撲在她鼻樑兩邊那幾顆雀斑上的粉末所發出的香氣，我也可以聽到她的衣服所發出的褶褶聲——這聲音中似乎也含有香氣。我馬上就感到好奇起來：是否老劉也同樣聞到和聽到了呢？我掉過頭來望了一下。瞧！老劉已經掉隊很遠了，他彳亍地走着，像個病人一樣。他的面孔没有一點兒血色。

“菊嬸！”我走上前去，喊了她一聲，“老劉看來是非常痛苦。你知道是爲什麽嗎？”

“不知道，我不知道。”她用一個毫無感情的聲音説，“不管怎樣，這是他個人的事情，不要去管它吧。”

“可憐的老劉，我真爲他難過！”我覺得菊嬸對他未免太不厚道了，“他是一個多麽可愛的人。他給我們講了那麽多動人的故事！”

“是的，他是一個了不起的説書人，不過……”菊嬸的話剛一出口馬上又縮回去了。

“不過什麽？”我關切地問。

“不過他不怎麽像一個男子漢。他太像一個女人了。”

“你這是什麽意思？”我的好奇心增大了。

“你没注意到，他唱起來就像一個女子一樣？”

“呀，我纔喜歡聽哩！”我贊賞地説，“他在扮一個女子角色演唱的時候，他真是分外地逗人喜愛。”

“這是因爲你是個男孩子呀。”

“但阿蘭也崇拜他。”

“這是因爲她孩子氣。”

“那麽你是成熟的人了？”我一本正經地問，“難道一個成熟的女人就不喜歡一個女子氣的男人嗎？”

她的臉上浮出一陣暈紅。“唔，我喜歡有雄心壯志的男子。”她頗不自在地喃喃着，“老劉也不過永遠是個村裏的説書人，别的什麽也不是。他跟他所講的故事中的那些英雄一點也没有共同之處——那些英雄都創造出了驚人的業績。我敬仰那一類的男子……”

“但對講關於那些男子的迷人的故事的人，你就不在乎嗎？”我打斷她的話問。

“啊，你這個頑皮的小傢伙！”她叫出聲來，“我們不要談這個問題吧。我們快要來到鎮上了。”

當我們來到城門的時候，我朝後邊的大路上最後望了一眼。老劉已經不見了。他没有徑直跟着我們來到鎮上。我感到有些難過，因爲我記起，在菊嬸回絶了他願意替她提包袱的要求以後，他的臉色立刻就由紫紅變得慘白了。

我們在那條作爲大街的石鋪道路上行走，直到一個拐彎的地方，那兒有一個收棉花和棉綫的店鋪。我們走進店裏去。店裏積有着大量的棉花的一堆一堆的紗錠。這些東西堆得有天花板那樣高，全都是這個店收購得來，然後再轉賣給下游“大城市”的一個土貨商店——這個商店又通過一個買辦把這些貨物賣給外國人開的紗廠。一個中年的、嘴唇裂了口的店夥從一個高高的櫃檯後面走出來——這個櫃檯幾乎把他埋没了，因爲他的身材太矮。他正在抽一支長長的旱煙管。由於他的嘴唇關不住，一絲絲的煙縷便裊裊地從他嘴角各處冒出來，好像是從一堆正在燒的乾牛糞上冒出來的一樣。看樣子，菊嬸到他店裏來的次數相當頻繁，因爲店夥和她講話的口氣很隨便，好像他們是老朋友一樣。他發出一種畸形的、“裂嘴唇”的微笑：

“今天的天氣好，菊嬸，不是嗎？嗯，村裏有什麽新聞？”

“是的，天氣很好，王老闆。”菊嬸回答説，“村裏没有什麽特别的新聞，只是我們的道士先生和一個鬼魂鬧起了一場誤會。”

“什麽？跟一個鬼魂？”店老闆問，立刻感到興趣和好奇起來。

“對，他念的符咒不靈了。鬼魂不聽他的命令，反過來追趕着他，要他的命。可憐的人兒，他倒在床上，病了，足足睡了兩個月起不來！”

“哈，哈，哈！活該他。”店老闆笑得樂不可支，他的缺嘴綳得那麽緊，好像隨時都可能裂成碎片似的。我不禁爲他着起急來。但他似乎一點也不在乎，繼續大笑着。

“咳，請對這個可憐的人兒放厚道一點吧！”菊嬸懇求他，呆呆地望着他那奇怪的嘴唇。“説點正經話吧，最近的行市怎樣？”

“不太叫人高興。”店老闆説，把他的笑收起來了。

“你這是什麽意思？”菊嬸的表情變得嚴肅起來。

“我的意思是説，土紗的價錢又下跌一些了。”店老闆做出一副愁眉苦臉的樣兒回答説。他這副樣兒，和他那一排無法掩蓋住的凸出的門牙連在一起，顯得怪難看的。“即使這樣，市面上還是没有什麼生意。”

“難道‘大城市’的紗廠都不開工了嗎?”菊嬸焦慮地問。

“是的，他們最近不開工了。這也就是爲什麼我店裏現在存的棉花和土紗有這麽多，下游城市的顧主不再上來收購呀。”他用他的長煙管指了指店裏積壓的那一堆東西。

“爲什麽呢？難道以後我們可以不穿衣服過日子嗎?”

“爲什麽?”店老闆反問着，又開始吸起他的煙管來，“因爲打内仗呀！我們住在這偏僻鄉下的人從來不管這些事，但是自從皇帝被推翻以後，他們就一直打來打去。這個軍頭頭打那個軍頭頭，那個軍頭頭打這個軍頭頭。我真不知道現在有多少軍頭頭在你打我，我打你。”

“現在是個新朝代了——大家把這叫做民國。難道朝代變了，人們就可以不穿衣服嗎?”

“打仗呀，嫂子，我的意思是説打仗呀!”店老闆在煙管上使勁地吸了一口，煙從他那個不規則的嘴唇裏冒出來，好像許多條小蛇從一些小洞口裏溜出來一樣。“他們現在正在準備大打一場——我是這樣聽説的。因爲這個緣故，下游那個‘大城市’裏的所有織布廠都關門了。”

菊嬸對自己點了點頭，似乎是懂得了。她的面色變得刷白。有好一會兒她一句話也説不出來。她用探問的眼光望着王老闆，好像她不認識他那個特殊的嘴唇似的。這位店老闆也没有再理會她，只是繼續抽他的煙。煙縷繼續從他嘴唇上那三角形的缺口和朝天的鼻孔裏飄出來，最後就把他整個的扁平面孔都籠罩住了。

“咳，天吶!”菊嬸最後叫出聲來，“我將怎麽活下去呢？人們不再收購我紡的紗了!”

王老闆把他面上的煙吹散了，用一個比較温和的調子問：“你帶來了多少紗？我將盡力爲你想辦法。既然是老熟人，我總不能讓你没有路走呀。”

“兩斤。”

菊嬸打開她的包袱，取出好幾個雪白的紗錠。“這次是上好的紗綫呀，王老闆，”她說，“因爲它們都是我在大白天的陽光裏紡出來的。”

“這是怎麽一回事？難道你不再在夜裏紡綫了嗎？當然，在油燈下是紡不出好綫的。”

“唔，這個小傢伙在我家裏住了好幾天，”她微笑地説，手指着我，“我當主人的，得陪他呀。”

我知道這是她有意編造的一段小謊話。不過王老闆倒似乎没有怎麽太注意。他挑剔地説：“不管紗紡得怎細，但是和機器紡的紗相比，總還是差勁，競争不了呀。這種手紡的紗綫人們很快就不會再收購了。它的價錢太貴了，也不適合新的機器。我説的是真話。我的主顧已經通知我，他們以後只收購棉花。不過，我們是老熟人……”他停了一下，以便再吸一口煙。接着他就拿了一個紗錠，就着門外射進來的光檢查了一下。他把它放在櫃檯上，抬起頭來，面嚮菊嬸，問：“一斤你想要多少錢？”

“我想，總不能比老價錢低吧？”菊嬸説。

“我很抱歉，得低一點。”王老闆説，同時想噘起他的嘴唇，表示否定的樣子，但是没有成功，“除非是他們停止打仗，否則就絶對没有什麽生意可做了。”

菊嬸沉思起來，呆呆地望着天花板——庫存的棉花就一直堆到天花板下。於是她就決斷地説：“好吧，王老闆，你能出多大價錢就出多大價錢吧。我想你不會讓我吃虧太大。”

“當然不會。我現在也賺不到什麽錢了。我只是希望我能够維持店面，好叫我還能爲你這樣的主顧做些事。”

於是王老闆就按他規定的價格，把這兩斤紡綫收購了。拿到了錢以後，我們二話未説，就離開了這個店鋪。來到街上的時候，菊嬸歎了一口氣，發表了一點意見：“這兩斤綫花了我五天工夫紡好，看來這種活兒再没有什麽幹頭了。”

“你爲什麽不學酒坊老闆的那幾個女兒，也幹起莊稼活兒來呢？”我不假思索地問，因爲這當兒我瞥見了母烏鴉正挑着一擔蔬菜，向一些家庭主婦兜售，樣子非常神氣，倒很像一個賣蔬菜的老闆娘。“她們似乎掙錢不少哩。”

“唔，一來，我没有地；二來……”菊嬸的話忽然中止了。她低下頭望了望她那雙穿着紫色鞋子的小腳——那上面繡着一隻蝴蝶，正要落到一朵鵝黄色的蘭花上面。“嗯……”她説不下去了。

這時我們來到了一個花布店門口。菊嬸在門前停了一會兒，又在她鼻樑上撲了一點粉，接着便走進去了。“我要買點東西給阿蘭。我想她會喜歡一點實際的禮物。”她對我説，“我想爲她買點印花布，她可以在過年的時候做件新衣服。你覺得怎樣？”

“很好。”我説。

於是她就直接走到櫃檯那兒，向一個年輕店夥問：“我可以瞧瞧那印有白花的印花布嗎？”

店夥從一堆布料中挑出一件，攤給菊嬸看，説：“你是指這種布嗎？”

“是。”菊嬸説。她在布上用手指撫摸了一下。它也是棉紗織的，不過是機器産品，跟我們平時在家裏穿的手織料子不一樣，纖維是勻净而細緻的。“一碼多少錢？”她問。

“三角。”

“什麽？”菊嬸驚愕地問，她的眼睛大睁着，“幾天以前我到這裏來看的時候，它不過是兩角七分錢一碼。價錢爲什麽漲得這樣快，特别是土紗的賣價還落下了一些？難道它不是紗綫織的嗎？”

“是的，一點也不錯。”店夥回答説，“是的，但抬高價錢的不是我們，而是督軍呀。你知道，我們省裏的督軍和北方的軍頭頭正在準備打一次新的大仗。由於這個原因，‘大城市’那些外商棉紡織廠就停産了，不久布料就要大大地缺貨。而且，由於同一個原因，督軍爲了弄錢買軍火，又在布匹上加了一種新税。瞧，這不能怪我們呀！”

這位店夥講起布料漲價的道理來口若懸河，菊嬸呆望着他，一句話也說不出來。這位年輕人也望着我們。他的面色是誠懇的。“太太，我不騙你，”他補充着說，“我們只是求得一點薄利就够了，從不欺騙我們的顧客的。”

“謝謝你，我懂得了。”菊嬸説着低下頭來。她小心翼翼地從手絹裏取出幾個銀角子——這是缺嘴老闆付給她紗錠的代價——數了又數，一連數了好幾次。“啊，連買兩碼布的錢都不够，”她發出一個感歎，“怎麽辦？”她又呆望了店夥一陣。沉寂了幾分鐘以後，她補充着説：“你能拿幾塊手絹給我看看嗎？”

店夥取出一盒子手絹來，這些東西也是機器做的。菊嬸選了一塊紫紅色的手絹，付了十個銅板——也就是她紡的半斤土紗的售價。

“我希望阿蘭喜歡它。”當我們走出了這個店鋪的時候她對我説，“我很難過，今天我不能爲你買點東西。剩下的錢我還得買點米和鹽呀。”

當我們回到村裏來的時候，菊嬸帶着我一同到我母親那裏去。她很驚奇地發現，老劉正坐在我們家裏，和潘大叔在談論一件什麽事情。他的臉色低沉，他的眼神抑鬱。原來他没有到鎮上去，卻到我家裏來了。我還看出，當他瞧見菊嬸走進來的時候，他還儘量想發出一個微笑，可是他的嘴唇卻做不出一個愉快的表情來。菊嬸也顯得有些不自在，她的雙頰也紅了起來。她從來没有面對面地正視過我們的説書人。在晚間，當她聽他講故事的時候，她總是隱藏在聽衆中間的。

“這是一點小小的禮物，爲的是慶賀阿蘭恢復了健康。”她對我母親説，急迫地把那塊手絹交給她，接着便馬上離開了。

“瞧，當着你的面她感到很窘呀，”菊嬸離開以後潘大叔對老劉説，“你得拿出膽量來，而且要取進攻的姿勢，就像你所講的故事中的那些英雄一樣。”

“是的，她就喜歡那樣的人物。”母親支持潘大叔的意見，“我瞭解她。”

我們的説書人説不出話來，難爲情地低下頭。

“你瞧，”潘大叔像一個老師似的繼續説，“你是一個只會談道理的人，而不是一個實幹家。你只會知道描寫別人怎樣成功，而自己卻不懂得怎樣做好。瞧瞧毛毛，甚至他也懂得怎樣贏得母烏鴉的心。”

“什麽?”老劉感到震驚起來。

“他快要娶酒坊師傅的千金當媳婦了。”潘大叔説，“他今天早晨在田裏幹活時告訴我這件事的。他快樂得像一位田東，説他已經絶對地贏得了母烏鴉的心。絶對地，懂得嗎?”

“不過他是怎麽做到這一點的?”我們的説書人聽到這個消息，驚呆了。

“怎樣?我的好朋友，這正是你應向他學習的地方。聽着!他做了幾件實際的事情，終於征服了她的心。比如説吧，他答應每天給她蒸白米飯吃，將像一個小弟弟似的永遠聽她的話，將像一頭牛似的永遠爲她的幸福幹活，在没有得到她的同意下將永遠不和別的女人或女孩子講話，將永遠用微笑而不用拳頭對待她。懂得嗎?就得像這個樣子。”

“呸!”老劉嘴裏吐出這樣一個輕蔑的字眼就起身走了。

“這不是愛情，更談不上是戀愛。”

“你又在空談大道理，老劉!”我的母親説。

可是我們的説書人卻聽不進去。他拖着沮喪的步子離開了。

四

在毛毛娶親的那天，村裏的人也爲之感到喜氣洋洋。只有那個老單身漢本情——曾經一度是新郎官的“潛在情敵”——拒絶參加這件喜事，而把自己關在屋裏。至於我們呢，我們倒爲一件意想不到的事情而感到高興：在這樁喜事剛剛完畢以後，我的父親和哥哥回到村裏來了。他們在那個“大城市”裏工作，現在忽然歸來，對我們簡直像是一個夢。這不僅使我們感到出乎意外，也把我們弄得驚呆了。我們像陌生人似的望了他們好一會兒。我們簡直不相信這會是事實。恰巧這時阿蘭突然發出一聲驚叫，我們也就從癡呆的狀態中醒過來。

我的哥哥現在已經成了一個年輕人。阿蘭一直在望着他，他也一直在好奇地注視着她臉上那一顆一顆的麻子。他們就這樣面對面地凝望着，結果阿蘭就意識到自己的面孔已經變樣，因而就驚惶地大叫了一聲。叫完以後，她就像個小偷似的逃進灶房裏去了，把雙手緊捂住自己的臉。

"哪一位好心腸的神仙把你們兩個人送回家的，而且是一起回來!"母親忽然大叫了一聲——她的聲音裏混雜着驚愕和高興的語調。"你們事先一個字也没有告訴我們!"於是她本能地把雙手合在一起，好像是要跪下來禱告祖先的樣子。

我的父親没有馬上回答，只是静静地望着她。他也是滿懷着驚奇和迷惘的。他似乎也不相信，這就是他的家。他離開這個村子已經好久了。當他離開時，他還不過是剛接近中年，現在他已經顯得老了，頭髮灰白，臉上也出現了皺紋。據我所能記憶得起的，在他這長時的離家期間，他只回家過一次，接我的哥哥出去，到他東家的店裏當學徒，因爲他東家認爲他一貫勤懇認真，讓我的哥哥去當學徒是一種照顧。

"哪一位好心腸的神仙把你們兩位送回家的!"母親把剛纔説的話又重複了一遍，她的眼睛大睁着，反射出快樂的光芒。"你一直在信中告訴我，你在没有分到'花紅'①以前是不會回家的。你現在已經分得了嗎?"

我的父親摇了摇頭，做出一個否定的姿勢。可是他臉上浮現出了一點微笑。這筆"花紅"是他爲即將到來的老年所要争取的一件東西。他得在他東家的店裏不停地工作六年，一次假也不請，纔够條件。這可能是一大筆數目，因爲本地商人和外商的紗廠做生意是很賺錢的。爲了獲得這筆錢父親已經下了決心要好好幹六年，這樣他最後就可以退休，不必再在晚年又去找别的活幹。

母親看到父親摇頭——雖然面上還有笑容，她的臉色就立刻變得刷

① 在中國舊式商號，老闆爲了籠絡店夥，使他們勤勤懇懇地幹活，每隔若干年就算一次"大賬"，在所得的利潤中，拿出百分之幾，分給店夥，作爲"花紅"，也就是"獎金"的意思。

白。他托起她的手，儘量裝出更爲高興的樣子，説："那筆'花紅'我一定會得到的。你不要擔心吧。我這次回來不是因爲丟掉了工作，而是因爲他們在打内戰。"

"打内戰!"我的母親驚叫了一聲，她的眼睛露出慌張的神色。

"是真的在打内戰嗎?"潘大叔也驚愕地問。他就是因爲從北方的老家逃避天災和内戰纔流落到我們這裏來的。

"是的，是由於内戰,"父親用一個平靜的聲音説，"因此我們的商號就得在打仗期間暫時關閉了。南方的軍閥和北方的軍閥這次要進行一場決戰。"

"這並不是一次什麽内戰，而是一次國際戰争呀!"這是從我哥哥的嘴裏忽然爆發出來的一個聲音，"因爲兩方都有洋人的支持和供應軍火。"

看來這是一件很複雜的事情。"洋人?"我母親對自己發出這個疑問。她以充滿了疑惑的眼光望着潘大叔，而後者又迷惘地向我哥哥眨着眼睛——哥哥現在講起話來倒很像一個有學問的人。我們對於洋人什麽也不知道。這時忽然又從外面傳來一個聲音，好像是要證實關於内戰的消息：

"打仗！他們正在打一場大仗!"

與這聲音同時，外面響起了一陣犬吠的聲音。一位老人被我們的看家犬來寶緊追，衝進我們家裏來了。他站在我們的堂屋中央，狂暴地對我們的看家犬揮着他的教鞭，同時好像是對一個頑童似的説："你這個不識字的畜生！難道你不認識我嗎？如果你能够像我的學生那樣會説話和學習，我就要用這東西教訓教訓你怎樣懂禮貌了——"他在來寶面前又把他的教鞭晃了一下。但是他的雙手卻在發抖。不過來寶卻没有被他的這番架勢所嚇倒。相反，它卻向他撲過來，撕着他冬天穿的棉襖。這件棉襖已經舊得不能再舊，棉絮從裏面拖出來，就像一串串的彩球似的。

"佩甫伯!"我的母親用極爲興奮的聲調説，"什麽風在這樣一個不尋常的時刻把你吹來了?"接着，她掉向來寶，大聲説："走開吧！你還看不出，佩甫伯並不是一個叫花子呀，他是鎮上學堂裏的校長呀！”

來寶似乎懂得了我母親的意思。它對這位老塾師投了一個懷疑的眼光，又故意地對他狺狺地叫了幾聲，便慢慢地走開了。

“請告訴我，什麽風把你吹來的？”母親重複地又説了一次，“你來得正好，你可以看到你的老同事了！”

“打仗！打仗的風把我吹到這裏來的呀！”佩甫伯大聲叫喊着，同時連忙把來寶撕出來的那些棉絮塞進棉襖裏去。接着他抬頭一望，不禁跳了起來。他緊緊地捏着父親的雙手：“啊，榮季，你什麽時候回到家來的？爲什麽你不先告訴我？我可以來迎接你呀。這是多麽痛快的事情！”

“因爲打仗，像你説的一樣！”父親興奮地説，“戰爭把我送回來了，事先我自己也不知道呀！”

“看來，戰爭倒還是一樁好事哩。”佩甫伯説，露出他那已經全没有牙齒的上牙床。“它叫我們老朋友又可以相聚了，哈！哈！”

“我們得喝幾盅，慶祝慶祝這個不平凡的時刻！”母親高興地説。

不待吩咐，潘大叔就已經跑到酒罎子那邊去了。他舀了一大壺用大麥蒸餾的酒，給佩甫伯倒了滿滿一杯。

這位塾師低下頭，啜了一口。酒吞下後，他又深深地吸了一口氣，好像他想要把酒杯周圍充滿了濃郁酒味的空氣全部吸進嘴裏去似的。“我現在感到有點勁兒了。”他説。他抬起眼睛，向我父親極爲親熱地望了一下，説：“唔，此刻我們暫時把戰争忘掉吧。請告訴我，你這幾年在外面的那個廣大世界裏混得怎樣。”

“一般。你呢？”

“比你在學校教書的時候還糟！”他説，歎了一口氣。我的父親在去“大城市”謀生以前，一直就在佩甫伯的學校裏教書。“假如我的年紀能再輕一點，我就要放棄這個没有出息的職業，到一個什麽商號去找活幹，像你一樣。”

“你這是什麽意思？你教書難道從學生那裏收不到足够的糧食養活自己嗎？”

“糧食！是的，我從每個頑童那裏得到半擔米，但我得看管他們一整年。那些中産人家是天生的吝嗇呀。他們希望他們的孩子受到良好的教育，但是他們卻不願意他們的老師吃飽。我幾乎要餓死了。現在官家已經廢除了科舉，有知識的老學者就再沒有什麽前途了，對嗎？”

“你的情況我不太瞭解，佩甫。田主人嚮來是個熱心教育事業的倡導人，難道他能讓情況這樣發展下去嗎？他自己就有孩子得上學呀，不是嗎？”

“儲敏那個地主爺！我不要再聽到他的名字了！”佩甫伯怒氣衝衝地説。不過他忽然發現，他一時火氣大，似乎不太檢點。於是便降低聲音：“是的，他送他的三個孩子到我的學堂念書，每年給了我一擔半碎米作爲束脩。這一點他倒是從來没有失誤過的。是的，他是很不錯的……”

忽然他的聲音哽塞了。他説不下去。他的喉嚨裏似乎堵住了一件什麽東西。但他的眼睛在射出火花，他的臉色漲紅，他的嘴唇忿忿不平地翹着。不一會兒，使我們感到非常驚訝的是，他的腦袋往後一仰，把整杯烈酒都灌進他的喉管裏去了。他剛纔用理智所壓制住了的一腔怒火，現在燃燒起來了。他的雙頰泛出一種血紅的顔色，好像他想要和什麽人打一架似的。

來寶又偷偷地溜進來了。它開始嗅起佩甫伯的脚來，因爲它發現他脚的大拇指已經露出穿破了的鞋外面。

“你這不識字的畜生！難道你要我教訓你一頓不成？”佩甫伯站起身，用教鞭威脅着它。

來寶又開始狺狺地低吠起來，惡狠狠地盯着這位老學究。

“你要我教訓你一頓嗎？是嗎？”佩甫伯又吼起來。他開始在空中揮起教鞭，像個魔法師似的，顯出一副威風和厲害的樣子。

他的眼睛開始露出一種昏迷的神色，他那穩不住的腦袋開始前後晃動起來，他的雙腿也開始顫抖。不一會兒他就頹然地墜進太師椅裏，像一塊木頭一樣。他的教鞭懸在他的手裏摇擺着，他的腦袋靠在椅上，他像是在做夢一樣，發出喃喃的咒駡聲：

“地主儲敏，你這個老狐狸精！每次我向你提醒，你應該增加一點學費，你就威脅我，要叫你那三個鼻涕橫流的頑童退學。但是你卻從來不放鬆我，不僅要我給你那幾個蠢得要命的孩子教經書、詩詞和書法，還要我教他們怎樣當少爺……你甚至要求我教他們那些無聊的洋鬼子的東西，什麽科學啦、數學啦、英文啦。這些東西我素來是不屑一顧的……你甚至還教唆我的其他學生的父母，把半擔米的學費減少到三分之一擔。你簡直是想叫我餓死。我知道……這也正是爲什麽你要把我變成你私人的一個奴隸。……你這個老狐狸精，你强迫我爲你肮髒的壽辰寫歌頌的詩詞，歌頌你的慷慨、你的仁慈、你的急公好義的精神和你的好客情誼——這些全是扯淡，是從來没有過的事。你還要我在你的賓客面前發表講話，稱頌你是我的學校、知識和教育的恩主……地主儲敏，你是一個没良心的魔王。我知道你在這一帶擁有許多田地，在鎮上開了好幾個店鋪，但是我仍然恨你……”

佩甫伯是這樣毫無顧忌地控訴地主儲敏。面對着他的這副樣兒，我們不禁大吃一驚，因爲儲敏是這個地帶的一個最富最有權勢的人。我們不禁感到有點毛骨悚然，因爲在一般情況之下，我們連他的名字都不敢提。這一帶的莊稼人都是處在他的淫威之下，因爲他們都得租佃他的土地。每次佩甫伯大聲提到他的名字，潘大叔的臉色就變得刷白，害怕得發抖。他悄悄踮着腳尖，走向門邊，把門關上，而且還用背緊貼着門縫，好叫聲音不至於泄露出去。

“他醉了。”父親對母親説，指着佩甫伯的那副難看的臉色和緊閉着雙眼，“他的酒量不行，而他卻一口喝了那麽一大杯。可憐的佩甫，他大概好多年不曾嘗過酒了。拿點涼開水過來，好嗎？”

我母親到廚房裏去，端出一碗水來。父親灌了一點水到佩甫伯的嘴裏。這位老塾師慢慢地睁開眼睛，鎮定了下來。最後他在椅子上坐穩了，腰也直起來了。

“這是怎麽一回事？”佩甫伯問我的父親——他仍然托着那碗水站在旁邊，“我出了什麽事嗎？”

“没有,”父親回答説,“你把那杯酒喝得太快了——就是這點事。”

“什麽?”佩甫伯問,臉色又變得刷白起來,“難道我喝醉了嗎?”

他眼睛現在睁得斗大,露出恐怖的神色。

“謝天謝地!你現在没有事了。”潘大叔吁了一口氣,把門打開,“你説的那套話!”

“我説了什麽可怕的話嗎?”佩甫伯那雙大睁着的眼睛變得狂暴起來,“我的意思是説,我講過儲敏大爺的什麽話嗎?説來也奇怪,我最近倒常常夢見他啦!”

“是的,你説了。”潘大叔説。

“真的嗎?”佩甫伯的面色這時已經變得死一樣的刷白。

“但是没有説太多有關儲敏的話。”我的父親急忙地補充着説。

“而且也没有説什麽得罪他的話。”我母親附和着説,同時向潘大叔擠了擠眼。

“是的,没有説什麽可怕的話,謝天謝地。”潘大叔説着向我母親回看了一眼。

“我很高興,我没有説有關儲敏大爺什麽可怕的話,”佩甫伯説,大大地鬆了一口氣,“他是一個非常敏感的人,當然每一個有錢、慈善的人有時是很敏感的。他容易見怪,當他發起脾氣的時候,他是多麽可愛啊。他的眼睛會射出一種火花,這種火花會在你的心裏燃起某種温暖……”

“我們還是談點什麽别的事吧,佩甫。”我的父親打斷他的話,與此同時我的母親也用手掩住她嘴角上浮出的一個微笑。“我知道儲敏大爺是一個很有意思的人,因爲我也和你在同一學堂教過幾年書呀。不過現在我和他再没有什麽關係了,雖然他在‘大城市’同一條街上開了一個棉花鋪,幾乎和我東家的那個店是隔壁。”父親説。

“我很高興,你現在不需要再在他手底下謀生了!”佩甫伯説着又吁了一口氣。不過他立刻用抱歉的口吻修正了自己的話:“啊,很對不起,我不是那個意思。我只是説,在完全一個不同的主人開的店裏工作,是有意思得多。在一個新的主人手下工作，獲得新的經驗，那要有趣得多。”

“啊，我們還是來談點别的事情吧！”我的父親用懇切的聲音説，“你走進來時，大喊有關要打仗的事。最新的新聞是什麽？”

“哎呀！我幾乎全都忘記了！”佩甫伯説着輕輕地敲着自己的腦袋，顯得頗爲不滿，“戰争已經結束了呀！”

“這樣快？”我的父親驚奇地問，“我離開‘大城市’的時候，戰争還不過是剛剛開始。”

“請相信我，它結束了，”佩甫伯説，“鄉里的跑信人紅苕就在今天早晨從‘大城市’回來了。他説戰争已經完了。你知道，紅苕是個老實可靠的人呀。你常常托他帶信回家。他從來不講假話，你得相信我。”

“是的，紅苕是個很可靠的信差，”父親説，“這樣一場大戰怎麽能如此匆促地就結束了呢？我倒有點被弄糊塗了。”

“我聽説那進攻的北軍的軍火出了毛病，一開火他們就垮下來了。”他忽然放低聲音，他的眼睛神經質地眨了幾下，“有一部分潰兵現在正朝我們這邊向北方撤退。儲敏大爺説他們的紀律非常壞，連土匪都不如。他們已經在下游搶劫了好幾個城市了。”

“他們將要經過我們鎮上嗎？”

“他們必須經過這裏，因爲這正是他們撤退的方嚮。”這時佩甫伯更把聲音降低了，幾乎成了耳語，他的神色也變得神秘起來，“儲敏大爺吩咐我幹一件事，一件重大的事。”於是他把他的雙臂張開，以説明這件事大到什麽程度。

他這種詭秘的低語和誇張的手勢，使我們起了一種神秘莫測之感。

“你知道，儲敏大爺真是一個天才，”他繼續説，同時望着我們臉上那種莫名其妙的神色，也把他自己那種神秘的姿態改變成一種深知内幕的重要人物的樣子。“他已經想出了一個辦法，叫他們通過鎮上的時候手脚乾净一點。他將要以當地衆人的名義給予他們一次盛大的歡迎，叫他們恢復他們已經失去了的自尊心和面子。當他們受到熱情的接待的時候，在鎮上再幹不乾不净的事，他們就會覺得很難爲情了。你猜猜：誰將去幹這種歡迎他們的關鍵性的工作？”

佩甫伯鼓着他那雙老眼睛，又神秘地瞪起我們來。

“當然是地主爺儲敏本人出場咯，”潘大叔説，“因爲他還是鎮上商會的會長呀。”

“不！你得記住，這種工作只有讀書人纔能做呀，只有一個善於辭令的人纔能做呀。此外，他是一個富人。假如某一位丘八爺忽然看出他是一個有錢人，把他扣起來要贖金，那該怎麽辦？當然，這只是一個假設。我相信這種事永遠也不會發生。不過有錢人總歸是非常謹慎的。”

“你的意思是説，你將是……”我的母親猶疑地説。

“一點也不錯，一點也不錯。”佩甫伯用驕傲的口吻説，“這也就是爲什麽我現在到這裏來了。我需要你們幫忙，潘大叔。”他在潘大叔肩上拍了一下，像一個老朋友似的，接着繼續説：“你得作爲種田人的代表參加這次的歡迎會。我還要去找老劉談談，請他當知書識字的人的代表，請本情作爲宗教界的代表。當這一次代表，你會得到報酬。一共只不過幾個鐘頭的事，報酬還不小呢！”

“够買幾瓶酒嗎？”潘大叔用開玩笑的口吻問。

“嗨，何止幾瓶酒！儲敏已經答應給每個代表付一大筆現錢。”

“你可得有把握叫他一定付錢，因爲他的話有時是靠不住的。”

“我相信他一定會付。説實在的，是他向我提出你的名字的。他決不能拆我的臺。哎呀，我還得去找老劉和本情談談。來吧，潘大叔，我們將可以大吃一餐，還有多年的老酒喝。一切將會是豐盛無比，因爲他的意圖就是籠絡那些軍官，把他們無法無天的心陶醉在酒杯之中呀。”

“假如是這種情況，那麽我就去吧，佩甫伯。”潘大叔用同情的口吻説，“你叫我怎麽做，我就怎麽做。”

佩甫伯從椅上站起來，向我們道别了。走到門口他又掉轉身來，補充着説，那些隊伍到來的時間，一弄清楚，他就會告訴我們。接着他就在門外消逝了。没有多久，他又急急忙忙地跑回來——他忘掉了他的教鞭。他向我的母親講了幾句話，作爲歉意的表示：没有了教鞭，一旦遇到看家狗的追逐，他就很難擺脱這種困境。“所以教鞭就不僅是一種文教的標志，”他説，“也是一個伴兒。呀，提起文教，我還想起了另一件重要的事。我還得爲歡迎會找一個年輕人的代表。你願意參加嗎？”他問我。

我一時作不出回答，就以詢問的眼色望了母親一眼。她沉思了一會兒，然後説，如果潘大叔去，我也可以跟他一起去。

佩甫伯在門口又碰到了來寶。這看家犬以敵意的眼光，懷疑地打量了他一會兒。他手裏緊握教鞭，小心翼翼地走過了村前廣場，當來寶最後放走了他時，他就不聲不響地溜進本情的屋子裏去。我們這位道士，被他所描繪的現金報酬和盛大酒席所吸引，終於同意作爲宗教界的代表前往。接着佩甫伯就來到老劉的“書房”裏。我們的説書人一聽説他將可以會見從“英勇作戰”中歸來的英雄和戰士們，馬上就感到興奮得不得了。他喜歡和這些人接觸，從中獲得新的題材。他想他可以從他們那兒得到新的經驗，編幾個新的戰争故事。

北軍到來的消息，終於傳到了村裏。因此我們就都到鎮上去，作爲本地人的代表。老劉穿上他新年的衣服。本情把他三個多星期没有刮過的鬍子也刮乾净了；自從那個鬼魂和他鬧過彆扭後，他一直没有戴過的那頂頗有氣派的方巾帽，現在也戴上了。潘大叔也丢下了他那三尺長的竹煙管，買了一包香煙；爲了顯得時髦，他就在嘴上叼了一支抽起來。不過這煙很嗆人，弄得他連連咳嗽了好幾次，因爲香煙没有竹管那樣長，煙頭上冒出的煙直接鑽進他的鼻孔裏去了。

我們立在城門外的一塊土坪上，等待那一批潰兵的到來。佩甫伯，作爲代表們的頭人，聳立在我們的前面。我們看到城牆上貼滿了五顔六色的標語和口號。這些全都是出自佩甫伯的手筆，書法是古色古香的，但是内容卻很新穎。諸如：“歡迎常勝軍！”“鬱鬱乎爲民之師！”“承蒙蒞臨，敝鎮增光！”“貴軍如水，吾民如魚；魚非水不生！”佩甫伯現在一面念他自己編寫的標語，一面摇頭晃腦地欣賞起來，好像他正在吟誦唐詩中的某些名句一樣。

約莫一個來鐘頭以後，遠方的大路上出現了一股灰塵。接着一大群人在我們的視野中出現了。他們一個接着一個，成一長列，向我們這邊走來。我們立刻就點燃從樹梢一直懸到地上的、一長串一長串的鞭炮。它們噼噼啪啪地響起來，熱鬧非凡。鞭炮聲中還夾雜着有衝天爆竹，從地上向空中升去，那聲響引起空氣震蕩和土地旋轉。我們所有的人都沉浸在這種喜慶氣氛之中。自從那次"大饑荒"發生以來，我們有許多年没有像這樣轟轟烈烈地放過鞭炮了，甚至在過新年時也没有這樣放過。

當這些潰兵走近城牆的時候，我們都走上前去迎接他們。佩甫伯走在前面。帶領這些潰兵是一個騎在馬上的軍官。當他來到我們可以彼此聽到話聲的距離時，佩甫伯就向他畢恭畢敬地深深鞠了一躬，以表示出與他的道德文明相稱的禮貌。我們也跟着他這樣做。本情爲了要在儀態方面與他争個高低，就把他那本來就够彎的腰彎得更低了，與地面成一鋭角，結果把他的那頂道士帽也弄得落到地上——這意外事件把軍官騎着的那匹馬驚得跳了一下。在它的驚跳中它的前腿踩到了帽子上。可是我們的道士先生，爲了不破壞他那優美的姿勢，也不敢去阻止它。最後還是那位軍官講話了："各位，請站起來吧！"我們於是便站了起來。但是本情已經來不及搶救他那頂珍貴的道士帽了。

"長官，我們代表本地的老百姓，向您表示熱烈的歡迎。"佩甫伯對這位軍官説，又鞠了一躬，"我們聽説您們要光臨，因而感到三生有幸，居然能得以和您及您的勇士們相見。"

面對着佩甫伯這種深沉的鞠躬和背誦得一字不差的歡迎詞（據佩甫伯事後透露，這篇歡迎詞是儲敏親自起稿的，但卻是在他的"靈感"啓發之下完成的），這位軍官皺了一下眉頭，表現出一種猶疑不決的樣子。由於佩甫伯一直哈着腰，等待他的答詞，他最後只好掉過頭去，對他的那些雇傭兵説："弟兄們，這次我們對這個友好的市鎮得真正表現出像個百姓子弟兵的樣子。我們必須做到秋毫無犯。"

"非常感謝您，長官，您是一個真正百姓子弟兵的將軍。"佩甫伯説後直起腰來,“我們準備了一點酒爲您洗塵和幾樣菜供您一塊解頤。”

“你們太客氣了。”軍官説。

我們向鎮上的東嶽廟走去,筵席已經在那裏擺好了。丘八們都留在城外,盤腿坐在地上,他們的槍支躺在他們身邊。他們也得到茶水和點心的招待。爲了叫他們高興,鎮商會同時還送來了三大桶酒和一籮筐乾牛肉,供他們大吃。他們一共只不過一百來人,所以酒是盡够他們喝的了。他們都現出一種狼狽不堪的樣子。看來他們是從主力掉隊下來的部隊,因此也没有人管他們。他們一看到酒就開始哼起一支歌來。這是北方農民唱的一支歌,聽起來使人有一種抑鬱和懷鄉之感。潘大叔和我們正跟那位軍官及其隨從一同向東嶽廟走去,他一聽到這歌調就偷偷地對我説:“他們都是北方來的莊稼人,我一聽到這個調子就知道了,大家在地裏幹活的時候就唱這種調子。我相信,黄河一定又發過大水,否則他們就不會去當兵了。”

“人們是這樣纔去當兵的嗎?”我低聲地問。

“對,大水淹掉了他們的田地。當然,有時那裏也打起仗來。一打仗大家也就無法幹活。究竟還得吃飯嘛,所以他們就只好去當兵咯。”

“哦。”我説不出什麽道理,因爲我從來没有看見過打仗。

最後,我們來到了廟裏。那裏擺出了一大桌菜,旁邊的一個小桌上還擺出了瓶裝的酒和一些茶具。那位軍官和他的衛兵坐在桌子的一邊,我們坐在另一邊。這是一條長桌,我們可以和客人面對面地坐着。桌上的菜,不僅味道佳,樣子也好看。這全是地主爺儲敏的私人廚子親自做的。那位軍官似乎非常欣賞他的手藝,興致很高,酒喝得很多,菜也吃得不少,談鋒也很健。酒過三巡以後,他的語調開始變得更友善起來,他的面色也泛紅了。

“你知道,”他説,望着本情——此人一貫對於生人的面孔感到興趣,也像一個算命先生似的,以極大的好奇心望着他,“我們在回家的路上,向老百姓借點錢或貴重物品,並不能算是我們的過錯呀。過錯是在他們身上。他們老是躲避我們,好像我們就是有毒的東西。他們知道我們被打敗了，老把我們看成是土匪。他們應該像你們這樣對待我們纔對呀。”

“對，對，對，”佩甫伯説，“你們是老百姓的子弟兵，我知道。”

“你這纔説得對啦!”軍官用更高的聲音説，又咽下了一杯熱酒，“這次我們吃了敗仗，也不能怪我們，應該怪日本鬼子。他們賣給我們的軍火，原來都是他五十多年以前在東北從俄國人手中繳獲的一些生了鏽的槍支和老掉了牙的子彈。我們的司令是個君子人，他相信日本人的話。日本人交貨的時候他也没有檢查。當我們發現這些軍火没有用的時候，事情已經是太晚了。”

“太不好！太不好!”老劉用同情的口吻説，連連摇頭，表示他對那騙人的日本人的憎惡。“太不好了！太不好了!”

“不過，没有關係。”那軍官自我安慰地説，“我們還没有給日本人付錢呢。我們永遠也不會付錢給他們，因爲我們吃了敗仗。”

“這纔對，我贊成這種態度。”本情説，“一切洋鬼子都不是好東西。他們不相信友誼，不相信鬼神，更不相信道士！他們只相信一件事情：撈錢。你看這可怕不可怕?”

我們的這種閑談一直持續到下午四點多鐘的時候。這時那軍官的副官——一個毛茸茸的粗漢子——提醒他，應該起身告辭，否則他們就不能按時到達他們駐在北方的總部。那軍官於是便站起來，表示他對這餐豐富的酒菜的欣賞和對這個“精心挑選的民衆代表團”的盛情的感謝：“如果我不是因爲要急於離去，我們倒很想在這裏多呆幾天，徹底地休息一下。”

“真可惜，您們馬上就得離開，”佩甫伯彬彬有禮地説，“我們相處得這麽好！不過您們的行程也很重要，我們也不便强留，雖然我們真誠地盼望您們能在這裏多住幾天。”

於是我們便往外走，穿過街上，來到城外與那些士兵會合。街上現在是空無一人，所有店鋪的門都關了。甚至賣香煙的攤子也没有一個。只有幾隻無家可歸的野狗在東張西望，繞着賣豬肉的屠案嗅來嗅去，同時對我們投射驚奇和惡意的眼光。一股寒風忽然從另一邊掃過來，把這空無一人的街頭垃圾堆中的廢紙吹了起來。這些廢紙片在我們的頭上旋轉，像孤兒一般發出嗚咽的聲音，使人起一種荒涼寂寞之感。那軍官忽然用懷疑的眼光向周圍探視了一番。他問佩甫伯："你們所代表的那些民衆到哪裏去了呢?"

一聽到這問題，佩甫伯就馬上面色發白，嘴唇發青，雙手顫抖。"他們都呆在家裏，長官，由於您們的到來，爲了表示慶祝，他們特放了一天假。"他支吾其詞地説，雙眼直盯着老劉，希望他來解圍。

"那麽他們爲什麽要把門關起來呢?"那軍官又問。

"這是這裏的一種特殊風俗，長官。"老劉解釋着説，想爲佩甫伯解圍，"當我們在過一個假日的時候，我們是素來保持安静的。"

"我不贊成這種過假日的方式。"軍官説，"叫他們出來與我們同樂。"

"唔……"

那軍官没有等待回答，就徑直走近儲敏所開的一家布店面前。他連連敲了好幾下門，可是裏面没有回應。他變得不耐煩起來，便開始用他那釘滿了平頭釘的靴子在門上亂踢。那門略爲震動了一下，没有打開。於是他的副官走過來相助，用拳頭在門上大捶特捶起來。這個沉默不語的門開始發出一種像遠方雷轟的音響，使這幾位"代表們"全身涼了半截。最後門總算是開了。一個小學徒從門裏露出面來，全身發抖，像一隻小耗子在一頭貓面前一樣。

"官長老爺，"他吱聲説，"請不要殺我。我只是一個可憐的小學徒。我的老闆儲敏大爺還没付給我去年一年的零花錢。我的荷包是像我的肚皮一樣空。從昨天晚上起，我没有吃過一口東西。"

"你的老闆和店夥到哪裏去了?"軍官厲聲地對這個小學徒吼着，好像他要把他活生生地吞進嘴裏去似的。

"他們知道您老爺要來，都早已逃走了。老爺，我只不過是一個可憐的孩子，請不要殺我!"

那軍官没有回答這個學徒的話。他用探索的眼光向店裏窺望。櫃檯後面没有什麽貨物。絶大部分值錢的東西都已藏起來了。軍官掉過頭來，對佩甫伯説："你們也把我們看成是土匪了。唼?"

"没有，没有，長宫。"佩甫伯結結巴巴地説。

"不用分辯!"軍官大吼了一聲，順便在佩甫伯蒼老的臉上打了一個耳光，"我現在全知道了!"

他帶領他的副官和衛兵跑出城門，大聲地對他的士兵喊："進城，弟兄們！你們能拿到什麽東西就儘量地拿!"所有的丘八們，像通了電似的，潮水一般湧進城裹來。喊聲、叫聲、腳踢聲和門倒聲，攪在一起，亂作一團。我們在這大混亂中就乘機向村裹逃跑。佩甫伯在地上栽了好幾個跟頭，腦袋也在石頭上碰傷，他的鼻子也流起血來。本情，由於腰彎和筋骨不靈，根本跑不動，只好從城外的一個斜坡上滚到下面的一個田溝裹，在一些荒草中躲藏起來。佩甫伯最後算是碰見一大堆乾牛糞，於是他便像一隻穿山甲似的，鑽了進去，隱藏起來。老劉、潘大叔和我，倒是終於跑回到家裹來了。

那些丘八們把這個小鎮搶劫了一個下午。晚間他們燒掉了一大堆椅子和桌子取暖，到第二天早晨他們纔離去，在城門上貼了一張"臨别贈言"，内容是：如果他們的將軍將來能打一次勝仗，成了本省的督軍，他們一定要再回來，懲罰這些假冒的群衆代表和那個"應該絞死的幕後策動者"。

幾天以後佩甫伯拄着拐杖來到我們村裹。他的腳踝骨在逃避那些丘八的時候扭傷了。雖然他爲自己開了許多中藥方治療，但至今還没有復原。他那根永不離手的教鞭，現在也只好用一根小繩吊在自己的腰帶上。當他一瘸一拐地往前挪動着步子的時候，這根教鞭就像一個江湖玩把戲的人的魔杖，前後擺動起來。他先去看那扭了腰的本情，接着就去瞧老劉。此人在那天没命地逃跑時傷了腿，也走動不得，因此有許多晚上無法繼續説書。

"我覺得很對不起人，事情發生了這樣没有預料到的變化。"佩甫伯使用了他曾對本情説過的道歉話，來求老劉的原諒，"那些潰兵真是比土匪還糟。他們把所有的東西都搶劫走了，一點也不留。地主爺儲敏開的布店和米店，裏面連一張椅子也没有留下！”

“活該，這樣纔好。”我們的説書人一面揉着自己行動不靈的腿，一邊説，“他不應該找你和我這樣的人去幹那樣的肮髒事。我們並不需要佃他的田種呀，對嗎？”

“嗯，嗯。”佩甫伯不置可否地支吾起來，“嗯，對。不，不，不對！對！不，不，不對！”

他不停地説“對”和“不對”，連連重複了多少次，最後還是决定不了他對儲敏的態度。没有辦法，他只好放棄一切解釋，又一瘸一拐地來到我們家。潘大叔還是頭一次看到佩甫伯拄着一根拐杖，他禁不住笑了起來，但他的語調中一點惡意也没有：“真是幹了一樁妙事，咹？當上了衆人的代表頭頭。求求菩薩，下次我們千萬可不要再當選了。”

“不要開玩笑，潘大叔。”佩甫伯用一個嚴肅的聲音愁眉苦臉地説，“我是不得已，非幹不可呀。”

“我懂得。”潘大叔説，“但我不一定要幹呀……”

這時外面飄來了一個聲音，打斷了潘大叔：“喂，你答應過我的報酬怎麼説？”這是“宗教界的代表”本情的聲音。他拄着一根拐杖，像個百歲老人似的，蹣跚地走了進來。“我背上負了傷，今後有好一陣子我不能做法事了。你也親眼看見過，那頭該死的馬兒把我的方巾帽也踩壞了。對這些損失你怎麼説？我不要求你賠償，但你代表儲敏所開的那張合法支票可得兑現啦。”

佩甫伯又把他那兩條稀薄的眉毛凝到一起，成爲一個哭喪臉的樣兒。他的嘴唇也在痙攣地顫抖着，發出這樣幾句不連貫的話語：“對不起，本情，那張支票我兑現不了。儲敏半個銅子也不給。他説我們的事情没有辦好。我們確實也没有辦好，對嗎？我吃中藥也花了不少錢，甚至這藥錢我也不能向他要。”

“這也真够不幸。”我的母親説，“如果儲敏拒絶拿出錢來，佩甫伯有什麼辦法？”

“你説得對，絶對地對！”佩甫伯對我的母親説，眼睛望着這位道士先生，幾乎要被她同情的話感動得流出淚來。

“不過，佩甫，”我的父親説，“你的腳踝已經扭了，你將怎麽辦?”

“教書！當然還是只有教書！戰争已經結束了。也不會再有什麽潰兵經過這裏了。儲敏地主爺的店鋪可以重新開門了。我也得重新開我的學堂呀。教書是我的本行呀。”他用左手把教鞭向空中一揮，它落了下來，正好打在他那被扭傷了的腳踝上。他臉上出現一個痛楚的表情。

“經過了這一樁可怕的事件，你還能够把學生弄回來上學嗎?”

“當然，當然。有錢人不能讓他們的孩子没有教養呀。只是很不幸，這次儲敏堅持要把那半擔米的學費减到三分之一擔。而且他説了就算。”

“他怎麽能幹出這種事來?”我的父親驚愕地問，“一個孩子上學，只付半擔米的學費，已經是够少了呀。”

“你的話説得對。”佩甫伯表示同意。他那被抑制住的怒火又要在他的眼裏燃燒起來，幸好當時湧出的淚水把它濺熄了。“但是我有什麽辦法呢?”他説，“因爲我們没有能阻止潰兵的搶劫，他遭受到了很大的損失。他毫不含糊地對我説，如果我不同意减低學費，他將叫他的孩子退學。我已經這麽老了，我不能和他討價還價呀。”

我的父親再也没有什麽話好説，只是沮喪地連連摇着頭。這時室内出現的沉寂使人感到壓抑。佩甫伯開始不自在起來。没有多大一會兒他就離開了。本情緊緊地跟着他，仍然逼他付出他所答應過的報酬，額外還要求賠償他那頂方巾帽的損失。

他們離開了好久以後，他們的争吵聲似乎仍在空中盤旋。我的父親朝着這位行動不靈的私塾老師和腰彎背駝的道士所消失的那個方嚮凝望，眼神變得迷糊起來。他什麽話也没有説。他的眼睛也似乎墜入夢境。他似乎在想什麽事情，關於未來、過去和現在的事情，一件渺茫和不可捉摸的什麽事情。忽然他警覺起來，變得非常緊張。

“我必須得到那筆‘花紅’！”

“你説什麽?”母親問，她爲他這忽然冒出的一句話而感到震驚。

“現在戰争已經完了，我得趕快回到東家的店裏去。”

"新年就快到了呀，等待過完年再去不好嗎？你這次回家並没有住多久呀。"

"但是我得回去。我決不能因爲缺勤而丟掉那筆'花紅'。這是我一生最後的機會！"

"這筆'花紅'對於你是那麼要緊嗎？"

"非常要緊！太要緊了！如果這次我得不到它，那麼我就又得幹它六年。而主人也不一定要我再幹六年，因爲我已經老了。我也不能像佩甫那樣再當塾師——這一點你現在已經看得很清楚了。"

"噉——"我的母親把她的聲音吞下去了，沉默起來。她懂得了父親的意思。這時我的哥哥從外面進來了，手裏拿着一棵白菜。很明顯，他剛纔是到菜園裏去過。"他也得和你一道回到'大城市'裏去嗎？"她問，指着我的哥哥。

"他只剩下三個月就要出師了，"父親説，"我看最好他還是去。"

"那麼他的婚事怎麼辦呢？"母親問，"他現在已經長大了呀。阿蘭已經學會了管家務，她現在應該是這家的媳婦了呀。我打算把我的家務擔子轉給她。"

"我不能和她成親！"哥哥没頭没腦地説。

"爲什麼？"母親問，她的聲音裏充滿了驚恐和狂躁，"你是怎麼想的？我花了那麼大的心思和精力把阿蘭帶大，爲的就是這個家呀！難道你不願意在你祖祖輩輩住過的家裏過日子嗎？"

"因爲我不愛她！"哥哥用狂暴的聲音回答，"此外，我們的人生觀也不大相同。"

"你的這個人生觀是什麼意思？你從哪裏學到的這套新詞？難道你是一個洋鬼子嗎？你不是在我們這個古老的村子裏出生的嗎？"我的母親大怒起來。

父親盡力調解，對母親説："不要理他講的這套話吧。他每天晚上在店員工會辦的夜校裏學了一些新東西。等他年紀稍微大一點，他的頭腦就會清醒過來的。"

“不管怎樣，我不願意和阿蘭成親!”哥哥堅定不移地説。

“爲什麽？她不是和你訂了親麽？你想打破我們村裏自古以來就有的風俗嗎?”母親用憤怒的聲音質問他，“想必是你討厭她臉上長的麻子不成？那是命裏注定的呀！你命中注定有一個麻臉媳婦!”

“有麻子也好，没有麻子也好，我決不和她成親!”

忽然在通向阿蘭房間的過道上傳來一個奔跑的聲音。我知道這一定是阿蘭在後邊偷聽。最近一段時間，她對自己感到有些神經質，常常偷聽我們關於她的前途的討論。我想，她聽到一家人由於她的面孔而不幸争吵了起來，她心裏一定感到非常難過。我跟進她房裏去，想説幾句温和的話來安慰她。她正無言地坐在她的梳妝桌面前，像個白癡似的面對着桌上的那面大鏡子，兩行眼淚在她那凸凹不平的面孔上直往下流。

“請别哭吧，阿蘭。哥哥只不過是開開玩笑罷了。”我説。

她聽到我的話，反而大哭起來。我再也找不出什麽話説了。我呆望着她，像個傻子一樣。這時，我纔驚奇地發現，她臉上的麻子，有的簡直有豌豆粒那麽大。

第二天大清早，父親和哥哥都離開了村子，奔向那個“大城市”。一個是到東家的棉花行裏去爲了那筆“花紅”而繼續幹那長期的文牘工作，另一個則是到一家外商紗廠裏去完成他的學徒期限。分手時，我的母親的眼睛變得濕潤了，因爲幾個星期以後作爲我們歡慶家庭團聚的新年就要到來。但是她控制住了她的眼淚，没有讓它流出來。她甚至還做出一個愉快的聲調，説：“願一切如意！待來年過新年的時候我們再大大慶賀一番!”她是想用這番話叫同樣感到難過的父親高興一些，同時也象徵性地暗示：也許在那以前他就能得到“花紅”。

五

在新年即將到來的時候，我們村裏每家都變得忙碌起來。我們不僅忙着爲家人團聚做準備工作，同時還要準備供奉我們的家神。在新年到來的前六天，也就是小年這一天，我們的灶王爺——他同時也是我們的家神——就要上天去和我們已經成了神的祖先團聚，同時也向玉皇大帝匯報他在過去一年看管我們家庭事務的功績。每家都儘可能地給他準備一些最好的禮物，爲的是好叫他到了上天以後爲我們家庭説些好話。這時，鎮上的事情和物價就成爲了我們最關心的事情了。那十多里路遠的有城牆圍着的小鎮，就成爲了我們生活的一部分了。没有這個小鎮，我們就無法過新年。

我的母親和潘大叔特别關心我們將要從鎮上買些什麼樣的禮物。他們倆都希望給我們的灶王爺買些最好的東西，因爲他們對他上天去述職都懷有一個希望——不僅希望爲我們家做個好匯報，同時還希望玉皇大帝在聽了他的匯報後給我們賜福：我的母親希望來年我的父親，以某種奇跡式的機遇，能够得到他所盼望的那一筆“花紅”——事實上也就是提前兩年；至於潘大叔呢，他希望得到一個“女兒”，也就是我們的母耕牛下個牛犢——因爲他是那麽喜歡這頭耕牛，他簡直把她看做是一位情人似的。這頭勤勞的動物懷孕已經有好幾個月了，現在她隨時都可能生下一頭牛犢。

潘大叔懷有一個世世代代形成的迷信，而這個迷信也被他作爲一個農民多年所積纍的經驗而加深。那就是如果牛犢在小年以前出生，那麽它就會很健康地成長起來，而且長得漂亮。經驗證明這個説法有道理。在小年以後生下來的小牛，一般很難頂得住早春到來前的連續的飛雪。他一直偷偷地在禱告，希望有某種神奇的力量能够加速這新一代的耕牛的降生。

在他到鎮上去買東西以前，他多方打聽有什麽好的東西可買以及它們的價錢。他希望從毛毛那兒能够得到一些確實的情況，因爲此人是村裏一個最先到鎮上去買東西的人。他需要神仙特别給他賜福，因此他也特别熱心給神仙買些禮品。他的媳婦母烏鴉最近對飯食特别挑剔。他現在還没有把握，她的這種表現是由於她故意要給他臉色看——因爲她現在已經不再是由她那個多生育的、成天幹活的、當釀酒匠的父親所隨便驅使的丫頭；還是由於她已經懷了孕。他希望她的情況屬於後者。不過他不像潘大叔那樣盼望有個"女兒"，而希望生一個男孩，以便將來能够幫助他在田裏勞動。關於這一點，他作爲一個凡人，是没有什麽辦法的。只有神仙纔能決定母親腹中的孩子是男性還是女性。不過，和潘大叔不同，他也有一個迷信：他相信一個貪吃的女人只能生女孩子。雖然母烏鴉並不是很明顯地貪饞，但她卻有一個相當引人注目的食量——她的食量發展到了這樣的程度，她甚至認爲吃東西是她的一種嗜好，一種消遣。

潘大叔請毛毛抽一袋煙——他是用一根竹根做了一個新煙管，同時也在我們的屋子前曬曬太陽。

"毛毛，請告訴我，你在鎮上買了一些什麽年貨？"他説着把他那根新煙管遞給毛毛，請他試抽一下。

"什麽也没有買！"毛毛説。他的堅決的聲音使潘大叔感到震驚。"一點兒東西也没有買！"毛毛的眼睛垂下來了。自從他娶了母烏鴉以後，他老是喜歡望着地下，好像他腦袋上一直壓着一個沉重的東西似的。

"那麽你跑到鎮上去幹什麽呢？"潘大叔問，有點糊塗起來。

"買點祭灶王爺的東西。"

"你剛纔不是説，你什麽東西也没有買嗎？"

"對，什麽東西也没有買，絶對没有買。"

"你這是什麽意思，你談起話來像一個深奥的老學究一樣，老是叫人莫名其妙。你的這套本事是從你的媳婦那兒學來的嗎？你過去一直是有啥説啥。你真把我弄糊塗了，毛毛。"

"我真的什麽東西也没有買！"毛毛堅持地説，把潘大叔更弄得不知所云。

"我還是不懂得你的意思。我還得問你：你跑往鎮上一趟去幹了些什麽？"

"去買東西。"

"咹！咹！難道你想和你的媳婦一樣，跟我開玩笑嗎？我知道，年輕小夥子都是這號子人物。你們常常喜歡躺在温暖的床上，面對面地談些無聊的話兒。我懂得，我懂得。你是在我面前賣弄，知道我從來没有過過這樣甜蜜的日子。”潘大叔變得有點感傷起來，但他仍然做出一個勉强的微笑，以表示他並不是那麽脆弱。

潘大叔的這番議論使毛毛的臉變得更紅起來，他的眼睛也就更往下垂。他訥訥地説：

“這是最簡單不過的事，潘大叔。鎮上没有什麽東西可買呀。路過的潰兵把所有值錢的東西都搶劫走了。剩下的東西他們放一把火，連店鋪都一起燒掉了。那些擺在案上的一點東西，價錢卻比往常要貴四五倍。我買不起呀。很快我們就没有鹽燒菜了，因爲它的價錢也高得可怕。”

“是這樣的嗎？那麽店夥也就太貪了！”

“他們總是這個樣子。他們從我們鄉下人手裏能賺多少就賺多少。”

“那麽你白跑一趟了，對嗎？”

“不過我趁這機會也去看望了一下田東老闆。你知道，這一年快完了。我得弄清楚，什麽時候可以訂新的佃租。”

“什麽時候？你已經訂好了嗎？”潘大叔對這件事感興趣起來，因爲他到底是個種田人，跟我們村裏的任何莊稼人一樣，雖然他不需佃儲敏的田種。

“最近隨便什麽時候都行。不過他又把佃租漲了二成。”他幾乎要哭出聲來。

“這太没道理了！”潘大叔大叫了一聲。他的眼睛睁得斗大。“那麽你今年的收成，能够剩給你的也不過只有兩成半了。你没有跟他争一下嗎？”

“我争過。不過他説，潰兵搶劫過後，他的損失太大，他得想辦法補回來。他的那些店鋪受的損失可也真不小啦。他説，如果我不同意他的這種安排，他就要把田地佃給别人種了。”

“你同意了嗎？”

“不同意不行呀，潘大叔。我還想再多佃一點田種哩！”

“這麽重的佃租，你怎麽能幹！你發瘋了嗎？”

“嗯……”毛毛説不下去了。他沮喪地垂下他的頭，像個傻瓜似的呆呆地望着地面。兩人沉默了一會兒以後，他又喃喃地説：“我不是説過，我不得不同意呀。你知道，母烏鴉……”

“啊，是的，我懂得了！”潘大叔打斷了他的話，大聲説，“她的飯量很大。我懂得了！我懂得了！”他用最大的聲音把他的話吐出來，好像想以此來安慰自己：他幸好没有討到一個老婆。

“你在胡説什麽，毛毛？”從村子的另一頭傳來了母烏鴉的聲音。她正在那裏曬衣服。“你又在談我的事嗎？毛毛！如果你養不活我，你就最好讓我走。我可以找個比你强幾十倍的老公。有一次縣裏的一位大官兒還向我求過親，在我面前跪了足足三個鐘頭呢！這事我前天夜裏不是在床上告訴過你嗎？請回答我！我告訴過你没有？”

毛毛不敢回答，他的臉色變得死一樣地慘白。他那寬闊的肩膀開始顫抖起來，他的雙腿也在抖動。他站起身來，用抱歉的口吻對潘大叔説：“真是對不起，我得走了。謝謝你給我煙抽。你這個新煙管非常好使，我頂喜歡它。”他一摇一擺地向母烏鴉走去，像一個聽話的孩子走向母親一樣。

正在這時候我的母親走出來了。很明顯，她聽到了母烏鴉的喊聲，她特意要出來看看，毛毛作何反應。她一直很擔心他們會這樣吵起架來——但是很有趣的是，他們從來没有鬧過。當她來到太陽光下的時候，毛毛已經走到母烏鴉那裏去了，並且已經開始馴服地幫她晾衣服。不過她忽然叫出聲來：“瞧，菊嬸已經從鎮上回來了！”

當我們把視綫掉向大路的時候，我們果然看見菊嬸很端莊地向我們這個方嚮走來。時間還是早晨，而她已經到鎮上去過，並且也已經回來了，我們不禁感到驚奇。一般説來，她要到鎮上去，時間總不是很早，因爲每次去時她總要打扮一番，這得花點工夫，而且她回來也不會這樣快。可是我們馬上就懂了其中的原故：她也想第一個到鎮上去挑選最好的供品，她總是用最好的東西在過小年時供奉家神，因爲她希望得到神的特殊賜福——不是爲她自己，而是爲她所崇拜和夜裏經常夢見的那個人。

不一會兒工夫，她到來了。我們驚奇地發現，她什麽東西也没有買。她手裏只提着一包她自己所紡的紗錠子。

“我真不懂！我真不懂！”她用一種狂野的聲音嚷着。她的面孔現出一種非常狼狽的樣子，她的眼睛上彌漫着一種迷惘的神情。我們從來没有看見過像她這樣一個端莊文雅的人，今天顯得如此淩亂和狼狽。“我真不懂！我真不懂！”她重複着説，雙眼望着我的母親，好像是求援似的。

“這是怎麽一回事，菊嬸？”我的母親問，把她提着的那一包紗錠接過來，好叫她感到輕鬆一點。

“鎮上不管賣什麽東西，價錢總是高得叫人難以相信。”菊嬸用一種與她平時身份不太適合的粗啞聲音説，好像她是想要和人争吵一番似的。“但是我們鄉下人拿去賣的東西卻是一個錢也不值！”

“你指的是什麽，菊嬸？”潘大叔問。

“我想爲我的家神買一小塊紅綢子，”她解釋着説，“你猜猜看，他們要多少錢？他們要半塊銀元——比過去漲了五倍。相反，當我要賣掉我日夜花了不知多少工夫紡出的紗錠時，王老闆只出不到以前三分之一的價錢。而且他還不大想收購。嗨，我以後怎麽過日子啊！”她發出了一個自我憐憫的呼聲。

“怎麽能這樣！”我的母親説，“這簡直是敲詐！”

“就是這樣！”菊嬸忿忿不平地説，“他們甚至還不知羞恥地明説，路過的潰兵搶掉了他們的東西，他們得用這種辦法把損失撈回來。”

“是的，我現在懂得了，”潘大叔説，“毛毛剛纔也對我講了同樣的事情。我們都要買年貨敬神，偏偏出了這樣的事，太糟了。”

“真是太糟了……”菊嬸忽然降低了聲音，低得幾乎成爲了一個私語，她的頭也低着，若有所思地望着自己的脚，“我不知道，我的老灶王爺上天去，我該送他些什麽東西好……我將會感到非常難過……”

“這真是叫人爲難。”我的母親説，静静地凝望着菊嬸。她知道，菊嬸在這個新年時節，也正如在其他新年時節一樣，希望家神能指引明敦的心歸向她，使他某一天得以回到她身邊來。她已經意識到，菊嬸完全是在盼望和期待中過日子，送點好禮品給家神可以增强她的希望。"我們也還没有買什麽東西，"母親繼續説，"也許我們得跑一趟縣城，到那裏去買買試試看。那個城市要大得多，那裏的生意人也許更講道理一些。"

"這個對！這個對！"潘大叔稱贊我的母親的想法，聲調也顯得很高興，"我好久没有到那裏去了。嗨，我的天！我纔喜歡那裏的高粱酒店哩。酒的香味就够叫我心癢癢的了，那真正的酒就更不用説了！"

"你老是想到喝酒，潘大叔！"母親説，"這次去買年貨是比什麽都重要的事呀。"

"我懂得，我懂得。如果您派我去，我一定不喝酒。我答應您，我一定不喝酒！"

"看來你倒真應該派潘大叔到那裏去買東西。"菊嬸向我的母親建議，"這裏的商號太不像話了。"

"我可以答應您，菊嬸，我可以把您的紗錠拿到那裏去賣出好價錢來。"潘大叔連連用一種殷勤奉承的聲音附和着説——這倒使菊嬸感到難爲情而臉上泛出紅暈來。

"好吧，"母親説，"也許這是唯一的辦法。你明天就去吧，潘大叔，不然别人把好的東西都挑選走了。"

"我很高興，你作出了這樣一個决定。"菊嬸對我的母親説。

"相信我，菊嬸，我將把您的紗錠賣出大價錢、大大的價錢來！您不用擔心給您爲家神買供品的事吧。"潘大叔説。由於她對他跑一趟縣城給予了精神上的支持，他的語調顯得很感激。

"謝謝你，潘大叔！"菊嬸説，她的雙眼發出了新的希望的光芒。

第二天早晨潘大叔就動身去一百五十里路外的縣城，滿懷着我們的、也包括菊嬸的對於未來一年的一切希望。

潘大叔離去後，已有三天過去了，他没有按時回家，我的母親開始感到不安起來。到了第四天，菊嬸來我家好幾次，打聽關於他的消息。她感到非常焦急，因爲小年已經快要到了。她的焦急使得我的母親也變得神經質起來。除此以外，我們的那頭母牛也顯出了疲憊的樣子。它有時拒絶吃食，我們也不知道有什麼辦法可以叫它吃東西。它躺在欄裏休息，有氣無力地反芻着。它嘴上挂着一串一串的泡沫，好像大朵的白花一樣。口涎從它的嘴角上流下來，像一根透明的繩子。有時它望着旁邊經過的人，眷戀地，無可奈何地，好像是在尋找潘大叔。有時它在地上揉擦，好像它身上有塊什麼地方在發癢，需要有人搔它一下或刷它一下。我們也無法幫助它，因爲對它身上某些特殊的部分我們並不熟悉。

現在是第五天了。潘大叔仍然没有回來。

這一天，我的母親不時走到村頭去，向通往遠方的縣城的大路凝望。路上連潘大叔的影子也没有。每次她感到失望的時候，她就對自己嘀咕着同樣一句問話：“有什麼事在縣城裏纏住潘大叔，叫他呆那麼久?”

這一天像平時一樣結束了。太陽還没有完全下山，村子就已經暗下來了，因爲周圍的群山擋住了太陽的光。歸窠的寒鴉繞着它們在那些光秃秃的樹上所建造的巢，一邊飛，一邊哀叫，在村裏的黑暗中引起一片回音。最後它們疲累了，纔鑽進窠裏去。終於夜幕降下來了，一切變得沉寂。

這天夜裏，我的母親没有眨眼，更没有睡着。她在向外面傾聽，有没有潘大叔的腳步聲。可是外面什麼聲音也没有，連風兒也停息了。在這一片静寂中，來寶也不發出任何聲音。潘大叔仍然没有回來。第二天就是潘大叔離家的第六個日子了。再過一天，神仙的新年就要到來。我聽到母親在床上對自己説：“如果他明天再不回來，我就得請毛毛去尋找他了。”她對年老的潘大叔的關心，比起對我們灶王爺的供品，其焦急的程度，完全是一樣的。

第二天早晨，天剛麻麻亮，她就急忙地走出屋子，想去找毛毛。當她拉開門閂的時候，我聽到她發出一個驚愕和恐怖的叫聲：“怎的！你昨天夜裏已經回來了？爲什麽不敲門？”

我也趕快跑出來，站在母親的身邊。我看見她朝潘大叔的臉上呆望，而潘大叔則背靠着牆，嘴唇緊閉着。他站着一動也不動，雖然我母親的目光是那麽尖鋭、粗獷而刺人。他簡直是像一尊泥塑佛像，面孔沒有表情，像木頭一樣呆板。但他的眼睛是睁着的，可是一動也不動，連光澤都沒有。

他也似乎沒有長耳朵。他像石頭一樣，什麽也聽不見。

“有什麽邪風吹進你身上去了嗎？”母親又問了他一聲。

他仍不説是或否。

“你在回家走夜路的時候遇見了什麽鬼魂嗎？”母親嚴厲而尖鋭的聲音在撕裂着空氣。她束手無策，非常驚慌。她過去從沒有相信過的鬼魂，現在在她的思想中起作用了。

可是潘大叔的嘴唇卻沒有絲毫反應，像是被什麽東西封住了一般。

“可真古怪，潘大叔失去説話的能力了。”她對自己説，她的聲音低得像一個私語。在這同時，她那迷惘的眼睛深深地盯着這個老莊稼人，好像他是個遊方的術士，一個從遠方來的怪頭陀。

我這時纔注意到，潘大叔的長袍鬆垮垮地挂在身上，像道士本情的法衣，他那根慣用的束腰帶也不見了。他的雙手也是空無一物。

“你在翻過山腰時被攔路搶劫的强盜搶過嗎？”母親問，同時仔細看他那奇怪的面部表情。

潘大叔既沒有點頭，也沒有摇頭。他的眼皮沒有動，他的身子依舊像木頭一樣呆板。

我的母親沒有辦法，就走上前一步，直盯着他那暗淡無光的眼睛。但他仍然沒有什麽反應。最後母親只好抓住他的兩個肩膀，猛烈地前後摇着，好像是摇一棵老樹的粗幹似的。他在這摇撼中前仰後倒了一陣，但是我的母親的手一鬆，他就又靠着牆直立不動了。

“阿蘭！快去把本情喊來！潘大叔被鬼魂迷住了，而且這還是一個非常厲害的惡鬼——它把他的魂魄全部攝走了！”

我的母親現在不僅相信起鬼魂來，而且還認爲本情有本事可以把鬼魔驅走。

阿蘭一聽到母親的喊聲，就連忙從牛棚裏衝出來。她手裏拿着一個洋鐵罐子，因爲她剛剛給那頭母牛喂了洗碗水喝——這已經成了她每天早晨必做的一件事。她不僅没有執行我母親的吩咐，反而上氣不接下氣地對她喊："媽！我們的母牛在下仔子呀！我們的母牛在下仔子呀！"

這個消息，正如久旱降甘霖一樣，立刻就發生了作用。它所産生的神奇效果，要比我們的道士先生本情所做的法事靈得多。它實際上是具有起死回生的力量。潘大叔的眼睛開始眨了，他的嘴唇開始顫抖，他的腿也開始動了。於是，出人意料之外，他一跳就衝到牛棚裏，像一頭小山羊。他從來没有表現出過這樣快速而又敏捷的動作。看上去他似乎一下子就恢復了他的青春；不，恢復了他的兒童時代。

母牛正在那鋪滿了沙子的地上掙扎。小牛的前腿已經很刺眼地從它的産門伸出來了。母牛正在痛苦中呻吟，我們可以看出它的雙眼正粗獷地大睁着，眼珠彷彿射出通紅的火花。它一看到潘大叔就逐漸變得安静下來，它的雙眼也變得呆滯起來，沁出一種發光的液體。當潘大叔走近它的時候，它點了點頭；接着便閉起眼睛，讓潘大叔撫摸它，這時兩行眼淚便從它没有頰的臉上流了下來。

潘大叔蹲在它的身旁，把它的頭扶起來，朝那淚汪汪的雙眼凝望。他們彼此凝望了好一會兒。

"别哭，我的好婆娘。"潘大叔用一種温柔的聲音説，同時繼續摸撫牛的肚皮。"你不會難受太久。一下就過去了。耐心些吧。"接着他便啜起嘴唇，像一個老爺爺似的，對牛説了許多温存的話，同時用袖子擦它的眼淚。"做個好婆娘，静静地躺着，不要傷害了小寶寶。對，就這個樣子！"我們的母牛真的變得安静下來，靠着潘大叔的膝側躺着。

我的母親一直站在一個角落裏，呆呆地望着他們，什麽話也説不出來。不一會兒，母牛忽然變得不安起來，發出沉重而又急促的喘息聲。我的母親没有做片刻猶疑，就本能地跪到地上，她的雙手合着，爲我們這頭母牛的安全向上天禱告。我們立刻全都變得臉色蒼白，因爲我們意識到，爲我們在六畝土地上幹了一輩子活的這頭母牛，現在正面臨着一個危機。不知怎的，阿蘭也在我的母親旁邊跪下來，像一個傻子。我也在這頭母牛的面前跪下來。

接着就是一片沉寂。這沉寂把潘大叔毫無意義的喃語和母親的祈禱鎮下去了。母牛的嘴在大張着，呼吸很困難。我們知道它在咽着氣。我們都屏住呼吸。空氣中出現一種緊張的氣氛，這氣氛反過來又加强了這種原始的沉寂。我們知道，這裏隨時可以發生某種事件。果然不錯，可怕的事情發生了：母牛合上了眼睛，像一隻在生命最後一刻要咽氣的動物一樣，無可奈何地讓頭躺到地上，好像是已經進入了長眠。“孩子”生下來了。

我們鬆了一口氣，都站起來檢查小牛犢的情況。它長得非常好看。它的雙耳像新竹葉一樣地柔嫩，它的眼睛像杏仁核那樣嬌美。它是一個姑娘，正如潘大叔所盼望的那樣，是一頭小母牛犢，而且還似乎很害羞哩。潘大叔取來一塊幹手巾，小心翼翼地把它的身體擦乾。它一動也不動，好像已經懂得這個老莊稼人是它媽媽的好朋友，是它媽媽在地裏幹活時的好夥伴。“我真喜歡你，我的孩子!”潘大叔說，温柔地撫摸着它那還没有長角的頭。

阿蘭送來了一罐子豆汁，把它倒在一個臉盆裏。潘大叔把它放在牛媽媽的嘴邊。它本能地嗅了幾下，眼睛仍然没有睁開。過了一會兒，它的眼皮分開了，凝望着豆汁，會意地點了點頭，接着便喝了幾口。立刻它又記起了一件什麽事情，掉轉頭一看，它的“孩子”正躺在它的身邊。於是它便停止喝豆汁，開始舐起它的“女兒”來。這“孩子”半閉着眼睛，被母親又長又嫩的舌頭所輕撫着，似乎感到非常舒服。

“這個小妞兒將是屬於你的了，潘大叔。”我的母親微笑地説，“這是最恰當的安排。”

“謝謝你，大娘。”潘大叔説，做出一個愉快的笑臉，“這是再好不過的事。”

“那麽我們爲它安全的生産，也爲了這‘孩子’分外的好看燒香謝神吧。”

“對，得趕快燒香。”潘大叔説。

於是我們便到堂屋裏去，在神龕面前完成我們的謝神禮拜。

謝神儀式完成以後，我的母親鬆了一口氣，潘大叔也鬆了一口氣。“孩子”總算是生下來了，而且恰好是在過小年之前。這種意外的偶合似乎預兆着一個幸運的來年。可是我的母親和潘大叔卻意味深長地互望了好一陣子，彼此都不禁發出了一個微笑。這時潘大叔確是世界上一個最幸福的人了。

“不過潘大叔，”我的母親説，“這幾天你出了什麽事情，我們一直在爲你擔心呀。”

潘大叔那一臉的洋洋喜氣立刻就消失了。他的嘴唇開始神經質地抽搐着，卻一個字也吐不出來。他唯一所能發出的反應就只有呆呆地望着我的母親。接着他便非常不安地低下了頭。

“潘大叔，你究竟出了什麽事？你一定得告訴我。”我的母親堅持着，“否則我就會胡想一些可怕的事情。你在路上碰到了什麽攔路搶劫的人嗎？”

潘大叔抬起頭來。我的母親的面上現在覆上了一層疑慮和焦急的陰影。

“没有，大娘。”潘大叔終於開口了。

“那麽究竟什麽事把你纏住了這多天？”

“唔……”潘大叔説不下去了，他的面色一會兒發紅，一會兒發青。

“那麽到底是什麽事呢？”母親用堅持的聲音問，“潘大叔，有什麽事就直説吧，不要有顧慮。假如出了什麽事，那也不能怪你呀！”

“那得怪我，大娘。”潘大叔説，同時抬起頭來，“如果我聽了你的話，我也就不會出這種事了。”

“什麽事？”

“嗨，説來話長。”潘大叔深深地歎了一口氣，像老劉在開始敘述一個悲劇故事的時候一樣。“這是我不願意出的一件事，絶對不願意出的一件事。”

“絶對不願意，這是什麽意思？”我的母親禁不住發出了一個微笑，因爲這幾個富有戲劇性的字眼使她感到很有趣。

“當我去到縣城的時候，”他説，“我感到更是奇怪，那裏市面上比我們這裏還冷清得多。他們告訴我，有一股更大的潰兵曾經路過這個城市，把什麽東西都搶光了。他們甚至還跑到鄉下去。只要能拿走的東西，什麽耕牛啦，土豆啦，他們全都拿走了。附近鄉下的村人現在都變成窮光蛋了。大娘，想想看，在這樣的情形下，還有什麽東西可買呢？菊嬸托我代賣的那些紗錠開始叫我感到苦惱起來，我不能回來告訴她説什麽結果也没有呀。您親眼看到的，大娘，她把紗錠交給我的時候，她的境遇是多麽窘迫。因此我在街上走來走去，不知該怎麽辦好。這時有一個一直在跟着我的黑黝黝的、斜眼睛的人忽然走上前來，對我説：‘老大叔，你有什麽煩惱的事情呢？’懂得嗎？這傢伙的嘴很甜呀。”

潘大叔停了一下，咳嗽了一聲。

“我説，我的一位鄰居，一位很漂亮的大嫂，托我把她的紗錠賣掉。這傢伙聽了就大笑起來，説：‘大叔，何必這樣苦惱呢？世上好看的人兒多的是呀。要被這些事難倒，那簡直没有個底。我們到那高粱酒店裏去喝一盅吧。’瞧，他把我的苦惱當成是感情上的波折了。”

“你去了没有？”母親打斷他的話問。

“唔，”潘大叔垂下眼睛，臉紅起來，“唔，我不願意去，但我卻無法拒絶……您懂得我的意思。因此我就和他一道到那個酒店去了。這傢伙叫了兩盅酒和兩盤花生米下酒。他當時看起來比一個朋友還好。我對自己暗暗地説：‘老潘，留心你的錢包呀！’因此我把手指伸進腰帶裏去掏了兩下，看我的錢在不在。錢很安全。於是我便把酒喝完了。喝完後我就想離開。不過這傢伙止住我，説：‘我想再請你喝一盅！四海之内皆兄弟嘛。’懂得嗎？他的嘴是太甜了！”

他又停了一下，咳嗽了一聲。

“這樣一來，我又喝了一杯酒。這個杯子可是大多了。順便提一句，酒的味道也確實不壞。我越喝就越喜歡它。因此我就對他説：‘你既然對我是這樣客氣，又請我喝了一杯，我也得請你喝一杯。’懂得嗎？我不過是對他説一句客氣話，哪知他當真接受了。所以我又喝了第三杯。突然間我覺得我的頭有點打旋。我覺得好像我飛到雲層中去了一樣，好像我長了兩個翅膀，好像我可以快樂地在天上飛，像一隻鳥兒一樣。大娘，這味兒倒是蠻舒服的。我感到全身鬆快，像在做一場好夢一樣。説真的，我已經有好幾年没有做過好夢了。我喜歡這種夢幻的感覺。接着我又喝了一杯。這時我開始覺得我的脖子軟綿綿的，直不起來。可是同時我又覺得我的頭重得像石塊一樣。因此我就閉上眼睛，睡過去了。

“當我醒來的時候，我伸了一個懶腰，兩臂分開，打了一個呵欠。我感到有點兒發冷。大娘，説老實話，我覺得我穿的衣服不大自在。我前後左右瞧了一下，我發現我的腰帶不見了。我再朝桌上望一望，菊嬸的那一包紗錠也不見了。那個黝黑的傢伙也無影無蹤了。我馬上就知道，那包紗錠和那條裝着買東西的錢的腰帶被他偷走了。他甚至連喝酒的錢也没有付，因爲店小二向我要錢。”

“你没有找店老闆算賬嗎，因爲事情發生在他的店裏，他得負責呀？”我的母親説，她的面色變得刷白。

“我當然找過他。大娘，我並不是傻子呀。不過……”潘大叔忽然説不下去了。

“不過什麽？”

潘大叔的嘴開始打起抖來。他不自在地低下了頭。最後他總算説出了這樣一段話：

“不過店老闆説，他以爲那個黝黑的傢伙是我的朋友，他没有先向我要錢，是因爲他認爲我是個君子人。他説我早就該知道，城裏受到一次大的搶劫，自然處處都有小偷和扒手，因爲許多人没有飯吃呀。您知道，他是一個機靈的人。他會耍嘴皮子，我講不過他，所以我只好把我的内衣脱下來交給他，作爲付酒債。”

“你怎麽能够這樣粗心大意呢，潘大叔?”母親生氣地説，“明天就要過小年。我們的灶王爺就要到天上去向玉皇大帝稟奏他這一年的工作。我們現在一丁點兒禮物都没有給他準備。我們將怎麽辦?時間已經來不及了呀……”

正在這時候外面傳來一個聲音，打斷了我的母親的話：“潘大叔!我聽説你已經回來了。你的母牛也生了一個漂亮的孩子。恭喜你!”這是菊嬸的聲音。她正在向我們走來，臉上浮着一個開朗的笑——她笑得確是那麽開朗，弄得她那個小巧的鼻子兩邊的細嫩皮膚也皺起來了，把鼻子周圍打的一層薄粉也擠掉了，因而也暴露出那兒長着的幾個雀斑。

我的母親也馬上做出一個笑臉來歡迎她。不過潘大叔卻仍然低着頭，他的全身因爲恐懼而顫抖起來。菊嬸静静望着他，對於他的沉默開始感到懷疑起來。過了一會兒，她問：“潘大叔，我的紗錠你賣掉了嗎?”

潘大叔抬起頭來望着她，什麽話也説不出來。這時菊嬸的嘴噘起來了，原來的笑容當然也就消失了，她那對閃亮的眼睛現在也被一層薄薄的淚水所浸濕了——這卻使她的那對眼睛顯得更亮，但是也更憂鬱。最近這段期間，由於鎮上買賣整個蕭條，她也感到生活困難，因而也變得極度感傷起來了。

潘大叔一直説不出話來，但卻在偷偷地觀察菊嬸這種陷入深思的神態。他開始感到極度不安和無所措手足。他的嘴唇在神經質地抖動，像風中的兩片錫箔紙片一樣。他想説點什麽，但卻是没有勇氣把它吐出來。

“菊嬸，”我的母親打算解釋一下潘大叔的困境，“一件意想不到的事……”

“没有!”潘大叔忽然開口了，打斷了我的母親的話，“没有！菊嬸，什麽意外的事也没在我身上發生過。我賣掉了你的紗錠，而且價錢也賣得很好！請等一等！我去把錢取來。”

潘大叔跑進他的房間裏去。不一會兒他又跑出來了，手裏拿着一個小布捲。布捲裏包着一件東西。他小心翼翼地把它解開，一層一層地解開，直到最後裏面露出幾張鈔票，旁邊還有幾塊小銀毫。“這就是賣出的錢,"潘大叔對菊嬸說,"這就是那些紗錠的價錢。"於是他便把錢交給了菊嬸。

菊嬸憂鬱的面孔這時又換上了笑顔。她把錢接過來,爲了表示她完全信任潘大叔,她連數也没有數一下。"萬分地感謝你,潘大叔。"她說,同時對我的母親點了點頭,"你們,你們兩個人對我的幫助實在太大了。我現在得走了。我什麽東西也没有爲我們的灶王爺準備。這個新年我們大家都太忙亂了,對嗎?"

於是她離去了。她的步子輕盈,輕盈得好像她是在跳舞似的。

"你是花的你自己的錢嗎?"菊嬸離去以後,我的母親這樣問潘大叔。

"大娘,對。"潘大叔用一種抑鬱的聲調説,"自從我們的母牛懷崽以後,我就積下了這點錢。我原是想爲小牛仔買一個銀鈴兒呀。"

"啊,可憐的潘大叔!"我的媽媽叫了一聲,"那麽我來爲它買一隻銀鈴兒,作爲新年的禮物吧。潘大叔,你就不要再爲那失竊的事難過吧。我們忘記這件事吧!"

"大娘,你對我是太好了。"潘大叔説這話的時候,幾乎要哭出來,"你一直是對我那樣好。我是個呆子,大娘,呆頭呆腦得要命。"

他的雙腿開始激烈地顫抖起來。他幾乎像是要跪下來的樣子。不過他忽然掉轉身,像個小偷似的跑到他自己的房間裏面去。他倒到床上,雙手蒙着臉,他的胸脯一上一下地起伏着。

在過小年的晚上,我們的灶神要上天去作短暫的休息,但是我們什麽供奉他的東西也没有。我的母親感到非常的不快,因爲她一直希望灶神能在玉皇大帝面前做一篇對我家有利的報告,好叫這位最高天神能祝福我的父親,在他的工作中取得成就。不過,就現在的情形看來,他會講些什麽話她就没有把握了。也許他會上奏玉皇大帝,指責我們的灶房不够乾浄,我們在家裏説了太多粗魯的話,不經常洗澡,對於鄰居們也不够友善,以及諸如此類的不好的事情。任何不利的報告都會招致玉皇大帝以疾病或受挫折的方式對我們進行懲罰。

"我們得請我們的灶王爺對我們寬大和諒解。"母親垂着頭,低聲地對自己説，但是她思索了一會兒後，又抬起頭來，補充着説："如果他什麽報告也不作，那就更好了。希望他這回偷一次懶吧。"

接着她又沉思起來，眼睛呆呆地望着地面，手不停地弄着頭髮。忽然她説："啊不，我們的灶王爺是一個精力旺盛的神！"這時阿蘭正從廚房走出來。她招手叫她走近一點，於是便低聲地對她説："阿蘭，我們還有剩下的麥芽糖嗎？"

"還有，媽。"阿蘭回答説，"剩下還不少哩，不過它已經融化成爲糖漿，可黏得很啦。"

"正好！"媽媽説。接着她更放低聲音，補充了一句："快把它拿來。在灶神没有上天以前，我們就用這糖來敬他。"

阿蘭從櫥櫃裏把這東西取出來。母親把它放在一個閃閃發光的、上了釉的緑盤子裏，然後又把盤子放在灶前的神檯上。她磕了三個頭以後，就跪在地上，腰彎着，便這樣禱告：

> 一家之主的灶王爺啊，您過去一年爲我們勞神，保佑我們無災無病，無罪無孽，對此我們表示萬分感謝。我們很高興地看到，您終於能到天上作短暫的休息，享受瓊漿仙食和衆神的陪伴。不過我們也很抱歉，啊，至尊之神啊，由於種種不可預見的不幸情况，我們無法供敬您在上天的旅程中所需要的物品。我們這次所能敬您的只是一點麥芽糖。您一直對我們是那麽仁慈，我想您一定不會爲此而見怪。啊，至尊之神啊，請接受我們最好的祝願，敬賀您新年愉快。

禱告以後，我的母親繼續在神檯前低頭静默了一刻鐘。於是我們便離開了灶房，到堂屋裏坐下來，一聲不響，静静等待灶王爺享受我們的供品——融化了的麥芽糖。到了半夜，我們猜想灶王爺大概已經上天了。我們打了幾個哈欠，想要去睡覺。但是在我們彼此要分手前，母親用充滿了歉意的聲音説："但願我們的灶神没有發現我們的計謀。麥芽糖是那麽黏，他的牙齒和舌頭一定會被粘到一起，説不清話，做什麽匯報也就根本不可能了。不過這只是一個緊急措施。對這位老神仙，我們下次可不能幹這種事了。”

她歎了一口氣。

我們上床以後感到良心不安，但願一切都如意。

六

在陰曆二月快完的時候，有一天晚上，我們正坐在火旁邊聊天，忽然聽到了一陣犬吠聲。看門的群狗似乎正在對什麽人進行攻擊。它們的吠聲在空中震蕩，好像某個受冤屈的鬼魂正在哭訴。正在抽他那根長煙袋的潘大叔變得不安起來。他立刻停止抽煙，聚精會神地傾聽這外面的聲音。犬吠聲足足持續了一刻鐘之久，然後就漸漸降低成爲哀鳴，最後就轉化成爲斷續的嗚咽。

“我好像聽到外面有脚步聲。”他説着站起身來，“最近一些日子，盜竊耕牛的事情不少。我得去看看我們的耕牛。”

我們的牛屋雖然就在潘大叔睡房的隔壁，但卻另有一個門。自從他在縣城裏被竊以後，他對小偷的警惕性倒是非常之高，時時刻刻都在留心盜竊的事情發生。他把煙鍋裏的煙灰磕出來以後，就踮着脚尖走到門那兒去。他輕輕地拉開門閂，便走了出去，讓門兒半掩着。有好一陣子周圍没有什麽動静，因爲那些看家犬一看見他就圍聚攏來，在他的脚周圍聞嗅。他是在屋檐底下站着的，不聲不響地向四周觀望。過了幾分鐘以後，他咳嗽了一聲。周圍仍然没有什麽特别的動静。於是他便向村頭走去，來寶在他後面跟着。他想看看，在那些樹叢裏是不是有什麽東西。

當他在黑暗中消逝以後，另一陣犬吠聲又升起來了。我們聽到潘大叔喊：“是誰在那裏呀？”可是没有回答。我們立刻打了一個寒噤，毛骨爲之悚然。

我們保持着一種戰戰兢兢的沉默，以恐懼的心情傾聽外面可能發生什麽事情。一陣陰風忽然把門吹開，燈也滅了。我們發起抖來，並不是因爲寒冷的侵襲，而是由於這正在向我們包圍過來的鬼蜮般的黑暗。我們可以望見黑夜，像海一般的深沉。天空上沒有月亮，也沒有星星。在屋子裏，唯一可以聽到的聲音就是我們的呼吸——我們可以很清晰地辨認出來。我們甚至還可以聽到我們脈搏的跳動。在這種原始的沉寂中，大門發出了吱吱的響聲。有人在把它關上。接着就是腳步聲；一個很重，一個很輕。有人在劃火柴。一個冥冥的小焰花在黑暗中顫抖，逐漸挪到油燈旁邊，於是燈亮了。這是潘大叔把燈點着。在他後面站着一個陌生人——一個年輕人。

潘大叔點好燈以後就轉過身來，用一種羞怯的眼光望着我的母親。他用充滿了歉意的語調說："大娘，我把這個年輕的先生帶到家裏來了。"他指着這個陌生人，"他在樹林裏站着發抖。他餓得受不了。他說他已經有兩天沒有吃東西了。他跑了許多路，現在累得不成樣子。他說他是明敦和您大少爺的朋友，所以我纔把他帶進來。看來他的樣子不像一個賊。你是一個賊嗎？"他掉向這個陌生年輕人，問了這句話。

年輕人沒有回答，只是摇了摇頭。

潘大叔依然一動也不動，不過他不停地、神經質地在對我母親眨着眼睛。母親沒有表現出任何驚奇和恐懼，只是静静地觀察着這位陌生人——從頭到腳地仔細打量他。這位來客確實很年輕。看上去他恐怕還沒有滿二十歲。他的面孔仍然表現出一種孩子氣：他的臉蛋紅紅的，頭髮也留得很長——看來他有好長時間沒有理髮了。他似乎也沒有刮過鬍子，不管怎樣，他根本就沒有多少鬍子：只有幾根稀疏的胡楂。他的脖子很長，喉核也很突出，而且很尖，上面蓋着薄薄的一層皮，因而給人一種印象，他是真正的饑餓了。他的頭一直垂着，似乎有點害羞的樣子。

"年輕人，請坐吧。"母親用一個温和的聲音說。

潘大叔從他的失神狀態中醒過來，挪過來一張椅子給陌生人坐。"請坐吧，年輕人。"他說，大張着嘴發出一個憨笑，把他的牙床也露出來了，前排牙齒缺掉一顆牙也現出來了。“大娘是個好心腸的人。她總是説話算話的。你請坐吧，年輕人。”他把這位陌生人按到椅子上坐下。他很高興，他在這樣的深夜把一個陌生人帶進家裏來，母親一點也没有責備他。

“年輕人，”當這個陌生人在椅子上坐下以後，我的母親對他説。他雙手托着下巴，而手肘又擱在椅子的把手上。“請問你貴姓？府上在什麽地方？你不大像是本地的一個鄉下人——這一點我可以看得出來。”

年輕人抬起頭，把他的手搭在椅子的把手上。他對我母親投了一個懷疑的眼色。他在想什麽事情，同時也在咽着唾沫，因爲他的喉核正在上下地移動。過了一會兒，他説：“大娘，我没有名字，我也不知道我是在什麽地方出生的。不過，您能不能給我一點東西吃，一點水喝？我非常餓，也非常渴。”

“當然可以，我們也很高興這樣做。”母親説。於是她掉向正在呆望着這個陌生人的阿蘭，説：“阿蘭，我們還剩下些麵條，對嗎？把它熱一熱，再泡一壺茶來。快，客人需要吃點東西呀。”

阿蘭走到廚房裏去了。

陌生人又低下頭來，他的右手掌托着他的下巴，他的眼睛也閉起來了。他那又長又直的頭髮搭在他那光滑寬闊的前額上。他那長袍的下襟被撂到一邊，因而他的褲子和脚就在另一邊顯露出來了。他的褲子又長又緊，不像我們鄉下人穿的那種又寬又鬆的下衣。這大概是某種制服——也許是學生的制服——的一部分。的確，他看上去很像一個學生，他穿着一雙草鞋，他的脚拇指已經從那穿了洞的襪子裏露出來了。

“可憐的年輕人，他不可能是一個竊賊或土匪。”我的母親低聲地對潘大叔説，“幹這種事他是太文氣了。他似乎還需要一個母親的照顧哩！”

陌生人似乎是睡過去了，因爲他一點動静也没有。當我的母親在這樣談論他的時候，他也没有抬起頭來望一下。他是真正累極了。

阿蘭從灶房裏走出來，手中捧着一大碗煮好了的麵條。她把它放在桌上，然後又回去端出茶來。潘大叔把這陌生人的肩輕輕地摇了一下。年輕人吃了一驚，立刻跳起來，一面用手指揉着他那睡意很濃的眼睛，一面向門那兒跑，好像急迫地想要逃走。不過潘大叔止住了他，問："你這麽匆忙想要到哪裏去？要去小便嗎？麵條已經爲你煮好了呀。"

陌生人掉過頭來望了望潘大叔。這個老莊稼人是既誠實而又質樸，像慣常一樣。他對潘大叔説："很對不起！很對不起！我剛纔做了一個可怕的夢。"於是他向桌子望去。那碗面已經冒出了一層蒸汽，把油燈的亮也弄得模糊了。"朋友，感謝你給我東西吃。你是一個真正的同志！"他説。他在桌子旁一條凳子上坐下來。不久前籠罩在他那有點稚氣的面孔上的恐怖神色，現在全都消失了。他把麵條捲在筷子上，頭仰着，張開嘴，讓麵條落進他的口腔裏。然後他就喝麵湯，發出一種咕噥咕噥的聲音。之後他便長長地舒了一口氣，表示很滿足。"真好吃！"他説，"現在我感到暖和了。"的確，他的額上甚至還滴下了幾顆汗珠。

"也許一盅酒可以幫助你趕走疲累。"潘大叔説。他不等到年輕人回答，就舀來一杯燒酒。爲了使這寒冷的氣氛變得温暖一點，他把酒盅舉向燈亮，於是火焰便從燈上落到酒上，一顆顫動着的火焰便在酒面上跳躍起來。"瞧見嗎？這是好酒呀。"潘大叔説，把火焰吹滅了，同時把酒盅遞給這個陌生人。

年輕人深深地呷了一口，"好酒！你真是我的同志，你是那麽能瞭解人！"他開始變得話多起來，他的神情也活躍起來了。

"請告訴我，年輕人，你的尊姓大名和你府上在什麽地方？"我的母親又提出了她原先的那句問話，不過她的聲調變得更友愛和親切了。"你知道，我是很關心你呀。"

"謝謝您，大娘。"陌生人説，"您對我真好。我的名字太渺小了，許多人都不願意聽。所以請您不要去管它吧。至於我的本鄉，那離這裏倒不是太遠。它就在隔壁的那個縣裏。"

"多有趣！"我的母親説，"他是我們民國這個朝代第一任什麽總統皇帝——出生的地方嗎？"

“是總統。”陌生人糾正她説，“他的村子離我們家不太遠。”

“是這樣！那麽你是一個了不起的人物了！”潘大叔插嘴説，給他又斟了一盅酒，表示對他的羡慕。

“你和他有没有什麽親戚關係？”我的母親問。

“没有什麽特别關係。不過我的爺爺和他的父親同過學——我是這樣聽説的。”

“年輕人，那麽你是一位要人了。”我的母親説，她驚奇和仰慕的眼睛睁得斗大，“你和這麽重要的人有關係。”

“不，我像這位同志一樣，也不過只是一個普通種田人的兒子。”他指着潘大叔，而潘大叔已經被他的這個故事弄得莫名其妙了。“不錯，我的父親是一個念過些古書的人，不過民國已經廢除了科舉，他只好去種田。我的大哥現在已經是一個不折不扣的農民了。在我十五歲以前，我常常幫助他下田插秧，秋天還幫他在稻田拾遺留下來的稻穗。後來，我那在下游大城市一個外國工廠裏當職員的叔父把我帶到省城去，送我進了那裏的一個現代中學念書。”

“那麽你是一個學生了？”

“是的，我曾經是過。”

“在像省城那樣一個大城市裏當學生，一定費用很高吧。省城正好是在‘大城市’的對岸，對嗎？那裏的東西一定也很貴。當然咯，現在科舉没有了，要想做官就得在新式的學校裏得到文憑。你想將來去當縣長或在省衙門裏找一個官做嗎？”

“不，我什麽也不想當。我知道，我家積攢點錢，把我送進一個新式學校，爲的是想有一天我當上官。不過現在我不想走這條路。”

“這倒真有點奇怪。”潘大叔説，“哪怕當一個村長，也是很不錯的事呀。”

“根本不對。你知道，後來我纔瞭解到，他們想叫我找個官職，爲的是想叫他們不至於受窮，不至於再日日夜夜在那一種再種的土地上流汗。他們希望我像别的官兒一樣，儘量地在老百姓身上搜刮錢財，好叫他們能够買田買地，當上田東，永遠不要再害怕受窮。”

“這是很自然的事咯。”我的母親説，“我希望我也有辦法把我的孩子送進一個新式學校去念書哩。”

“但是我不想爲了改進我自己家庭的境遇而去找官做。”

“那麽你上學校去幹什麽呢？”

“我希望當一個工程師。”

“工程師？什麽叫做工程師？”潘大叔問，既驚奇，又好奇。

“一個工程師的工作就是設計和監督公路、鐵路、工廠的修建和機器的製造。”

“不過這並不是一個讀書人的工作呀！”我的母親説，感到非常驚訝。“這是匠人們幹的活。一個讀書人的責任是治人，是當縣太爺，當大臣。誰也不會進學校去學習幹粗活。從來没有誰這樣做！”

“可是我要這樣做！有許多我這樣年紀的人也想這樣做。”這位年輕的陌生人用驕傲的口氣説，好像他就是一個新思想的先驅者。“我們的國家太老了，太落後了。我們在科學和工業方面遠遠趕不上别人，由於這個緣故我們就一直成爲了外國侵略和剥削的對象。我們一定要成爲一個近代國家，像任何西方國家一樣。因此我們就得有一些很好的工程師。”

“客人，你説的是什麽話呀？我完全聽不懂。”我的母親感到迷惑起來，“難道我們的國家不好嗎？我們怎麽能模仿那些外國的野蠻子！他們不相信祖先，不相信灶王爺，不相信土地爺，更不用説我們日常行爲舉動中的那些文雅的禮貌。我們怎麽能變得像野蠻子一樣呀！”

這位陌生人似乎是想要笑起來，但是他的神色是太嚴肅了，不容許他作出任何輕率的表情。隱隱約約地，他似乎對我母親的無知感到有些憐惜，因此他説：“大娘，您不瞭解真實的情況。您在這個偏僻的山村裹住得太久了，像我的父母一樣。外國人並不是野蠻子呀。他們中間的普通人和我們也没有兩樣。只是他們的軍火商人很糟糕。他們跟我們的軍閥和貪官污吏串通一氣，把我們壓榨乾了。”

這時我的母親可真感到莫名其妙了。潘大叔開始抓他那光秃的頭皮，斷定不了這話是可信還是不可信。我們過去從來没有聽見過這樣的話。這聽起來真有些玄。外國的商人怎麼能够剥削我們呢？我們就從來没有看見過一個外國人。“客人，我想你是錯了。”我的母親説，面色很嚴肅。“不錯，他們都是野蠻子，因爲他們不相信我們的神。不過叫我們種田人受苦的是儲敏呀——他每年老是提高佃租。”

“是的，那是儲敏幹的事。”潘大叔附和着説，“請問，你知道田東儲敏嗎？他是一個長着一大把叫人望而生厭的鬍子的人。不過我請求你，不要把我講的話對别人談。”

這位陌生人連連點頭，説：“當然，我當然聽到過關於他的事。他是一個吃人不眨眼的老虎！”

“你説得對！”潘大叔表示同意。這位客人同情的話語使他的膽子也有些壯大起來了。“他啃起人來的時候，總是一直啃到骨頭。甚至我們那位塾師佩甫大伯的老骨頭，他都要啃！”

“潘大叔！”我的母親大喊一聲，對他擠了擠眼睛。

“大娘，不要害怕。”陌生人説。他瞥見了我的母親在以擠眼的方式警告潘大叔。“我決不會去向那隻老虎告發你，因爲我不是他的走狗。潘大叔的話講得完全對。他是一個真正的無産階級，他對剥削階級懷有本能的仇恨。但像田東儲敏那樣的人不過是整個把戲中的一部分，是整個機器中的一個零件。我剛纔説過，另外還有軍閥、貪官污吏和外國軍火商人，他們串通一氣，把我們的血都吸乾了。”

他越講聲音變得越激烈，好像他剛纔提到的那些人全是他不共戴天的敵人。他的臉色變得赤紅，他兩邊太陽穴上的青筋直暴，他的手也握起了拳頭。“這也就是爲什麼我不再想當工程師的原因。”他説，“當這些腐敗的人物還在當權、當廣大的衆人還在受窮的時候，我們也建不起什麼鐵路和工廠了。在我們談到國家建設以前，我們得有效能更高的新政府。”

他的聲音變得越來越大，最後幾乎接近於在喊口號。這可把我們嚇壞了。確實，我們也不懂得他講的是些什麼東西。因此我的母親轉换話題，問：

“年輕人，你説你認識我的大孩子。你是怎樣認識他的呢？他並不是一個學生呀。無論如何，他没有進過你的學校。”

“當然他没有進過。”陌生人用一種老老實實的聲音説，“但我們是很要好的朋友——不，是很要好的同志。他的情況我全知道。他在很小的時候就和一個窮女孩子訂了親，對嗎？不過……”忽然他止住了，因爲他發現阿蘭就在旁邊，而且是一直就以很大的好奇心在傾聽他的講話。他不安地望了她一眼。他的眼睛和她的眼睛碰到一起，阿蘭便怏怏不樂地低下了頭，感到很窘。我的母親也很不自在地望了她一眼。堂屋裏這時出現了一陣奇怪的沉默，唯一的聲音是潘大叔發出來的，他在把他那根長煙管在他坐着的那條凳子腿上磕，磕掉煙鍋裏的煙灰。最後阿蘭站了起來。她把桌上的碗筷收走，鑽進灶房裏不見了。

“大娘，她就是那個女孩子嗎？”阿蘭離去後，這個陌生人問，“我覺得真够惋惜！她看上去真像一個無産階級，但是像從貧窮階級出來的任何女子一樣，她的面孔不可救藥地被貧困所損害了……”

“啊，請不要談這個問題吧。”母親對客人發出一個乞求的聲音，“她的命非常不好。請告訴我，你是怎樣知道我兒子這些詳細情形的？我真感到奇怪。你對他知道得這麼清楚！”

“大娘，我知道他的事情太多了——這也是爲什麼今天晚上我來到這個村子的原因。是他把地址交給我的。他的工會辦了一個夜校，我就是在那裏認識他的，因爲我在那裏教中國社會演進史。我幾乎每天都遇見他。大娘，在過去的四年中，我把我的時間全花在勞動人的教育工作上。他們不像我那樣，没有太多的機會來學習。所以我纔每天晚上到他們的夜校去，盡我的一切可能幫助他們。你的兒子很聰明，也很用功。每次下完課後我們總要在一起討論一陣子。他是無産階級中的一個真正知識分子。他對我們現代歷史和在一個像我們這樣古老國家裏的革命戰略的解釋，我覺得甚至比明敦還要正確。當然，明敦的出身是不同的，他是一個實實在在的無産者。”

我們全都大睁着眼睛呆望着他。他真是口若懸河，但是他講的話我們一句也聽不懂。他所用的語言和名詞我們是前所未聞，新奇得很，好像是從一本什麽外國經書引下來的一樣。不過明敦這人名字卻引起了我們的興趣。大家平時總以爲他早已不在人世了。

因此潘大叔一半懷疑，一半驚奇，就問：“你真的認識明敦嗎?”

“當然我認識，而且非常熟。”陌生人説。

“他也上夜校嗎?”我的母親問。

“没有，他早已經越過了那個階段了。無論如何，他没有那個需要。他成了運動的核心分子。”

“你説的什麽意思? 核心分子? 什麽叫做核心分子?”潘大叔變得迷糊起來。

“啊，很對不起!”這位過去的學生説，他的臉上露出一種神經質的閃光。“我不應該對你們講這些事。不過，潘大叔，我相信你是一個天生的同志。我相信你不會把我講的話告訴任何人。我把什麽話都告訴了你，因爲對你這樣一個無産者所表露的誠懇和爽直，我是無法拒絶的。不管怎樣，他已經不在中國了。他已經到外國去了。”

“你這是什麽意思?”一直被這意想不到的、泄露許多事實的對話所吸引住了的我的母親，忽然驚叫了一聲。“怎的，他被洋鬼子綁票，像洋山芋似的被裝在麻袋裏運到外國當苦力去修鐵路和工廠了嗎? 可憐的明敦! 他千不該、萬不該離開了村子。世界上的黄金並不是那麽容易就找得到的呀。”

“不是，大娘!”陌生人急速地糾正説，“這樣的走私活動現在没有了，他們不再需要中國人了。明敦所去的地方是世界勞動人民的祖國呀。他現在是在那裏的一個大學裏做研究工作呀。”

“什麽? 他成爲了一個有學問的人?”

“對。他成了一個有學問的人，一個窮人的學者。”

“你這是什麽意思?”潘大叔驚奇地問，“客人，我不懂得，窮人怎麽能成爲學者呢？他們没有時間，也没有錢呀。他們得整天幹活。”

“但是現在有了窮人的祖國的幫助，他們也可以成爲有學問的人了。”陌生人解釋着説，“而且也只有窮人可以成爲優秀的學者。我知道明敦曾經過過可怕的日子：他在‘大城市’裏混飯吃，最初是當洋車夫，後來當報販，最後成爲了一個鐵路工人。不過也幸虧他過了這些艱苦的日子，他的階級覺悟提高了，成爲了一個很好的無産階級戰士。這也是爲什麽他被工會選中，被派往窮人的祖國的首都去進修無産階級的理論和學説。”

潘大叔被陌生人這種前所未聞的故事弄得驚奇不已，因而他的眼睛和他的嘴巴也就越張越大。待這位年輕人把他的話講完以後，他就忽然提出了一個問題：“我想順便問一下，客人先生，你説的‘祖國’是個什麽意思啊？我從來没有聽人説過這麽一個地方。它是民國朝代一個偏遠的省份，還是一個大的村莊？明敦的祖國就應該是這個村子，因爲他是在這裏出生和娶親的呀。”

這個客人的嘴唇咧開，幾乎要笑出聲來，但是他控制住了自己。他静静地解釋着説：“窮人的祖國是一個很大的國家，甚至比美國還要大。它是我們偉大的鄰邦，和我們有很長的共同邊界。那裏的窮人已經建立起了一個新的朝代——窮人的朝代，在爲受苦受難的人而工作着。他們爲我國的窮人開辦了一個大學。它的名字是叫做‘孫中山大學’，爲的是紀念我們民國的創立者。”

“原來是如此，”我的母親變得沉思起來，“我們這裏的鄉下人做夢也没有想到，外面的世界居然發生了這樣奇怪的事情。不過，請告訴我，他得在那裏呆多久？”

“也許他很快就要回來。他不能在那裏住得太久。我們在這裏要做的事多着呢。”

“多有趣！”潘大叔熱情地叫出聲來，“那麽他回到我們村裏來時就完全是一個不同的人了。我得把這件事馬上告訴菊嬸！可憐的大嬸，她一直夢想他成爲一個偉人，現在她的夢想變成爲事實了。我得告訴她！”

於是他站起來，磕掉他煙鍋裏的煙灰，向門那兒走去。他同時低聲地對自己説："夜裏這麼晚去找她，我希望她不會討厭我。多麼好的消息啊！"

"菊嬸是誰？"陌生人驚奇地問，也站起來。

"她就是明敦的妻子。"我的母親回答説，"她等待了他好幾年。可憐的人兒，她的青春在等待中消耗掉了。"

"不行！"陌生人對正在拉門閂的潘大叔喊，"你不能去告訴她。我相信你是一個真正的朋友。你不能把我的同志們的消息散佈出去，因爲在這個地區每個角落裏都藏有我們的敵人，他們在想種種辦法來破壞我們的活動。"

潘大叔掉過頭來對這位年輕客人瞪了一眼，被這幾句我們誰也不懂的話弄糊塗了。"你説的什麼？"他用懷疑的口氣問，"他的妻子對他是那麼忠誠，我不能把這消息告訴她嗎？"

"我不管妻子不妻子，這與我無關。"年輕人説，他的臉色沉下來，他的眉毛也皺起來了，"但是你決不能把我的話告訴任何人。"

"爲什麼呢？客人，我完全不懂得這個道理。"潘大叔大張着雙眼，背靠着門站着，像個傻瓜似的在發呆，"假如你的妻子多少年來一直忠誠地在嚴冬的夜裏等着你，難道你也不管她嗎？"

"不行！這不是個人的事情。在這樣的時日，我們没有時間，也没有精力去管這些事情。我們有更重要的工作要做。"

"怪！現在的年輕人，他們真怪！"潘大叔對自己嘟噥着，不停地在用他那粗短的手指搔他那年老的腦袋，"我不懂得他們。這個世界現在真正變了樣了。"

"大叔，假如你自己參加了鬥争，你就懂得了。"客人説，他的聲音也變得平和一點了，"因爲你基本上是個無産者呀。不過請你給我行個方便，不要把我講的話告訴别人。"

潘大叔不停地對這個年輕人翻轉他那被弄糊塗了的眼睛，仍然猜不透這客人講的是什麼東西。"嗯，嗯，好，我不告訴她吧。"他囁嚅着嗓子咯咯作響，好像他的喉管裏塞有一件什麽沉重的東西。“我不告訴她。”他慢吞吞地説，聲音也很沉重。“我不告訴她。”他把門閂又插上，跟跟蹌蹌地走到他剛纔坐過的那條凳子旁邊，茫然地望着那盞油燈。

爲了安慰他，我的母親説：“潘大叔，也許過些時候，你可以示意給菊嬸，説明敦在外地混得還不錯，也許不久就可以回到她身邊來。”

“但是切記不要説他曾經到外國去過！”陌生人警告説，“因爲反動派……”忽然間他的聲音中斷了。他從椅子上跳起來，用右手招着耳朵，傾聽外面忽然升起的一陣犬吠聲。

這陣新的犬吠聲引起了我們的懷疑。在一般的情况下，這時村人差不多都要熟睡了，也只有在這個時候挖洞盜竊的事纔發生。我們用驚異的眼光望着這位客人。他現在是在全神貫注地傾聽，他的眼睛像兩個燈籠似的在向四周探視。很快我們就聽到了脚步聲，也聽到了些模糊不清的人聲，而這人聲還似乎是相當激烈和帶有威脅性。看家犬開始悻悻地狂吠起來，有時還發出一聲痛楚的叫聲。無疑，有人在打它們。這顯然不是竊賊或流浪漢，因爲這類人一般是不敢打狗的。我們這位陌生的客人垂下頭來，他的臉色變得慘白。

“大娘，您有什麽地方可以把我藏起來嗎？他們是來抓我的！”他用一種狼狽的聲音説，“大娘，請幫助我一下！要快！”

情況的這種突然改變，使我的母親没有一點精神準備，她也感到狼狽。這位客人現在完全失去了鎮定，看上去像個孤兒似的稚弱無援。誰也不會相信，他就是剛纔發揮了那些我們誰也聽不懂的深奥理論的人。“請幫助我，大娘！請幫助我，大娘！”他敦促着，他的聲音也顫起來。“這些日子他們一直在各地追尋我。他們要把我弄死！”這位陌生人現在完全像個孩子，好像是正在一場噩夢中講話，嘴唇在神經質地痙攣着。他的雙腿也在激烈地顫抖，好像隨時都可能摔倒在地上。

這情景，在這極端的混亂中，使潘大叔受到了感動。他走到這客人身邊，張開雙臂把他抱住，使他能站穩。他説：“不要害怕，我的孩子。我就站在你身邊！”在這當兒，外面的脚步逐漸挪近了，犬吠聲也越升越高。

“同志，給我找個地方藏一藏！同志，給我找個地方藏一藏！我是在爲窮人而工作呀。我不是你的敵人！”陌生人緊緊地抱着潘大叔，好像這個老莊稼人就是他的父親。“我是你的朋友，你決不能出賣我！”

“你在説什麽呀，我的孩子！”潘大叔不知所措地説，用一種父親般的神色盯着這個年輕人，同時把他緊緊地摟在懷裏。“孩子，我不懂得你所講的話呀。”

“不要再問吧，大叔。快給我找個地方藏一藏！”

外面的腳步聲在我們鄰居的門口停下了。我們聽到不停的狂暴的敲門聲。有聲音在喊：“開門，開門！開門，開門！我們是縣府裏來的偵緝隊！”

“大叔！”年輕人降低了聲音説，“他們來了！他們果然來了！他們想要殺我的頭。他們已經殺死了幾十名像我這樣的年輕人！”

“跟我來吧，我的孩子！”潘大叔面色發青，鬆開了這個年輕人。他穿過灶房，向後院走去。“跟我來吧！我將找個地方給你躲一躲。”

年輕人跟着潘大叔，在黑暗中消逝了。我們聽到我們的鄰居開了門，一陣混亂的腳步聲向屋裏走去，接着便是一陣命令式的吼聲和喊聲。我的母親把燈吹滅，同時叫我和阿蘭各自回到我們的臥房裏去。阿蘭正在全身發抖，不願意單獨走開，因此母親就叫我和她一道回到她的房間裏，好陪伴她。

“咳，真可怕！”阿蘭和我一道走到她房間裏去的時候説，“你想，他們會不會是土匪？”

“我不知道。”我説。爲了消除她的恐怖，我又補充了一句：“你没有什麽可害怕的，阿蘭。即使他們是土匪，他們也不會傷害你。”

“爲什麽不會？”她反駁着説，她的恐懼忽然被一種好奇和不快之感所代替了，“難道我的面孔現在變得這樣醜，他們連瞧都不想瞧我一眼嗎？”她是在想起臉上的麻子——那次出天花所遺留下來的後果，一直使她變得非常神經質。我無法回答她的質問。

我們在房間裏一聲不響，只聽見潘大叔的脚步聲從灶房裏走出來。

“你把他藏在什麼地方?”這是我母親的聲音。

“在後邊儲藏東西的閣樓裏的柴草堆中。”這是潘大叔的回答。

“那麽他將會悶死，柴草堆是那麽厚，又那麽沉重。”

“不會。我把他藏在靠牆的窗子邊呀。他在那兒還可以偵察外邊的動静。柴草恰好把他從外邊掩蓋住。”

“荒唐的年輕人，他幾乎把我嚇懵了……”

我的母親的話被外面的一陣敲門聲打斷了。“讓我們進來！我們要查一件事情!”這個吼聲聽起來像雷轟一樣，既急促又嚇人。阿蘭在一個角落裏靠牆站着，用雙手捂住她的耳朵。我把燈吹滅了，把眼睛貼着房門縫，爲的是想偷看外面堂屋裏會發生什麽事情。我很擔心我的母親和潘大叔。

潘大叔把門打開。五個偵緝隊員衝了進來。他們的腰間都挂着明亮的手槍，紅色的纓子從手槍皮袋上懸着，像朵紅花。他們每人手裏都提着一盞防風燈，燈在地上投下一層神秘的陰影。我的母親正站在飯桌旁邊，有點兒顫抖。他們中間一人走到她面前來，問：

“你今晚看到一個逃犯没有?”

“没有，老總,”我的母親用一個顫抖的聲音説，“太陽落山以後我就一直没有出去。我什麽人也没有看見，連一個討飯的也没有看見過。”

“不過那傢伙是向這個方嚮逃的——見過他的人都這樣説。”這人解釋着説，“他不可能逃得太遠，因爲天已經黑了。”

“我什麽人也没有看見過，老總,”我的母親説，“天氣是這樣冷，天還没有黑我就關上門了。”

“真的是這樣嗎?”

“是這樣，老總。我什麽人也没有看見過。”

“真奇怪，真奇怪。”訊問的人小聲地對自己説，低頭沉思起來，“這個年輕的土匪，真正是一個狐狸精。我們跟蹤他已經三天了，可是一直抓不着他。”接着他便掉向潘大叔，打量了他一會兒，問：“你今天晚上出去過没有，老漢?”

“出去過……也没有。”潘大叔咕嚕地回答着説，他的嘴唇在痙攣地顫動着。

“你這是什麽意思?”訊問的人向他走近一步，滿腹懷疑地問。

“我最近從不在晚間出去，因爲我們説書的這幾天在休息。不過今天晚間我走到房子外面的一個角落邊，撒了一大泡尿。這花了我一袋煙的工夫。不折不扣，一點不少。我原來没有打算花這麽久。不過天氣是那樣冷，懂得嗎?”

“那麽你看到那個年輕的逃犯了?”

“没有，老總。連一個人影子也没有看見過。不過我們的看家狗溜到我身邊來。它先在我脚邊嗅，接着它便嗅我撒出那一泡冒熱氣的尿。”

“這是一個不可救藥的糊塗蛋。”另一個偵緝員走到這訊問的人身邊，指着潘大叔説，“不要在他身上浪費時間吧。”

那訊問的人便又掉頭問我的母親。

“大娘，老實告訴我，今晚你是否看見了什麽生人到村裏來過。”他説，“他是土匪的一個小頭目。如果我們讓他溜走，那對大家就是後患無窮了。他有好一陣子没有在我們縣西邊活動，但他已經够我們頭痛的了。我相信，他很快就到這邊來搗亂。所以爲了你們自己好，請你儘量地把有關他的情況告訴我們。”

我的母親用她那發直的眼睛茫然地望着這位訊問的人，想要推測出他的意思。他們之間的暫時沉寂充滿了威脅的氣氛。忽然她用一個堅決的聲音説：“老總，我没有看見過任何土匪。我可以向你擔保，我没有看見過任何土匪。”

“我們都是窮苦的鄉下人，老總。”潘大叔也附和着説，“土匪是不會來光顧我們的。只有小偷偶然間會來，但他們總是不會讓人看見的。”

“那麽這個壞蛋又逃掉了!”訊問者對他的一名部下説，“他没有來過這個村子。他真是一個狐狸精!”

他們掉轉身，失望地離開我們的屋子，連門也不帶上，當然也没有説聲再見。潘大叔和我的母親面對面地站着，好半晌説不出話來。他們呆呆地望着外面的那一片黑暗——那一群偵緝隊員就在這黑暗中消失，像一群夢魔一樣。一陣冷風從外邊吹了進來，把潘大叔從迷惘中唤醒。他關上門，坐在一個椅子上，點燃他的煙杆。阿蘭和我也來到堂屋裏——她仍然在恐懼中顫抖。我們你望着我，我望着你，什麽話也説不出來。但是我們也不想去睡覺。我們只是坐着，呆望油燈上的亮光逐漸變小，變弱，静聽屋樑上的小耗子偶然的幾聲吱叫。忽然間雄雞開始叫了，它的啼聲在静寂的空中震蕩，留連了好一會兒，像一個女高音歌唱家在一場演出結束時所發出的最後音調。

潘大叔站起來，磕出他煙杆裏的煙灰，便走到存放物件的閣樓裏去了。不一會兒他帶着那個陌生的客人又走進來。那個年輕人現在看起來就像一個稻草人，頭髮和衣服上全都沾滿了稻草。但是他的神色很愉快。他的嘴唇上浮現一個孩子氣的微笑。潘大叔像個年老的父親一樣，重複地對他説："我年輕的客人，不要害怕。他們已經走了，早就已經走了。"

"我知道，大叔，我什麽都聽見了。我在窗子裏看見他們在大路上走過去了。謝謝你，大叔，你是一個天生的無産者。"於是他掉頭向我的母親，繼續説："謝謝您，大娘。您對偵緝隊員講的話我全都聽見了。您真善良，您和我的母親是一個樣子。我將永遠不會忘記您。我現在得走了。"

"不行!"我的母親説，"外面是那樣冷，又是那樣黑。你得吃點東西。"她又向阿蘭望了一眼，用一個低聲説："孩子，請你去弄點點心給他吃。"阿蘭什麽話也没有説，便走進灶房裏去了。

"您太體貼人了，"陌生人對我的母親説着，坐了下來，"我已經給您帶來不少麻煩。我很對不起您。"

"不過請你告訴我，"我的母親不安地説，"你真的是一個土匪嗎?"

"我的樣子像個土匪嗎?"年輕人反問着。

"不，當然不像!"

“那麽我就不是土匪了。”

“那麽你是什麽人呢?”

“我已經告訴過您了,大娘。我曾經是個學生,但現在我是一個愛國者,因爲我現在已經長大成人了。我想使我們的祖國成爲一個新的、幸福的國家。她是太老了,太老了,也是太弱了,弱得很可憐……”

“那麽他們爲什麽把你説成是一個土匪的頭目呢?”

“因爲我把種田人組織起來,跟那腐敗的政府和官吏作鬥争。那些被打敗了的軍閥隊伍曾經路過這個地方,他們把窮人身上的油水都榨光了。軍閥和商人也把窮人的血吸乾了。我教給他們怎樣推翻這些真正的土匪,怎樣從他們手中把權力奪過來。因此地主和他們的走狗們就想殺掉我,摧毁我們的運動。但是現在已經晚了。運動現在已經像野火般地燃燒起來了,而且就在縣城那些老爺的鼻子底下蔓延開來。他們害怕窮人呀,大娘。因爲窮人多,窮人總是佔絶大多數的。”

“你幹的原來是這類事情!”我的母親驚愕地説。她的眼皮垂下來了。過了一會兒,她又抬起頭來,把這個年輕人仔細打量了一下。她問:“明敦正在學習的和要做的,也是這種工作嗎?”

“嗯,”年輕人猶疑起來。他神經質地望着我的母親——她的臉色這時顯得有些驚慌。“大娘,我不知道。我所知道的是,他是非常愛國的。”

“愛國的!”我的母親用懷疑的口氣低聲對自己説,同時低下了頭,陷入沉思中去。

阿蘭從灶房裏走出來,端着一盤點心和茶。客人在桌子旁坐下來,不客氣地用着這些茶食。他吃得很快,因爲雞叫已經第二遍了。他吃完東西後,便又站了起來。他説他得馬上就走,同時囑咐我們,不要把他的事對任何人講,因爲敵人決不會放過隱藏過他的人。潘大叔把那些沾在他頭髮和衣領上的稻草撣掉,我的母親也爲他包了一包餅子,以防他在路上饑餓。於是他踮着腳走到門那兒,輕輕地拉開門閂,没有發出任何聲音。我們的看家犬來寶也溜了進來,在陌生人周圍嗅了幾下。潘大叔一手把它的嘴巴捂住，另一隻手撫摸着它的背，好叫它温順和聽話。陌生人側身走出屋外，在黎明中消失了。

“一個多麼奇怪的年輕人啊!”潘大叔議論起那位離去了的客人來，“他説的話奇怪得很，連明敦也是他的一夥！順便問一下，大娘，我要不要告訴菊嬸這些關於她的丈夫的消息?”

“不能！一個字也不能告訴她!”我的母親説，“今夜出的這件事，我們必須全都忘掉，因爲我一想起來就覺得好不舒服。”她若有所思地停了一會兒，接着她自言自語地説:“世界現在變得真奇怪。是的，這是一個奇怪的世界。”

油燈上的燈芯開始在吱吱作響，好像是在附和着我母親的話語，它微弱的光亮也在不停地摇擺起來。燈油已經燒完了。但是誰也似乎不想再在燈裏添油，全都被四周包圍着我們的沉重空氣所麻痹住了。我們盯着燈芯在枯燥地發出怨言。它的亮光滅了，黑暗也一步一步地逼近攏來。最後，那種具有威脅性的沉寂又開始了。在這沉寂中一個微小得可憐的鼾聲又有節奏地升了起來，向這茫茫的沉寂挑戰。這鼾聲是我們勞苦的阿蘭發出來的，她已經因極度疲倦而睡過去了。

七

苦難的寒冬終於過去了，包括多少不眠之夜使我們村人感到忐忑不安的兩個記憶：在新年時村人與儲敏重訂的佃租又增加百分之二十；我們在灶王爺升天時給他所供奉的禮物。現在是陽光明媚，帶來新的温暖，把我們的一切疑懼也都驅走了，甚至還給我們帶來了新的希望。

這正是播種的季節。只要是這個季節一到來，我們大家就都忙起來了，但是同時我們也感到不可置信地高興。我們從閣樓上把那些用小袋子裝着的稻種取下來，解開袋子，把裏面的東西倒在曬篷裏，放在笑盈盈的太陽光裏接受新鮮的空氣。然後我們把種子再裝在水桶那麽大的稻草包裏，每個包上繫着一根繩子，然後放進我們村前廣場下面的池塘裏泡起來。

三天以後，我們把那些稻草包用繩子又從池塘里拉上來。水從草包裏往外滲，魚和小蝦也從草裏跳出來，在那些泥水團裏泅游，還以爲它們仍然是生活在池塘裏面。公雞和母雞以虎視眈眈的眼光盯着它們，等待水被泥土吸乾，然後一個一個地啄食這些水裏生物，像它們啄食穀粒一樣。我們的村人，懷着迷惘和有趣的心情，望着這種侵略和殘暴的行爲。當這些草包裏的水滲幹了以後，它們就被挪到那已經被太陽曬暖了的稻場上去，然後我們把它們解開。稻種已經冒出了細小的、粉白色的嫩芽。對這個季節説來，這個時刻的太陽顯得特别暖和。

這時每個村裏每個人臉上都挂着笑。甚至我們的道士先生本情也滿懷高興地微笑起來，雖然他並没有田種。不過最高興的人還是毛毛。這年他從儲敏所佃來的田要比哪一年都多。他知道這樁交易是非常苛刻，因爲佃租的規定非常嚴厲，但是他没有别的選擇。他的老婆老是胃口非常好，而且肚皮的容量也很大。他得種出更多的糧食，否則她就會撇下他而另作他圖——正如她多次當衆宣佈過的那樣。而毛毛又是一個心腸軟的人。如果她真的採取這個步驟——儘管這個步驟是很合理的，他的心一定會碎裂。不過現在這樣一個春天給人帶來多大的希望啊！這年可能是個豐收年。虧了他的老婆的這種威脅，他今年很幸運，從田東佃到了比往常更多的土地。

像我們村裏其他所有的莊稼人一樣，毛毛仔細地在他的一塊最好的田裏撒下種子。同樣，像所有其他的人一樣，他一面下種，就一面哼起歌來。自從他討了老婆以後，他好久不曾哼過歌兒了。有時，即使他唱一支歌，他的調子也是很淒涼的。但是現在他的調子卻是很高興的。春天的熏風彷彿是在催促稻種生長。水田的水面很快地從淡白變成鵝黄，然後又從鵝黄變成嫩緑。稻秧已經長得三寸來高了。

我們村人現在熱切盼望的是下一場雨，一場大雨。於是，在一天黄昏的時候，我們還没有吃晚飯，烏雲就在我們頭上密集起來，低低地壓在村子周圍一些高大的楓樹和橡樹上面。在我們上床去睡以前，遠方就響起了頭陣春雷，接着便是隆隆的轟鳴聲，滂沱大雨傾落下來了。這場雨一直持續了兩個鐘頭。但是屋檐的滴水到第二天早晨還没有停止。

現在每一塊水田都裝滿了水——從天上落下來的新鮮雨水，甚至山坡上的旱地也在閃亮着這種孕育生命的瓊漿。再也没有什麽可以等待的了。稻秧成長起來了，得把它們移植到水田中去。毛毛種的水田很多，因此他的媳婦母烏鴉也得幫他幹活。她真是一個了不起的插秧能手。她脱掉她的鞋和襪子，把褲腳一直捲到膝蓋那兒，於是她便把她那雙特大的腳板和特粗的腿子向水裏伸去——最初伸得很矜持，像一個貴婦人一樣，但是當毛毛遞給她一把秧苗的時候，她便馬上顯出她的本色：她把腰一彎，就開始插起秧來，她速度之快和動作之靈活，完全可以賽過任何熟練的莊稼老把式。正是由於多産的釀酒師傅不得不養活一大堆孩子，母烏鴉從十四歲開始就被訓練成爲一個很内行的莊稼人。

不到一星期的工夫，這個山沖裏的水田全部被插上秧了。在短暫的時間裏，他們唯一可以幹的事，似乎就只有唱那支古老的、毫無意義的歌：

哎哎喲，哎哎喲，哎—喲—嗬……
哎哎喲，哎哎喲，哎—喲—嗬……
春天這片黄土給我們稻米，
秋天它給我們黄豆和紅薯。

當我們村人在哼這支老掉了牙的歌的時候，他們滿懷信心地等待稻子生長和雨水滋養它成熟。他們的期望一般總會變爲現實，因爲春雨也總是按時地到來。人們甚至在日曆上就可以讀到，什麽時候陣雨會到來，連陰會持續多久。不過這個春天卻一反常態，只下過一場大雨。天氣一天一天地變得熱起來，太陽的威力也在一天一天地加强。這種太陽的威力也就慢慢地把田裏的水蒸發乾了。

這種蒸發卻没有雨來制止。

天空一直在樂呵呵地笑着，没有半塊烏雲出現，連皺一下眉頭的痕跡也没有。這種現象使我們變得神經質起來，使我們懷疑老天爺的意嚮。難道他想給我們這個山谷裏的莊稼人降下一場旱災嗎？是的，他有時就這麽做。一般説來，每隔大約十五年就會有一個春天完全不下雨，結果弄得所有的稻秧都乾死。誰能够保險今年不會碰上這種旱災的循環？我們的村人開始變得謹慎起來，把他們唱的那支輕鬆的歌兒也收起來了。在這喜笑顔開的天空下，這個山谷變得没有聲音了。

天空雖然連眉毛也没有皺一下，可是我們村人的眉毛卻都皺起來了。一個沉重的包袱壓在大家的心上，每過一分鐘它的重量就增加一次。起因倒不是因爲這場乾旱，而是因爲大家記起了灶神。我們對這位老神仙的不恭又引起我們聯想起許多其他的事情：後來我們纔知道，不只我們一家用麥芽糖供奉過他老人家，其他的家庭也或多或少地幹過同樣的事情。我們一想起這種情況，我們的臉色就發白了。這種乾旱難道是玉皇大帝專爲懲罰我們而故意造成的嗎？他一定聽到了有關我們刻薄和不敬的傳聞。毛毛深深地相信，原因就在此。他的理由是根據他所坦白出來的這個事實：他千方百計地弄了一點錢，爲灶神買了一盒糕餅作爲新年的禮物，但是母烏鴉口饞，頂不住這些好吃的東西的誘惑，在還没有來得及貢獻給灶神以前，就已經把它塞進自己的肚皮裏去了。

作爲家庭主婦的母烏鴉，對家宅之神所表露出的這種藐視和不敬，當然會引起這位老人的憤怒——不管他是多麽仁慈。我們所有的村人，聽到這個故事，都得出一致的結論，那就是她家的灶神帶頭煽動全村各家的灶神，向玉皇大帝聯名上了一份不利的呈報，結果弄得這位天神扣押了應該降給我們世人的雨水。

“但是已經做了的事情是無法再撤銷的了。”道士先生本情在村前的廣場上説。他像我們的灶神一樣，一直没有人照顧，現在已經要達到餓飯的邊緣。

“我們將怎麽辦呢?”毛毛緊緊地皺着眉頭，焦急不安地問。

“在你老婆的肥屁股上好好地打幾巴掌!”這是道士先生的回答。

毛毛什麽話也説不出來，表現一副垂頭喪氣的樣子。因爲他是一個怕老婆的人物，當然不能打老婆的屁股。此外，他還有些害怕本情會幹出這種事來。在他娶親以前，他一直把這個骨瘦如柴的人當作是他不共戴天的情敵。這位在情場上失意了的人也可能利用這個機會幹出一些意外的事情來。

潘大叔這時也正好在廣場上。他聽到這位道士的建議，就不禁咯咯地暗笑起來。不過當他看到毛毛那副愁眉不展的樣兒時，他的心軟下來了。他想在他們之間進行一番調解，説:

“本情，不要開玩笑吧。你是一個有道法的人。你應該告訴我們，我們在玉皇大帝面前捅出了什麽亂子。你應該指示我們，用什麽辦法來改變這個局面，你應該知道這一點。”

這次本情被認爲是有道法的人，對此他感到頗有些受寵若驚。他那近視的眼睛一連轉動好幾下，接着他便做出一個神秘的表情，把嘴唇翹起來。最後，他向那仍然抬不起頭的毛毛輕蔑地瞧了一眼，説:

“怎麽辦呢? 嗯,”他的話剛一開頭便停下來了，又向毛毛輕蔑地望了一眼，“嗯，我們應該懺悔我們的罪孽。我們從今天起應該在玉帝面前造成一個好印象，使他改變他的主張。我們是太貪饞和太殘忍了。比如，我們把豬殺了來吃它的肉。母烏鴉口饞到了這種地步，甚至獻給灶神的供品她都吃掉了。我們得向玉皇大帝證明，以後我們再也不幹這種事，再也不宰豬當作肉吃，永遠把一切生物——特别是豬——都當作上天的造物，同人一樣平等看待。只有這樣我們纔能感動他老人家的心。當然，從今以後你們也得對道士表示應有的尊敬。”

“是，先生。”毛毛羞答答地説，同時點頭表示同意。這是他第一次把他的這位老“情敵”稱爲“先生”。

只要他能把稻子搶救活，毛毛什麽都願意幹，稱他爲道士先生也好，甚至在他面前下跪都行。這年他種的水田太多了，如果没有收成他將會全部破産。這就意味着他不僅要把他唯一的祖傳家産——他的住屋——押給儲敏，作爲他早就承擔了的佃租，他還可能失去他親愛的妻子，因爲如果他填不滿她的那個“無底洞”——她的肚皮，她肯定會逃走。田裏的水已經被熾熱的太陽曬乾了，稻子的葉子在變得焦黄。

未來的前景使毛毛接近於發瘋的地步。他感到那個玩世不恭的、微笑的太陽可能會從天上落下來，用它的火球把一切——包括他自己——燒得精光。他開始變得坐臥不安，像熱鍋上的螞蟻。不過最後他忽然靈機一動——他一直是一個滿腦子充滿了“靈機”的人，從他坐着的那張面對着他那位正在咆哮着的妻子的椅子上跳起來，衝進豬圈裏去，把他那頭剛滿三個月的小豬用繩子綁起，給它穿上他過年穿的新衣服，請它坐在一張太師椅上。於是他便把這張椅子扛在自己的肩上，好像要去參加比賽會似的，堂而皇之地在村頭大步走來走去，碰到擋路的人就大聲喊：“靠邊，請靠邊！豬大人過路啦！”

“你太荒唐了，毛毛。”我們的説書人老劉説。他看見了他背着這頭像一位老爺似的豬，而這頭牲畜，穿着新年的衣服，卻一直是那麽忘恩負義，連連叫苦不停。

“怎麽！難道你是一個不懂事的人嗎？”毛毛理直氣壯地反問着，“我現在是以平等的態度對待這頭豬，把它當作上天的造物，甚至當作一位老爺來看待呀。我的這種態度應該可以打動老天爺的心了吧？”

“可笑！真可笑！”我們的説書人反駁他的這種理論，“對於豬肉，你只要能弄得到手就大吃特吃，甚至陳的、臭的也都吃。現在，到了最後没有辦法的時候，你居然想用你這種幼稚的辦法來打動天老爺的心，改變他對於你的懲罰。他老人家不會像你想象的那樣，是和你一樣愚蠢。”

“不過這次我是誠心誠意地這樣做呀，老劉。我是誠心誠意的呀，”毛毛解釋着説，“我向你説真話，自從去年冬天以來，我什麽肉也没有嘗過。”

“廢話！自從鎮上被路過的潰兵搶劫過後，誰嘗過一點肉？我甚至一滴肉湯都没有嘗過呢。”

“我甚至一點豆腐湯都没有喝過，還談什麼肉湯?”

“難道你在新年時連弄點黄豆做豆腐都不成嗎?”

“不過我的内人，你知道……”毛毛有點害羞起來，頭也垂得更低了。

“知道什麼?”我們的説書人緊追着問。凡是有關母烏鴉的事，他總是非常感興趣。

“嗯……”毛毛的腦袋現在完全抬不起來，又害羞，又不自在，像個三歲的孩子一樣。“嗯，在黄豆還没有做成豆腐以前她已經把它吃光了。”

“真的嗎? 這太妙了! 請你把詳細情形告訴我。她真是一個世上稀有的人物!”

他們兩人就這樣面對面地站着閑聊起來，像兩位哲學家一樣。蹲在太師椅上的那頭小豬開始感到不耐煩而在它穿着的那件新年衣服和綁着它的那根繩子下面掙扎起來。當他們兩人的對話正發展到了最有趣的高潮而需要他們全神貫注的時候，那頭小豬忽然掙脱了它的羈絆，從椅子上翻下來，倒栽葱地落到地上。它的鼻頭撞到一個尖石頭，開始鮮血直流，它有一條腿也被嚴重擰傷。這隻血肉模糊的動物所發出的尖叫聲，這時聽起來就像出喪時吹的嗩吶。

“這便是你把一頭豬當作老爺看待的實際結果!”老劉指着那頭正在灰塵裏打滚的、面貌全非的小豬説。

現在再要辯論下去已經没有什麼意義了，所以老劉便掉轉身，走開了。不過毛毛還是站着不動，呆呆地望着那頭小豬，像個白癡一樣。這頭牲畜意外地栽跟鬥，完全打亂了他討好天老爺和對豬表示敬意的主意，而且最糟糕的還是他那件唯一像樣的衣服現在已經被撕得粉碎。

的確，他的整個努力現在證明是徹頭徹尾的失敗。太陽照舊是在天上射出火光，乾了的水田現在全都佈滿了裂口，田裏的稻子連根全都被烤死了。

事情現在是糟得不能再糟。乾旱不僅毁了全部的稻子，連蔬菜也被曬死了。村人没有任何糧食的儲備。饑荒擴展到了好大一片地區，人們實在没有什麽辦法去謀生糊口。有些地區甚至比這裏還糟，因爲自從頭一個冬天路過的潰兵進行了大規模的搶劫以後，人們就已經開始在挨餓。他們甚至還想跑到我們這地方來找生路。我們已經可以看到從别的地區來的難民，他們背上背着孩子，後面跟着骨瘦如柴的看家犬，在大路上走過。

毛毛一直是愁眉不展。一清早他就坐在那俯視着下邊山谷的一座山頂上，呆望着那些裂了口的稻田和那被太陽幾乎曬成灰的稻秆。到了下午，他就蹲在豬圈的矮牆上發呆，因爲豬圈已經空了，他的那頭小豬自從從那太師椅上墜下來以後，也早已一命嗚呼了。有兩件事一直在他的心裏糾纏着：不管天旱不天旱，如果他來年想繼續佃儲敏的田種的話，他得按照佃約交清全部的佃租；其次就是他的老婆的問題，此人一直在叫喊肚皮餓得發慌。不過説來也奇怪，她卻没有逃離他。她像膠漆似的緊緊地貼着他。

正如大家所料到的那樣，在七月的一天，儲敏把他的總管家派到村裏來了。這是一個可怕的人物，鬍子長了一大把，他那又黑又粗的眉毛就像兩把大掃帚，他的嗓子也與衆不同，響起來像一隻破鑼。他所説的話必須全部遵從，他的胃口必須得到滿足。比起灶王爺來，他可是要難對付得多，因爲他的嘴巴無法用麥芽糖封住。而且他也不只是一年對他的主人作一次報告，他隨時隨地都在打報告。因此他的影子就像一塊烏雲，他一來到，村子就黑了。

當此公來到毛毛的屋子的時候，毛毛馬上就發起抖來。不過使毛毛驚奇的是，這次他没有像破鑼那樣大叫大吼，他也没有像慣常那樣提出要求：在他談公事以前，他得先喝一碗肉湯。他用一種平静的聲音説：

“毛毛，我知道你像這一帶的所有的莊稼人一樣，現在的情況很困難。按照佃約，季節一過你就得交上全部的佃租。但是你也知道，儲敏大爺是個心地善良的人。他不願意把你逼得走投無路，像許多其他田東那樣，結果把他們的佃户都弄得鋌而走險，去當土匪。儲敏大爺不是那樣的人。他授權我告訴你，你可以在下季插秧時交租。不過你得保證你將循規蹈矩，一切聽他吩咐。”

“是的，先生，我擔保我一定聽他的話，他叫我做什麼我就做什麼。”毛毛作揖打躬地説。

“好。現在我只要你把你的屋子作抵押，下年把佃租付清就得了。只要你把佃租交清，你仍然可以在屋子裏住下去。這就是一份契約。”

毛毛没有説什麼話，就在這個新的契約上按了手印，把他的住屋抵押了。總管家起身便走了。他要到别的地方去，與佃他主人的田的那些佃户幹同樣的事。在上一個荒年，儲敏就利用機會把這一帶的土地全都弄到了手；在這一個荒年中他又把所有佃户的住屋抵押過來了。不過對毛毛説來，這場交易倒似乎没有給他帶來什麼苦惱。相反，這倒幫助他解決了一個危機。現在使他煩心的事只有一件：如何使他的母烏鴉吃飽。但這件事，比起失去土地的前景來，還不是太可怕。

不過，對一些不是幹力氣活的人説來，像老劉、本情和菊嬸這類人，情況就不是那麼簡單了。特别是菊嬸，紡綫已經成了一種不可救藥的過了時的工作。鎮上没有什麼糧食生意可做，手紡的紗就更無人問津了。她的紡車一直就没有再轉動過。而她又是那麼一個細巧的人兒，别的繁重的體力活她也幹不了。因此她也只有靠喝稀粥過日子，她經常在她那個小鼻樑兩邊幾顆稀疏的雀斑上撲點粉的習慣，現在她也只好放棄了。她的容顔變得愈來愈蒼白，身材也變得更單薄起來，倒很像老劉所講的那些故事中的女主角，滿腔懷着對他那個崇敬的男子的思念，在一天一天地消瘦和憔悴下去。

老劉一直在觀察她的心情在這種新的情況下所可能起的變化，他對她現在的這種形象感到非常難過。有天下午，當她到河邊去取水做晚飯的時候，她在沙灘上暈倒了，她那柔嫩的手還握着水桶的提柄，可是她的眼睛卻是很淒涼地閉起來了。這時她看上去就像心地慈善的觀音，樣子非常温雅，但臉色卻非常蒼白，完全是一個饑餓的難民的寫照。一種同情和愛慕的心情使老劉忘記了一切，他立刻就走過去扶她起來。他像對待一個正在睡夢中的戀人似的，把她托在自己的臂上，向她的住屋走去，她那纖弱的雙手無力地在空中摇晃。

只是當她被放在她屋裏的圈椅上的時候，她纔逐漸回復了知覺。她睜開眼睛。她發現老劉在照拂她，站在她旁邊像一個貴婦人的小侍從一樣。她感到迷惑起來。她這種迷惑而又茫然的視綫使我們的這位説書人對她更感到憐愛。他從來没有看見她像今天這個樣子：有點像孩子，頗爲悲愴，但又非常甜美。

“你是怎麽到這裏來的，老劉？難道我是在做夢嗎？”她天真地眨着眼問。

“不，你不是在做夢。”老劉用一個温柔的聲音説，“你在沙灘上暈倒了，是我把你抱回來的。啊，可憐的菊嬸！你躺在我的臂上，輕得像一根羽毛一樣。你像一朵在殘暴的太陽下正在枯萎的玫瑰，我的心真爲着你碎了！”老劉的這幾句話真像是出自一個戀人的口，充滿了驚歎和頓挫，也伴着微笑和手勢。

“你説的什麽？”菊嬸問，眼睛大睜着，“老劉，你所選用的字眼太不恰當啦！”

“我選擇了最恰當的字眼呀，我的好人。”我們的説書人解釋着説，望着她那黑得放亮的眼珠直發愣。“我崇敬你。我一直夢見你像一個公主，一朵花兒，一隻在牡丹花叢中的蝴蝶。關於你，我編了許多故事，雖然你一點也不知道。你是我的靈感，我的藝術之女神……”

“你又在説書嗎？”菊嬸打斷他説。

“不，我是在你的脚下傾吐我的衷腸。”

“那麽請你走開吧！”菊嬸手指着門，用嚴厲的聲音説，“我的心裏只有一個男子，一個男子氣的男子，你知道嗎？”

“我懂得你的意思，菊嬸。”我們的説書人囁嚅着説，他的面孔已經紅了，“不過明敦也不一定就是一個英雄呀，否則他早就該寫信給你了。”

“不管他寫不寫信給我，我將等待他十年、二十年，甚至三十年或四十年!”

“真的嗎!”

“請你再不要囉嗦，走吧，老劉!”菊嬸用一種懇求的聲音敦促他。

老劉的面色從紅又轉成蒼白。他的嘴唇在痙攣地顫抖着。“啊，你是一位女英雄！一位真正的女英雄!”他所能説的只有這句話，他的聲音已經是微弱得聽不清了。他没精打采地拖着他的步子，跨過門檻，轉身向他自己的住屋走去。一路上他不停地對自己説：“她是一個活着的傳説中的女英雄，她是一個活着的傳説中的女英雄，她正是我所編的那些故事中的典型。不過，嗨，我幹了多大的錯事啊！我使得那些美麗的女主人公崇拜英雄，但我自己卻不是一個英雄……不，我不可能成爲一個英雄!”

對於他這行大家所欣賞的職業，老劉第一次感到悲哀起來。當他走近他的屋門口的時候，他像個瘋子似的大叫了幾聲——聲音是那麼大，幾乎我們全村的人都能聽得見：“説書這種行業，把我弄得什麽都不是。我贏不到一個我所崇敬的女人的心。我將如何是好？我將怎麽辦？我不能老這樣繼續編那些傳奇故事。菊嬸已經把我編故事的靈感收回去了……”

但他所遇到的最大的幻滅還是另一樁事：菊嬸得離開我們的村子，到鎮上去幹一項新的工作，以謀生活。

在這一個乾旱的夏天，她把她生活的一切儲備全都消耗光了，而她的自尊心又是那麽强，她也不願意向任何人尋求幫助。我的母親偶爾送她一兩碗飯吃。最初她作爲一種友情的表示接受下來了，但是後來當她一發現這是一種慈善的姿態時她就拒絶了。“如果明敦知道我是靠别人施捨來生活，他將會把我看成是怎樣的一個女人?”有一天當我的母親逼着她要她接受我們的禮物時，她這樣解釋着説。“我得保持他的面子。你知道，他是一個個性很强的人，他不喜歡這種事情。”照她的語氣聽來，好像頭天晚上她就見到過明敦似的。“有一天，他作爲帶滿了勛章的戰士或者有身份的上等人回到家來，如果他知道我生活得像叫花子一樣，那麽他該會覺得多難堪!”她補充着説。

她就是這樣一天比一天衰弱下去。不過她作爲這地區一個最有德行的婦女的名聲，卻在不斷地擴大開來。她被認爲是一個能在貧困的風浪中支持古老的道德風尚的女人，一個能在惡風中抵禦襲擊的堡壘，一根維護傳統社會秩序的中流砥柱。

於是有一天便來了一位客人，一位重要的人物來訪她。此人就是地主儲敏的總管家。這樣一位人物特別來找她談話，這確是一件不尋常的事。他滿面笑容，把他那個平時像破鑼一樣的聲音，也降低成爲一種嚶嚶細語。他説：

“菊嬸，儲敏大爺聽到了許多關於你的傳聞，你是我們這個社會的最優秀的好人，我們古代文明的模範。那些經受不了困苦生活考驗的人，不是成了盜賊，就是當了土匪。只有你能抵禦這種邪惡的風氣，成爲最守法的公民。他要幫助你。”

“我不需要任何幫助，先生。”菊嬸回答説。

“不，請原諒，我不善於辭令。”總管家道歉地説，笑得像一朵嚮日葵花，“是他需要你的幫助。”

“你這是説的什麽話？像我這樣一個窮苦的女人有什麽可以幫助一個大人物的呢？”菊嬸萬分驚訝地問。

“菊嬸，你能够，任何其他的人都不行。”

“什麽？我聽不懂你的話。”菊嬸呆望着這位客人，發起怔來。

“你知道……”總管放低了聲音，這次笑得有點兒忸怩，“儲敏大爺買了，嗯……”他停了一會兒，“完全出於慈善的考慮，買了一個正在餓飯的十五歲的女子，作爲下房。你知道，儲敏大爺是個心地善良的人，他不願意把她當作第三房姨太太看待，而要把她當作一個女兒。他想找一個有德行的伴娘來做她的伴，同時教給她婦人家所應具有的一切美德。你是做這件工作的一個最理想的人。他對你極爲欣賞。”

菊嬸的臉兒微微有點兒發紅，但是卻接受了這個奉承。

“唔……”她猶疑不決地低語着。

“不要猶疑吧，菊嬸。”總管家敦促着她，“明敦如果知道你用你的德行來教導一個女子，如果他知道你和儲敏大爺這樣的人物建立了良好的關係，他一定會感到很高興的。”

“不過他並不喜歡儲敏大爺所來往的那一幫人呀。”她用猶疑的口氣説。

“那只不過是因爲那時他的生活很困難，”總管家解釋着説，“當他本人成了一個要人的時候——我想他總會有一天成爲這樣一個人物，那麼就只有儲敏大爺這樣的人值得成爲他的朋友。請你好好地想一想，菊嬸。我是打算幫助你呀。”

“也許你的話有道理。”菊嬸説，同時也低下頭，沉思起來。“不過……”

“不要説什麼‘不過’吧……菊嬸。猶疑不決是解決不了什麼問題的呀。你和儲敏大爺一建立起了關係，你就爲今後明敦的發展鋪平了道路。”

菊嬸抬起頭來，説：“好吧，如果事情是這樣，那麼我就試試看吧。不過我不願意接受人家的施捨。我的意思是説，我不願意領取與我的能力不相稱的薪金。”

新的微笑又在總管家的臉上亮起來了，他的兩隻小眼睛也擠得成爲一條綫。“這可以很容易地辦到。我可以向你擔保，你將不會得到施捨，你不會得到比一個伴娘所得的更多的薪金。這一點我完全可以以我的人格向你擔保。”

事情就這樣定下來了。

兩天以後菊嬸就作爲儲敏的第三房姨太太的伴娘，到鎮上去了。

事態的這種意外的發展，使老劉感到震驚。他既感到悲哀，也感到好奇。他隨着她的行蹤，也跟進了城裏。他利用他和鎮上居民的良好關係，終於弄明白了，那位所謂小老婆不過是一個鄉下丫頭。她的父親是儲敏的一個窮佃户。這個可憐人没有房子給主人作抵押，就只好把女兒賣給他，在這即將到來的冬天，作爲這個老傢伙在夜間床上的暖水袋。

“伴娘！這對像菊嬸這樣一個嫻雅的婦女説來簡直是侮辱，是褻瀆。”老劉一聽到這個故事就憤憤不平地罵起來。

不過，經過許多日夜對這種發展的思考，老劉便對這位一直被當作他所編的那些傳奇故事中的體現美和德行、賢淑和温雅的標準女主角的菊嬸，開始感到失望起來。這種失望所給予他的打擊，幾乎把他弄得要發瘋。我們常常看見他低着頭，眼睛望着地，在村前廣場上兜來兜去，嘴裏不停地念念有詞，好像是在誦經一樣：“多庸俗！伺候一個老狐狸的熱水袋！這個老狐狸是既没有文化，也不懂什麽叫做美，只知道成天從窮苦的莊稼人身上刮錢。而我所欽敬的這個女人居然在他的臭錢面前低頭，毫不在乎地拒絶我對她的愛慕。我完全没有必要成爲一個英雄！啊，我曾經是多麽愚蠢啊。我只須當上一個地主就够了。美麗的故事有什麽用？詩詞、辭藻、珠圓玉潤的嗓子，能有什麽用？啊，我一直是個大傻瓜蛋！我在一個空洞的夢想中浪費掉了我的青春……”

我們村裏没有一個人能够聽懂他的話。我們唯一能够聽懂的，就是“老狐狸”這個字眼，而這個字眼一進入我們的耳鼓就使我們出一身冷汗。正因爲如此，當他正在廣場上兜來兜去，像一個怨聲不停的溪流、在口中念念有詞的時候，人們都避開他。因而他也開始感到寂寞，感到煩躁。他開始在附近的地帶獨自一人蕩來蕩去，像個流浪的吟游詩人。他開始和那些從饑荒中逃出來的難民打起交道來了，而這些難民遍地都是，在山谷裏，在大路上都隨處可見。

有一天晚上他忽然到我們家裏來，向潘大叔問一個問題：“潘大叔，要做一個戰士是件繁難的事嗎？”

“你在講什麽呀，老劉？”潘大叔問，感到頗爲驚奇。

“我的意思是説，當一個戰士是很困難的嗎？”老劉以極爲嚴肅的神情説。

“唔，我不知道。”潘大叔搔起自己的腦袋來。

“不過，親愛的大叔，你是從北方來的。那裏的年輕人没有飯吃的時候，就跑到軍隊裏去當兵。”

“啊，這件事我無法和你談。不過我是不喜歡人去當兵的。我不喜歡打仗那類的事兒。你要知道，我是個莊稼人呀。正因爲這個原故，我一直就不願意回到北方去。”

“我懂得了。”我們的説書人現在陷入了一個左右爲難的境地。他的臉色也變得非常陰沉。

“可是老哥，你怎麼忽然想起了這樣一個問題呢？你素來是一個文質彬彬的、風流的人物呀。”

“我想要毁滅掉一切土地和地主，我想要消滅一切醜惡的東西。”

“哎呀！”潘大叔大吃一驚，發出一聲驚異的叫喊，“這是造反呀。你從哪裏得來這些主意？這是非常危險的呀！”

“已經有許多人在這樣講了。我已經在難民中聽到許多人講這類的話。我覺得他們的話没有錯。地主把他們的什麼都搶走了：他們祖傳的田地，他們的住屋，甚至他們的女兒。是的，甚至素來不種田的菊嬸也被他搶走了。”

“老劉，你的話可不尋常！”潘大叔又驚恐地大叫了一聲，同時用手指掩着嘴巴，“我真不敢相信我的耳朵。請你行行方便，不要把你的聲音放得那麼大。如果地主們聽見了，他們就會把田地統統都從莊稼人手裏收走。我知道你没有什麼可害怕的，因爲你是靠你的一張嘴巴吃飯。不過，請想想那些没有田種的莊稼漢吧！如果他們没有田種，你也就説不成書了。”

“我不要再説書了，我再也不幹這行業了。”

“啊，不要把話説得太絶了吧。”

“我決不再説書！”老劉怒氣衝衝地説。但是他馬上就很沮喪地垂下了頭，他的聲音也降得微弱了，像是低語：“嗨，我再也没有什麼故事可講了。我的靈感已經没有了，永遠没有了！”

他没精打采地、呆呆地望着地面，像個白癡一樣，好像被一個空洞的白日夢推進了一種催眠的狀態中去。我們的看家犬來寶偷偷地潛行了過來，在他的腳邊嗅，然後又敵意地對他悻悻然叫了幾聲。但他仍然是一動也不動。潘大叔點燃他的煙袋，每次他吸一口，煙鍋裏的亮光就縮小一下——這個現象總是吸引住我的注意。但老劉似乎並没有注意到這個現象，雖然他的眼睛是大睁着的。他一直是一言不發，直到來寶頑皮地拖着他的長袍下襟。這時他纔驚醒過來。他也没有説聲再見，就拖着沮喪的步子走出去了。

“老劉!”潘大叔在他後面用警告性的聲音喊他，“不要再當衆人的面説一些關於地主可怕的事情，否則傳到他們耳朵裏去可不是好玩的啦!”

老劉没有回答。

但潘大叔的警告最後還是證明一點用也没有。老劉也不是唯一一個以這種感情用事的方式來議論地主的人。許多其他的人，甚至包括鎮上的人，也開始議論起同樣的事情來。地主們當然也聽到了一些風聲，因爲有一天儲敏的總管家又在村子裏出現了。他這次來不是談有關田地的事。他是要在村前的廣場上發表一篇演説。他要求所有身强力壯的莊稼漢都出場來聽。

他説：“我的親愛的朋友們，儲敏大爺這段期間一直在關心着你們。他知道你們都没有足够的糧食吃，爲此他感到很難過。不過下年不可能再是個荒年——這樣的事在過去從來没有發生過。所以現刻我們應該是平心静氣，忍受住目前的困難。他感到非常擔憂的事倒是你們自己的安全。他聽説有許多不法的莊稼人，在大城市裏來的一些别有用心的年輕人的煽動下，已經變成了土匪，企圖用非法的方式共别人的産，甚至還强逼一些善良的莊稼人去參加他們一夥。一句話，他們想摧毁我們傳統的安静的生活。我相信你們决不會幹這種事。因此儲敏大爺以及鎮上商會的理事們，爲了我們社會大衆的安全，决定成立一個保安隊，以便壓服那些不法的歹徒。我很高興地告訴你們，王獅子已經答應來承擔這項工作。不過他的部下人數還不够，我們還需要更多的人參加……”

他停了一會兒，給我們一點時間來考慮他的這個建議。

王獅子是一個秘密幫會的頭頭，這個幫會的總部設在深山裏。他的黨徒主要是些小偷、慣竊和扒手。這些人一直在逍遥法外。他們是在拳腳、飛檐溜壁、大打出手和不怕阻力等方面出名的。他們經常夜裏在大路上搶劫過往行人或偷盜農民的耕牛，一般不大到村裏來找地主或地方要人的麻煩，因爲這些人一直也不干擾他們。

“你們覺得怎麽樣?”總管家問，“我希望你們有些人能參加保安隊。”

衆人没有作出反應。我們只是彼此探詢地望着，什麽話也不説。

“我可以再向你們解釋一下，”總管家繼續説，“參加這個部隊並不影響你們的莊稼活，因爲下年如果雨水好，我們就不需要這個隊伍了，你們都可以回到家裏，種你們的莊稼。”

人群中開始騰起一片嗡嗡聲。有的人喃喃地説：“不行，我們不願意當兵。只有壞人纔玩弄槍桿子。”另有一些人説：“我們都窮得發酸。我們没有什麽東西可以被搶走或者被共産。我們不需要什麽保護。”

雖然太陽曬得很燙，總管家的面孔卻漸漸變得蒼白了。他的嘴唇也變得發青，在激烈地痙攣。但是他的手卻捏成了拳頭。他的表情的這種突然改變，在這些饒舌的莊稼人中間引起了一陣死一般的沉寂。每個人都在等這位總管家發出他那具有個人特點的、雷轟般的聲音。不過，使我們驚奇的是，從他那怒氣衝衝的嘴唇間所冒出來的聲音，倒是非常温和的：

“我的朋友們，你們以爲你們没有什麽東西可損失，事實上你們的想法錯了。比如説吧，如果土匪牽走了你們的耕牛，那麽春天到來以後，你們將怎麽辦？請不要誤會，儲敏大爺的原來意思並不是要你們當兵。他的想法是出自一種慈善的考慮呀。他是想要給你們一點事幹，以便能够度過這個嚴冬。因爲如果你們加入這個隊伍，你們就可以領得薪餉，而且薪餉是很豐厚的。”

“他發什麽薪餉呢？糧食，還是錢?”一個勇敢的聲音打破了沉默。説這話的人就是毛毛的妻子母烏鴉。她是在人群中和她的丈夫站在一起。

“兩樣都發!”總管家用堅定的聲音説。

“好!”她興高采烈地説，十分激動地拍着巴掌。接着她就掉向毛毛，真心實意地説：“毛毛，你得加入這部隊！你得加入這個部隊！啊，那點水清清的稀粥我再也喝不下去了。毛毛，如果你真的像你前天晚上對我發誓的那樣，真的愛我，你就得加入這個隊伍。”

一些冷眼旁觀的聽衆對母烏鴉關於水清清的稀粥這番爽直的表白，表示出極大的興趣。大家都不禁撲哧大笑起來，雖然笑的調子顯得有些淒涼。不過總管家倒是非常認真的。他不停地揮着他的雙手，像兩扇翅膀一樣，企圖平復大家的哄笑。接着，他就像一個縣官似的，説：“母烏鴉是一個非常懂得事體的大娘。她的判斷引起我的敬佩。我希望這裏所有的大娘們都能像她一樣。毛毛，你一定得聽她的忠告。我羨慕你有這樣一個好妻子。我真希望我的妻子也會是同樣聰明!”

村人的哄笑和總管的這種富有啓發性的講話，把毛毛弄得莫名其妙起來。不過母烏鴉對於大家的笑聲絲毫也不介意，她只是不斷地用手肘推着毛毛，説：“快加入！快加入！毛毛，我要求你加入。”

“是，先生,”毛毛最後對總管説，“我將加入保安隊。”

就這樣，毛毛成了保安隊的一名士兵。他也是我們村裏唯一加入這組織的人。第二天他就到保安隊總部所在的鎮上報到去了。

對於這件事我們就不再作評論，因爲我們對此感到頗爲不快。我們村裏從來没有一個莊稼人爲了找碗飯吃而去當兵，特别是在王獅子所屬的這個臭名遠揚的隊伍裏當兵。我們的“老單身漢”本情一見到人就説：“謝謝我的祖師爺老子，我没有娶母烏鴉這樣一個饞嘴的女人當老婆；不然的話，我也得聽王獅子這樣一個無知的莽漢的使唤了。”

“我同意你的看法,”老劉附和着説，“但是我認爲從儲敏那個地主手裏領幾個臭錢更爲可恥!”

八

炎熱的夏天過去了，乾旱也結束了，留下一片灰塵撲撲的黄土和一些佈滿了裂紋的稻田。太陽變得愈來愈蒼白。天空低懸着，顯得灰暗和陰沉。有時也出現了幾塊烏雲，向西方飄去。當它們在飄動的時候，它們也掀起幾股微風，在空中帶來一些寒意。後來不久，這些微風發展成爲大風，把樹上的葉兒都掃光了。樹葉在空中飛舞，像没有皇后的群蜂一樣。我們開始感到寒冷，得加上更多的衣服，吃更多的糧食。忽然間，附近一帶出現了很多流浪者，他們没有足够的衣服，也没有足够的食物。

我們從來没有看見過在這個地帶有這麽多無家可歸的人。我們不知道他們是從什麽地方來的。他們在大路上三三兩兩地出現，形容枯槁，婦女背着孩子，男人扛着破爛的行李，老爺爺後面跟着看家犬——它們的舌頭懸在嘴外。他們全都往鎮上奔去，好像回教徒去朝拜麥加一樣——但是不久他們又退回來了，像蝗蟲一樣，散在山谷和山間。當我們問起他們，天氣這樣冷，爲什麽不到鎮上的東嶽廟裏去找個地方安身。他們回答説，每次他們想這樣做，保安隊就把他們驅逐出來。於是我們又問他們，爲什麽不回老家去，他們都衆口一聲地説，不值得這樣去做，因爲那整個地區已經被這嚴重的乾旱毁掉了，何況路過的潰兵又曾經大肆搶劫過一次呢。他們講話時聲調很沉濁。我們知道，他們是來自位置在大山裏面的縣城的鄰近地帶。我們大家都爲他們歎息，同情他們，但是卻没有任何辦法幫助他們。他們也不到我們村裏來，因爲我們也缺少糧食。

不過有一天，有一位流浪者來到我們村裏。這是一個女人。她看上去穿得很破爛，但她不是一個乞丐，因爲她的面孔並不像大多數無家可歸的人那樣，是既蒼白而又瘦削。她穿一件破上衣和褪了色的淡紅褲子——這條褲子是那麽長，她的脚幾乎是無法看見。她在村裏串來串去，東張西望，像個小偷一樣。我們的看家犬向她圍過去，像狼似的朝着她狂吠。她揮動一根長竹竿來回擊它們。不過每次她舉起這武器時，群狗就向她一齊撲過去。來寶甚至把她衣服的下襟都撕掉了。它露出它的牙齒，威脅着要再度向她攻擊。她發出一聲驚叫，調子是枯燥又粗糙，像個男人的聲音一樣。

狗兒鼓着它們那血紅的眼睛，向她一步一步地逼來，她也一步一步地後退。最後她走近了我們的屋子。潘大叔這時正在刷我們的那頭小牛仔——它現在長大了，既漂亮，又温雅，像一位少婦一樣，不過它仍然有些害羞，像一個十六歲的姑娘。他看這女子在群狗的追逐中走了進來，就把刷子放在一邊，對來寶喊："走開！你不能在我們的屋子跟前攻擊一個陌生人呀！"來寶似乎懂得了他的話語，因爲它站住了，只是低聲嗚嗚，不再狂吠了。陌生人在門洞裏一個凳子上坐下來，鬆了一口氣。於是她把竹竿放在一邊，望了潘大叔一眼，説：

"謝謝你，大叔！要不是你出來阻擋一下，我就會被這些狗兒撕成碎片。"

潘大叔用懷疑的眼光打量了她一下，問："你是個要飯的嗎？"

"我是個災民，大叔。"陌生人回答説，挪開了她的頭巾，露出一頭短髮，"不過如果你能給我一點東西吃，我是太需要了。"

這時我的母親走出來了，她手裏拿着她正在補的一雙襪子，她在門前的石階上停了下來，見到這個陌生人大吃一驚。

"不要怕，大娘。"這女人説，"我只不過是一個災民。我跑了三天三夜的路，只吃了四餐飯。所以我現在一點氣力也没有。我只想喝點水，休息一下。我就是因爲這個原故纔到這村裏來的。"

"啊，我懂得了。"我的母親慢聲地説，仍然滿心疑慮地向四周望，"你想找一個尼姑庵去當尼姑嗎？"

陌生人瞪着她，兩隻眼珠鼓得像兩個球一樣。"大娘，你怎麼問起這樣一個問題來？我爲什麼要去當尼姑呢？"

"因爲你的頭髮剪得這樣短，像個男人頭一樣，所以我纔感到有些奇怪。所有尼姑都是短頭髮，對嗎？"

"啊，對！"客人表示同意，舒了一口氣，表示安心了，"不過我不想當尼姑——我還没有走投無路到那種地步呀。我把我的頭髮剪短，是因爲我覺得每天梳頭太麻煩了。這是一個荒年，對嗎？我無心打扮自己呀。唔，大娘，能給我一點什麼東西吃嗎？"

"好，等一下吧。"我的母親説。於是她就向阿蘭喊了一聲，叫她燒壺茶，拿點面餅來。阿蘭正在灶房裏，立刻就回應了。没有多大一會兒工夫，她就端着一盤東西走出來了。她説灶屋裏没有餅，但她端來了熱好了的大麥巴。因爲茶很燙，陌生人喝茶的時候就發出一個可怕的啜吮的聲音。接着她就啃着那大麥巴，像一頭母牛一樣，她那對鼓出的眼睛在偷偷地向各個方嚮探索。

“大娘，這個村子看上去倒是非常安静的啦。”她咕噥地説，因爲她嘴裏塞着食物。

“是的，很安静。”我的母親回答説，又重新開始補她的襪子，“大家現在没有什麽活兒幹了。”

“那麽他們怎麽生活下去呢？他們都參加保安隊嗎？”

“没有，没有多少人參加。我們村裏只有一個人去當保安隊員。”

“真的嗎？”陌生人發出一個驚奇的聲調，叫了一聲。

“你們不喜歡加入嗎？”

“不喜歡！”潘大叔插嘴説，“我們都是普通的莊稼人，我們不喜歡打仗那類的事兒。”

“你説得對，大叔。”陌生人點了點頭説，“難道你們不需要保護你們的財産嗎？瞧，災民是那麽多，你們不害怕嗎？”

“我們有什麽害怕的？”潘大叔反駁着説，“我們的境況也糟，跟你們是一樣。”

“這話説得對，大叔，我也是這樣想。”這女人擠了一下眼睛，“説老實話，我覺得保安隊只是對城裏的人有好處。他們不讓我們進城，甚至我們答應不要他們施捨糧食，他們也不讓我們進去。他們倒是需要保護，因爲他們害怕我們。”

“爲什麽他們要害怕你們呢？”潘大叔問。

“因爲我們很窮，人數也多。他們害怕我們向鎮上襲擊，把他們囤積的米糧搶走。”

“那當然是犯法的——縱然不是搶劫。”

“老大叔，如果你不介意，我要説你錯了。”這個陌生女人做了一個怪相，發出一個勉强的微笑，“在一個大荒年，地主把佃租增了二成，這不算犯法嗎？你怎麽看這個問題？”

潘大叔猶疑不決地搔着自己的腦袋，他回答不了這個問題。

“我是從縣城那一帶地方來的。”這女人繼續説，“我們那裏的旱災要比這裏還要嚴重得多，連樹皮都被太陽曬焦了。雖然這樣，地主們還是堅持要增加佃租。當我可憐的丈夫反對加租的時候，他們就説他是土匪，把他打死了……”

“你有丈夫嗎？”我的母親忽然打斷了她的話，停止了補襪子，“如果事情真是這樣，那就太叫人傷心了。”

“你這是什麽意思，大娘？”陌生人用一個粗率和惱怒的聲音問，調子已經完全顯出了男性的特點，“難道我不能有一個丈夫嗎？難道我的樣子是醜得那麽出奇嗎？”

“啊，完全不是這樣！”我的母親表示歉意地説，但她仍然禁不住要對她的頭髮感到奇怪，因爲它是剪得那樣異乎尋常地短，“對不起，你長得出乎意料的可愛。”

陌生人變得安静了一點。對於我母親的恭維，她儘量做出了一個笑容。接着她就又重新做作出一個女子的高聲調，掉轉身對潘大叔説：“老大叔，有錢人不管荒年不荒年，照舊要加佃租，對這你該怎麽説？”

“我想他們太壞了，”潘大叔回答説，“他們的良心太壞了。”

“現在你看對了，大叔。”這女人給他擠了一個笑眼，“你現在懂得，叫我們窮人到保安隊裏去當兵，爲富人出力，實在是太没有道理了！我想順便問一下，你們村裏加入保安隊的那個人，他的名字叫什麽？”

“他叫毛毛，是母烏鴉的男人。你知道母烏鴉嗎？她是釀酒師傅的九個女兒中的頭一名。”潘大叔忽然把話停住了，開始懷疑地用他神經質的眼睛盯着她，“你問他的名字幹什麽？你過去認識他嗎？”

“不。我只是對於人的名字感到興趣罷了。”陌生人解釋着説，裝做出一個笑聲，“你知道，我的職業是給人算命。也許我給他算一次命還可以討一杯茶喝，同時也叫他知道怎樣小心。在一個扛槍的隊伍裏幹活，是一種很危險的事呀，你知道嗎?”

“是的，我很贊成你的話。”潘大叔被她的話感動了，“這也是爲什麽我只願種莊稼——這是一種和平、老實的行業呀。”

“是的，你説得對，不過請告訴我，毛毛是一個富農還是貧農?”

“嗨，是個窮鬼！而且自從他討了那個饞嘴的女人做老婆以後，他一天比一天變得窮。”

“那麽他爲什麽要加入保安隊呢？這是一個專門反對窮人的組織呀。他一定是一個窮人的叛徒，有錢人的一條骯髒的看家狗!”

“哎呀，客人!”我的母親忽然叫出聲來，同時放下手中的襪子，她的面色也變得蒼白，眼睛也變得狂暴了，“你説的話倒很像有一天晚上逃到我們家裏來的那個亡命徒!”

“亡命徒!”這女人驚恐地大叫了一聲，“亡命徒！你説的是誰？他是什麽人？他到這個村裏來過嗎？我不認識他。不，不，不！哦，不！我從來没有聽説過什麽亡命徒。”她反復地説，神經質地説明她不認識我的母親無意中所提起的那個人。但是她的面孔很明顯地變得蒼白起來，而且也顯出害怕的樣子。她的眼睛偷偷地向四周探望。她變得坐立不安起來。

潘大叔用警戒和不安的神色望着我的母親。她也感到緊張起來，就用手捂住嘴巴。我們想起了縣偵緝隊所追尋過的那個曾經在我家裏藏躲過的學生。一想起這件事我們就感到全身顫抖起來。我的母親也在戰慄。她的嘴唇也像兩片錫箔似的在抖動着。最後她訥訥地説：

“呀，客人，我們講的是一件過去了的事情，一件早已經過去了的事情。這跟現在的情形毫無關係。”

“原來是這樣，原來是這樣。”那女人吞吞吐吐地説，像個白癡一樣，但是她的眼睛卻仍然以懷疑的神色瞪着我的母親。不一會兒她心不在焉地説：“我感謝您的好茶，大娘。您是我所遇見過的最善良的人。我真累極了，連腿子都提不起來。現在我覺得好多了。”

我的母親和潘大叔無法再繼續談下去了，他們暗暗心照不宣地相互望了幾眼。那女人看到這情況就感到有點莫名其妙。她從衣袋裏取出一個梳子，裝做若無其事的樣子梳理她的頭髮。不過這梳子也無能爲力，起不了梳理的作用，因爲她的頭髮是既短又直。她越梳下去就越感到尷尬。接着她就用手帕撣她那條紅長褲子上的灰塵。她越撣，她的腳就露得越多——一雙非常大的腳。她站起身來。

"感謝您，大娘，您對我太客氣了。"她說。她掉向潘大叔，又繼續說："也謝謝您，大叔，您太好了。我現在得走了。我答應過幾個災民，今晚要給他們算命。他們希望我給他們算一算，什麼時候他們可以回到他們在山裏的家中去。"

這樣她就離開了。潘大叔陪她一直走到村頭，爲的是好替她攔開那些看家犬。我的母親站在門洞裏，呆呆地望着那女人剛纔坐過的那條凳子。她無法再繼續把襪子補下去了。她心上現在壓着一件沉重的東西。

太陽已經接觸到了西邊的山峰。天空也似乎在逐步變低。有不少的雲塊開始大密集，形成烏雲一片，沉重地壓在我們心頭，似乎隨時都可以裂成斷片，落到我們的屋頂上。空氣是沉重而又飽和，麻雀探頭探腦地往外面張望，不安地唧唧叫着，看來一場暴風雨正在醞釀。這種情形經常會在一場大旱後發生，那就是一場傾盆大雨，叫那乾燥的土地痛痛快快地一連幾個鐘頭吮吸這生命的甘泉。

那天晚上我們很早就上床去睡了，因爲我們知道，夜裏氣温一定會下降。不到十點鐘的時候，我們便聽到屋頂上的雨點劈啪作響和貓子的狂暴叫聲。不久一陣狂風掃過，弄得屋瓦格格作響，把所有其他的聲音都淹没了。雨在傾盆地下落。水從屋檐底下的水槽裏傾瀉下來，瘋狂地沖打下邊的人行道。

這天夜裏我搬進母親的房間去睡，因爲她害怕這些不尋常的聲音。我們聽着雨聲和風聲，有好長一段時間不能入睡。我的母親不停地嘟囔着："可憐的災民，我希望他們能找到適當的地方度過這一夜。"於是我的腦子裏也想象起他們的情景：他們都匆匆地奔向鎮上，結果全都被保安隊的刺刀頂了出來。於是我又想起了毛毛，他這時也許就站在城牆上值夜。我又想起了那個算命的女人，她到什麼地方去了呢？她真是一個奇怪的女人。

雨在不停地下着，但是風卻慢慢地收斂起來了。現在只有一個單調的音符在統治這個黑夜：屋頂上雨點的敲打聲。但這聲音對我們的神經卻起了一種催眠作用。我聽到母親翻了一個身，接着便發出了微弱的鼾聲。關於那些災民、毛毛和那個算命的女人的圖像，開始在我的腦海裏逐步變得模糊起來。一陣沉重的睡意向我襲來，我便迷迷糊糊地睡過去了。

不知道是在夢中還是昏睡中我聽到了一個吱咯的聲音。這聲音最初聽起來很尖鋭，但逐漸就變得呆滯了。一股陰風忽然衝進房間裏來。我一驚便睁開了眼睛。我發現房門已經是半開着。也許我的母親還没有發現這種情況，因爲她的床鋪離門比較遠。我没有驚動她，我只是躺在床上，不打算起來把門關上。我想這也許是一股散風，暫時把門吹得半開。我閉上眼睛，想再睡過去。

當我正要重新進入夢境的時候，我隱約地聞到一股綫香的味道。它尖鋭地刺激着我的鼻腔，我平躺着，睡意全飛了，因爲這股香氣很濃烈，我幾乎被嗆住了。使我感到驚奇的是，我看到一束閃閃的火星，從門那兒向房間裏移動過來。像一條飛蛇似的，它蜿蜒地前進着。當它正在向前蠕動着的時候，它所散發出的味道也變得更富於刺激性。我幾乎要咳出聲來，但一種突然籠罩着我的恐懼使我剋制住了自己。我想我的母親也一定被這怪味從夢中刺醒，因爲這時房中出現着一種奇特的沉寂，而且她那微弱的鼾聲也早已經停止了。

在這奇異的静寂中，我注視那一簇火星蠕動到房間的中央來，接着它便改變了方嚮，朝靠牆立着的那個衣櫃挪去。這條火星組成的蛇便在那兒的空中捲成一團。我聽到衣櫃的門在摇動，有人在拉開它們。於是另外一束火星又從外面移了進來。這時我也聽到輕微的、摸索的脚步聲。彌漫着這種香氣的空間，也開始充滿了急促的人的呼吸聲。這一切我現在完全能够察覺了。

“來人呀！來人呀！有賊進來啦！快來人呀！”這是我的母親忽然發出的狂暴的喊聲。她一定是一直在注視着這兩束火星的動静。她的呼叫聲撕開了夜空。

隨着我母親的叫聲，那兩束火星便啪地一下墜到地上去了，像兩顆彗星一樣。接着便是沉重的腳步聲向房外遁去。我的母親已經跳下了床，並且劃了一根火柴點亮了油燈。我們衝到門廊裏，儘量大聲地叫喊：“有賊！有賊！”當我們來到堂屋的時候，那賊已經是在堂屋中央站着——一共是兩人。他們都戴着裝有駭人的大勾鼻子的黑色面具。他們站着不動，通過面具上的那兩個洞洞頗帶威脅性地瞪着我們。他們的那兩對眼睛就像冥火一樣，發出閃光。他們一點也不害怕。他們知道，我的母親和我，要毆鬥起來，絶不是他們的對手。母親又尖聲大叫起來，我盯着這兩個戴面具的人，雙腿也發起抖來了。

“不要尖叫，也不要害怕。”這兩位闖入者中的一位説，“我們不會傷害你們！我只是到這裏來借點東西。你們知道，我們現在的日子很難過。要不是因爲饑荒，我們決不會到這裏來打擾你們的。”

他們的聲音很普通。雖然如此，我們仍感到背上陣陣發涼。我的母親呆望着他們，她的恐怖已經略微有點減輕。她的手高高地舉在空中，好像她是一個要被征服者繳械的士兵。那兩個人保持着一種深不可測的沉默，站着一動也不動，他們粗重的身軀在這半明不滅的光亮中向地上投下兩個鬼魂般的陰影。“呀——”我母親又驚叫起來，不穩地向灶房的那個方嚮退去。

“我已經告訴過你不要大喊。”他們中的一位怒氣衝衝地説，“不然我就要掐死你們！我們並不是賊人呀，懂得嗎？如果你們鎮上的人對我們客氣一點，給我們一點東西吃——我們知道他們囤積的糧食很多，我們也不會在這樣的深夜來打擾你們了。我們的心地比起你們在保安隊的人來要好得多。”

他的聲音的調子是那麽清晰，現在我完全能够辨認出他的口音了。

這口音是既粗魯又突兀。這兩個人一定是從逃荒的那一批人中來的。

“不要作聲!”另一個戴面具的人吼着説，“情況好轉以後，我們一定歸還你我們從這個屋裏拿去的東西。”

於是他們便不聲不響地退了出去，在外邊的黑暗中消逝了。我的母親靠着牆站着，雙手仍然舉向空中。她似乎被某種東西催眠過去了。只是當一陣狂風吹過來以後，她纔從這呆癡和恐懼的狀態中回復過來。她拿起燈，我們開始來檢查這個房間。這兩個賊人在大門旁邊挖了一個三尺高和兩尺寬的洞，顯出一個非常可怕的景象，我們因之也失去了一切安全之感。現在門也大敞着，我們的這個屋子完全没有保障了。

我們來到牛屋旁邊的潘大叔的房間裏。這是一個很簡陋的地方，但是他喜歡它，因爲在這裏他可以聽到我們那兩頭母牛的呼吸聲和聞到她們光滑的皮膚的氣味。他常常説他在任何地方也没有比在這裏睡得舒服。的確，他現在睡得非常熟，好像屋子裏什麼事情也没有發生過似的。甚至當我們彎身湊到他床邊時，他照舊是睡得很死。他確是正在享受一次很甜蜜的睡眠。但是他不像平時那樣，並没發出什麼鼾聲。他的呼吸很微弱。他的眼皮在激烈地掣動着。我不禁要問自己：難道他在做一場噩夢不成?

“潘大叔！在這樣一個時刻，你怎麼能睡得那樣死呀?”

潘大叔完全失去了聽覺的功能。他的嘴唇在顫動，他的舌尖在舐着嘴唇，好像正在吃一餐好飯。但他卻没有睜開眼睛，也没有作出任何回答。

我的母親没有辦法，只好使勁地用雙手摇他的腦袋。他也没有作出任何抵抗。他的頭被推來推去，像一個南瓜一樣。不過他的脖子終於硬起來了，他的眼皮也慢慢地張開了，顯出他那呆滯無光的眼珠。我們端着的兩盞燈射出的光綫弄得他眼花。他開始認出我們就在他旁邊。他筆直地坐起來，開始搔他的腦袋，好像想要從記憶中找回一件什麼東西。

“這是怎麼一回事呀? 你似乎什麼也聽不見。”我的母親説。

“我做了一個夢，大娘，一個甜美的夢。”他嘮叨地説，“我夢見我回到北方老家去了。那裏現在再也没有什麽内戰了。我的侄子們現在都已經長大成人了，娶親了，也有了孩子了。他們特别爲我擺了一桌頂好的接風酒，歡迎我回去。大娘，那桌飯菜真好吃，説不出的好吃！那次喝的也是五十多年前的陳年老酒。那是我的祖父埋在地窖裏的，最近發現後纔挖出來的。味道真好呀，大娘！"

"你在講些什麽呀！"我的母親喊着，生起氣來，"剛纔有賊進來偷東西呀。牆上被挖了一個大洞。你在講什麽呀！"

"什麽？有賊進來？"潘大叔大吃一驚，"他們偷了些什麽東西？我們的那兩頭母牛没有事吧？"

他没有等待回答就從床上跳下來。他還穿着小褂，就打着赤腳向牛屋奔去。但他一跑到屋中央就停了下來，發出一聲痛楚的呼叫。當我們把油燈端過來的時候，我們發現一束仍然燒着的綫香，正在發出一股使人昏迷的香氣。我們立刻就知道那在我母親房裏蜿蜒地移動着兩束火星是什麽東西。它們是起着照明的作用，但同時也是一種迷魂藥。

"幸好我們那時是醒着的，"母親又驚又恐地説，"不然的話，我們全家人就都會被那香味薰迷過去了，那麽賊人就可以把我們全屋子的東西都搬走。"

"我懂得了——"潘大叔若有所思地對自己説，"我爲什麽會做了那麽一個怪夢。我是被香氣薰得昏迷了。啊，我這個糊塗蟲！"他捏了一個拳頭，重重地敲了幾下自己的腦袋。但是他没有再耽擱時間，連忙跑到牛屋裏去。

牛屋單獨開向外邊的那個門現在已經完全敞開了。牛屋裏現在什麽也没有了，只有一股冷風從外面竄進來，在屋子四周沿着牆打旋。牛媽媽和它的女兒全都不見了。那個裝滿飼草的木槽旁邊，再也看不見那兩頭熟悉的牛兒在拉着草啃，牛屋的中間很空，看起來顯得非常不協調。很明顯，來到我們家裏的盜竊的不只是兩個賊人。可能在那兩個賊人没有進我們的屋子以前，我們的那兩頭牛就已經被牽走了。

潘大叔直在地上頓腳，扭着雙手，使勁地大聲叫喊："没心腸的賊子。他們連我的牛都要偷走！我在這個世界上除了這兩頭牛以外什麽也沒有！他們怎麽會這樣狠心！”但是他似乎不相信他的眼睛。他把木槽翻過來，好像牛兒就藏在它的下面一樣。於是他踢了它幾下，好像它是一個球似的。當它在向前滾動的時候，飼草撒滿一地，淩亂不堪。最後它滾到屋子的盡頭，直到牆壁把它擋住爲止。潘大叔站着一動也不動，面對着牆，像個啞巴一樣什麽話也説不出來。有好大一會兒他什麽動作也没有。忽然他全身一扭，向外面的黑暗中衝去，大聲喊："來寶到哪裏去了？它背叛了我們，連一個叫聲也没有發出來！”

母親點起一個燈籠。我們跟着潘大叔走到門外。來寶就靠着牆躺在那裏，樣子很可憐，像一隻被雨水浸透了的老鼠。它在微弱地喘着氣，它的肚子無力地一上一下地起伏着。我的母親摇了摇它的頭。它張開眼皮，像一個白癡。它呆呆地望了我們一眼，接着便又閉上了眼睛。

“它也中毒了！”我的母親説，同時向四周探望，想找個辦法救它。潘大叔只是獨自個兒不停地駡着盜賊，没有去管來寶。“阿蘭！阿蘭！”母親大喊着，“端點桐油來！它得大瀉一下！”

這時潘大叔便把他駡的對象從來寶轉到保安隊。“保安隊幹了些什麽呢？他們只是保衛鎮上平安，把盜賊逼到鄉下來偷我的牛！”馬上他的火氣又從保安隊轉向毛毛身上。他大聲叫駡，好像毛毛就在現場："毛毛，你有什麽用？强盜就在你的鼻子底下偷走了我的牛呀。你這個廢物，你在幹什麽呀？”於是他奔向毛毛的屋子。毛毛這晚正好在家休假。

阿蘭端着一碗桐油走了出來。我扳開來寶的嘴，母親把桐油灌進它的喉裏。它開始喘息和嗆噎起來。我繼續扳着它的嘴，阿蘭又灌了一碗水進去。然後我們提着它的四條腿，把它抬進屋裏來，放在爐邊讓它取暖。

潘大叔一直没有回到屋裏來。我們聽見他在村前的廣場上和毛毛爭吵。毛毛在不停地辯解，説："是的，潘大叔，我將想辦法把牛找回來。請你不要打我，我將想辦法把它們找回來！我想那些賊人一定和昨天到村裏來的那個算命女人有關聯。我回家時在路上遇見過她。她的行跡確是可疑。”

“我不管什麽女人不女人，我恨這種人，我只要我的牛。”潘大叔大聲嚷着。

“我知道，我知道。我知道你恨女人，因爲你討不到老婆。”毛毛説，聲音裏並不是完全没有一種得意之感。

潘大叔死死地盯了毛毛一眼，拼命地大喊：“你説什麽？在這樣一個時刻，你還想在我面前炫耀你那個饞嘴的母烏鴉嗎？”

毛毛的臉色馬上變得蒼白起來。他儘可能快地嘟囔着説：“請你放安静一點，潘大叔，我對你説，還是趕快去找你的牛吧。我將想辦法去抓那個女人，找出那些强盜的綫索。很對不起，我們保安隊只管抓那些想造反的壞人。這是王獅子下給我們的吩咐，我也没有别的辦法。”

“滚你媽的吩咐！我只是要你把我的牛找回來！”潘大叔堅持着説。

“但是我得聽從我上司的吩咐呀。”毛毛大聲地説，態度也變得僵硬了一點。“因爲他給我錢呀！”

“滚你媽的上司！”潘大叔發起火來。

他們的争論持續了半個鐘頭，没有什麽結果，直到他們的聲音變得嘶啞、他們的氣力用盡爲止。他們各自分開，一個去尋找牛，另一個去抓那個算命的女人。天逐漸要亮了。被火烤暖了的來寶，開始痙攣地抽搐而嘔吐起來。它吐出了一大堆黑色的液體，發出一陣奇臭。不過它的眼睛是睁着的，甚至還閃着亮光。它的生命是救出來了。太陽從東邊的山後已經露出了一半的面孔。

在吃完早飯以後，一件使我們驚奇而又高興的事發生了，潘大叔牽着我們的那頭小母牛回來了。“可憐的孩子，在那個濕漬漬的山坳裏，她東蕩西蕩，悲慘得像一個没有媽媽的孩子。”潘大叔對我的母親説，用他長衫的袖子揩着小母牛正在滴水的鼻子。“我希望她没有染上傷風。大娘，您知道，她認識我啦。她一見到我就親熱地叫了起來，把尾巴摇來摇去。”於是他左右擺着手，模擬她是怎樣地摇尾巴。“懂得嗎？簡直像一個非常孝心的女兒。當我走近她的時候，她就聞我的手，用她的舌頭舐它。啊，她的舌頭是多麽柔嫩呀，嫩得像棉花一樣……"

"她的媽媽呢?"我的母親問，"你看到她的媽媽没有?"

"没有，"潘大叔説，眼睛垂下來了，"大娘，昨天我給她安上了一個新的牽繩。他們一定把她牽走了。她的腳印到那些石山腳下就認不清楚了。他們穿過那些石山，走進樹林就不見啦，大娘。"

"唔……"我的母親剛一開始要講話就被打斷了，外面起了一陣喧鬧聲，而且逐漸在向我們的屋子接近。這原來是毛毛的聲音："你這濫污婊子！你爲强盜們到我們這裏來探測道路。如果你不把窩藏他們的地方告訴我，我將把你打成肉泥。"我們走出門外，看究竟出了什麽事情。毛毛正在拉着一個女人的領子，向我們這邊走來。我們一看就知道，這就是我們前天看到過的那個流浪的算命女人。她的褂子上沾滿了污泥，她的頭巾也没有了，她那剪得很短的、筆直的頭髮顯得異乎尋常地古怪。

"大娘，她看到我的時候，一點害怕的心思也没有。"毛毛對我的母親説，仍然緊緊抓着她，"她站在一個十字路口，畫些草圖，好像一個地理先生一樣。裝得可像一個有學問有身份的女人啦。瞧瞧這件混賬東西!"他扔出一個小小的筆記本子，這裏面繪着附近的地理形勢：河流、大路、山谷、小山和大山。

"這些東西是做什麽用的?"我的母親問，被這些地圖弄糊塗了。

"做什麽用的嗎?"毛毛發表他的議論，"爲了她的夥計們在夜裏可以找到道路。"

"我和强盜一點關係也没有，我告訴你!"這女人抗議着説，想把這個本子搶回來。

"你還敢耍嘴弄舌?"毛毛吼着，"你知道我是誰嗎?"毛毛把她抓得更緊了，瞪着她，倒很像傳説中的一名英勇戰士面對他的犧牲者。在我們村裏他一直没有被人看得上眼。所以現在他特别擺出一副很重要的架勢，繼續説："你知道我是誰嗎?"

"我知道你是有錢人的一條走狗!"這女人用她的那種男低音大聲

地說。

毛毛緊咬着牙齒，他的面孔變得蒼白。“你這個畜生！你得給我說清楚，走狗是什麼意思。”他開始撕她的褂子，踢她的屁股。她也開始和他扭鬥。不一會兒她的衣服被撕開了，她的胸脯露了出來。兩個稻草做的球滾到了地上。原來她的乳房是僞裝的！原來她是一個男子裝成的女人。看到這兩個稻草球，她就停止了扭鬥。

“哼，”毛毛說，模仿地主儲敏的總管家慣常所用的那種帶有譏諷味道的口吻，“你原來是個男人！跟我一道到保安隊的總部去！”毛毛拖着他向大路上走去。

這個假女人馬上就倒到地上，拒絶和他一道走。他的面孔已經是變得蠟一樣的焦黄。

“老哥，”他用一種迫切的聲音對毛毛說，“我知道你是一個窮苦的莊稼人。我並不是你的敵人，因爲我是在爲窮人做事呀。你爲什麼要把我帶到你們保安隊的總部去呢？他們一定會殺死我。你願意讓你的朋友被你地主的走狗殺害嗎？”

“走狗”這個字眼立刻使毛毛火冒三丈。“滾你媽的蛋！”毛毛說。於是他使出他全身的力量把這個人從地上拉起來，像拖着一條頑强的豬似的把他拖走。

我們都變得呆若木雞，望着他們相互扭鬥，直到他們向城市的那個方嚮消失爲止。

“潘大叔，”當毛毛和那個僞裝的女人走進城門不見了的時候，我的母親低聲地説，“這個假裝算命的女人，説起話來倒很像那天晚上的那個亡命的少年客人。這叫我想起那天的追捕。我真是不敢想象王獅子將怎樣折磨這個假女人。請你到佩甫伯那裏去一下，叫他利用他的面子去説人情，請儲敏放掉那個人。這次盜竊的案子，我們不打算再追究下去了。這不過是我們自己的運氣不好罷了。在過小年的時候我們没有好好供奉我們的灶神，我們也應該運道不好。快到鎮上去吧，潘大叔，快！”

“是的，大娘。”潘大叔説，很狼狽，也很害怕。我們現在都模糊地感覺到，這個僞裝的女人一定和那個被追捕的逃亡年輕人有關係——而這個人是在我們這個地帶爲窮莊稼人做一種神秘的工作。也許這個僞裝的女人也是在一些災民中做同樣的事情。如果是這樣，王獅子一定會把他殺死。一想到這一點，潘大叔也就忘掉了那條母牛被盜的事。他再也沒有説什麽話，到鎮上去設法救那個被抓走的人去了。

在吃中飯的時候，潘大叔從鎮上回來了。雖然天氣很冷，但他仍然是滿身大汗。他是一路跑回家來的。

"你找到了佩甫伯嗎?"我的母親問。

"找到了，大娘。"他説，不停地喘着氣，"不過他很忙，正在收拾他的書和衣服。大娘，所有的店門都關閉了。市面上現在流傳着非常不好的消息。他們説，在北鄉山區裏災民和窮人已經發動了好幾次暴動了。昨天夜裏，當天正在下着傾盆大雨的時候，有一大批人趁着周圍一片漆黑，衝進了縣城，把縣保安隊繳械了，把縣官也殺掉了。天快要塌下來啦，大娘，我不敢相信我的這對老耳朵！我從來也没想到，窮人居然敢殺掉一縣之長。"

我的母親好半晌説不出話，望着潘大叔直發呆，害怕。

"大娘，他們把縣官殺了啦!"潘大叔補充着説。

我的母親打了一個寒噤。"你在説什麽?"她問。

"窮人把縣官殺掉了呀!"

"那個假裝的女人怎麽樣？王獅子要結果掉他的性命嗎?"

"我不知道，大娘。他們把他銬起來了，正在審問他。地主儲敏在親自審問他，大娘，在一個秘密的房間裏審問他呀。誰也不准進去聽，只有王獅子和他的衛兵在場。"

"佩甫伯不能爲他説説情嗎?"

"我不知道，大娘。他也不能進入那個秘密房間。不過他答應他將盡一切力量求儲敏釋放他。他將在下午來看我們。大娘，那時他會把結果告訴我們。"

我們等待佩甫伯的到來。

天黑的時候，來寶已經完全從中毒中恢復過來了，雖然它看上去仍然全身没有氣力。它第一次對一個來訪者發出它的叫聲。這位客人正在外面對它吆喝和責罵。潘大叔走了出去，把客人請進來。來客就是佩甫伯。這次他没有帶着他的那根教鞭。

“我很忙，大嫂。”佩甫伯對我母親説，“我只是來告訴你，没有辦法使那個僞裝的女人得到釋放。我用我的一切力量請求儲敏大爺放掉他，但是没有任何結果。我甚至還冒了一次風險，説如果他不命令王獅子把那個人放掉，我將不再教他的孩子的書——這當然是開玩笑咯。你能猜得出，這位大爺是怎麽説的嗎？他説，滚你的，我找一個教書先生還不容易！他的這句話可叫我的心跳得厲害啦，大嫂。假如他真的不叫他的孩子上我的學堂……”他那個蒼老的聲音斷了。他似乎是要哭的樣子。

“那麽他們對這個假女人將怎麽辦呢？”我的母親不安地問。

“啊，真可怕啦，大嫂。明天他們將要當衆絞死他，作爲對那些無法無天的人的一個榜樣。你知道，大嫂，他們不能把他送到縣城裏去受審，因爲縣城昨天夜裏已經被衆人佔領了。哎呀，真可怕呀，大嫂！”

“那個假女人犯了什麽罪非要絞死他不可呢？就是説他不是一個算命的，他也不過是幾個盜賊的同夥罷了。”我的母親説。

“啊，不，大嫂！他們在那個秘密房間裏折磨他，要他承認他是個革命者的密探，專門組織窮苦的災民和莊稼人起來反對地主。他和你家的失盜一點關係也没有，大嫂。他頭一天來到你家，完全是一種偶合。他是那些在逃的、神秘的年輕人中的一分子呀。你聽到過有關那個逃亡的、年輕的革命者的事嗎？”

“嗯……”我的母親猶疑地説，“嗯，我還没有聽説過有關這個人的事。”

“那是一個很了不起的人啦，大嫂。是他秘密地組織那些窮人去佔領了縣城啦。那個假算命的也想在這個地帶做同樣的事。他已經跟許多災民和窮人打上了交道啦。要不是他被抓住了，隨便哪個晚上我們這裏都可以發生暴亂。關於這一點他倒是很坦白地講了。因此他們決定明天絞死他，爲的是要嚇住衆人，把火撲滅。”

“真可怕！真可怕!”我的母親自言自語地説，“會有這樣的事情發生？我不相信！我不相信!”

“你得相信，大嫂。這是真的呀，絶對是真的呀。在外邊的世界裏，更多可怕的事情還要發生哩，大嫂。榮季有没有信給你談起這件事？我猜想他不會談，因爲他不願意叫你苦惱。你知道，南方的新軍——人們把他們叫革命軍——已經席捲長江流域，甚至北方的一部分，把許多軍閥和舊政府的官吏都打倒了。在這以前，像那個亡命者那樣的年輕人就已經把各地的窮人組織好了。你知道，新軍就是主要依靠窮人的力量來撑腰的呀。”

“爲什麽他不寫信來告訴我這些事情呢?”我的母親開始理解，也擔心起來，“這些消息你是從哪裏聽來的呢？這聽起來真是荒唐得很。如果消息可靠，他就應該回到家來，因爲仗一打起來，他的東家的生意就又要停業了。”

“這完全是真的，大嫂。我是從信脚子紅苕那裏聽來的。他剛剛到下游的‘大城市’裏去跑過一趟信。榮季的東家的生意一天也没有停，因爲革命來得太快了，事先完全没有料到，正像昨天夜裏縣城被佔領一樣。甚至南軍還没有到以前，窮人們就已經把那個重要的城市佔領了。真不可想象，但這是真的，大嫂。那位信脚子是從來不撒謊的。如果他説假話，大家也就不會托他帶信了。”

“能够出這樣的事嗎？能够出這樣的事嗎?”我的母親不停地反復自言自語着，呆呆地望着窗外——那裏有幾隻麻雀正在發出吱吱喳喳的單調的叫聲，像往常一樣。

“我想現在的這個朝代快要换了。”佩甫伯也在低聲地獨語着，“現在一切都是顛三倒四了。天不下雨，縣官被老百姓殺害，一個男人裝成一個女算命者，學問無人重視，地主老是用饑餓來威嚇教師……想想看，這個世界成了個什麽樣子？老這樣不行，我想這個朝代要變了。”

“那麽變成什麽朝代？我們要變成一個什麽朝代？”一直坐在一旁沉思、一言不發的潘大叔，也參加了這番談話，“難道我們又要從民國朝代變成皇帝朝代不成？”

“我不知道，”佩甫伯的額頭皺起來了，“也許是一個皇朝。暴民和南軍現在都把壞人和軍閥掃光了。我想很快一個真命天子就要出現，再把那些暴民掃掉，建立起一個新的、統一的大帝國。你知道，事情不能老是這樣下去呀。父母對於學校的老師不尊敬，孩子們又對他們的父母不尊敬。惡報循環，懂得嗎？事情不能老這樣下去呀。順便問一下，你的大公子可有信給你？”他轉身問我母親。

“没有，有什麽事？”我母親聽了他的問話大吃一驚。

“嗯，我想他一定把事情告訴過你了。”

“什麽事情？請趕快告訴我！”我母親更感到緊張起來。

“唔，”佩甫伯不慌不忙地説，歎了一口氣，“我覺得我不應該告訴你。不管怎樣，遲早你總會知道的。那個信脚子告訴我，你的少爺離開了他主人的店，到新軍的一個叫做什麽政治部的，到上海去了。他並且還和一個新派女子訂了婚——按照他們的行話説，是他的一個什麽‘同志’。你不要爲這件事難過，大嫂。如今世界上的事就是這個樣子。我剛纔不是説過，這個朝代要變了？它支持不了多久。到時你的兒子的頭腦就會清醒過來的。我想，這大概也是爲什麽榮季不願意告訴你的原故。”

他的話講完以後，從屋子近頭的一個陰暗的角落裏就升起了一個嗚咽的哭聲，哭聲夾雜着抽搐和鼻嗤。我們都把視綫向那兒轉去，發現啜泣的人正是阿蘭。她在抽咽，眼淚縱横，把她那個已經被麻子點所破壞了的面孔弄得更是難看。誰也不敢走到她身邊去。我懂得她是爲什麽而哭，但是我卻找不到任何話語來安慰她。她坐在那個角落裏，看上去顯得特别淒涼，而且也是第一次使人感到她是這屋子裏一個多餘的人。是的，她無法參與我們的談話。她平時要麽就是單獨一個人過孤獨的日子，要麽就是像個奴隸似的不停地幹活。

“這是命運！這是命中注定如此。”我母親自言自語地低聲說，“我把她教養大，作爲我家的繼承人……但是……”她的聲音中止了，她的視綫盯着她面前的地上。但是她没有走到阿蘭身邊去止住她的哭泣。

佩甫伯不明白我母親講的話的意思，他感到非常狼狽，直向四周張望，他的嘴唇在顫動，好像他想說什麼事情。我們越保持沉默，阿蘭就哭得越厲害。“對不起，對不起，”佩甫伯最後急速地嘮叨起來，“我把她忘記了。可憐的阿蘭，我老是把她忘記了！”於是他站起身來。他在屋子裏打了幾個旋轉，想找一件什麼東西，但是没有結果。“啊，我這個糊塗腦袋！我甚至還忘記了我今天並没有把我的教鞭帶來。多可怕！每次失去了教鞭，我就好像失去了主張似的！我現在得走了，我得走！”

佩甫伯不管三七二十一地溜出了屋，任阿蘭留在後面哭泣。

“這位塾師失去了教鞭，該顯得多麼古怪啊！”這是潘大叔所能講的唯一的一句話。它打破了這鬱悶的沉寂。

九

在油燈的微弱燈光下，我們的堂屋顯得非常陰沉。阿蘭獨自一人在一個黑暗的角落裏不停地哭泣着，像一隻小老鼠似的没有動静。她拒絶一切的勸告，也不吃東西。我的母親保持着一種宗教式的沉默，一會兒望望那摇晃的燈亮，一會兒瞧瞧潘大叔。這位老莊稼人靠牆坐在一隻三腳凳上，也是一言不發。我知道，一定有件什麼東西正壓在他們的心上。當他們心裏有什麼煩惱的時候，他們總是沉思不語。潘大叔甚至連他那根煙管也不抽了。

油燈開始變得越來越暗了。寂静在持續着，但是誰也不願意上床去睡。潘大叔最後站了起來，在油燈裏加了一點油，於是燈光便馬上又亮起來了，比剛纔更堅實和穩定。他便又在椅子上坐下，搔起他的腦袋來。過了一會兒，他忽然以後悔的口氣，嘮叨起來：

“我不知道，王獅子和他的部下今夜會對那個僞裝的女人幹出一些什麽事來。他們可能又要折磨他，在他們明天絞死他以前，逼他交代出更多的東西。我放心不下呀，大娘。”

“我也是一樣，潘大叔。”我的母親説。她的聲音有些顫抖。

“大娘，我不知道我是不是也有責任。”潘大叔像個孩子似的，天真地望着我的母親，“如果我不催促毛毛去爲我找牛，那個假女人也許就不會被抓走了。我感到心裏很難過呀，大娘。我的確不應該幹那樣的事。”

我的母親没有立即回答，只是望着呆在那個黑暗角落裏的阿蘭——她的腰彎着，頭低着，看上去像一個影子。這時一股陰風從牆縫裏鑽進了屋子，使油燈燈芯上的那顆亮光又摇擺不定起來。前天晚上强盜在牆上挖的那個洞還没有來得及補好，我們只是用稻草和泥巴把它堵住，因此夜裏的寒風就可以隨便竄進來了。

“我們的這個屋子現在顯得特别寒冷和空洞。”我的母親心不在焉地、低聲地説，好像是在對自己私語，“我想今夜我是無法睡得着了。”

“我也睡不着了，大娘。”潘大叔説，“我覺得我的心裏不太好過，大娘。老實説，不太好過呀。我想我的那顆心也老了，像我自己一樣。”

“我們向菩薩禱告吧，潘大叔。”我母親仍然用她那種心不在焉的聲音説，把她的視綫從阿蘭身上掉開。“我們好久忘了向菩薩禱告了。我們什麽别的辦法都没有，只有禱告。我們爲那個可憐的年輕人禱告吧！我們也爲我們的阿蘭禱告吧！”

阿蘭聽到了我們又提起她的名字，忽然又大哭起來。她在那個黑暗的、被人遺忘了的角落裏全身劇烈地抽搐着。

“不要哭，我的孩子，命中注定如此呀。”我母親低聲説。

她雙手合在一起，閉上眼睛，開始禱告起來。潘大叔無法和她一道禱告，因爲他平時没有這個習慣，不會背禱文。他只是在一邊保持沉默，他那雙孩子氣的眼睛大張着。當我母親以平静、單調的聲音在念禱文的時候，屋子裏便出現了一種强烈的宗教氣氛。潘大叔的嘴唇也逐漸張開了，而且是越張越大，最後他的那副樣兒便完全像個白癡。

忽然間一陣强烈的大風在屋頂上呼嘯而過，捲起一片狂暴的響聲，把我母親的祈禱也打斷了。與這聲響的同時，我們村裹也升起了一陣犬吠聲。接着從周圍所有村子裹都傳來了犬吠聲。我們都站起來，彼此呆望着，驚恐得説不出話來。阿蘭變得很害怕，也不再哭了。她挨近我的母親，在燈亮的前面，開始戰慄得像一隻小麻雀。她的眼睛發紅發腫，使得她那佈滿了麻子的臉顯得更難看。由於我們都默不作聲，我們可以察覺出那狂暴的聲響是從哪個方嚮飄來的。它不是從我們村裹發出的，因此它這次與盜竊没有什麽關係。它是從遠處傳來的。

潘大叔歎了一口寬心的氣。但是喧鬧聲變得更富有威脅性和更嘈雜。在這一片混亂的喧鬧中我們似乎聽見一種呼哨聲在空中劃過，好像有一群信鴿正在我們屋頂上經過。不過天是那麽漆黑，不可能有鳥兒在空中飛行。

“這是什麽?”這些奇怪的聲音使我的母親感到迷惑。

“這倒好像是子彈在空中穿過啦，大娘。”潘大叔説，“當我還住在北方的時候，彼此敵對的軍閥每次打起仗來，我就聽見子彈在空中那樣地飛響。大娘，這不是音樂呀，這是在打仗呀。”

“這怎麽可能！這裹從來没有人打過仗呀!”

“也許是土匪趁夜裹黑暗跑到鎮上去搶劫。嗯，我們出去瞧瞧吧。如果這件事我弄不清楚，晚上我也睡不好。來吧，大娘，我們出去瞧瞧!”

潘大叔爬上屋頂去看個究竟。我母親和我在他後面跟着。阿蘭有些害怕，所以她就留在屋子裹。我們蹲在屋頂上，遠處的鬧聲我們可以聽得更清楚了。那是從鎮上傳來的。在這個黑夜中這個市鎮就像一個看不見的大海，正在掀起一股龐大的浪濤，威脅着要把周圍吞没。我們開始發起抖來，一半是因爲寒冷，一半也是因爲害怕。在這樣一個平静的鄉下，我們從來没有聽到過這樣强烈的聲響。在這種可怕的聲音中出現了無數的火把。它們圍繞着那個市鎮跳躍，像鬼火一樣。每次這鬧聲高漲、變得像驟然的雷轟時，馬上便有一陣槍聲升了起來。而這槍聲又總是無例外地會引起另一陣喧鬧，震撼着地面。

“我不知道這究竟是怎麽一回事兒，潘大叔。”我的母親説。她的牙齒由於害怕而發出格格的響聲。“我一生没有看見過這樣的事情。”

“我也不懂，大娘。”潘大叔説，“這不像是土匪攻城的樣子。土匪從來没有這麽多的人，也没有這麽大的膽子。”

“那麽這是幹什麽呢，潘大叔？我真害怕。”

“我的確不知道，大娘。我想這一定是造反這類的事兒。這裏現在有這麽多的災民，保安隊對他們又是那樣厲害。這些流浪人也許想奪取市鎮，弄點糧食吃，像他們對付大山裏的縣城那樣——佩甫伯不是告訴過我們這件事嗎？”

“那就太可怕了！”

“佩甫伯不是告訴過我們，民國朝代是正在改變嗎？當一個舊的朝代衰亡，事先總會有暴亂發生。”

“又是改朝换代！我們將又會有什麽新的制度呢？當滿清朝代垮臺的時候，你們男人都剪掉了辮子。在新的朝代裏你們會不會又要把辮子蓄起來呢？”

“我不知道，大娘。不管我們要不要再蓄辮子，我們在心裏總還是那個樣子。我們這些簡單的莊稼人總是不會變的。我們愛我們的土地和牲口，我們靠種田過日子……”

他們的對話又被另一陣夾雜着槍聲的鬧聲打斷了。這鬧聲在膨脹，像一股狂濤突然洶湧起來，把一切都淹没，但馬上又後退，留下一大片空地和沉寂。那些跳躍着的火把分成兩路，沿着兩條綫蜿蜒地前進，向相反的方嚮在黑暗中消失，像兩條火蛇鑽進陰濕的洞裏不見了的一樣。但是那個古老的市鎮卻向它的上空放射出一道火光，燃燒着那看不見的天空。

“城裏給佔領了。”潘大叔低聲説。

“你有把握嗎？”我的母親懷疑地問。

這個問話没有得到回答，因爲天空中的那一團火光無法解釋。我們小心翼翼地從屋頂上爬下來，又回到我們的堂屋。

“嗯，一個新的朝代。”我母親猶疑地説。但是她那向前凝視的目光是嚴肅的，一半帶有恐懼，一半充滿了抑鬱的神色。

潘大叔只是揉着他那秃了頂的腦袋。沉寂了片刻以後，他低聲説：“不論怎樣，我現在再也没有辦法蓄一條辮子了。人們得把我忘掉。”

“但願人家把我們忘掉。”我的母親附和着説。

他們再也没有什麽話可説了。沉默變得可怕和嚇人。我們上床去睡了。

第二天潘大叔是全村第一個被驚醒的人。有人在我們的門上急促地、沉重地敲擊，不停地在喊：“潘大叔！潘大叔！開門！”看來潘大叔成爲了村裏某種具有重要性的人物了。居然有人在這樣的清早就因急事來找他。我跳下床，飛快地跑出房來，和他在一起。他猶疑不決，不敢開門，站在門後，不停地搔他的光秃腦袋。他想起了有關辮子的事情。

我拉開門閂，門被推開了。

門口站着一小群人。潘大叔後退了一步，眨着他那對還没有太睡醒的眼睛，他的手也仍在搔他那没有頭髮的頭皮。面前的景象是他所没有能料到的，也使他驚奇：穿着保安隊制服的毛毛，現在被五花大綁，像個囚犯一樣。他的面孔已經被抓破了，現在仍在流血。有幾個粗裏粗氣的莊稼漢站在他的旁邊。他們的胳膊上戴着紅臂章，上面歪歪斜斜地寫了五個字：“農民自衛隊。”他們不是本地人，因爲他們講話時聲音很沉濁。“難道他們是深山裏來的那些没有土地的災民嗎？”我對我自己提出這個問題。但是在我没有找出答案以前，一個年輕人從他們中間跳了出來，指着毛毛問潘大叔：“你認識這個人，對不對？”

潘大叔對這個年輕人轉動了好幾下眼睛。這個年輕人胳膊上没有臂章，他的衣服也被撕成了碎片。他的臉上也有傷痕，不過那些傷口已經結疤了。我們似乎認識他。潘大叔呆呆地打量了他好一會兒，忽然跳了起來。他把手從他的那個光腦袋上放下來，説：“你没有被絞死嗎？佩甫伯告訴過我們，他們今天早晨就要把你絞死呀!”這個年輕人原來就是那個假女人!

假女人没有回答這個問題，但是繼續用非常嚴肅的聲調問：“你不認識這個人嗎，老大叔？請快告訴我們，我們現在是非常忙的呀。”他又指着毛毛。

潘大叔看見毛毛鼻青臉腫，嚇了一大跳。“是的，我認識他，”潘大叔急促地説，“他是我們的鄰居毛毛。他出了什麽事？”

毛毛突然迸出了一個哭腔：“潘大叔，他們反過來要絞死我了。他們説我是儲敏大爺的走狗。我不是狗，潘大叔，對嗎？你看得很清楚，我是一個不折不扣的成年人。”

“住嘴!”假女人説。於是他掉向潘大叔，又問：“他是好人還是壞人？”

“他是個好人，官長。”潘大叔恭而敬之地回答説，聲音有點兒抖，因爲他意識到這個年輕人現在一定有什麽軍銜。

“那麽他爲什麽要加入保安隊呢？”

“因爲他没飯吃呀，官長。我們碰上了一次旱災，知道嗎？田地裏什麽也不生長。他的女人母烏鴉，肚皮又特别大，飯量比一個男人要大兩倍。所以毛毛得找一個活路來養她。毛毛把她當做一個仙女似的疼愛，知道嗎？”

聽了這番話，這位假女人禁不住要笑起來。但是他故意板起面孔來掩住他的笑。而他板起的這個面孔，在他那個被抓破了的面龐上，顯得特别不同尋常。“這是真的嗎？”他問。

“千真萬確，是真的。”潘大叔説，顯出非常嚴肅的神色，“我有一次看到母烏鴉吃飯。她一口氣吃了四大碗飯，毛毛還只不過吃了兩碗。請相信我，她需要兩個勞力養活她呀。”

“好，我相信你的話。”假女人説。於是他掉向那些農民自衛隊員，補充着説：“同志們，放掉他吧。這一次我們寬恕了他。如果他再爲地主幹這種事，我們就要把他絞死!”

農民自衛隊員解開繩索，釋放了毛毛，把他交給潘大叔。在他們離去以前，假女人又對潘大叔説：“我相信你，大叔。我們有位同志一天夜裏曾到過你家避難；你的情況他全告訴了我。我知道，毛毛是個窮苦的莊稼人，但他同時也是我們的敵人。他應該是我們的朋友，因爲他根本就是没有土地。請你監督他，叫他放規矩些。”説完這話以後，他就匆匆地和革命自衛隊員回到鎮上去了。

毛毛和潘大叔面對面地站着，好像他們是陌生人一樣，他的脚邊懶散散地堆着一大堆繩子。毛毛的面色發白，像石頭一樣。他全身起了一層雞皮疙瘩，他的雙腿在一陣陣地打哆嗦。突然他的膝頭一軟，彎到地上，成爲一個下跪的姿勢。他的嘴角向下垂，而他的嘴唇卻往上翹。他用一個哭喪的聲音喃喃地説：“潘大叔，你真是一位菩薩。你比我們的灶王爺要慈悲得多——他根本不保護我！我將想辦法去買一斤豬肉來，叫母烏鴉給你熬一碗肉湯喝。我將親自監視，不讓她自己把湯喝掉。請相信我，我一定這樣做。”

“趕快站起來吧！趕快站起來吧！”潘大叔驚慌地説，“我不是菩薩，不要把我和你的灶王爺相比，要不然他就嫉妒起來，爲我降災。我也不要喝你的肉湯。請你趕快站起來，告訴我這是怎麽一回事！”

潘大叔用力把他拉了起來。

“潘大叔，你真想不到，這是一件多麽可怕的事！”毛毛訥訥地説，他的嘴唇拱着，像一個豬嘴巴。“那個假女人不是强盜，而是一個地下黨的領頭人，或是莊稼人武裝隊伍的一個什麽偵察員。他把災民組織起來，編成隊伍——前天晚上他是這樣毫不隱瞞地對王獅子説過的。他手下有大批莊稼人歸他指揮，而且從駐紮在縣城的總部弄來了一些槍支。哎呀，我一點也不知道，他是這樣一個有力量的人，否則我也就不敢把他揪到王獅子那裏去了。”

“真可怕！”潘大叔説，大睁着他那天真而又衰老的眼睛，“所以那個假女人是個軍隊官長了，我很高興，我没有把他稱爲嫂子——啊，幸虧没有！謝天謝地，我稱爲‘你’——没有稱呼錯。請告訴我，昨天夜裏鎮上出了什麽事。他參加了嗎?”

“他參加了！昨夜鎮上發生的暴亂完全是由這個假女人引起的。你知道，王獅子拚命拷打他，要他説出他的計謀，在他的身上也搜出了他的部下的名單。王獅子立刻就當衆宣佈要絞死這個假女人，要懲辦假女人的部下。這樣他就捅了馬蜂窩了。假女人的同夥趁黑夜的掩護就忽然攻起城來。我們完全没有準備，他們就攻進城裏來了。他們的人數太多啦，潘大叔。我們在四鄉所看到的每個災民，我想都參加了。他們趁我們没有準備，把王獅子和儲敏都活捉了。他們把王獅子和儲敏地主五花大綁，綁得很緊，像對付我一樣。綁得真緊啦，和捆豬差不多。呀，我真害怕，大叔。”

“他們真的敢那樣幹嗎?”潘大叔説，變得大驚失色起來。

“可不是！我是親眼看見的呀。他們踢儲敏的屁股，正像他的總管平時踢我的屁股一樣。他們在儲敏的臉上甩起耳光來。你可記得，他的臉該是多嫩，多圓，多柔?”毛毛停了一會兒，讓潘大叔可以有時間回憶一下地主儲敏的臉龐。

“是的，我記得很清楚。”潘大叔連連點頭説，“那是一張又嫩、又圓、又柔的臉，像個新生的孩子的屁股一樣。”

“對，你的記性真了不起，潘大叔。我真佩服你。可是，我的天！你想想看，那麽柔嫩的臉皮，那個結實的農民自衛隊員每次在他的臉上甩一個耳光時，他那粗大的手指就在那上面留下五條痕跡——有的發紅，有的發紫，有的發青，像彩虹一樣。”

“真是這樣的嗎?真是這樣的嗎?”潘大叔重複地問，一面抓耳朵，一面翻眼睛，好像他不相信現在就是毛毛在講話。

“假如我是説半句謊話，那麽就叫老天爺把我軋死。”毛毛發誓説。他看到潘大叔仍然是半信半疑，就忽然捏了一個拳頭，使勁地在自己的屁股上捶了一下。他説:“你知道，他們就像這個樣子踢王獅子，不過當然咯，他們使的氣力更大。”接着他又舉起另一隻手，在自己臉上打了一記耳光。“瞧見嗎?就像這樣，完全是這個樣子！當然我没有在我臉上留幾條痕跡。你知道，我的臉皮是又粗又厚呀!”於是他又舉起了另一隻手。

“够了！够了!”潘大叔大聲喊，“我相信你！我相信你説的每一句話。”於是他降低聲音，好像是對自己私語：“我想，現在又要改朝换代了，什麽事都顛倒過來了。我不知道，在這新的朝代裏，我們又得按照什麽新的規矩辦事。不管怎樣，我再也没有辦法留起辮子了。我也不願意再蓄辮子。”他又本能地搔起他那光秃的腦袋來。

“啊，不，你不需再留辮子。”毛毛滿懷希望地説，“我看見那些自衛隊員誰也没有留辮子。我也不願意再留。一到夏天，有根辮子卻是够麻煩的，你説對嗎?”

“但願是這樣吧。”潘大叔説。忽然他好像記起了什麽事情，補充着説：“我不知道，他們會不會又派儲敏的總管那樣的人到鄉下來收租子。”

一聽到這話，毛毛的臉色就立即變得蒼白起來。剛纔他臉上所閃現出的那點希望之光，馬上就又完全消失了。“我不知道，也許派下來的又是那位總管。”他低聲説，“他可以改换主人呀，不過他總是幹他那老一套的活兒，這一點是没有疑問的。他總是會在我們面前擺樣子的，對嗎?倒黴！真倒黴，嗨!”

“你説倒黴，是什麽意思，毛毛?最近他又打過你嗎?”

“哦，没有。我的意思是説，昨天夜裏，他在黑夜中和王獅子的一些手下人逃掉了。我倒是希望他們能把他活活地捉住。他也應該挨幾下耳光，他的面孔也是又圓、又柔、又嫩，像儲敏的一樣。”

潘大叔好奇地望着他，什麽話也説不出來。毛毛覺得潘大叔的眼色有點奇怪，現出恐怖的神色。所以他馬上又補充了一句：

“請不要把我的話放在心上吧，潘大叔。我只是説句笑話，並没有那個意思。潘大叔，請你行行好，切記不要把我講的話告訴那位總管。他能逃脱了，我真感到高興。那並不是倒黴，而是幸運，非常幸運!”

潘大叔鬆了一口氣，又憐憫地望了毛毛一眼，説：“我倒希望，他再也不要到我們的村裏來。你也不要再怕他了。”

但總管的影子仍然籠罩着毛毛的全身，他開始發起抖來。

我們村裏的每一個人都在等待新的朝代發佈聲明，公告新的規矩、新的禮節、新的税例、新的縣官和新的禁忌。好幾天過去了，可是任何叫人興奮的東西也没有出現。只有我們村子外面路旁驛舍的牆上貼出了一些五顏六色的招貼來。看來它們不像是新政府發佈的綱領，因爲它們並不是那麽一本正經。它們看上去像孩子們畫的一些圖畫，很古怪、奇特和滑稽。

一張招貼描繪一隻狐狸，拖着一條毛烘烘的尾巴，正在和一條没有尾巴的狼對着一隻馴良的吃草的羊擠眼睛。這張招貼的標題是：“地主(狐狸)和他的總管家(狼)正在計謀把窮莊稼人(羊)的血吸乾。”這張圖畫最有趣的一點是，這隻狐狸嘴裏銜着一根煙管，而且是用一條前腿托着它。另一張招貼繪着一個帶槍的獵人，正在用槍瞄準一隻逃跑的狐狸。這一次當獵人的可是一個莊稼人，但卻與一般莊稼人不同：他有革命的思想，他是農民自衛隊裏的一名成員。這些漫畫式的東西看上去非常滑稽，叫人發笑，但是構思很深刻，引起莊稼人聯想起他們過去的遭遇。一般政府的文告總是文縐縐的，非常難懂，甚至像我們的道士先生本情和我們的説書人老劉有時都看不太懂。不！這些圖畫全是簡單易懂的，簡單得有點像小學生的美術作業。雖然畫上的文字説明，字體寫得非常工整，但是這該怎麽解釋呢？誰也説不出一個道理來。

可是不久，城裏派了一個人到我們村裏來。他有一張當局發的身份證，説明他是一個公務人員什麽的。身份證上有關他的職務的説明是：“區革命黨部聯絡員”。他用一個洪亮而尖鋭的聲音宣佈：區革命黨的“政治指導員”第二天上午將要到村裏來，希望所有的村人能按時在祠堂裏集合。他在去另一個村子以前，又重複地説了一遍：這是一個非常重要的集會，希望男女老少能全體“支持”。他又解釋着説：“支持的意思就是説大家必須準時出席，不然的話，唔……”他忽然收住他的話。

“唔，唔……哦，對了，我還有别的事，得趕到别的地方去，再見!”他匆匆忙忙地離開了。

他的話没有説完就匆匆離去，給村人留下一種神秘的氣氛，使大家感到窒息，因爲大家正在迫切地等待新政府的指令。

第二天上午，大家懷着敬畏和好奇的心情，都按時到祠堂裏去。早飯後没有多久，區革命黨部的政治指導員帶着他的秘書從鎮上來了。我們原以爲此人一定是一位老爺，坐着一頂四人大轎，後面跟着一位坐着雙人轎的秘書，像舊朝代的一位官兒一樣，雙雙來臨。可是我們大吃一驚，他們全不是那個樣子。這位政治指導員，看上去還只不過二十多歲，至於他的那位秘書，年紀倒有點像他的父親，駝背，還戴上一副很厚的近視眼鏡。而且他們全都步行！他們一定趕了一陣子路，因爲他們額上都冒出了汗珠，雖然天氣仍然很冷，他們的鞋子上也佈滿了灰塵。他們徑直走到祠堂大殿的上首，站在祖先神龕的前面。

那位年輕人面對着我們，用他那鋭利的目光往我們身上打量。坐在我旁邊地上的潘大叔用手肘輕輕地碰了我一下，低聲説：“瞧這兩位新官!”我仔細瞧了一下他們的面孔，他們一位很老，一位很年輕，再也没什麽特别的地方了。我想，新來的官兒也不過是如此罷了。不過當我們仔細察看的時候，我們卻大吃了一驚。潘大叔的臉色甚至變得蒼白起來。原來這兩位官兒的面孔，我們似乎在什麽地方見過，而且還不止一次。“他們不可能是我們的熟人吧。”潘大叔低聲對自己説，有點迷惑起來。他們在官場從來没有過什麽朋友。不過，這位秘書要不是把鬍子剃光了，我倒要把他當作佩甫伯呢。真的是老塾師佩甫伯？看樣子當然是他！誰都没有像他那樣的駝背，而且他的雙手也在左右不停的顫動着。無疑，他失去了他的教鞭，他那雙手現在不知該怎麽辦纔好。

不過現在他完全變了一個樣兒，穿起一身革命黨人穿的那種武裝式的制服來！他在我們心目中所造成的印象倒很有點像傳統喜劇中的滑稽人物，而不像這位年輕革命家的秘書。當我們一認出他的時候，我們的好奇心也就消失了。我們倒反而覺得無可奈何地要笑起來。不過我們還是嚴格地保持沉寂，因爲政治指導員的面色非常嚴肅。對我們村人説來，只有他一人有些神秘。可是潘大叔已經發現了他是一個什麼人。他用一個幾乎聽不見的聲音，偷偷地對我説："瞧他像不像那天夜裏我們家裏來避難的年輕人?"我點了點頭。但是我不敢公開在衆人面前證實。

"同志們!"政治指導員忽然打破沉寂，向我們發言。在此同時，他的秘書在一個矮凳上坐下來，從他的舊書包裹取出一個本子，把它攤在桌上，急速地記下這個年輕人所講的話。"由於我們一些英勇的同志們的努力，我們推翻了舊政府和它所屬的一切機構。我們要建立一個新社會，一個没有階級、没有暴政、没有貧困的新社會，一句話，由我們自己當家作主的新社會。簡單地説，我們將不再有地主，不再有地主的總管來踢我們的屁股，不再有貪污的官吏來催逼形形色色的税收!"他停了一下，望了望大家。

我們村人中間起了一陣窸窸窣窣的聲音，好像有一股電流在他們中間通過了似的。所有的眼睛都大張着，呆望着這位政治指導員。他居然敢發出這樣膽大的言論。一個粗壯的莊稼人站起身來，冒失地問：

"老爺！假如現在再没有了地主，那麼我們從哪里弄到田種呢?"

"不要叫我老爺!"政治指導員糾正他説，"叫我同志吧。我們現在再没有什麼階級差别了。你没有聽到我剛纔講的話嗎？唔，我們就要談到田地問題了。新的革命政府已經定出了一個方案，把地主的田地統統充公。你們每人將分得一份：一人三畝。目前你們仍可以保留從地主儲敏那裏佃來的田地。不過你們不必再交租了。"

"你能有把握我們真的不需要再交租了嗎?"一個老莊稼人問，"你可要注意，地主儲敏的那個總管可不是一個好對付的人哪。"

"你們也不必再去理他。"政治指導員向他保證説，"他再也不敢找你們的麻煩了。"

"好哇!"一股同聲的歡呼從我們年輕的村人中爆發了出來。

"現在你們懂得了,"政治指導員説，"這個新的時代對你們意味着什麼!"

這種事態的新的變化使我們的說書人老劉變得興奮起來。他的臉上泛出紅光，他的眼睛射出火花。“對於地主儲敏和他的小老婆及伴娘該怎麼辦？難道革命可以不理會他們嗎？”

“同志，不要太激動了。”政治指導員解釋着說，“革命不是一天就可以完成的事。它得一步步地來。至於那個狐狸精，我們以後再對付他。現在他已經被關起來了。”

當這段插話正在進行的時候，祠堂裏的空氣逐漸變得緊張和激動起來了。大多數的人都站了起來，他們大張着眼睛，臉孔發燒，沉醉在政治指導員所說的這些充滿了希望的話語之中。甚至潘大叔的情緒也被鼓舞起來了，他用他那粗大的手拍着膝蓋，好像他也在期待某種不平凡的事態出現。唯一一位不受這種情緒干擾的人就是那位秘書佩甫伯。他拿着一支鉛筆沙沙地在他那個記録本上疾書，把人們所講的話全都記下來。由於他年老，他眼睛的視力已經衰退，他得把他的臉緊貼着本子纔能看清楚自己寫的什麼東西。他的那個駝背向上拱起，就像一個小山一樣。在他那個深陷的臉上看不出有任何微笑、生氣、熱情或者激動的跡象。他唯一的表情是他那稀疏的眉毛所不時打起的皺紋。而這皺紋也不是什麼新鮮的東西。自從我能記事的時候起，他的眉間就一直懸着那道皺紋。

“現在,”政治指導員繼續說，把聲音提高了一些，“你們懂得新政權是爲的什麼了。它是爲窮人辦事，而且也是屬於窮人的。爲了鞏固我們的新政權，我們就必須要加强我們自己。換一句話說，我們必須把我們自己組織起來，成爲一個强大的力量，叫那些反動勢力再也不能够重新得勢。簡單地說，我們得立即在村裏成立一個農民協會。所有的莊稼人，不管年輕還是年老，都應該加入。只要我們有了一個組織，我們纔能把我們的思想集中起來，幹出一番事業。我說的話對嗎？”

没有回答。我們村裏從來没有過什麼組織，只有富人纔有力量幹這一套。窮莊稼漢除了種莊稼以外，幹什麼其他的事全没有時間。要搞什麼組織，那更是官府所不容許的。大家的沉寂似乎使得這個年輕的政治指導員感到不安起來，他的眉毛也皺起來了。他低聲地對自己說：“一提到群衆運動，莊稼人就像石頭一樣，什麽話也説不出來。”他説完這話以後就又提高了聲音：“不管怎樣，我們得成立農民協會。大家不要怕，這是革命黨最高會議的決定。請大家好好地想一想！”

仍然没有回應。誰也不理解，現在地主儲敏既然已經打倒了，還有什麽必要成立農民協會，而且還得馬上就成立。這樣一個協會又是幹什麽的呢？

“同志們，”政治指導員繼續解釋着説，把聲音略微放得柔和了一點，“如果你們不怪我提意見，我倒要説你們考慮問題時心目中缺乏政治。當然，比起北鄉山裏的那些莊稼人來，你們吃的苦頭還不是那麽太重。他們不僅都把自己組織進農民協會中去，他們還參加革命的戰鬥。要不是多虧了他們，你們現在想分得田地是不可能的。你們也應該像他們一樣，把自己組織起來。有了農民協會做後盾，你們就敢於分地主的土地了。你們應該立刻就展開活動。我可否臨時向你們建議一個人，爲你們帶一個頭？他是一個真正的無産階級，從北方逃荒到這裏來的。我們的調查委員會對他已經作了詳細調查，保存有他的檔案。我相信他能取得你們的信任，正如他能取得我們的信任一樣。”

他從衣袋裏取出一個筆記本，低下頭看了一看。查了一會兒以後，他又抬起頭來，説：“他的名字叫潘大叔。大家也都叫他潘大叔。潘大叔！請站起來一下，讓大家看一看，好嗎？”

潘大叔站了起來，被這種意料不到的提名弄得莫名其妙。他有些神經質，全身顫抖起來。他訥訥地説：“先生，我是個老人，幹什麽事我都太老了！”

“不要這樣説，同志！”政治指導員説，“我非常瞭解你。你是個善良的莊稼人。自從那天晚上我到你們屋子裏避過難以後，我再也忘記不了你。如果我被他們抓走了，被他們殺死了，這個地區的形勢也許現在就不同了。只有一個好的無産階級纔能冒自己生命的危險，幫助一個同志。你不僅救了我，也幫助了這個地區的革命運動。”

他的這番泄密，使祠堂裏所有的莊稼人都驚奇起來。大家的眼睛都掉向潘大叔——他現在已經變得面色蒼白了。甚至佩甫伯也儘量直起他那個駝背，向他望了一眼。潘大叔經不住衆人的眼光的集中逼視，就在地上坐下，什麽話也説不出來。

“好!”政治指導員説，聲調非常高興，把潘大叔的沉默當做是同意的表示，“潘大叔將負責村裏的農會組織工作，直到新的主任選出來時爲止。好吧，另一件我們得立即做的事是有關我們的女同志。男人一直壓迫她們，忘記了自從開天闢地以來，她們也是人。有錢人把女子當做小老婆買來，而把自己的老婆在不需要的時候就像破鞋一樣地踢出去。我們現在都應該讓男女兩性一律平等。女同志們，難道你們不要平等嗎?”他把臉掉向站在祠堂大殿下端的婦女們。他的這番話最初没有引起反應，不過幾分鐘後，一個好聽的清亮的聲音升了起來：“當然需要平等!”這是大家所熟悉的、我們的説書人老劉的聲音。老劉站得筆直，他的雙眼發亮，一隻手高高地舉在空中。所有的眼睛都向他集中過來，可是他絲毫也不爲這種逼視所干擾。他保持着他的這種姿態，既鎮定，又從容，像一尊護花使者的塑像。

“你是誰，同志?”政治指導員問。對於老劉這種鎮定和堅決的態度以及他那種强硬的姿勢，給他留下了深刻的印象。“你是代表村婦女同志講話，還是代表你的妻子呢?”

“我是村裏的説書人，同志。”老劉回答説，立刻就使用起當場所學得的這個稱號來。他放下他舉起的那隻手：“我没有……”

“我懂得了！我懂得了!”政治指導員連忙説，及時打斷他的話，接着他翻了翻他的那個本子。“我懂得了！我懂得了！我在這裏找到了你的名字。你就是老劉同志，對嗎?我已經瞭解到你不少的情況了！這裏有一段我們調查委員會所瞭解到的有關你的記載。”

“政治指導員同志!”老劉連忙打斷這位革命者的話，把他没有講完的話説完，“我没有妻子！我從來也討不起一個老婆！我所喜歡的那個女人被地主儲敏弄走了，給他那個叫做姨太太的十五歲的女人當傭人。我没有辦法呀，知道嗎?因爲我是一個没有錢的説書人呀，事情就是這樣，嬌美的人兒受那不擇手段的有錢人的羞辱和糟蹋，而醜陋的女子則像破布片似的隨便被人拋棄。我們村裏最近就出了一件悲慘的事：一個善良勤勞的女子，只是因爲面孔被天花破壞了……”

“够了，够了，老劉同志!”政治指導員止住我們的説書人，“我瞭解你，我知道你是維護弱者、被壓迫者和被蹂躪者的戰士。我正想要找你呢。我們請你到當地革命黨的宣傳部來工作。不過你得學習革命的理論，光有同情是不够的。我們將要在鎮上開辦一個革命人員理論學習訓練班。我强烈推薦你去參加！明天你能不能到我們的總部來談一次話？對，請你一定來!”

不過在老劉還没有來得及作出回答以前，忽然有一個嗚咽的哭聲爆發了出來，攪亂了空氣。這哭聲是既尖鋭而又冗長，夾雜着陣陣抽搐。大家都把視綫向大門那邊移去——在那邊的一個陰暗的角落裏，阿蘭正淚流滿面，哭得非常可憐與傷心。老劉對像她那樣不幸的婦女所表示的同情和對她的面孔所作的大膽的描述，打動了她的心。我們村裏從來没有誰關心過她，甚至當我的哥哥和另一個女子訂了婚的事已經在村裏公開了，也没有人理她。她已經是完全被人遺忘了。老劉是唯一一個在這樣的大庭廣衆中把她的遭遇作爲一個問題提出來侃侃而談的人。大家的視綫越向她身上集中，她的哭聲就越變得厲害和尖鋭，使空氣都震蕩起來了。

老劉跑到她身邊去，像一位女性的保護者似的，雙手把她舉起來，使大家都可以看得見她，同時用柔和的聲音對她説：“不要哭吧，阿蘭。我瞭解你和藏在你的心靈深處的悲哀。我知道，你的那顆心是非常純潔，非常美麗，具有高尚的情操，充滿了熱烈的愛，雖然你的面孔很不幸地被一場災害性的疾病所毁壞了——而這種疾病也正是和窮人形影不離的東西。不過一個人如果具有一顆美的心，這又算得什麽呢？啊，有多少次我被一些表面的東西——也就是人們所謂的美貌——所欺騙啊。啊！這種虚僞的幻覺，該是浪費了我多少青春啊……”

老劉不停地念着他的獨白，好像他是在朗誦他所講的那些故事中一位主角的旁白似的。現在觀衆已經把視綫從阿蘭轉移到他身上，但是他絲毫也不在意。阿蘭被他這一連串的口若懸河般的辭令所催眠着，便漸漸閉起眼睛，緊抱着他的脖子，停止了哭泣。祠堂裏現在是一片沉寂，鴉雀無聲。在空中所顫動着的唯一聲音就是老劉用一種説書人的調子所發出的那種有節奏的、贊揚阿蘭心地美的低語。

“同志們!”政治指導員忽然大喊了一聲，把聽衆的注意力從老劉身上拉回到會議上來，“你們應該儘快地把你們的農會組織起來。别的村子已經活動起來了，你們也不能落後呀。我相信，潘大叔一定會盡他的一切力量幫助你們。我現在得走了，但是我希望下一次能在你們農會新的辦公室裏再見到你們。”於是他站了起來。佩甫伯也站了起來，懶散地揉着他的老眼，深深地呼了一口氣。

不過政治指導員剛一開始走動，馬上就又停了下來。他若有所思地又從他的衣袋裏掏出他的那個筆記本，仔細瞧了一頁。“啊，這裏有一件關於本情同志的事。”他抬起頭來説，“誰是本情同志?”

我們的道士先生在人群中站了起來，回答説:“有，大爺!”他仰起他那乾癟、蒼白的臉，好使他那深度近視的眼鏡不至於落下來——他的鼻子也太扁，架不住它。

“不要叫我‘大爺’！這完全是封建思想，懂得嗎?”政治指導員糾正他説，“我的筆記本裏有一段黨的調查小組關於你的記載。你的職業是當道士，對嗎?你得放棄這個職業！這是一種封建活動，作用是欺騙老百姓而爲統治階級服務。除此以外，你也通過這種方式散佈迷信。本地區的政府決定給你三畝田——你可以到二沖里去從地主儲敏的田産中挑選。從今以後你得從事耕種。你懂得嗎，本情同志?”

“懂得了，大爺，啊不，同志，對，對。”本情訥訥地説，“不過我從來没有種過田呀……”

“學着種唄。社會上任何一個有用的成員都得從事實際的生産勞動!”

本情再也没有勇氣繼續説下去了。政治指導員向大門走去，他的那位老秘書不聲不響地在後面跟着。衆人開始散去。我們匆匆地在人群中穿過，爲的好向佩甫伯問一聲好。我們到了門外纔趕上他。

“你穿上這套灰制服，不再拿着你的那根教鞭，我們幾乎認不出你來呀。”潘大叔表示歉意地説，“請告訴我，你現在到底是幹什麽事。老人家，你看起來倒好像是很累了的樣子。”

“我是在本地的革命黨内當一個文書呀，因爲我能書能寫。”

“你的工作就是跟着政治指導員一道，專門把像我和老劉這樣的人説的一些雜七雜八的話記下來嗎？”

“也不全是這樣，有時我也爲些招貼寫標題。”

“什麽？你把你那漂亮的字體用在一些滑稽的圖畫上嗎？諸如拖着一條毛烘烘的尾巴的狐狸和完全没有尾巴的狼這類東西嗎？”

“對，一點也不錯。”佩甫伯説，微微有點臉紅。

“你這樣一個有學問的人，怎麽能幹這樣孩子氣的事呢？”

“我的好大叔，新的朝代有新的做法呀！我總得做點事呀！我的學校暫時關門了，他們説我專門對孩子們宣傳封建思想。但是我也講不出革命的大道理呀，你想我能嗎？他們説我得做點革命工作，學習學習。的確，我也不能像本情一樣，去耕種三畝田地呀。太晚了呀，知道嗎？我没有氣力種田呀。我這雙老手能够做的事只是抄抄寫寫，寫寫抄抄——隨便你怎麽説吧。在抄寫中我也改變改變我的思想。”

政治指導員已經走到村頭。他看見他的秘書仍在村裏閑聊，便喊了一聲：“佩甫同志，我們得趕路呀。在天黑以前我們還得到下一個村子幹完我們的工作呀！”

“是，政治指導員同志，我馬上就來！”佩甫伯有氣無力地回答説。於是他掉向潘大叔，繼續説：“改天見，潘大叔。願你一切都好！”他趕上那個年輕的革命者。不大一會兒工夫，他的身影就在遠方消失了。

政治指導員離去以後，本情就馬上走到潘大叔跟前來。他的面色沮喪、陰沉，好像是剛剛參加了一個葬禮。他用一個哭喪的聲音説：“潘大叔，你得幫助我擺脱這三畝田。我天生不是一個種田人，我不需要這幾畝田。”

“這是革命政府送給你的呀，我可是没有辦法。”潘大叔説，同時攤開雙手，做出一個没有辦法的姿勢。

“你不可憐我嗎，潘大叔？你瞧瞧我的樣子！”他也攤開他的雙手，捲起袖子，露出兩隻骨瘦如柴、皮膚乾癟、蒼白的手腕，“我甚至連鋤頭都舉不起來，怎麼種田？”

“唔，我並没有送田地給你呀，”潘大叔説，翹起他的嘴唇做出一個無可奈何的微笑，“我没有辦法從你手裏把田收回來呀。”

“哎，哎。”我們的道士先生結結巴巴地説，“哎，哎，……哎……哎……”這聲音倒很像他在祈求什麼神仙來幫他驅魔似的。

村前的廣場現在空了。那個蒼白的太陽已經爬到了中天。這正是吃午飯的時候。

十

老劉遵照政治指導員的意見，到鎮上去找革命黨的當地支部的負責人説話。從此以後他在村裏就有將近三個星期不見人影。後來人們纔知道，他是在鎮上新成立的一個革命政治訓練班裏學習。當他回到村裏的時候，他已經完全變成了一個新人。他不大怎麼愛笑，他也不大怎麼喜歡和我們村人閑聊。他的眉尖上一直懸着一道沉思的皺紋。大多數的時間他把自己關在屋裏，研讀一些小册子。當他偶爾在村前廣場上出現的時候，總是顯得很匆忙。

有一天潘大叔看見他從屋裏走出來，腋下夾着一大堆小册子，匆匆忙忙地向村頭東邊的公共茅房走去。“老劉，好久没有機會和你聊天了。”潘大叔在他後面喊，“你現在好嗎？”

“很對不起，潘大叔，”老劉説，“我不能和你談話，我忙得不可開交呀。”

“你忙些什麽?”

“忙着讀書。你知道，我馬上得幹我的新工作。在這以前我得讀很多東西，掌握革命的理論。恐怕在我開始新工作以前，我一分鐘也騰不出來和你聊天。”

“什麽樣的新工作?”潘大叔好奇地問，“仍然是説書，還是幹什麽其他的活兒? 你知道，你多時不説書，我們很想聽呀。”

“對，唔……”我們的説書人還没有把話講完，就已經鑽進茅房裏不見了。他在那裏一口氣蹲了好幾個鐘頭，因爲他是那麽專心致志地讀書，把時間忘了，在此期間茅房外面排隊要蹲坑的莊稼人的人數就越來越多。

三天以後，鎮上來的通訊員説，老劉已經被任命爲當地革命黨宣傳組的副組長。在此以後我們的説書人在村前廣場露面的次數就多了，但他的腋下卻再没有夾着大堆的小册子——他已經把這些書籍消化了。有一天大清早，當潘大叔牽着母牛仔出欄的時候，他又瞧見老劉忙碌起來。播大叔止住他，問:“你這些天跑來跑去，忙什麽呀，老劉?”

“我又要説書了。”老劉簡單明瞭地回答説。

“你不一直是在説書嗎?”

“呀，這次我要説的是新編的故事呀——關於革命的故事，能够把窮人從愚昧和無知中喚醒起來的故事。”

“難道那些舊的故事就不行了嗎?”

“不行，它們完全不行。它們完全是無用的東西，在性質上是封建的，在影響上是有毒的。我悔不該過去講了那麽多這類東西。它們唯一的功用是被有錢人用作工具來欺騙窮人。”

“你怎麽能説這樣的話!”潘大叔反駁着説，“你的書説得那麽有趣，那麽感動人，我們許多人聽了都禁不住要流眼淚。”

“我很抱歉，弄得你們流了眼淚。這完全是感情和精力的浪費。”

“這成什麽話! 老劉，我不相信你説的這種話!”

“你得相信，潘大叔，因爲你現在是要爲村裏的農民協會幹工作呀。你得相信! 從我們革命的觀點看，那些故事只是對有錢人有利。我很抱歉，我曾經一度成了有錢人的工具。”

“唔，唔……”潘大叔用一種感到迷惑的語調喃喃地説，同時又不安地搔起他那光秃的腦袋來。接着他的話又轉變成爲一個獨白：“這個世界真奇怪！人們變得這樣快！”

“你應該到訓練班去學習一下纔好，潘大叔。”老劉忠告他説，“作爲一個革命者，你應該去。”

“我不是革命者，老劉，我不懂得革命。”

“你怎麼能説這樣的話？你應該去學習呀。學習了你就會相信。你有了信仰，你就會有力量，你就可以行動。在行動中你也就會懂得更多。”

“你在講些什麼呀，老劉？和過去的你相比，你現在完全變了一個樣兒。難道你鑽進孔子的古書中去了不成？你講的話完全像從古書中引下來的一些句子！”

“我的潘大叔！這是革命的理論呀！我們得找個時間好好地談一談。我現在還有緊要的事兒要辦。我得到革命黨總部去聽取指示。就暫時再見吧！”

他像一陣風似的，一溜煙不見了。

下午，有一個瘦瘦的人在大路上朝我們的村子匆匆忙忙地奔來，踢起一陣灰塵。當此人走近的時候，我們認出這就是老劉——新任的宣傳組的副組長。他在喘着氣，額上也冒出了一堆汗——雖然天氣很冷。他腋下夾着一大捲招貼之類的東西。他把這些東西放在毛毛的那個敞口的豬圈牆上。他站着喘了一陣氣後，就來到村前的廣場上，大聲地向我們村人喊：

“同志們！同志們！集合呀，有話要講！我有重要的消息要告訴大家。”

大家立刻就認出來了，這是老劉的聲音，雖然和他説書的時候相比較，這聲音未免顯得有些粗。而“同志們！同志們！”這幾個字，在我的耳朵裏聽起來也特别奇怪。一般説來，只要他一喊，人們就都會出來。

他仍然是我們村裏一個受人喜愛的人物，雖然他現在所表現出的新的政治熱情對我們大多數的村人説來仍然是一個謎。人們陸陸續續地從他們的屋子裏走出來，而阿蘭則是第一個出來和他會面的人。最近這些天來，她開始對他表示好感，因爲他爲了她的那一臉麻子曾經多次稱贊過她，認爲這是舊社會苦難和不合理的生活的一個象徵，因而也是一個真正無産階級的標記。他的這套理論，多次把阿蘭感動得流出了眼淚。

我們的村人在廣場上集合以後，老劉就跳到一個大石頭上，説：

“同志們，男女同志們，老少同志們……”

“等一等！”我們的道士先生本情忽然打斷他的話説，“請告訴我，你從哪裏學來這些怪字眼？你是從一些古書裏找出來的嗎？這類字眼倒是有些刺我的耳朵啦！”

“不要講話！不要講話！”老劉大聲喊，用雙手向兩邊一揮，“我請你不要講話，本情同志！”

“我不是你的同志，老劉！我是一名道士呀！”本情反駁着説。

“你這個老封建！”老劉有點控制不住自己，發出了最大的聲音，“你的這種話頗有反動的味道。你怎麽能這個樣子？難道你忘了，新政府分給了你三畝田嗎？”

“請你把田收回去，我請求你。”本情説，但是他的聲音卻變得温柔和友善起來，“老劉，如果你能幫助我擺脱這三畝勞什子，我將把你當作我的一個真正的好朋友。”

衆人中爆發出一陣哄笑聲，把道士先生的聲音完全淹没了。但本情卻仍然是非常認真，因爲他的面孔顯得非常嚴峻，好像他是在做一場法事。他急切地望着老劉，等待他的回答。不過我們的説書人心裏還有比這更重要的事。他的臉色已經顯得有些不耐煩了：他的眉毛皺了起來，他的耳朵發紅，他的雙手一上一下在空中拍擊，要求大家鎮静，接着他便急速地説：

“我没有時間來和你討論你的三畝田的問題。我還得馬上到另一個村子去。我現在要告訴你們的是這樣一件新聞：我們這個縣的反動勢力已經全被肅清了，我們這一區的人將要開一個群衆大會，慶祝革命地方政府的成立。明天你們大家都得到鎮上前面的那個沙洲上去集合，大家都得去！大會就在那裏召開。”

於是他便把他帶來的那一大捲傳單解開，把它交給潘大叔，説：“潘大叔，明天請把這些分給所有去參加大會的人。”

潘大叔把這些東西接過來，額上打起一道皺紋，但是他什麽話也没有説。這些傳單都是五顔六色的，寫滿了我們從來没有聽到過的一些標語口號，如“打倒肥豬地主儲敏！”“砍掉走狗王獅子的西瓜球腦袋！”“耕者有其田！”“小老婆應該改嫁，配給好人！”“尼姑應該還俗，和尚應該娶親！”等等。認識幾個字的人都向潘大叔圍過來，想弄清楚這些標語的意思。

“這些話倒是説得非常尖鋭，對嗎？”有一個人説。

本情戴上他那深厚的近視眼鏡，眨了一會兒眼睛，接着就像一個學者似的仔細地研讀了一下，最後就像個書法大師似的叫出聲來：“哎呀！哎呀！這筆字可是寫得不錯啦。我知道它們是出自誰的手筆。除了佩甫伯以外，誰也寫不出這樣的字來。這書法是太漂亮了。不管我的眼睛是多麽近視，它們瞞不過我。”

“静點，同志們！静點，同志們！”老劉大聲叫嚷着，“不要争辯這些毫無意義的問題吧！書法現在對我們是没有什麽意義了。字只要能表達我們的思想，不管寫得好還是不好，都没有什麽關係。你們懂得嗎？請你們明天一定去參加會，大家都去。你們將會看見一位非常重要的人物，他是省政府派來的代表，特别要在這次會上發表一篇演説。他經過千山萬水，而且還會説一種外國的英文。你們知道，英文聽起來就像一個彎舌頭所奏出來的曲子，聽起來可有意思啦。懂得嗎？”

“那麽他是個大官兒嗎？”有人問。

“當然不是！”老劉回答説，“我們今天還有什麽大官兒？官兒是代表封建社會的呀。我們現在建立起了革命的社會秩序，所以我們不再有官兒。他是一個出身貧窮的人，是一個工人！”

“那麽他怎能跑了千山萬水呢？他又是怎樣把英文學會的呢？我們甚至要走出本縣的縣界都没有機會，連我們自己國家的文字都没有學會念！”

“唔，那是另一個問題，與革命拉不上關係，”老劉解釋着説，“不管怎樣，他是一個重要的人物，你們得見見他。這樣的人物你們一生也只不過能見到一次。他只是來做一篇演説，馬上還得回到省城去。如果你們想要看到一個革命領袖，就不要失掉機會！”

“他也要和我們講外國的英文嗎？”一個年輕的莊稼人問。

“我不知道，”老劉説，“也有可能，但也不一定。我無法告訴你們。不管怎樣，這與革命無關。嗯，我現在非常忙。我還得到另一個村子去。我的確得馬上去。請你們明天一定來參加大會。明天見！”

他在人群中擠出一條道，匆匆忙忙地離開了。在村子外面大路的拐彎處，他在陣陣加深的暮靄中消失了。

第二天，村人懷着極大的好奇心和熱情向鎮上奔去。他們在大路上排列開來，像一條蜿蜒的長蛇。我們在竹竿上貼了些標語，現在就摇着它們，像小旗一樣。這些小旗在空中摇動，像翅膀似的啪啪作響。阿蘭也舉着一面小旗，但是我卻没有。因此我們已達成協議，她的那面小旗我們兩人輪流摇着。我們喜歡聽它的啪啪聲，以及把它捏在我們手中的那種感覺——因爲這意味着革命。大家都顯得興高采烈。人群的行列在愉快地、興奮地前進，好像是要去參加一個新年的龍燈節一樣。

在别的幾條通向鎮子的大路上，同樣拿着鮮豔小旗的人群也在行進着。他們的步子遲緩，但是充滿了力量，像層層巨浪似的，向同一個目的地湧去。在一個霧夜之後，天空顯得分外晴朗。太陽在微笑。這個微笑襯托出一種特殊的節日氣氛，彌漫在那些樹林般的小旗和海洋似的人頭上面。這來自各方的人的浪潮，逐漸都匯集在小鎮前面的沙洲上。這裏，一個像戲臺似的東西，已經專爲這次的大會而搭起來了。一股狂潮迸發了出來：一個身材高大的人，像一個巨石似的站在臺上，拉開嗓子高呼了一聲：

“打倒地主和他們的走狗！”

這在人群中馬上引起了一片回聲，比剛纔的那個聲音不知要高多少倍，在這個高臺的周圍回旋。空氣在震蕩，大地似乎在爆炸，在摇動。在不遠的山間溪谷裏，一個龐大的口號聲在射向天空，伴隨着它的是一股灰塵形成的煙雲，它染黑了幾乎大半邊天。我的眼睛迷糊了，這聲霹靂在我們的耳朵裏轟鳴。過去從來没有人聽過這樣强烈的聲音。過去人們連做夢也没有想到，莊稼人居然能發出這樣巨大的吼聲。多少世紀以來，他們幾乎是没有聲音的。

“我們的革命萬歲！”臺上那位高大的人物又發出這樣一個吼聲。

天空又震蕩着一股雷轟般的回聲。這整個市鎮的城牆似乎在崩塌，因爲在這一陣回聲過後，我們很清晰地聽到了連串崩山倒海般的聲響。前面河裏的流水，也似乎被這巨大的人聲所激蕩而在高漲起來。我也感到我的嗓子在發癢，一股氣流從我的肺腑裏衝了出來，我也禁不住喊：“我們的革命萬歲！”阿蘭也發出一個高音量的呼喊。潘大叔像一隻青蛙似的，也啯啯地叫起來，聲音粗獷而低沉：“我們的革命萬歲！”接着他便陷入一種迷惘狀態之中，像個白癡似的，望着那喊口號的廣大人群發怔。只有當這場風暴過去以後，他纔恢復正常。他掉向我，問：“我也喊過什麽嗎？”

“你喊過‘我們的革命萬歲’！”我説。

“我的腦子熱起來了呀！我的腦子熱起來了呀！”他自我責備地説，同時也拍起自己的腦袋來。

“怎麽啦，大叔？”我問，被他的這種自責所迷惑住了，“大家都在喊同樣的口號呀。”

“因爲我不大懂得這個口號的意思。我不大懂，因爲我没有進過政治學習班呀。”

這時有幾個穿着革命制服的年輕人走到臺上來了。那個身材高大的人物退到一邊，坐在一條凳子上。再没有口號聲了。這種轉變使我産生一種奇怪的感覺。幾分鐘以前空中還沸騰着那種奔放的怒吼，而現在整個大地卻似乎已經睡去了。莊稼人一點聲音也沒有，像過去一樣。

臺上那些穿着制服的人向臺下的群衆打量了一眼，没有說什麽話。他們敏鋭的視綫更加深了這種沉寂。雖然他們的衣服穿得很時新，但是他們絲毫也没有官架子的味道。不過他們也不像莊稼人，因爲他們看上去體質單薄，面色蒼白，眼睛下陷。看來他們已經有許多夜晚没有睡過覺了。過了一會兒，有一個年輕人向臺前走了幾步，把我們從冥思中唤醒過來，宣佈開會。他就是那個政治指導員。

他一開始講話，我們的注意力馬上就集中到他身上去了。他的聲音最初是温和的、鎮静的。但是當他的話語一轉到革命這個主題上來的時候，他那瘦骨嶙峋的手便開始舉起來，隨着他的聲音的擴大而越舉越高。慢慢地，他的手指開始捏到一起，成爲一個拳頭。他的聲音忽然迸裂，像一聲巨雷。

“當前我們革命的緊急任務就是鏟除一切不合理的現象，讓被壓迫者站起來，把那些高高在上欺壓人的人踩下去！同志們！你們現在儘量把你們對舊社會的一腔苦水吐出來吧！”

他的聲音突然頓住，但他的手仍然高高地舉在頭上。他是在等待衆人發言。

“同志們，你們不要害怕，有話儘管講吧。你們的田主人和他們的走狗現在已經被關起來了。”他補充着說。

我們不知道該説什麽話好。我們彼此望着，一個字也説不出來。我們莊稼人之中從來没有誰在公共的場合講過話。而且我們這次到來，也不是爲了在會上發言。我們到來是爲了要看省裏來的代表——一位會講一種外國英語的新官。

這位政治指導員等了好一會兒，看見没有人發出任何聲音，就敦促着説：“同志們，你們有什麽苦處，儘管公開訴出來，切不要失去機會。現在有斐倫同志和我們在一起，他是代表省黨部來此專門聽你們的呼聲的。他將把你們的意見帶回去，供革命政府參考，以便制定改善你們生活的計劃。”這時他便向一個中等身材的人指了一下。此人正站在臺中央。

他的話在人群中仍然没有引起什麽反應。不過大家的注意力這時已經從政治指導員集中到這位名叫斐倫的省代表身上去了。他的身材壯實，但頭頂已經秃了。雖然他穿着一身灰制服，但看上去倒很像一個小學老師而不像一個革命戰士，他戴的那副厚邊眼鏡更使他顯得如此。

“他看起來跟我們一點也没有兩樣，”潘大叔低聲説，“老劉説他能講一種外國英文，我不相信他的話有道理。”

“不要自己私語，向大家公開講吧！”斐倫同志站起來，大聲地説，“我説，請大聲講，好叫衆人都能聽見！”

因爲在他講這話的時候，大家保持安静所以他的聲音傳得很遠，而這個聲音卻使我們感到震驚起來。這位斐倫同志確是一個非常奇怪的人，因爲他講一口本地話。他的口音跟毛毛、本情或者我們的説書人所講的口音完全是一模一樣。不過我們村子從來没有産生一個偉大的人物，像這位省城來的代表那樣。他不可能是一個本地人。

“請講呀，同志們！”斐倫同志又向大家敦促起來，“我知道，你們的苦水吐不完，因爲我也曾經在你們中間生活過。不要害怕吧。我們只不過是你們的僕人。不過在我們能對你們服務以前，我們必須知道你們的苦處！”

群衆中起了一陣騷動。大家你望着我，我望着你，眼神迷惘。斐倫同志使我們感到温暖起來，不是由於他説了那些親切的話，而是由於他講話的一口當地口音——當地莊稼人的口音。這個口音代表誠實、友愛和共同經受過的苦難。

“比如説吧，你們對於地主儲敏就没有什麽意見嗎？”斐倫同志提醒我們。

這句話觸動了許多莊稼人的心。大家的臉孔立刻變得漲紅起來，大家的眼睛也在射出火花。要談到儲敏的事情委實是太多了，但是過去從來也没有人敢説出來。現在這位省城裏來的官兒卻公開要求大家對此人提出自己的看法。這簡直是像一場夢一樣。這不可能是真事。也許這是一種計策，把窮苦莊稼人心裏的話套出來，然後再説他們想要造反而把他們加以懲罰。大家的眼裏都在射出仇恨的光芒，但他們深黑的眸子卻反映出疑慮的神色。

這種緊張的氣氛卻沒有持續太久。一個聲音忽然從一個角落裏升了起來，打破了這疑慮重重的沉寂。"省代表同志，我可以説幾句關於地主儲敏的話嗎?"這是老劉在説話。他的這個勇敢的發問使大家感到震驚。

"當然咯！你是一個莊稼人嗎?"斐倫同志問。

"我是一個你的革命者，但我出生在本地!"

"好！趕快講吧，同志!"

"我感謝你，同志！我要講的是，地主儲敏是我們這個地區一個最淫蕩的人。不久以前他買了一個十五歲的女子做小老婆。雖然如此，他的胃口仍然得不到滿足。他更進一步，甚至把我們村裏的菊嬸也弄走了。請相信我，同志，這是一個漂亮的婦女，雖然她沒有太多的頭腦。我們真是爲她感到難過。不過我們對這件事也感到非常忿怒。你知道，我們有許多人一生都討不到老婆。儲敏把一切機會都搶走了!"

"説得對!"聽衆中迸發出一個雷鳴般的聲音。

這次騷動開始在人群中傳播開來。老劉的話就像一根火藥引子，它一點着就引起一陣爆炸。籠罩在人們心中的疑懼這時全都一掃而光，無數的聲音，就像爆竹似的，接二連三地向空中衝去，把多年來圍繞着這個市鎮的那一層陰沉空氣炸開。

"地主儲敏是一個吸血鬼!"

"儲敏是一個殺人不眨眼的魔王，不知有多少人在他的手下喪命!"

斐倫同志站在臺上一言不發，静静地注視衆人揮拳頭和控訴。衆人的吼聲，越擴越大，形成一股巨浪，每次向岸邊沖擊過來，就引起一個龐大的回音。沖擊過後，就是一陣短暫的沉寂，接着便又是一陣爆裂聲。漸漸地，大家的忿怒便在心裏燃燒起來了，個個都眼珠突出，露出血絲，他們額上的青筋也暴跳起來。一直被武力控制住的仇恨的堤防，現在決口了。站在臺上的那些革命者，現在既已經捅開了這道堤防，就袖手旁觀，讓洪水沖擊和泛濫。

“同志們，我們完全同意你們的控訴!”斐倫同志最後發言了，“對於這樣一個大衆的公敵，我們應該怎麽處理?你們得好好地想一想。一切處理得由你們決定!”於是他掉向那個在大會開始時帶頭喊口號的、身材魁梧的人，説：“請你把儲敏和王獅子帶上來，同志，好嗎?”

這個人走下高臺，向離臺幾百步遠的一個草棚子走去。不一會兒他領着四名全副武裝的警衛——他們都是北鄉山裏的農民，現在成爲戴着紅色臂章的革命自衛隊員——和兩個戴着鐐銬的囚犯，又走上臺來。這兩名囚犯站在臺上正中央，面對群衆，其中之一身材矮胖，眼球深陷，他那扁平的鼻子底下蓄着一撮不三不四的小鬍鬚；另一個則是龐然大物，棕色的臉上挂着一大堆横肉。

“你們對於這個傢伙有什麽話要説?”斐倫同志指着那個矮胖的人物問，但是他的眼睛卻是面對着我們。“你們知道他是一個什麽東西。”

這個人我們知道得太清楚了。他是我們這個地區的“太上皇、大善人、文教事業的保護人和大財主”。我們絶大部分的莊稼人所耕的都是他的田地。我們要吃油鹽，就得到他的店裏去買。佩甫伯辦的那個塾館的館址就是他的一間廢棄了的屋子。不過現在看到他縮做一團，像一隻剛從水裏撈起來的老鼠，倒是叫人感到非常奇怪。他常常來到許多莊稼人的夢裏，特别是在過新年的時候——那時許多種他的田的佃户得與他重訂租約。他每次在夜半到來，他們就從夢中驚醒，不管他們身蓋多厚的被子，他們背脊上總要出一層冷汗。不過他現在是這樣無聲無息，像我們過去没有聲音的莊稼人一樣。真是叫人不可置信。可是他那對濃眉下閃閃發光的小眼睛，卻仍隱藏着殺機，神經質地窺探着衆人的動静。不過現在這雙眼睛已經不能起什麽作用了，雖然在過去很嚇人，只須瞪你一眼，你就不敢説一句與他意見不同的話。

斐倫同志等待了一會兒，看見大家没有作出反應，便把視綫從這個矮胖的人物掉向那個彪形大漢，一面指着他，一面向大衆問："對於這個傢伙你們一定有些話要説。他是人民的敵人中一個最活躍的人物。我聽説他組織了一個保安隊，囤積穀糧，壟斷市場，弄得許多窮人餓飯。對於這樣一個人我們該怎樣處理？同志們，坦白地説呀！你們現在没有什麽可怕他的了！"

大家在嚴肅的沉默中望着這位省上派來的代表。在大家的眼中他不像是個真人，而是某種神靈，因爲他居然敢審訊這個龐大的漢子。而這個被審訊的罪犯名字就叫做王獅子，而這個名字又是人們經常喊着來嚇唬愛哭的孩子的。現在他卻戴上了鐐銬，這可能是一種幻象吧。他隨時都可以掙脱的。那時他將會帶着他的部下來到村裏，燒掉莊稼人的住屋，砍掉任何敢於駡他爲大衆公敵的人的腦袋。這類事他過去就曾經幹過不少。

在這種巨大的沉默面前，臺上那些穿着制服的年輕人就彼此投着相互詢問的眼色。他們不相信這兩個犯人居然有這麽大的魔力，可以使這麽廣大的人群保持一種原始的沉寂。斐倫同志走到那個名叫儲敏的地主的身邊，彎下腰，直盯着他的那對小眼睛，好像一個牙醫師在檢查他們的一個病人似的。政治指導員也站在他身邊，用一種迷惑的神情在察看這名地主。在這種静寂中，斐倫同志忽然直起腰，對着這犯人大吼了一聲：

"向大衆坦白你所幹過的事情。這是對你的公審，想躲避是不可能的。你得接受衆人的審判！"

在這寂静中他的聲音是那麽强烈，實際上震撼了整個會場。這是審判，這個高臺就是法庭，群衆就是審判人！"這真的是一個新朝代了！"有的人低聲説。"世界終於要翻個面了！"另外有些人説。話頭一開動，接着許多意見便跟上來了。大家的聲音都比較低，但匯集成爲一片嗡嗡聲，淹没了整個會場。

那地主慢慢地抬起頭來，向我們瞟了一眼。嗡嗡聲暫時沉下去了。儲敏鋭利的目光又在我們身上横掃了一遍。但是不久，那片集體的嗡嗡聲又沸騰起來了，逐漸發展成爲一陣喧嘩。“我没有犯什麽罪，”儲敏鎮静地對省代表説，“我對老百姓一直是很仁慈的。比如：去年鬧饑荒的時候，我連一粒米的租子都没有向他們要。你可以去問他們。”當他講這最後一句話的時候，他又向我們斜望了一眼。

省代表不停地用眼睛在打量他，好像是在檢查一件古物一樣。於是他便向政治指導員做了一個手勢，似乎是在提醒他某件事情。這個年輕人便走到高臺的前面，向下邊的人群問：

“同志們，你們聽見儲敏剛纔説的話嗎？他説的話可信嗎？”

當這個問題正在發出的時候，會場上的喧嘩聲就自動地止息了。

“不，這不是真話！他把我們的住房拿去作爲抵押！”這是群衆中發出的一股抗議聲。

“他把我十五歲的女兒也搶走頂了租子！”這是第一個抗議聲所引出的另一個抗議聲。

“他把有夫之婦的菊嬸也弄走了！”

“他那個保安隊裏的嘍囉誣我的兄弟偷了一碗米，把他活活地打死了！”

這些控訴像爆竹似的接二連三地在空中爆炸，震聾人們的耳朵。接着喧嘩聲就擴大開來，像海裏正在漲潮的巨浪，洶湧澎湃地向四周衝撞和怒吼，引起一片遥遠的龐大回音。站在臺上的那些革命者静静地注視着這種潮湧一會兒起，一會兒伏，直到那遼闊的回音慢慢地、不知不覺地和那大海一同平息下來。當安静最終恢復過來以後，省代表就掉向那兩個低着頭、裝作什麽也没有聽見的囚犯，問：

“你們聽見了大衆的控訴嗎？”

儲敏抬起眼睛，把腦袋歪歪地向上翹，反問着：

“你相信這些種田佬的話是可信的嗎？”

“我完全相信！”省代表説。

“想想看，如果我想讓他們活活餓死，我只須把佃給他們的田地收回來就得了。”儲敏很鎮定地説，“如果我想要整他們的話……”接着他把他視綫掉向我們，盯了我們幾眼，又提高了他的聲音，補充着説："他們不是憑良心説的話，這一點我可以肯定。"

"絞死他！"這是從人群的一角發出來的一個集體吼聲。

"把他和他的劊子手王獅子一起吊死！"這是另一股響應的吼聲。

"静一點，同志們！静一點！"省代表大聲説，揮着他的雙手，"我們現在得保持安静。你們得聽聽他要講些什麼。"

於是空氣又鎮静下來。但這是一件深不可測的鎮静，它正在孕育着另一場風暴——一場將要使我們全身發冷的風暴。儲敏在臺上開始發起抖來，王獅子則臉色變得慘白。這位地主向省代表投射了一個神經質的眼光，天真地問：

"您真相信他們的話嗎？他們是一群無知識的人呀。他們甚至還分不清什麼是黑，什麼是白呀。"

"是的，他們是没有知識的，"省代表説，"因爲他們没有機會去上學校。"

"現在你懂得了！"儲敏説，他的聲調表示出一綫希望，"假如您同我交往過一段時間，您就會理解我了。您就會知道我對他們是很仁慈和體貼的……"

"我太懂得你了！"省代表打斷他説，"我從小的時候起就懂得你了！瞧瞧我吧！"他取下了他的黑眼鏡，沉下他的嗓子，用一種厚實、突出的當地口音繼續説："地主老爺，我剛纔還聽説你把我的前妻弄走了。這是真的，還是假的？"

儲敏一看，頓時愣住了，像個石頭人似的望着代表發呆。人群中起了一陣騷動，一陣嘈雜。空中彌漫着一片低語聲。人們你望着我，我望着你，好像他們從來没有見過彼此熟識的這些面孔似的。一個聲音最後從這些嘈雜聲中射出來，壓下了其他的響動，又帶回了沉寂。這是老劉在踮着腳尖站起來講話："明敦！明敦！你竟蒙過了我們的眼睛啦！明敦萬歲！我們村子終於出現了這樣一個偉人，萬歲！"

我們村裏來的所有的人都伸着脖子，張開他們的雙臂，同時高聲地喊："明敦萬歲！我們的村子萬歲！"這是一個奇跡，也許這是一個夢。誰也没有想到，明敦竟成了這個新朝代的大官兒。

"安静點，同志們！"省代表大聲喊，揮動雙手在空中拍擊，"你們的這幾聲歡呼帶有濃厚的封建氣味！我不是一個偉人！我只不過是一個無産者，和你們一樣。我知道你們會感到驚奇，因此我纔戴上這副厚邊的黑眼鏡……"

"萬歲！偉人明敦萬歲！"歡呼聲仍然在空中震動，從别的村子裏來的許多莊稼人也參加這一歡呼，因爲他們也已經發現這位省代表就是來自他們中間。在我們這個地區的歷史中，莊稼人中間從來没有出現過一位"村長"頭銜以上的"偉人"。

"静一點，同志們！静一點，同志們！"省代表儘量提高他的嗓子喊，"我們得用我們的理智先來審訊儲敏和他的走狗王獅子的這樁案子！好好地想一想，我們該怎樣來處理他們！"

"絞死他們！"這是大家的齊聲怒吼。

"一定嗎？"省代表問。

"一定！"

"好！"省代表宣佈説，"那麽革命自衛隊逮捕他們和監禁他們是正當和合法的了。但是我們無權給他們判罪。縣政府的司法機關將作出宣判。所以我們得將他們交付縣人民法庭。"

雷轟一般的掌聲撕裂了晴空。

"政治指導員同志，"省代表轉身掉向政治指導員説，"請你們好好把他們收監關押起來。"

那位年輕指導員給農民自衛隊做了一個手勢，叫他們過來。他們登上高臺，把這兩個罪犯帶了下去。這兩名犯人低下頭，臉色像死一樣的蒼白，拖着他們脚上的鐐銬，沉重地移動着步子。他們每向前走一步，鐐銬就響一下。這種金屬聲音，單調而有節奏，引起了一片沉寂——只有鐵鍊不時發出的叮噹聲纔偶爾把這沉寂打破。

"明敦！你怎麽能對儲敏大爺幹出這樣的事來？"一個婦女的聲音尖

鋭地向空中射去，把這種陰沉的静寂打破了。有一個婦女推開衆人向高臺奔來。“明敦！你不能做這樣的事！”她的這種衝撞使衆人感到大吃一驚。許多年輕的莊稼人想要阻止她，拉着她的衣襟不讓往前走。她使出最大的氣力擺脱衆人的阻攔。但是她的氣力不足，終於絆倒在地，潘大叔、阿蘭和我馬上趕過去，把她扶起來。她就是我們的菊嬸。她一直站在人群之中，但我們不知道。

省代表爲這種意外所震動，立刻就走下臺來瞭解情況。當他一發現這場混亂就是菊嬸所攪起來的時候，他的面色頓時變得刷白，可是不久一股緋紅就慢慢地從他的脖子升到臉上，沖淡了這層蒼白。這時老劉已經匆匆忙忙地趕來了。他們兩人隔着菊嬸站着，彼此用好奇的眼光互相呆望，好像他們是來自兩個完全不同的星球上的人。他們額上出現了皺紋，他們的嘴唇緊閉。菊嬸那對朦朧無神的眼珠輪流地盯着這兩個男人。而這兩個男人，似乎有很多話要説，但又張開不了嘴唇。這是一種很尷尬的局面。的確，這一切是顯得那麽奇特，我們做夢也想不到，他們三個人，在多年的分别以後，卻在這麽一個不尋常的場合，這麽一個不尋常的地點和這麽一群不尋常的人之間相會合。

“明敦，你怎麽能對像儲敏大爺這樣一個人物幹出這樣的事呢？”菊嬸最後説，她的聲音很鎮定。

“不，我不應該做這樣的事。”省代表回答説，聲音也很鎮定，但是略帶有諷刺的味道，“從你的角度看，我確是不應該做這樣的事。”

“不，你錯了，”菊嬸糾正省代表説，“不是從我的角度看，而是從你的角度看。”

“你這是什麽意思？我不理解你。”省代表説。

“怎麽，你不要再在這個村子裏活下去麽？你已經離開了它許多年呀。你在天上的祖先渴望見到你，渴望接受你在靈檯孝敬給他們的貢品。明敦，如果你想回到家裏來——我相信你一定想，你怎麽能够得罪我們這地方像儲敏大爺那樣一個重要的人物呢！”

省代表的眉頭頓時打起了好幾道皺紋。他説：

“菊，你是在説胡話嗎？對於農民的這種革命運動，難道你一點不受到影響嗎？你希望我做怎樣的一個人？當反動派嗎？”

“你講的這種話，我一個字也不懂，明敦。你像一個學究在講話，滿口都是經書上的語言。請告訴我，現在你既已經成了一個偉人，你要不要回到村裏住下去？我等待了你許多年，數不清的日日夜夜呀。”

“什麼？難道地主儲敏没有把你娶去當妾嗎？根據我剛纔所聽到的話，他已經……”

“你這個没有心肝的男人！你怎麼能够講這樣的話？請你隨便去問村裏的任何人，看我是不是憑我的血汗掙錢糊口。誰都不能碰我一下——除了你以外！”

“我很對不起！”省代表抱歉地説，降低了聲音，“我不知道這情況。你得原諒我的錯誤。”

菊嬸的臉上立刻射出了亮光。她想掙扎着站起來，伸出雙臂以接近省代表。同時她説：“我原諒你，明敦。我原諒你一切。讓我把過去那些孤苦伶仃的年月忘記吧。我們一起回到家裏去吧。”於是她閉起眼睛，歡欣鼓舞地獨語起來，“啊！我的夢終於實現了。我曾經做了那麼多美好的夢，現在它們都一一成爲了現實！”

省代表聽到她的話就立刻向後退了兩步，急忙説：“不！我不能回到村裏去。我現在不再屬於這個村子了。我屬於革命，屬於群衆！不，我得馬上回到省城去。”

“什麼？”菊嬸驚恐地睜開雙眼，慌張地大叫起來，“你不想我嗎？難道我從來也没進入過你的夢境嗎？”

省代表没有回答這些問題，只是重複着説：“我得馬上回到省城去。我得馬上去！我得出席好幾個委員會。此外，她不久就要生孩子……”接着他就作了幾句獨語：“我得在她的身邊。我國的情況她不太瞭解。她不能没有我……”

“什麼？什麼？什麼……什……什麼……”菊嬸的眼睛變得非常粗野，她的聲音也非常嚇人，“你娶了另一個女人？”

“不是另一個女人，而是一位同志，”省代表糾正她說，做出一個苦笑，想把空氣緩和一下，“當我在那個工人的祖國首都的孫中山大學裏學習的時候，我遇見了她。她愛中國和中國人民。她自己也是一個無産者……”

“啊——”菊嬸忽然尖叫一聲，頭往後一仰，暈過去了。

我們静静地站在一邊，望着這個場面，什麽話也說不出來。這局面出現得那麽突然，看上去就像是一場夢。這位代表已經把所有的視綫從各個方面都吸引到自己身上去了。他感到很爲難，就打破沉寂，對老劉說：

“老劉同志，今天早晨我很高興從政治指導員那裏聽說，你已經放棄講那些古老故事、傳播封建思想的說書職業了。瞧！這些封建思想在菊嬸身上發生了什麽作用？誰告訴她要等待我這麽多年？老劉同志，請把她送回家去，好嗎？請你儘你的一切可能，作爲宣傳組的副組長，好好地用新的思想開導她吧。我希望以後能常常見到你。現在我得走了。”

群衆讓開一條路，好叫省代表可以走開。他和那些年輕的革命者一道，走進鎮裏就不見了。臺上那個大個子又領着衆人喊了一陣口號。接着他就宣佈大會結束。衆人開始向四周的山裏分散了。我們是留在場地上的僅有的幾個人。我們守着菊嬸。她坐在地上，頭埋在她那劇烈顫抖的、柔弱的雙手裏。沙洲現在已經空了，我們開始感到有一股空氣襲來。忽然一陣冷風吹來，掀起一股塵沙，把菊嬸的面目完全遮住。她全身歇斯底里地顫動着，接着她發出了一聲歎息。她慢慢地抬起頭來，睁開眼睛，只見展開在她面前的是河上的一片漫無邊際的空白。她已經恢復了知覺。她心不在焉地聽着流動的河水在風中竊竊私語。

老劉滿懷熱情地向她彎下腰來，想用雙臂把她扶起。他用温柔的語調，低聲地在她耳邊說：“讓我送你回家吧，菊嬸。你現在没有地方可去，只有回家了。我很抱歉，我曾經用我的封建思想影響了你。如果你當初不是崇拜英雄，我們也許……唔，事情還不太晚。讓我們把損失彌補起來吧……”

“請走開!”菊嬸忽然發出這樣一個狂暴的聲音，“不要用你的甜言蜜語再來騙我。我憎恨你們男人！我再也不要見到你們男人！請給我走開，走開!”

“不要這樣感情用事吧，菊嬸,”老劉平心静氣地説，“我説的是真心實意的話呀。”

“給我走開！我一秒鐘也不願見到你們男人!”菊嬸尖叫起來。

“你真的再也不願意見到男人嗎?”老劉像個孩子似的天真地問。

“請走開，請！爲什麽你要這樣來跟我麻煩呢？我痛苦還受得不够嗎?”菊嬸幾乎要大哭起來。

“啊，啊……”宣傳組的副組長還没有講完話，他的面孔就變得死一樣的慘白。他那伸開的雙臂也就機械地垂下來了，他本人也像一塊石頭似的呆呆地站在地上不能動。

菊嬸掙扎着想要站起來，她終於成功了。她站着定了定神，面對着河風，便開始向城門外的那塊空地挪動着步子。但是她没有進城，她向左邊一拐，走上一條伸進群山的曲折的小路。太陽已經向西邊的地平綫傾斜了。她的身影，斜映在蓋滿了枯草和黄沙的地上，顯得分外的修長和孤寂。

“你要到什麽地方去，菊嬸？山裏是非常冷的呀!”潘大叔在她後面喊，想阻止住她。

“上白蓮庵去。”她有意無意地回答説，但是她的聲調裏卻藴藏着某種怨恨。

“爲什麽呢？那是尼姑住的地方呀!”

“我要忘記這個世界和男人!”

“唔……”潘大叔自言自語地説，搔起他的腦袋來，儘量想弄清楚菊嬸的話的意思。於是他便放大他的聲音，像一個老父親似的又向她喊：“但白蓮庵是在荒野的深山裏，很遠很遠呀。在這麽晚的時刻你怎麽能走得到呢?”

“我不在乎。”菊嬸説，繼續走她的路。不一會兒，她進入一個山谷，就不見了。

“真怪，真怪，太怪了。”潘大叔自言自語地説，又拼命地搔起自己的那個光腦袋來，“我不懂得女人。我不懂得女人。她們是些莫名其妙的人物。”

老劉望着菊嬸剛纔進去而在裏面消失了的山谷，他的臉色發呆，他的眼神迷茫，好像他在做一個白日夢。一堆烏雲正在集結，一股勁兒地朝着北方飛去。一陣新的晚風掃了過來，也向雲塊奔馳的那個方嚮吹去，同時把老劉的頭髮也吹亂了。他打了一個寒噤。他深深地歎了一口氣，望着那正在西下的夕陽，作了兩句獨白：“天在亮了。我的一場美夢也結束了!”於是他掉轉身，用輕快得像鹿那樣的步子，奔向阿蘭，把她抱在懷裏。

“我愛你，阿蘭，從我的心的深處愛你。”他低聲地説。他那温柔的語調在風中飄蕩，像一個詩人在念一首詩，“我現在決定愛你，用我整個心靈愛你!”

阿蘭用深沉的眼光盯着老劉，完全被我們這位説書人所傾吐出來的、那驟雨般的愛情話語所怔住了。淚珠開始從她的眼裏射出光芒。當他們彼此默默無言，相對凝視的時候，她的這些淚珠就忽然滚了出來，在她那佈滿了數不清的麻子的寬闊的臉上泛濫。

“我身上没有任何東西配得上你這番好意和同情，老劉先生。”阿蘭説，目光仍然盯着這位宣傳組副組長的嚴肅的面孔，“我生來是個童養媳，我……”

她的聲音中斷了，爲一陣嗚咽所代替。

“但你是美麗的！像仙人一樣美麗!”老劉用有節奏的、匀稱的語調説出這兩句話，好像他是在念兩句詩。

“你真的覺得是這樣嗎？……”阿蘭那點點斑斑的臉上出現了一個天真的微笑。她停止了嗚咽，認真地等待這位宣傳組的副組長作出回答。

“你是美麗的！你有一顆在這世界上最美麗的心!”宣傳組的副組長證實了他剛纔説的話語，“你有一個無産者的靈魂。你的心是按照無産階級的節拍跳動的——我可以感覺到這一點。”

“你對我的面孔没有什麽想法嗎?”阿蘭又問。

我們宣傳組的副組長猶疑了片刻，雙眼盯着她臉上那些大顆的麻子不動。過了一會兒他用堅決的聲音説:

“你的臉顯得分外美麗，因爲它反映出了你美麗的靈魂。”

“謝謝你。不過你不爲我微賤的出身感到羞恥嗎?”

“相反，我爲你的出身感到驕傲!”

“啊，老劉，啊，老劉……”阿蘭的眼淚又像湧泉似的噴了出來，她的全身掣動。但是她的雙臂漸漸地舉了起來，摟住老劉的脖子，她的眼睛閉上了。

“我們回家去吧,”潘大叔對我説，“這情景使我的這顆衰老的心跳得厲害。”

我們就這樣丢下他們兩人單獨在一起，回到家來。當我們把剛纔發生的事情告訴我母親的時候，她什麽話也没有説。她只是對自己獨語:“所以阿蘭就不再可能在我家裏做我的接替人了。”接着她掉向我，繼續獨語着:“我希望我再能活久一點。我不希望我們祖傳的家業在第二代就變得七零八落了。我們得有一個好的主婦把它維繫在一起。”她的聲音忽然中斷了。

潘大叔和我都不懂她這些話語的意思。不過我們可以從她的聲調中發現有問題。因此潘大叔就改變話題，説:“大娘，你知道嗎，菊嬸到白蓮庵當尼姑去了呀。”

“爲什麽?她從前並不是那麽信佛，一定非把她的生命花在修行上面不可呀?”我的母親驚訝地説。

“唔……”潘大叔的話一開頭就又停下了，“我也説不出一個道理來。女人是一種古怪的東西，就是那麽一回事。只有你是例外，大娘，唯一的例外。”

從這天開始，我們再也没有聽到菊嬸的任何消息。

十一

在地主儲敏和保安隊隊長王獅子被押解到縣城去接受人民法庭最後判決的那天，我們村裏所有的人都轟動起來。大家都感到興奮，可是也懷有戒心。在過去的一些日子裏，儲敏説的話就是法律。他可以把任何得罪他的莊稼人送進監獄，他可以以收回租田的方式叫某一家人餓飯。甚至對像我們的塾師佩甫伯這樣不種他的田的人，他也可以爲所欲爲。現在由窮莊稼人所組成的自衛隊，居然敢押解他去受最後審判，這真是不可想象的事。這不可能是事實。我們都想親眼去看看，藉以證明我們的眼睛没有欺騙我們。

我們這一天起得很早，甚至天還没有亮我們村裏就有些年輕人起來了。據説犯人很早就要從鎮上押走，以便在天黑時可以趕到縣府，因爲縣城在西邊的深山裏，路途相當遥遠。我們爬到村子左邊一座陡峭的山頂上去，爲的是可以好好地看一看犯人在下邊通向縣城的大路上經過。毛毛坐在我旁邊的一塊石頭上。他頭上纏着一大塊藍布頭巾，爲的是怕王獅子把他認出來——他至今還是很害怕此人。

“他有一個可怕的聲音，至今在我的耳朵裏轟轟發響。”毛毛爲他的害怕作出這樣的解釋。

不過，也是因了這個聲音，他纔急迫地想要看看他過去的隊長和田東怎樣接受他們的判决。

太陽從東邊陰暗的山峰後邊慢慢地爬上天空，像一團火球一樣；不過整個大地仍然被籠罩在一層晨霧之中。遠方那個市鎮的城牆，從一個小山脊上伸向下邊的河流，看上去就像一條蟒蛇仍然在昏睡之中。它躺着一動也不動。它甚至還似乎是没有呼吸。幾個星期以前，當農民自衛隊還駐紮在這個小城的時候，人們總可以在清晨聽到起床軍號，説明這個市鎮又蘇醒了過來。不過自從在沙洲上舉行的群衆大會開過以後，他們現在都已解散，被送到他們的老家去準備下年的春耕。現在地主儲敏既已被打倒，他的保安隊長已經被擒，自衛隊員也就不需要了。現在鎮上只剩下幾個警衛，所以也不需吹什麼起床號來喚醒他們了。

我們全神貫注地望着晨霧的消散和那個小城的蘇醒。太陽越爬越高，它的體積也就越縮越小。在這迷漫着煙霧的清晨的空氣中開始出現了一抹淡淡的彩霞，給我們帶來了一點温暖。天空終於露出來了，它像平時一樣，呈現出一種白而帶藍的顏色。籠罩着那個市鎮的霧帳現在像蒸汽似的被驅散了，露出蜿蜒在那山上的、起伏的、灰色的古老城牆。展現在我們面前的是那個包着白鐵皮的陰森的城門。它映着新升的太陽，反射出萬道光芒。我們用手掌在眉間擋住陽光，遥看它的開啓。

它似乎還沒有完全睡醒，雖然它已經在反射太陽的光綫。我們等待着，面對陽光的照射，儘我們的目力所及注視前方。一點黑斑穿過陽光反射所統治着的空間，映入我們的眼簾。它漸漸伸長，成爲一條狹長的黑影，接着便露出一個長方形的、深邃的空洞——這便是那條巨蟒的大口。一個人形從這個口裏溜了出來，接着是第二個，再跟上來的就是第三個。他們在城門外的土丘上聚結，這時空中便響起了緊急軍號，立刻就又有好幾個人——一共八人——相繼出現，押着兩個戴着鐐銬一步一拐的人。

太陽這時已經照得很亮了，我們前面的視野變得更爲清晰。我們望見那群人步下土丘，走到大路上來。他們一步一步地向我們走近，我們也開始可以認出他們的面孔。那兩名戴着鐐銬的人似乎在頭天晚上並沒有睡好，因爲他們的面色顯得非常疲憊，他們的腿子也無力移動。我們聽到一個巨大的聲音在呵斥他們，其嚴厲的程度使我們想起了一個急躁的莊稼人如何在趕着一頭耕牛犁一塊乾裂的田：“懶東西！難道你還要我們用轎子抬你不成?”帶着鐐銬的那兩個人沒有作出回答。他們只是灰溜溜地低着頭，也真的像那從來不講話的耕牛一樣。

大路繞着我們所站立的那座山的脚下蜿蜒地拐過去。當這一行人到達第一道彎的時候，我們的心開始劇烈地跳動起來。毛毛簡直在全身發抖。他是一個生性膽怯的人。極度的貧困使他失去了一切自信心，有時他無緣無故地就感到害怕起來。這時不遠的地方有一股嘈雜的人聲忽然在空中膨脹，他那没來由的恐懼也忽然升到了高峰。那人聲像巨雷似的在空中轟鳴，像爆竹的炸裂一樣，在周圍的山谷裏引起一片回音。有一群壯漢從大路兩旁的稻田和深溝裏跳了出來，他們手裏拿着大刀和手槍。他們像惡狼撲向山羊似的，齊向那農民自衛隊襲來。我們聽到槍擊聲和慘痛的叫喊聲。他們在相互搏鬥，扭成一團。

"我覺得脊樑骨在發冷。"毛毛低聲説，"我們回家去吧，趕快把門閂上。你們没有聽到槍聲嗎？它們可以射穿你的胸膛，炸碎你的腦袋。你們得相信我，我知道這些武器的厲害。在保安隊裏他們曾教我使用過這些傢伙。"

他没有等待别人的意見，就獨自匆匆忙忙地跑回到村子裏去了。大路上搏鬥的情景真是有些怕人。偷襲者抓住了那些農民自衛隊員，没有一個逃脱。他們用拳頭或槍托毆打到中了埋伏的犧牲者的身上，發出没有回音的空空洞洞的聲音。那兩個犯人被解開了鐐銬。王獅子得到了一把長刀，但是他没有參加搏鬥。他只是和一個面貌可憎的人站在一旁。此人我們逐漸認出，他就是儲敏的總管。王獅子在發號施令指揮搏鬥，像貓頭鷹似的發出聲聲怪叫。他這奇怪的叫聲，倒是比搏鬥本身還嚇人。我們趕快跑下山來，回到各自的屋裏，緊緊把門插上。雖然如此，那陣陣的怪叫聲似乎還在我們的屋頂上盤旋。

過了好一會兒，待外邊的搏鬥聲逐漸變得稀薄乃至終於消逝以後，我們纔恢復鎮定。潘大叔靠牆站着，呆呆地望着我的母親，他的眼神發直，像一個不折不扣的傻子。平時在這種情况下他總要搔他那光秃的腦袋，現在他把這也忘掉了。

"不要發呆，大叔，"我母親説着，把他叫醒來，"外邊的混亂早已過去了。"

潘大叔的眼睛轉動了好幾次，他的嘴唇也在神經質地顫動，最後他不安地喃喃地説："我不懂得這個新的朝代，大娘。人們最關心的好像就是争鬥。大娘，你能告訴我，有什麽辦法我能辭去農民協會的事？我没有爲它做什麽工作，我也不會做什麽工作。我在這個新朝代裏是一個没有用的人呀。”

在我的母親還没有來得及回答他以前，我們就聽見門上有急促的敲擊聲。我們的看家犬來寶狺狺地在對什麽人狂吠。這時屋裏出現了死一樣的沉寂。我們没有勇氣去回答這陣敲門聲。

“請放我進來！請放我進來！”一個聲音在外面喊叫，而這個聲音我們聽起來倒是很熟悉的。

“請放我進來！請放我進來！來寶正在撕我的衣服！”

“快去開門，潘大叔！”我的母親站起來，急迫地説，“是佩甫伯在外面呀！”

潘大叔奔向門邊，抽開插銷，把門拉開。佩甫伯正在亂竄，揮着雙手在嚇唬向他狂叫的來寶。他一看見潘大叔就馬上鬆了一口氣，儘快地溜進門裏來。來寶被關在門外，可是它仍然不停地叫了一陣。當空氣恢復正常以後，佩甫伯就往圈椅中一倒，歎起氣來。他又没有帶來教鞭，但他的手仍然在椅子脚上東摸西摸，好像是想要找到他失去了的某一件東西。無疑，他忘記不了他的習慣，雖然他現在已經不再是一名塾師了。

“真可怕！真可怕！”他自言自語地説，雙眼大睁着，直瞪着我們發愣，“我不懂！我不懂！”

“是什麽事呀？”我的母親問，“我知道有人在大路上打起來了。難道又要换一個朝代嗎？”

“我不知道，我不知道，”佩甫伯不停地説，“他們不僅在大路上打，而且還跑到鎮上去打起那些年輕的委員們來。他們不折不扣地把政治指導員打成肉醬，當場就把他弄死了。他們還想把我也打死。我算是在混亂中逃脱了。”

“他們是誰？”潘大叔不安地問，“他們是土匪嗎？我看見他們從溝裏跳出來，撲向那些押解犯人的自衛隊。從他們幹的這些事看來，他們一定是强盗。”

“不，完全不是!”佩甫伯回答説，“他們是被革命者解散了的王獅子的部下。逃亡了的那位儲敏的總管又把他們偷偷地召集攏來，把他們組成一支隊伍。他們是來救儲敏和王獅子的。他們竟得手了!”

“政治指導員真的被他們打死了嗎?”我的母親非常關心地問。

“怎的，難道我説過謊嗎?他們把他從公事房裏拖到市集上。大娘，我那時正在蹲茅房。謝天謝地，每天早晨我總要上茅房一次。我在茅坑上一蹲下，至少就有半個來鐘頭起不來。大娘，你知道，我喜歡在上厠所時讀詩呀。當然，這是一個壞習慣。不過我没有辦法，習慣了呀，知道嗎?感謝天老爺，他們總算把我錯過了，我從窗子裏看到他們是怎樣殺死政治指導員的。哎呀，可真怕人啦，大娘。那個總管先在他臉上打耳光，先打了這邊，接着又打另一邊。儲敏也來亂踢他的腰，最後王獅子就用他的大刀砍掉他的腦袋。你知道，王獅子殺起人來是怎樣的一副神氣。他的眼睛外鼓，他的牙齒緊咬着，他的臉漲得血紅，他的長刀削掉腦袋，就像剃刀劃過一張紙一樣。他幹起這種事來簡直就像切西瓜那樣容易……”

“够了!够了!佩甫伯，够了!”我的母親急忙打斷他的話語，同時把臉埋進雙手裏面。“可憐的政治指導員!他是那麽年輕。那天晚上他來我們家裏的時候，看上去還不過是個孩子。他並不比我的大孩子年齡大呀……”

佩甫伯呆呆地望着我母親，嘴巴大張着，完全被我母親所表現出的恐怖弄糊塗了。“怎的，大嫂，我把你嚇壞了嗎?這完全是真事呀，大嫂。這樣的事我一生中只見過一次呀。它的景象現在仍然在我的眼前閃動。我將永遠也忘記不了它，永遠也不能。”

潘大叔也不禁獨語起來，問:“我們的老劉怎麽樣了呢?他也被殺掉了嗎?昨天晚上他到鎮上去參加一個會，至今還没有回來。”

“没有事，我想他也在混亂中逃脱了。當總管的手下人正在向城裏擁進去的時候，我看見他從公房的後門溜走了。”

“他們仍然在搜尋那些革命黨嗎?”潘大叔又問。

“没有，他們殺了政治指導員以後就走了——他們到什麽地方去了我也不知道。不管怎樣，城裏現在是空了。唔，提起那些委員們，我記起了一件事，潘大叔，你得幫幫我的忙，我不想再穿這套可怕的革命制服。就是我要餓死，我也不願再當什麽政治指導員的文書了。”

於是他站起身來。我們開始發現，他穿着那件藍布做的制服，看上去倒真有些怪。他已經在當文書的時候剃掉了他那把使人起敬的長鬍子。但是他那個雖然刮得很光、卻堆着一道道皺紋的下巴，一點也不使他顯得年輕，而他穿的那套代表新朝代的青年派制服更不叫人覺得他是英俊。相反的，他呈現出一副滑稽而又古怪的面貌，使人覺得可憐。現在他自己也似乎發現了這個特點，因爲他狠狠地、決斷地拉下他的上衣，把它扔到旁邊，像扔一塊破布似的，同時對它説：“去你的吧！我再用不着你了！”於是他抬起眼睛，望着潘大叔，哀求地説：“我的老朋友，請給我一件長袍吧！我的尺寸大小和你的差不多。”

“你現在肯定地想穿長袍嗎？”潘大叔問，被他剛纔的這種行動和現在説的這幾句話完全弄得莫名其妙，“我的意思是説，我能給你長袍穿嗎？”

“怎的！從誰那裏我能借到一件長袍？爲了這套勞什子制服，我把我原有的那件長袍賣了。”他指着那件躺在旁邊的像一堆破布似的制服上衣説。

“不要誤會我，佩甫伯，”潘大叔解釋着説，“我很願意把我的長袍送給你呀。我的意思只不過是説，你如果從制服換成便服，要不要得到革命黨總部的同意呢？”

“什麽同意？我不是告訴過你，我的領導政治指導員已經被殘酷地殺害了嗎？”

“我知道，”潘大叔點了點頭，“那麽你自己打算怎麽辦呢？難道你真的不再打算當一個革命文書嗎？或者，簡單明瞭地説，改變你的職業？”

佩甫伯大睜着眼睛，説：“你説對了，大叔。我要換上長衫就正是爲了這件事。如果儲敏又得勢——按照現在事態的轉變來看，我看情形會是這樣，我就打算再把我的私塾開起來。你知道，教書是我終生的事業呀。不管哪個朝代來，哪個朝代去，小孩子總得受點教育。我想順便提一句，你能爲我找到一根楊樹枝嗎？在這場要命的革命中我已經丟掉了我的教鞭呀。”

“我馬上就可以給你找根楊樹枝來。”潘大叔回答説，“但是我先得給你弄件長衫來，如果你決定要重新幹你教書的職業的話。”他走進他的睡房裏去。不一會兒他就拿着一件衣服出來。“這是我過年穿的那件衣服。我希望你穿上它還能像個樣子。”

佩甫伯立刻把它穿上。這件衣服對他非常合身。他前後左右瞧了一下，似乎感到很滿意。於是他便長長地鬆了一口氣，好像他已經擺脱了一場噩夢又重新成了一名塾師。

“如果儲敏又掌了權，你想他還會讓我當教員嗎？你知道，不管革命不革命，我總得掙碗飯吃呀。”

“我不知道。”潘大叔回答説。

“如果我又蓄起我的那把長鬍子來，也許他會同意的。我相信，他不會找到比我更便宜的塾師。假如他堅持的話，我還可以略微再降低一點學費……”

播大叔保持着沉默，因爲他對教育的事情是一無所知。

在當天下午，縣城的革命政府派下自衛隊，重新接管市鎮，鎮上的秩序又恢復了。佩甫伯回到家裏去了。他離開的時候又提醒潘大叔：“潘大叔，請你務必給我找根楊樹枝來，我隨時都需要用它呀。”

“唔，我儘量去弄吧。”潘大叔説。他帶着極爲迷惑的神情，望着這位老塾師摇摇晃晃的身影在暮色中消逝。

第二天空中再没有出現晨霧。太陽慷慨地放射出它的温暖，曬得我們的背上癢酥酥的。潘大叔把我們的那頭小母牛牽到村前的空地上曬太陽。他認爲她需要陽光，比什麽别的東西都重要：她那身金色的光滑的毛需要陽光使它變得更潤澤，她的心兒也需要陽光使它變得更高興。他一直覺得，自從過去那個秋天，她的母親被人盜走以後，她一直是心情不愉快的。在某種意義上講，她一直是像個孤兒那樣孤獨。雖然潘大叔不時地像個老爺爺似的和她講話，但是她太年輕，不理解他所講的東西。

潘大叔現在坐在她旁邊曬太陽，用他那粗大的手撫摩她的腹部。正當他要和她作些模擬式的談話時，她忽然踢了一下。她是由於受驚而做出這個動作的，因爲村裏所有的看家犬都奔向村頭，瘋狂地圍着一群穿制服的人狂吠。這些奇怪的陌生人也叫我們大吃一驚。他們都扛着槍，和農民自衛隊不同，他們除了穿着正規的軍服外，還戴着軍帽，帽子前面釘有一個繪着鐮刀和斧頭的帽徽。我們想象不出他們是從什麼地方來的。只有當他們以兵士的步伐來到村前廣場中央的時候，我們纔認出他們一定是從縣城開來的正規軍——那裏駐紮着革命軍的一個分隊。他們中間走出一個人，一個身材矮小腰間別着一把手槍的人。他徑直走到潘大叔面前，問：

"大叔，請你告訴我，毛毛住在什麼地方。"

這個突然的發問使潘大叔大吃一驚，他的手貼在牛腹上，也不能動了。他覺得很奇怪，這個人居然認識毛毛，而毛毛從來没有一個村外的朋友。最奇怪的是，這個人的聲音聽起來非常熟悉。不過潘大叔没有把握，他曾經在什麼地方聽見過這聲音。他望着這位帶手槍的矮個子人物，像一個傻子。

"你這樣瞧我幹什麼，大叔?"這人問，"難道你不認識我嗎? 你的這隻漂亮的小母牛應該叫你記得起我呀。"

潘大叔仔細打量了一下這個人的面孔。忽然他跳了起來，驚奇地喊："呀！你不就是那個假女人嗎? 我當然記得起你！"

"我不是一個假女人——那個僞裝只不過是在白色恐怖時期的一種必要手段。"此人高聲地說，在句子的好幾個地方加重了語氣，"我是一個真人呀。"

"很對不起！"潘大叔不停地道着歉，"你是一位革命軍官。我記得、我記得。在换了革命朝代的第二天早晨，是你把毛毛送回到村裏來的。我記得！我記得！"

“好！那麽請告訴我毛毛住在什麽地方。”

潘大叔聽到這話就面色忽然變得蒼白起來。他猶疑了一陣子，開始搔起他的光腦袋來。“唔，唔，我……我……”

“請馬上告訴我！你一定知道毛毛住的屋子。你記得，那天早晨不是我把毛毛交給了你嗎？你要對毛毛負責呀。我們現在要找他！”

這人的聲音是帶有威脅性的。

“唔，唔……”潘大叔訥訥地説，瞟着此人已經用手握起的那把手槍來。“唔，我不知道他現在是不是在家。”

“那麽請你把我帶到他家裏去，我請求你！”這人大聲説。

“好吧。”潘大叔低聲説，幾乎要哭出來。

他極不願意地向毛毛的屋子走去。那些陌生的人挪着沉重的步子，跟着他走去。

毛毛正在家裏，在灶房裏忙着爲他的老婆做飯。他有好一會兒没有出來，因爲他得把飯做好。母烏鴉已經懷孕好幾個月了，她的腹部已經鼓了起來，像座小山。在生産以前她拒絶做任何事情。她説，任何體力勞動都會損害腹裏嬰兒的健康和破壞她的形體。她説，她將要生出一個世界上最漂亮、最健康的孩子，將來可以成爲一個第一流的莊稼人——而且她還十拿九穩地説，這個孩子將是男孩，而不是個女孩。毛毛百分之百地相信了她的話，因此他什麽事都心甘情願地爲她做，包括替她刷馬桶。她拒絶吃硬的飯食，因此毛毛得親自照料，讓每一樣食物，如母烏鴉所説的，都煮得“像棉花一樣軟”。

那位軍官在堂屋裏等待毛毛出來，已經有點不耐煩了。最後他的耐心超過了限度，便高聲喊起來：

“毛毛，你想偷逃嗎？”

這話嚇壞了母烏鴉。她知道，一定是什麽事出了亂子，這位軍官決不能得罪，否則他會對毛毛幹出不客氣的事來。因此她就向廚房喊：

“毛毛，快出去見見這幾位長官吧！我命令你出來！不要管吃的東西吧。我説，不要管呀！”

“是啦，乖乖。”毛毛從裏屋回答説。不一會兒他就在堂屋裏出現了。

“你原來在家呀!”那位軍官説，同時走到他面前來。“你認識我嗎?”

毛毛打量了他一下，馬上就害怕得發起抖來。他當然認識這位軍官：這就是曾經一度挨過他的打的那個假女人，後來當自衛隊進駐鎮上後又把他抓起來，並且還威脅他説，如果他再要和王獅子發生關係，就要把他處以絞刑。這些話語對他現在仍是記憶猶新。毛毛立刻全身起了一層雞皮疙瘩。他的全身在顫震，好像他正在患一場瘧疾。

“你現在被捕了。”軍官鎮靜地對他説。

這話一説畢，其他的士兵就走到毛毛面前來，給他戴上手銬。

“什麽事？什麽事？老爺?”毛毛歇斯底里地説，像個精神病人一樣。

“你不是王獅子的部下嗎?”軍官問他。

“我過去是的，但是我現在和他什麽關係也没有。”

“他的部下昨天掀起一場暴亂，把政治指導員殺死了。你事先不知道嗎?”

“不知道，老爺。不知道，老爺。”毛毛想要哭起來，“我那時藏在我的屋裏，門緊閂着，全身發抖。我的老婆母烏鴉可以作證。”

“那不是我要管的事，我本人不需要你的證明。”軍官説，“你到縣城裏自己向大衆法庭去解釋吧。走吧，這就是我今天的任務。”

士兵們拉着手銬，把毛毛拖出了屋子。毛毛像一頭頑固的豬似的，拒絶往前走，但是一點用也没有。一名士兵用槍托子捅了一下他的屁股，吼着：“你這個背叛了你的階級的敵人！你還想逃脱群衆對你的審判!”

毛毛聽不懂這些言語，但是他有一個模糊的感覺：他得跟着他們走。所以他最後放棄了任何抵抗的想法，馴服地夾在他們中間走上那通向位置在深山裏的縣城的大路。不過當他正要跳過分隔村子和大路的那條溝時，他回過頭來向母烏鴉喊：“好婆娘！趕快到灶房裏去看看，不要讓鍋裏的東西燒焦了!”於是他便跨過那條溝，在那迷蒙的遠方消逝了。

毛毛的妻子母烏鴉站在家門口發愣，望着那條空空洞洞的大路，像一個白癡。

“這是什麽意思？這是什麽意思？”母烏鴉打破了沉寂，問起潘大叔來，語氣中不無氣惱和驚奇的意味，“他們將要對我的毛毛幹些什麽？”

“我不知道，毛毛大嫂，”潘大叔温和地説，聲音有些顫抖。這是第一次他喊她“大嫂”。平時他一提到她，就把她説成是“毛毛的饞嘴的老闆娘”。

“你應該知道，大叔。你應該知道！”母烏鴉大聲地説，她的聲調也隨着她吐出的字眼而逐漸增高，“你一定知道，因爲：第一，你帶他們到我家裏來；第二，你是一個什麽協會的主任——换句話説，你是一個什麽朝代的村長，啊，對了，革命朝代的村長；第三，唔……唔……總歸你一定會知道！”

她這一連串的話語，敲着潘大叔的耳鼓，就像雷聲一樣，把他弄得莫名其妙。當她正在説這些話的時候，她的眼珠突出，鼓得像球一樣，好像她想要一口氣把潘大叔吞掉似的。潘大叔的那張蒼老的面孔變得刷白，他的嘴唇開始在神經質地痙攣。發呆了好一陣以後，他那顫抖的嘴纔斷斷續續地發出幾個音來：“毛毛太太……毛……毛……”

“我不需要你叫我太太，或者甚至夫人！”母烏鴉忽然打斷他説，“我只是要你老老實實地、明明白白地把事情真相告訴我。你們革命黨人老喜歡鬼鬼祟祟，我知道你們的那一套，不要以爲我就是一個傻瓜啦！”

“不是，你不傻。你很聰明，毛毛太太……”

“阿哼！”她又打斷了潘大叔的話，把她的食指指着這位老大叔的前額，“你不要來討我的好。請馬上告訴我，你們革命黨的秘密！”

潘大叔的臉色變得像蠟一樣的白。他神經質地囁嚅着：“毛毛太太，你得給我一個機會來解釋呀，如果你想要知道事情的真相……”

“好吧！好吧！”母烏鴉又打斷潘大叔，雙手叉起腰來，“把你們革命黨的秘密告訴我，請開始吧，一、二、三……”

她盯着潘大叔，像一隻母鷹一樣。

“毛毛太太，”潘大叔遵照她的命令開始説，“我和革命黨人没有絲毫關係。不過，我想他們把毛毛帶到縣城去是爲了想弄清楚，他和昨天那場事先計謀好的暴亂有沒有關係。你知道，他曾經是保安隊的人呀。很不幸，昨天的那場暴亂又是保安隊搞的。”

“我懂得了。”母烏鴉點了點頭，“你看他們的調查要花多少時間？”

潘大叔的眉毛朝上皺了一下。“也許要十天或者半月，我不知道究竟要多少時間。你知道，官場的事辦起來總是很慢的。從前一件案子有時要辦兩三年哩！”

“那麽久！”母烏鴉大叫起來，但是她的雙眼卻茫然地望着眼前的一片空白。她在想什麽事情。忽然她大哭起來，淚流滿面，尖聲狂叫。“我將怎麽活呀？我將怎麽活呀？我吃慣了毛毛給我做的飯，也習慣了他的侍候，他總是一喊就來。啊，我的娘，沒有他我活不下去呀。此外，夜裏那麽冷，沒有他我怎麽睡呀。啊，我的親娘，那些革命黨簡直想要把我置於死地！不，他們是想要把你的外孫子置於死地呀！”

她開始温柔地撫摸她那個懷孕的大肚皮。幾分鐘以後，當她正哭得可憐傷心時，她忽然瘋狂地捶起她的大肚皮來。

“毛毛太太，你不應該這樣做！這會傷害你的孩子！你得放明白些，毛毛太太。你得注意，不然孩子就會……”潘大叔開始冒起汗來。他感到非常狼狽，也很害怕。

“我要讓孩子死去！我自己都不想活！啊，我的親毛毛啊！啊，我最親的毛毛啊！你在監牢裏，我怎麽能活得下去呀！”

她從尖叫開始，逐漸發展到哭喪。她一哭起喪來，像她這樣一個婦女，就非持續它三四個鐘頭不會罷休。潘大叔的臉色白得像紙一樣，只管沒命地搔自己的腦袋。不過母烏鴉忽然又停止了哭泣，撩起衣角來擦她那湧泉般的眼淚，然後便慢條斯理地唉聲歎氣起來，説：

“潘大叔，如果你想救我和我孩子的這條命，你就得立刻到縣城去，對官府説：毛毛是個好人，是世界上一個最好的莊稼人。那麽他們就會馬上放掉他。我知道，他們都相信你的話，因爲你們是同志。當那些革命黨人最初把他帶到你面前來，要你作證時，你就救過毛毛一命。潘大叔，你得馬上到縣城去。你是革命的村長，我知道。你不要以爲我傻。”

“是的，我一定去，我一定去。”潘大叔忙不迭地說，對她所提出的要求，半個字也不敢辯駁。“但是你得好好地保重。你決不能損壞了孩子。我一定盡力爲毛毛説話就是！”

他從她身邊走開，鬆了一口氣。

潘大叔爲我們的小母牛砸好了够兩天吃的豆油餅以後，下午就起程到縣城去了。他忙了整整一天。太陽已經向西邊傾斜了。我的母親忠告他第二天再動身，不過潘大叔堅持要立刻就去。他説，自從毛毛被抓走以後，他就開始胡思亂想了許多事情，不僅關於毛毛本人，也關於他的老婆和她腹裏的嬰孩；而且這些胡思亂想，不知怎的，使他那顆年邁的心感到非常痛苦。他就這樣離開了，隨身帶了半打的餅子作爲乾糧。

第二天他没有回來。第三天仍然不見他的人影。母烏鴉開始感到煩躁起來，每隔三個鐘頭就要到我家來一次。她伴以手勢和歎息，又哭又訴，向我們敘述她新近做的一些可怕的夢：她夢見毛毛在去縣城的路上逃脱了，由一個住在深山裏的年輕寡婦把他收留了下來；毛毛的靈魂立刻被這個妖精勾去了，他再也不想回到村裏來。她認爲：這種事情對毛毛完全是可能的，因爲他極容易落進女人的手裏，特别是年輕的寡婦，正如耗子容易落進貓子的爪裏一樣；毛毛只要一旦擺脱了她的控制以後，就會馬上把她忘掉，等等。每次她講完她在夢裏所見到的事情後，她就要一把眼淚、一把鼻涕地哭起來，哀歎自己的命運。

我的母親設法安慰她，但她都一概拒絶。她也不離開，一直坐在我們的堂屋裏，直到她的眼淚哭乾、聲音變得嘶啞爲止。“啊，我的娘呀！我的娘呀！孩子又在我肚裏動啦！”最後她小心翼翼地雙手捧着她的肚皮，由我母親扶着，回到家裏去睡。

在第四天的下午，母烏鴉又在我們的堂屋裏坐了三個鐘頭，哭訴她不幸的命運和她的寒冷的夜裏所感到的淒涼以及這淒涼所引起的通夜失眠。在她離開以前，她又照例大哭了一通，哭完後她纔又雙手捧着肚皮，踉踉蹌蹌地回去。她的身影一消逝，一個摇摇晃晃的老人便躡手躡腳地溜了進來。此人就是潘大叔。他變得消瘦了，他的眼睛周圍也都出現了黑圈。這些天的夜裏他一定没有怎麼睡。

"潘大叔！你回來了！你要早一會兒到家就好了。母烏鴉剛剛纔離去。"我的母親説。

"是的，我看到她走回家去了。"潘大叔説。

"那麼你把毛毛的消息告訴她了嗎？"

"没有。實際上我特地藏在一棵楓樹後面，直到她走開。"

"爲什麼呢？我不懂。"

"當我走到門口的時候，我就聽到她的哭聲。這哭聲使我的這顆衰老的心難過，我忍受不了。所以我就避開她，我就退到那棵樹後面去了。大娘，我没有勇氣見她的面呀。"

"你這是什麼意思？你並没有做什麼對不起她的事呀。"

"我帶過兵士到她的家裏去——毛毛就是從家裏被抓走的呀。"

"不管怎樣，他們總會找到毛毛的家的。此外，你也不知道他們是去抓毛毛的。"

"大娘，我不這樣看這個問題。"潘大叔儘量做出一個苦笑，以沖淡我母親爲他所作的解釋。不過他的這個苦笑看上去卻像一個哭臉。"大娘，我不這樣看。我是一個頭腦簡單的莊稼人，因此我看問題，方法也很簡單……"

忽然他的聲音斷了，他低下了頭。

"出了什麼事啦，潘大叔？"我的母親驚奇地問，"你的臉色非常不好。你餓了嗎？"於是她向灶房喊："阿蘭！趕快給潘大叔下一碗熱湯麵！他餓了。"

"不，大娘，"潘大叔止住她，聲音在顫抖。"我並不餓，大娘，雖然我有好一陣子没有吃過東西……"他停了一會兒，接着他低聲地繼續説："大娘，毛毛已經死了！"

"死了！"我的母親大叫一聲，非常驚恐。

"這是一件很淒慘的事，大娘。我做夢也没有想到。你知道，毛毛曾經爲了那樁盜竊的案子把那個假女人抓到保安隊的隊部裏去，讓他受了酷刑。現在毛毛反過來又被這個假女人逮捕了。大娘，他非常害怕這個假女人呀。我知道這個假女人是一個革命偵察員。他曾經嚇過毛毛，説他如果再幹出反革命的事，就要把他活活地絞死。毛毛在去縣城的路上一直是怕得要命，以爲他們一定也會用酷刑逼他交代，而他又没有什麽可以交代的，因此他就想他們一定會把他絞死。我曾經遇見過他們中間的一位兵士。他告訴我，毛毛一直在路上怕得發抖。當他們走近縣城的時候，毛毛再也没有氣力挪動步子了。他們使勁地拖着他走進城門。當他們走過護城河橋上的時候，毛毛就忽然跳到下面的水裏去了。你知道，大娘，水是很深的呀。"

"他們没有把他拉上來嗎?"

"他們拉過。但是没有用，毛毛已經死了。他的手是被鐐銬銬着的呀，他連挣扎的機會都没有。他落到水裏就像一塊石頭，沉下去了——那位兵士是這樣告訴我的。"

"你有把握，這個事是真的嗎?"我的母親的眼睛睁得很大，充滿了恐怖。

"絶對是真的，大娘，因爲我親眼看見過毛毛。我可以坦白告訴你，那可是一副怕人的樣子啦。他的屍體被攤在離城門不遠的一個大土堆上，全身都泡漲了，比一個死於鼓脹病的人還要脹。可憐的毛毛，誰也没有去理他。他完全被這個世界忘掉了。那些革命黨人是非常忙呀。所有的士兵都在忙於作戰鬥演習。我跑到縣城去，代毛毛要一口棺材把他埋葬掉，但他們説他們目前還没有時間辦這一件事。我説這對於像毛毛這樣一個窮人不公平。他們説他們也没有辦法，現在這個叫做蔣介石的軍頭頭爲首的反動派勢力已經從革命陣營中分裂出去了，正在從許多據點向革命進攻。並且這種反革命活動似乎已經在向我們這個地帶擴展過來，因爲有很多外國勢力和地主在支持他，所以革命黨人現在正忙得不可開交，作防守這個地區的各種準備。一句話，大娘，他們不能發一口棺材，也派不出人去掩埋毛毛。所以我只好自己動手去埋葬他，但没有棺材。

他的屍體真是沉重得可怕。我簡直不能相信，他是我們同村的人，是我們莊稼人中的一員。不過他那破爛的衣服説明了一切。大娘，你知道得很清楚，他自從討了母烏鴉以後，從來没有穿過一件新衣服。”

我的母親什麼話也没有説，望着窗外發呆。窗外有幾隻麻雀在吱吱喳喳地亂叫，像平時一樣，搶奪一點食物。潘大叔把他的腦袋埋進雙手裏，使勁地用手指抓自己的頭皮。阿蘭這時從灶房裏走出來，手裏捧着一碗熱面，蒸汽從面裏蜿蜒地升上來，像一條龍。潘大叔用一個低柔、但是沉濁的聲音説：

“謝謝你，阿蘭，不過我現在什麼東西也不想吃。我不餓呀。”

“吃點東西吧，大叔。我是用心做的呀。”阿蘭説，像個成年婦女一樣。最近一段期間，她主要是和老劉在一起，一切言行舉止已經學得像是家裏的一位客人，而不是一個成員。她看到潘大叔没有反應，就又補充了一句：“吃一點吧，大叔。也許我再没有太多的機會爲你做飯了，也正如你再没有太多的機會嘗我煮的東西一樣。世界的事情正在起快速的變化，快得可怕！”

她把這碗面放在桌上，又鑽進灶房裏不見了。

她的話語使我的母親打了一個寒噤。她把視綫從窗子掉向我們所熟知的那張古老的飯桌。

“事情的確在發生變化，快得可怕！”她自言自語地説。接着她掉向潘大叔，繼續説：“吃點吧，大叔，否則你會頂不住了。”

“我吃不下，大娘。”潘大叔説，抬起頭來，“毛毛的屍首不停地在我的腦裏出現。這也真怪，怪極了。我只要一閉上眼睛，毛毛就來了。”

“你遲早會忘記掉他的。忘記掉一個死人並不需要花多少時間呀。”

“我忘記過許多種莊稼的夥計，不過我想我永遠也忘記不了毛毛。他死得那樣可怕，而且還是我親手把他埋的。你知道，大娘，我在挖他的墳坑的時候，我的心一直在顫動，像大風中的樹葉一樣。”

“噢……”我母親似有所思地回答説。

沉默了一會兒以後，潘大叔作出一個勉强的孩子氣的微笑，同時也用一個孩子氣的聲音説:“大娘,我想我應該回到我北方的老家去了。這些天我一直在夢想着它。”

我的母親吃了一驚,她的眼神突然變得粗野,盯着潘大叔,問:“你怎麼想起這件事來?你過去從來没有想過你那個被戰争毁壞了的老家呀。”

“現在可有許多事情叫我想起它來了,大娘。”

“能够告訴我嗎?”我的母親變得神經質起來。

“死,這是第一件事。在我年輕的時候,我從來没有想到過死。但是現在我想到了。我希望躺在我祖先的墳墓旁邊,大娘。母烏鴉,這是第二件事。我不可能再見她的面。如果我把事情的真相告訴她,她也許就會發起瘋來,狠狠地捶自己的肚皮,弄得她的孩子流産——這種事她會幹得出來的。她得生出一個健康的小寶寶,來接毛毛的宗嗣。這孩子是毛毛留給這個世界的唯一東西,我不能眼睜睜地看着它毁壞。”

“但這裏就是你的家呀,大叔。”我的母親指着腳下的土地説,“建立起這個家你也出了一份力量呀。没有你,這個家就不成其爲一個家了。”

“我知道,大娘。不過現在所有的事情都變了。我覺得這個村子似乎對我也感到陌生。那個市鎮也是這樣。甚至阿蘭……”

“我懂得你的意思。”我的母親打斷他的話説,“不過我們還是原來的樣子呀。只有年輕人變了。很快我們就和他們没有關係了。你知道,我們總算是老一代的人呀。榮季不久就會拿到他的花紅。那時我們將退出這個世界,我們就可以對於現在的世界不聞不問了。”

“但我是一個孤獨的老人,大娘。我退出不了。”

“你可以和那頭小母牛消遣。她會給你生出孩子和曾孫。她的一家就够你忙的了。”

“也許你説的話有道理,大娘。不過世事於今是那麽不同!”潘大叔歎了一口氣。他的老眼現在變得模糊、迷茫和呆滯。他若有所失地望着窗外的樹,樹外的大路和大路外邊的那些起伏的群山,然後他又用一種迷糊的聲音自言自語起來:“當我從縣城裏回來走近村子的時候,我幾乎認不出那些熟識的東西：那屋頂上發光的瓦、我們村屋的沙石牆、我們村前廣場上空的藍天——那裏老劉的金嗓子不時發出響亮的聲音。我只是覺得村裏有一種涼颼颼的味道，陰慘慘的味道，好像屋上壓着一大堆烏雲，好像毛毛那具膨脹的屍體就立在我的眼前。”

“這只不過是毛毛臨死時在你腦子裏引起的一種幻覺，”我的母親解釋着說，“不要再去想它吧，大叔。你可以想想別的東西，比如你那頭漂亮的小母牛；想想那一天當我們這些老人得到那筆花紅的時候，你和你的小母牛以及她的孩子什麼事也不做，只在那些青山上放牧……”

“這聽起來倒是蠻好的，大娘。不過請告訴我，你真的願意把那頭小母牛送給我嗎？”

“怎的，她當然是你的小母牛咧。她一直就是你養大的。你親眼看見她來到這個世界，哺養她，使她成長、發育到現在的這副樣兒。她是屬於你的呀！她完全是你的！”

“你真認爲是這樣嗎？”

“當然我認爲是這樣。你以爲她應該是屬於誰呢？當你不在家的時候，我給她飼料她甚至嗅都不嗅一下。她在這世界上只認識一個人，那就是你呀。”

“謝謝你，大娘。我將養這頭母牛。她將是我老年的一個伴兒。她將使我記起我耕種過的那些肥沃的土地，我栽下的那些綠色海洋一樣的稻苗，我播下的那些金黄的麥浪。大娘，我喜歡想起這些東西。它們使我年老的心感到温暖和微笑……”

忽然他的聲音中斷了。無名的淚水從他那失神的、圍着黑圈的老眼眶裏淌了下來。

“啊，潘大叔！潘大叔！你太累了。你得好好地休息一下。”

我的母親大步地走到他身邊，把他從他所坐着的那個矮凳上扶起來，然後向我做了個手勢，叫我過去幫她一下忙。我們扶着他走進他的房裏，讓他在床上躺下。這時潘大叔像個病人似的一點氣力也没有。但是他在抽咽着，像個孩子。

我們回到堂屋後，我的母親自言自語地低聲説，聲音裏充滿了感傷和悲哀：“他是老了。我一直没有想到這一點。光陰真是飛得快！他是老了。我們大家都老了！”

第二天潘大叔没有出來吃早飯。我想他是太累了，起不來。我的母親提醒阿蘭不要去喊他，免得把他弄醒，他需要大睡一覺。但是當太陽快要走到天頂的時候，潘大叔還没有出來。我的母親開始感到很奇怪。我們走到他房裏去看他，我們驚奇地發現，他已經不見了。我們以爲他到隔壁房間去喂小母牛了，於是我們又到牛屋去，牛屋也是空的，牛也不見了。

我的母親站在屋中央，想要弄清楚，這究竟是怎麽一回事情。

“難道他把牛牽到外面吃草去了嗎？不，在這樣的季節，山谷裏是没有草的。”

我母親又猶疑地回到潘大叔的房間裏去，她劃了一根火柴，把他床邊桌上的那盞油燈點着，因爲這個房間相當陰暗。她在桌上找到一張紙條，上面寫了一些歪歪斜斜的字。這是出自潘大叔的手，字體很幼稚，也没有什麽體裁。潘大叔認識的字不是太多，無法流暢地表達自己，因此有些字寫得也很笨拙。

> 大娘大人見笑，我昨夜没曾合眼，毛毛的樣子在我眼前摇晃，他婆娘的哭總也在我耳裏響。我心裏不好過。我惦記北方的老家，也想父親大人和祖宗。我多年没有上墳，墳一定也崩了。我想天没亮以前就起程回家，把我的女兒那條小母牛也帶走，因爲你答應送它於我。我很難過，我心裏不好受。我願你福體安好，榮季得到花紅，又兩位少爺都出人頭地，阿蘭均此不另寫。僕老潘敬拜。

我的母親像個瘋子似的衝進堂屋裏去，手裏拿着這個紙條，站在窗子旁邊發起呆來。有好一陣子她説不出話來，眼睛直盯着這些歪歪斜斜、不成形體的字跡。接着她就忽然向灶房裏大聲喊：“阿蘭！潘大叔問你好。”可是她的喊聲没有得到回應。她等了幾分鐘以後，便又以更高的聲音喊：“阿蘭！潘大叔問你好呀！”仍然没有回答。原來這些時阿蘭總是常常去看老劉。他們已經是在熱戀之中。她不再喜歡呆在家裏了。只要一有機會，她就跑去爲這位宣傳組副組長做飯或縫縫補補。

“也許她又到説書人的屋子裏去了，媽。”我説，仍然把老劉按照他的老行業來稱呼。

“我想大概也是這樣。”我母親静静地説，她的眼神變得無光而又呆滯。她那伸着的手垂了下來，那張紙條從她的手裏飄出，慢慢地落到地上。

她的視綫跟着這紙條也移到地上，最後就在那裏定下來，好像從没有見過這個地面似的。過了一會兒她忽然抬起頭來，發出一陣歇斯底里的笑聲。笑聲的回音在屋裏繚繞，像鐘響一樣。它在空中盤桓了好一陣子。

十二

潘大叔失蹤後没有幾天，老劉來看望我們。老劉的這次來訪看起來倒好像是一樁大事，因爲自從他當上了宣傳組的副組長後，他很少來看過我們，即使爲了阿蘭也没有來過。他一直是在忙於幹他的工作，而這工作大部分又得在鎮上革命黨地方總部去做，只有天黑時他纔回到村裏來。他每次回來腋下總是夾着一大堆傳單和文件之類的東西，爲的是想利用晚上的時間來閲讀。

“我只能在這裏坐幾分鐘，大娘。”他對我母親説，把一大堆宣傳品放在桌上。這些東西自己攤了開來，露出一大批我過去不曾見過的新的漫畫。頭一張漫畫顯出一隻狼，穿着一身將軍的制服，後面拖着一條蓬鬆的長尾巴，腰間還挂着一把大刀。他後面跟着一長串士兵。標題上寫着：蔣介石背叛了革命，地主們又回來收復他們失去了的權威和解放了的農奴。我母親瞥了它一眼，什麽話也没有説。我們的説書人補充着説：“大娘，我要離開這裏了，也許要離開好長一段時間。我現在來是要告訴你一個消息，也許你對它會感到興趣。”

“什麽消息?”我的母親既感到恐怖，也感到驚奇，因爲老劉的面孔看上去非常嚴肅和認真的。

“關於潘大叔的消息。”老劉鎮静地説，不過他的聲音很沉重。

“潘大叔!”我的母親叫出聲來，她的面色也同時變得蒼白，“什麽消息? 好的還是壞的?”

“不要太激動，大娘。這也不一定全是壞消息……”

“他能回來嗎?”我的母親打斷他問。

“請聽着，大娘。我從阿蘭那裏聽説，他帶着那頭母牛夜裏失蹤了。事實上我一直在惦記着他。他一點也不知道，大娘，現在的政治形勢是多麽嚴重。省城裏的反動派已經向我們展開了進攻。有些外國政府供應他們現代化的軍火，他們已經在好幾處戰略要地打敗了我們的隊伍。儲敏和王獅子，他們現在已經和被逃亡了的那個總管當上‘征討軍’的顧問了。這支反動武裝很快就要攻到我們這個地區了，看來奪取縣城是他們的首要目的……”

“那麽潘大叔怎麽樣呢? 請你只講潘大叔的事情吧!”我母親又打斷了他，不安地問，“我不願意再聽儲敏和他的‘征討軍’的事情。”

“請你静静地聽下去吧，大娘。我馬上就要説到他的問題了。”老劉不慌不忙地説，鎮静得像他説書的時候那樣。“在這種非同小可的白色恐怖面前，”老劉咳嗽了一聲，以此加重這個新名詞的語氣，然後繼續説，“當然你知道這意味着什麽，我們得萬分警惕。因此重新成立的農民自衛隊就決定夜裏秘密地在本地區各個重要的路口巡邏，爲的是防止反動派搞破壞和他們的奸細潛伏進來……”

“你的意思是説潘大叔? ……”我的母親又打斷他，面色已經變得發青了。

“安静點，大娘。我馬上就談到他的問題，要不了一會兒。”老劉對她保證，仍然是很鎮静和不慌不忙，像一個説書人一樣。他繼續講他的開場白:“請聽着，自從阿蘭告訴我潘大叔出走以後，這便是我最擔心的一件事。比如說吧，他碰上了巡邏，而被看做是一個陰謀搞破壞的人或奸細……”

“什麽?”我的母親叫出聲來。

“請放安静些，我馬上就談到這個問題。”老劉説，“因此我盡了我一切力量，看是否他遇見了什麽意外。你知道，我關心他，也不亞於關心你們呀。我和阿蘭的關係使我與這個家感到更親密了。他是阿蘭的大叔，當然也就是我的大叔咯。我到縣城去農民自衛隊總隊打聽他的消息。他們告訴我，前天夜裏他們抓住了一個老莊稼人，牽着一頭母牛。巡邏的隊員誤會他是一個小偷或是儲敏的密探，幾乎要殺死他。他的運氣不好呀，大娘。要不是那頭母牛，他差不多可以安全地通過這個地區。你知道，那頭母牛的蹄子在沙石道上弄出一種可怕的聲音，這在静静的深夜當然會引起人們的重大懷疑。隊部只有在嚴格地訊問以後纔知道這位被捕獲的人是我們村裏農民協會的臨時主任。這當然就是潘大叔咯……”

“難道他們控告他是密探或破壞者嗎?”我母親的聲音裏帶着驚惶的調子，她的眼睛也失神地在張大。

“他們是這樣做！但是我一聽到這個消息就立刻去找他們。我作爲這個地區宣傳組的副組長，向他們保證潘大叔是我們村裏一個誠實和善良的莊稼人。我還向他們解釋，潘大叔非常想念他的老家，想儘快地回去，因此在天還没有亮以前他就動身趕路了。”

“他們相信你的話嗎?”

“他們當然相信！你認爲他們應該相信反動派的話嗎?”

“很好，老劉。我非常感謝你。你想他們什麽時候會把潘大叔送回到村裏來呢?”

“這倒是一個問題，大娘。”我們過去的説書人額上的那幾根稀薄的眉毛皺了起來，“潘大叔的地位不同。你知道，他是這個村子農民協會的臨時主任呀。不管他想家還是不想家，在這個時候，私自離開自己的崗位是違反革命的紀律的。這説明他對革命的理論還缺乏認識。他需要進行一次改造。因此他們在一個偏僻的村裏臨時爲那些私自脱離崗位的人開辦了一個學習班，潘大叔就被送進那裏學習去了。”

“噢，噢……”我的母親歎息了一聲，説不下去了。她那驚恐的眼睛變得迷糊和暗淡起來。老劉的話語使她感到迷惘。“不過潘大叔從來不是一個搞政治的人，更談不上是個革命者。”她低聲説，好像是在獨語，茫然地低頭望着地上。然後她提高了她的聲音：“那頭母牛怎麼辦呢？他們也讓他把它帶進學習班嗎？你知道，他是一個孤獨的老人呀……”

“一頭母牛跟政治有什麼關係呢？”我們的説書人驚奇地問，“它已被没收，是革命的財産。私自奔回老家，還要把這件私有財産帶走，已經是姿態不高了。”

“你不知道，老劉，這頭母牛對於他的生活説來，是有多麼重大的意義。”我的母親對這位副組長解釋着説，但她的聲音立刻就低下去了，最後就成爲一聲歎息，“誰也不懂得這一點。但是請告訴我，什麼時候他們可以讓他回家。”

“當他被改造過來，成了一個積極革命者時，他就不一定回家了。”

“積極的革命者！他能够成爲這樣一個人嗎？”我母親的訊問聲逐漸變成了一個低語，“啊，如果他真正變成了這樣一個人，他的確也就不會回家了。”

“我想會是這樣。他將會把自己的生命貢獻給革命。從另一方面講，如果他一刻不能把自己教育好，他也很難離開那個學習班了。”

“我懂得了……”我的母親對自己低語着，若有所思地望着地下。不一會兒她又把眼睛抬起來，安靜地問：“你能不能利用你的面子想法免除他的學習呢？你知道，據我的瞭解，教育只是年輕人的事呀，他已經是老得没有辦法了……”

“我不能，大娘。這是革命的紀律問題，我完全不可能。”老劉説。他的眉毛又皺起來了，不耐煩地向窗外望了望，驚了一下，便大聲説：“好傢伙！我原以爲只是在這裏花幾分鐘的光陰，哪曉得一下子就耽誤了半天。我得趕快走！”於是他掉向我母親，又低聲補充了一句：“大娘，我有一件事想徵得你的同意。”

“你還有什麽事需要徵得我的同意呢，老劉？”我母親説，奇怪起來，“你現在是一個革命的官呀。你喜歡怎麽幹就可以怎麽幹。”

“不能，大娘。我不能盲目地亂幹。革命的公務人員和舊式的官僚不同，我們必須按照指示和紀律辦事。”

“那麽是一樁什麽事呢？”

老劉把我母親驚呆了的面孔望了一會兒，然後他鎮静地説：“我想把阿蘭一道帶走。”

“帶走？”我母親驚了一下，她那大張着的眼睛盯着老劉，好像他是個陌生人一樣，“你這是什麽意思？我不懂得你的話，老劉。”

“請聽着！我已經告訴過你，儲敏和王獅子已經成了那個龐大‘征討軍’的先鋒。他們隨時都會打到這個地區來。在戰術上講，這個地方是無法守住的。我們已經得到命令撤退到西邊的深山裏去，我們將在那兒建立起革命的根據地。你知道，這將是一個長期的鬥争。在最近的將來我大概不可能回來，因此我想把阿蘭帶走，我將儘快地和她結婚。大娘，在最近三天内，我隨時都可能離開這兒到山裏去，因爲我們已經得到情報，反動軍隊伍正在朝這裏移動。”

“真的嗎？”我母親用懷疑的口吻問，不過她的面色已經變得蒼白。

“完全是真的。”

“那麽，即使是潘大叔完全學習好了，他也回不到我們這裏來，甚至連看我們一眼都難……”

“這就要看情况了。不過請告訴我，我能把阿蘭帶走嗎？”

“唔。”我母親的話一開頭，就又止住了。她若有所思地低下頭。她的眼裏充滿了淚水，變得模糊起來，但淚水映着窗外射進來的陽光在發出光亮。她説不下去了。

“請告訴我，大娘。我只需要你一句話。”老劉敦促着，同時捲起攤在桌上的那一堆標語和傳單。

我母親的頭仍低着，説：“我現在什麽權柄也没有了呀，老劉。你知道得很清楚，我現在已經不是她的婆婆了，而且她現在已經長大成人，我甚至連她的撫養人也不是。你得去問她自己，我把她喊來，好嗎?”

“好，請吧。”

“阿蘭！請出來一下!”我母親向灶房裏喊。

“來了，媽!”阿蘭回答説。

不一會兒阿蘭就從灶房裏走了出來。她仍穿着我母親新年時特别爲她做的那件藍布長衫，上面繫着一條圍裙；她也仍然留着那條辮子——既瘦又長。她站在我們面前，仍然是那麽天真，那麽聽話，那麽勤勞，那麽忠心耿耿，只是她顯得比以前更高了，一雙手也變得更粗大，肩膀也比以前寬了許多。

我母親對老劉説：“現在你問她自己吧。”

老劉走到阿蘭面前，像他舊時所講的一些故事中的騎士面對着他的情人一樣，深深地對她鞠了一躬。他用一個温柔、匀稱的聲音説：“阿蘭，我和我的同志們一道，要撤退到西邊的深山裏去。我想把你也帶去，因爲我愛你，想和你結婚。你怎麽想法?”

“你説的話可靠嗎?”阿蘭莊嚴地問，像一個成熟的婦人一樣。

“百分之百地可靠。”老劉説，又鞠了一躬。

“那麽你什麽時候起程呢?”阿蘭又用一個堅定的聲音問。

“一兩天以内。”

“好！我將和你一道走。”她的回答既簡單而又明瞭。

老劉站了起來，滿臉微笑。我以爲阿蘭由於即將遠行到一個陌生的地方去，捨不得她賴以長大成人的這個家屋，一定會大哭一場。恰恰相反，她顯得意想不到的快樂，她那張一貫愁眉不展的、佈滿了麻子的面孔也亮起來了，她的眉間和嘴唇上也浮起了笑容。她不僅感到高興，而且也感到驕傲。我的母親微微地抬起頭來，斜視了她一眼，可是立刻她的眼神又低下去了。

老劉把他的那一捲標語夾在他的腋下，對我母親説：“謝謝你，大娘，謝謝你這多年來對阿蘭母親般的照顧。”接着他掉向阿蘭，繼續説，“很快我就來看你，阿蘭。我現在得走了。請你準備隨時動身。”

我的母親把頭倒到椅背上，她的胸脯開始一上一下地起伏着，她的眼裏亮着淚珠。但是她控制住了眼淚，没有讓它流出來。她一直是這樣，她從不真正地哭泣。

征討軍終於攻佔了縣城。在儲敏和王獅子所指揮的武裝到來的前幾個鐘頭，老劉和阿蘭與本地革命黨的委員們一道，離開了我們這個地區，向深山裏撤走。新軍不聲不響地到來，正如革命黨人不聲不響地離去一樣。一聲槍響也没有聽見過。要不是那些蓋着新政權的大紅章的新告示出現，我們村人還不會知道他們的隊部已經在鎮上駐紮下來了。

新的告示是貼在我們村頭祠堂的牆上的，面對着那條大路。這是我們的道士先生本情在一天早晨發現的。他立刻感到興奮起來，在村裏儘量拉開嗓子喊："又换了一個朝代！這個新的朝代是個真正永久性的朝代！終於天亮了！"他的喊聲中夾雜着感歎和歡呼。這是我們村人自從革命黨人到來以後，頭一次看見他如此勁頭十足。他似乎變得比以前年輕和有生氣了。他的這股活潑勁兒不僅引起大家的好奇，也爲生活和未來賦予了一點幻想。許多人都跑到祠堂那裏去看新的地方政府的這個新的公告。

這張告示共包括三個内容，有三個不同的段落，全是用文言文寫的，狐狸和狼那樣漫畫性的東西一點都没有。第一段所寫的是關於新政權的問題：它是合法的，代表全國的，是國家的真正政府，因此所有的人都必須無條件地服從它的一切命令；目前的任務是清剿"匪黨"，恢復秩序。第二段要求所有的人肅清那些"年輕匪黨徒"在他們的頭腦裏所灌輸的一切毒素，恢復舊的生活方式，跟在"匪黨"没有到來以前完全一樣。第三段則規定了罪與罰的標準。任何人信奉與新政府的指示相違反的學説，就是一個奸賊，按照叛國罪治刑。爲了對這條作一個説明，文中舉了一個具體例子，即老塾師佩甫伯，因爲依附"匪黨"，當了它的一個文書，將於明天上午在小鎮前面的沙洲上當衆處決。

這三段文字對於我們村人説來並没有太大的吸引力，因爲大家並不太懂得它們的内容，但這個舉例卻在人們中間引起一陣騷動。大家都驚得目瞪口呆，面面相覷，保持着死一樣的沉寂。誰也想象不出，佩甫伯居然成了一個“奸賊”。這位老塾師一直在饑餓的邊緣上兜圈子，而且正因爲這個原故，他被弄得骨瘦如柴，高度近視，背也駝了，成爲一個最可笑的形象。因爲他的這副滑稽外貌，人們總在背後笑他，雖然由於他能知書識字，大家也同時對他表示高度的尊敬。現在他的這副可憐樣兒似乎就在我們面前晃動。不知怎的，我們都感到非常難過。

“真可惜！真可惜！”本情歎了一口氣説，“一位教育界的棟樑居然犯了叛國罪！”他儘量使用了一些文縐縐的字眼，想當場給我們那些不識字的莊稼人造成一個印象，他今後是這裏一個最有學問的人。於是他暗示他可在教育方面當這位不幸的教師的一個繼承人。他繼續説：“對一些父母來説，這確是一個巨大的損失。誰再來教他們的孩子呢？我倒感到頗爲不安，因爲我不能同時幹兩項工作呀。如果大家要我教書，我就得停止做法事——這我還不太願意哩。”

他向周圍看了一眼，希望得到回應。由於我們村人都没有錢送孩子上學，大家就都保持一種哭喪般的沉默。本情對大家的這種全然忽視教育的態度感到很失望，因此他就拖着他的步子灰溜溜地離開衆人，向我們的家走來。他想把這個消息告訴我的母親，因爲佩甫伯是我們家庭的朋友。我母親正在清理阿蘭所遺留下的一些東西。她在撣刷這些東西，把它們小心地裝進一個紀念箱裏。這情況，倒好像我們家裏死去了一個很重要的成員似的，因爲我的母親在撫摸這些東西的時候，她的眼裏一直亮着淚珠。本情也没有講什麼客套，就選了一張在牆角邊的最舒服的椅子，在那上面坐了下來。他打算作一次長談。

他用一個沉静的聲音描述這個新朝代，但是他的興致很高，勁頭也很大，解釋那張告示的内容爲“新皇帝的朝廷”所頒佈的金口玉言，而這位新皇帝又是玉皇大帝特派下來，爲的是要恢復古老華夏的傳統文化和典章制度——這些已經全然被“革命匪徒”所摧毁掉了的東西。接着他便閉上眼睛，歎了一口氣，用夢囈般的聲調繼續説：

“啊，我多麽希望新皇帝多關心一點老百姓的教育和精神生活啊！”

接着他就睁開眼睛，盯着我的母親，問：“你知道，大娘，是什麽造成革命匪徒的垮臺嗎？”没有等待回答，他就自己作出了解釋，並且着重指出：“是因爲他們瞧不起道士呀！這正是爲什麽他們站不住脚的原故。不過，從另一方面講，如果道士不尊重自己，也像那個可憐的塾師佩甫伯一樣，隨波逐流，參加匪徒的叛亂，那麽……”

他找不到恰當的話語來結束他的議論，只有不停地歎氣。過了一會兒，他又提高聲音，活靈活現地描繪新政府怎樣判決“革命匪徒”佩甫伯的情形。

“你能肯定他們真的明天要處決佩甫伯嗎？”我的母親問，她的手開始在顫抖。

“我是個説謊的人嗎？”本情反駁着。

於是他便以各種鬼神——善的和惡的——的名義發起誓來，證明他不説謊。

“好吧，好吧，我相信你。”我的母親重複地説，感到很狼狽，“不過對於我們的這位老朋友，我們將怎麽辦呢？我們都知道，這位可憐的老塾師是一個無罪的人呀。”

“絶對没有辦法。”本情堅決地説，做出一個非常嚴肅的面孔，“那張告示是新皇上的朝廷通過儲敏和王獅子的官廳頒佈下來的呀。皇上本人也許可能因爲什麽請求而改變主意。但是你想儲敏和王獅子會改變決定嗎？大娘，他們是鐵石心腸的人呀。甚至像佃租那樣的小事，他們也寸步不讓。我太瞭解他們了，雖然我並没有佃過他們田種。”

“我懂得了，”我的母親憂心忡忡地説，“也許你有道理。但是我們得爲我們可憐的佩甫伯做點事纔對呀。”

“當然咯！我正想在他死後把他的學堂接過來辦下去，因爲這是他的終生事業呀。你想，我會不會成一個很稱職的老師？我對於教書並不怎麽太感興趣，不過鑒於我和佩甫是多年的老朋友，我得做點事兒來接續他的事業。我想順便問一下，大娘，如果有人提出這個建議，你能支持我嗎？”

“你怎麽能够想起這種事情來，本情?”我的母親説，感到非常不愉快和悲傷，“他還没有死呀。難道你不是他的朋友嗎?”

“我很抱歉！大娘，我很抱歉!”我們的道士先生不停地表示歉意，他的臉上發燒，他的良心劇痛，“説老實話，大娘，我只不過想找一個職業，我一直在餓飯呀。如果你要我説真話，那麽什麽真皇帝還是假皇帝，我都不感興趣。瞧瞧我這骨瘦如柴的一身，大娘。我爲佩甫惋惜，但是……”

“不過作爲他的老朋友，你得爲他想點辦法。”我的母親打斷他的話，直盯着他那雙一籌莫展的、饑餓的眼睛。

“那麽請你，大娘，告訴我該怎麽辦。”我們的道士先生幾乎要哭出聲來。

“在他没有被處決以前，趕快給他念經，好叫他的魂魄能够升天。他在這個人世間受的痛苦太多了。他不應該再投生成一個人，至少不能再成爲一個塾師。請你盡你的一切力量超度他的靈魂吧，本情。”

“我一定這樣辦，大娘。自從那些革命者來到這裏，我一直被禁止做法事。我將很高興重操舊業。”

“那麽就請你好好地去做吧。”我母親説，“我現在送你一點錢去買香、紙。”她從荷包裏取出一把銅錢，交給本情。在我們的道士先生接過這些銅錢的時候，她自言自語地説：“這倒很像佩甫伯是已經死了。”

“我也有這樣的感覺，大娘。不知道什麽原故，我也感到非常不痛快。”本情鬱鬱不樂地説。

於是他告辭了。他摇摇晃晃地走着，像個幽靈一樣。

第二天，中午時分，本情又踉踉蹌蹌地來到我家，比上次更顯得衰弱和無力。看來好像他失眠了一整夜。他的眼睛突出，神志昏迷，呆呆地向前望，毫無生氣，像玻璃球做的假眼。他的嘴唇在抽搐，一下向左，一下向右，發出一種不連貫的、類似私語的聲音，倒有點像念經的樣子。他在門口停住，靠着門柱站着，像個討飯的叫花子。當我的母親和我走過去迎接他的時候，我們纔聽出他在喃喃地念些什麽東西。

“佩甫，我決不接你的職業，請你放心，我決不……”

“你在講些什麽呀?”我母親問，直盯着他那失神的眼睛。

這位道士先生繼續喃喃地獨語：“佩甫，我決不接你的職業。你放心吧，我決不……我還幹我的老行業，做法事。佩甫，我決不……”

“你出了什麽事呀，本情?”我的母親又繼續問。

這位道士先生好像什麽也没有聽見，仍然不停地自語：“佩甫，我發誓我不要當塾師……我用聖先聖靈的名義發誓……”

“你瘋了嗎，本情?”我的母親在他的耳邊大聲喊，“你在講些什麽呀?”她開始摇他的肩胛，“你一定是瘋了。”

“我没有瘋，大娘。是他們瘋了。他們今天早晨用大刀把佩甫砍死了——一把長的大刀，有兩尺來長；不，有三尺來長；不，有十丈多長。他們在佩甫的脖子上砍了三次，可是他的頭一直、一直落不下來：骨頭太老了呀，大娘。那是一個年老的脖子，骨頭太硬，砍不動呀。終於血噴出來了，噴了十丈高，像一個噴泉一樣。真是怪啦，大娘，這個骨瘦如柴的老塾師居然還有那麽多的血！嗬……嗐……嗐……嗐……嗬……嗨……”

我的母親變成了一塊石頭。她擱在這位道士先生肩上的手機械地落下來了。她的雙眼也變得迷惘、呆滯而無光。一串不連貫的聲音慢慢從她的唇邊落下來：“佩甫到底是被處決了……“但忽然她又驚了一下，好像是從一個噩夢中醒來似的。她又問我們的道士先生：“你爲他做過禱告嗎？你禱告過菩薩，不要再讓他投生當一個塾師嗎?”

“我不知道，我不知道。哈！哈！佩甫就在那兒。他就站在那兒!”他指着大路，那兒有兩個不認識的人正在向我們的村子走來。“佩甫就在那兒，瞧見嗎？佩甫跟着儲敏的總管同來，請我去接他在學堂教書的職業。不！不！我不要吃那碗飯。佩甫！你怎麽樣啦，老友?”他對那兩個人喊，同時向他們奔去。

他們在村前的那個廣場中央相遇——在舊時那些安静的日子裏，老劉就經常在那裏敲鼓講故事。新來的人中有一位問本情：“你就是村裏的道士先生嗎?”

“是的，老朋友。”我們的道士先生不着邊際地回答説，“你們要請我去教書嗎？我可不去，謝謝你們！”

“我們不需要你去教書。”他們中的一位説，同時從腰帶上抽出一支手槍，“跟我走吧。我們是新的地方政府派來的。我們今天早晨看見你在刑場上做禱告。你們都是一路貨色！”

“這是什麽意思？”我的母親驚惶地問這兩個來人。

“他被逮捕了。”其中的一位便衣偵察人員説。

“爲什麽？”

“爲的是去受審！難道你不知道他是一個革命匪徒的同黨嗎？”

“但他是這個新朝代的一個最大擁護者呀。”我母親説，“没有多久以前他還是這樣説的呀。”

“那麽你怎樣説明他從革命匪徒那裏接受了分給他的三畝田呢？你知道，他並不是像無知農民那樣的人呀。他是一個道士，知書識字，正像他的同謀犯那個塾師一樣。”

“夥計，不要跟一個鄉下婦女去糾纏吧。”另外那個密探説，“我們走吧。這些日子我們要幹的活還多着呢！”

他們給本情戴上鐐銬，把他向城裏的那個方嚮拖去。這位道士没有作出任何反抗，只是不停地説：“請你們注意，我不要教書。不要，謝謝你們！我的本行是做法事，做法事，做法事！你就是拿金子，真金子，沉重的金子來，我也不換我這本行！我不换！”

他説的話那兩個便衣密探當然置之不理，只把他像一頭驢似的拖着往前走。本情挪動着他那沉重的步子，嘴裏不停地喊：“不，我不要教書。不要，謝謝你們！你們最好另找一個人去辦那個學堂！”他在大路上漸漸被拖着走遠了，他的聲音也漸漸聽不見了。不多一會兒，他們拐了一個彎，就全都没有蹤影了。

許多天過去了，我們開始可以聽到隆隆的炮聲不時從遠方的山裏飄來。有許多傳聞開始在鄉下擴散開來，説在西邊山裏農民自衛隊和王獅子的部隊戰鬥得非常激烈。我們有時在深夜被炮彈的爆炸聲驚醒。我的母親一聽見就跳下床來，再也睡不着。這時她只有望着窗子，等待外面的天色發白，然後發亮，直到最後太陽升起。

村人逐漸變得不安和神經質起來。有時他們在吃飯的時候就忽然放下碗筷，跑出村子，爬到山上，歇斯底里地聽那些我們不知來自何方的、神秘的爆炸聲。誰也猜測不出來，爆炸的地方離這裏有多遠。不過大家都很害怕。上面的雲塊似乎垂得很低，好像天隨時都可以塌下來，把村子和村人統統都壓得粉碎。有時，當一聲巨響忽然在西邊爆炸的時候，我們的耕牛就要跳起來，我們的村人也都東跑西竄，像牆塌時成群避難的耗子一樣。土地在沸騰，我們的村子也在沸騰。

但是我們的屋子卻是安静和寒冷的。我的母親大多數的時間是靠着窗子獨坐，一會兒望望阿蘭經常忙來忙去的那個灶房，一會兒望望門前的那塊空地——潘大叔經常喜歡坐在那裏抽煙，或和毛毛逗笑，或刷我們的耕牛。她凝望着這些熟識的地方的時候，總是一言不發。遠方的爆炸聲或者我們村人在村裏所攪起的騷動聲，她似乎絲毫也不介意。

不過有一天早晨，當我們的看家狗來寶從外面走進來的時候，她變得略爲話多起來。來寶在屋裏兜了好幾個圈子，然後走到我母親身邊，嗅了嗅她的衣襟，最後便使勁地拉着它，狺狺地嗚咽，好像有什麼話要説似的。我的母親拍着它的腦袋，用同情的聲音説：

“可憐的東西，你這幾天挨餓了。我們家裏一半的成員已經没有了。没有人做東西給你吃，也没有人給你作伴。我可憐的來寶！”接着她就抬起頭，對我説，“孩子，我記起了我昨天夜裏做的一個夢。我夢見來寶嘴裏銜着你爸爸寄回的一封信。也許往河下游那個‘大城市’跑信差的那個信腳子現在又重新開始幹他的行業了——因爲地主儲敏又回到了鎮上，重新開起了他的店鋪，他跟外面有信件來往。你最好去問問，看有没有你父親托他帶回的信。他早就該寫信回來了。”

“是的，媽。”我説。

於是我到鎮上去。我找到那個跑信的人紅苕。他確實前不久又開始幹他的行業，到下游的“大城市”跑了一趟信。他從他的信袋裏找到了我父親的一封信。我向他問起我父親的情況，是否他已經得到了那筆“花紅”。他什麼話也没有説。他只是説他太忙，除了傳送生意人和地主儲敏的一些商業信件外，他有時還得去找在最近大動亂中失蹤了的收信人。他把信交給我，叫我離開。

當我回到家來的時候，我把信交給母親。她微笑了一下，説：

“真奇怪，夢裏的事情竟成爲事實了。一到了夜裏我們的靈魂就和來寶交流——它真正成爲了我們家裏的一員了。可憐的東西，以後我們就不應該再讓它守門了。我們也没有什麼牛可以被偷呀。”她停了一會兒，接着又繼續説：“把信念給我聽，好嗎？”

我把信拆開，念起來。

“余已聞述故鄉近況，”信上寫着，“此亦足使余特感驚奇。此市情勢更爲可慮。青年學子，每日被槍決者，數以千百計。余甚盼余家長子現刻仍平安無事，但余已未獲彼之消息多時矣。至余諸事，均未能若預期之順利……”

忽然我覺得有一個黑點，在我眼前左右晃動。我無法再念下去。

“念吧，孩子！”這是我母親焦急的聲音。

我揉了揉眼睛，繼續念下去。我的聲音有點顫抖，我也不知道這是爲什麼原故。

“余之行東售貨之洋商，因國内經濟恐慌，已拒絶進口本地原料。故原料售價大跌，生意蕭條，余行東暫且歇業。余所盼之花紅亦不得不暫緩置論矣。但鑒余在行多年服務，行東慨允仍予照顧余之生計，以待復業——唯望此舉時不久延，余年已老，歲不待人矣。值此百業蕭條之際，彼願留余爲彼子女授課，藉以暫維持生計。與故鄉同類工作相較，此間似稍勝一籌，超佩甫之教學所得，足以全家糊口。甚盼汝等能來余處暫住。余想念汝等也。二兒亦宜始學一技能或進一新式學校，爲他日謀生之計，務農已難爲業矣。此外，余得知吾鄉目前正陷於一片混亂，汝等亦以到此暫住爲宜。余則因行東子女需每日教課，不克親自返鄉接眷。汝等可暫以家中諸事托潘大叔及阿蘭照顧，並代向彼等致意。”

當我疊好這封信的時候，我的母親偷偷發出一聲歎息。“在他這樣的一把年紀，他終於又當起一個塾師來了!”她低聲説，“可憐的人，他一點也不知道他的老同事佩甫伯的遭遇。潘大叔和阿蘭的情況他也一點都不知道。”

“不過他的教書工作比起可憐的佩甫伯來要好得多，因爲東家完全不同。”我説，想以此安慰母親。在此同時我也幻想起在大城市的那種熱鬧生活和我可能進的那個新式學校來。事實上我的心已經飛向那個“大城市”了。於是我便天真地問:“媽，我們到爸爸那裏去嗎?”

“啊，不行!”我的母親堅決地説，“我們怎麽能够離開我們祖先的老家呢?”

幾天以後，隆隆的炮聲越來越逼近了。有些傳聞説革命黨人已經在深山裏建立起了堅强的根據地，而且也集中了更多的農民自衛隊參加戰鬥。儲敏和王獅子的部隊傷亡很大。我們已經可以見到一些傷兵被抬在擔架上從遠方的山裏經大路上走過去。有一天下午王獅子的總部派了一隊人到村裏來拉夫去補充他們的死傷，有許多莊稼人被强行綁走。我母親從窗裏可以看見，他們在大路上掙扎，希望逃脱，但最後還是在那迷蒙的遠方消失了。

“孩子，”她掉向我，説，“我看我們還是得接受你父親的勸告。他們隨時可能再來，把你也抓走，因爲你已經不再是一個很小的孩子了。他們打的那種仗的性質我不瞭解，我不能讓你去參加。”

“你説得對，媽。”我説。

離開我出生的那個村子，到一個大城市去開始新的生活，對此我感到太高興了。

第二天大清早，我們不聲不響地鎖上家門，離開了村子。我們只帶了幾件必需的衣物，還有我父親和哥哥過去幾年寄回家的一束信。當我們走出了村子以後，我母親回過頭來又望了好幾次，不過她什麽話也没有説，也没發出任何歎息。村子仍然是往常的那個樣子。那些村屋，那些樹木，那些鋪着黑瓦的屋頂——一切看上去都和我所能記得起的情况一模一樣。可是天空給它籠上了一層沉鬱、陰森的氣氛。也許這就是晨霧。

當我們踏上木橋，向河對岸走去時，下邊清澈的河水仍在慢悠悠地向前流去，像往常一樣。我愛看水下面的沙底，那些細密的白沙子映着初升的太陽發出晶瑩的反光。我靠着橋上的欄杆向下邊望了一陣，想再瞧瞧那些沙粒，因爲我小時常常喜歡玩這些沙子。可是我母親卻敦促我趕路，她不想看那些沙粒，她避免看我們所熟悉的一切東西。她有意識地只瞧着河的對岸，因爲那邊的東西我們全都不太熟悉。

當我們來到河的對岸以後，我們就走上另一條大路。這條大路把我們引向另一個世界——那個位置在河下游的"大城市"世界。這是一條很長的路，它有一兩百里長。我們揚起頭來向前方望去，向那漫長的、塵土飛揚的、昏黄的古驛道望去，我們開始意識到我們是多麼難以形容地寂寞。我的母親忽然停下步子，説：

"哎呀，我們忘記了我們的來寶！我們得把它一起帶走。我們離開村子還没有太遠。"

我走到附近一個小山頂上，儘量拉開我的嗓子向對面喊："來寶！來寶！"回音在河上像鐘聲似的回蕩。忽然一隻白色的動物從我們村子的樹木中衝了出來，使足腿力向我的喊聲這邊跑來。當它趕到河邊，跳進水裏去的時候，我能認出它就是我們的來寶。它從不喜歡在橋上走，而總是泅水過來，雖然水裏很冷。没有多久的工夫它就跑到我們身邊來了。它向我滿身亂撲，一會兒舐我的手，一會兒嗅我的下巴。我把它領到大路上來。當它看到我母親的時候，它幾乎發起狂來。它圍着她亂跳亂蹦，好像它找到了一件寶藏，一個家。我從來没有看見過它是如此高興。

我的母親温柔地拍着它的腦袋，想要和它講幾句話。不過當她一張開嘴唇的時候，她的聲音就顫抖起來，她的眼睛裏彌漫着淚水。看到這情景，我覺得我的心也變得沉重起來。我把頭掉向一邊，裝作没有看見。在我面前立着一棵粗大的古樹，我發現樹幹上貼着一張標語，那是革命黨人夜裏潛到這裏來暗暗貼上的。爲了做出一個自然的神態，我把標語上的字念了出來，好像是在作自我欣賞：

> 我們要重新回來的！

我的母親似乎已經發覺了我的用意。無疑，她已經聽到了我剛纔念出的字句。她偷偷地用袖子擦乾眼淚，想要表現得堅强些，因此她就用一個做作出來的、貌似自然的聲調，作出她對我剛纔念出的那幾個字的反應，説："我很懷疑！"正在這時，一個天真的放牛娃在不遠的山裏唱出那個古老的、大家所熟悉的、没有什麽意義的歌子。因爲它不像平時那樣，是以合唱的形式唱出，它的調子就未免帶上了一點憂鬱的色彩：

> 哎喲，哎哎喲，哎喲——嗬……
> 哎喲，哎哎喲，哎喲——嗬……
> 春天這片黄土給我們稻米，
> 秋天它給我們黄豆和紅薯。

我的母親全神貫注地聽着這支歌，直到它唱完。她又再繼續等了一會兒，直到它的餘音在空中消失。接着她長長地歎了一聲她無法抑制住的氣，補充着説："孩子，你説得對，'我們要重新回來的'。這是我們出生的地方，我們祖先和我們族人所在的地方。"

"是的，媽。"我説。我的視綫仍然停留在那張標語上面，"我們要……"在我還没有念完這個句子的時候，遠方又隆隆地響起了炮彈的爆炸聲，打斷了我的話，也衝破了多少世紀以來一直是安静的鄉村的早晨。

"我們得趕路，"我的母親匆促地説，"我們趕緊趕路吧。"

我們就這樣開始了我們的旅程。我走在前面，我的母親跟在後面，來寶又跟在我母親的後邊。它在天真地摇着尾巴，它不知道這將是一段很長的旅程。

雁　南　飛

第一部　冬

第一章　鳥兒在説些什麼

雁兒在成群地向南飛，像整個吉普賽族人在向一個新的國度遷徙一樣。但是最近幾天來，它們的數目在逐漸減少。它們飛行的時候，拍着的翅膀也顯得比以前吃力、沉重得多……也許這些雁兒屬於雁祖父祖母那一輩，飛累了，飛倦了，因而掉了隊。它們一定飛行了很久，因爲山裏的人誰也不知道它們是從哪裏開始旅行的。人們當然更無法瞭解它們的目的地。它們只是向南飛——事情就是如此。

當它們飛過那些山頭上的茅屋頂、那些光赤的樹木、那些黄土山坡的時候，它們常常發出幾聲叫喚，調子是抑鬱而又低沉的。它們在白雲中向神秘的遠方消失了很久以後，它們的鳴聲似乎還留在空中不散。誰也不能理解它們的啼聲究竟意味着什麼，因爲誰也不懂得鳥兒的語言——也許金菊奶奶是例外，因爲人們一直都稱她爲半仙姑，世界上没有什麼東西她不懂。但是雁的啼鳴決不只是代表它們唱的歌，儘管它們的鳴聲具有很强的音樂性。它們的鳴叫一定含有深意。不然它們爲什麼要發出這樣的聲音呢——特别是當它們顯得如此疲憊的時候？這聲音一定是代表那無法透視的上天，向我們這些凡人傳遞某種信息。金菊奶奶説過，這些南遷的鳥兒是上天與凡人之間的聯接紐帶。

有一天，這位老奶奶發表了一點關於這些鳥兒的意見：“你們發現没有，它們是那樣温柔有禮貌。它們的行爲舉止不亞於我們山上有修養的人。”接着她就指着那些按照整整齊齊的“人”字圖案正在飛過的雁群。“瞧!”她興奮地説，“它們讓最年長的雁兒領頭，因爲它們尊老。它們爲什麽要這樣呢？因爲只有老人閲歷豐富、深知世事呀！在尊老這一點上，雁和我們世間的最優秀的人物没有什麽差别：他們的舉止言行一模一樣。”

金菊奶奶説完這話後，就向爛草包瞥了一眼。這個身材矮小的中年人，只要這位老母親的這種神秘的眼光一落到他的身上，他十次就有九次要感到惶惑，驚愕地望着她發怔。對於她這種深奥的解釋，他什麽話也説不出來。當老母親的那對澄瑩而尖鋭的目光透進他的心的深處的時候，他只有垂下頭——而他的頭，又圓又大，與他那矮小的身材相比，顯得太不合比例了。金菊奶奶望着他這副形象，她那閉着的嘴唇也不禁咧開，浮出一個自娱的微笑。爛草包是她的第二兒子，本來有個名字，但是因爲他的頭腦“稀裏糊塗”，人們就叫他“爛草包”。金菊接着就把目光轉向金龍。這個年少的孫子嚴肅認真，臉色莊重，嘴唇緊閉，表現出一副對她敬畏的神色。他認爲可敬的老奶奶金菊講的每句話都千真萬確，應該深信不疑。世界上還有誰知道那麽多天地間的秘密——包括雁的生活方式和禮貌呢？

金菊意識到這個少年從心的深處信任她，就微微地點點頭，表示滿意，同時也發出一聲滿意的歎息。於是她抬起頭，面嚮天空。“啊，辛苦的鳥兒，神聖的鳥兒!”她自言自語地説，指的當然是那些飛雁，“它們是那麽專心致志地要完成它們遥遠的行程，它們甚至不願意在這山上停留一天或一夜。如果它們能够這樣，我倒願意款待它們一下，跟它們聊聊天。雖然它們與上蒼的主宰有交流，但是我相信它們也願意，像我的‘甩仔們’一樣，從一個半仙姑這裏得到一些忠告。”

金菊缺了兩顆門牙，總是把“孩子們”説成“甩仔們”。所謂“甩仔們”，這既指年少的孫子，也包括她那個已到中年的二兒子。

與飛雁“聊聊天”！金龍感到背脊上有一陣寒流通過。看來金菊完全能懂得飛雁的語言——至少能懂得上空飛過的雁兒所説的方言。是的，她一定懂得它們的語言，不然她怎麼能聽懂它們，還要給它們“忠告”呢？這是孫子的一個新發現。他現在已經到了十九歲，是一個山民應該學習掌握人世間的學問的時候了。

好幾天過去了。一股陰風不聲不響地送來一股寒氣。它没有摇撼山中的大樹，只是隱隱地在金菊的那座石砌的古老屋子前面徘徊。這位老奶奶一清早就感到了這股寒氣。這股寒氣每次偷偷地襲來時，她的身上就起一層雞皮疙瘩。但是“甩仔們”卻没有這種感覺，因爲他們在石屋廚房裏堆積那些當柴火用的枯枝，身上還在出汗哩。這些柴火是他們過去一些時在山上收集來的，爲過冬作準備。事實上，他們全身發熱，額上浮着汗珠的蒸氣，好像是在夏天一樣。

在這同一天，那井然有序的飛雁的行列忽然在天空中消失了。這一家人一點兒也没有察覺到這一點，只有到了下午纔意識到，因爲這時他們已經堆完了柴火，在茫然地凝望遠方山巔樹梢上出現的海市蜃樓。金菊奶奶這幾天特别關心路過的雁兒的方嚮，她的“甩仔們”也不理解這是爲什麼。她用她那青筋密佈的、微微顫抖着的手，在她那閃爍着的眼睛上擋住陽光，向天際遠眺。那澄净的淡藍色的天空上已經没有“人”字形的痕跡了，只有三隻老邁的孤雁在吃力地、沉重地從遠方向她的村屋這邊飛來。她叫了一聲：“哎呀，冬天來了，冬天又來臨了！”

她的這一聲叫喊，使“甩仔們”驚了一下。叔侄兩人把視綫從遠方的樹梢掉向這位無所不知的老祖母。“您剛纔説的什麼呀，母親？”爛草包問。這位無所不知的老媪没有回答，因爲她在全神貫注地觀察那三隻孤雁。她的手仍然遮在她那聚精會神地凝望着的眼上，她的嘴在對自己低語：“哎呀！冬天來了，冬天又來臨了！”一點也没有錯。這具有預言性的話語是來自金菊的口，既準確無誤，又明白清楚！

爛草包打了一個寒噤。他第一個開始在屋前的那塊空地上神經質地跳來跳去，好像冬天早晨一隻剛從羊圈裏放出來的山羊在雪地上蹦跳一樣。同時，他瘋狂地磨擦着他的雙手，爲的是想産生一點熱力。他還連連呼着氣，看他的呼吸是否能在空氣中凝成一團白霧。他給人的印象是，他腳底下的土地已經凍得比冰塊還冷，氣温已經在眨眼之間降到零度以下。他的這些可笑的動作傳染得很快，金龍也同樣地摩拳擦掌起來。他們這兩個人，真不愧爲"甩仔"，又跳又扭，像兩隻小猴。

就在這時，那三隻老雁飛到他們頭頂的上空來了。它們飛得很低，行進的姿態很遲重。它們同時發出一種低鬱的啼聲。叔侄兩人站着不動，好像在地上生了根。他們完全被這正在遠飛的鳥兒迷住了。金菊的雙眼盯着它們，直到它們被南邊天際的暮雲吞沒爲止。"嗨!"金菊歎了一口氣，對她的"甩仔們"説："它們可能是這個秋季的最後幾隻候鳥。秋天就在此刻正式結束了……"

爛草包又不安地跳躍起來，好像作爲這個新的季節——冬天——的象徵的寒冷，又在向他襲來。不過金龍忽然感到有些奇怪起來，因爲他剛纔跳動了一下以後，他已經感到身上很熱了。他向這位無所不知的老祖母眨了幾下眼睛，鼓起勇氣來提出了一個問題："金菊奶奶，您怎麼知道現在冬天到來了?"

"你説的什麼話?"金菊的聲音很大，有點不快，因爲任何人——特別是她孫子——對她的挑戰，都是完全不能接受的。"你没有聽到剛纔那幾隻鳥兒説的話嗎?"

"不，我不懂得它們的話，金菊奶奶。"孫子用極爲認真的口氣説。這位老半仙姑懂得鳥兒的語言！這事實使孫子佩服得五體投地，但又感到害怕。"它們説的什麼呀?"

"它們説冬天到了，冬天到了……"金菊裝出對這個孫子的愚蠢感到不滿的樣子，回到屋裏去，讓孫子呆在外面莫名其妙地發怔。

金菊居然真的懂得鳥兒的語言！金龍對這個發現感到驚奇不已。他一直以爲奶奶不過是一個聰明的、比他的中年叔叔懂的世事不知要多多少倍的老人。他從没有感到，她居然能接受鳥兒傳來的信息。"神秘的金菊奶奶！深不可測的金菊奶奶!"他懷着極大的敬意對自己驚呼。於是他向周圍望了一下。暮靄、飄着雲塊的天空，和那些灰色的樹，果真形成一幅寒冷的景象。他居然也真的感到冷了，於是他也像爛草包一樣，在屋前的空地上亂跳亂蹦起來，爲的是保持他的四肢温暖。

第二章　黑影憧憧的一晚

就在這天晚上，大家身上都加了衣服，因爲這一天標志着這一年最冷的季節的開始。金菊穿着一件麻織的、寬大的、天藍色布裙。據她説這是她出嫁時穿的衣服，但她又説這是她年輕時跳舞時的裝束——這個故事在不同的場合，根據她敘述時的心境而不同。不管怎樣，這是一件非同一般的衣服。“甩仔們”都相信金菊具有某種非凡的法力。也許就是由於這種法力，這件裙子纔保護得那麽好，好像是昨天做的一樣，雖然它的邊上已經有破損的痕跡。裙上有金綫繡的圖案——一條張牙舞爪的龍在與一隻龐大的獅形的青蛙搏鬥，争奪它們在村前井邊覓食的傳統特權。在油燈光下，這個圖案仍然在閃光。金菊坐在一張靠椅上，静待“新季節的到來”(而且這是一個值得紀念的季節，因爲她的孫子就是在十九個冬天以前這一天出生的)。看她的打扮，她好像也只不過剛十九歲，準備和孫子跳一場舞。的確，她對自己一點也没有年齡的概念，雖然她能像時鐘一樣準確地在她的手指上算出她的“甩仔們”的年齡。離她坐的那張靠椅一尺多遠，有一個大的破瓦鉢，裏面燃着一團木炭火。雖然火在歡歡喜喜地閃着光，但它卻散發不出太多的熱力。事實上，除了象徵天氣的變换外，這盆火没有任何其他的意義。不過那點微弱的閃光，倒也加强了大家想象中寒冷的感覺。爛草包裝出一副凍得發顫的樣子——有時甚至還磕着牙齒，以加强這種感覺。金菊在靠椅上坐定後就把上身向前伸，張着雙手在火鉢上劃圈子，做出被想象中的寒冷凍得發抖的樣子，而她的額上卻閃着汗珠——她的這一陣裝模作樣的動作已經使她汗流不止了。

她在象徵性的火上“烤暖了自己”以後，就又靠在椅背上，呼了一口氣——也許是爲了使自己輕鬆一下。接着她把裙子的褶層掖進來，把雙手伸進那寬大的衣袖裏，做出一副正襟危坐的樣兒，面色莊嚴得像一尊佛像。但是她的那雙黑眼睛卻在不停地轉動，目光一下射向坐在一個角落裏的兒子，一下落到坐在她對面兩三尺遠的金龍身上。她的那雙亮着的眼睛似乎在説些什麽，但是她的“甩仔們”卻猜不出它的内容。這是一雙發光的、神秘的眼睛。過去附近有些人傳説，她得到她的丈夫不是靠跳舞，也不是靠唱歌，更不是靠她的姿色，而是靠她這雙令人捉摸不定的像藍天一樣深邃的黑眼睛。在她那對閃閃發光的眸子裏，的確藴藏着某種不可解釋的、與某些神秘力量保持着交流的東西。

當老奶奶用她那對意味深長的眼睛打量着孫子的時候，金龍就感到惶惑不安起來。根據他的記憶，金菊從來没有像今天晚上那樣對他表示如此的關注。難道這個晚上與其他晚上不同嗎？也許。比如，她不像過去——甚至昨天晚上——那樣，用些孩子氣的玩笑與他逗樂，而是穿上這正式的禮節性的服裝，面對着他坐着，好像是對待一個成年人一樣。

不知怎的，金龍隱隱地感到有些害怕。也許這是由於金菊在保持着可畏的沉默？不，也許是由於屋裏的燈光有些陰暗？金菊坐的靠椅右邊那張方桌上的油燈所散發出的那點兒光，只能照出金菊的臉龐，其他的空間全都是一片陰暗。上面的頂棚很低，低得叫人透不過氣來。金龍的父親早年射死的那些兔子、豺狗和狼的皮及尾巴，在椽子上垂挂着，像巨型的蝙蝠貼在一個古老的石窟的窟頂上一樣。它們在火鉢旁邊撒下一堆不可思議的陰影。木炭發出閃閃的火星，很像陰暗的沼澤地上史前某些爬行動物的眼睛。天真的、毫無想象力的爛草包在一個角落裏不聲不響地抽着一支用長竹根做的煙管。煙管不時發出像是微笑的閃亮，與窗外寒夜上空的星星默默地對話，像是在訕笑人間的愚蠢。

金龍吞了一口唾沫，屏住呼吸，静静地觀察這些無聲的活動。他似乎覺得，某種不知名的力量正在他的脚底下密謀，企圖轟炸這幢石屋。他甚至覺出下邊的土地在動摇。他似乎聽到了某種怪物在咆哮，一雙魔掌正沉沉地壓在草屋頂上。他的牙齒開始磨得咔嚏咔嚏作響。他那被抑制住的呼吸忽然爆發成爲一陣哮喘。

“你出了什麽事呀，金龍？”金菊忽然發問，打破室内這鬱悶的沉寂。

“冷呀，奶奶，冷呀！”年輕人説，他的牙齒仍然在咔嗟咔嗟作響。

感覺遲鈍的爛草包仍然在享受他的煙管，眼睛望着火鉢裏閃閃的炭火發呆。他忽然没頭没腦地捅出這樣一句話：“冷？你没有看見這爐炭火嗎？這不是一鉢可愛的炭火嗎？我倒覺得好像仍然是在夏天哩。這叫我的這身骨頭感到酥酥發癢……”

這位老叔叔於是就不停地嘮叨下去，像一個偷懶的浣婦在向流水講話一樣。幸虧金菊及時打斷了他。“你在講些什麼廢話？”她説，“這是冬天呀。聽聽外面的風聲。風幾乎要把我們的屋頂翻走了！”於是她從靠椅上站起來，走向油燈，用一根香杆把燈芯撥了一下。燈光立刻就擴大起來，把整個屋子填滿了，把牆上和地下的那些陰影和黑塊塊都驅走了。於是她走到金龍身邊來，用手在這個孫子的額上摸了一下。

“哎呀，你在出冷汗，”她説，“你一定在做一個噩夢。”

接着她又慢慢回到她的靠椅那邊去。她的視綫停在這個年輕人的身上，非常嚴肅，非常認真。於是她低下頭，把她的右手擱在她的裙兜上，用她那結結疤疤的手指計算起來。“是的，這是金龍出生後的第十九個冬天，一天不少，一天也不多。没有錯。”她意味深長地對自己點點頭，她的面孔亮了起來。她抬起頭，用更清晰的聲音説：“金龍，這個冬天你應該做兩件事，因爲你現在已經是個成年人了。”

金龍的心被祖母滿足的、慈愛的聲音温暖了，那些陰影和黑塊塊在他的腦海裏所引起的恐怖現在全都消失了。“那麼我應該做些什麼呢，金菊奶奶？柴火已經收拾好了，糧食也儲藏好了呀。”

“我不是這個意思。我指的是另一件事情。”金菊停了一會兒，又用她那鋭利的眼光打量了一下孫子的面孔。“我的意思是説，天開始下雪的時候，你得去打獵。在開始做這件事以前，你先聽幾個故事。”

“對，對，完全對！”爛草包被金菊的話所激動，毫不遲疑地附和着説。接着他掉向他迷惑不解的侄子，説：“我可以給你講幾個好聽的故事，打發這些夜晚。我知道許多許多故事。”

“住嘴！”金菊的話被這個頭腦簡單的兒子所打斷，生氣地吼了一聲；

“你懂得什麽世事，你那個笨重的呆腦袋？故事得含有智慧呀，你那個圓腦袋裏有什麽智慧？山下平原上那些讀書人有智慧，因爲他們會念那些用奇奇怪怪的、滑稽的字所寫的書。你能認識字嗎？我們没有時間發明那些古怪、費腦子的符號。我們得用我們的想象。你能有什麽想象？你的腦袋瓜是大得可以與一隻水桶相比，但它裏面裝的全是泥巴而不是水。你知道這一點嗎？”

金菊這一連串奚落的話，説得兒子啞口無言。他只有用雙手把他的耳朵捂起來，免得這些聲音把他的耳鼓敲得太響。事實上，金菊並不想在年輕的下一代人面前拆這個非常聽話、但很遲鈍的兒子的臺。但如果有人對她講含有智慧的故事的這種特權提出挑戰，她可是絶對不能容許。她是這個家裏最老的人，也是“這個世界上最聰明的女人”——雖然她從不公開張揚這一點，但她是絶對不容許任何人忽視她的權威的。

油燈上的燈芯縮短了，那點光亮也變得越來越小，椽子上挂着的那些獵獲得來的勝利品的陰影又填滿了整個屋子，金菊又被這變得越來越濃的黑夜所籠罩住了，只有她那高高的顴骨在油燈所發出的微弱光圈中隱隱約約地顯露了出來。

就是在這種背景下，這個無所不知的老奶奶清了一下嗓子，開始講她的冬夜故事。她偶爾停頓一下，對着孫子發出一個會心的微笑，或者眨一下眼睛，爲的是看一看孫子是否聽懂了她的故事。

第三章　第一個故事

金菊講故事時有個習慣：她總喜歡在故事前面加個楔子，有時還愛用第一人稱的方式敘述。下面是第一個故事，她講述的時候這兩種特點都有。

當我變得年紀越來越大的時候——啊，不！不！不！——當我變得越來越聰明的時候(她對年紀“大”或“老”這類的字眼，由於只有她本人能够懂得的理由，她一直視爲禁忌)，我一直就感到奇怪，爲什麽地面上有山，有平原，有河，有溪；同樣，爲什麽上面有藍色的天，下面有黄色的土；爲什麽我們這些山民住在山坎坎上，下面的平原人住在平地上；爲什麽我們山民要聰明得多，他們平原上的人卻傻得很——證明之一是，春天一到我們就會及時編出一些最美麗的歌子，跳起最美麗的舞來，而他們平原上的人就没有這個本事！當然，我們得承認，春天只有在我們的世界，在我們的山上纔最美麗。

談起我們山鄉的美，我想提醒你們注意幾件東西。這幾件東西你們從小的時候起就習以爲常，一點也没有注意到。從下面平原上來的人，甚至那最富的紳士，也對這幾件東西羡慕得不得了，甚至還想爲這搬到我們山上來住。但是這些東西，即使他拿亮晶晶的金子來换，我們也不給，儘管這裏的土地貧瘠——想是因爲要產生這些好東西，土地纔貧瘠，長的糧食不多。這是一些什麽美好的東西呢？第一，在十多里路外，我們有一個“長青谷”。不久你就會到那裏去看一看（這時金菊有意識地望了金龍一眼，意思是叫他去看一看，而不是指頭腦遲鈍的爛草包），因爲現在你有權去看了。你在那裏將看到各種顔色的野花和茂密的緑草。這些東西柔軟得像處女嘴唇上的絨毛一樣。這是一塊奇異的地方，人們在哪裏也找不到。你一走進去，你就會覺得非跳舞不可。那裏土地上發出的奇妙的氣息，會感染你，使你手舞足蹈。而那些樹叢裏的鳥兒，它們唱出各種曲調——特别是在“春天集舞”的季節，唱得你心花怒放，簡直像一個完整的樂隊。誰也抵擋不住這種誘惑呀！在此情此景之下，不會唱歌的人也得唱歌。這就是爲什麽我們這些山裏的人都會唱美麗的歌。

鳥兒！這是另外一件東西，使我們山裏的世界與其他的地方不一樣。我們的鳥兒都有靈魂。甚至於那些不和我們住在一起的鳥兒，只要它們一進入我們這個山區，就都有靈魂——比如説吧，那些飛雁。這些鳥兒在平原上就不會飛得那麽有次序，有禮貌；而且在平原上它們也不會唱那些關於季節變换的、具有預報性的歌子。只有當它們飛過我們山區的時候，它們在離我們村屋兩里外那棵筆直的大栗樹上繞一個半圈，它們就獲得了靈氣而變成鳥類中最文明的一種。你注意到那棵大栗樹没有（她又向金龍射出問訊的一瞥）？記住，只有兩里路遠呀。换一句話説，那就是在我的靈氣所及的範圍之内。(她停了一下，等待孫子的反應。她所泄露的這一“天機”，使這個年輕人打了一個寒噤。他心裏充滿了敬畏和恐懼，因爲他雖然常常到這棵大栗樹附近去玩，他卻從來不知道，它在無所不知的金菊的法力的影響之下，獲得了這麽大的靈氣。)

關於鳥兒的靈氣，我可以給你舉個例子，作爲證明。在好久好久以前，當我像一朵初開的玫瑰的時候，當我的那兩個酒窩看上去像我的兩顆眸子一樣神秘的時候(這時她下意識地抬起她的手，摸了一下她的雙頰，就忽然停止了對她的面孔的描述)，在一個春天的夜裏我做了一個夢。我夢見我在一條開滿野花的小徑上行走。這條小徑彎彎曲曲地把我引向一個像長青谷那樣的地方。我走着走着，就覺得我的心好像要爆炸。花兒散發出的香氣太濃，濃得醉人呀！我透不過氣來，我張開口，呼吸新鮮空氣，像一個鬱悶的夏天長滿了荷花的池裏的魚兒一樣。但是我的這一切努力都不起作用。那奇妙的濃烈花香，一陣一陣地向我襲來。它充滿了我的肺腑，堵住了我的鼻腔。你嘗到過一股使你陶醉的香氣像棉花一樣堵住你鼻腔的滋味嗎？這是一種很特別的感覺。它使我墮入一種不知不覺的昏睡狀態之中。我感到背上一陣酸痛：我倒在一叢雛菊上。

有好長一段時間我沉在這種陶醉狀態之中。最後我慢慢地鎮静下來。我在恍惚中又做了一個夢——一個夢中的夢，也可以説是一個雙重的夢。我夢見一個翩翩的美男子，穿着一件瀟灑的綢衫，從天上落到我身邊來。當他打算細看我的面孔的時候，我假裝着熟睡，還發出一串虚假的鼾聲。當然，如果一個男子真的喜歡一個姑娘，那麽即使她發出一點鼾聲，他也不會在乎。他温柔地把他的手在我的臉上撫摩了一下。雖然他的手掌是既柔軟，又光滑，但我還是覺得有些發癢。我想我那時一定全身起了一層雞皮疙瘩。不過我還是没有睁開眼睛。我甚至還儘量控制我的眼皮和睫毛，使它們不要顫動——説來也奇怪，它們那時非常敏感。請相信我，我非常喜歡被人撫摩的那種微妙的感覺。

他就那樣撫摩了我好一會兒。當然啦，他也把我的面孔看了個够。那種癢酥酥的感覺停止了。忽然我感到一陣急促的呼吸拍着我的前額，兩片柔軟的杜鵑花瓣貼在我的眼睛上。最初是在左邊，然後是在右邊，接着又是從右到左。我再也不能閉着眼睛了。我微微地把它們張開。哎呀，哪裏是杜鵑花瓣？原來是個年輕貌美的男子的石榴般的嘴唇！他的黑眸子正盯着我哩。我們的嘴唇同時張開，發出一個神秘的、愉快的微笑。我的心在顫抖，像清晨還在閉着的一朵花，只等一顆露珠滴下就要開放。説實在的，我的頭暈了。我讓他把我拉起來，領我到一塊緑草地上去。

我們在一起痛痛快快地跳了一場舞。我目不轉睛地望着他，仔細瞧他的眼睛，他那紅潤的面頰，他那高高的前額。你們知道，我想記住這些——一生不忘。忽然他鬆開手，挽着我的手臂，説：我的時間到了。以後我們再在長青谷相會吧。於是他就升到空中去，輕得像一個肥皂泡一樣。不一會兒，他那耀眼地飄動着的衣裙，就像晚霞一樣，忽然消失了。我醒轉來，迷迷糊糊的，恍惚了好一陣。

"真是一個奇異的夢！"我對自己説，大睜着眼睛，望着床前的黑夜發怔。"這樣一個美麗的幻象是怎樣來到我的睡夢中的？"正當我越想越覺得莫名其妙的時候，我聽到外面樹林裏清脆的鳥鳴聲。呀，原來是那隻唱歌的夜鶯，把我領到那個狂想的國度裏去了！這隻好心腸的歌手，一定是在我做這"雙重夢"的時候，把它所有的歌子全都傾倒了出來。

在那年"春天集舞"的第一天，我就在長青谷遇見了我的那個夢中人。我們立刻就彼此認出來了。我們一次舞也没有跳，我們只是挽着手，心貼着心地站着。我完全在這種超現實的快樂中陶醉了，只有一個熟悉的歌聲把我唤醒過來。我驚了一下，抬頭一看，發現一隻夜鶯正栖息在一棵榆樹的三片嫩葉子裏。大概它發現了我有些臉紅——我自己覺得我的臉在發燒，它就忽地飛向那遠方牛奶般的温暖的雲塊中去了。這隻通情達理的、甜蜜的鳥兒不願意叫我感到難爲情呀！

我在這裏要特别提醒你注意的一個重大問題，倒不是這隻具有美麗心靈的、體貼人的鳥兒，而是這個世界。瞧，在這個世界上生活着這樣的鳥兒，生活着像我和你的爺爺這樣的人類（這時金菊意味深長地向這個聽得入迷了的孫子瞟了一眼），出現過我曾經在夢境中以及夢後我所真正享受的實際快樂……

不過，在最初，在幾千幾萬年以前，世界並不是這樣。它是稀裏糊塗的一團，好像那莫名其妙的蛋殼包住的一堆黑得發黴的東西。這團爛東西和一個真正的蛋所不同的一點是，在這一團漆黑的東西裏面藏着成千上萬的生命。它們快要被悶死了。它們渴望有新鮮空氣，它們迫切地需要自由，它們在追求光明。它們在蛋殼裏造反，但它們卻衝不破蛋殼，因爲蛋殼上積纍着億萬年的塵土，捅不破。

所以時間就那麼滚下去，没有季節，没有白天，没有黑夜，没有盡頭。

不過，有一天這個污爛蛋中的生物忽然聽見遠方傳來一陣響聲。最初它像一輛載重的獨輪車在一條崎嶇的山路上行進。漸漸地，響聲的幅度擴大，像預示暴風雨快要到來前的雷鳴。蛋殼裏的生物，覺得它們亂作一團没有結果，而且已經亂得精疲力竭，想安睡了。這些遠處傳來的單調響聲對它們起了催眠的作用，使它們漸漸地睡去，像冬眠的動物一樣。

就是在它們冬眠的時候，忽然發生了一個突變。那個古老的蛋殼裂開了，一絲光綫，一陣涼氣，開始透了進來。蛋裏的黑團團開始轉動，它也想從裂口滚出來。它一接觸到外面的空氣，就軟化了，開始消散；蛋殼也變得空了，開始收縮，最後裂成碎片。那團黑暗就浮上天空，凝成一股烏雲，這烏雲又在廣闊的空中擴散，化成無色的空氣，其中黑色的物質就沉下來，結成塊塊，這就是地面。於是天和地就變得非常分明，一切生物活在中間，有空氣呼吸，也就有了生命了。

蛋殼裏的生物也在這些變化中驚醒了。它們睁開眼睛一看，發現它們面前出現了一個新的世界。但是它們更感到驚奇的是，它們看見一個幾百丈高的巨人，正在揮動一個巨大的斧子在空中亂砍——就是他把那個蛋殼砍出了裂口。他砍了不知多長時間，他自己也察覺不到他周圍所發生的一切變化。他是那麼龐大，誰也無法告訴他他的工作已經完成，不再需要他這樣吃力地活動了。的確，任何聲音也無法達到他的耳膜。他仍在無休止地揮動那把大斧，直到最後他精疲力竭，倒在地上，像一座偉大的紀念碑。他倒下去的時候，在這新形成的大地上引起一陣可怕的震動。震浪從他倒下的地方擴展開來，我們現在所看到的山脈和山巒就是由這震動所形成的。他身上的汗水淌到地上，就形成河流和溪水，最後匯集成一片汪洋大海。創造世界的工作就這樣最後完成了。

這個世界上最早的居民就是我們這些生活在山上的人。那位揮動巨斧的巨人就是我們的祖先。你們知道，他不是由於衰老而死，而是由於他没命地爲他的後代的幸福過度勞作而離開人世的。

第四章　最後一個故事

這一連串的漫漫冬夜，就這樣被金菊講的一些聞所未聞的故事填滿了，像一連串的夢境一樣。只有不時對逝去了的青春的感傷情緒，打斷這位無所不知的老半仙姑的口若懸河的關於這些荒唐故事的敘述，轉移了這些故事的主流。當她把第一人稱的敘述方式，直接或間接地攙雜到這些回憶中去的時候，她的聲音就顫抖起來，無法抑制她的感情波動。而且也不只一次，她用極爲誇大的字眼，讓“我”這個代名詞在故事中膨脹。但她到底還没有忘掉，她的任務是啓迪她的孫子，叫他懂得人間世事，所以她也没有被自己個人的情緒弄得忘乎所以。她一發現故事的綫索出了岔子的時候，就馬上又回到主綫上來。

本來這些故事是以金龍爲對象而講的，可是金龍偏偏抓不住主綫，因爲奶奶總是把事情弄得複雜化，不是一會兒歎氣，就是一會兒哀悼：時間溜掉得太快，轉眼之間青春就消逝了，美麗的容顔也不復存在了。但是講這些故事的氣氛，卻在金龍的腦海裏刻下了很深的印象。金菊臉上那種慈愛、神秘的表情，以一堆黑影爲背景，被油燈的光亮襯托出來，便在他這年輕的記憶中植下了永不能忘的根。她那單調低沉的聲音，就像一隻蜜蜂，在山泉邊的花叢中柔聲地嗡嗡鳴着。不過當她的聲帶因感情的激動而顫動起來的時候，她的聲音聽起來就像高空白雲裏響着的笛音。夜逐漸深了，油燈上的亮光也變得越來越弱，金龍也就逐漸墮入一個夢境——那裏面充滿了陰影和幻象，他的想象也因此變得更活躍。雖然故事已經結束了，但他卻全身感到無法解釋的興奮。

有一天晚上，當金菊的那些漫無邊際的故事接觸到一個名爲《歷史的紀念碑》的題目的時候，金龍忽然想要逃走，因爲金菊所要敘述的情節使他感到恐懼。

《歷史的紀念碑》是金菊要講的最後一個故事。把它講完以後就什麽也不想再説了。這座紀念碑形成的過程，聽起來倒是再動人不過的。不過這時金菊的頭腦已經完全恢復平衡和冷静，因此她很自然地就剔除了第一人稱中的“我”字，她的聲音也就不再因感情波動而顫抖。這可以從這個故事本身得到證明。

我們的祖先所安家落户的土地原本是非常肥沃的。它什麽東西都生長，連葡萄都結得豐饒——我們可以釀很多的紅酒。雨總是來得很及時。水從不超過實際的需要。春天裏我們只有濛濛細雨，因爲花草所需要的只是噴灑，而不是灌溉。但是在夏天稻子需要水泡，上天就降下滂沱大雨。

由於雨水的大小適宜，氣候也非常温和，再加之土地肥沃，所有的莊稼都自然生長，人們不須從早勞累到晚。不僅我們原先住的平地是如此肥沃多産，甚至石山上邊也長出樹來。如果人們在懸崖的一個石縫裏種下一棵榕樹，到冬天人們就可以看到那兒立着一株枝椏濃密的粗壯的樹。如果人們頭天晚上在院子裏撒下一把菜籽，第二天早上那裏就長滿柔嫩的菜葉。第二天午飯的時候，菜葉就可以做一碗鮮美的湯。

那時我們不需要幹什麽重活兒，那麽我們怎麽打發掉時間呢？可做的事情多着哩。比如説吧，可以唱歌；再比如説吧，可以跳舞。當人們在唱歌跳舞的時候，他們可以喝那亮晶晶的紅酒，可以吃那挂在頭上的鮮葡萄。説起葡萄來，我們可不要忘掉天氣。適度的水蒸氣使葡萄遍地生長。葡萄藤從籬笆上爬到屋子的牆上，從那裏鑽進室内，伸到頂棚和屋脊上面，然後貼在那裏不動。到了晚間，笑聲從每個廚房、睡房，甚至嬰兒室内飄出來。爲什麽不呢？在黄昏的微光中，發亮的葡萄就像珠子一樣閃出光來。它誘人入睡，做美好的夢。當人們醒來時，它給他們餉以醇酒的香味。

但另一方面，住在山區的人——即現在住在平原上的人——除了石頭、晨霧和暮雲以外，什麽東西也没有。那上面没有稻田，没有菜地，没有柔軟的泥土，没有懸在屋頂上的葡萄。他們滿頭大汗地幹活兒。爲什麽他們辛苦地幹活兒呢？這個世界並不是他們創造的呀。他們禁止跳舞，因爲他們没有時間。這種枯燥寡味的傳統他們一直保持到今天，雖然他們現在可以享受平原上的每一種好處。

我們這些在歌聲、舞蹈和歡笑中成長起來的人，變得太文雅了，文雅得連活兒都不幹。於是一件可怕的事情發生了。這件事摧毁了我們的整個生活方式，也開始了一個新的歷史。

那是在一個冬天。當霜凍快要降臨到下面的平原上的時候，山上已經下了五六天的大雪了。山上居民儲存的糧食吃光了，因爲頭年的收成並不太好，找不到食物吃的麻雀，都從屋檐上掉下來，餓死了。每天死去的鳥兒不知有多少，屋門前都被它們的小屍體鋪滿了。他們的看家犬都餓得骨瘦如柴，在屋裏屋外鑽來鑽去，真像幽靈一樣。耗子在大白天跑出來覓食，它們在牆裏的洞中甚至還啃掉它們小兒女的尾巴和腿。聽到這種殘忍的聲音，大家心裏真是難過極了。也許某一天活着的人也會幹這種事——一想到這一點他們就感到可怕極了。啃自己兒女的手和腿，那將是多麽駭人聽聞！這種恐懼緊緊地揪着山上居民的心。大家都感到頭上壓着沉沉的烏雲，隨時都可能砸下來，把大家壓死。

一天大清早，我們住在平原上的祖先們聽到遠處傳來一陣雷鳴般的聲音。這當然不可能是雷聲，因爲季節正是深冬。轟鳴聲持續了好幾個鐘頭，越來越大，大得把我們祖先的聲音都淹没了。但他們還在議論這是怎麽一回事呢。最後他們感到緊張起來，就跑到附近的山上去看個究竟。

原來有一場暴亂正在發生。對於這些天真的看客來説，這倒真是冬天的雷鳴。成千上萬的居民從山上撲下來，揮着斧子、叉、矛和刀，向我們住在平原上的祖先的村子襲來。饑餓和死亡的恐怖逼着他們這樣做呀。他們撲到山下來，爲的是尋找食物、肥沃的上地和温暖舒適的家——因爲在這裏一抬起手就可以摘到葡萄吃呀。他們這種兇猛和不要命的襲擊的意圖，很快就被弄清楚了。我們住在平原上的祖先們害怕起來。但是抵抗這個襲擊，爲時還不太晚。

幸好有一個叫赤宇的大人物挺身而出，號召大家組織起來。我們的祖先立刻集中到一起，雖然他們的身體素質很虛弱——這就是長期過安逸生活的結果。但是他們還是想出了一些策略，把襲擊者拒在他們村子之外。襲擊者究竟是一批亡命的烏合之衆，他們個個都氣力很大，但就是缺乏組織。但他們的突然襲擊倒是使他們在平原上取得了一些據點。頂住他們倒還能做得到，但要把他們趕回到山上可就困難了。從這時起，我們祖先可就没有安寧的日子了。他們再也唱不了歌，再也没有安静的晚上做甜蜜的夢。他們每天晚上得守夜，提防襲擊者出其不意地來攻擊他們。

從此，大大小小的戰鬥成了我們祖先們的家常便飯。男子都變得疲憊不堪，女子也瘦得不像人樣。嬰孩躺在摇籃裏没有人管，老年人躺在病床上挨餓。那些又圓又亮的葡萄也變得乾癟了，最後失去了它發酵的功能。我們再也没有酒喝了。

我們祖先的帶頭人感到非常苦惱。他説："這種情況不能老這樣持續下去。"他重新把壯丁組成一個堅强隊伍，用他們所能找到的最好武器武裝起來。

一天夜裏，雞叫了頭遍以後，我們的祖先對敵人發動了一個總反攻。敵人正在熟睡，他們以爲這只不過是一種常規的襲擊。他們爬出他們低矮的棚子，腦子還没有能從夢境中完全清醒過來。他們勉强同我們的祖先應戰。他們没有意識到我們的祖先已經把他們包圍起來了，只留下一條逃回到山上去的路。當他們正在抵抗的時候，隱藏的狙擊者就向他們的棚子抛擲火把。不一會兒，一叢大火就從黑夜中燎向天空，染紅了大半邊天。

他們的基地的被毁，使得他們狼狽萬分。他們只有沿着那條唯一的出路，没命地逃回到山上。我們平原上的祖先們在他們後面窮追，從平地一直追到一個峽谷裏——從這裏他們可以逃回到他們山裏的老巢。可是，在追逐者快要追到盡頭的時候，一樁意外的事情發生了。從兩邊的山峰上飛下來了暴風雨般的石塊。這時天已經快要亮了。山頂上埋伏着的敵人已經可以分辨出追趕者和他們自己的人。我們平原上的祖先們正在向那陡峻的山坡直追，没有料到，一塊巨石從上面落了下來，正打到我們祖先的頭人赤宇的頂門心上。他應聲倒地，大叫："我們這樣貿然地深入敵人的巢穴，犯了一個大錯。我忘了，下面的大火正好給他們山上的武裝一個信號!"

但是事情已經晚了。

總指揮的死，給了敵人一個可乘之機。他們馬上掉轉身來反攻，打亂了我們祖先的陣綫。他們最後擊潰了我們的祖先。這種意外的勝利衝昏了他們的頭腦，他們像喝醉了酒的猛漢一樣，殺害了每一個他們遇見的平原人。平原上處處是被殺的屍首，血流成河。這血的河流匯集到一起，與黄土混雜着，形成一條大河。那就是有名的"黄河"。從那時起它不時在平原上泛濫成災，表示出那些冤魂未能發出的怨恨。

平原上剩下未死的人，被逼得無路可走，就向西南方逃離。那些勝利者在後面緊追，直到這些被打敗的人逃進這個世界西南部人跡罕見的山區。他們算是在那裏喘了一口氣：追趕的人撤退了。但我們失敗了的祖先也無法再回到原地，因爲原地已經被敵人佔領了。他們只好在這荒無人煙的山區另謀生路。但山區的生路可不是那麼容易找到的，要想在這遍地石礫的山上種出東西，那可得花好大的氣力。就這樣，平原人現在變成了山民，他們得找出山民活命的方式。我們那最早在這片山上定居的人説："我們的年輕人必須學會練好身體。我們的年輕男子一到成年，就必須參加一次打獵的競賽，作爲他們成年的標志。在獵場取得了勝利，纔能有資格去找對象，作爲訂婚的第一個條件。"這話説得多麼對啊！多麽對啊！一個男子没有堅强的體力，生活是那麽艱難，他怎麽能負擔起一個家庭的責任呢？

我們這些現在在山上生根了的人，從那以後，在生活中就一直忠實地遵從這個教導。從來没有一個年輕男子，在不曾表現出他的勇氣和打獵的本領以前，敢於去找一個女朋友。從來也没有一個女子會和一個在打獵——特别是第一次出獵中失敗了的男子訂婚。在我們這些山民中，一個武藝好的人，纔是一個真正的山民——一個值得驕傲的山民。所以，你們這些前程遠大的年輕人，無例外的，都應該成爲一個武藝出衆的人。比如説吧，你的父親(這時講故事的人就把視綫盯住金龍，看他有什麽特别的反應。正如她所期望的那樣，這個年輕人全神貫注，一聽到他父親的名字眼睛就亮了起來——這個父親是個神話性的人物，他從没有見過他的真面目)就是一切猛禽野獸的征服者。只要他的槍一響，他的獵物必然應聲倒地，不管這野獸或猛禽是多麽狡猾。甚至最詭詐的狐狸，一瞥見他的影子，就嚇得魂不附體。山裏没有什麽動物他不能够征服。他作爲我的長子和獵人中的頭號獵人，真是無人不知，遠近馳名。(敘述者又静静地盯了這個年輕的聽者一眼。金龍已經聽得興奮到了極點，他的眼睛射出强光，像兩盞燈籠一樣。他馬上就想象自己也成了一個獵人，在山中尋覓獵物，猛禽野獸一見到他的影子就四散逃竄。)

儘管我們族人的這種本領舉世無雙，但是要想把平原奪回來，已經是不可能的了。平原的征服者，獲得了肥沃的土地，視爲至寶，死也不願放棄。他們一刻也不放鬆警惕。他們警惕到這種程度，他們甚至建立了一個極爲堅固的圍牆，不僅是抵禦我們，也防範别的族人。

這個大圍牆他們叫做“萬里長城”。這可是一件了不起的舉世無雙的城牆啦。它從一個山峰伸展到另一個山峰，幾千幾萬里長，一直伸展到那看不見的天際。遠遠望去，它就像一條飛舞的巨龍，用它的前爪在戲弄太陽。有時在黄昏的時候，一層黄色的煙霧把它籠罩起來。這黄霧就是它的呼吸。當夜色一下垂，黄霧消散的時候，人們就可以看到它蜿蜒的身軀在起伏蠕動。信不信由你，它長年與天地間的大氣交流，已經獲得了一個靈魂呀。白天一結束，它就想伸伸肢體，打幾個呵欠。但是由於我們這些山民與下邊平原的征服者已經長期習慣於相安無事，再沒有什麼矛盾，這條大圍牆現在就已經失去了它原先的作用了。它只是作爲一個歷史的紀念碑而存在，提醒我們過去曾經發生了一些什麼事情，也提醒我們今天生活在這塊大地上的各族人，和平相處。

但這裏也有一個滑稽的插曲！平原的征服者，被勝利衝昏了頭腦，在他們建築這個大長城的時候，他們甚至把方嚮都弄錯了。我們的族人避到南方的山上安家，而他們偏偏在北方建築這道大圍牆！不過，方嚮對也好，錯也好，現在對我們已經毫無意義，對他們也毫無意義。我們現在已經在這裏住熟了，而且變得那麼熱愛我們的這個山鄉。但是我們族人中有抱負的人，就應該去看看這條大圍牆，因爲它是因爲對我們祖先所具有的威力的敬畏而修建，具有紀念意義呀。我的長子，那個偉大的獵手，就曾跋山涉水，特別到北方去看它！

第五章　咳嗽、返老還童

在最後的故事講完的那天，天氣忽然變了。一股鋭利的寒風從茅屋頂上掃過來，掀掉了許多草稈，然後又穿過附近的竹林和松林，呼嘯而去。這呼嘯聲既像哭，又像哀訴，它掉過頭來鑽進茅屋裏，在椽子周圍繚繞不去。從金菊的那雙厚嘴唇間流出的那些戲劇化的故事，在這些黑塊塊的陰影和油燈發出的微弱光圈中，逐漸轉化成爲各種形象。這些形象有的像戰地的人影、帳篷、刀矛和斧頭，有的像殺聲、喊聲和狡猾狐狸逃命時的哀號。這些混雜無章的聲和影，夾雜着頂棚上挂着的葡萄的微笑和伸向天邊的、蜿蜒不斷的萬里長城的雄姿，加上外面的風嘯，在金龍的想象和視野中挑起許多活靈活現的形象，比實物還逼真。

像一隻從緑色公園裏逃到荒山野嶺裏的小鹿一樣，金龍感到坐立不安。他一下爬上放乾草的廄樓，他一下衝到後院，又一下跑到屋前。每次一陣新的風掃過，他那濃密的黑眉毛就擰到一起，墜入沉思中去。但是誰也察覺不出他心裏在想些什麼，他自己也不理解。他茫然地望着那遠方長着幾株禿樹的光赤山巒發呆。天空漆黑一團，沉沉地壓在他的頭上。

又過了幾天。金龍内心的不安發展得愈來愈嚴重，使他不能再過那常規的日子。他在屋子裏的一些角落裏搜尋——尋些什麽東西，他自己也不知道。他已經不能安静地坐下來，在爐邊烤火。他已經完全變成另外一個人。他的那種柔弱氣、那種羞澀感、那種童年的天真，現在已經完全消失得無影無蹤。如果説不是他的神經有些異樣，那一定是某種神秘的力量正在他的内心翻騰，攪亂了他的理智。他像一個夜遊人一樣，在追尋某種不存在的物體或幻象。有一天下午，他那恍惚的眼神忽然落到一杆獵槍上面。這武器挂在堂屋的牆上。它已經挂在那裏許多許多年没有用過，以至積在它上面的灰塵把它變成了牆壁的一部分。金龍立刻搬來一把梯子，把它取下來。當他用手扳弄槍機的時候，他的臉上不由得浮出一個微笑。他臉上覆着的那層夢遊恍惚的面紗，好像有人施了什麽魔法似的，忽然消失得不見痕跡。他好像是在夢裏已經學會了操縱槍機，他現在像一個正規的獵人一樣，似乎可以使用獵槍了。

金菊以迫切的心情和濃厚的興趣，注視着她這個正在成熟的孫子的每一個動作和心情變化。她一發現他終於自己找到了這杆獵槍，便鬆了一口氣。這個年輕人往門外走去，要在陽光中檢查一下他的發現。金菊望着他的背影，不禁露出微笑，低聲地對自己説："關鍵時刻總算是過去了！我以爲他會發瘋，最後變得和你一樣呆笨。"她停了一下，目光射向爛草包——這個遲鈍的兒子坐在一個角落裏，正在抽他的那根煙，像個漠不關心的哲學家似的。接着金菊又自言自語地繼續説："他終於找到了那傢什，像隻貓兒又鬧又叫了一夜，終於找到了他稱心如意的對象一樣。奇怪的動物——我們這些進入青春期的男子！他確是我們族人的一個正常人，是金菊的一個前程遠大的後代！"

金菊不禁感到有點自豪，也略微有點感傷。她無端地又獨語了一陣。如果不是因爲她這位温厚、但有點傻氣的兒子的打斷，她還可以把她的獨白拉長下去。"您這是什麽意思？'我們族人的一個正常人'？'一個前程遠大的後代’?”爛草包理直氣壯地問金菊，覺得自己有些受委屈，“難道我就不正常嗎？難道我不是您的二兒子嗎？”

對於這個没有出息的兒子，這位老母親是從不讓步的。她反駁着説：“是的，你不正常！你只在血統上是我的後代，但在精神上你不是！”

“不正常？”爛草包覺得自己没有被人瞧上眼，“誰不正常？”

兒子的這一質問煽起了金菊心中的怒火。她的反擊衝口而出，快速得像機槍一樣：“你是不正常！不是你，那麽是誰？當你快要到十九歲成年的時候，我講的那些故事你聽了都一點也不感到興奮。你從來没有坐立不安、到處尋找獵槍。你的想象那時不發生作用，現在也不發生作用。因此你頭一次出獵的時候，你就不曾打到一隻獵物，所以那‘春天集舞’你就没有資格參加了。所以你就永遠也没有找到一個女人當你的妻子。我説錯了嗎？羞呀，你這個老單身漢！因爲你這個没有用的兒子，大家都笑我……”

這一連串的揭露和斥責，把這個可憐的中年人壓得啞口無言。他垂下頭，把煙鍋裏的煙灰磕出來，裝作忙着幹别的事。最後他只有拖着步子出去走走，説是什麽换换新鮮空氣。

與那個坐立不安的年輕人相反，金菊變得安静起來，甚至毫無動静。似乎有件什麽沉重的心事在向她襲擊。早飯以後不久，她挪了一張椅子，到窗前坐下來。雖然外面很冷，她仍然把窗子全部打開，坐在它的前面，手肘擱在窗臺上。她想要這樣坐它幾個鐘頭，凝望外面那灰色的天空。她凝望得那麽認真，連一個字也不願對她的兒子講。這個中年的單身漢，没有人理，感到生活非常單調、無聊，他只好在屋裏踱起方步，使勁地吸他的煙袋。如果説他不是一個傻子的話，至少也像個頭腦怪誕的“哲學家”。

天漸漸暗下來了，天幕似乎也垂得很低。晚風逐漸被一種夜籟所代替，似乎預示着這個世界很快就要變成一堆龐大的冰塊。金菊開始感到有點興奮起來。她一會兒若有所思地皺起她那對稀疏的眉毛，一會兒煞有介事地注視着那些雲塊的變化。雖然外面冷得刺骨，她還不時把腦袋伸出窗外，想確定氣温是否真正在變化。寒冷已經開始逼人，但她卻一點也不顯得畏懼。她的臉龐開始凍得鼓起來，把那些皺紋脹平了。她完全被這看不見的寒氣凍僵了，已經失去了冷和暖的感覺。她這天是如此，以後的一連幾天也是如此。她要伸出頭到窗外觀察；天色每一次變化她絲毫也不忽略。甚至有時强烈的噴嚏震動了她的全身，她也不把頭縮回來，關上窗子。

金龍不時從外面山上巡遊一陣回來，他那杆槍上總是挂着幾隻山兔或野雞。金菊一看到這情景，就禁不住要笑起來。她現在完全瞭解，她的孫子已經成了一個非常合格的獵人——這是她的族人青年時期應具有的氣質。這種奇怪的、不可理解的，但又非常自然的生理和心理發展，使她感到非常有意思，她不時禁不住要發出幾聲嘻笑，像個十六歲的女孩子。有一天，當金龍帶着他的獵物回家、看到奶奶傻笑的時候，他倒退了一步，感到驚奇，禁不住説：“奶奶，您真像一個大姑娘！”

這番恭維是出乎她意料之外的。這種不尋常的評語使她有些失措，但她馬上就恢復了鎮定。她斜睨着這個天真而又充滿男性氣概的獵人，静静地問：“怎麼個像法？”

“瞧！您所有的皺紋都不見了，您的臉蛋紅得像西紅柿。這是怎樣變的呀，奶奶？什麼法力叫您返老還童？”

法力！作爲一個半仙姑，她不否認她有法力。她用手掌在臉上撫摩了幾下，得出結論，孫子的觀察是完全正確的。她的皮膚現在是很光滑的了，雖然並不柔軟。她的確變得年輕了。她點點頭，自己也承認。

奶奶的默認，使金龍感到更爲驚奇不已。真是一個不可思議的婦人，這麼一把年紀，居然又恢復了青春！這個年輕的獵人相信，世界上再没有其他的神仙，金菊本人就是仙人。就這樣，這個老婦人光滑的、紅彤彤的面孔，又在金龍的記憶裏寫下了很重要的一頁。

外面天空上的雲塊逐漸消散了。對於這個現象，大概除了金菊以外，誰也説不出一個道理。天空變得很單調，最後成爲一片無邊無際的蒼白。這時偶爾一兩片雪花，像絨絮一樣，輕輕地從上面飛了下來。甚至在這種情況下，金菊也不把腦袋從窗外縮進來。她仍然在執着地觀察天空的變化。忽然她打了一個噴嚏，接着她激烈地咳嗽了一陣。這咳嗽聲在空中擴張開來，像一個平静的池塘上忽然起了波浪，並向四周擴張。這真是意想不到的事。咳嗽持續了整整五分鐘。在此期間雪花就成群地飄下來，有的還貼在她的頭髮上。

“真奇怪，”金龍看見這現象低聲地説，“金菊奶奶打一聲噴嚏，咳嗽一陣，雪花就飄下來了。”

也許雪花就是金菊的噴嚏和咳嗽召唤下來的！對此金菊也不加以否認。雪花開始在空中飛舞，越下越多。金菊也相應地咳嗽得越來越厲害，越來越頻繁。雪也越下越大——這也是事實。再繼續觀察天色的變化，已經没有必要了。因此她就把腦袋縮回來，關上窗子，靠在靠椅上，用一張氈子蓋上自己的雙腿。她臉上紅彤彤的光澤也消失了，可是她的咳嗽卻絲毫也没有減輕。

幾天以後，整個的山區都蒙上了一層厚厚的白氈。金菊的那幢古老石屋的門口也積了兩尺多深的雪。但是由於雪的下層已經結成了冰，很堅實，所以也不妨礙人們在上面行走。不過，這樣厚的雪，倒妨礙野獸尋覓食物。“它們一定會餓得發瘋。”坐在一個黑暗角落裏的金菊，一面咳嗽，一面對她年輕的“甩仔們”説，“它們要從它們的窠裏鑽出來尋覓食物，那就對它們太不利了。它們的腳印，對有經驗的獵人説來，是最好的路標。”於是她就忽然提高自己的聲音，面嚮金龍，微笑着説：“我年輕的獵人，明天一早你就得出去，作一次真正的出獵，以紀念你現在正式進入了成年。老天爺在幫助你，給你提供這麼一個廣大、開闊的獵場。”

爛草包一聽到“紀念進入了成年”的“出獵”這幾個字，就滿腹牢騷，因爲爲了“紀念”這個“成年日”，他的“出獵”一無所獲，成了一個笑柄。這個故事很長，除了可笑以外，説來也叫人傷心。長話短説，當他發現了一隻豺狗的時候，他正呆在一個深谷崖石旁的土丘上。他一時興奮，就滾了下去，他的獵槍飛到好幾尺遠的地方，他的臉上被劃出一大片血痕，他的屁股也跌青了，腿也摔傷了，結果他一整個冬天得拄着拐杖走路。那隻豺狗看見他跌得這樣糟，樂得忘乎所以，居然向他挑戰，威脅着要啃掉他的腿。因此，聽到侄兒要出獵，他提出了一個問題："出獵！誰來當見證人？這麽大的雪！"

這種泄氣的話激起了金菊的怒火。她幾乎想一躍而起，可是一陣劇烈的咳嗽把她拖住了。但正因爲如此，她的火氣更大了。"誰當見證人？除了你以外還有誰？"她向這個呆笨的中年人大吼着，"難道你連當你侄子出獵的見證人的勇氣都没有嗎？你這個不中用的懦夫！這麽多年你消耗了那麽多來之不易的糧食，好意思嗎？"

"懦夫"這個名詞，爛草包可咽不下去。的確，他第一次出獵的失敗，變成了一個笑柄；不過他並不是無用得連當一個見證人都不够資格。這種侮辱在他的心中引起一種報復心理，他反駁説："母親，不要這樣瞧不起我呀！您走着瞧吧。好，我决定當金龍的見證人！"

又一陣激烈的咳嗽向金菊襲來，她的全身在掣動，她已經無力還擊兒子了。她只是低聲地説——好像是對自己："我將走着瞧……"於是她向正在擦槍的孫子做了一個手勢，點了點她那異乎尋常突出的、嶙峋的下巴，示意要他走過來。這個年輕人聽了她的話。她靠着他，由他扶着走向睡房去休息。當她走過門檻的時候，她用微弱的聲音對他説："準備好明天去出獵，記住了嗎？"

"我記住了，奶奶。"金龍簡潔地説。

第六章　鬼怪出現的地方

"出獵"是在吃完了一餐特别的早飯後開始的。爛草包套了一雙用麻綫縫的綁腿，長袍的下襟繫在一條布腰帶上。在出發以前，他特别在地上重重地頓了幾下脚，爲的是要試試他的腿是否靈活，他的脚是否輕快，是否足以追蹤野獸。爲了把自己裝扮得像一個獵人，他在肩上用一條紅繩斜挂着一個號角，他的右手握着一根長矛。當他正在等待他的侄子檢查槍筒的時候，他把長矛插在他面前的地上，雙脚分開約一尺半寬的距離，牢牢地站着，巍然不動。他從來没有像現在這樣神氣，於是，忍不住露出一個傻氣、天真的微笑。他的這副裝扮使他看上去像是一個十九歲的年輕人，就要去開始第一次出獵的冒險，以證明他的體力和智力雙全，已經“成年”。

這次出獵的目的並不是只射一隻兔子或野雞。獵物得是某種能給人以深刻印象和值得紀念的東西。因此必須到荒山野林裏去尋找獵物。爛草包吹噓説，周圍百里範圍内所有那些“最殘暴的野獸”的巢穴，他没有不知道的。引用他的話説，他活了“半百”，曾經參與過“太陽下面最狠毒的野獸”的獵取過程，他的臂部受了重傷就是由於這個緣故。當他在作這樣的表白的時候，他的手就不知不覺地去摸屁股，在那上面輕輕地用手掌揉來揉去。金龍跟在他後面，不停地問：“是真的嗎？真的嗎？”但他並不是真的想瞭解一個究竟，因爲他胸中充滿了别的使他興奮和焦急的東西。

爛草包一離開那個老仙姑的監督，他就給予了自己那張嘴充分的自由。他信口開河，關於他追逐野獸所表現出的機智和勇敢的荒唐故事，就像開了閘的河水一樣，從他的那張嘴裏浩浩蕩蕩地流了出來。首先，他解釋説，雖然他那次紀念性的出獵没有取得什麼成果，但他卻取得了極爲寶貴的經驗——這些經驗是那些最有本事的獵人所不能缺少的。接着，他摹仿金菊，把第一人稱的“我”插進他的故事中去。“我一生之中打死了不少於八十一個半的野獸！”那半個野獸就是在作第一次“紀念出獵”時幾乎要打死的那隻豺狗，如果不是因爲他的那個倒黴的屁股被跌傷的話，那隻豺狗肯定逃不掉。而他獵取的那最後的一條大蟲是一隻吃人的傢伙——一隻有條紋的猛虎。

這位中年的老單身漢，被他自己即興亂編的這些故事所陶醉，完全忘記了他作爲見證人的職責。金龍聽膩了這些又臭又長的廢話，就故意拖在後面，探索獵物的蹤跡。他們已經來到了深山中最荒涼的地方。

雪下得非常厚，山野的形態已經顯不出明確的輪廓了。甚至樹木也成了這漫天皆白的一個組成部分，因爲雪已經把它們層層蓋住了。只有那高聳的山巒和深深的峽谷顯出起伏的地勢。如果遠眺，那麽這整個山區就像一片魔幻中的汪洋大海，只不過海上的波浪是静止的罷了。在周圍數里之内，没有顯出任何生物的痕跡。上面的天空與下邊的山景同樣萬籟無聲，空氣連呼吸的聲息都不傳送。整個世界好像已經失去了生命。只有偶爾——極爲偶爾——一陣刺骨的寒風在這獵人和見證人身邊掃過，捲起一層雪霧，使他們顫抖了一下。而正在這時，某種孕育着生命的神秘力量，似乎在這漫天皆白的寂静的後面活動。有時一陣風雪在空中掃過去，某種隱隱的痛苦號叫聲似乎在這片無垠的銀色地面上向上升起。就是在這種場合下，金龍身上那種獵人的本能提醒他，附近可能隱藏有野獸，轆轆的饑腸在逼着它們發出叫聲。

他的心開始狂跳起來，他的耳神經也活躍起來，可以接收這種死寂的地上發出來的任何信息。當他正在小心翼翼地走過一片窪地的時候，忽然，一個隱匿的低聲，在雪塊偷偷地從岩石上滚落的當兒，擴散到他的耳膜上來。他馬上止住爛草包，示意他不要再囉嗦下去。於是他集中全部精力，向四周探索。在他的左邊立着一棵古老的楓樹，樹的兩邊伴着兩根粗壯的殘株。再也没有别的動静。但是這叔侄倆，由於某種疑懼的心理，不敢再往前走。他們停下仔細地打量地形。接着又有幾個雪塊落了下來，其隱匿和神秘的程度與剛纔差不多。這又使他們倆的聽覺變得尖鋭起來。他們感到一陣寒流從背脊上衝下來。爛草包拉了一下年輕侄子的衣袖，低聲地在他的耳邊説，這個地方有鬼，最好趕快離開。他嚇得如此驚惶失措，甚至還説若干年以前，他那鋭敏的目光就在這塊地方看見了有四個手臂的鬼怪。但是，在金龍接受他的忠告以前，又有幾塊雪落下來了，跟着是一聲呼吸，静止的空氣也略微起了一點波紋。這個年輕獵人這纔發現一個秘密，一直逃避了人眼的注意。

在七八丈遠的地方，有一個覆滿了雪的灌木林。從遠處望去，人們很容易誤認爲它是一塊巨石。灌木林旁邊有一小塊黑暗的空間，雪在那裏附着不住，因此纔不時隱隱地落下幾個雪塊，發出幽幽的響聲。灌木林看上去很像一個窠穴入口的擋牆，掩住了窠穴内部的秘密。當這叔侄倆把這片矮小的樹叢仔細地觀察了一陣以後，他們就不難分辨出樹幹、樹根和上面的荊棘枝條。是這些枝條托住了雪層，同時也掩護了窠穴的形象。這位叔叔，爲了驅除自己心中對他想象中的那個鬼怪的恐懼，就咳嗽了一聲，表示這裏現在有人存在。這個咳嗽擴張出去，馬上又引出另一陣雪塊下落的隱秘回音。

毫無疑問，這裏除了這個灌木叢外，還隱藏着什麽別的東西。金龍没有走近前去，他只是輕輕地觸了一下見證人的手肘，拉着他輕輕地靠攏那棵楓樹。他們隱在那兩根樹樁的後面，除了兩對眼睛以外，没有露出任何痕跡。金龍把他的獵槍擱在一株樹樁的分叉上，把槍口正對着那個灌木叢。於是他屏住呼吸，他的眼睛盯着槍眼前面的灌木叢，右手按在槍機上。在這原始的寂静中，他又聽到一個窸窣的聲音從那灌木叢裏向他的耳邊飄來。他的背上出了一點冷汗，他打了一個寒噤。他看見一個類似雞毛撣子的東西在遠處那塊陰暗的空間裏劃了一個半圓。接着它就停在那個空隙中不動，像一根枯枝。

這時金龍已經完全控制住了自己的呼吸。這種原始的寂静持續下去，一陣一陣的寒流也同時穿過他的脊骨。不過這個年輕的獵人完全保持頭腦清醒。他的眼睛集中了更足的精力，他擱在槍機上的手指也顯得更堅定。一個新的景象開始在他的視野中出現：一對亮晶晶的紅色珠子正在遠方那一片空隙處神秘地閃亮。金龍又覺得背上穿過了一股寒流。那裏藏着一隻野獸。它可能在他們没有發現那個灌木叢以前就已經注意到了他們，而且還在以極度清醒和警惕的眼神觀察他們的每一個動作。要不是因爲這漫天皆雪的地面容易使它完全暴露在大自然中，這隻野獸可能早就衝了出來，逃之夭夭。

兩邊都在以高度的警覺注視着對方。兩對眼睛——一對從灌木林裏向外面探視，另一對從槍口向灌木叢裏直望——開始調整成爲兩條直綫。兩對眼睛都閃爍着憤怒的火花，但是又似乎在進行早就相識而又仇恨的對話。一對似乎在説："我早已發現了你。"另一對似乎也在用同樣的話回答。這種心照不宣的秘密對話，隨着時間的進展，加强了二者之間的緊張氣氛。金龍的心開始劇烈地跳動，這種懸念使他再也忍受不了，雖然這隻野獸顯得那麼無動於衷。這隻野獸所表現出的鎮定，最後成了衝突的導火綫。這個年輕獵人，在他的肺活量可能容許的限度內，發出一聲狂叫。這聲尖鋭的狂叫表示恐懼和煩躁相混合的一種原始的快感。它像一個牧羊人發現了一隻豺狗所吹起的緊急警號一樣，劃破整個山區的寂静。終於，伏在灌木叢中的那隻野物感到害怕，失去了鎮静，便衝了出來，像一隻失魂落魄的梅花鹿。它一跑到空地上，金龍的槍就響了。這隻野物應聲倒地。它在地上滾了兩三尺遠以後，就拱起腰又站了起來，向一個小山巔逃竄——在那下面另有一個低谷。

“狼！狼！一隻肥胖的老狼！”爛草包從他的隱身處跳了出來，拉開嗓子大喊，好像他已經活捉住了這隻野物。

年輕獵人，没有理會這位見證人的呼叫，就在那隻狼後面瘋狂地窮追。他追到那個灌木叢附近的時候，他發現這隻野獸打過滾的地上有幾處血跡，這更激起了他的煩躁和火氣。他奔上那隻狼翻過去而失蹤了的山巔。不一會兒，他自己也不見了。

“讓我來抓住這野物！我知道怎麼活捉住它！”爛草包在他後面大聲喊，“活捉一隻野物纔有趣啦！”他在一陣天真的狂喜中，衝上那個山巔，向下邊的低谷奔去，其速度之快好像他脚上綁有一對雪橇。但他卻不是雙脚落到谷裏，而是沿着山坡滾了下去。有好大一陣子他躺在那裏動彈不得：他的兩個脚踝擰了筋，而且相當厲害。他花了很大的氣力纔慢慢地站起來，但他已經無力再爬上那個山坡了。他的雙腿痛得發抖，他也没有意思再爬。他扶着他那根長矛的把柄，踉蹌地向回家的路上走，毫不負責地讓侄子去追逐那隻野物。

金菊正在屋子裏極爲關注地等待着。她用這樣一句話來問歸來的這位見證人：“這回首次出獵的結果怎麼樣？”

“一隻肥狼！一隻大肥狼！”這個中年的兒子，像個小孩兒似的大叫着。

“那麼你的大肥狼在哪裏呢？”老媽媽再度問，聲音很激動。不過她一看到兒子拄着長矛的杆子來支住自己時，心裏就已經猜出事情的經過。“那麼我們的年輕獵人在哪裏呢？”

“一隻肥狼！一隻大肥狼！”見證人能够説的只是這幾個字。看樣子，他如果不是失去了理智，就是完全瘋了。他的眼睛失神，盯着金菊發呆。他的嘴唇不時痛苦地痙攣着。“一隻肥狼！一隻大母肥狼，我想它的肚皮裏一定懷有三個狼仔。”

“滚開你的大肥狼！”對於兒子的這種難以形容的愚蠢，這位半仙姑也只能這樣大吼一聲，“滚到廚房裏去，啃玉米餅去吧！我不想聽你的肥大的母狼的故事。”於是她把頭掉向外面，盼望她的孫子回來。

爛草包一瘸一拐地向廚房走去，什麼話也没有説。他已經感到非常餓了。

第七章　人獸競賽

當金龍來到山巔的時候，他看見那隻狼正向對面的低谷衝下去。它那毛茸茸的大尾巴像一把雞毛撣子，在雪地上拖出一條連續不斷的痕跡。這隻野獸對這個年輕獵人害怕得要命，它一嗅到他的氣味，就加快了速度，結果是在它還没有到達低谷的時候，它就在半空栽了一個筋頭，四腳朝天地墜到谷裏。它發出一聲尖叫，像一隻貓頭鷹在半夜裏哀鳴一樣。不過當獵人追到它的跟前時，它就馬上跳起來，一溜煙地又衝出了這個低谷。

這個年輕的追逐者，由於又失去了抓住這個野獸的機會，感到非常惱火。他覺得受了欺騙，同時又感到羞辱。這隻野獸似乎故意在和他開玩笑，煽起他的怒火，藉以譏笑他的獵技不高明。一種無名的仇恨，現在掌握了這個獵人的全部身心。他發誓要活捉這個野獸，親自用雙手擰斷它的脖子。一想到這裏，他又覺得渾身是勁，他没命地在後面緊追，像一陣疾風。

逃亡者和追逐者在這漫無邊際的雪地上，像閃電一般，展開速度的競賽，其景象很像跑馬場一對賽馬在没命地一比高低。他們之間的距離漸漸縮短，最後不到十來丈遠。雙方都很機警，誰也佔不了誰的上風。這種相持狀態在他們中間既挑起了激情，也激化了仇恨。這野獸有時故意向這個獵人挑戰，一下衝上一個陡峻的山坡，中途休息一下，喘幾口氣；一下又掉過頭來，向這個年輕獵人斜睨一眼，齜牙咧嘴地一笑，似乎是説："我在這裏等你！"不過當金龍一追近它，快要用槍托猛擊他的背脊骨時，它又像閃電一樣，衝下山去，把這位受挫的獵人扔在後面，獨自憤恨又失去了時機。

他們倆就這樣在這單調、淒涼的雪野上，越過山峰、陡坡和低谷，繞着灌木林和大樹兜圈子，但是他們卻從没有在彼此的視野中消失。他們相互要了許多花招，他們彼此達到了相當深的理解，看上去倒像一對老朋友，誰也不願意失去誰的形影。也可能這是從極端仇恨之中發展出來的一種"夥伴"感。如果他們能懂得彼此的語言，他們也許可能先坐下來休息一會兒，然後展開談判，以解決他們之間的分歧。事實上，他們現在已經有基礎達到他們的目的，因爲金龍現在已經完全忘記了他出獵的目的。也許這隻狼同樣放棄了它傳統的想法：奔逃只是爲了活命。在某種意義上講，他們的思想似乎已經從實用主義的概念向一個更高的階段升華。他們現在並不是爲了追逐而追逐，也不是爲了誰贏得這場比賽，誰得到那光榮的金牌——這種東西在别的情況下，明智的人完全可以不放在心上。

不過，時間是裁判，也是唯一宣佈最後結果的人。這場競賽的時間一拖長，這隻野獸就開始感到體力不支了。它無法再玩更多的花招，它開始用一隻後腿瘸行——另一隻無疑地受了金龍的槍傷。只有當追擊者追到它的跟前時，它纔向前衝一下。這一衝倒不是爲了比賽，而是爲了救命。這情勢的突變，給予了這個年輕獵人極大的鼓舞。他自然加快了他追趕的速度。這野獸充分地意識到它的體力已經用到了極限，發出一聲哀鳴。這哀鳴在這寂静的雪空擴散，更提高了年輕獵人的自信心。他們之間的距離在縮短，引起了這野獸的恐慌，它立即逃竄到一條通向茂密的樹林的小徑，在樹叢中消失了。

空中盤旋着一聲哀鳴。

金龍緊跟着鑽進樹林。出乎他意料，這野獸忽然向他反衝過來。但是金龍已經擋住了去路。於是它立即掉轉身，向低谷的盡頭奔去。那裏有一座村屋，在村屋後面的半山腰上有一個籬笆圍着的一片樹叢，小徑就消失在這片樹叢裏，再没通向外面世界的道路了。這野獸意識到自己已經陷入了絶境，又發出了一聲哀鳴。它開始和這個年輕人在樹叢中間捉迷藏，希望找到一個缺口跳出重圍。最後他們之間的距離縮短到只有一丈左右，中間隔着一株桐樹。他們繞着這棵樹跑了好幾個圈子。這野獸，爲了打破這困境，就向右邊逃去，希望越過金龍而跳出這個包圍。但是它的脚一跳離地面，這個年輕獵人的槍托就擊到它的背上。這一擊打斷了它的脊樑，它五體投地伏在桐樹的脚下。

年輕的獵人直起腰來，好像是正在做一場夢。這野獸在吃力地呼吸，血從它的鼻孔裏流出來，染紅了一片雪地。但是它的眼睛仍然睜着，呆呆地望着金龍，好像是在説："兇猛的獵手，現在你佔了上風，你赢了。你真的欣賞這場遊戲嗎?"於是它慢慢地閉上眼睛。它的四肢抖了一下，就停止了呼吸。

不知是由於天氣太冷——這一點這個年輕獵手已經注意到了，還是由於他出獵的激情已經涼了下來，金龍覺得心裏有一股寒潮襲來。他驚跳了一下，像是剛從噩夢中驚醒。這隻野獸的屍體，匍匐在地上，樣子確實很淒慘。難道這説明人的優越，獸的愚蠢嗎？這種在一陣瘋狂的興奮以後出現在他心裏的模糊想法，金龍找不出明確的字眼來表達。他垂下頭來，像他聽金菊講那個最後的但最刺激想象的故事時那樣——這個故事曾在他的心裏掀起一股狂熱的戰鬥激情。現在，一種抑鬱感籠罩着他的全身——他的靈魂和肉體。他不想走開。他靠着那棵桐樹，好像要在這裏度過即將來臨的黑夜，爲這死去的野獸哀悼。他不想再殺生了——甚至想也不願再想這件事。

"嗨！年輕的獵人，你在這裏發什麼呆呀?"突然，林中飄來一個女子的聲音，"你累了嗎?"

金龍吃驚地抬起頭來，發現在他右邊，那道籬笆旁的一棵老梅樹後面，有一個人影走來。這是他没有能料到的，他想拔腿就跑。

第八章　蜂蜜加梅花

向金龍走來的是個年輕女子。這時金龍纔意識到，這是别人的一片私地，他不應該衝進來。他拉着他的勝利品的尾巴，想找一個出口離去。

“怎麽?”這個女子走近的時候問，“你侵犯了别人的私産，就想這樣偷偷地溜掉嗎?”金龍從來没有單獨遇見過成年的女子，更没碰見過這樣一位口齒不留情的姑娘——她是那麽自以爲是，一點害羞的顔色都没有。金龍機械地鬆開了那隻死狼的尾巴，讓它落到地上，發出一個啪嚓聲。這個陌生女子聳立在他的面前，他那稚氣的眼睛望着她不知所措。年輕女子比他身高大約半寸。這是一個不尋常的姑娘，倒不是因爲她的身材，而是由於她表示出的那副大膽、咄咄逼人而又使人覺得可親的神色。她的個子很高，她穿的那件麻布長裙把她又襯托得更高。她的胸脯在她的那件印花布衣衫裏面裹得緊緊的。她的外貌，與其説是一個泥土氣十足的山姑，還不如説像一個成熟的年輕母親。她右肘上挂着的那個船形柳條籃子，使這個形象更顯得逼真。也許她就是那邊村屋裏的女主人吧?也許她就是一個又胖又聰明的八個月的孩子的媽媽——她不可能結婚太久，因爲她臉上還没有出現那作爲憂慮重重的家庭主婦的標志的皺紋。

這個年輕獵人站在這位不同凡響的女人面前，羞澀地低着頭，像一隻母羊身旁的小羊羔。這並不完全是因爲害怕，使他失去了男性的剛强，而是一種神秘的女性力量，把他從骨髓到外部，全都軟化了。他無法用具體的語言來表達他的感覺。這是寒與熱、情與理之間的某種東西在起作用。這是介乎母親與戀人、害怕和崇拜之間的某種東西。也許，這是因爲他還不到三歲時就失去了母親，他一見到任何具有母性氣質的東西就失去了抵抗力。也許，這還是因爲他剛剛“成年”，纔對女性如此敏感。

對於他的這種男孩氣的尷尬樣兒，這個姑娘感到非常有趣。她望着他時的表情，如此認真和仔細，好像她的那對眼睛已經直接透進了他的靈魂。金龍受不了她的這種透視，就神經質地掉轉身，想逃走。

她攔住了他，說："你居然敢跑進我的院子裏來獵取野獸，好大膽！不准走！"

金龍羞怯地抬起頭，想咕噥出幾句話來表示歉意。但是，他的眼神一接觸到她的視綫，他就發起愣來，變得目瞪口呆。他的嘴唇緊閉着，好像貼了一張封條。她那水汪汪的眸子，顏色烏黑，但又亮得像農曆八月十五的月亮，既瑩浄，又嫵媚，使他變得神志恍惚起來。她那特别長而又密的睫毛，更加强了她那對眸子的烏黑。金龍從來没有遇見過這樣一個充滿了母性温暖，而又如此異乎尋常的粗野的女性。他不由自主地又低下了頭。

這個女人忽然發出一聲暗笑。無疑，這個年輕獵人的一副尷尬樣兒使得她感到非常開心。

"你知道誰是這個院子的主人嗎？"她問。

金龍偷偷地抬起頭來向她望，疑惑地眨着眼睛。過了一會兒他纔猶疑地說："我不知道，我真的不知道。"

"你應該知道，"她用威嚇的口吻説，嘴角上懸着一個惡意的微笑，眼睛斜斜地盯着他，"它屬於我的父親——山上遠近馳名的獵手'飛虎'大爺。你不知道嗎？羞呀！"

金龍一聽到她透露的這個秘密，就驚了一下。他小時候當然從金菊的嘴裏聽到過這個名字。"飛虎"大爺曾經清除了這個山區的許多猛獸，任何兇殘的野獸只要一見到他，就嚇得魂不附體。"飛虎"這個名字聽起來，真是如雷貫耳。他覺得有點發暈，面孔變得刷白，像雪一樣。

"我一點也不知道這些，否則我決不敢追進來，即便那個野獸衝進這裏逃生。"金龍的聲音有點顫抖，好像在乞求原諒，與此同時他的雙膝也開始顫抖。

這個女子看到他的這副樣兒，禁不住笑出聲來。她這一連串的清脆笑聲，像隻銀鈴在空中震蕩。金龍不理解，這是表示她的粗野呢，還是對他的蔑視？他堅決地翹起他的下巴，想鼓起勇氣對她的無禮提出抗議。不過她的笑是那麽清脆、爽朗，從她兩排美麗、整齊、發出光澤的牙齒間發出來，完全解除了他的武裝。他聽着這清新、愉快的一連串笑聲，像個傻子似的着了迷。

這真是一件怪事，一個如此野性十足的女性，居然能有如此令人入迷的愉快表情。金龍呆望着她，好像她是從另一個星球來的人。

她在盡情地大笑一陣之後，閉起嘴唇，又變得嚴肅起來。她看到這個年輕的獵人仍在發呆，便輕輕摇了他一下，説："我原諒你對我們院子的侵犯，因爲你是那麽勇敢。我還没有見過一個男子，像你這樣以如此狂烈的熱情來追逐一隻野物！"

這句恭維的話使金龍鼓起了勇氣，他問："你真的看見我追逐那隻野獸了嗎？"

這女子大睁着她的那對黑眼睛，回答説："你把我當成了什麽人？連在我家附近發生的事都不知道嗎？當我一聽到籬笆外面狼的哀號時，我就警覺起來。我知道，一陣狂追一定在外面進行。當我看見那畜生衝進來、你在後面緊追的時候，我就藏到那棵梅樹後面，爲的是怕打亂你的遊戲。"

"我的遊戲？"金龍驚愕地問。

"爲什麽不是呢？"女子反問着，睨視着這年輕人一本正經的面孔。

"這是我首次紀念性的出獵呀！"金龍有點不太自在起來，"這不是遊戲，這是我首次紀念性的出獵呀！"

他的這種在某種虛榮心的影響下不自覺地做出的坦白，不再使她感到好笑，而是引起了她的興趣。她没有再像剛纔那樣大笑，而只是露出一個微笑——一個具有某種意義的微笑。"真的嗎？"她説，裝作不懂得他的話的意義，"它對你真那麽重要嗎？"

"當然重要！"金龍説，大睁着眼睛。

"重要到什麽程度？"她問，做出一個嚴肅的表情，但仍裝作什麽也不懂，"我不懂得你的意思。"

金龍感到更不自在。他認爲這個女子故意忽視他這次出獵的意義，因此他生氣地説："假如我這番首次出獵失敗了，即將到來的'春天集舞'我就没有資格參加了。你懂了嗎?"

"啊，是這樣嗎?"這女子用僞裝的驚訝叫了一聲，"但我還是不懂，爲什麼如此嚴重。"

金龍對這個愚蠢女性的無知，大叫了一聲："如果我没有資格參加，我就找不到對象呀。你懂了嗎?"

"這我倒不敢説懂。"她不動聲色地説，但馬上發出一連串開心的大笑。

這笑聲帶有一點諷刺的味道，它使金龍的頭腦清醒過來。他開始意識到，他説出這些没有必要的有關自己的話，是多麼愚蠢，特别是對這個完全陌生的女性——她可能還是一個未婚女子。一種羞慚感漸漸染紅了他的雙頰——一直紅得脖子發燒。他不自在地低下了頭。

這女子知道這個年輕獵人在感到難爲情，因此她就止住了笑，用一種表示愛護的聲音説："啊，我們談點别的事情吧。我來領你看看這個院子，這裏面有好幾棵很有趣的樹。"

她領着他在這個院子裏漫步，一邊走，一邊閑聊。她談着一些關於這個村屋的事，關於過去在這裏住過的人們，關於圍着這個院子的那一道籬笆。她指着屋子向南的那個四方窗子，説在這個窗子後面的那個房間裏，曾經住着她逝去了的母親。那是一個慈祥、美麗的婦人——她現在只記得她的漂亮的面孔。接着她又把金龍領到一個旁門邊去。她解釋着説，這是一個特别的入口，通向一個大廳，那裏陳列着她父親打獵獲得的戰利品。她繼續説，母親死後她的父親再也没有結婚，因爲他在這個世界上再找不到第二個像她的母親一樣美麗的女人；還説，自從母親去世以後，父親就把全副精力花在打獵的活動上，帶着一隻叫做"飛毛腿"的獵犬翻山越嶺，搜尋獵物；還説，他大清早就出去，下午很晚纔回來，成天只有她一個人守着這個屋子。她的這種對於自己家庭的描述，倒也引起了這個年輕獵人一定的興趣。接着她就換了題目，談起院子裏的一些古樹來。她指着一棵梅樹對他説，他追趕那隻狼進院的時候，她正在採摘這棵古樹上開的“金色的、無葉的梅花”。

“梅花！這麽冷的天氣，你採它幹什麽?”年輕獵人好奇地問。他覺得這個女子是令人可笑地虚榮，因爲像她這樣一個顯得並不太年輕的女性，在這個孤單的地方，陪着一個成天在外、專心打獵的父親過日子，戴這些花有什麽意義呢?

“調蜂蜜呀,”她用平静的聲音説，“你知道，蜂蜜裏面加進梅花，味道是既甜又香呀。”

“所以你就不戴梅花了?”這個年輕人仍然懷着他那種學究氣的好奇心。

這個女子不禁嘻嘻地笑了一聲：“如果你喜歡戴梅花的話，我很願意送你一朵。”她没有等他回答，就從那裝滿了梅花的籃子裏取出一朵，並且插在他的上衣的第二個扣眼裏。當她插這朵花的時候，她説：“順便説一句，我的名字與這朵花同音又同義。”

“那麽你就叫做冬梅啦!”金龍叫了一聲，樂不可支。

“嘘——”冬梅示意他静下來，同時用手遮着耳朵静聽。“不要發出這樣的聲響。聽！爸爸回來了，飛毛腿正在遠處叫呀。”

年輕的獵人静聽着。的確，有犬吠聲從遠處隱隱地傳來。他感到有點不安起來，用詢問的眼光望着冬梅，意思是説他是否應該離去。

“你可以走,”她説，“如果爸爸知道一個年輕獵人居然衝進他的院子裏來追一隻野獸，他一定會大發雷霆。他會認爲這是對他的侮辱。你要知道，他並没有親眼看見你是像他那樣一個勇敢得不要命的獵人呀。所以，如果他發起火來，我可没有辦法爲你説話呀。”

金龍哈下腰，把那隻死狼拎起來，背在肩上。他很快發現，這隻野獸的後腿受了傷。但是子彈只是擦了一下它的皮膚，使得它行動欠靈活。在他檢查這隻野獸的時候，冬梅就用雪花掩蓋那些血跡。然後金龍就告辭了。他走到籬笆圍牆的入口時，掉過頭來望了一眼。不知怎的，他感到有點依依不捨起來。冬梅緊跟在他的後面，爲他送行。

“很可惜，没有見證人來對你的勇敢作見證。”她順口發表了這樣一點意見，她的眼裹水汪汪地充滿了温情。

金龍找不出適當的字眼來回答。她這充滿了同情和崇敬的話語，幾乎使他的眼淚都要流出來了。當他走出院門外相當距離以後，他用一個呆板的聲音説：“我還能有機會再見到你嗎？”

“當然有！”冬梅直截了當地説，她的眼睛睁得更大，也更亮。

“在什麽地方？什麽時候？什麽時候？什麽地方？請告訴我，請告訴我！”他説得那麽急迫，好像有什麽要事正等待着他去做。

聽着這急切的追問，冬梅不禁又發出一陣朗朗的笑聲。“在下個春天，也許在長青谷的‘春天集舞’上。”她很平静地説。

“怎麽？你還不曾參加過‘春天集舞’？”這個年輕的獵人感到糊塗起來，因爲他一直以爲她已經當了母親。

“你這是什麽意思？”她問，又大笑了一聲，因爲她已經猜出了他的迷惑，但馬上她又恢復了鎮定：“是的，我曾參加過兩次‘春天集舞’，但是還没有找到一個滿意的舞伴呀！”

不知怎的，一道紅暈偷偷地爬上了這個年輕獵人的臉頰。她還不是一個母親，她甚至還没有找到一個中意的男子！金龍加快了步子，匆匆地離開了這個地方，身後傳來一個非常温柔、羞澀的聲音：“再見，希望很快就能再見到你！”

第九章　不管怎樣，春天要到了

金菊問到石屋裹來，快樂得幾乎要發瘋，因爲她已經看到金龍背回了一隻大獵物。爛草包正在廚房裹燒茶，她用諷刺的口吻對他喊：“見證人！我親愛的見證人！出來呀，請告訴我，我的孫子是怎樣降伏這隻大肥狼的！”

爲了只有他本人所能知道的某種原因，爛草包拒絶露面，而且也不願意回答老媽媽的話。他藏在廚房的一個角落裹，像隻害怕被人發現的小耗子。

這個中年人的拒不露面，使得金菊很失望。她在一陣咳嗽的襲擊中顫巍巍地走向金龍，把他的雙手握住，説："我偉大的獵手，把一切經過告訴我吧。你叔叔没有盡到責任，我知道，我知道。他真是一個不折不扣的廢物。"忽然間，她没有等金龍説話，就向後退了一步，大大地睁着眼睛：她看見了金龍上衣扣眼裏插着的一朵梅花——插花的風格很入時。

"你在哪里弄到的這朵花？"她指着花兒問。

金龍的臉紅起來了，他的嘴唇也在顫抖。他很難講出這個故事，雖然有關此事發生的情景是很甜美的。他的生活中從來没有出現過年輕女性，更没有像他現在遇到的這個想起就令人臉紅心跳的女性。

"你在什麼地方弄到的這朵花？"年邁的半仙姑以迫切的心情追問着。

金龍感到他的雙頰在火一樣地發燒。他能够讓他那顫抖的嘴唇發出的一句話是："我在路上撿到的。"

這是一個故意編造的謊話。但這個年輕人在此情此景之下，卻别無選擇。

金菊倒在靠椅上，頭仰到靠椅背上，發出了一陣開心的大笑。"啊！"她高興地大聲説，"我的孫子現在知道怎樣在路上摘取野花了！"

她現在可以肯定，金龍在生理上和心理上已經正式到了成年——是個男子漢了。她從經驗中深知，一個少年開始對於花感到興趣，是因爲腦子裏已經有了一些羅曼蒂克的幻想，而這些幻想所指向的目標往往就是異性。在扣眼裏插一朵梅花！一般的年輕人決不會把心思花在這種精緻的打扮上，特别是當他正在追逐一件獵物的時候——除非他想吸引女子的注意。

這位老半仙姑連連對自己點頭，帶着自傲自信的微笑。她覺得世界上再没有什麼人像她那樣，能内行地分析一個年輕人的心理。她相信她已經看透了孫子内心的衝動。這種衝動是由男性的成熟所激起，而由她所講的那些冬天的故事所引發，以他的這趟首次的出獵而達到頂點。

"好吧，好吧，"她用一種哲學意味的口氣對自己獨語，"不管怎樣，春天要到了。不久雪就要開始融化。”

三天以後，雪果然開始融化了。

第二部　春

第一章　半仙姑怎樣得到一個靈魂

融雪並不需要花太多的時間。兩天的工夫雪花下面結的冰層就已經融掉了。雪水在碎石之間沿着山坡偷偷地流下來，不留一點痕跡。接下來，土地揭去了白色的面紗，向天空微笑了。山上被鑲在土裏的一些卵石和細礫，也就悠然自得地對着太陽發出晶瑩的微笑。那些曾被閃亮的冰雪包裹着的樹木，現在獲得了解放，也似乎在攤開它們的枝椏，伸着懶腰，如釋重負地呼着氣。

鳥兒從它們的窠裏飛出來，面對着這個世界着上的新裝，也興奮地吱吱喳喳叫個不停。一個溫和的乳白色的太陽，靜觀大地上的一切變化，像一個哲人一樣微笑着，但很和善，毫無玩世不恭的神氣。

日子慢慢地過去了，空氣也變得越來越溫和。太陽的微笑，也從冷靜變得熱烈。暖流從它的微笑裏散發出來，像火爐送出熱氣一樣。這使得一切東西都恢復了生氣，人也覺得背上有酥酥發癢的感覺。

金菊雖然因爲一連咳嗽了幾周，只得躺在床上，但她卻感到睡不安寧。這並不是因爲她的背上有些發癢，也不是因爲關節在惡作劇地找她的麻煩，而是因爲周圍的空氣被新的暖流所推動，似乎在輕鬆愉快地跳舞，發出銀鈴般的笑聲。這氣氛也使得她的心輕鬆得像知更鳥，想要拍着翅膀飛向雲間去會它們的戀侶。她的心境也躁動不安起來，被一種青春的活力所衝擊。這是由於新的氣候變化所造成的嗎？還是由於她的體質在作返老還童的蛻變？她祈求這後一種情況是事實。緊跟着她的這種祈求，一個玄虛的信念——儘管對此她不無懷疑——又在她的心裏油然而生：她大概又變得年輕了——最低限度是在向這個方嚮發展。爲什麽不呢？甚至在那嚴酷的冬天，當那討厭的咳嗽在她的氣管裏搗亂的時候，她的面龐還忽然變得光滑並發出紅光——紅得像熟透的西紅柿一樣。

她下了床，巍巍顫顫走進堂屋裏去——不知怎的，她的心裏雖然充滿了年輕的感覺，她卻覺得有些頭暈。她走到堂屋中央就停下來，穩一下步子。於是她向窗外凝望，用她的話説，“清清眼睛”。在那不到一尺見方的窗洞裏，她看不見太大的世界，只不過一小塊天，幾棵樹。但這是怎樣的一番景象！那一小塊天空顯得那麽蔚藍和澄净，一丁點兒烏雲的痕跡也没有，她幾乎要以爲這是仲春季節了——如果她没有及時在她的手指上計算了一會兒的話。那些樹枝也冒出了嫩黄的幼芽。她的想象馬上又活躍起來：大地大概已經覆滿了緑草。於是她馬上想到了“春天集舞”。那是一年——也是一個人的一生——最美麗的場合。她也很希望再去參加一次，如果不作爲一個可供挑選的新嫁娘，至少也可以作爲一個月下老人。也許她可以做得到，如果她真的返老還童恢復了青春的話。她用較快速的步子，走到右邊牆上挂着的那面鏡子面前，希望在她的面容上能够發現一個奇跡。

鏡子上有些灰塵，因爲過去幾個星期那陣奇怪的、頑强的咳嗽一直把她困在床上，她没有用它。她只能看到她的面容被模糊地反映在它上面。她的雙頰，很不幸，不像她剛纔想象的那樣，並不是那麽鮮豔，紅得像西紅柿一樣。一陣微微的顫抖穿過了她的背脊，她本能地後退了兩步。她所看到的形象使她發呆，她的嘴大張着，她那平時發亮而又生動的眼神這時也顯得黯然無光。啊！她自己在想象中安慰着自己説，也許正是鏡子上的灰塵，模糊了她恢復了青春的、鮮豔的面容。所以她小心翼翼地又走到鏡子面前去，用衣袖把鏡子仔細地擦了一下。不錯，鏡子一擦乾净，效果就大不一樣了。鏡子裏，她的面容不僅僅是蒼白，而且是萎縮了，覆滿了皺紋，青筋凸出，像一個老花生殼一樣。但她仍然不相信她的眼睛，她認爲它們可能有些昏花，看不太清楚，因爲她畢竟在床上躺了好幾天呀。她湊到更近處仔細瞧了一下。没有錯，鏡子並没有欺騙她。而且，她還發現，她額上那填滿污垢的皺紋和更上面的一頭蓬亂的白髮，使她顯得比一個老花生殼還難看，倒與一個裝焦炭的袋子很像。在一時感情衝動的情况下，儘管她腦子裏裝滿了智慧，她還是控制不住自己，拿起旁邊的一個三腳凳，用盡她所能鼓起的氣力，扔向這面鏡子。鏡子馬上被打破，碎片落滿一地。接着，像個有罪的人一樣，她急轉身，坐進對面牆邊的靠椅裏。

她花了好長一段時間纔恢復了理智。當她最後意識到她剛纔所幹的事時，她無可奈何地歎了一口氣。“我老了，”她囁嚅着對自己説，好像她從來不曾老過似的，“我是可憐地老了。也許不久我就要離開這個世界了……”這時，一陣咳嗽又向她襲來，她全身震動，她的獨白也就中止了。

這陣咳嗽平息下來以後，不知不覺之間，她的思想又轉到她的這種無法理解的咳嗽上去。這是怎麽一回事，她想，氣候已經直綫上升地變暖，爲什麽這個討厭的毛病還抓住我不放？在過去，她也曾鬧過這樣的病，但從來没有持續過兩個星期以上。現在它從冬天一直糾纏到現在，而且看來是越鬧越厲害。這是怎麽一回事兒？她忽然感到恐慌起來了。半仙姑的智慧這次拒絶解答這個問題。

她右手的手指開始在靠椅的扶手上敲，發出一種單調、沉悶的聲音。她確是被一個問題難住了，而且這還是她在一生中所遇見的一個特大的難題。爲什麽這場咳嗽一定要持續得這麽長？她把這個問題當做是對她的智力的挑戰，如果她得不到滿意的回答，她决不罷休。她閉上眼睛，想來想去，手指在椅子扶手上敲個不停。這確是一個難於解答的問題。不過，在緊要的關頭，她的機智總會到來，助她一臂之力。她忽然抬起頭，睁開眼睛，不再在靠椅的扶手上輕輕敲擊，而是狠狠地打一拳。於是她自言自語地説：“我懂得了，我懂得了！”她終於找到了這個問題的答案。不過這個答案卻仍是老生常談：“我老了，我是可憐地老了。也許，不久我就要離開這個世界……”的確，她是老了——這也是無可奈何的事。她再没有充足的體力來抵抗疾病了，更没有辦法來消滅它。

但是死去！我將從這個世界、這個山區、這幢村屋離去，離開我親愛的"甩仔們"，像一滴水被太陽光蒸發掉。這可能嗎？如果是這樣，那麼生到這個世界，建立家庭，坐在窗前凝望大雪紛飛，啓發年輕孫子熱愛生活，還有什麼意義呢？如果是這樣，誰還願意生男育女呢？作爲一個半仙姑，金菊的智慧總會及時活動起來，編一些故事來解釋宇宙中的許多現象——也可以說，是這個山區世界的許多現象。她的這種創造性一直在她的"甩仔們"中間享有崇高的威信並受到尊敬。不過面對這樣一個性質如此嚴重的問題，而且還要求有一個嚴肅認真的明確的回答，她卻是真的一籌莫展了。

她的手指又開始在靠椅的扶手上敲擊起來。這次的敲擊持續了好一會兒，最後的結果仍然是她那老一套的驚呼："我懂得了！我懂得了！"她終於得出了一個富有創造性的結論：她一定有一個靈魂，像那些飛雁一樣，它們飛過距她的村屋一里路的那棵古老的栗樹時就立即獲得了靈魂(這裏不妨附帶説一句，這個故事完全是她的編造，但在這特殊的時刻她卻忘了這一點)。她的靈魂將仍然主宰着這個村屋，關心着她的"甩仔們"的幸福——即使在她的肉體消失以後仍是如此。當然，她同時也知道，她的這個理論很難得到事實證明。住在平原上的那些人有他們的宗教來説明有關靈魂的問題，但她的族人卻没有！

正當金菊在更深入地考慮這些問題的時候，外面一個和諧、悦耳的聲音打斷了她的思路。這是她的孫子發出來的。這個年輕人，自從天氣轉暖以後，經常不在家。他在樹林中，在低谷裏，在山坡上轉來轉去，尋找野花和稀有的草木。誰也不知道他收集這些東西幹什麼。他似乎對它們美麗的外觀和沁人心脾的香氣感興趣。有時他把它們插在他上衣的扣眼裏，或者紮成一小束，用一根綫懸在床頂上或頂棚下面，在早晨起床以前呆呆地望着它們。他的腦海裏似乎常在想象一些美麗的東西，因爲他的眼神顯得有些恍惚，似乎在臆想某些圖景。有時，當他在山上蕩來蕩去的時候，他模仿某些鳥兒的歌聲，哼起小調來。這是他自從成年以後獲得的一種新的技能。甚至像金菊這樣的半仙姑，她對於這種變化也解釋不了。她的每一個族人都是一個歌手，但他卻不是從他們那裏學來的。自從他從天真的童年步入敏感的青年時期以後，他就自動地成了一個歌唱家。當金菊聽到他哼這些悦耳的調子的時候，這個年輕人正在向離窗子約三丈遠的一片冬青灌木林走去。他在灌木林前面止住步子，手裏拿着一束水仙花，注視着這片小灌木林。一對知更鳥正在這灌木林裏築巢，爲暮春時節養育後代作準備。他所模仿的就是它們倆唱的歌。

金菊向窗外望，這景象使她感到極大的興趣。她一意識到她的孫子被什麽所迷住了的時候，就禁不住微笑起來，非常得意。一點問題也没有，金龍現在完全是個成年人了——寬闊的肩膀和一副堂堂的男子姿態。這個給人印象深刻的形象，使她記起了她那死去的長子，即這個年輕人的父親。和這個孫子一樣，那個兒子一到了成年也是精神恍惚，喜歡唱歌，只是幻想更多。他的幻想是那麽荒唐，以至最後奪去了他的生命。這是一個很悲慘的故事，但是金菊無法拒絶回憶它。當金龍快要出生的時候，這個兒子忽然幻想要去看看萬里長城，他認爲只有這樣做他作爲一個父親纔可以感到自豪：他可以在人們面前炫耀，他曾經去看過外面廣大的世界。他也就果然這樣做了。當然，在他的族人看來，這是他們族人中每個有爲的男子漢應該做的事，因爲這是值得驕傲的事。不過這件事他做得晚了一些。他的妻子不久就要分娩，但他還是毅然地離開了她，但離開後卻又忍受不了别離的痛苦。因此他還没有到達平原地帶，他就趕着返回到山上來。路途的艱苦和對親人的思念，真可謂雙管齊下，把他折磨得骨瘦如柴。他回到家，看到兒子安全地降生後，就與世長辭了。他的早逝使妻子痛不欲生，終於在孩子要斷奶的時候，她也追尋他而去了。如果這個長子還活着的話，他現在一定已經建立起了自己的一個大家庭。他也可能活過一個人的正常壽數，如果在成親以前，在他没有背上那麽多的感情負擔以前，他就去作那次遥遠的旅行的話。一想到這裏，金菊就感到很深的歉意：她没有在兒子少年時候及時啓發他那些有關山外廣大世界的想象，讓他先去體驗了以後再成親。這個錯誤的後果是很嚴重的：一方面她自己得長時期經受着失去兒子的痛苦折磨，另一方面她得親自把孩子養大。她最初用一個小湯匙喂這嬰孩稀粥，稍後就給他較乾的食物。待他開始學走路的時候，她纔給他山民日常的主食——玉米麵做的餅子。她親眼看着這個孩子成長爲一個漂亮的男孩，最終發育成爲一個相貌堂堂的男子。她像一個園丁監督一顆種子發芽及長成樹木那樣，撫育他長大成人。他的每一個細胞都是她的血肉，都是她的創造。當她的思想轉向這一方面的時候，她的腦海裏忽然浮出一個新的啓示："我的孫子是我的血肉的一個組成部分，死神怎麽能把我與他分開？"

不過在她一生的經驗中，她還從來没有看見過一個永不死亡的人。在人生中死是不可避免的，她能肯定這一點。但她相信，一定有什麽紐帶會把她和她的孫子聯繫在一起。於是她對自己點點頭，又得到了另一個新的啓示。她自言自語地説："那紐帶一定是靈魂。對，一定是靈魂。它在陰間的世界把我和金龍聯在一起。是的，我有一個靈魂！"就這樣，金菊的理論最後成立了：她有一個靈魂。這的確是一個很新鮮的發現。這個發現對她的重要，正如涅槃對釋迦牟尼一樣重要。她高興得無法形容，不知不覺之間，發出一連串的笑聲。要不是因爲那要命的一陣咳嗽的襲擊，她可以笑一整天。

她的笑聲，偶爾被咳嗽所打斷，一直通過窗子傳到外面孫子的耳朵裏去，把他從夢幻中唤醒過來。他停止吹口哨，惡作劇地向那灌木叢投了一顆石子，把那裏面的一對鳥兒夫婦嚇得向空中飛去。這是一對美麗的知更鳥，金龍用羡慕的眼光望着它們，直到它們在白雲中消失爲止。於是他就向他的村屋走來。

他一走進堂屋就發現了撒在地上的一堆鏡子碎片。於是他向右掉過身——金菊正不聲不響地坐在那邊的靠椅上。他望了她一眼，滿心好奇。他問："奶奶，是您把鏡子打破了嗎？"

這位老半仙姑保持了好一陣子沉默，一會兒望望那鏡子的碎片，一會兒瞧瞧她那已經到了成年的孫子。她出乎意料地承認："是我打碎了它。"

“爲什麽，奶奶?”年輕人更驚奇地問。

“因爲它對我已經没有用了。”她簡單明瞭地解釋着説，“我的肉體已經結晶成了一個靈魂。我現在不需要再看我自己的面孔，它現在只不過是一堵掩蓋一種永恒精氣的牆。這永恒精氣就是我的靈魂。”

“您的靈魂!”金龍説，充滿了好奇而又崇敬的心情，“您什麽時候獲得它的?”

金菊沉思了一會兒。她心裏正展開一種鬥争：回答這個問題呢，還是不回答?最後她用一種堅決簡潔的聲調説：“今天早晨。”

“奶奶，當我們的族人到了一定年齡的時候，他們都能獲得一個靈魂嗎?”金龍又問。他在想他在某一天是否也能獲得一個靈魂。

這位老半仙姑開始猶豫起來。最後她輕輕地點點頭，但馬上又驚了一下，開始激烈地摇着頭，急急地説：“啊，不能!不能!在我們的族人中不是每個人到了晚年就能獲得一個靈魂的，只有半仙姑纔能够獲得靈魂!”

“是這樣的嗎?”金龍低聲説，盯着金菊。

兩個人就這樣沉默下來了，彼此互相神秘地凝望着。漸漸地，金龍又墜入白日夢的恍惚狀態中去了。

第二章　靈感出“真知”

金菊很高興，她對她生命中的最後問題——靈魂的存在問題——終於獲得了答案。儘管年齡的衰老和這場奇怪的咳嗽給她帶來了一些麻煩，她卻忽然變得非常活躍起來，比頭幾天要興奮得多。窗子外面各種正在求偶的鳥兒唱的一些歌，暖和的天氣，花兒和愛情所發出的香氣，也許與她的這種變化有關。不管怎樣，她現在已經在床上呆不下去了，雖然她的病在加倍地折磨她。在一個晴朗的早晨，她不顧一切地從床上爬起來，蹒跚地走到堂屋裏，從窗子裏向外望。

“哎呀!這世界欺騙了我!”她一面望，一面發出一聲感歎，“它又换了一副新面貌。”

門前那些樹上，前幾天還佈滿了鵝黄色嫩芽，現在嫩芽已經消逝得無影無蹤了，代替它們的是濃密的青枝緑葉。鳥兒也不常在人們眼前露相，只有它們的歌聲泄露出它們的存在——這些歌聲，從那些青枝緑葉裏飄出來，就像遠處的天空飄來的笛聲一樣。而那太陽，静静地懸在外面的窗子上，向這個世界一切有生命和無生命的東西發出微笑——這些東西也都似乎在怡然自得，共享這良辰美景。

“金龍！金龍！”金菊在咳嗽聲中喊——這個討厭的毛病，在她感到興奮的時候，就要出來搗蛋，“過來！我有話講！”

這個年輕人站的地方離窗子不太遠。他正在試唱一支新歌。這支歌是他在附近灌木叢中飄出來的許多鳥兒的歌聲的啓發下而臨時編出來的。他一聽到金菊的喊聲，就立即走進屋子裏來。

“有什麽事，奶奶？”金龍問，好奇起來，因爲金菊居然能够獨自走到窗子面前來，“您的聲音聽起來很急切。您感覺不舒服嗎？”

“啊，天氣是這樣美好，金龍！”金菊説，“扶我出去走幾步吧，我要去看看山坡上我們的那幾塊地。那裏的地面也許可以播種了。也許它已經長滿了野花。”

“您説得對，奶奶，”年輕人説，“太美了，我也想去看看我們的地。我們走吧。”

金菊由孫子扶着，摇摇晃晃地走出門。這是自從那個冬天她在窗子前得了那個討厭的咳嗽病後，她第一次來到外面。雖然她的氣力不支，但她的心情是愉快的。她拿出極大的氣力來挪動步子，希望能像她年輕的時候那樣走動。這種勉强的動作，雖然她暫時察覺不出什麽，但卻更進一步損害了她的健康。但她感到高興，因爲這滿足了她的虚榮心——覺得自己又年輕了的那種虚榮心。雖然她年高德劭，智慧滿胸，但她就是剋服不了這個老毛病。當她來到最近的一個小山坡時，她看到她的次子爛草包正靠着一棵樹，坐在一個小凳上打盹。無疑，温暖的太陽把他曬得全身發軟，支持不住了，只好打盹。他不時點頭，與他打出的鼾聲完全合拍。

"我可憐的傻子，"金菊停下步子，用同情和憐憫的聲音説，"他一點也不欣賞這個美好的春天。"於是她對自己感到驕傲起來，覺得自己雖然不像金龍那樣年輕，但至少要比爛草包有生氣一些。

他們慢慢地往前走，讓那個中年漢子單獨一人在那裏打呼嚕，在那裏對這個美好的季節漠不關心——這種漠不關心的態度只有人們到了不可挽回的暮年纔會表現出來。

他們的耕地在山坡上展開，一共大約有四畝左右。他們花了幾乎一個鐘頭，趔趔趄趄地到達那裏。一路上，金菊由於氣力不支，歎了好幾口氣。但是爲了解釋她歎氣的原因，她説，這幾塊土地不應該離開她的村屋太遠，"因爲這既浪費精力，也消耗時間。"但她又對孫子説，這是别無選擇的事，他們聰明的祖先只能這樣做，因爲附近一帶的山坡全是石頭，幾乎没有、或者極少有泥土。事實上，這幾塊土地是在這個山區所能找到的最好的耕地。雖然它上面覆有不少的石礫，但在春天它還能生長出一些麥子和美麗的油菜，在秋天提供花生和馬鈴薯。許多家庭世世代代在這個山區遷來遷去，也很難找到這樣好的土地。許多家庭因爲没有土地，只好靠砍柴打獵或者乞討過日子。

現在，金菊一隻手臂靠在她成年的孫子肩上，腳踏着她所擁有的黄土地，覺得自己是世界上一個最幸運的人。她的眼睛在這幾塊友善的土地上從這一邊望到那一邊，打量着：它們鋪在山坡上像美麗的挂毯。它們所生産的糧食，雖然量不大，但足够使她的家庭平安地活下去，一代接着一代。她的祖先不必在山上流浪，從這個山頭奔向那個山頭，靠獵取野獸爲生。正因爲他們不須在野外尋找生活資料，他們就養成一種非常温柔、平和、有教養和善於思考的生活習慣。山下平原上的廣大土地使那裏的居民能够創造出一個光輝燦爛的文明，但金菊的這幾塊佈滿了石礫的土地卻能使這個家出現了一個具有很多智慧的女人，那就是她自己。

而且還有她的這個年輕貌美的孫子！他像一棵樹——金菊親自栽培、澆水和整枝的一棵樹。她自己就是這幾塊山區土地的産物，但他卻是她獨自栽培出來的果實。這果實現在成熟了，可以發出新芽，長成新樹，結出新的果實，而且已經爲期不遠了。因爲不久，當那金黄的油菜花盛開的時候，她的孫子就要去參加“春天集舞”，他將在那裏找到一個終身伴侶。他現在已經是一個完全合格的年輕人了，因爲他在那紀念性的首次出獵中取得了巨大的勝利。世上再没有什麽事情可以使一個女人感到那麽大的高興，當她發現她的生命是一個圓滿的創造程序的時候。金菊特别感到自豪，因爲她已經意識到她的創造已經達到了最後階段——正當她獲得了一個靈魂的時候！她不久就可以把這個家庭的責任轉給一對年輕夫妻了。

事情既然發展到了這個境地，誰能禁得住不微笑呢——雖然這微笑後面免不了隱有悲哀的陰影，因爲，不管怎樣，要離開這個世界究竟不是那麽愉快的事呀。不，一切發展得很順利，很滿意，只有一件事不太稱心：爛草包，作爲一個見證人，没有盡到他的責任。假如那位未來的兒媳喜歡吹毛求疵(山民中的年輕女性幾乎都是這樣)，要求他拿出見證人的可靠證據來，那該怎麽辦？毫無疑問，金龍百分之百地親手降伏了那頭狼；可是不幸，没有見證人當場看見。多糟糕！金菊的微笑馬上暗下來，轉化成爲一個深沉的歎息。這是一種奇怪的變化。金龍一直在注意她面部的表情，不禁感到極爲迷惑。

“奶奶，出了什麽事呀？”他問，“春天此刻顯得多麽美好，您爲什麽歎氣？”

這位老半仙姑不能把她的思想告訴她這個前程無量的孫子，否則她就太煞風景了，太令人泄氣了。幸虧她的腦子善於即興編造——儘管她的年齡已經衰老。她抬起頭，一個新的靈感馬上解了她的圍。

“我在瞧那蔚藍色的天空呀，金龍，”她説，“它使我感到有些悲傷，因爲它使我想起了遠方的大海。恐怕我這把年紀，還加上這討厭的咳嗽，已不容許我到下邊的平原上，去瞧瞧那汪洋大海了。”

“大海！”這個年輕的山民忽然對這個新的詞兒感到好奇起來——在他日常的口語中他從没有用過這兩個字，“藍天和大海有什麽關係呢？”

“有很大的關係，孫子，”這位年老的半仙姑解釋説，“你仔細瞧這天空，看它像個什麽。”

年輕人對那飄浮着淡淡白雲的藍天望了一會兒，説：“它像我們大栗樹那邊蓄水池裏的水——剛被微風吹皺了的水。”

“你形容得很好，”奶奶誇獎他説，“你的想象很好。不過蓄水池的面積太小，無法與天相比呀。只有海可以與天相比。海是無邊無際的。事實上，它直接與上天的四個角相連接。”

“無邊無際，與上天的四個角相連接……”這個年輕山民重複着奶奶的話，好像是在念一首詩。他向那沉静、神秘的蒼穹望去，像在做一場夢。“那麽海究竟是個什麽樣兒呀，奶奶？”

“跟上面的藍天完全一樣。”年老的半仙姑説，“你没有看見上面的白雲嗎？它們就像海上的波浪。你没有看見那雲塊間變幻的陰影嗎？它們就像在波浪上顛簸的船隻。唯一不同的是，天上的波濤不發出聲音，也没有歌聲從那些幻象的船中飄出來。天上的海——静寂無聲。”

“波濤聲和船上的歌聲……”這個年輕的山民自言自語地説，他的眼睛夢幻般地凝視着浮着幾朵白雲的藍色的天空。他在盡力地想象那真實的大海、浪花和船隻。但是他的想象卻没有能滿足他。因此他又轉向金菊，問：“浪濤的聲音是個什麽樣兒，奶奶？”

“唔……”金菊猶疑了一會兒，因爲她自己也説不出一個恰當的比喻。她自己從來没有看見過真正的海。但是她又靈機一動，没有花多少時間就找出了一個答案——作爲一個無所不知的老半仙姑，這個答案是必要的。“唔，”她説，“那聲音就像平原上的那些塔頂半夜發出的鐘聲。這聲音傳得很遠，引起你沉思。”

金龍點了點頭，覺得他可以感覺到這聲音是什麽樣兒。於是他又問：“那麽從船上飄出來的歌聲呢？”

“啊，我的孩子！”老半仙姑感歎地説，但馬上被一陣咳嗽聲打斷了，“這個我可無法對你描述，你得親自去聽。有時它們是漁夫唱出來的，有時它們是來自美麗的人魚的歌喉——她們是從海底爬到船上來的，在那裏品幾杯酒或跳一場舞。”

“那麽，”這個年輕的山民説——他完全被金菊關於人魚和大海的描述所迷住了，“那些人魚是美麗的生物嗎？”

“不僅僅是美麗的生物，還是美麗的歌手。”金菊肯定地説，大睁着她那一雙曾經以光亮馳名的眼睛，好像她曾經親自看見過似的。“任何鳥兒，任何人，都不能唱得比她們美。這就是爲什麽平原上的那些漁人和水手，不顧波濤的洶湧，願意把時光花費在海上。”

“真的嗎？真的嗎？”這個年輕的山民忽然變得興奮起來，但是他馬上就墜入他囈語般的獨白中去了：“大海！大海！”最後他把眼光從天空轉向金菊，臉色非常嚴肅，問：“像我們這樣的山民能去看大海嗎，奶奶？”

“當然能！一個人只要能去看長城，就一定能够看到海，因爲長城就一直伸到海邊。”

“長城和大海……”金龍像受了催眠似的低聲自語，好像是和路過的春風對話，“長城和大海……”他現在完全墜進了白日夢。

“瞧！”金菊把他從冥思中唤醒過來，指着西邊的天空，“瞧，那裏出現了一條虹！”

金龍抬起頭來，果然有一道五彩的虹彎彎地懸在遠方的一個山峰上。

“那裏一定下了一場雨，”這個年老的半仙姑繼續説，“所以我們這裏很快也會下雨的。你趕快準備翻土，種下菜籽。我們不要錯過這第一場春雨！”

“您怎麽知道這裏很快就會下雨，奶奶？”孫子好奇地間——他所感到興趣的倒不是雨後的莊稼活兒，而是金菊怎麽能預測天氣。“天上的雲彩白得像牛奶一樣，它不可能送下雨來。”

“你在胡説什麽呀！你不相信我的話嗎？”金菊提高聲音，有點生起氣來。她不願意看見自己的孫子懷疑她根據生活經驗總結出來的真理。“你知道彩虹是什麽嗎？那就是大海的龍王。他是到天上來度春假的。他總是帶着許多水同行。他升天的時候水就不停地滴下來——那就是雨。”

她講得很快，而且有些激動，爲的是要説服這個年輕人——因爲他已對她的智慧表示出了懷疑。她説這些話花了一些氣力，以至她的身體有些顫抖起來。要不是金龍把她的手臂抓得很緊，她可能就倒在地上了。“我們回家吧！我們回家吧！”她在一陣咳嗽聲中急促地説。

金龍順從地扶着她的手臂，摇摇晃晃向回家的路上走。這位年老的半仙姑確是氣血衰竭了。但是在路上她還是盡力掉過頭來，望了望那道彩虹——來自大海的龍王。她變得非常的神經質。如果龍王拆她的臺，不灑下一滴雨，她的威信就要受到打擊。而這個時刻又是那麽重要！她必須赢得孫子的絶對尊敬和信任，因爲這正是孫子接受她的忠告、開始他的生活、作爲他這一代的主人的時候。金菊感到如此狼狽和疲勞，她一走進家就馬上躺到床上。

第三章　在山坡上

金菊的一切擔心和神經質，事實證明完全没有必要。像過去一樣，她説的一切，金龍不僅總是無條件地相信，而且還在幻想中看見了她所描述的長城、大海、彩虹和那唱着美麗之歌的人魚。他在等待一場大雨。爛草包聽到侄子講的關於彩虹的故事後，甚至跳起脚來，大聲説龍王已經開始在攪拌雲塊，而且他還看見了他在用尾巴把水抽打成雨點。他斷言，不是幾天，而是幾個鐘頭以後，雨就要落下來。他喋喋不休地講着，像個預言家一樣，半點也不懷疑金菊的話，當然更不懷疑他在這些荒唐故事上所做的加工。

在第一場春雨還没有落下來濕潤土地以前，爛草包和金龍正如金菊吩咐的，已經開始忙着翻土。不過天氣卻是出乎意料地温暖，但這也是傾盆大雨即將來臨的一種預兆。大家從經驗中都懂得這一點，所以山坡上每一塊可耕的土地上都點綴着活動的人影。他們忙着要在大雨到來以前把這崎嶇的山地耕好。他們都在哼着歌曲，因爲太陽的熱力把他們的背脊曬得癢酥酥的，弄得他們想唱歌。他們的歌曲，隨着他們勞動的節奏，一下升很高，一下降很低。

許多鳥兒，好像是爲了給這些莊稼人鼓勁，都從它們的隱匿處飛出來，落到那新翻過的土地上，啄食蠕蟲。它們在完成這些任務的時候，也同時唱着歌。它們的歌聲，雖然人類的耳朵不一定能够理解，但卻能鼓舞人心。它們的調子裏面没有一點憂鬱的氣氛，而普遍地表示歡快。甚至那些平時不大唱歌的山民，也禁不住要編些歌子，參與競唱。

對於春天絲毫也不感到興趣的爛草包，在這祖傳的土地上敲着那堅硬的石礫土、一步一步地往前移動時，也情不自禁地編出一支小調。不過他的聲音粗嗄，唱得不那麽好聽：

這些數不清的石礫，啊！
在太陽光中像星星一樣閃亮。
我哈着腰撿起它們，啊！
我的手指痛得像我的心一樣。

翻這些古老的土地，的確很吃力。石礫間的黄土，黏性很强，被太陽一曬乾，也就變得跟石頭一樣堅硬。每次叔侄兩人舉起鋤，向這頑固的土塊刨下去的時候，汗珠就在他們的背上和額上像珠子一樣滚下來。於是，鋤頭與石塊撞擊所發出的金屬聲就在他們的背脊上引出一股寒流。

金龍感到有些悲淒，想起這種沉重的活兒不過是他與真正生活接觸的開始，一支小調，由不得他自己，也從他那乾渴的喉嚨裏冒出來：

我的腰低低地彎到地上，
我的雙手扒土像兩隻熊掌。
但我刨起的不是果實而是石塊，
這樣，勞動的辛苦就永無限量。

這些山民的歌聲，像從大海的各個角落傳來的濤聲一樣，匯集在一起，成爲山上的浪濤。接着它們沖擊到山峰上，又碎裂成爲無數的濤聲，很像一陣暴風雨。盤旋在空中的多種聲音的合唱，其氣勢之大，像遠方的雷聲：

山下，他們的土地肥得像胖女人，
山上，我們的土地只接露珠不攔水。
所以他們吃棉花一樣軟的白米飯，
這裏我們只有用玉米餅來填嘴。

歌聲中斷了片刻。爛草包和金龍停止了刨地，直起腰來休息。他們站着一動也不動，呆呆地眺望山下平原上的大地。他們的視野看不完這遼闊的大地——它伸向遥遠的天邊，一望無際。在這上面許多河流彎彎曲曲地向各方伸展，無數的溪流和小渠又從河道上分出來，形成網絡，灌溉稻田和菜地。但這些河流和溪流都起源於山民所居住的這連綿起伏的群山！山上的這些扒土的人，以羡慕的眼光，望着山下的這些景象，他們的視綫逐漸變得模糊。這時，附近又有一陣歌聲劃破了天空。叔侄兩人眨了眨眼睛，清醒過來，接着也參加了這個合唱：

他們用牲口耕種土地，
我們得使我們的一雙手；
因爲他們的土壤柔嫩鬆軟，
我們的又老又瘦，像生仔過多的母牛。

歌聲又中斷了片刻。叔侄倆又彎下腰來，在地上扒土，清除石礫。這種活計真是永無休止。他們每年都得這樣幹，但到第二年春天，地上又佈滿了沙礫和石塊。這些雜物好像長着腿，秋風一起它們就從山頂遷到這些土地上來。犁和耙對它們都毫無辦法，它們一動，犁鏵和耙齒就會折斷。看來，有某種神秘的力量故意給山民安排這種環境，讓他們只能憑自己的雙手勞動纔能生存。

他們瘋狂地刨了一陣地後，就又直起腰喘幾口氣。這時同一支歌的疊句又從山那邊升上來，在空中震蕩。叔侄兩人本能地又參與這個集體的合唱：

但我們愛這貧瘠的土地，
像個醜陋而健壯的女人，
她没有人要，但對我們卻永遠忠誠。

這個疊句在空中回蕩了一陣，逐漸變弱，最後化入這個山區的原始寂静之中。爛草包感到有點茫然，他那迷惘的眼睛望着那蒼白的、温暖的天空發呆。看起來這個疊句觸動了他那顆沉睡的心中的一根憂鬱的弦。他像那獨立在荒原上的堂·吉訶德，爲一種不知名的思想所迷住。忽然間，像一隻立在一根孤獨的栖木上的從鬥雞場中敗下來的公雞一樣，他即興編出了一支歌：

不論年輕、半老或全老的女人，
我一個也没有。
這種傻裏傻氣的勞動，對我有什麽意義？
哎喲喲，我的頭髮已經脱落得光秃……
但要離開這裏自由地生活，
我卻一百個不願意。

他的獨唱在空中慢慢擴散開來，擴散的幅度很寬。由於歌手的聲音中顫抖着情感，所以這支歌的回音中也波動着一種抑鬱的色調。但是歌詞本身，雖然都很嚴肅，卻引起了附近一些缺乏同情心的聽衆的笑聲。在這一陣笑聲逐漸消失以後，山上又恢復了慣常的寂静。忽然，一個女高音射向高空，像一陣激越的鈴聲，使這些山民大吃一驚：

一個多麽無能的廢物，唱這樣没出息的歌！
抬起你的木頭腦袋，呼吸春天的空氣。
鳥兒會教你求愛、調情和跳舞。
但像你這樣傻下去，誰還會理你？

這種突如其來的反擊，使爛草包如入五里霧中，不知所措。中年孤獨，已經是够慘的了，現在又被這個不知人間疾苦的山姑譏笑，他簡直痛不欲生。他悔不該一時被感情所左右，在這光天化日之下，昏頭昏腦地當衆露出了自己的老底，而且是以如此可笑的方式！他舉起手，在自己的秃腦袋上自責地狠狠敲了一下。金龍很快就體會到，這個一直與情場無緣的中年叔叔所採取的這種行動意味着什麽。一種報復的心理推動他當場編出一支歌，護衛他的叔叔，反擊這個無情的丫頭：

我説，莽撞的歌手，你缺少一顆同情的心，
譏笑一個老單身漢算不了什麽本事。
你滿嘴臭氣，像一頭驢子放屁，
我相信你一定鼻孔朝天，眼睛斜視。

金龍不須等多少時間就馬上得到了回敬。不過，這次歌聲卻是在很近的地方響起的，在左邊不遠的一叢灌木林後面。雖然他看不出這是什麽人，但是他可以模糊地聽見一陣腳步聲從石子路上傳過來。而且，更奇怪的是，這個聲音他聽起來似乎相當熟悉。

小夥子，我要説你異乎尋常的聰明。
鼻孔朝天，滿嘴臭氣和一對斜眼睛：
我就是這樣，而且將永遠如此。
但比你更聰明的還有許多“美男子”，
他們在我腳上堆滿鮮花求愛，

我對着他們朝地的鼻孔説:“滚開!”

在金龍還來不及編一支歌來懲罰這個惡作劇挖苦他的自高自大的山姑以前，一隻獵犬忽然從那片送出歌聲的灌木叢後面跳了出來。它一看到這兩個陌生人在山坡上勞動，就發出一聲狂叫。接着，它後面出現了一個戴着尖頂帽的高大獵人——因爲太陽熾熱晃眼，帽子是低低地斜戴在額上的，因此他的面孔還不能看清。他是在隨意漫步，可能是在欣賞這美好的春天，或在尋找某種有裝飾性的鳥兒或動物。他的獵槍隨便地斜挂在肩上，看來他還不急於完成他的工作。約莫一分鐘以後，一個二十來歲的女子走了出來。她左臂上挂着一個籃子，上面吊着兩隻美麗的野雞。她低着頭看地上出現的一些小塊塊草坪。很明顯，她對一些野花感興趣，因此她纔跟這個獵人一起出行。這山上愉快的空氣一定使得她的心情開朗，所以她在低聲地唱一支悦耳的歌。

金龍全神貫注地凝視着她。她的側影使他模糊地記起了一個熟人。一點也没有錯，當他們走近時，他驚訝地看出這個姑娘就是獵户“飛虎”的女兒，就是他在冬天首次出獵時遇見的那個姑娘，也就是剛纔他與之惡意地對唱的那個姑娘。他嚇得不知所措，嘴大張着，甚至忘了走上前去説一句問候的話。他面對着這個野性十足的姑娘，忽然變得説不出話來，這情況不禁引起了叔叔的好奇心。按一般習慣，他應該研究一下這個煞風景的山姑；但是他不，而是把視綫集中在年輕侄子的身上。這就使他的侄子感到倍加難堪。

這個獵户和他女兒徑直走下山坡，向下面長滿了灌木叢的低谷走去。那裏的土已經翻過了，找不到什麽野花，這個姑娘就抬起頭來，觀看全山的景色。她倒退了一步。當她望見那個年輕的莊稼人發呆的樣子，她不禁驚了一下。當然他臉上的每一個特徵她都記得很清楚。她不由自主臉紅了起來。這倒不是因爲這次邂逅是那麽意外，而是因爲他們彼此奚落的那一大堆歌詞。爲了緩和空氣，她遥遥地對這年輕人送去一個友善的微笑。

這微笑本來是表示善意和良好的祝願的，同時也提醒他那次出獵時兩人在她的院子裏難以忘懷的會晤。但這次邂逅的結果恰恰相反，它使得金龍呆若石人。

那隻獵犬嗅到了某種獵物的氣息，就一頭衝到下邊的低谷裏去。獵户和他的女兒加快步子，不一會兒，就在山坡下邊的一片灌木叢中不見了。

“你認識那個女子嗎？”爛草包冒出這句話，把侄子從呆癡的狀態中唤醒過來。

“認識。”年輕人並没有警惕，做出這樣一個漫不經心的回答。但他馬上打了一個寒噤，害羞起來，感到非常尷尬，因此他馬上改口説：“不！我不認爲我認識她……”

“我希望你認識她。”這個中年的單身漢説，發出一聲傻笑，完全不理會侄子的話語的意思，“嗨，我的天！雖然她的嘴很惡毒，她倒是一個很吸引人的山姑哩。”

“你真是這樣覺得嗎？”

叔叔没有直接回答，但發出了另外一個議論：“瞧她的身材多健壯。我可以打賭，她一定是個理想的家庭主婦，一定會生出胖娃娃。我希望她還没有在‘春天集舞’時選到一個男人。”

這個年輕人被某種下意識的想法所纏繞，就心不在焉地説：“我想她還没有選中……”他感到腦子有點朦朧，就建議這一天的刨地工作到此爲止，他要在天氣還没改變以前，在這美麗的春天景色中散散步。對此叔叔表示同意，因爲他也有這種感覺。

第四章　金菊的關心

這年的莊稼活兒金菊非常關心。每次“甩仔們”幹完活兒回到家來時，她總要仔細地問“刨地”進展的情況。他們也總是回答説：“很不錯。”

中年的兒子甚至還更進一步證實，説：“我一生從没有像這次那樣幹活兒使勁!"

"難道你没有像别人一樣，中間停一下唱一支歌?"金菊在咳嗽聲中這樣問他。

"没有，我連一個字兒也没有唱。"

這位老半仙姑冷笑了一下，被另一陣咳嗽止住了。她對兒子了如指掌。"我不相信。不唱一支歌，也許會。但要説連一個字也没有哼過，我不相信。歌兒是像我們金龍那樣的年輕人唱的。唔，還有多少活兒没有幹完?"

"幾乎都幹完了。"金龍説。

"那就好，趕快種上油菜吧，"金菊説，"雖然我長時間躺在床上，我還是覺得我背上發黏。天氣一定很沉悶，我想隨時可能下雨。如果雨後種油菜，它的花就不會開得像雨前種下的油菜那麽歡，那麽盛——我相信很快將會有一場大雨。"

"是，金菊奶奶。""甩仔們"同時回答説，"我們馬上就去種。"

他們在一個下午就把他們山坡上的那幾塊地種上了油菜。

從此，油菜就成了金菊日常談話的題目。不過因爲她的健康狀況一天比一天差，她每次談話也只不過是三言兩語，但她卻堅持要談話。看來，她現在只是爲油菜而活着。

第五章　一個春天的晚上

在這幾塊土地上，現在要做的活兒不是太多，因爲地上已經覆滿了油菜的嫩苗。即使還剩下一些工作，山上的人也没有心情去完成它。這個時節可幹的事，不是躺在如茵的草地上茫然地凝望那澄浄、微笑的天空，就是在山林間遊蕩——像金龍和他的叔叔所説的，"在天氣變换以前散散步"。新鮮、温暖的天氣加速了各種野花的開放，温柔的春風幫助擴散它們的香氣。處處有求偶的鳥兒鳴啼，甚至藏在花裏的蜜蜂也飛出來參與它們的合唱。山上長滿了忍冬花和毛地黄花，它們的香氣也使得這些生物陶醉，心花怒放。

晚間，當各種花兒在清涼的露水潤澤下開放它們的花苞時，作爲這個季節特點的迷人的芳香就融進了空氣，從窗縫滲進人們的睡房裏來。它沁人心脾，激發人的神智，但是它卻不使人失眠，相反，它使人昏昏欲睡，正好催人進入虛幻的夢境之中。對像金龍這樣的年輕“山林遊蕩者”來説，它推動他的下意識，把他進一步引向更浪漫的、虛幻的世界中“漫遊”。

就這樣，在一天晚上，當春雷開始在那黑暗的遠方隆隆地響起來的時候，金龍閉上眼睛，忍冬花、毛地黄花和杜鵑花的香氣從窗縫裏滲進來，潛移到他的枕頭旁邊。這時他便開始作一次有趣的夢中旅行。

他的旅行是從他的村屋右邊的那株大栗樹開始的。不過這次他没有按照習慣走向上邊的山林，而是沿着一條伸向一個低谷的蜿蜒小道前行。小道淹没在濃密的草叢中，到另一個斜坡復出，最後又在一群矮樹中延伸。他一步一步地往前走，哼着頭上夜鶯正唱着的那個調子，逐漸忘記了他從家裏出發究竟走了多少路程。深谷裏的花香慢慢地淡下來了，霧氣也變得很淡。他所看到的那些樹都非常挺拔，葉子也很薄，給人的印象是一陣輕風就可以把它們連根拔起，吹向一個無名世界的天空。

(這時這個季節的第一次閃電在金龍睡房那個無窗簾的窗子外面閃耀了，把黑暗的夜空切成兩半。金龍伸了一下他的右腿，翻了一個身。)

忽然間，金龍覺得他下面的土地開始旋轉，最初輕輕的，像波浪一樣，漸漸就强烈起來，像暴風雨中的風車。他的雙腿逐漸離開了地面，他的身體輕得像羽毛一樣。一陣風從他的後面吹起來。由這風所推動，他開始升空，好像他長了一雙翅膀。他乘風飄蕩，像一個風筝，一下東，一下西，下邊的雲塊也在不斷變换它的形態。他翱翔了好一會兒，輕飄飄的，但速度很快，以至他的神智完全變得模糊，他的視覺也變得朦朧。但是一個突如其來的聲音使他驚了一下。

(這是遠方的雷聲，隨着那第一道閃電的消逝而轟鳴起來。)

金龍往下瞧，他脚下的雲塊在這聲音中分裂開來。於是他自己也墜入這個裂口。他墜得越來越深，他周圍的霧氣也變得越來越濃。一陣寒流向他襲來，使他的神智變得清醒，使他的眼睛變得明亮。他發現他被一層灰色的煙霧所包圍。但是很快這層煙霧就消散了，顯露出一片無邊無際的平原，上面這兒那兒點綴着一些緑色的田野和發亮的水塘。他在温和、清新的空氣中停止了下墜，浮在微笑的太陽和無聲的地面之間。後面輕柔的熏風推動他慢慢地前進。

他看了一下這平坦多姿的地面以後，來到一個地方——這裏地面開始起伏，這兒冒出一群小山，那兒聳立幾座高峰，最後又是一群小山。他很容易錯認這是他的故鄉，如果他没有發現一個最爲壯觀的場面的話。在那向東北伸展的群峰上躺着一條巨蟒。很明顯，它正在熟睡，因爲它没有一點動静。也許它就這樣沉睡了億萬年。也許它完全不能動，因爲它是那麽龐大，身體是那麽長。也許它就是這樣不斷伸展它的身軀，發展成爲如此巨大的體積。因爲這時金龍記起他小時金菊曾經告訴過他，説一切有生命的動物總是在睡眠中增大體積的。看來，這條巨蟒從來没有睡醒過，只是不停地在生長，因爲它的身軀没有限量。

金龍無牽無挂地浮在半空中，一點也不害怕。他把這條史無前例的大蟒看了個仔細。使他感到極大興趣的是，它身上的鱗甲是棕藍色，像彩色琉璃似的在太陽光中閃閃發光。當它的身軀拱在山峰上的時候，它的鱗甲發出金光。這種色彩的混合把這個年輕觀察者迷惑了好大一陣子。他想，這不可能是蟒，因爲蟒從來不像它那麽漂亮和雄偉。它一定具有某種非凡的法力。

當金龍正在這樣推理的時候，他忽然感到背上有一股冷流通過。他立刻就記起，幾個星期以前，當金菊和他在山地遠眺彩虹時曾經告訴過他的事。無疑，它一定就是彩虹。是的，它是彩虹。他越仔細看，他就越相信這是事實。他快樂得無法形容，覺得自己能這麽逼近地看到這道具有法力的彩虹——而且是它的原形——是多麽幸運。接着，他更進一步地推理，這條彩虹一定就是那法力無邊的龍王——是它把海裏的水攪上來，把水變成雨滴，落到他們山民的耕地上。它的頭或尾一定是在海裏……

金龍繼續浮在空中，輕得像空氣本身一樣，俯瞰這條匍匐着的古老的、神聖的軀體，希望他最後能够到達海邊，看一看那像青天一樣漫無邊際的大海。他覺得春風在推動他前進，他的長衫像翅膀一樣在托着他飄浮。不知是由於他飛得過高，還是一陣冷流在向他襲來，他的耳朵開始嗡嗡作響，他的眼睛也變得迷糊起來。一陣破裂的聲音使大地顫動，使空氣翻騰，使他也失去了平衡。他開始墜落……

（這是第二陣雷聲在金龍睡房的窗前轟響。隨着就是一陣狂風，捲下來一陣傾盆大雨。雨打在屋頂上、屋子的石壁上和屋前的空地上。附近一些古樹的葉子都紛紛落下，發出無數的噓噓聲。）

金龍在下墜的時候閉起眼睛。一個聲音單調的合唱在他的耳鼓上震響：

“你所看到的不是那神聖的龍王。那是下面平原上的人們建起的萬里長城。萬里長城！萬里長城！那延綿萬里的、巍峨雄偉的長城！”

當這合唱驟然停止的時候，金龍聽到一個强烈的巴嗒聲。他的雙腳接觸到了一種正在滑動的東西。他睁開眼睛。那起伏的土地、那巨蟒、那如茵的草地、那閃亮的蓄水池——一切，剛纔他所看到的一切，都像煙雲一樣消失了。整個世界就像一張被無數波紋弄皺了的白紙。他似乎落進了一條小船，摇摇曳曳地在一片漫無邊際的水上漂流。他向周圍望了一眼，一片荒涼的景象——因爲没有地平綫，天没有盡頭。

他的疑問得不到答案，因爲附近没有任何一個人影可以給他提供咨詢。他感到失望，他看着上面那無言的天空，好像一個無助的孩子失去了母親。在驚異中他的眼睛開始變得迷糊起來，可能它們含着無名的淚水。是的，他覺得他的瞳子上面覆着晶瑩的液體——事實上這是藍天和海水所反射過來的閃光。一系列的色彩——藍、灰、黄、紅，開始在他視覺中混雜地跳動着。最初他分辨不出來，漸漸地他可以看出它們像萬花筒一樣地在變换顔色：有的淡化成爲空白，有的變得極爲鮮明。最後它們形成幾道條紋。第一條是紅色，第二條是黄色，第三條是灰中帶藍。金龍連連眨着眼睛，擠出眼裏的淚水——它們落到他的手裏像兩顆晶瑩的珍珠。

“啊，這條紋就是彩虹！我現在可以看出來了。”他大聲說，夢幻般地望着天空。

這的確是一道彩虹，成爲一個半圓彎在海上。在這萬籟無聲的寂靜中，它顯得分外美麗。那海水，那藍天，甚至金龍本人，在此時此刻，似乎完全是爲這道彩虹而存在。

金龍感到一陣狂喜。他大聲說：“多麽美麗的彩虹啊！它一定是那輝煌的萬里長城的一個影子。”

於是他感到他的嗓子發癢：他想要唱歌。他的確是情不自禁——當一個山民感到快樂的時候，他就想要唱歌。

（這時外面的陣雨已經停止了。只有幾顆稀疏的雨滴敲着屋頂。這聲音雖然單調，但具有節奏。屋檐和樹葉也在滴水。滴水聲也具有音樂性。）

在他張開嘴唇以前，一種類似小夜曲的歌聲從遠處的水上升了起來。最初它的調子很低，但極爲悦耳，像是鼻音哼出的催眠曲。漸漸地，好像是被這歌聲所激動，附近的水開始以無數微波的形式跳起舞來，安靜地、隨意地起伏着，與歌聲的高低和諧一片。歌聲柔和平靜。金龍驚了一下。他從没有想到，這單調孤寂的海，在這麽奇異的彩虹下可以發出這樣悦耳的音樂。當他正感到驚奇的時候，一陣微風吹過去，留下一片無邊的寂靜和海水。

（這時，一陣微風又在金龍睡房的窗子外面吹過去。樹上的葉子摇掉了最後的一滴雨，在這夜風中發出一陣簌簌之聲。）

看來那些歌唱者在有意識地降低他們的音量，爲的是好使山上來的這個年輕人也有機會來展示一下自己的歌喉。於是，金龍清了清嗓子，閉起眼睛來體會小船在水面上的摇擺節奏。然後，他就哼出一個調子，與那單調的水波聲非常合拍。當他哼了將近一分鐘以後，遠處的歌聲又升到空中，逐漸擴大，把金龍的獨唱淹没了。於是他又静下來，做夢似的傾聽這支歌。那輕柔的波浪幾乎要催他入睡。突然一個嘹亮的女高音射向晴空，把其他一切聲音都壓下去了，空氣在歌聲中像被風吹拂的絲綢一樣顫動。金龍的小船也隨之開始激烈地摇擺。他睁開眼睛。

“你是誰？”金龍大聲問。他看見一個女子，皮膚白得像奶酪，長長的黑髮披在肩上。她已經緊緊地抓住了船舷，正準備爬到“船”上來。“你是誰？”金龍又大聲問。這個迷人女子的意外出現，已經使他手足無措。

“我是海裏的一個人魚，”女子微笑着回答説，“你知道什麽叫做人魚嗎？”

“我當然知道。”金龍幾乎要捅出這句話來，但他臨時縮回去了。他記起金菊所講的關於人魚的故事。她們被認爲是黑頭發的美女，能够像魚一樣游泳，用具有魔法的歌聲誘惑海上的水手。他用懷疑的眼光呆望着這個女子臉上的微笑。她隨着小船動蕩、起伏的節奏，一下升到水上，一下沉進水裏。金龍可以感覺到，這個女子有她神秘的一面。她的面容也似乎在不斷改變，一會兒圓得像蘋果，一會兒長得像鵝蛋。她那流水般的長髮一會兒細得像絲，一會兒厚得像氈，披在肩上，像一條山澗中流出的溪水。她的眸子一會兒是棕色，一會兒又變得漆黑，像午夜一樣。在這些變化交替出現的時候，他一直目不轉睛地盯着她。但最使這個年輕的山民驚奇不止的是，她的體態很像那個獵户的女兒。是的，她是冬梅。

“你的半身浸在水中，怎麽能來到這裏呢？”金龍問，打了一個寒戰，“難道你不知道這是海嗎——我們在山上只能從天上看見它的反光的那個汪洋大海？”

“我知道，我知道，”獵人的女兒説，又微笑了一下，“我渴望看到海，並不亞於你呀！”

“那麽好吧，你爬上船來吧。”年輕人説，他現在已經意識到，在這寬廣無邊的水上只有他們兩個人，“我們來唱幾支歌吧。”

他雙手抱着這個女子的腰，想把她拉到船上來。但每次他一拉她的時候，船就摇晃起來，於是她又滑到水裏，她的面頰上和眼睛裏濺滿了水。他只好停下來替她擦掉這些水漬。接着他又拉，但每一次嘗試都遭到了失敗。這種不成功的嘗試持續了好幾個鐘頭，直到最後一股浪頭把她掀到船上來，落到金龍的懷裏。

“折騰了這一大陣子，我們總算在一起了!”金龍說，不敢相信自己的眼睛。

女子沒有回答，只是親吻金龍的前額和眼睛。像茶水裏的一塊糖一樣，金龍被融化了，甚至連發出幸福呼聲的氣力都沒有了。

(窗外的鳥兒開始了它們這一天的歌唱，因爲天快要亮了。爛草包連忙打開屋門，因爲他要到幾尺遠的外面去汲井水做早飯——自從金菊因長期咳嗽臥床不起後，這一直是他每天早晨起來所做的第一件工作。他驚奇地發現地已經濕了。“我的天，昨夜下了這麼一場大雨!”他高聲說，“我一點也不知道，我一定睡得像一塊木頭一樣!”當然他一點也不知道他的侄子是怎麼睡過這一夜的，否則他也就不會這麼大聲嚷，因爲他這聲叫嚷打斷了這個年輕人正在做的那個奇妙的夢。)

金龍慢慢地睁開眼睛。這天的第一道陽光刺激着他的瞳孔。他從床上跳下來，跑到放進陽光的窗子那兒去，倚着窗臺沉思起來。他想找到那片汪洋大海，他所擁抱過的那個女子；他想感覺船的摇蕩和浪花的節拍。但他實際所看到的卻是被雨水沖洗過的土地和地上落滿的被夜雨打下的樹葉和花瓣。他呆望着這景象，好像是受了催眠似的，不相信自己的視覺。他揉了揉眼睛，把腰彎得更低，細看窗下面的那片地。他仍然没有發現什麼和他剛纔所見到的不同的東西。他深深地呼了一口氣，直起腰來。

“在下邊平原上的那一瞬間，多麼令人懷戀啊!”他低聲對自己説，凝望遠處那些永不變形的山巒。“我希望我仍在那裏，嗨！嗨!”於是他放低聲音，静聽簌簌的風聲，“我希望我仍在夢中，嗨……”

第六章　萬里長城和大海

當金菊和爛草包正在等待油菜生長和開花的時候，金龍變得坐臥不安起來。他做的那場夢一直在他的想象中縈繞。人魚的歌聲似乎一直就在他的耳朵裏回響——甚至在他吃飯的時候都是如此。那光耀奪目的萬里長城，那海上的彩虹，那獵人的野性的女兒的幻影，這一切幻象一個接一個地在他的心裏浮現出來。他甚至夜不能寐。

每天早晨，只要天一亮，他就爬下床，來到一個山頂上，想看到那大海魔幻般的形象的再現。東方的朝霞似乎依稀地喚起了這種形象；他想要從下邊林中歌鳥的調子裏再度體驗那人魚的歌聲。但是，山間的一切是那麽安静，比起他在夢中所看到的情景，不具有任何迷人的魔力。東方天際的燦爛朝霞，晨鳥的那些熟悉的啼囀，完全産生不了他所迫切希望得到的效應。那些默默矗立的山峰和樹木，只提醒他所面臨的現實。這個現實，像他的村屋門前的那塊地一樣，既單調而又平淡無奇。

天大亮以後，他只有回到家來，因爲是吃早飯的時候了。這時他只有像個老頭兒似的，歎口氣，説：

"嗨！嗨！我不能永遠住在這個一成不變的山上。我得去看那大海。我得去看那萬里長城——它通向大海！"

第七章　一件慷慨的禮物

曾經把金龍送進一個夢境的那場夜間驟雨過後，作爲餘波，又下了幾場小雨和陣雨。從那以後，天氣就直綫轉晴，而且持續下去。每個新來的一天，總是比過去的一天更加美麗，因爲每天都有新的花開，新的色彩出現。金菊一直非常關心的油菜，在温暖的太陽光下，像受了魔法的催化，一天變一個樣。它從柔嫩的鵝黄變成深緑。它的梗子日漸粗壯，分出許多小枝。更令人興奮的是，每一根小枝的尖上都有淡淡的黄色花苞點綴着。

毫無疑問，春天已經進入了高潮，代表它的就是這盛開的油菜花。在山裏，這種植物象徵着春天；它提供我們日常食物中不可缺少的成分——菜油。它開出的花，既樸素，又美麗，像豆蔻年華的少女，實在令人覺得可愛。在陽光普照之下，没有任何一種花，無論是就美麗或是對人類的用處而言，能比得上它，對於山民來説更是如此。因爲在他們貧瘠的土地所能提供的一點簡單的食物中，油菜所產的油是最珍貴的部分。在過去的年月裏，金菊總要懷着感激和崇敬的心情多次親自到地裏去看望油菜花，像去看一個老朋友一樣。她從來看不厭。

但這個世界充滿了多少不可預料的變故啊！這個春天，這個重要的春天，她卻不能起床了。

日子，温暖的春天的日子，過得像一場夢一樣。當太陽爬到樹梢上的時候，空氣就變得既濃又甜，像奶油一樣。鳥兒停止啼囀，蜜蜂不再嗡鳴，年老和年輕的男子都在樹林裏漫遊。甚至金菊也在床上停止了咳嗽。人們不是被這宜人的空氣催眠得欲睡，就是他們的心也被某種巨大的希望所籠罩。一天早晨，在山區的寂静中，一個微弱的歌聲從遠方傳來。

它像秋天路過的雁群發出的低訴，三分之一帶有先知性，三分之一自得其樂，三分之一憂鬱。憂鬱，是因爲它的調子比較低沉。仍然像"飛過了大栗樹的上空就獲得了靈魂"的雁群一樣，這聲音引起了金菊的深切注意。雖然她有病，但也不能再安静地躺在床上不動。她支着她的手肘，吃力地直起腰來，用枕頭墊着她的後背，聚精會神地静聽那個歌聲。歌聲飄得越來越近。最後她可以聽出它的内容：

油菜花開得很歡，
油菜花開得很豔，
羞怯得像杏仁樹，
還像金雀花一樣甜。

她衰老的嘴唇咧開成爲一個會心的微笑。這正是她所等待的一個信息。"感謝上天，"她低聲對自己説，好像是在祈禱，"油菜！在我還剩下點精力可以起床的時候，油菜終於開花了！"於是，像過去一樣，爲這種意外的巧合所啓發，她又變得迷信起來。她相信，她做什麽事也不會錯，因爲她是一個老半仙姑。她甚至還認爲，她也可以去參加“春天集舞”，親眼看她一表人才的孫子贏得一個美麗少女的心。她一想到這一點，就忍不住幾乎要笑得全身抖動起來——但很不幸，她已經没有氣力發出笑聲了。在她這麽很得意地思索了一陣以後，她穿上她的厚衣服，伸出她那顫抖的手摸到那根一直放在床邊的手杖，慢慢地移下床來。她想走到門外，在那歌手離開以前，跟他交談幾句話。

當她拄着拐杖走到大門口的時候，歌聲已經變了調子，歌詞的内容也不同了：

> 準備好，啊！準備去參加舞會！
> 不要錯過明朝——春季最美的一天。
> 高興吧，快樂吧，爲你的青春驕傲，
> 因爲青春一去，再也不會回返。

金菊對自己點點頭，一邊低聲說：“太對了！太對了！”這歌詞完全表達了她心裏所想的東西。青春一去，確實再没有什麽辦法可以恢復它，而且一想起來也使人感到非常痛苦——比如她自己。她的生命也可能就在這討厭的咳嗽中結束——爲什麽會是這樣，她自己也不知道，這也是世界上一個唯一的謎，她的智慧無法解釋。不過她想起金龍，她的心情就感到輕鬆了一些：金龍是她的親骨肉，很快就要去參加“春天集舞”大會，到時候他自然可以建立自己的家庭，開始新的一代。想到這裏，金菊的心裏又立刻産生了一個幻象：她的曾孫們——紅紅的面孔，天真的笑聲……

“嘻……嘻……”自從她臥床以來，這是她第一次發出的笑聲，“這個美妙的世界！一切都安排得如此美好！現在這個使者又來唱這樣一支愉快的歌……嘻……嘻……”她又發出了一聲歡笑，像一個收到了一件長期夢想得到的禮物的傻姑娘。

她用她顫抖的手遮住她滿是皺紋的雙眉，向從門口通向外邊世界的一條小路張望。“啊，他就在那兒?”她對自己説。這是一個熟識的、游方的老乞丐，肩上挂着兩個花環，正在向金菊的這個方嚮走來。他拄着一根拐杖，有節奏地擊着沙礫地，好像是爲他的歌聲打拍子。他的步子有點蹣跚，也許這是由於他的歌唱得太多，也許是他肩上的花環太重，使得他累了的原故。他花環上的花兒確實很美，花瓣厚實，顔色華麗，在太陽光下閃閃發光，像金子。

不一會兒，這個老乞丐來到她的門前，滿臉笑容。儘管他的年齡不小了，但太陽光和花朵卻使他顯得漂亮。金菊決定要把他留一會兒，因爲她覺得她有這個權利。

“歡迎您，大爺，”金菊説，攔住了這個游方的行乞老人，“我有一個年輕人，今年有資格去參加‘春天集舞’大會!”

“我衷心祝賀您!”行乞老人説，又發出一個微笑，“您是山上最幸運的奶奶，金菊。誰也選不到這樣一個好的年月來標志您的後代的成年!”

金菊聽了這句話，真是喜笑顔開。這證明她送孫子去作首次出獵，完全正確。不知怎的，她一時無法控制虚榮心的煽動，就自我炫耀地説：“您説怪不怪，我選的這個年月，正恰到好處!”

行乞老人默默地望着這個自我感覺良好的老媪，猜測她説這話是什麽意思。他不須花多少時間就猜出了她這話的動機。“一點也不怪，”他奉承地説，“您是山上的一個最聰明的主婦——一個半仙。您決不會錯。當我看到山坡上油菜花開得那麽茂盛漂亮的時候，我立刻就對我自己説：金菊一定早就預見到了這一切，她決不會錯過這個吉利的季節——因爲她有一個這山區最聰明的孫子要推薦給美麗的姑娘。這就是爲什麽我走近您的屋子時故意放慢脚步，提高我的嗓子，好叫您不要忽略我帶來的信息和祝賀。”

這段話——特别是後一半，使得這個年老的半仙姑如此高興，她甚至又發出一陣歡笑。這裏可以附帶地提一句，這段恭維的話完全是這個行乞老人在一時靈感推動之下即興編造的，没有一個字是真的。但它卻使金菊興奮到了這種程度，她甚至開始打開話匣子，像個多嘴的鳥兒，喋喋不休地講個不停，咳嗽和加劇的疲勞她也不顧了。她甚至把話頭扯到油菜的性質，它對像“春天集舞”這樣愉快的人生場合所具有的象徵意義以及這種象徵意義的原因，等等。

“在那遠古的年代裏，油菜花並不象徵春天高潮的到來，更不象徵‘春天集舞’的精神。”她宣講着，像個老師對小學生講課那樣。

這個行乞老人用一種若有所思的微笑又望了金菊一眼。於是他裝做一點也不知道關於油菜花的這個老掉牙的故事，問道：“怎的，金菊奶奶？我從來不曾花過心思來弄清油菜的象徵作用，雖然我在這個區域當了半生傳遞它開花的信息的使者。”

“真的？”金菊以驕傲的口氣反問他，被這個行乞老人僞裝的無知鼓起了勁，“因爲在那遠古的年代，我們的祖先還没有找到用油炒菜的秘密。只有當油菜籽榨出來的油成爲我們伙食的重要組成部分的時候，這種花兒纔引起我們的注意，得到我們的尊敬。附帶地説一句：它開花正是春天達到了高潮的時候，因此它就不僅是我們生活的要素——食油，也象徵我們青春的頂點——春天。因此人們就定了一個規矩：把油菜開花當做一年一度的‘春天集舞’的信號。”

對這枯燥寡味的故事，這個聰明的老流浪漢幾乎要笑掉了牙齒——他不知聽過了多少次。但一種幽默感制止住了他發出笑聲。相反，他裝出很嚴肅的樣子，不停地點頭稱贊，用一個認真的語調説：“金菊奶奶，您的話對我的啓發很大。今天是我這寒微的一生中最幸福的一天，因爲我聽到了這樣一個啓發性極大的故事——作爲一個春天的使者，我早就應該知道這個故事！”

這一份額外的恭維話使金菊更是忘乎所以——可憐的老太太，自從去年冬天開始，她一直是望着那陰暗的四壁度過她的日日夜夜，做着有關她的曾孫和曾孫的曾孫的夢。現在，她興奮得像個小學生得到了媽媽對他的聰明的贊美一樣，她清了清嗓子，集中她衰微了的體力所剩下的那點精神，想要開始講一個關於宇宙現象的長故事。這時，正好她的“甩仔們”在遠方的樹叢間出現了——他們要回家吃午飯。她這次所獲得的威望無疑將要永遠地留在他們心中。

那個幽默的老流浪漢也没有忽視這一點。他知道金菊將要利用他抬高自己的聲望，而且他也從經驗中得知，這個老媪的話匣子一開，要把它關起來將會很困難。此外，他還得抓緊時間到各處去傳消息。因此他很有策略地説："我這個頭腦遲鈍的老傢伙，不能太多佔用您寶貴的時間，特别是由於您得安排您適齡的年輕人去參加'春天集舞'。"雖然金菊對他這突然的告辭感到失望，她仍不免要感謝這個流浪漢送來的信息和他無保留地大講特講的恭維她的話——她相信這些話完全出自他内心對她的崇敬。因此，在一時衝動之下，她取出錢包，把裏面所有的錢都倒進這個行乞老漢的衣袋裏，作爲她感謝、祝福和慷慨的表示。這是她一生的積蓄，她總是隨身帶着——藏在她的裙子下面。

傳遞"春天集舞"的信息的這位老漢的身影在遠處的樹林裏消逝以後，這位年老的半仙姑的頭腦開始被沉寂和新的一陣微風冷卻了下來。她開始發現，她把她一生積蓄的財富作爲禮物送給了這個聰明的行乞老漢。但是事情已經無可挽回了，她只有悲哀地對自己嘮叨："他來年不需要再東跑西奔傳播'春天集舞'的信息了……他不需要……他現在發財了……發財了……"

在念到"發財"這兩個字時，她的聲音顫抖起來。她的"甩仔們"已經來到門前。她的聲音聽起來像是在哭。

"出了什麽事，奶奶？"金龍問，"您累了吧？您不應該下床。您累了吧？"

這位年老的半仙姑無法説出事情的真相。她仍裝出一貫正確、她不會有什麽意外的姿態，提高聲音説："啊，什麽事也没有！絶對什麽事也没有。"於是她發出一個咯咯的笑聲，表示没有出什麽亂子，但是新的一陣咳嗽拆了她的臺。她只用極微弱的聲音説："明天'春天集舞'就要在長青谷舉行了。你做好準備去參加吧，金龍。祝你在那裏找一個如意的舞伴。不要叫我失望，明天就去長青谷吧。"

"長青谷！"年輕人對自己低語着。

他曾經在什麽地方聽見過這個名字。他忽然變得安静了，專心在腦子裏搜索他聽見它時的情景。對，他甚至還可以感覺到講出這個名字的那個輕柔、美麗的聲音。那是在他首次出獵時獲得的有關這個名字的印象。那是他從那個有名的獵人的女兒冬梅那裏聽來的。接着他的腦海中又閃出另一個幻象：萬里長城、大海、彩虹和人魚——這個人魚，當他開始擁抱她的時候，馬上又轉化成爲冬梅……

"嗨！嗨！"他不無感傷地自言自語説，聲音是那麽低，幾乎無法聽見，"我得去看大海，去看萬里長城——它通向大海！"

金菊看見金龍墜入了白日夢，就認爲他一定是被這傳統的節日和他過去無資格前往的那個地方弄糊塗了。因此她掉向爛草包，説："帶金龍去參加那個舞會吧，你曾經當過他首次出獵的見證人。你忘掉了這件事嗎？"

她的聲音中隱藏着一點怨氣，但是這位木頭腦袋的老單身漢意識不到。他接受了這個指示，倒是没有怨氣。

最初的一陣興奮，接着的悲淒，最後因一時衝動而失去了一生的積蓄所帶來的失望，相互交織在一起，使金菊整個的體力崩潰。她無法再呆在門前的空地上，她由"甩仔們"扶着，揺揺晃晃地走進屋裏。從這天起她的體力一天不如一天，她再也無法起床了。

第八章　舞會前的一次盛餐

作爲金龍首次出獵的見證人，爛草包帶着這個年輕人去長青谷參加"春天集舞"。兩人穿着一生中所能穿到的最好的衣服：一件麻織的手織長衫，腰間繫着一條常春藤編的插滿了鮮花的腰帶。這裝扮跳起舞不一定很鬆快，但没有别的辦法。山上的土質長不出棉花，山上的氣候也不適宜於蠶的生長；山民也没有什麽值錢的東西送到平原上，交换棉布或絲綢。不過這件長衫也不是很便宜的東西，它需要一個母親花好長的時間纔能織成。

當叔侄兩人到達這一年一度的"春天集舞"的地點的時候，已經過了中午——因爲從那棵“大栗樹”開始，路途很長。他們走近長青谷時，竹笙、笛子和腰鼓所組成的音樂就已在敲擊他們的耳膜。他們加快了步子。作爲見證人的爛草包開始埋怨起來，説他没有吃午飯，一點氣力也没有。因此他們就在一棵楓樹旁蹲下來，從懷裏取出像石頭一樣硬的玉米粑，匆匆地啃了幾口。一點水也没有。接着爛草包用一塊燧石擦出一點火星，在乾草上燃起一把火，在那上面烤了幾個青辣椒，加上一撮鹽，就這樣當作菜，配着玉米粑啃起來。這是一次盛餐，他們吃得很滿足。爲了增加這餐飯的餘味，爛草包又抽了約莫一刻鐘的煙。金龍望着叔父像個哲學家似的慢條斯理地抽煙，心裏有點不耐煩起來，但是他不敢催促這位中年的老單身漢——這樣的舞會，對於他來説，完全引不起什麽興趣。

當他們最後來到長青谷的時候，時間自然是相當晚了。但在那美麗的草地上仍然有許多年輕人在活動着。草地的周圍擺着各種各色在山上所能採到的鮮花。那些志願奏樂的樂師們也都没有撤退，雖然他們已經感到有些疲勞了。他們隱在附近的樹叢裏，仍然在大奏特奏歡快的音樂。金龍有點不知所措地望着那跳舞用的草坪，他的見證人則舒舒服服地坐在山坡上的一棵樹後面抽他的煙。在這些歌聲、樂聲和歡笑聲中，這個年輕人感到説不出的孤獨，因爲他來得太晚，心裏一時還燃不起歡快的火焰。

他站在一旁，凝望别的年輕人尋歡作樂，但他自己卻覺得像局外人似的插不進去。他也不願，因爲他還没有發現他所想要找的對象。

草坪上大多數的年輕人都是女孩子，而且年齡都比較大。一看到她們，這個年輕的候選人就更感到孤單了。他想，這些姑娘大概是人家選剩下的。那些年輕、貌美的女子大概已經挑到了她們理想的對象，鑽進樹林去享受他們的愛情。不過對這些，金龍倒是不大在意。使金龍最難過的是，那個獵人的女兒冬梅没有遵守自己的諾言，在這個場合不曾露面。最近一段期間他不知多少次把她與人魚聯繫起來而懷念她。現在看來，一切似乎已成了泡影。忽然間，他的心情變得極度緊張起來，莫不是在他到來以前，一個更聰明的年輕人已經贏得了她的心？也許她曾經等待過他，但他卻來晚了。人們不能譴責一個姑娘改變了主意，特別是因爲“春天集舞”一年只不過舉行一次！

“另一個年輕人！”金龍自語着，瘋狂地激動起來，“那另一個年輕人能給她幸福嗎？那另一個年輕人——他不曾體驗過海上的甜蜜會晤，自然也不會懂得珍視她的愛情！”

世上任何一個男子不會對她如此珍愛，如此親切，如此幸福地相伴終生，如果缺少了有關大海、藍色水平綫上的彩虹和橫貫大地一直伸向那一片汪洋大海的萬里長城的體驗。他一想到這一點，就感到全身寒冷，雖然西斜的太陽仍然在放出温暖的光芒。他自己也意識到，他本人也不可能跟一個與他夢中的經歷毫無關係的女子相親相愛。他一想到這裏就好像空中響起了一聲晴天霹靂，他的眼睛頓時失去了視覺，雖然它們仍然是在大睁着的。他覺得他失敗了，無法挽救地失敗了。只有當一陣歌聲在他的耳邊掃過去的時候，他纔恢復了神智：

傻小子，你在浪費你的光陰。
這一天快要結束，多麽不幸！

這是一個瘦高的女子即興編出來的歌。她現在就站在金龍面前，他若有所失的神色引起了她的興趣。她有五尺五六寸高，脖子有點像長頸鹿，腿瘦得像火柴棒。但是她臉上浮着一個温暖的笑，而且是正對着這個失望的“傻小子”。她是那麽同情他，她舉起右手，想要撫摩他那又黑、又濃、又光滑的頭髮。金龍倒退了兩步，避開她。但她又即興編了另一支歌，向他挑戰：

風在平息，太陽在下墜。
啊！我的心爲這個孤獨的人垂淚。

金龍抬起頭來，茫然地望着這個不明真相的歌手。這個女子用另一個興奮的微笑，來迎接他這惶惑的眼睛。爲了阻止他逃跑，她跳到他身邊來，把雙手搭到他肩上，使勁地抓住他，像陣旋風似的把他拖到跳舞的草坪上，同時唱：

你的眼睛發亮——半夜的兩顆明珠。
你孩子氣的雙頰鮮紅，比得上我的心。
你的身材和高度符合我的理想，
讓我們在一起，永不要離，永不要分。

這個熱情的女子，對於和這個年輕人的相遇，態度似乎非常嚴肅，也抱着很大的希望。但是金龍卻感到恐怖起來，他害怕得四肢發麻。但是這個女子卻不讓他休息，領着他不停地旋轉，像個機器一樣。這種奇怪的動作和步子，引起在場上跳舞的青年男女們的好奇。但這個女子仍然我行我素，拖着金龍狂舞。金龍也只好伸着脖子，用他顫抖的聲音儘量喊出一支歌：

我喜歡所有的星星，但只愛一顆——
她緊跟着月亮，像個長期密友。
我喜歡所有的女子，但只愛一個：
我首次出獵時她對我笑出酒窩。

這個女子忽然放鬆了手，不再旋轉跳舞。她向金龍的眼睛瞪了一會兒。由於這個年輕人没有作任何歉意的表示，她就把他推開，然後走進人群中消失了。很快，一個鼻孔朝天的女子在金龍面前出現。她全身圓得像一個皮球。由於她身材矮胖，金龍看她的面孔正如看自己的手掌一樣清楚：那上面佈滿了雀斑——紅、黄、紫、棕、黑，各色都有。他從來没有看見過一個女子的臉上匯集了如此多的色彩。有好一會兒這次奇異的發現使他發呆。這個女子認爲這是他對她喜愛和欽慕的表示，因此她提出這樣的忠告：

虛榮地追求金子和珠寶的人是傻瓜，
可摘的美果就在眼前，誰見了都誇。

她没有等待回答，就把手搭在金龍的肩上，用一種只有勞動婦女所具有的那種過人的氣力，把他拖到舞場上。當他們旋轉到舞場中央的時候，這個女子真是樂得如醉如癡，因爲她覺得這個新來的漂亮年輕人已經完全墜入了她的掌握之中。她想即興編一支歌來取悦她的舞伴：

我喜歡凝視您那高貴的面容……

她的歌還没有唱完，金龍就使勁擺脱了她的控制，站在一邊，臉色發白，像個傻瓜。原因是：這個女子興奮得到了這種程度，她拿出她所有的氣力放聲大唱，以至她午飯時吃的那些爲數不少的大葱的氣味一下子噴了出來，直接衝進她的舞伴的鼻孔。這大葱在胃裏經過了某種化學變化，現在變得非常難聞。金龍用雙手捂着他的鼻孔，好像一個茅坑就在他的旁邊。舞伴的這種突然的意外行動，使得這個女子如入五里霧中。不過很快，由於她的聲帶過度興奮而刺激起的打嗝，終於使她意識到毛病之所在。她一言不發，拔腿就跑，在樹林中消失了。

這時太陽已經落下，只有一絲餘光還留在兩山的峰頂上。參加舞會的人都陸續退場。附近樹後那些志願的樂師們也都收起了他們的樂器。下垂的暮色和逐漸加深的夜的寂静，構成一幅淒涼的景象。金龍站在草坪的中央，環顧四周，覺得説不出的寂寞。更使他失望的是，他的見證人也失蹤了。事實上，這個中年的單身漢對於跳舞和求偶的活動早就感到無聊，所以他就靠着一棵楓樹的樹根，閉起眼睛，毫不負責任地睡過去了。

當這個心情沮喪的年輕人最後決定獨自回家的時候，一個震撼高空的女高音忽然從左邊的一叢桃樹後面升上來。這歌聲不僅制止住了金龍的離去，還把那位漫不經心的見證人驚醒了過來。他像被一頭潛行過來的老虎咬了一口似的，從他蹲着的不太舒服的地方跳了起來。

第九章 夢後的夢

金龍抬起眼睛，向他的左邊望。一個女子正在向他獨舞過來，她那跳躍的步子輕盈得像飛舞的燕子。她的歌聲，高亢而清脆，使得整個空間顫動。這個失望了的年輕人很快就認出了來人。他的心激烈地跳動，他的腿在不停地抖動，不由自主地跳起舞來。他跳到這個女子身邊，立刻就挽住她的手臂。

“你不露面，真叫我苦死了，”他說，他的聲音粗嗄，但是顫抖，“我以爲，我將永遠沒有機會再見到你了。”

“什麽原因叫你有這樣的想法？”冬梅問。他的這種不必要的嚴肅和絶望的説法使她覺得有趣。“我們不久以前不是曾在山坡上見過面，而且還唱了彼此挖苦的歌嗎？”

“不要開那樣的玩笑吧，冬梅，”金龍懇求地説，幾乎要哭出來，“我不是指那一次的會晤——那得不出任何最後的結果。”

“什麽結果？”這女子追問着。

年輕人低下頭來，他的臉頰蓋上了一層滚燙的紅暈。跟着“結果”這兩個字有一大串令人興奮的語言，但是對於這個害羞的候選人來説，他很難説出口，因爲他從没有説過這樣的話。這個女子帶着一個幽默的微笑，望着金龍羞怯的眼睛。她從没有想到，這樣一個具有超凡的男子氣概的年輕人，居然可以害羞得像在關鍵時刻正要接受一個夢中人的求婚的少女。這種羞澀不僅引起了她的興趣，而且看上去還顯得非常可愛和迷人。她越仔細地研究他臉上的表情，就越喜愛他。忽然間，在一時熱情的挑動下，她把他的臉捧在自己的手裏，把它托向月亮，先在他的右眼上接了一個吻，接着又在他的左眼上親了一下。

“我懂得你的意思，”她説，“但是，可憐的人，即使這次我没有出場，難道你不能等到來年的‘春天集舞’麽?”

金龍凝望着獵人的這個野性的女兒的一雙充滿笑意的明亮的眼睛，變得勇敢了一些。“來年的‘春天集舞’? 我將會失去資格。”

“廢話!”女子反駁着說，“你還年輕，你還可以參加三四次‘春天集舞’呀。”

“不! 因爲我已經下決心不作第二次的出獵了。宰殺和死亡的場面太可怕了——你去年冬天親眼看見過的。”

這個女子鬆了捧着他的臉孔的那雙手，静静地盯着他。她不相信，山民中這樣一個勇敢的年輕人，曾經勇猛地把一個野物直追到她的院子裏，居然具有這麽和平的氣質。但他仍是原來的那個年輕人，絲毫也没有改變。所不同的是，他的表情有一種夢幻般的氣質，出乎尋常的温和柔順。這個美麗的春天是那麽令人陶醉、抒情，充滿了浪漫的氣息。難道他是受了這種影響麽? 當然她一點也不知道，早在春天還没有到來以前，那個年老的半仙姑就已經在這個年輕人的想象中注入了那麽多詩意的情感和幻象。

“可憐的孩子，你的心太善良了!”她禁不住感歎了一聲。這裏不妨順便提一下：具有一顆善良的心的男子可以做一個很好的丈夫。這是多數有治家經驗的婦女從實際出發的想法，冬梅也不例外。她的感情激動起來。這一激動就使她變得非常坦白，終於泄露了自己内心深處的秘密。她說：“我一直在等你——只等你一個人，等了一整天。我幾乎等得要急死啦!”

“那麽你爲什麽不出來和我見面呢?”

“我喜歡瞧着你嘗點苦頭——我就是這樣一個人。”

“哎呀，你這個惡作劇的妮子!”

冬梅這次没有作出反駁。她只静静地、輕柔地在他的左臉上親了一下。於是他們以散步的速度走到草坪的中央，接着便跳起一場熱烈的舞來。在此同時冬梅唱出這樣一支歌：

昨夜我夢見了一顆星星，
它在窗外和我閑聊：
“瞧，有個好男子在向你微笑，
這微笑的珍貴超過一塊金條！”

金龍現在感到他的心兒輕鬆得像春風中的柳絮，開放得像清瑩晨露中的一朵鮮花。他想飛，他也想唱歌。因此一支歌，也同樣輕快地，自然地，在他不知不覺之間，從他的嘴唇間飛了出來：

昨夜我見到一朵華麗的花，
紅得像葡萄酒，鮮豔得像玫瑰，
它一分鐘長高三尺九寸，
它的香氣人們聞到就醉。

接着是兩句女高音：

我是否有看到這花的榮幸，
由你陪着我同行？

這時出現了片刻的沉静，因爲這個年輕人，在一時感情激動之下，像個竊賊一樣，在這個女子的臉上作了一個親吻。然後他就回答他女伴的發問：

它遠得像在天邊，
但也近得像我懷中的美人。
它像月亮一樣在微笑、擠眼，
我能觸到它的魅力和激情。

冬梅忽然爆發出一陣朗朗的笑聲。她說："我懂，我懂。"於是空中又升起了一支新歌；

看！看！這花兒已經在盛開，
因爲黑夜過去，太陽正在高照。
我的美男子啊！不再在夢中出現，
他正用意味深長的眼睛在向我瞧。

在這期間，見證人爛草包一直蹲在楓樹後面，呆望這對年輕男女同舞、對唱。夜已經到來了，月亮高高地懸在天上。他想，現在是他走出來完成他的任務的時候了。因此他輕輕地來到這一對正在歡舞的年輕人面前，使他們爲之一驚。他說："一百萬個祝賀！你們唱出的每一個字我全都聽到了。相信我，這些歌唱得不賴！"

"你是誰呀，你這個愛管閑事的人？"冬梅現出了獵户女兒的本色，粗魯地問。這種意外的干預使她吃驚，也使她覺得討厭。

"我是誰嗎？"爛草包急速地反問道，他覺得受了侮辱，聲音也很粗，"你這個忘恩負義的丫頭！没有金龍首次出獵的正式見證人出場，你能和我的侄子結親嗎？我是誰，現在你自己可以好好地猜一猜。"

"你這個廢物，你想在結親的喜宴上騙一個座位！"冬梅也不甘於接受威脅。

"我就是見證人！"爛草包一時情急，就大叫了一聲。

"見證人！"這女子無情地向對手反駁，"他在什麽地方攔住那隻獵物的？他怎樣降伏它？你看見過嗎？請告訴我，他是怎樣降伏那隻狼的？"

爛草包回答不出來。他的嘴唇張開，他的眼睛大睁着。這話問得他不知所措。他的智力不足以杜撰一個故事來描述那次出獵的最後情景，因爲他没有親眼見過。狼狽和羞恥壓得他喘不過氣來。他開始發抖，心裏也暗自埋怨自己不該一時任性，無意中把自己鬧的笑話暴露了出來。

"請你告訴我，他是怎樣降服那隻狼的？請——"這個被弄煩了的、不留情的女子逼着問。

在這狼狽的情況下，爛草包的腦袋全面怠工，拒絕思索，他只好拔腿就逃。不一會兒他就衝進了茂密的樹林。這時他纔鬆了一口氣，慶倖逃脱了這個嘴下不留情的山姑。他咕嚕了一聲，竭力忘記這天倒黴的遭遇，便慢慢地走回家來，盤算晚上能吃到什麽好飯，因爲他已經餓得有點發慌了。

見證人離去後，金龍便連忙向這位獵户的女兒解釋：那個中年人是他的叔父，的確曾經陪着他作那首次出獵，但是不幸他在雪地上跌了一跤，追逐獵物一開始，他就傷了大腿……

"笨老頭！可憐的人！"冬梅毫不在乎地説，連一個表示同情和歉意的歎息也没有，"他的面孔我似乎很熟悉。有一天我和爸爸在山上尋找獵物時遇見一個人，我曾譏笑過他。他就是那個人吧？"

"一點也不錯。"

"啊，我真抱歉！"

"嗨，你就是太爽直了一點！"年輕人感歎地説。

"我一直就是這樣！"獵户的女兒承認，大笑了一聲，"你害怕我的這種爽直嗎？"

"啊，不！"年輕人説，"你的爽直軟化了我的心。"

她從小就失去了母親，一直過着獨立的生活，這種生活養成她粗野但熱情的性格；但這個年輕人恰恰相反，母親的愛和那個天才的老半仙姑講的那些浪漫故事，使他變得非常温順平和。冬梅的這種性格推動她貼近金龍。他們兩人躺在草坪上，她輕輕地撫摩着他那濃密光滑的頭髮，親他那又圓又潤的臉龐，偶爾戲弄地觸動一下他那陷入夢境的眼睛——這雙眼睛半睁着，迷糊地望着那已經走到了中天正凝望着他的月亮。這時樹木也開始發出簌簌聲，驅散了他耳邊的其他聲響，使得他沉沉欲睡。他做了一個夢。他夢見自己回到金菊的懷抱裏——那世界上絶無僅有的奶奶的懷抱。他夢見他旅行到外面的世界去，看到了萬里長城，又沿着長城看到了大海。他夢見他與人魚相會，但是當他想擁抱她的時候，她就消失了。他一驚，醒了過來。

他睁開眼睛，發現冬梅正在研究他的睡顔。

“嗨！嗨！原來你在這裏，”他感歎地說，“我以爲你已經不見了。”

“不見了？”這女子也驚訝地問，也從夢境中回到現實，“你怎麼會覺得，我會把你孤零零地留在草地上睡覺，自己溜掉？”

“啊！不是這個意思，冬梅。”金龍説，他的眼睛覆上一層不可捉摸的幻象，又半閉着了，“我夢見我去看了外面的世界，但是怪得很，那個世界忽然間和你一道消失了。”

這女子驚動了一下，停止撫摩這個年輕人的頭髮。她凝視着他，想要知道他的神智是否清楚。對，某種幻象在迷惑着他——他的眼神説明了這一點。但是他並没有失去理智。他的這種被幻象所迷住了的表情，使得他顯得分外可愛。據她所知，没有一個山民能顯示出如此神秘、抒情的表情。

“你怎麽想起外邊的世界來的？”她問，聲音非常低柔——低柔得好像她自己也墜入了一個夢境，“那不是我們所生活的世界……”

替代回答的，是金龍的發問：“你是人魚嗎，冬梅？”

這女子又顫抖了一下，這是一個奇怪的問題。“我怎麽會是一個人魚？”她説，驚奇而又深情地看着他的面部表情，“這不是海。這是個低谷，在四面大山的包圍中，像一個羊圈。我聽説，海是像天一樣無邊無際的。相比之下，我們生活的這塊地方太可憐了。”

“像天一樣無邊無際……”金龍自言自語地説，聲音低得像私語着的微風，“像天一樣無邊無際……啊，我多麽想去看看外面的世界啊！那通向大海的萬里長城，那大海——像天一樣無邊無際……”

冬梅用手帕擦了一下眼睛：她要仔細地看一看，講這話的人是否真的就是金龍。一點也没有錯，正是他。是這個年輕人，半閉着眼睛，凝望着遠處被月亮照亮了的天空，用一個低柔的聲音，像個遊吟詩人在念一段史詩似的，低語着外面的廣大世界。他在幻覺中體驗着那個春天的夜裏，他在海上享受過的動人心魄的、幸福的片刻……

“啊！金龍！金龍！”獵户的女兒呼喚着。她意識到，這個年輕人正在認真地夢着與這個可憐的崎嶇的山國大不相同的某種東西——某種寬廣無邊的東西，某種雄渾浩蕩的東西，某種美麗動人的東西，某種一般山民心中做夢也想象不到的東西。於是她也低聲說：“我喜歡你做的夢，金龍。我將支持你實現它。我希望我也是個男子，能和你一道去那個遠古的平原世界旅行一次……”

夜已經很深。甲蟲已經停止了吟唱，樹木也結束了它們的簌簌聲。一塊乳白色的行雲已經在月亮上蓋了一層薄薄的面紗。金龍的低語聲也逐漸變得微弱，最後他沉静得像周圍的空氣一樣。他又進入了另一個夢鄉。

冬梅像一個着了魔的人，機械地撫摩着這個沉入睡夢中的年輕人的頭髮。最後當她發現她也沉浸到某一種魔幻般的感覺中時，她歎了一口氣，她的手停在這個年輕人的發上。她開始對自己私語，她的視綫凝聚在天空的月亮上——那覆在月亮上的行雲已經退了，月亮又顯得非常明亮。

“我三年中曾經先後參加過三次‘春天集舞’，每次我都遇見過一個出色的年輕男子。但誰也不曾做過與這個窮困山區不同的另一個世界的夢。現在的這個年輕男子卻有不同的抱負——對此我感到驕傲。當我的父親是個年輕人的時候，他曾到外面去看過平原的世界。他比得上我的父親……比得上我的父親——一個著名的獵人……”

她崇拜她的父親，因此她也崇拜能與她的父親相比的人。於是她更堅信不移：這個年輕男子正是她理想中的人，她少女時期所做的一個美麗的夢，終於變成了現實。她更貼近他，把她的手伸過去，擱在他的胸脯上。午夜的原始寂静覆蓋着大地，她也閉起眼睛。這位深深墜入夢境中的年輕人的有節奏的呼吸安撫着她，於是她自己也墜入一個新的夢境……

第十章　當靈魂出去了的時候

三天以後，冬梅遵循習俗，前來看望她未來的祖婆婆金菊。這位年老的半仙姑，與其説是對冬梅的來訪感到高興，還不如説她自己覺得很驕傲。她樂不可支——當然是在時續時斷的咳嗽聲中。她感到很得意，因爲：第一，一切都按照她的設想實現了；第二，她的孫子是如此漂亮和聰明，甚至著名獵户“飛虎”的女兒在一次舞會上就被他征服了。的確，她相信她本人就是一個絶世美人，因此她的後代個個都長得俊俏，非常吸引人。

“那麽，在一次簡單的跳舞後，你就表示對我的那個醜孫子鍾情了？”

“不完全是這樣。”女子回答説。

“你這是什麽意思？”金菊感到有點糊塗起來。

“我是在看見他追逐一隻狼的時候纔看上他的。他的勇氣和膽量感動了我。”這回答既簡單，又没有帶什麽感情。

“你説什麽？你們曾經見過一次？”

“不止一次。兩次——如果您要知道真相的話。第二次我看見他的時候，他在地裏幹活兒，我們彼此唱了一支歌。”

這種意外的泄密使得金菊大吃一驚。原來她完全蒙在鼓裏！她一直以爲她的“甩仔們”没有任何一件秘密能逃脱她的注意。但是她控制住了她的感情，爲了要保持自己的威信——因爲她畢竟是一個無所不知的女人，特别是有關她自己家裏的事。因此她用一個更温和、更謙虚的口氣繼續問：“那麽，我的孩子，你在什麽地方第一次遇見他？”

“在我家的院子裏。”

“什麽？在你家的院子裏？”金菊按捺不住自己的驚奇。

“一點也不錯，就在我家屋子的前面。”冬梅不慌不忙地説。

金菊大睁着眼睛，呆望着這個未來的孫媳婦，好像她不相信自己那一度曾經非常明亮的眼睛。幾分鐘以後，她繼續問：

“那麽你就是他的見證人了？”

“是的。當時，我是唯一在那兒的人，唯一看見那隻狼被他降服、最後死去的人。”

金菊的臉色立即變得慘白。幸虧這間屋子相當黑暗——她是在床上接待她的未來孫媳婦的，她的臉色的變化没有被發現。一種狼狽的心情和羞辱感，使得她從頭到脚，全身震動。她意識到她不僅對許多事情一無所知，她還把整個事情弄得很糟：她明知道她那個中年傻兒子無用，而卻偏要他去充當重要的見證人。而且這個錯誤恰恰是她的智慧發展到了頂點，她那衰敗的身軀已經獲得了靈魂的時候！一種悔恨和自責的心情使她的神志昏亂，暈了過去。她的頭滑到原來支着她的背的那個枕頭上。

冬梅感到恐怖起來。她從來没有陪伴過一個老婦人——特别是一個半仙姑，因此她不知道這種突然的暈倒是死亡的前奏呢，還是靈魂脱離了軀殼的表現。正當她想要喊金龍來幫助的時候，金菊慢慢睁開了眼睛：她很快恢復了平静。

“這是怎麽一回事呀，金菊奶奶？”冬梅急迫地問，仍然很緊張。

“没有什麽，没有什麽。”金菊裝出一個平静的聲音説。她不能讓人知道她心裏的實情，她必須保持住她的威信。

“當您忽然説不出話來的時候，金菊奶奶，我害怕呀。”冬梅説，迷惑不解。

“啊！”金菊用一個感歎的口吻説，裝出一個笑容，因爲她開始欣賞這個獵户的女兒的一副迷惑的神態。“我的孩子，這正是你需要學習的東西，當你和一個年老的半仙姑在一起的時候。我的整個軀體已經得到了一個靈魂，靈魂有時離開我到野外去散散步。剛纔它就出去散步了——沿着金龍追逐那隻狼的路綫。因爲我要弄清楚，他是怎樣把那頭狼追到你家的院子裏去的。我可以明確地告訴你，我的靈魂對我的匯報，完全證實了你剛纔説的話。”

這番以一種鎮定、自信的聲音臨時編出來的故事，從一個陰暗房間裏的病床上飄出來，把這個姑娘弄得如入五里霧中，只有對她表示敬畏、尊崇和恐懼。她大睁着雙眼——她的那雙眼睛原來已經够大，大張着嘴，望着金菊。金菊當然不會忽略她的這種變化。她很滿意地對自己點點頭，承認這位未來的孫媳婦已經被她威懾住了。於是她開始微笑——這是真正發自内心的微笑，表示出她的勝利，以及她的自信和她的威信的恢復。“冬梅將是這個家裏的一個好主婦。”她想。

“哈——哈——哈——嘻——嘻——嘻——”金菊的微笑現在擴大成爲大笑。

這更使那個獵户的女兒感到萬分神秘——她從來没有和一個半仙姑打過交道。她用顫抖的聲音，提出一個試探性的問題：“金菊奶奶，您爲什麽要笑？”

“啊！我現在是那麽快樂，因爲你是一個善良、能幹的女子。”她解釋説，“你正是我所盼望的那種孫媳婦。我的金龍第一次遇見你以後，就一直在做一個甜蜜的、長長的夢。他一直在夢見你，甚至在白天都是如此。他在他的夢裏坐立不安，成天在森林裏徜徉，像個瘋人。現在他終於得到了你。我相信，你們在一起將會生活得很幸福。我也感到幸福，所以就不能不笑呀。”

這一串的稱贊使冬梅恢復了正常。她的自信心恢復了，又變得鎮定起來。她説：“但是，金龍還夢想過外面的世界，那大海，那萬里長城……”

“是這樣嗎？”金菊驚奇地問，因爲她還没有想到過這一點，年輕的孫子也没有告訴過她這件事。她幾乎又暈過去了，倒不是因爲她對這樣大的事完全無知，而是害怕暴露出她完全不理解自己孫子的思想。所以她不等待證實，就連忙補充着説：“是的，我知道。我早就觀察到了。他是一個有抱負的年輕人，他想要去看看那外面的世界。”

這時金菊已經完全成功地掩飾住了自己的不安，恢復了一個老半仙姑所應具有的鎮定和自信。她甚至用一種驕傲的調子，更進一步地補充説：“事實上，去年冬天我就告訴了他有關外面世界的事，爲的是要誘發他的想象。我下的種子現在結出了果實。我的孩子，對他的這種抱負你感到驕傲嗎？”

“我感到驕傲，”冬梅説——她現在完全被金菊的智慧和遠見征服了，

“這正是爲什麽我那麽喜歡他的原因。”

“你們現在既然是這樣相愛，你能讓他走麽?”

“他的夢想應該得到實現。”冬梅説，“我的父親將爲他感到驕傲，整個山區的人也會爲他感到驕傲。”

“好！他將是一個最偉大的山民，是這山中一個最傑出的人!”金菊説，微笑着，“我也因爲有這樣一個後代而感到高興。你也將爲有這樣一個丈夫而感到高興呀。對，你應該是這樣，你——金菊的孫媳婦!”

金菊一想起她所具有的智慧，她孫子的願望的實現，就變得忘乎所以，她的心情也變得極度興奮起來。事情這樣向圓滿的方嚮發展，使得她更迷信地認爲她真正是個半仙人，具有未卜先知的法力，能按照她的想法把一切計劃實現。她想大笑特笑一番，笑得使群山震動，證明她有超人的法力。但是在她的這個想法實現以前，一陣劇烈的咳嗽向她襲擊過來，她一陣昏厥，有好一會兒失去了知覺。冬梅現在已經完全被金菊超凡的智慧所征服；她以爲這位老半仙姑的靈魂一定又飛離了她的身體，到外面的新鮮空氣中散步去了。

她輕輕地離開她這位未來的祖婆婆，踮着腳尖，走向金龍，告訴他説，他近來既然常常夢見山外的平原世界，金菊和她都同意他前往。

第三部　夏

第一章　一個仙姑可以不死嗎?

油菜收穫完，菜籽脱粒以後，金菊就宣佈春天已經結束，夏天開始了。爲什麽會是這樣，誰也没有追問。這位老半仙姑説的每一句話都是真理，事實已經證明了。也許這就是爲什麽山民没有像平原上的人那樣，花許多氣力去發明書籍這類的東西。的確，那些印刷品上所説的東西，都没有金菊所説的話那樣可靠。比如，像夏天的到來這個問題，金龍不止一次地證明過金菊的話完全真實。在這個新的季節裏，白天太陽將會曬得很熱，夜間則有露水。在金菊作了季節改變的宣佈以後，第二天，那棵大栗樹的葉子上就出現了大滴的水珠。金龍用舌頭尖嘗了一下，味道很甜——所以這一定就是露珠。稍後一點，當太陽出來以後，他真的覺得氣候比昨天——春季最後的一天——要熱得多。

“現在夏天既然到了，”第二天，金菊對金龍説，“你應該開始你到外面世界去的旅行了——如果你真的想要去看外面世界的話。在這個季節我們没有太多的活兒要幹，雖然下邊平原上的人都忙得不可開交。”

金龍確實要作這次旅行——他已經夢了那麼久。他點頭表示同意。他的腦海中立刻浮現出許多幻想：他將會見到一個豐富多彩的世界，旅行結束後他回到山區，將會作爲山民中一個傑出的人物受到大家的尊敬……他的眼神變得有點恍惚：春天所經歷過的許多夢境又回到他的腦海中來。

金菊望着這個年輕人恍惚的神色，猜想他心裏正在想些什麼。過了一會兒，她不停地對自己連連點頭，認爲她已經發現了孫子的心事，因此她説：“一個年輕人要離開他的未婚妻是很困難的。不過，因爲你已經在夢中見到了這兒的山地所没有的許多東西，最好你還是下去親自體驗一下。你的父親是在完了婚以後纔下去的——太晚了。他受不了别離的痛苦，因爲他已經有了一個孩子和一個心愛的媳婦，不過你現在還年輕，而且還無牽無挂。”

這位老半仙姑理解她的族人。這方面的知識，與其他的知識不同，不是來自一時的靈機一動，而是基於實際生活經驗。這裏的山民是一群富於幻想的人。他們住在這亂石嶙峋的貧瘠山上，除了普遍的貧困和單調外，天空也不過只擴張到幾十丈外的最近的山峰那邊。他們大部分人，特别是那些有抱負的人，就只有幻想聯翩。在他們達到了一定的年齡、被某種求知欲激勵的時候，他們就幻想起了外面的世界——當然這裏面也包括另外一種成分，就是人類普遍具有的那個弱點：虚榮心。如果這個願望等待結婚以後實現，那麼他們就不一定可以成爲理想的丈夫，而且還可能破壞家庭生活的格式。金菊的長子就是一個典型的例子。因此她就得出結論，對她這個具有雄心的孫子，甚至在他還没有找對象以前，就應該啓發他對於外面世界的想象，讓他去看看，以便他在以後的生活中安心於過山中的這種艱苦的日子。這件事對於孫子的重要，並不亞於給一個嬰孩種上牛痘。

金菊看見金龍正陷入冥思，就把他喚醒過來，説："好！你應該開始了。夏天是開始旅行的好季節，因爲下邊平原上的人都正在忙於莊稼活兒。你可以幫他們的忙，藉此也可以沿途混一口飯吃。你没有辦法隨身帶那麽多的糧食。此外，吃的東西裝在袋子裏，過幾天也就壞了。"

這又是一個絶對的真理。食物裝在袋子裏，時間長了就餿了，特别是在夏天。别的辦法再也没有，因爲他們山上的人還没有發明錢幣之類的東西——他們要錢幣又有什麽用呢？山上的土地所能生産的東西只有那麽一丁點兒，所以也没有什麽商品需要使用錢幣。但是，金菊個人喜愛平原上的人們中間所流通的銅錢。她曾經偶爾向下邊來的獵人賣過一些山果和麻布織品，賺有幾枚銅錢。她一直把它保存在一個小錢袋裏，經常挂在她的裙子下面——對她來説，它們是那麽珍貴！她倒很想把它們送給孫子，作爲旅途之用；但是很不幸，她在一時感情衝動之下，把它們送給了那個當報春使者的求乞流浪漢。她一想起這來之不易的銅錢，她就心痛——既爲了這個不可彌補的損失，也怪她自己一時的愚蠢。

就這樣，金龍的旅行包裹裝了幾塊堅硬的玉米粑——只够他從山上走到平原那幾天的食用。這就是他的全部盤纏。

在他啓程的那天，冬梅特來給他送行。因爲金菊已經不能起床，他們在她的房間裏會面。這倒很像一次家庭的集會，雖然冬梅還不是這個家庭的正式成員。她幫着金龍把金菊扶起來，在她的背後墊了一個枕頭，以便於她能看見兩人的面孔。金菊看到這位未來的孫媳婦如此細心地照顧她衰老的身體，感到全身一陣舒服和温暖。她滿懷深情地望了她一會兒，接着就把視綫掉向孫子。這兩副年輕的面孔給了她無限的快樂。她過去一生中從没感到如此滿足過。這年輕的一對是那麽漂亮、友善和彼此相愛，他們就像從一根樹幹——那就是她自己——分出來的兩條美麗的樹枝，預示將長出豐茂的葉子，開出吸引人的花朵，結出豐碩的果實。這種幸福感充滿了她的全身，她連話都説不出來。

還是獵人的女兒打破了沉寂，她對金龍説："你不要惦記金菊奶奶和爛草包叔叔。如果需要，我將照料他們。"

金菊聽到了這番話的每個字，包括它們的音調和節奏。多甜美和温存啊！

"如果金菊出了什麽事，"爛草包説，冬梅的話也打動了他的心，"我將立刻給你的未婚妻送個信，好叫她馬上來幫忙。所以你不要擔心吧。"

這段話説得多愚蠢，因爲在金龍的眼裏這個老半仙姑絶對不會出什麽事。當然，金菊懂得她的兒子説的"出了什麽事"是什麽意思。他想要説的是：如果她要死了……當她一意識到這句話的内涵時，她就打了一個寒噤，因爲，雖然她無所不知，但她卻没有把握肯定她不會死。她從來不曾見過，人們可以永遠活下去而不受死神的挾制，不管他或她是聰明或愚蠢。但爛草包的話語後面的用意是感人的。面對着"甩仔們"的如此熱情，相互關心，她感到很大的安慰，也敢於正視死神，即使他真的到來。因此她又恢復了鎮静。

"這是送給你的一點小禮物。"冬梅柔聲地對金龍説，從一個小袋裏取出一件厚背心——上面用藍色的麻綫繡了一條龍。"它可以抵禦秋天的寒氣，也可以保護你對付西風的襲擊。聽説在下邊的平原上，秋天一來，氣候就急劇變冷。順便提一句，它也可以使你記起我，記起我縫織它的這一雙手。"

這個山姑的樸素語言，此時此刻，在金菊的耳裏聽起來就像新年的頌歌一樣，是那麽甜美動人，充滿了對於她的孫子的關心和柔情。這話使金菊記起了她結婚後第二天爲丈夫做早飯的情景。她不曾想到這情景居然在她第三代的人身上，在她的眼前再現。她更没有想到，這樣一位由男人——而且還是一個獵户——撫養大的野性的女子，居然還有這樣細緻的感情。她爲她自己和她的孫子祝賀：她們的家人中間現在添了這樣一個可愛的成員。

“我多麼希望，我能永遠活下去，親眼看到他們興旺發達、多子多孫!”她暗自在心裏這樣説，完全沉浸在無可言喻的快樂和幸福之中。可是在這一陣欣喜若狂的興奮過去以後，一塊烏雲就開始籠罩在她的心上，因爲她忽然改變了她對死的看法。她問自己：“我能永遠地活下去嗎?一個半仙姑，能作爲控制人的生命的規律的一個例外，永遠地活下去嗎?”這本是一個老掉牙的問題，她從來没有打算回答過。可是，在這個特殊的時刻，她卻不盡情理地渴望能找出一個滿意的答案。不過在她還没有找出以前，一陣激烈的咳嗽壓倒了她。不以她的意志爲轉移，她只好低頭。這陣咳嗽過去後，她感到説不出的疲芳，好像她的全身結構已經解體。她再也没有氣力來考慮這個問題了。只有剛纔爛草包講的那句笨拙的話在她的耳朵裏響，似乎是對這個問題的回答：“如果金菊出了什麼事……”她的面孔忽然變得蒼白，她的眼睛發呆。她從枕頭上滑到床上，像根木頭。她暈過去了。

“金菊奶奶累了！累了!”冬梅急促地説，頗爲緊張，“快拿點開水來！拿點開水來!”

老母親的忽然暈厥，使得爛草包感到淒涼和孤獨。他連忙跑到廚房去取來一碗溫開水。金龍把奶奶扶起來，好叫冬梅能給她喂水。當他正在這樣做的時候，他覺得他這慈愛的祖母在他手裏，忽然變得僵硬，像塊木頭。他還仔細地觀察到她的面孔的突變——從生動活潑變得呆滯僵化。不知不覺之間，淚水湧進他的眼裏，只是一種男性的本能使他没有讓眼淚流出來。這位老仙姑的無言形象刻在他的記憶中再也不能消除。他是在她的撫育、愛護和教育下長大成人的。在此以後，每次他一夢見這個形象，他就驚醒過來，夜不能寐。

金菊被喂進了幾湯匙水以後，就又慢慢恢復了一點神智。她驚奇地發現她的“甩仔們”都驚恐得發呆，面色蒼白，一個拿着一碗溫水，另一個擎着湯匙，第三個托着枕頭。她馬上意識到剛纔在她身上發生了什麼事情。她的身體已經是無可挽回地衰老了，她想哭。但是，一個老半仙姑，作爲一個充滿了希望的一家之主，如果被一時的感傷情緒所左右，被對死亡的恐懼所壓倒，而且是在這麼一對前途無量的可愛的年輕人面前，那將是多麼可笑！所以她就勉强做出了一個微笑，好像什麼事情也没有發生過似的。

“我的靈魂剛纔出去散散步，察看了到下面平原去的道路的情況。”她説，儘量顯得安静——虧了她的靈感豐富，隨時都可以來爲她解圍。

“甩仔們”安心了，大家都鬆了一口氣，因爲金菊無論説什麼話，他們都相信。

但是“甩仔們”的安心，卻使這位老半仙姑感到更加痛苦。她覺得她對天真的“甩仔們”做了一件錯事，因爲她剛纔的這一陣暈厥使她懷疑她的靈魂究竟是否存在——到目前爲止她還無法證明。因此對於“甩仔們”又開始射出幸福的光澤的誠實的面孔，她感到心痛。她現在唯一可以採取的行動，就是把頭掉過去，避免看到他們。不過她現在身體是如此衰弱，甚至轉身的力氣都没有。最後她只好説了幾句並非本意的話：“不要耽誤時間，甩仔們，旅行現在就應該開始了。我的靈魂剛纔向我匯報，通向外邊世界的路很平坦，没有什麼障礙。冬梅，爛草包，如果你們想送金龍一程，那麼你們就陪他啓程吧。”於是她閉上眼睛，不想看到别離的情景。

不知怎的，金龍很想哭。他覺得金菊奶奶心裏似乎有個秘密而不願意泄露出來。她蒼白的面孔、失血的嘴唇和她故意閉着的眼睛所傳遞給這個年輕人的，既有神秘的一面，又有恐怖，既有深情，又有淡漠。他希望在他離去以前他能看到她的眼睛再度睜開，她的臉上再度出現微笑，所以他説：“金菊奶奶，我在外邊的世界看了我所要看的東西以後，我就馬上回來。”

但是金菊的眼睛仍然閉着。她没有回答，好像在這個特殊的時刻她的耳朵忽然聾了，也許是故意要促使她的孫子即時啓程。

“甩仔們”只好離開。但是當他們要跨過門檻的時候，金菊忽然講話了，她的眼睛也睜開了，盯着站在門口的金龍。“不要惦記我，好孫子。

盡情享受你自己的幸福吧。在必要的時刻我的靈魂會叫你回來的。我的信息將會貼在飛雁的翅膀上，它們會帶給你的。祝你旅途愉快。”

金菊一説完這話就又閉上了眼睛。她感到有些羞慚，因爲她又編了一個有關她的“靈魂”的、值得懷疑的故事。她微弱的聲音停了，但它仍在金龍的耳朵裏震蕩。在這聲音中他似乎感覺到金菊奶奶將要死去。但是不！金龍轉念一想，金菊不可能死去。從他能記事的時候起，她就一直存在。這樣熟悉的音容笑貌，不可能頃刻就化爲塵土。這是不可想象的。金菊只不過指使她的靈魂到外面去散散步，引導他開始他的行程。想到這些，金龍就鬆了一口氣，也有勇氣正視走向平原去的路上可能遇到的一切困難。但是他的心仍很沉重，因爲他還找不到任何根據可以證明金菊不會死。

金龍出發了，他背上挂着一個旅行袋，裏面裝着一件厚背心和幾塊堅硬的玉米粑。爛草包把他送到那棵古老的大栗樹那兒。冬梅多送了他四五里路，纔與他告别。她没有流眼淚，因爲這個野性的女子素來不慣於這樣。

第二章　美麗的世界，只是没有食物

下山的旅程是寂寞的。沿路——事實上没有什麽路——没有人家，所以金龍找不到地方休息，連茶也喝不到一口。他餓了的時候，只能啃他隨身帶的堅硬的玉米粑。他得離開路途的正確方嚮，爲的是找到一個溪流，喝幾口水，把食物送進胃裏去。晚上則更困難，他又疲又累，找不到住處，只好住進路邊的山洞裏，聽夜風的颼颼聲、狼的嗥吠聲和抓不到食物的貓頭鷹的尖鋭的哀鳴聲。這些混雜的聲音，震蕩着洞裏的寂静，常常把這個年輕的旅人從夢中嚇醒過來，弄得他整夜大睜着眼睛，再也睡不着。

這些驚懼不安的夜和辛苦跋涉的日子，很快就使金龍精疲力竭，想把有關外面世界的幻想也從他的腦海中驅走。他開始覺得，和金菊住在那個窮困的山屋裏，經受生活的艱辛，也要比現在這種旅途的不安强不知多少倍。失去老半仙姑的指導，應付這些原始環境和夜裏聽這些大自然的聲響，他完全不知道該怎麽辦好。要不是因爲金菊和冬梅都對他抱着很高的期望，他倒真想走回頭路，回到他那個山屋裏去，繼續過他簡單、平淡的生活。

不過這種孤獨的旅行總會到達一個終點，正如任何旅行總歸有個終點一樣。當他正在他的旅行袋裏尋找最後一片玉米粑的時候，他終於踏上了他渴望已久的平原大地。他一面啃着堅硬的食物，一面禁不住要佩服金菊的計算是多麽精確。要是金菊現在和他在一起，他肯定地相信他可以毫不困難地走到萬里長城和它所通向的大海。但很不幸，那討厭的咳嗽卻把她圍困在山屋裏。不過他想，也許金菊的靈魂在陪伴着他，在保護着他的安全。到目前爲止，他還没有遭遇過危險。這樣一想，他就感到輕鬆和安心了。他所吃的那些苦頭已經成了過去。甚至山上的那個村屋現在也在他的記憶中變得淡薄了。

他開始想要欣賞平原上的風光。很不幸，暮色已經在下降。一層暮靄向遠方的地平綫擴張——這次是真正的地平綫！那迷茫的遠景使他聯想起了他曾經夢過的大海。但是也同樣像夢一樣，這遠景很快就被暮色淹没了。在他不久前所走過的那座山的山脚下，有一個由一座古老的碉堡改成的宿夜處。可能這座碉堡是幾千幾萬年以前平原上的人爲了防止山民移民下山而修築的。不過金龍對於歷史一無所知，而以爲這是平原上的人，作爲一種友好的姿態，特爲山上來的旅人修建的客舍。他走了進去，放下旅行袋，躺到一堆草上，馬上就睡過去了。他睡得很香，因爲這裏再没有什麽尋找犧牲品的猛禽和猛獸所發出的那些奇奇怪怪的嚇人的聲音。他所能聽到的是附近那些灌溉水渠所發出的潺潺流水聲——這聲音有音樂性，撫慰他入睡。

第二天他醒得很早。他伸了伸手臂和雙腿，打了一個非常舒服的哈欠，接着就輕輕揉了一下眼睛，最後把頭伸到外面，瞧瞧這個新的世界。世界上再没有什麽東西能比得上這遼闊的大地，能叫人感到如此興奮了。地上升起了一層薄薄的白霧，太陽像一個巨大的火球，慢慢地從東方地平綫上探出來，由樹木形成的一些黑點點綴着這層白霧，煞是好看。新鮮空氣使他精神振奮。遠遠近近的景色是那麼廣闊，金龍已經覺得自己變成了另外一個人——一個平原上的人。他連忙背起他的旅行袋，走出石碉堡，向北方繼續他的旅程。他大步地走了三四里路以後，忽然感到腹中饑餓。他本能地把他的手伸進旅行袋裏。但是，半塊玉米粑也没有。

太陽已經在天上爬得很高了，揭開了那覆着大地的薄紗。地上綠油油的稻田一直伸向天邊。這土地，不像山上那些石礫山地，看上去非常柔和、親切。但是轆轆饑腸使金龍無心欣賞這些景色。他左右張望，想看看附近是否有人煙。可是附近連個人影也没有。稻田倒是都插滿了秧，但是卻不見人影，因爲莊稼人都在家裏修理準備收穫的農具。從山上流下來的水，通過溝渠奔向這些稻田，代替莊稼人當前的田間工作。金龍很失望，他只有用手捧點水喝，暫時解救他的饑餓。然後他就繼續往前走。

在平原大地上的第一天，他的食物只有水。

第二天午後，金龍第一次見到了一個莊稼人。這個農夫正在一塊稻田裏拔草。他一邊幹活兒，一邊哼出一支調子悦耳的歌。金龍小心翼翼地走近這個莊稼人。他那一身山民的服裝不難立即引起此人的注意。但他是如此害羞，還有點害怕，他不敢和農夫講話。倒是這個農夫盯着他問："我的孩子，你倒似乎很清閑。難道你没有一點田種嗎？"

"我不是一個農夫，"金龍用猶疑的語氣回答説，"我是一個長途旅行者呀。"

"旅行者？"農夫驚奇地問，"你真的是個旅行者嗎？你準備到什麼地方去？"

"到北方去。"

"在這樣繁忙的季節，去幹什麼？"

"去看萬里長城。"

這個管理稻子的人，把腦袋往後一仰，面嚮天空，不禁哈哈大笑。"你在做白日夢嗎？萬里長城有幾萬里路遠，你得走半生還不一定能到達!”但當他的笑聲化爲沉寂以後，他又盯了這個年輕人一眼。他沉思起來，對自己點了點頭，好像是對自己獨語，說：“是的，我懂得了。你是個山民，對嗎？多麽荒唐的人啊！這不是走向北方的道路。你得轉到公路上去。路在‘大江’的岸邊。”

農夫的後一半話聽起來充滿了同情，因而也打動了金龍的心。他用同樣友好的聲調說：“我眼下倒不想立刻就趕到北方去。我很想幹點農活兒，换點飯吃。我能爲您幹點什麽活兒嗎？”

農夫從他這少氣無力的懇求聲中，已經得出結論：這個年輕的旅人大概衣袋裏没有錢，而且可能已經很餓了。他說：“我没有什麽活兒給你幹，孩子，因爲我没有很多的土地。但是我可以把我下午的飯食分一點給你吃，也許這可以暫時解决你的問題。”於是他從他腰帶上吊着的那個袋子中取出一塊米粑，交給金龍。

這個山上下來的年輕人接受了這份禮物，很興奮，也很感謝。但是他離開的時候卻感到深深的失望。他的確想找點活兒幹，倒不是爲了想賺幾個錢，而是希望獲得一些在這裏的土地上耕種的實際經驗。

農夫在他後面喊：“向右拐，你就會走上那條沿‘大江’的大路。”

因此金龍就向右拐，他的手緊按着裝着那塊米粑的袋子。這一天很快就要結束了，太陽已經在向西邊的地平綫下沉。當他走上大路的時候，天已經黑下來了。周圍的景色顯得很安静，但是更富有新鮮情調。“大江”很寬，但没有什麽波濤。有兩三隻小鳥在那泛起了一些皺紋的江面上悠然自得地飛翔——偶爾把它們的尾巴點進水裏，發出歡快的鳴叫聲。金龍在岸邊停了下來，像個傻子似的望着它們，直到它們從他的視綫中，從降臨在大地上的暮色中消失。於是他恍惚地走進路旁的一個殘破的涼亭裏去——這是漁夫們在刮大風時常去的地方。

這個空洞的涼亭裏有一條凳子，金龍在那上面坐下來，開始吃農夫送給他的那塊粑。不像他在山上吃的堅硬的玉米粑，這食物既柔軟而又香甜——柔軟得他幾乎不須使用牙齒；它就在上顎和舌頭之間自動地融化了。而且那股香味也十分誘人。當他正在品嘗這可口的食物時，他的思想又轉到江上去了：風在水上吹起一層微波，江水發出一陣悦耳的樂聲。他想象着那對着太陽微笑的鏡子一般的水面，那用尾巴點水的鳥兒……這時，他的腦海中出現了一個疑問：鳥兒能够在水裏生活嗎？他有關鳥兒的知識只限於它們在山上樹林裏跳躍的景象。但是在他還没有能弄明白這問題以前，一陣疲勞感向他襲來，他很快就睡着了，接着便是一連串的夢……

他夢見他和金菊、冬梅在分吃那柔軟香甜的米粑，她們都極爲欣賞它的味道。她們稱贊他帶回這麽好吃的食物，他也爲此感到驕傲。當她們離開了以後，他一個人高興得跳起來，好像一隻小狗剛剛找到一根帶肉的骨頭。没想到，他在這樣極度興奮的情緒中，卻不小心擰了腳踝。於是他驚醒了：天已經大亮。

"啊，多麽新鮮的世界，多麽好吃的米粑，多麽有意思的夢！"他不禁興奮得叫出聲來。但當他走出涼亭的時候，他又不禁爲這夢境的消失而感到有些感傷起來。

"大江"在早晨顯得更爲美麗。江上浮着幾艘漁船，上面有漁人在撒網。他有好幾次停下步子，研究他們究竟在幹些什麽。漁民的樣子和動作是那麽滑稽，他越看下去，他就越覺得他們可笑。"奇怪的新世界！"他對自己説，爲他所看到的景象而覺得好玩。漸漸地他的問題越積越多，但他一個也解釋不了。他開始陷入沉思中去。他越往前走，這個新的世界的各種現象就越使得他難以置信。山區、山屋，甚至金菊和冬梅都似乎成了過去的記憶。他現在是一個新人，面臨着新的前景和新的問題。

在這些新的環境所引起的新的興奮中，金龍卻忘記了一件事情：食物。他已經有二十四個小時没有吃飯了。他既感到旅程在他生理上所造成的疲勞，也感到旅程給他的心理帶來的壓力：那麽多無法解答的問題！除此以外，熾熱的太陽也使他感到頭暈目眩。中午的時候，他忽然覺得眼前發黑，渾身顫抖。在他還没決心坐下來休息以前，他的身軀就採取獨立行動，倒到大路上了。他失掉了知覺。

第三章　爸爸，他没有事了！

金龍不知道他是在做夢，還是在昏睡。他覺得他僵直得像一根木頭，但是他又能模糊地感覺到周圍的動静。他感覺到，有人在扳開他的嘴，滴了一些涼水到他的嘴裏去。水流進他的喉嚨，像酷暑盛夏飲了一杯冰水，他的頭腦開始變得有些清醒，他的耳朵也能聽見一些聲音了。朦朧之間，他感到一隻温柔的手在他的前額上拂過去，一塊手帕輕擦他額上的汗珠。於是他感到臉上有點發癢。這癢的感覺又使他的身體摇晃。於是，他的神經，在這多種多樣的刺激之下，也變得活躍和敏感起來了。

於是，他的眼皮開始顫動，但是他的眸子卻仍被在它上面交織着的睫毛所掩蓋。他感到他前額上的呼吸聲變得急促和緊張。他忽然睁開了眼睛。

這個年輕的獵人，在極度的驚奇和愕然中，發現一個女子低着頭注視着他，觀察着他。她的右手提着一個茶壺，左手拿着一個杯子。當她發現這個陌生人恢復了知覺以後，她就用驚喜的聲音大叫："爸爸，他没有事了！他醒過來了！"這聲意外的大叫，既尖鋭，又興奮，充滿了喜悦，立即使這年輕的山民的神經變得高度活躍起來。他不僅"醒過來了"，而且還坐了起來。他發現他剛纔躺在一張竹床上。

一個老漢走進來了。他肩上沾着一些麥秸草。很明顯，他剛在後院幹了一陣子活兒。他看見年輕人在竹床上坐了起來，眼神發呆，望着站在他旁邊的女子；他立刻後退了幾步，嘴大張着，但很快他又恢復了鎮定，走向金龍，説：

"謝天謝地！你躺在河邊像一根木頭，我還以爲你死了呢。你的樣子不像是中暑——比那厲害得多。如果我不是趕着牛車在你身旁經過……你也許就滚到河裏去了。多麽漂亮的年輕人！假使你真的死了，那纔可惜哩！"

金龍把視綫掉向這個風趣的老漢，呆望着他。接着他又掉向那個女子。這時他纔模糊地意識到，他出了什麽事。

“我剛要從渡口回來吃午飯,”老漢説，又露出一個微笑，“當我把你抱起來，放進牛車裏的時候，你確實像個死人一樣，沉重得很。聽我的話！年輕人，太陽那麽燙人，你出來行路，切記不要忘記戴帽子!”

對於這種極爲有用的忠告，金龍一時還找不出話來作出反應，因爲這個老漢善良的心使他太感動了。他望着他，像個犯傻的小孩子。

“緑珠!”老漢掉向他的女兒，説，“不能讓我們的年輕客人餓着肚子呀，弄點東西來給他吃。”

女子順從地向廚房走去。不過，在她没有走進去以前，她又掉過頭來，望了這個年輕的陌生人一眼。她這一眼是那麽神秘而又頑皮，弄得這個年輕人完全不知所措。就在他慌亂而驚愕的時候，她鑽進廚房裏去了。

老漢在金龍旁邊坐下來，帶着有趣的微笑，用關切的聲音問：“年輕人，請告訴我，大家都在忙着幹活兒，你一個人卻在大路上遊蕩，爲的什麽?”

“我正要旅行到北方去呀。”金龍簡潔地回答説。

“到北方去?”老漢用好奇的眼光打量着這個年輕人。憑他穿的那一身麻布衣服，老漢已經猜出這個年輕客人是從什麽地方來的。“到北方去——去幹什麽?”

“去看萬里長城，然後再向東行，去看大海。”

老漢幾乎要笑出聲來。但是他臨時控制住了，因爲某種悲哀的情緒使他感到不快。他深深地歎了一口氣，説：“啊，荒唐的年輕人！你跟我的兩個兒子一模一樣。他們倒没有夢想到北方去看萬里長城，而是到南海去尋找熱帶的那些島嶼，去看棕櫚樹，去挖地下的金子，還想尋覓别的東西。他們像一陣風一樣吹向南方，去尋找那些聞所未聞的東西，卻再也没有回來。”

這時，緑珠端進來一大碗吃的東西，裏面有金龍在山上從没有吃過的柔軟的白米飯，和他做夢也没有想到過的泡菜。她小心翼翼地把飯碗放在桌上，然後又把桌子輕輕地挪到這位年輕人的面前，使他不必移動就可以吃飯。她這樣安排好後就站在一旁，以極大的興趣和愉悦的心情望着這個陌生人用飯。在這個由一個老父親和女兒所組成的家庭裏，他大概是她所看到的第一個年輕男子了。

這餐新奇的飯食金龍吃得津津有味。他也是有生以來第一次嘗到這樣的飯食。當他正在興致盎然地品嘗這些食物的時候，他那古銅色的額上開始沁出了汗粒。他對於平原上人們的生活習慣和禮節一無所知，因此他就脱下他的上衣，露出寬闊的肩膀，粗壯的胳膊和結實的胸膛。緑珠很感興趣地望着，其欣賞的情趣——雖然未免有點靦腆——不亞於這個年輕人玩味那一碗飯食。在此期間，老漢以一個老莊稼把式的眼光研究這個健壯的半身像。他不停地對自己點頭，好像發現了一件極有價值的東西。

金龍吃完飯以後，老父親就指着他隨身帶來的那個旅行袋，問："你要遠行到北方去，就只帶這點東西嗎？"

"對。"金龍回答説。

"裏面裝有金子或銀子嗎？"

"只有一件秋天穿的背心，别的什麽東西也没有。"

"太荒唐了！"老漢用驚訝的聲音説，"你連走出這個縣的盤纏都不够。萬里長城是在幾千幾萬里路之外呀，你知道嗎？"

"我想我知道，"金龍用猶疑的語氣説，"我的奶奶曾經對我這樣講過。"

"你身無分文，怎麽能走到那裏去？"

"我想找點活兒幹，先掙幾個錢，"年輕山民直率地説，"手裏有幾個錢，我就再往前走。"

老漢意味深長地對自己點點頭，微笑着説："這纔對，這纔對。"他没有問這個年輕人想找什麽活兒幹，就連忙補充着説："我可以給你活兒幹。我有幾畝地，但我没有足够的時間去種，因爲我還得照顧一條渡船。我相信你可以成爲一個好莊稼漢，因爲你看上去身體好得很。"

金龍望着這個心情迫切的老漢，不知怎樣回答，因爲這個建議來得如此突然，而又非常好。沉默持續了好一會兒。緑珠耐不住這種沉寂，開始感到不安起來。她首先發出一個輕微的咳嗽聲，接着就説：“請原諒我!”但是這些舉動没有引起這個年輕山民的任何反應。於是她便開始收拾桌子和上面的空碗。這個動作仍然没有能打破沉寂。最後她把桌子又搬到這個年輕人面前來，柔聲問：“你要不要再吃一碗白米飯?”這個手法倒是成功了。

金龍説：“要，如果你還剩有飯的話。”

“當然有。廚房裏的飯多着呢。”女子回答説。

這一段對話使老漢更迫切地想要把金龍留下來。他向前走了一步，對這個年輕的客人説：“我剛纔説的話你聽到了没有?同意，還是不同意?”

金龍天真地望着這個好心腸的老漢，粗魯地問：“您説的是真話，還是開玩笑?”

“什麽?”老漢問，瞪大了眼睛，“你以爲我會和一個年輕的客人開玩笑嗎?我説的是心裏話呀。請告訴我，同意，還是不同意?”

金龍盯着老漢驚異的臉色——它顯出一片誠心。於是他沉思了一會兒，最後説：“我同意。”

年輕的陌生人一説完這幾個字，站在過道裏偷聽的緑珠就連忙走進廚房裏去了，其輕快和興奮的程度，比得上一隻快樂的小鳥。

這位從山上來的旅人，就這樣成了這片比較荒涼的土地上的這個孤家裏的第一個年輕男性成員——他是那麽可愛。

第四章　平原上的人，真滑稽

金龍就這樣在平原上暫時住下來了。他幹莊稼活兒，以便能積一點錢，完成他去北方的旅行。這種新的生活，平凡而又簡單，他没有花多少時間就習慣了。因爲，第一，這裏的人不多，一家連他只不過三口人，關係不複雜。第二，緑珠是個可愛的女子，性情温和，熱心快腸。她對金龍講話的時候，聲音總是輕柔得像私語。有時她甚至學習他爽直的説話方式。對此金龍感到很有趣，也使得他對她更親近。他很快擺脱了在一個陌生女子面前所感到的尷尬和難爲情。他原有的活潑、勇敢、富於幻想的氣質又回到他身上來，使得緑珠對他更加着迷。

父女兩人，在金龍來到的第二天，就趕着牛車，帶他到莊稼地裏去幹活兒。這片土地離他們的房屋不遠。從遠處看，這房屋簡直像一座孤獨的廟宇。金龍回過頭來一看，感到很稀奇，因爲他做夢也没有想到，平原上的人竟然也像山民一樣，住得那麽分散。在附近好大一片地方没有第二個房子，雖然周圍的土地長滿了緑油油的稻子。在金龍還來不及問老漢，他爲什麽不住在村子裏的時候——因爲山民一直相信平原上的人是這樣聚居的——他們已經來到了地裏。那緑色的水稻和開着各色花兒的蔬菜，把金龍的注意力完全吸引過去了。

老漢用一根棍子指點着，向金龍介紹他的土地：哪一塊適宜於種蔬菜，哪一部分種稻子和麥子最好。這片土地的面積不大，但所起的作用卻不小。對於這些種植上的安排，金龍越聽越感到有趣，而且這個老漢也善於描述。

老漢對這個新的莊稼人解釋，在這個季節他爲什麽要種那麽多的蔬菜，那麽多的糧食。

“因爲現在多一口人吃飯呀，我的小夥計。”他毫不隱瞞地説——説時他發出一個傻笑，露出一道牙齒全部脱落了的上牙床，“所以你幹活兒得使點勁——也是爲了你自己呀!”

老漢好像是對自己的兒子説話似的，一點也不客氣，但是很幽默，也極親切。

緑珠站在一旁，望着這個新的莊稼漢一本正經、滿懷興趣地聽訓，只是獨自微笑。

於是老漢爬上牛車，同時補充着説：“我把你留在這裏，緑珠會教你怎樣幹活兒。我現在得走了。”於是他趕着牛車向河流那個方嚮奔去。

金龍望着老漢在遠方消失，感到有點莫名其妙。這一天的活兒還没有開始，但是他卻已經走了。“難道他不幹莊稼活兒嗎?”他驚奇地問綠珠。

“他有時幹，有時不幹。”綠珠回答説，對於金龍的迷惑表情感到非常有趣。

“我不懂你的意思。”年輕的山民感到更糊塗了。

“我的意思是説，他有時候在河上擺渡，方便本地區的過往行人。”

“那麽他是一個船工了？”金龍問。一想起船，他就更感到興奮起來。

“是的，他幾乎每天都在河上撑一條小船來回幾次。平時他没有事情要幹。但在這個季節他可是相當忙啦。因爲需要渡河的莊稼人很多，所以他一定得呆在那裏。”

“擺渡，多有意思！”金龍以異乎尋常的興奮的聲音説，但他馬上又陷入沉思的寂静中去。他呆呆地望着剛纔老漢消失的那條路。他的想象力又活躍起來，想象着一條小船在水上由一根竹竿撑着向前走的樣兒。

“你在想什麽呀？”綠珠驚奇地問，“你在做白日夢嗎？”

金龍驚了一下，醒了過來。但是他没有直接回答這個女子，而是問：“請告訴我，一條船過河是怎樣一個樣兒？”

他提出這個問題的樣子是那麽嚴肅認真，綠珠禁不住要大笑起來。對她來説，這個問題太天真，太可笑了——她看過的渡船正如她看過的稻田那麽多。是的，她想，他一定是一個大傻孩子——天真得太可愛了！説來也奇怪，對此她倒感到非常高興和快樂。既然如此，她要控制這個逗人喜歡的大孩子就不怎麽困難了——這個計劃，自從這個年輕山民同意作爲一個幫工在她家呆下來時，她就已經在心裏盤算好了。當她一人單獨在家的時候，她常常看些“鴛鴦蝴蝶”一類的小説。因爲她的父親在搬到這個孤獨的村屋來以前，曾經住在一個較大的村子裏，農閑時無事，村人總要求他講些故事消磨時間，他很會講，因爲他認識一個遊方的説書人，從他那裏學會講許多故事，還認識了一些字——綠珠又跟着父親學會讀那個説書人贈送的一些小説。她從這些小説中得知，一個女子要征服一個男子的心並不是一件容易的事，特别是當這個男子是一個身强力壯的男子漢的時候。不過就當前的情況來看，這個男子已經在她的掌握之中。爲了證實她的判斷無誤，她又仔細地端詳了一下這個新莊稼漢的面部表情。一點也不錯，他的表情很天真，是需要人照顧的樣子。瞧他像個可愛的孩子呆望着媽媽的那副樣兒！他正一本正經地等待她回答關於渡船的問題呢。

在水上行走的船！聽起來容易，但要解釋卻很困難！不管怎樣，這不是一件什麼了不起的問題，她去管它幹什麼？因此她就說："我現在無法爲你描寫這件東西。不久你自已就會親眼看到。現在，我們去幹活兒吧，時間已經不早了，對嗎？"

金龍驚了一下。他抬頭望了望天，太陽已經升到中天。他也覺得時間真的耽誤了不少，而他還沒有開始幹活兒。"是的，我們去幹活兒吧。"他説。

她開始教他如何辨别稻子和雜草，以及怎樣除掉這些雜草。她還提醒他説，在下稻田以前他必須學會如何把褲子捲到膝蓋以上，免得泥巴弄髒褲子。接着她就彎下腰，給他示範。金龍真像個大傻孩子，把兩腿分開，一動也不動，讓這個女子隨意擺弄。在此期間，他心裏一直在想象渡船在水上划動的情景。只有當這個女子爲他把褲子捲好，開始在他那健壯的腿上撫摩的時候，他纔顫抖了一下，從白日夢中醒了過來。

"你在幹什麼呀？"他驚奇地問，"你把我弄得癢起來了！"

這話説得那麼粗率，真像一個大傻孩子。雖然它聽起來有點使人感到難爲情，但绿珠不禁爲他的爽直和天真而感到高興。這種爽直和天真，在平原上的人中，確是稀少得很！她充分地理解，這種態度沒有任何惡意，因此她也處之泰然。當然，她的面孔也不免變得有點兒緋紅，但是這個年輕人並不懂得臉紅具有什麼意義。他想，也許這是因爲太陽正射在她的臉上，因而使血在她的雙頰上集中的原故。

接着她教他幹田裏的活兒。她的聲音柔和，像夏日的傍晚吹過荷塘的微風，令人感到愉快。當她低聲講話的時候，她不時對他的那對朦朧的眼睛偷視一下，使他大吃一驚。這美麗的小動作，是這個年輕人在山區的那些粗獷的女性中從沒有體驗過的，因而他不僅沒有感到狼狽，反而覺得非常有趣。

就這樣，時間就在稻田裏不知不覺間滑過去了。這也說明一個有趣的現象：當一個年輕女子和一個年輕男子在一起的時候，光陰總是流走得太快。只有當太陽斜向西邊的地平綫時，他們纔開始覺得有些餓。這時綠珠也感到惶恐起來，因爲她忽然記起，老爸爸一定回到了家，等她做飯吃。因此她就提議回家。雖然如此，她也沒有顯出急迫的樣子。她那輕柔和藹的聲音仍然在喁喁地訴說着，没有什麽變化。

當那所孤獨的房屋在望的時候，金龍忽然想起這天早晨出門時使他迷惑的那件事情。他打斷這女子關於稻田的那些敘述，問："你們爲什麽要住在這樣一幢孤獨的房屋裏？我一直以爲平原上的人是住在村子裏的。"

"對，他們都住在村子裏，"綠珠說，聲音仍然極度柔和，"但是我們的情況特殊。"

"有什麽特殊？你們喜歡孤獨嗎？"

"嗨，這是一個很長的故事。"綠珠停了一會兒，爲的是在她講這個"長故事"以前可以喘一口氣，"這一切都是因擺渡而引起的。"

"好，你總算談到渡船了！"金龍高興地說。

"不，你聽吧！我還能記得，我是個小女孩的時候，我們就住在一個村子裏，離這裏有二三十里路，和我的媽媽、兩個哥哥在一起。爸爸在冬天總喜歡給村人講故事。因爲他們中間從來没有人到海濱去過，所以他們都喜歡聽關於海的故事。爸爸編造了許多關於南海海島、海上居民、棕櫚樹、椰子、月光、歌聲、樹底下埋着的金子等等故事。我的那兩個哥哥，從他們學講話的時候起，就不斷聽這些關於遥遠地方的故事。他們真相信起這些故事來。當他們長大成人以後，他們就離開了家鄉，到南方去尋找那些島嶼。誰也勸阻不了他們。他們一離開，就像一股煙一樣消失了，杳無音信。

"時間一天一天過去了，媽媽一天比一天感到不安。最後，她終於忍受不了這種長期的惦念和痛苦，在新年到來以前，抑鬱地死去了。爸爸受到了良心的譴責，後悔不該編造了那麼多的故事，弄得家破人亡。他就決定要做些好事，以贖他的罪過。恰好那時這個渡口没有人管，因爲它非常偏僻。爸爸就勇敢地承擔起這個責任。他那時，而且現在仍然相信，河上這種不尋常的孤獨和艱苦生活可以洗清他的罪孽，超度媽媽的靈魂，感動上天，某一天把我的兩個哥哥指引回家來。我們在這個孤寂的地方已經生活七年了。實際上，我就是在這個孤獨的屋子裏長大的。”綠珠指着那幢房屋——它就在他們的面前。

她父親的這種作法的意義，金龍一點也不理解。他没有宗教，因此他也没有上帝。他更不知道，這種在平原上的人中間素來没有報酬，只不過是爲鄉人服務的工作，居然是一種贖罪的手段。對他來説，這是很新鮮的事兒。不管怎樣，他現在没有時間要求解釋，因爲他們已經到家了。綠珠趕忙到廚房去做飯。

老爸爸並没有像他們所想象的那樣回到了家。他使得女兒和這個年輕的幫工等了好一會兒。當他們聽到屋外牛車的吱咯吱咯聲時，天已經完全黑了。老船工走了進來，臉上挂着滿意的微笑。

“現在我總算可以享點清閑福了。”他説，一屁股坐進靠椅裏，“綠珠，先給我倒一杯茶來。”

“您遇到了什麼事，回家這麼晚？”女兒端着茶來的時候問，“今天擺渡是那麼忙嗎？”

“啊，不！”老漢説，大笑起來，“我在河上又遇見了那個打魚的老漢。不過今天，我知道我們有個健壯的年輕人在田裏幹活兒，我也就樂得和他聊一陣子天。他身邊帶了一點酒，懂得嗎？我們的聊天慢慢變成了講故事。你知道，故事一開頭，我就收不住尾了。他也聽得入了神，因此他也就不停地灌我酒喝。”

“又是講故事！”綠珠不以爲然地説，聲音中有點諷刺味道，“我希望那不再是關於南方大海的故事。我想相信，那個打魚老漢年事很高，不可能幻想旅行到那裏去了。”

這番話無意中揭開了老漢心裏的傷疤。他知道，他喜歡編造那些荒唐故事的癖性，是造成他不幸和孤獨的根源。但這像一個酒徒嗜酒一樣，雖然他知道這對他的健康有害，但在那醇香面前，他卻完全失去了自制。他一面飲着茶，一面思潮起伏，悔恨交加。爲了忘記不愉快的過去，他改換話題，問：

“田裏的活兒幹得怎樣？”

“非常好！”綠珠回答説，她的眉毛驕傲地揚起來了，“你完全不需再下田了。”

“當然不！”老船工翹起嘴唇，做出會心的微笑，“讓你們兩個人在那裏幹活兒，要比我糾纏在你們中間好得多。”

綠珠低下頭來，臉上忽然泛起一陣紅暈。對於這個年輕的幫工來説，姑娘的臉色變化，引起了他極大的興趣，雖然他不知道這種變化的真正意義是什麽。老漢觀察到這一切：這個年輕人現出一副迷惑的神色，女兒也露出尷尬的表情——因爲她有心事。他不禁發出朗朗的笑聲。爲了減輕這緊張的氣氛，他説：

“我説過，金龍可以成爲一個很能幹的莊稼人。你現在可以證實我没有説錯吧。”

綠珠把頭略微抬起了一點，但她臉上的紅暈仍然没有褪。她説不出什麽話來。

金龍倒是覺得很滑稽，很有趣。他心裏有數：他這天並没有幹多少活兒，大部分的時間他花在和綠珠的聊天上。

“真滑稽，平原上的人們！”他心裏想，“他們完全從不同的角度看問題，而且喜歡談一些不着邊際的事。”因此，這個年輕的山民對於這個家所感到的興趣就更爲濃厚。於是，他也就把他山區故鄉的一切忘得一乾二淨，甚至還包括金菊、冬梅和他的旅行。

第五章　兩條魚的故事

老船工現在既然不需在田裏幹活兒，他也就可以全心全意做他那種爲人服務的工作，自然也更加深了他和那個老漁夫的感情——此人總是弄得他很晚纔回家。而且此人生性幽默，喜歡閑聊，打魚只不過是爲了個人的愛好，而不是爲了賣錢，不管天晴天陰，他總是準時在河上出現，而且在那裏總是一直呆到天黑。當他感到疲勞了的時候，他就乾脆仰臥在他的船上，無目的地望着天空或聽船槳在水上摇擺的聲音。有時他獨酌一壺酒，或者啃一兩塊隨身帶着的餅作爲午飯。不知有多少次他總想把老船工拖到自己一邊，但没有成功，因爲老船工總是心神不定，擔心田裏的活兒没有人幹。現在老船工再没有什麼顧慮了，他自動地在没有行人過河的時候，就把船撑到老漁夫旁邊，用最親熱的字眼問候他——作爲他們聊天的開場白。他們很快就成了最親密的朋友。

這兩位老漢在聊了幾次天以後，就發現他們對許多事物有共同的興趣，因此，他們感到已經彼此不可分離。他們很奇怪，爲什麼他們没有更早就成爲好朋友。如此長的時間裏他們没有發覺這一點，對此他們不禁感到相當惋惜：他們失去了生活中多少美好的東西啊！他們漸漸意識到，現在他們不能再辜負他們的友誼，而應從中得到最大的樂趣。因此他們就在這頗爲荒涼的河上，彼此照顧，像一對兄弟一樣。日子一久，他們哪怕只見一面，也感到愉快。的確，他們有時只是各自坐在自己的船裏，相互呆望着，一句話也不説，抽着煙，像兩個哲學家。只有在天黑了或者肚皮餓了，出於絶對必要，他們纔分開，但他們還是不願意説"明天見"！

不過有一天，船工比平時回家早。太陽還很高，金龍還没有從田裏回來。緑珠已經習慣於爸爸晚回家，這次對爸爸的早歸她倒真的感到驚奇了。老爸爸一發現女兒的這種驚訝的凝視，就以頗爲歉意的語氣解釋他爲什麼突然在屋裏出現，而忘記了他已經把家事全都交給孩子們去管——他最近已經開始把金龍稱爲"我的孩子"了。

"我特别帶回來一件禮物，"老船工説，"我得回家早一點，好叫我們的年輕幫工有時間享受它。"

緑珠一聽説這禮物是爲我們"年輕的幫工"準備的，馬上眉毛就向上一揚，高興得了不得，雖然她的雙頰又泛起了一層腼腆的緋紅。不過她還是裝出生氣的樣子，故意努起嘴，好像抗議爲什麼這件禮物不是送給她的。老爸爸看見她這副僞裝生氣的模樣，不禁感到很好笑。因此他就故意一聲不響，什麼也不解釋，只是很有趣地觀察事態怎麼樣發展。在老爸爸所表現的這種幽默的耐心面前，女兒也只好屈服了。她不能老把嘴唇翹着，因爲這種表情太不自然，而且當她這顆處女的心正在私自高興和被船工的細心安排所感動着的時候，這樣做作是很不舒服的。

“什麼禮物？什麼禮物？”她終於忍耐不住了，她的聲音很急迫，“給我看看！爸爸，給我看看呀！”

老漢爆發出一串由衷的大笑。他從籃子裏取出一對閃閃發光的肥鯽魚。“瞧，兩條魚！”他説，“我可以打賭，金龍肯定没有嘗過這東西。他們山上没有地方可以養魚。”

“我相信他没嘗過！”女兒説，高興得像個百靈鳥一樣，“這對他將是一個真正的意外。不過他也該享受這樁意外——他幹活兒纔負責哩！您想得多麼周到啊，爸爸！”她的高興真是無法形容。她講話的方式是如此熱情，如果她的頭腦冷静一點，她會後悔的。

更使這幽默的老爸爸感到好玩的，是她不等他把魚給她，就直接從他手中搶走了，而且連忙衝進廚房裏去。這種快捷的動作使得他懷疑，女兒想把“給我們年輕幫工一樁意外”的功勞完全據爲己有。所幸他已經超過了對於這類小事斤斤計較的年齡。他微笑了一下，感到自己的家是如此温暖，如此有生氣，如此相愛，因而也感到説不出的愉快。

緑珠是一個做菜的能手，而她的這種手藝並不是來自烹調書，而是從實際經驗中獲得的。她對於火候有特殊的研究。燒鯽魚這樣柔嫩的魚，火太大了就不僅要損傷它的形態，還會破壞它的新鮮味道。因此當火燒起來的時候，她就在鍋底上加點水，讓水撲撲地響一陣，直到火勢變得平穩。於是她把鯽魚先後輕輕地放進鍋裏去，用木蓋子蓋上，讓蒸汽軟化魚肉而不傷魚的形態和味道。五分鐘以後，她再揭開蓋子，讓冷空氣降到魚身上，使它恢復原有的顔色。爲了去掉魚的腥味，她在魚汁裏又放進幾絲紅辣椒，再加幾片生薑和幾滴醋。

當這道菜作爲晚餐端到桌上時，金龍倒是真的大吃一驚。這兩條魚看上去真像是從池子裏捕上來時那樣新鮮——當然只是它們眼睛顯得無光。他拿起筷子，但是不敢碰它們。他覺得不好辦，因爲吃這樣栩栩如生的東西未免有點殘酷。他一點也不知道，“文明”有時需要讓事情殘酷，而“文明人”習慣了這種殘酷，還認爲這是一種“藝術”。他做夢也没有想到，平原上的居民，過了幾千年的豐饒和平安的生活，竟然發展出這麽精緻的烹調藝術，竟然能使送到嘴邊吃的生物保持它們原有的形態。

緑珠看到這個質樸天真的年輕人很不自在，就以爲他大概是很累了。她隨機應變的本領把她的思想引向那提神的“佳釀”——儲藏室裏的陳年高粱酒。的確，這樣好的菜肴，爲什麽不配以美酒呢？她很快就把酒取來了。酒這東西，對金龍來説，也是新鮮物兒。根據金菊所講的故事，在很久很久以前，當山民的祖先還住在平原上的時候，葡萄從屋外一直長到屋裏的頂棚下面，酒就成爲日常的普通飲料，但是自從他們被平原的征服者迫使着移居到山上以後，他們不僅失去了葡萄，甚至粟米和大米都没有了。像金龍這樣年紀的山民，自然不可能嘗到這醇香的、金色的美酒——“文明”的另一種産品。單是它的香味就不可抗拒。金龍喝了頭一口就馬上覺得來勁，喝到第二口時他就想嘗嘗魚的味道了。筷子一接觸到魚，肉就鬆開了。原來這是煮熟了的魚！對這個年輕的山民來説，這的確是件希奇的事。這跟酒一樣，又是一個新發現。至於魚的味道，那簡直超乎他的想象之外。他心裏想：“多奇妙的一個新世界！多奇妙的一個新世界啊！”與此同時他用驚奇和羡慕的眼光望着緑珠。這個女子當然不會忽略他的視綫，她對他報以同樣的注視。所幸老爸爸没有注意到他們眼色的傳遞——他完全被酒的香味熏醉了，屋裏的和諧和親切的氣氛也使他着了迷。

老船工的酒杯每隔五分鐘就被倒滿一次，他也就變得話越來越多，他那喜歡講故事的老毛病又本能地回到他身上來。的確，前一陣子他一直忙於家事和田裏的活計，這種愛好已經被壓制很久了。現在，他把這兩個“我的孩子”當作聽衆，没有任何開場白，又開始講一個眼前的故事——魚。

“你們知道，那個老漁夫是個百分之百的廢物，成天喝酒。我多次忠告他，在他撒網以前，切記不要讓杯中物沾唇。但他從不理睬我的話。比如，今天在他開始幹活兒以前他就已經喝得半醉。他把網撒到河裏，但是他卻收不攏來。他的胳膊已經被酒麻醉得不起作用了。

“‘救命！親愛的老船工，救命！’他對我没命地喊，好像有一隻老虎已經咬住了他的腿。

“我在船上對他説：‘你慌張什麽？你一定瘋了！’

“‘有一個小鬼正在拖我的網。快來，給我幫一下忙！’

“我把船撑到他跟前。我把兩方的槳連搭到一起後，就跳到他的船頭上去，幫他拉網。網輕得像一張紙一樣。網裏除了兩條鯽魚外，什麽也没有。

“我有點火起來，説：‘你這個搗蛋鬼！我只需用兩個指頭就能把網拉上來。你叫我來幫什麽忙？’

“‘不要廢話，’他説，‘蹲在我船上，和我共享這一瓶酒——一起聊聊天南地北的事，不是很美嗎？’於是他便從懷裏取出另一瓶黄酒。我的氣一點也没有消。看來這整個是預先佈置好的一個圈套。

“‘啊，老夥計，不要太認真。坐下來，講一個新故事吧。’他説，‘人生很短，難道你還不知道？如果你能再給我講點關於南海的故事，我就送給你這兩條鯽魚。講吧，太陽曬得够暖和的。’

“你們看，這兩條好吃的魚就是這樣得來的。”

老船工一講完這個故事，就斜斜地向他的聽衆望了一眼，想要看出他們的反應：他爲他們弄到這麽好吃的菜他們是否感謝。他驚奇地發現，這兩個人根本没有聽他的故事，他們只是在桌子兩端相互交换着意味深長的眼色，而他卻一點也不知道！他心裏暗想，他獨自講關於這兩條煮熟了的、已經吃進嘴裏的魚的故事，該是多麽傻。但他仍然裝出若無其事的樣子，站起身來，伸開雙臂，打個哈欠説：

“嗨，我的天！我累得够嗆，這幾杯酒算是把我弄垮了！”

他這一聲感歎把"孩子們"的秘密"對話"打斷了。他先意味深長地望了望自己的女兒，接着又望了一下這親愛的年輕幫工，補充着說："如果你們不在乎，我就要去睡了。我覺得今天全身没勁。你們聊吧，明天見。"

於是這位老爸爸就走進自己的睡房裏去，在堂屋裏留下一個突然的真空。這兩個年輕人彼此望着，没有説一句話。這沉寂是那麽難堪，但卻很甜蜜。緑珠覺得她好像在做一場夢。

"爸爸是一個通情達理的人，對嗎？"她説，爲的是想重新開始對話。

這個天真樸實的年輕山民不知回答什麽好，因爲"通情達理"這個詞兒在他的語彙中從不曾存在過，因而他不能理解。他用詢問的眼光呆望着她——他也只能這樣做。

"他是一個通情達理的老人，你覺得對嗎？"緑珠重複着説，希望引出這個年輕人同樣的感覺和同樣意味深長的話語。

"我不懂，"金龍直率地説，"'通情達理'是什麽意思？這對我來説是個新字眼。"

一陣羞澀感在這個女子的臉上染上一層紅暈——在那淡淡的燈光下，看上去簡直紅得發紫。她的頭垂下來。"啊，不要去管它吧！"她説，"我們談點别的事情吧。"

但是在這特殊情況下，她也想不出有什麽"别的事"可談。同時，她又害怕這沉寂持續下去——如果這樣，這個不懂"通情達理"的年輕人也許就會站起來，説"明天見"！因此她就急忙對他發出一個毫無意義的問話——説它"毫無意義"，是因爲誰都知道它的答案："我聽説，山民都是了不起的歌手，是真的嗎？"

這個絶對無意義的問話倒給了她自己一個新的啓發：她要這個年輕山民給她唱幾支歌。

第六章　兩種露珠

緑珠堅持要金龍給她唱"一支最美麗的山民歌兒"，因爲，按照她自己的説法，她“一生没有聽見過一個山民唱歌”。她剛纔所感到的羞怯，現在完全飛向九霄雲外了，因爲“通情達理”的老爸爸已經上床去睡了。她看到這個年輕人在她面前變得像一隻羔羊那麼温順，就不禁要對他採取一點進攻的姿態來。這盞孤獨、搖曳的油燈散出的那道淡淡的、略帶神秘意味的微光，使金龍更顯得膽小。緑珠很欣賞他的這種神態。看這個年輕人變得像太陽下融化的蜂蜜一樣，這本身就是極愉快的事情。她把椅子挪近金龍，近得幾乎可以感覺到他的呼吸。

“給我唱一支山民最美麗的歌兒吧，”她用近乎耳語的輕聲説，“我一生不曾聽到過這樣的歌兒。我給你説的是坦白話呀。”

不管怎樣，這個年輕人倒不需要她説什麼“坦白話”，因爲從來不存在什麼“山民最美麗的歌兒”。他們山民想要唱歌的時候就唱，歌詞總是根據當時的靈感即興編成。金龍的頭腦没有那麼複雜，對於緑珠的這種要求，他無法滿足。他只有一籌莫展地低下頭來。他的這種表情更迷住了這個女子。她把椅子又向他挪近了兩寸。這種大膽的行動，雖然出自内心的鍾愛和友誼，可是卻使這個頭腦簡單的年輕人受不了。

“在這樣一盞可怕的油燈面前我唱不出歌。”他像所有的山民那樣直率地説，“我們只在野外，在空氣清新的地方唱歌。”

對緑珠來説，這個想法是太美了。雖然她是既聰明而又細膩，她卻一直不曾想到這一點。她不但不對這種粗魯的話反感，而且發出一個最熱情的笑聲，快樂得像一個夢見天堂的公主。她站起身來，把椅子一把推開，好像它是一個可惡的敵人。

“那麼我們就到外面去走走吧。”她也像這個年輕的山民一樣，用同樣直率的口吻説，“晚間外面既涼爽，又清新。我可以向你擔保，外面的空氣非常新鮮!”

事情現在就是這樣。金龍不能拒絕出去散步了。而且他能有什麼理由拒絕呢？同時，在月光下的平原上散步也一定很愉快。他已經本能地開始想象，河流在水銀般的月光下的景色，像他過去在夢境裏看見的一樣。所以他也站起身來。緑珠滿心歡喜地領路，金龍在後面跟着。

當他們走出了這個孤獨的屋子以後，绿珠就把門從後邊帶上，輕輕的，爲的是怕把正在睡覺的爸爸弄醒。她多麽希望“通情達理”的爸爸在此刻睡得特别香啊！深夜把這個天真的年輕人領到屋外，她第二天將作何解釋？爲了怕引起爸爸的注意，她踮着腳尖，像隻松鼠似的，跳到通向一條大路的小徑上——這條大路一直通到河邊。她在小徑上停了一會兒，裝作是在欣賞月光，事實上她的眼睛一直神經質地注意着金龍，看他是否跟上了自己。此時的金龍非常聽話，他在儘量地趕上她。但是路太窄了，他不可能走得很快。不過，晚上的月光的確非常美。沐浴着如水的月光，绿珠的心情很興奮。但她的眼睛一直盯着金龍。

當金龍快要趕上她的時候，她又向前跳躍了幾步。她對他説——她的聲音高得幾乎可以叫爸爸聽見：“在這個特别的地方，月光似乎要比在别的地方美得多。在這條小徑的這一段，夜景也與其他地方大不相同！”

“難道我家門前的月亮就不是這麽美麗嗎？”金龍直率地問，又感到迷惑起來，“照你這樣説，天上似乎有兩個月亮，在不同的地方，月光也就不一樣了。”

金龍的話説得那麽認真，绿珠幾乎要説“是的”，爲的是迎合他天真的迷惑——因爲在這個特殊的場合，他的這種天真使她感到非常可愛。不過時間不容許她在這“兩個不同月亮”的問題上糾纏，因爲她已經來到大路上，兩個人可以並肩走了。绿珠又停了下來。爲了不顯出她是故意等他趕上，她裝出對某種自然的聲音忽然感興趣的樣子。

“呀，聽，什麽淙淙聲？”她説。

“什麽？”金龍問，趕忙從小徑上跑過來。

當他走到她身邊的時候，她忽然攔住他，用更高的聲音説：“呀，什麽淙淙的聲音！它又像歌聲，又像哭訴。”

“那是什麽？我什麽聲音也没有聽到呀。”金龍天真地説。的確，周圍静得像下雪的早晨一樣。“什麽聲音使得你大叫？”

對他的這種反駁，绿珠一點也不生氣。當然他的反駁也有道理。她平心静氣地繼續説：“你的耳朵一定出了什麼毛病。”她停了一會兒，有點猶疑起來，因爲她忽然覺得良心上有點不安：她意識到她所講的話全是一派謊言，而對金龍這樣一個天真的人撒謊可能是一樁罪過。不過馬上她的心境就平和下來。她記起她所讀過的一些“鴛鴦蝴蝶”一類的感傷小説中的某些情節。根據這些情節，在一個年輕女子或年輕男子想赢得對方好感的時候，撒點小謊也是容許的。她繼續用一個泰然自若的聲音説：“你没有看見路邊小溪裏的水麽?”她指着在月下粼粼閃光的水。

的確，路下邊有一條小小的溪流，那裏面的水不過只有幾寸深。但是它根本不可能流向其他地方，因此水是静止的。只有天知道，它怎麽會發出“淙淙的聲音”。這個年輕的山民把手擱在耳朵後面，聚精會神地想捕捉這個聲音。敏感的緑珠看到這情景，感到非常興奮。不過他的這種認真勁兒也使得她緊張起來，因爲她没有料到他這麽認真地要聽出這個聲音。

“救命！救命!”她忽然尖叫起來，爲的是要轉移這個年輕人的注意力，“一條水蛇正在我的腳上爬!”她又跳又踢，好像是要甩脱“水蛇”的樣子。金龍立即放棄傾聽那莫須有水聲的努力。他衝向緑珠，把她抱在懷裏舉向空中，以便擺脱那條水蛇。緑珠緊緊抓住金龍那寬闊結實的肩膀，好像害怕這個年輕莊稼漢又把她放在地上似的。她的心跳得非常厲害，但是她的頭腦仍然非常清醒，這時，她希望真的有條水蛇出現，使她能够留在他的懷裏。不過，如果真的有條水蛇，它現在也應該逃掉了。金龍看到月光把大路照得像河流一樣清晰，就把緑珠放到地上——對緑珠來説，這真掃興!

“這條可惡的爬蟲真把我嚇得魂飛天外!”緑珠大聲説，裝出鬆了一口氣的樣子。雖然這口氣的内涵是深表惋惜。於是她盯着金龍臉上迷惑的表情，繼續説：“要不是你來救我，我相信我一定會嚇死的。”

她裝出仍然是非常狼狽的樣子，故意大聲地喘着氣，好像那條蛇的幽靈仍然在纏着她。接着，在這個年輕人完全没有準備的情況下，她忽然把她的左手插入他的臂彎裏，仍然用一種狼狽的聲音解釋説：“没有你的保護，金龍，我一步也不敢往前走了。你是個男子漢，那麽勇敢!”這是她的才智所能達到的最高限度，因爲在他那强壯的、男性的手臂裏，她很快就感到頭暈，失去了運用腦子的功能。這是她有生以來第一次與一個年輕男子手挽着手同行，而且還是與一個從深山裏來的年輕男子同行，而且月亮是這麽可愛，這麽通人情——雖然它不會講話。

他們很快來到河邊。

這天晚上，在他們面前流着的河水顯得特别美麗。水在向東流，但是非常悠閑，好像它是在休息。月亮在它上面撒下一片瑩浄的光澤。只有偶爾一陣微風吹過的時候它纔波動一下，呈現出數不清的微小波紋。對岸上的這對年輕人來説，這微波的水面看起來就像一個安静的處女對年輕的客人所發出的意味深長的微笑。緑珠静静地望着水的這種略帶諷刺意味而又神秘的表情，思緒萬千。但這個年輕山民卻只是對圓月在水裏的倒影着了迷。

很可惜，緑珠忽然感覺她的舌頭僵硬。她有數不清的心事要講，但是她一個字也説不出來。她感到頭暈目眩。但她的心，卻像個脱繮的野馬，在瘋狂地奔騰。

忽然水面“撲通”一聲，湧起許多細浪，又擴散成爲許多水波。月亮在水中的倒影看上去就像在風中飄蕩的一塊綢子。這景象把金龍完全迷住了，他從來没有見到過這樣的景色。

“這是怎麽一回事?”他打破沉寂問。

“我想這是一條頑皮的小魚，浮到水面上想親月亮的倒影,”她説，“我想魚像我們倆一樣，也喜歡月亮。”

“但是它太没有頭腦了,”金龍直率地説，“這不過是一個假月亮罷了，對嗎?它親的只能是水。”

“儘管如此，我覺得這也是很愉快的事,”緑珠説，“因爲河面上的水既清潔，又涼爽。”

“真的嗎?”

“你不感到空氣很涼爽嗎?我還感到有點顫抖哩，你没感到嗎?”

她倒是無意中説出了真話，因爲一系列的寒噤正在一陣陣地穿過她的後背，雖然她燃燒的心想要從她的胸口跳出來。

“不，我還覺得很熱呢，”金龍實事求是地説，“現在夏天還没有過去呀，對嗎？天氣不可能涼得使你發顫，對嗎？”

這幾句絶對真實而天真的話，使得緑珠的雙頰像揉了辣椒一樣發燒。幸虧月光是那麽淡，她臉上的顔色看不出來。

爲了給自己辯護，她開始想找出一個恰當的解釋。她靈機一動，找到了。

“是的，天氣還很熱，”她説，“但是你忘記了，夜裏有露珠呀。我們走出來的時候，露水就開始下降了。它使我感到發冷。”

“真的嗎？”

“當然啦！”她毫不猶疑地回答説。出乎意料，另一個新的靈感又來到她心上。“我的額上現在就沾着好幾顆露珠。”她補充着説，撒了一個小謊。

“真的嗎？”金龍感到非常驚奇，因爲他並没有感覺到頭上有什麽露珠。

“如果你不相信，你可以摸摸看。”

金龍最初猶疑了一會兒，接着他就順從地接受了她的忠告。他打算把他的手從她的手腕裏擺脱出來，以便去摸她額上的露珠。

“不！不！不！”緑珠急迫地止住他，“你在田裏幹活，手弄粗了感覺不到露珠。你只能用嘴唇感覺得到，因爲嘴唇柔嫩，而且感覺靈敏。”

她的話剛一説完，不知怎的她忽然感到緊張起來。這一緊張就使她出了一身冷汗：如果她額上没有露珠，他一發現她在説謊，那該怎麽辦？所以她連忙改口説：“還是用你的手試試看吧。摸不着也不要緊，你只要覺得額角很涼，那就説明那上面有露珠。”

年輕人伸出一個手指，輕輕地在她的額上點了一下，然後儘快地縮回來。他的確覺得手指上有潮濕的東西。爲了證實這是露珠，他用舌尖輕輕地嘗了一下。

“不錯,”他認真地説,“是水珠! 不過, 它的味道有點兒鹹。我們山上的露珠總是帶點甜味的。”

綠珠總算鬆了一口氣。她在緊張的情況下出的這身冷汗總算解了她的圍。她隨隨便便地用很平淡的聲音説:“這正是平原上的露珠與山上的露珠不同的地方。如果你要弄清楚, 你不妨再嘗一下——最好用你的嘴唇。”

對於這種帶鹹味的露珠, 金龍感到好奇極了。他真的用嘴唇輕輕地接觸了一下她的額頭。

“真的, 平原上的露珠是鹹的!”他驚奇地説,“這是什麼道理, 你能告訴我嗎?”

對於這個問題, 綠珠已經不感興趣了。她只是自言自語地、用贊歎的口氣説:“啊, 多美麗的一個夜晚! 多美麗的月光! 多美麗的河水! 這真是一場夢!”

這一連串詩一樣的語言, 使金龍如入五里霧中, 莫名其妙。他呆望着她, 希望能弄清她這一系列頌詞的意義。“是的, 我希望我能做一場夢!”他也不着邊際地自言自語説,“我已經好久没有做過夢了!”

“我們往前走吧,”綠珠説,“我相信你會做一個夢的——一個美夢。”

她覺得她也成了過去她寂寞時在油燈下讀過的那些小説中的人物了。她倒不希望做一場美夢, 而只希望她今後的生活會像一場“美夢”——但願如此。她幾乎要變得迷信起來了。

第七章　是的, 他做了一個夢

正如綠珠所預言和所期望的那樣, 金龍在河邊和她散了步以後, 回家真的做了一個夢。但這個夢不像綠珠所想象的那樣, 與她有關, 與她額上那些帶鹹味的露珠有關——她一直相信, 這略帶鹹味的露珠會進入他的夢境。根據她從那些“鴛鴦蝴蝶”一類的小説中所獲得的知識, 這個不知書識字的山民需要某種感情的誘導。當她一想到這一點的時候, 她就會不知不覺地發出微笑, 認爲她帶他到月光下去散步是做了一件世界上最聰明的事，她等待更喜人的事件發生。

金龍夢中的主人公是那個獵人的女兒冬梅。他夢見他在月光下，在潺潺的溪澗邊，和她一道散步，相互對唱，嘗她額上略帶甜味的露珠。自從到這個老船工的家裏來生活以後，金龍的身心被這裏的許多新鮮事物所佔據，他已經把她忘掉了。現在，由他和緑珠在河邊的散步所引發，他在夢中又回到他生活中的第一個女子身邊。她的幻象的出現，又啓開了通向他忘卻了的山區的大門。他醒來以後，發現自己作爲一個莊稼漢，正躺在一個陌生的屋子裏，他感到無法形容的失落。他那質樸、簡單的靈魂立刻變得不安起來，一切有關他和金菊在山中石屋中生活的情景又回到他的記憶中來。他大睁着眼睛，似乎在一個新的夢中看到了那個老半仙姑，看到了她在向他招手，召喚他回去。這些幻覺使得他最初感到抑鬱，最後感到難以言喻地想家。

這種想家的念頭越來越强烈，逐漸成了病，而且還在一天一天地加重，金龍開始茶飯不思，臉色憔悴。他越想念他的山區，他就越深沉地陷入悲愁的深淵。他希望他馬上就可以開始他去北方的旅行，以便他能早點返回山區的故鄉。或者，如果憑他當時感情的衝動，他倒想立刻回到金菊身邊去，對於大海和萬里長城的渴望現在也變得淡漠了。但是他所耕種的田裏的稻子這時都成熟了，責任感卻又告訴他，他得留下。

緑珠已經注意到了這個年輕人的變化；她既高興，又害怕。高興，因爲她相信她的預感已經變成了現實：這個年輕人現在對她有了感情，而且正在爲此而苦惱。害怕，因爲她擔心這種苦惱會損傷他的身體。如果這麼一個健壯的男性身體被一種感傷的煩惱所損傷，那就太殘酷了！她毫不猶疑地相信，這個年輕山民的苦惱是失眠之夜和各種噩夢所組成的初戀造成的——她堅定地認爲，這是這個質樸天真的年輕人有生以來第一次的感情經歷。她認爲她懂得這種經歷是什麼味道，因爲她現在也正在經受失眠之夜、噩夢等等之苦。

第八章　當一個人墮入感情深淵的時候

在老船工的田裏，金龍耕種的稻子，現在已經從碧緑轉成金黄，該收割了。這個年輕莊稼漢感到鬆了一口氣，因爲收穫以後，他就算履行了他的責任，可以開始他去北方的旅行了。這種新的期望，在當時的情況下，沖淡了他的思鄉病。他又變得生動活潑起來，雖然他有時顯得非常神經質。

不到兩天時間，稻子就收割完了。第三天稻束就都被搬到打穀場上來了。到第五天稻子就脱粒了，穀粒堆在場中央就像一個小金字塔。

在過去，做完這一系列的工作，這位老船工和他的女兒要花兩周的時間。但是這次老漢對稻子連望一眼都不需要，因爲他完全信任他親愛的年輕莊稼漢有處理這些活計的能力。他像平時一樣，仍舊照常到河上去，做他爲人無償服務的工作。當然，在没有行人渡河的時候，他就把船撐到他的老朋友——那個老漁夫——的船旁去，對着一兩壺酒，過他講述那些有關南海故事的癮。

在稻子入倉的那天，老船工作爲一家之主，得在稻場上做一番感謝上天的祭奠，而且這種儀式得在中午稻子還在睡着的時候就完成——這是當地的一種風俗，因爲人們相信，在這種情況下儲藏的稻子，以後不會出毛病。所以當他早晨去河邊的時候，綠珠特别鄭重提醒他，在中午以前必須回來。

“當然，那時我一定到場。”老爸爸用堅定的聲音説。

時間過得非常快，太陽很快就升到了中天。没有多久它就偏向西了。金龍和綠珠在稻場上迫切地等待着老船工的出現。可是，老漢卻没有能遵守他的諾言。在周圍半公里的範圍裏，連他的影子都不見。

時間一分一秒地過去了，兩個年輕人開始焦急起來。祭祀活動只得明天舉行了，也就是説稻子又得在露水中暴露一夜。不過使得綠珠最苦惱的是，如果老天爺惡作劇——這種可能性並非没有，特别是因爲這次没有如期舉行感恩的祭祀——在天亮以前送下一場大雨，那麽這整年的收成就糟蹋了。説老實話，稻子本身，她想，倒不是太重要，因爲倉裏還存着一些陳糧。重要的是，這場雨可能打擊這位年輕莊稼人和她自己的心情。她一直在希望，收成顆粒回家，可以鼓勵這個年輕山民，使他爲自己感到驕傲而敢於向她求婚。在冬天，一切收穫圓滿結束以後，他們兩個年輕人正好相親相愛，享受美好的青春！他們與外面的世界是如此隔絶，而爸爸對那條河又如此有感情——虧了那個好心腸漁夫的友誼，這個孤獨的村屋將會成爲他們兩人的小世界。那時，他們就會像一個温暖的窠裏的兩隻鳥兒，彼此唱和啁啾，偶爾之間還互相親昵地啄兩下。

但老爸爸大大咧咧地不遵守許諾的時間，卻把他們這個美好的未來推向破滅的邊緣。一個微小的失誤多麼容易變成一個巨大的災難啊！這個事件也許會使她遺憾終生！她感到又惱又氣。她的雙眉深鎖，她的雙眼瞪着那堆稻子，好像它是一個不共戴天的敵人。她的嘴唇緊閉，好像她有滿腔仇恨，隨時可以爆發出來成爲一連串的咒罵。她的臉在發燒，紅得像太陽一樣。她素來友善的面孔如此突變，的確使金龍百思不得其解。他偷偷地盯了她好幾眼，想要弄清楚她究竟出了什麼事。對他的那顆天真無邪的心來説，她的煩惱真是無法理解。於是一種無名的恐懼控制了他的身心，他發起抖來。

但是，不！緑珠驚了一下，老爸爸是個通情達理的人，他決不會讓他的延誤影響她未來的幸福。他在河上一定發生了什麼意外。他畢竟是一個老人，身體已經不像以前結實了呀。也許船上的行人過多，他得拿出最大的氣力支撑，終於導致心臟衰竭。也許，當他對那個老漁夫講那些有關南海的故事的時候，他忽然中暑，翻到船下，被水浪捲走了。想到這裏，緑珠那火紅的雙頰忽然變得蒼白，眼睛也射出恐怖的光芒，嘴唇也在發顫。

“爸爸，我可憐的爸爸！”她忽然大叫起來，像個瘋子。

她的表情，從激怒變成絶望，已經使金龍感到害怕了，她的這一聲驚叫更把他嚇得魂不附體。他在她冷不防之間，像隻山鬼一樣，向河流所在的方嚮衝去。

金龍的狂奔而去，使緑珠陷入歇斯底里的境地。她父親的安全已經使她够揪心的了，金龍的逃跑更叫她驚恐萬狀。她在床頭讀過的那些小説中的一些情節，什麼男人的朝秦暮楚，變化多端，或者癡情幹傻事，等等，在她的下意識中開始警告她，這個天真的年輕山民逃走以後，可能永遠不會回來了。她憑她那以進攻和佔有爲特徵的本能的驅使，也拔腿就跑，緊跟在金龍的後面。

但是接着發生的，卻是一件完全不同的事情。

第九章　没有他不行

與绿珠的恐懼相反，這個年輕長工並不是想逃走，他是想去找那個老船工。他一口氣跑到渡口那兒。绿珠大大地鬆了一口氣。她想這個山民終於對她的這個家發生了感情，以至把自己當作這個家的一名成員，分擔他們的苦惱和責任。她甚至還露出了一個微笑，雖然老爸爸並不在渡口，而且他的船也不見了。在這條荒涼的河上，他又有那麼一大把年紀，什麼事情都可能發生。但是高興的微笑仍然停留在她的臉上——當然，不能把這當作是一種自私的表現。當她意識到這個年輕的山民對於這個家已經產生了感情的時候，她怎麼能忍得住不笑呢？誰能説這不是她平時精心地對他那顆天真無邪的心進行感情教育的成果呢？他如果對她没有什麼感情，他決不會對這個家如此關心。绿珠現在感到的驕傲，與一個藝術家完成了一件有價值的作品以後所感到的驕傲幾乎一樣。

不過這種愉快的時刻没有持續太久。金龍在渡口只看見一片空蕩無言的水面，他本能地感到害怕。他懂得，水有時是無情的。他記起，在山上山洪暴發時，一些野羊被沖到石溪裏，它們的軀體被水打得粉碎。他似乎看見，河上的風浪把老船工的身體捲到了下游。於是他感到全身麻木。他的這種麻木狀態，使正沉浸在喜悦中的绿珠感到了事情的極端嚴重。

“爸爸！爸爸！你在哪裏呀？”她尖聲大叫起來。

淒慘的叫聲使金龍恢復了神智，他馬上拔腿沿着河岸向下游跑，去尋找這個失蹤了的船工。在下游約莫半里地的地方有一個河灣。水在這兒變得温順了，形成一些看不見的小漩流，把一些廢物拋到岸邊。河灣邊匯集的一些乾草、樹皮等雜物之中，有條小船在左右摇晃，像一個摇籃。但是船裏面卻一個人影也不見。也許這是頭天晚上被沖到這裏來的，它的船頭已經在灘上擱淺了。

金龍飛快地跑到跟前，他驚奇地發現船裏有一個人——一個老頭兒。他正在一條橫擱在船上的木板上舒舒服服地睡大覺。他仰躺着，雙手放在胸脯上，摟着一個酒壺。他在左邊是一堆魚網，裏面有許多泥巴和水草。在淡淡的陽光下，他的雙頰射出紅光，鼻孔發出一串小小的鼾聲。他一點也没有察覺到金龍的到來——他睡得那麼香。

"老人家！老人家！"金龍喊，但是不敢搖撼漁夫，"你看到過老船工嗎？他在什麼地方？他在什麼地方？"

漁夫一動也不動，開始用舌頭舐自己的嘴唇。

這時緑珠已經跑過來了。"爸爸在哪裏？爸爸在哪裏？"她驚恐地喊，面色蒼白。

老漁夫還没有醒轉來，但是一個聲音從他的嘴裏冒出來了："我捉住你了！我捉住你了！"於是他的手開始動起來。忽然他緊緊地抓住那個酒壺，好像是捉住一條滑溜的魚兒一様。他還没有睁開眼睛，只是咕噥着説："我捉住你了。你休想再溜掉！"

這種含糊不清的話語把緑珠弄得莫名其妙，因而更使她害怕。她跳進船裏去，雙手猛烈地摇着老漁夫的肩膀。"我的爸爸在什麼地方？"她狂暴地喊着，聲帶幾乎要撕裂開，"告訴我，爸爸在哪裏！"在失望和憤怒交雜着的感情中，她從那個老漁夫的手裏使勁地把那個空酒壺搶過來，把它在船板上摔碎。酒壺發出一個可怕的碎裂聲，把老漁夫驚得跳了起來，像個瘋子似的大叫："我的金魚在哪裏？我的金魚在哪裏？我剛纔夢見一條大金魚，自動地跳進我的船裏。它在哪裏？"他開始揉他的眼睛，向四周尋找。

"你的魚！"緑珠對着他吼，"我的爸爸在哪裏？你不認識我的爸爸——那個老船工嗎？"

最後這句問話使得漁夫清醒過來，他一會兒呆望緑珠，一會兒呆望金龍。漁夫完全被事態的意外發展弄糊塗了。他似乎記起了什麼事情，開始敲自己的腦袋，想弄清楚事情的真相。“是的，他剛纔還在這兒，在我夢見那條金魚以前。”他説。於是他瞥見他腳下有件什麽東西，就立刻把它撿起來。這是一隻鞋。他的臉色立刻變得蒼白。“這是他的一隻鞋，”他驚恐地咕噥着，“他曾仰躺在自己的船上，把腿伸到我的船這邊來曬太陽，同時抱着那個酒壺講有關南海的故事。水浪一定把他連船帶人沖到下游去了……我的天，我的天，這該怎麽辦?”他又開始敲他的光腦袋——這回敲得相當重。

金龍這纔懂得發生了什麽事情。他大步地向下游奔去，在此同時緑珠已經痛哭失聲。

遠遠近近，破船和老船工的屍體不見一點兒蹤影。水流像平時一樣，以安閑的節奏向下游移動，不時在拐彎處停一下，轉幾個圈，泛起一些浪花，然後又繼續它走不完的旅程。河流是如此自由自在，不慌不忙，看來不可能有什麽可怕的事情在它上面發生。但是緑珠在後面啼哭，哭得使人傷心。這是金龍有生以來第一次聽到一個女子如此哭泣。這使他感到非常難過。

河岸漸漸傾斜，斜到一大片沙灘上。河水在這裏蔓延開來，變得很淺。水面平静，波瀾不興。金龍仔細搜尋着，終於，在那寬廣的河面上，這位忠心耿耿的幫工發現了一件類似船的東西，横擱在河的中流。它完全不能移動，因爲它的底已經埋進沙裏。金龍馬上跳進水裏，連褲腿也來不及捲起。他涉水來到那擱淺的東西旁邊。這是一條平底渡船。一個老漢正仰卧在它的後甲板上，他的雙腿懸在船舷邊，已經失去了知覺，因爲當這個年輕人走近他的時候，他一動也没動。

金龍發現這個失去了知覺的老漢，正是他要找的老船工。他再仔細檢查一下，出乎他的意料，這個老漢並没有死去，他佈滿皺紋的臉還在晚霞中散發出紅光。這個嚇壞了的年輕山民哈下腰來摸摸他的心臟，他的心還在跳，而且跳得似乎比平時還快。使他更驚奇不已的是，這個老漢正在噴出一股難聞的酒氣。

“他只不過是喝醉了!”金龍向沙灘那邊喊——緑珠已趕到了那裏，

“他跟那個老漁夫一樣，活得非常歡!”

於是，金龍一把抱住老船工的腰，把他甩到肩上，像扛糧袋一樣，一直扛回家來。悲喜交加的緑珠跟在後面，在一把眼淚、一把鼻涕中發出歇斯底里的狂笑。他們進屋以後，船工仍然爛醉如泥，軟得像一團棉花絮一樣。金龍把他扶到靠椅上，雙手捧着他的腦袋，免得他倒下來跌斷了脖子。在此同時，緑珠立刻擰了一塊濕毛巾，貼在他的額頭上。涼毛巾很快就在老船工身上産生了效果。他開始舐自己的嘴唇，並且從鼻孔裏發出嗡嗡聲。

“我親愛的老漁夫，”老漢咕嚕着説，眼睛仍然閉着，“我説，再來一瓶呀！嗓子一乾，我就不能講故事呀。”

“爸爸!”緑珠急切地喊，“您説些什麽無聊的話呀？什麽一瓶酒，您的命幾乎喪在它上面!”

老船工開始覺得他的額頭發癢，因此他舉起手來，把覆在頭上的涼毛巾使勁地甩掉。他的脖子發僵，他終於睁開了眼睛。年輕的幫工和女兒站在他面前像兩個傻子。他這奇跡般的復蘇，使他們驚得發呆。

現在是這個老漢把兩個驚呆了的年輕人唤醒的時候了。“這是怎麽一回事？這是怎麽一回事？我的船在哪裏，漁夫在哪裏？”他連珠炮似的問，對於他現在爲什麽在自己的家裏感到驚奇不已。他記得很清楚，不久以前他還在河邊，他的船横在老漁夫的船的旁邊。

金龍像個白癡似的盯着老漢没穿鞋的那隻脚。

老爸爸也自動地往下瞧。他發現他的一隻脚光着，而且他的褲子也全打濕了，貼在腿上，水滴在地上成了一條小溪。

“難道我曾經落水了不成?”他驚訝地問，抬起頭來望着緑珠。“難道我在河裏落水了不成?”他開始摸他的腦袋，接着摸耳朵，摸鼻子，想知道他是活着，還是已經死去。他向空中輕輕地吹了幾下，想要看看是否有熱氣，從他的嘴裏呼出來。

他那嚇傻了的女兒忽然爆發出一陣没頭没腦的笑聲，因爲這個突然的變化使她感到很滑稽。她回答説：“如果没有我們的金龍，你恐怕現在已經去見閻王爺了——這是不用懷疑的。如果你滾到水裏去了，水浪把你帶到那使你入了迷的南海裏去……”

老船工的臉現在變得死一樣的慘白，雙眼盯着這個質樸、粗壯的山民。金龍的衣服也被老漢的濕褲子打濕了，水正在向地上滴下來。他不僅感到背上發癢，還有些冷。綠珠也把視綫掉向他，盯着他那天真的眸子，好像要和他交流某種既神秘而又尷尬的信息。金龍像一隻受了驚的小耗子，逃到他自己的房間裏去，同時説：“我得換我的衣服。它貼在身上粘漬漬的，很不舒服!”

“爸爸，如果没有他，我今天真不知該怎麽辦好。”綠珠在這個年輕的山民走開後加重語氣説。

老爸爸歎了一口氣。“我想，我没有他也不行。他比起我那兩個荒唐的兒子來，責任心要强得多，感情也深得多。”他説完後又歎了一口氣。

暫時的沉默。父女兩人都沉思起來，兩對眼睛也意味深長地彼此望着。那兩對眼睛，一對因年邁而有些發白，另一對則閃着青春的光，它們在秘密地交流一些什麽話語，誰也無法理解。

沉默是深重的。最後老爸爸只好打破這沉默，説：“給我倒一杯茶來，好嗎？我感到渴極了。”

女兒順從地向廚房走去。

第十章　一個未來的計劃

第二天，老船工作爲一家之主，舉行了對上天感謝新穀豐收的儀式。前一天並没有下陣雨。稻子被太陽曬的熱氣還没有消散就被搬回家，藏進穀倉裏。由於田裏的活兒做得細緻，這年的收成，無論從質量和數量上講，都高於上年。多了一個勞動力，特别是一個年輕的勞動力，結果到底大不相同。不僅田裏的産量高，家裏的氣氛也愉快，安全感也大得多，不至於害怕人力缺少和河上發生在老爸爸身上的那種意外。老船工對於一切都感到那麽滿意，他建議這天晚上舉行一次宴會，慶祝糧食豐收。他還指出，這次宴會上酒必須準備得多一些，因爲他這次痛飲一番以後，從此就決心戒酒。

緑珠的心境完全和爸爸一樣。但在酒的問題上，最初她有點猶疑不決，但最後她讓步了，燙了一大壺。屋裏點亮了新年用的那種紅蠟燭。爸爸坐在桌子的上首，“親愛的年輕莊稼人”坐在他的右邊，女兒坐在左邊。老船工在三杯烈酒下肚以後，就轉向這個年輕的山民，提議爲他在田裏所做的出色成績幹一杯。

“現在收穫已經完畢，”他對年輕人説，“你也可以休息一些時候了。”

女兒不等爸爸表示謝意，也把杯子舉到眼前，説：“是的，我們親愛的莊稼人應該好好地休息一陣。他幹活兒一直非常賣力。”

老爸爸馬上接着女兒的話又説：“他的確應該有一次痛快的休假。我們現在所享受的就是他勞動的果實。”

“對，爸爸。”女兒立即又接上去。而這個年輕山民呢，他對這父女兩人流利的對話感到莫名其妙，因爲這番對話的真諦他一點也不懂。“他在這個家裏應該盡情地享受。他已經是這個家不可分離的一部分呀。”

老爸爸一分鐘也不讓沉寂。他完全同意女兒的説法：“你説得對，絶對正確。事實上他爲這個家做的事，比我們任何一個人都多。”

於是他又忽然舉起酒杯，繼續説：“爲我們的年輕人成爲這個家的一名成員而慶祝吧！”

“好呀！”女兒説，向自己的嘴裏傾了滿滿一杯——這是她從來没有做過的事。她的臉上立即泛出紅光，神情異常興奮。

這是老爸爸第一次看到女兒如此快樂，因此他自己也變得非常高興。他又向嘴裏倒了一杯，他的臉上也射出紅光。他們兩人一會兒望望金龍，一會兒互相對望，滿臉浮着意味深長的笑。只有這個年輕的山民沉默不語——的確他也没有機會開口，因而顯得有些沮喪。他喝得不是太多，而桌上的愉快氣氛更加重了他的鄉愁——這鄉愁，這時正好又回到他的心頭上來了。

當緑珠温暖的視綫落到金龍身上的時候，她忽然發現他們一直没有給這個年輕人講幾句話的機會。因此她特意挑動他："收成已經完滿結束，你不高興嗎？"

"是的，也可以這樣説。"這個天真的年輕人把他心裏所想的，直率地説了出來。

"你這'也可以這樣説'是什麽意思？"女子問，聲音裏不免帶有一點驚奇。

"因爲現在我可以開始我去北方的旅行了，"金龍用一個實事求是的聲音，平心静氣地説，"我希望儘快地去看萬里長城和大海，以便我能够早點回去看望金菊奶奶。"

"你想得太荒唐了！"老爸爸忽然打斷他説，把酒杯砰的一聲放在桌上。與此同時，他那泛紅的臉也變得蒼白了，"誰也不曾到萬里長城去過。一生的時間也不够完成這樣的旅行呀。至於那大海！我的那兩個荒唐的兒子就是因爲去看大海而永遠没有回來。大海是個滿懷惡意的怪物，每一個自命不凡的年輕人它都要吞掉。"

"是這樣嗎？"這位天真的山民一本正經地問，他那濃黑的眉毛緊緊鎖在一起，"但是我已答應過我的家人，我一定要去看它們。"

"你的家人！"老船工用沉重的聲音反駁説，"他們到外面的世界去看過嗎？"

"没有。金菊奶奶説過，我的爸爸曾經試過，但他走到北國的邊上就没有能再往前走了。"

"那麽你就應該明白了，"老船工鬆了一口氣説，"如果他們知道萬里長城離我們這裏有多遠，他們就會制止你去作這種荒唐的旅行——甚至連夢都不要做。"

這個年輕的山民開始感到左右爲難起來。這個老漢對待問題一直很認真，而且對他也一直非常有感情，像個父親一樣。他説的一定是真話。他不能像老漢的那兩個兒子一樣，一去就不復返。他某一天必須回到金菊和冬梅身邊去——而冬梅還在等着他與她成親哩。他一想到這兩個人，他就忽然感到背上有股寒流穿過背脊骨，他告别他那個石屋時的情景又回到他的心裏來：金菊正抱病在床——一想到這裏他又打了一個寒噤。奶奶的身體是那麽衰弱，也許她已經不久於人世了！冬梅給他一件秋天的背心，爛草包站在一旁，目睹這一切，一言不發——這些情景在他的心頭閃過去，使他感到極度不安。

老船工看到這個年輕人困窘的神色，就啓發他説："你覺得我的話怎樣？我剛纔告訴你的絶對是真話。"

這的確是真話。金龍想了一會兒，承認老人的話有道理，所以他就點了點頭。接着他就抬起眼睛，無可奈何地凝視着這位老爸爸，他的雙眉緊鎖着，顯得不知如何是好。"這樣説來，我還不如回到山上去，不作那遥遠的旅行……"

"回到山上去？"緑珠忽然驚恐地大叫一聲，眼睛瞪得大大的，"你們山上有這樣好的土地嗎？你們山上有這樣嫩的鯽魚嗎？"她馬上就想起了那兩條魚。要不是爲了他，她决不會那麽精心地、滿懷感情地烹製它們——而且還有許多值得永遠記憶的事情。

金龍也呆望着這個女子，既驚恐，又迷惑。一點也不錯，山上的土地很貧瘠，到處都是石子，産量很低，而且還得用钁頭去耕作，不像這裏土地肥沃，吃得進犁鏵，可以用牛耕。而且，在山上人們一生也嘗不到這樣美味的魚！但是，不知怎的，他卻懷念那貧困的山區——他和他的族人生活和成長的地方。把他的生地和這平原相比較，其結果只能更深地加劇他的鄉愁。

"但我是個山民呀，"他誠懇地解釋着説，"山區雖然貧窮，可那裏是我的故鄉啊。"

這時老爸爸覺得他有責任開導這個山上的居民，他似乎對平原上的人們一點也不理解，雖然他在他們中間已經生活了這麽長的時間。"你好好地聽着，"他慈祥地説，"你是山民也好，平原上的人也好，這對我們都没有什麽分别。你可以從我們的歷史中瞭解到，平原上還有許多其他的民族。他們和我們在一起，就像兄弟一樣，因爲他們一旦習慣於我們的生活，他們就被認作是一個大家族的成員。我們自己也不知道，我們究竟是哪個族的人。”

“當然你們屬於漢族。”金龍説。

“我的孩子，你錯了，”老漢説，“‘漢族’代表一種生活方式，一種文化，他們並不是一種特殊奇怪的人。”

緑珠更是急迫地想要叫金龍理解老爸爸這句話的意義。她還没有等待這個山民消化這句話的内容，就發表她自己的意見，説：“你和我們一起生活得非常和諧。如果你和我們更親切地在一起，生活得長一點，你就會發現再要與我們分離就很困難。我們倒是不應該讓你把整個時間花在地裏。不過現在收穫已經完畢，你可以有很多時間和我一起在屋裏度過。我將會教你識字，教你懂得許多關於平原上的人們的事情。是的，從明天開始，我們得開始新的生活——明天就是秋季的第一天呀。在這個季節裏我們没太多的莊稼活幹。”

這個年輕的山民驚了一下：緑珠無意中泄露了季節變化的信息。“秋天？明天就是秋季的開始嗎？”

“當然，明天開始就是秋天了。”緑珠實事求是地説。

這個年輕山民凝望着她，發起呆來。在山上，只有老半仙姑能夠説明季節的變化。他想要知道，緑珠是否有什麽神秘的地方，是否像金菊那樣有半仙姑的法力。不！她不像金菊奶奶。她看上去比那個獵人的粗獷的女兒還年輕。那麽她怎麽知道明天就是秋季的開始呢？如果她説的話是認真的，那麽她一定是某種巫婆，打算愚弄他。他開始發抖，變得神經質起來。

“你怎麽知道，”他驚奇地問，“明天就是一個新季節的開始？”

“我是從皇曆上得知的，”緑珠回答説，“皇曆會告訴我們一切關於年、月、日和季節的事呀。”

但是金龍不識字，而且他也從來不相信文字。據他的瞭解，金菊奶奶是唯一知道季節變化這類事情的人，而且她從來没有錯過，因爲她年紀大，又有經驗，又聰明，又懂得天地間的事。他不相信還有人像她那樣懂得天地間的事，因此他不相信任何不懂得天地間的事的人的話。於是他忽然意識到，他一直是處於一個怎樣危險的境地：在陌生人中間生活了這麼長一段時間，完全背離了奶奶的指導。他像一個没有羅盤的船一樣，在大海上漂流。他爲自己在平原上的失落而感到恐怖起來。這種恐怖打亂了他整個身心的平衡，他不能説話，因爲他的舌頭已經麻木了。他失去了對事物做出反應的能力，因爲這種原始的、突然的恐懼完全把他控制了。

老船工仔細地研究了一下這個年輕人臉上癡呆的表情，感到十分迷惑。他善良的心使他推測到，他和他的女兒所闡述的有關人的抽象概念，和皇曆上一堆陳舊的關於季節變換的記載，可能把這個簡單的山民弄糊塗了。這些東西只能慢慢地加以解釋，在一餐飯的時間内要解決許多問題是不可能的。

“我們的金龍一定很累了。我們去休息吧。”

“也許你是對的，爸爸。”緑珠用充滿感情的聲音説。她被這個年輕山民的那種迷惑的表情觸動了，“不管怎樣，明天就立秋。在這個新的季節裏，我們談這些事情，有的是時間。”

“秋天！一個新的季節！秋天！”這個年輕山民自言自語地説。他向他的睡房走去，像個夢遊者一樣。

第四部　秋

第一章　她終於發現了

在緑珠所説的新的季節開始的那個晚上，金龍通夜没有睡着。他翻來覆去地思索着緑珠在餐桌上告訴他的事。他運用他那天真的簡單的邏輯，想要證明她説的話可信。她的話是以挂在祖宗牌位左邊的那本皇曆爲依據的。“但一疊紙怎麼能够説明季節的變化呢？”他問自己，“那本印着字的書從來不講話。它甚至連人都不知道瞧一眼。”難道這個女子在説謊嗎？但她卻是那麼認真和誠懇，特別是在那個特殊的場合。

他越思考這個問題，他就越感到迷惑不解。這種複雜的問題，他一生都沒有經歷過。只有金菊奶奶可以幫助他，她是唯一能够解決這些難題的人，而且總是解決得令人心服口服。

“我得回到山上去，求金菊奶奶解決。”他得出這樣的結論，立刻驚了一下，起身坐在床上，“不！不！假如現在真的是秋天呢……”

如果第二天就是秋天，那麼他就得立即動身前往北國。他再也沒有什麼理由拖延他的旅程。但是萬里長城！老船工的話又在他的耳朵裏回響：即使你花一生的光陰也到不了那個地方！這話可靠嗎？老船工在平原上生活了一生，它應當可靠。他一定知道路程多麼遥遠。他的兩個兒子就曾經去過大海，而大海就在南方，離這個地區要近得多！但他們都一直未能回來！金龍一想起這兩個荒唐年輕人的命運，他的背上就出了一層冷汗。

那個美麗的春天晚上他所做過的有關這個偉大的歷史遺跡、北海和美人魚的夢，全都在這個年輕山民的記憶裏消逝得無影無蹤。一種原始的恐懼——恐懼自己的失蹤，自己永遠回不到山區——現在完全掌握住了他的身心。

金龍繼續思考：如果真是秋天到來了，那麼氣候就應該變冷，那麼第二天他就應該加衣服了——在山上，只要金菊一宣佈秋天到來，他就要在身上加一件衣服。一想到這裏，他就記起他在告别那個石屋時，冬梅送給他作紀念的繡花背心。在那個石屋裏，他出生、長大，不知多少個冬天的夜晚聽金菊講故事。他立刻跳了起來，擦了一下打火石，點亮油燈。他光着腳跳到衣櫃那兒，輕輕地掀開蓋子，把他從家裏帶出的那個旅行袋取出來。接着他用猶疑的步子回到床邊來。

金龍小心翼翼地把旅行袋打開，取出那件繡花的秋天背心。對他來説它是那麼貴重，這幾個月來他一直不敢動它。它現在仍像他從冬梅手裏得到它時那樣新。他記起了，當她把它交給他的時候她臉上的微笑，當他把它接到手上的時候，她對他的祝福。而奶奶！她在那個時刻是多麼高興，她幸福地望着他們倆相親相愛。她甚至還發出一個慈祥的微笑，雖然她那時顯得特別虛弱，還不時爲那神秘的咳嗽所困擾——這個討厭的毛病，自從下雪的那天起，就一直在糾纏着她。

這時，金龍耳邊也響起了斷斷續續的咳嗽聲。他又打了一個寒噤。那是金菊的咳嗽聲。難道她現在就在他的房間裏嗎？她曾經説過，她的精氣凝成的靈魂，可以隨時在空中飛行。於是他打了一個寒噤。他向周圍望了一下。房裏並没有什麽新的東西，連最遠的角落裏也見不到第二個人影。於是他便把視綫掉向那盞正在摇摇晃動的油燈。燈芯正在發出要滅時的吱吱聲，這單調的聲響又轉化成爲燈光的顫慄。這很像金菊在呼吸困難時所發出的喉音——也就是她每次爆發一陣咳嗽時的前奏。

當他正在呆望這欲滅的燈光、傾聽這枯燥的響聲時，金菊乾癟的面孔便在他的幻覺中出現。這是一個萎縮的、没有血色的、古怪的面孔，像油燈上那摇晃的火苗一樣，它隨時都可以滅掉。於是她那素來光亮、善於表情的眼睛也似乎變得呆滯、暗淡，好像她正要從枕頭上暈倒。這是一個駭人的幻象。也許她的靈魂要永遠離開她了，只留一具没有靈魂的軀殼。

“金菊奶奶在死去……”金龍對着燈光低聲説，像一個將要失去母親的孩子，“金菊奶奶在死去，你知道嗎？”他似乎覺得這燈光是他的朋友，理解他所説的話語。

燈裏的油只剩下幾滴了；燈芯所發出的聲音也顯得更爲枯燥。金龍更變得神志恍惚，毫無意義地獨語，像個白癡：“金菊奶奶在死去……金菊奶奶在死去……”於是燈裏的最後兩滴油乾了，燈芯忽然倒下來，燈滅了。一種沉重的、原始的黑暗充滿了房間，掩蓋了房裏的一切。但金龍的獨語仍然在持續，喃喃地，像一個巫婆在召唤幽靈。

“啊——”他突然被自己的獨語所嚇蒙，就尖叫了一聲，像清晨一隻受傷的鳥兒一樣。他跳下床來，衝到堂屋裏去。

他的尖叫聲把老船工和他的女兒都驚醒了，他們同時從睡房裏跑出來，打開所有的窗子。天已經亮了，初升的太陽發出的第一道光綫射了進來，照亮了堂屋。父女二人驚奇地發現這個年輕的山民站在屋子中央，像在地上生了根一樣。他的面色慘白，嘴唇緊閉，瞳孔狂亂地擴張。老爸爸走到他身旁來，敲了敲他的肩膀，想把他喚醒過來。

“難道有什麽妖魔附上你的身體了嗎?”老漢用慈祥的聲音問，“你完全不像你本人。”

没有回答。這個年輕的山民甚至連眼睛都没有眨一下。

緑珠被這情景嚇暈了。她從來没有見過這個可愛的年輕人變得如此癡呆。難道他瘋了嗎？她問自己。是的，一個男子墮入情網以後可能發瘋——她所讀過的那些“鴛鴦蝴蝶”一類的小説常常有這樣的描寫。但是不！如果他是因爲愛情而發瘋，那麽他就應該向她撲過來，比他們在月光下談起露珠時還要更熱烈地親她——因爲由於愛情而發瘋的時候，一個人在公衆面前是不會顧忌面子的。不過，從現在的情況看來，他似乎一點也没有察覺到她就站在他的面前。

“難道有什麽妖魔附上了你的身體嗎?”心急如焚的老爸爸又問金龍。

仍然没有回應。

緑珠這時纔被一種無名的恐懼所籠罩。“這是什麽原故？這是什麽原故?”她不停地問自己。她有一種奇怪的感覺。她第一次體會到，她的生命與他有密切的聯繫，如果他有什麽意外，她將會遭到毁滅。但是她有什麽辦法呢？她現在面臨着世上一個最難的問題。

她一籌莫展地用她那迷惑的眼睛盯着老爸爸，心裏真是千頭萬緒，無法用語言表達。最後她像個天真的孩子，還是開口了：“爸爸，我瞭解，山民既没有上帝，也没有魔鬼，也許有什麽别的東西附了他的體。”

“也許他做了一個噩夢，”爸爸解釋着説，“也許這噩夢仍然在糾纏着他。讓我把他叫醒吧。”

於是他一把抓住金龍的肩，用力摇撼。

這個年輕的山民對老船工只是瞪了一個白眼，好像他完全是個陌生人。

“醒轉來呀!”老漢喊。

這聲音使金龍怔了一下。他的嘴唇開始顫動。他用平静，但是直率的語調問:“現在真的是秋天了嗎?告訴我，現在是不是一個新的季節。”

老爸爸向後退了一步，從頭到脚打量着這個年輕人。他不相信他的眼睛。他沉思起來。過了一會兒，他又走到他面前，扶着他到靠牆的那張椅子上坐下。他同時用父親般的聲音在這個山民的耳邊低聲説:“我的孩子，你太疲勞了，需要休息一會兒。待一會兒我再告訴你現在是否秋天。”

绿珠主動地下廚房，爲這個年輕人燒茶。老爸爸爲了穩定她煩亂的情緒，對她説:“你知道，他懷疑你講的話。他不相信關於氣候變化的説法，因爲他不相信曆書。他的懷疑引起他的恐怖。你得用具體事實向他證明，現在已經是秋天，這樣纔能恢復他對我們的信任。”

绿珠點頭同意，相信她的父親是完全正確的。從另一種類型的人中來的青年，在一個不同的環境中生活，當思想和現實發生了矛盾的時候，自然會變得極端神經質。绿珠聽了這個解釋，感到鬆了一口氣，甚至破涕爲笑。不過這種輕鬆感也使她意識到，她對這個年輕山民的感情太認真了，她也不應該把自己當作她所讀過的那些小説中的主人公。“這正是爲什麼我剛纔感到那麼痛苦，嚇得要死的原故!”她一邊向廚房走，一邊這樣想，好像她在生活中第一次發現了一個新的道理。“啊，我的老天爺，這也是爲什麼我現在到廚房來爲他燒茶，像一個甘心情願的奴僕一樣的原故!”她開始對於那件神秘、惱人，同時具有佔有性的所謂“愛情”這個東西感到滑稽。當她把水壺放到火上的時候，她哼出一支歌兒。

她現在得出一個結論，她應該立即做的一件事是對他證明，她對季節變化的論斷絶對正確。只有這樣她纔能對他説明，她對他一直坦白和誠實，只有這樣她纔能取得他的信任，而信任是愛情成功的基礎。

第二章 的確是秋天

绿珠很快就找到了適當的證據，來説明她的誠實和可信。秋天畢竟是個新的季節，而新的季節自然有新的氣候變化，而這個變化在一切有生命和無生命的物體中會起作用。第一，天氣很快地會變涼。樹上的葉子也開始轉黄，而且只要那看不見的西風一吹，它們就會紛紛飄落。許多鳥兒會遷徙到温暖的地方去。緑珠用極爲關注的神情觀察這些現象。不過這些變化總是在慢慢地進行，不會在人們心中一下子就産生深刻的印象。比如説吧，要看到樹葉被風霜打光，人們得等待深秋。這需要時間，儘管在人們墮入感情之網的時候，時間飛得特别快。

有一天早晨，一個驚人的現象終於在天空出現了。緑珠想，這個現象可以使年輕的山民相信，季節變了。她在門前的臺階上正凝望遠處的樹，想要發現新的季節把樹葉究竟染紅到了什麽程度。她一看到這個現象後，拔腿就跑，氣喘不迭地衝進屋裏。金龍正坐在靠椅上，閉着眼睛，樣子很疲累，傾聽老船工講故事——不是關於南海，因爲他現在已經意識到這類故事不適宜於年輕人聽；而是關於平原上的人們的掌故，因爲他認爲，這類故事對於這個神情恍惚而又有點歇斯底里的年輕山民，會起鎮定的作用。

“雁兒！雁兒！”緑珠興奮地叫着，打斷了講故事人的話，也把金龍從白日夢中驚醒過來。“一群雁兒正在向南飛，向山區的那個方嚮飛！”

金龍一跳就站起來，好像是觸了電似的。“雁兒！”他也叫着，“它們在哪兒？”

“正在天空中列隊飛行。”她説。

金龍没有再問下去就衝出屋子，去看那南遷的候鳥。金菊奶奶常常告訴他，在秋天天氣轉涼的時候，雁就從寒冷的地方向南方遷移，而在它們遷移完畢以後，冬天就會開始。緑珠的確可信。天空上真的有一群雁兒，成“人”字形飛行。它們飛得很低，低得幾乎可以看見它們的腿，可以看見它們拍翅膀的樣兒。它們行進的速度也慢，他幾乎可以跟着它們飛行的節奏走。而他也就這樣做了。

“靈魂！”當他跟着這群慢飛的鳥兒前行的時候，他用一個夢囈般的聲音喊。“靈魂！”他感到一陣寒流穿過他的背脊，因爲他忽然記起了金菊在他離開她的病床時對他所講的話。她那時對他説："在必要的時刻，我的靈魂將召喚你回來。我的靈魂將附在雁的翅膀上，向你傳遞我的消息。"這話現在仍然很清晰，很響亮，好像是此刻從風中傳過來的一樣。於是這個老半仙姑那佈滿了皺紋的面孔和那像要死的昏厥狀態，開始在他心的屏幕上晃來晃去。而她那刺耳的咳嗽聲也在敲他的耳膜。

在這群緩慢飛行的雁群下，他又墮入有關金菊奶奶的白日夢中。

嘎嘎……嘎嘎……嘎嘎……一支新的歌，有點兒平淡，但是很和諧，在空中回蕩。金龍又在他的白日夢中驚醒過來，凝望着上空。雁兒在歌唱，在一齊合唱。但是它們的歌聲卻帶着抑鬱。"啊，這樣一個淒涼的調子！"金龍低聲説。但是，不！也許這就是金菊奶奶的聲音，現在通過這群遷移的雁群在向他召喚，因爲她的靈魂一定是附在它們的翅膀上。他又打了一個寒顫。他停下步子，想仔細聽一聽這是不是老半仙姑本人的聲音。是的，像她的聲音——還夾雜着咳嗽聲！但咳嗽聲很低(因爲雁兒已經飛進雲層，只不過他没有注意罷了，因爲他在做白日夢)！那麼低(這時雁兒已經在完全看不見的遠方消失了)，好像金菊奶奶正要斷氣！

在這個年輕的山民眼裏，另一個幻象——冬梅的幻象——出現了。她正站在病床前，注視老半仙姑辭别這個世界的情景。她的眼睛閃着淚光，她的面孔蒼白，額上佈滿了汗珠，在燈光下反射出露水般的寒光。可憐的女子，在這她從未經歷過的事件中，她完全束手無策。爛草包也在那裏，緊閉着嘴唇，也不知如何是好；他一句話也説不出來，只是呆呆地望着這位慈愛的母親走向另一個世界。金龍忽然覺得他的心往下沉，他的喉管梗塞。他似乎正在感受着死亡的痛苦。

"雁啊！雁啊！"他向上空喊，"請用你們的翅膀把我載回到山上去吧！"

但他在做白日夢的時候，雁群已飛得無影無蹤。他現在想要重新找到它們的蹤跡，但一無所獲。在失望之餘，他感到四肢無力，眼睛發黑，腿站不穩。當他正要倒下的時候，他的身後忽然響起了一個女子的聲音。

綠珠一直在神經質地跟着他，現在正好及時趕上來了。

"我在這裏，"她説，"你已經親眼看見過雁兒了，對嗎？現在你可以知道，秋天真的來到了。"

這個年輕的山民無法回答。他的雙腿在劇烈地發抖，好像他正在患一場瘧疾。但他的胸腔又好像要爆炸。綠珠現在已經走到了他的面前。她發現他的臉像死一樣的蒼白，就伸出手來扶着他的腰，幫助他返回家去。在路上她像一個母親似的，用充滿了感情的聲音對他説："啊，我傻氣的金龍！我一直不知道，你對於一切事物是這樣認真，否則我就決不會對你提起有關秋天的事了。只要你和我們住在一起，一個新的季節有什麽意義呢？我太糊塗了！我太糊塗了！這全是我的錯……"

金龍聽了這些温柔的話語，没有作出任何反應，因爲他的耳朵已經不起作用了。

"啊，我可憐的年輕人！"她用最深的同情和愛對他説，"你做的噩夢太多了，它們給你的痛苦也太多了。這完全是我的過錯。我知道，失眠之夜是怎樣一種味道。你得原諒我，金龍——假如我是你痛苦和不安的原因的話……"

他們的獨屋出現在面前。老船工一直在焦急地等這個年輕的山民歸來，河上擺渡的事他也暫時停止——因爲家裏的煩惱已經够使他不安了。所幸收穫已經完畢，天氣已經轉涼，河上來往的人已經稀少。他看見這個年輕人臉色死一樣的蒼白，冷汗在他寬闊的額上發亮，馬上就挪一把靠椅過來，讓他在上面坐下。與此同時，綠珠連忙到廚房爲他燒茶，使他身上能够增加一點熱力。

茶沏好了以後，綠珠爲金龍倒了滿滿一杯。茶很燙，她又輕輕地在上面吹了一下，同時用舌尖先嘗了一口。在她認爲茶已經不太燙的時候，她小心地把它遞給金龍。她望着金龍啜了第一口。看來他很滿意。她呼了一口氣，放心了。於是她取出手帕，輕輕地擦掉他額上的汗珠。她是那麽細心地、温柔地做這件工作，金龍也感到了撫慰。喝完茶以後，他的面色也變得有些生氣了。

爲了安慰這個年輕人，驅除屋裏沉重的空氣，老船工就打破沉寂，開始講話。一個父親般的微笑在他的嘴邊浮現了出來。“你現在親眼看見了雁兒向南邊飛，我非常高興。這是千真萬確的秋天到來的信號，對嗎？”

金龍抬起他那失神的眼睛，目光中閃出一縷信任的光：“是的，您説得對，秋天到來了。我現在完全相信，秋天到來了。”

對他這樣一種坦白的認可，綠珠感到無限高興。她拍着雙手，大聲地叫：“好呀！”她的那顆心像一朵新的花苞，現在在太陽的第一道光芒中忽然開放。一道幸福的光照亮了她的愁容，眨眼之間她變得年輕了好幾歲。的確，她從來没有感到這樣快樂過。

對這氣氛突然的改變，老爸爸也感到驚喜。他發出一串笑聲——這次是出自心裏的笑聲。他的確也需要輕鬆一下。這許多天來壓在他心上的一塊石頭，現在總算落下來了。他相信，這個年輕的山民，只要他那天真的心裏的恐懼和懷疑得到消除，一定會在他家裏住下來；而且他一旦習慣於這裏的生活，他會感到很幸福。他只希望他的女兒和這個年輕的莊稼人，在他年老體衰時，能完成田裏的工作，一同幸福地、和諧地生活在這個屋子裏，他在這個世界上也就心滿意足了。

“你現在可以相信我們説的完全是真話了。”老船工對金龍説，希望他瞭解這一家對他懷有絶對的善意，“從現在起你可以把這個家當成你自己的家，把你自己當成這個家的一名成員。的確，爲什麽不呢？是你種出這些糧食和蔬菜呀。你應該住在這裏，享受你勞動的果實，因爲你本身就是這家的一分子呀。”

老船工又用一個笑聲結束了他的話語。

老爸爸剛一笑完，綠珠馬上就接下去，表達她對他的歡迎，説：“你得住在這裏，金龍，永遠地住在這裏。”

年輕山民的臉色又變得蒼白，因爲他害怕了。父女兩人提出這個建議的態度是那麽堅決和誠懇，以至金龍害怕他們要把他永遠留住。他通過他那簡單、直綫的邏輯思考下去，他的擔心就更向前發展了一步，認定如果他不立即動身回去，他將永遠也看不到金菊了。因此他直起腰，現出一個莊嚴的表情，用他那山裏人特有的、毫不含糊的、直率的語氣説：

“我得回到山上去。我得馬上回到山上去。”

這話像一聲晴天霹靂，使父女兩人立即面色發青。緑珠特别爲之震動，有好一會兒她的眼前發黑，好像覆上了一層烏雲。她的腿痙攣地顫抖，要不是她父親一看見她發抖就伸出雙臂來扶她，她會就地暈倒。

“你們兩人今天都太累了，”老船工用平静的聲音説，“你們兩人都需要休息。”於是他掉向仍然一本正經地站着的金龍，補充着説：“我剛纔説的話，你休息好了以後，再仔細想想吧。我是説話算話的。”

第三章　他們焚書

緑珠休息了一夜後，從震動中恢復過來了，金龍也似乎神志清醒了一些。於是老船工就找出一個話題，對年輕的山民説：“我相信你昨夜睡得很好。”他説完笑了笑。只有他一人昨夜睡得非常不好——雖然他表面上顯得很平静。

“是的，我睡得很好。”金龍也平静地回答説。

“那麽，我説的話你仔細想過了？”老船工馬上變得焦急起來。

“是的，我想過了。”

這個安静的回答温暖了老漢的心，他馬上把頭往後一仰，發出一陣爽朗的笑聲。他想這個年輕人終於頭腦清醒過來了，對他的建議作出了理智的考慮。緑珠也在同一條路綫上思索，眼裏射出了希望之光。她相信爸爸的建議合情合理，對這個年輕人是一片好意，如果金龍也通情達理，他就應該接受。任何人如果頭腦清醒，也一定會接受。不管怎樣，山上是貧瘠的，任何人都會心滿意足地在平原上住下來。對爸爸這樣實事求是的態度和做法，她衷心地感謝，把金龍留下來，她自然更是滿心歡喜。

爲了證實這個年輕山民在認真地思考了一夜後已經改變了主意，老爸爸又用一個慈祥的聲調問："所以你已經決定在這裏住下來了？"

女兒不知不覺地驚了一下，因爲在等待消除這最後的一點疑慮時，她已經變得很神經質了，她真像一個小學生，注視老師走到講臺前面宣佈大考的最後結果。她盯着金龍的臉孔，看他羞澀地説出"同意"時，他的眼睛如何射出光亮。

但是金龍卻含糊地説："我已經決定……"

緑珠再也控制不住自己，她急迫地問："決定住下來？"

金龍回答説："決定不去北方，也不去看大海……"

緑珠神經質地打斷他的話，急切地説："但是在這兒住下……"

"不，我要回到山上去。"金龍平静地説。他的聲音這時聽起來像一聲牛叫那樣粗魯，非常直截了當。"我今天就開始動身。我再也忍受不了這痛苦，我的心要炸了。"

這是一個毫不含糊的聲明，因爲年輕人的臉上一點也没有顯出猶疑的神色。老爸爸的臉色變得死一樣的蒼白，他害怕女兒將要暈倒。她的確感到無法言傳的失望，但是很奇怪，她顯得很鎮静。這使憂心忡忡的老爸爸驚愕萬分。她的鎮静終於穩住了這個老漢，他臉上的蒼白也逐漸消失了。他鬆了一口氣，仔細觀察女兒的神色。她的面孔發青，她的嘴唇緊閉，像貼上了封條一樣。事實上是，某種類似仇恨的感情，由一種無名的憤怒所强化，正在她心裏掀起由極度失望而醞釀着的大風暴。這個年輕山民太忘恩負義了，一點也不懂事，把她對於他的感情和關心完全踐踏在脚下。如果她不對他飽以老拳的話，那麽她只有倒到床上，哭個痛快。但是這種哭是没有眼淚的。

"這就是爲什麽你昨夜睡得那麽香的原故嗎？"她問，緊閉的嘴唇鬆開化爲一個冷笑。年輕的山民用他那一貫天真、直率的語言承認了這一點。"在我没有作出這個決定以前，我没有能閉一眼，"他説，"因爲我一閉上眼睛，我的奶奶和她那蒼白的面孔就在我面前出現。我看見她病得要死了，她在急切地等待我回到她的身邊。我覺得我的心痛極了。我喘不過氣來，覺得我自己也在死亡。只有我決定回到她身邊去以後，我纔立即感到心安了一些……”

他濃黑的雙眉開始擠到一起，形成一種無法解脱的痛苦表情。他的雙眼也立刻變得黯淡無光。他又在幻象中看到金菊的面孔、她的病床、爛草包和冬梅——他們正在金菊生命的這最後一分鐘急切地等待他回去。

綠珠看到他這白癡般的表情，怒火忽然燃燒起來。不知不覺之中她的右手握成了一個拳頭，而且也在不知不覺之中機械地舉向空中。她用雷鳴一般的聲音把金龍叫醒，像一個正在審案的狂暴法官一樣：“你剛纔説的是真話嗎?”

金龍聽了她這刺耳的吼聲大爲震驚。他跳了起來，呆望着她和她的拳頭，像個陌生人。不一會兒他垂下他那無光的眼睛，低聲對自己獨白，好像他不曾聽到她的聲音。他從她身邊走開兩步，説：“我覺得我自己也正在死去，金菊奶奶。啊，我多麽害怕死在這個無邊無際的平原上啊……啊，我得馬上趕回到山上去，金菊奶奶，等着我……”

綠珠緊逼到他跟前，她的拳頭仍舉在空中。當她的拳頭正要落到他身上的時候，一直默默地觀察事態發展的老爸爸，忽然對她大喊一聲：“住手!”綠珠像受到了雷擊一樣，站在地上不動，她大張着的眼睛失神地盯着老船工。在這同時，年輕的山民已經走到窗子那兒。他的手肘支在窗臺上，望着外面遥遠的天空，想看看是否仍有雁在飛過。這個屋子，這個盛怒的綠珠，對他來説全都不存在。他被他自己的白日夢迷住了。

老爸爸把自己的女兒從上到下打量了好幾次，什麽表情也没有。於是他向她又吼了一聲：“放下你的手來!”女兒好像被催眠了一樣，機械地放下了自己的拳頭。老漢又凝望了她一會兒，然後放低聲音，繼續説：“放理智一些，我的孩子。他是一個山民。我現在可以看出，他是在深沉地思念他的山鄉和他的親人。是你自己對他説了許多幻想。至於他自己，他一點也不知道你在夢想他一些什麽東西。我的孩子，聽我的話吧。你得放理智一些；你的行爲舉止，得像一個女人。”

綠珠用詢問的眼光凝望着她的老父親。老漢臉上的表情百分之百的誠懇。女兒的凝視變得越來越尖鋭，老爸爸歎了一口氣，低聲獨語：

“這也是我命中注定，我得過一個孤獨的晚年。我前生一定犯過無法補救的罪行。我希望我在渡口誠實的工作，能够最後彌補我的罪過……”這種自我譴責感動了女兒，把她的怒氣也平復了。她掉轉身，溜到她的房間裏去，像個被發覺了的竊賊一樣。

老船工在屋子中央站了好一會兒，像個傻子。接着，他便慢慢地走到站在窗旁的金龍旁邊，輕輕地拍了一下他的肩膀，把他唤回到現實中來。當他們相互面對面地望着的時候，老漢説：“好吧，回到你的山上去吧——如果這能使你快樂的話。我很惋惜，我不能留住你。你在我們家裏的表現非常好。不過，嗨，這一切都是命定的……”他停了一會兒，然後把手伸進腰帶裏，掏出一串銅錢。他把錢遞給金龍，用一個幾乎聽不見的聲音説：“我送你這點東西——也許你需要它。我不敢説，它的價值能抵得上你的勞動。”

年輕山民連連摇頭，拒絶接受。

“我回到山上去，錢就對我没有什麽用了。”他説，又摇了摇頭，“此外，我想儘快地回去。它會成爲我一個不必要的負擔。”

這時，緑珠從她的房間裏走出來，手上抱着一堆書。這是她過去在那些孤寂的年月裏，晚間在油燈底下讀過的那些“鴛鴦蝴蝶”一類的小説。金龍驚奇地看着她和這些小説。他發現它們對他來説没有任何意義——因爲他不識字，他就用沉重的步子走進自己的房間裏去了。不一會兒他又回到堂屋裏來，手上提着他的那個舊旅行袋——裏面裝着冬梅爲他做的秋天穿的背心。他滿懷情意地把它夾在他的腋下，向大門走去。

他是在離去。

當他正要跨過門坎的時候，緑珠把一束點燃了的紙扔向書堆。一道火焰馬上就嘘嘘地燒起來了，這引起了金龍的注意。他停住步子，掉過頭來看。他驚奇地發現緑珠像個瘋子似的，使勁撥着這些書，使它們每一頁都燃上火。但是，由於他對這些印着字的書絲毫也不感興趣，他没有繼續再看下去。他忙着要開始他回家的旅程。

不過，當他跨過這個好客的老船工的大門時，他禁不住有了一點感觸："真怪，住在平原上的人們！他們那麼相信他們的書，但他們現在卻把它們燒掉！"他説這話時所想到的，是那本皇曆書——據綠珠説這本書可以告訴人們諸如季節變化之類的神秘事情。

綠珠是如此認真地銷毁這些小説，她没有注意到這個年輕山民的離去。當每一頁書最後都變成了白灰的時候，她抬起頭來，發現金龍已經像一陣風似的不見了，窗子外面再也看不到一點他的痕跡。她像生了根一樣在那一堆白灰前站了很久，於是，好像某一個頑皮的玩伴在她的腋窩下掏了一把似的，她爆發出一陣歇斯底里的狂笑："真怪，住在高山上的人們！他們那麼傻氣地守着他們的山區——那給他們無限艱辛的山區！"

她的獨白在這個空洞的屋子裏引起一個輕微的回音，使得綠珠顫動了一下。她向周圍望了一眼，老爸爸正沉默地坐在牆邊的靠椅上，他的下巴支在他的右手上。他的眼睛望着那一堆白灰——這些他曾經費了心思收集來的小説——發呆。他似乎在夢着什麼東西——很久很久以前，無法挽回的很久很久以前的什麼東西：他的青年時代，在那個時期他沉醉於許多浪漫幻想之中，幻想愛情、異國風光、月光、金子、棕櫚樹、南海島上的炎熱氣候，而且他還把這些幻想編成故事，每天晚上用這些荒唐的故事迷住他的村人，也包括他自己的兩個兒子。

他作爲一個業餘義務説書人的這場白日夢，現在也傳染給了他的女兒：她現在也墮入有關過去的許多回憶之中——她回憶那些孤獨的冬夜，她閲讀老漢收集的這些作品，常常讀到半夜，沉醉在幻想之中：幻想她某一天將遇見一個年輕男子，對他産生感情……

他們在這夢幻般的回憶中沉思着，直到一陣風從窗外偷偷掃進來，吹得這堆書灰四散飛揚。他們的這些夢幻，也像這些書灰的輕飄飄的遺骸一樣，全都飛走了。老漢歎了一口氣，女兒用手帕揉了揉眼睛，想要認清這些殘灰是否即她曾經愛看的那些小説的遺跡。是，也不是。她很難作出明確的判斷。但是有一件事是肯定的，那就是自從她學會識字以後，她一直在一個漫無邊際的大幻想中生活。

她發出一個微笑，禁不住起了一點柔情式的感慨，也覺得很有意思。

老漢看到女兒又變得愉快起來，也不禁鬆了一口氣。爲了使氣氛變得歡快一點，他開了一個玩笑："我得把我空閑的時間還花在莊稼活上。我可以打賭，老漁夫聽不到我的故事將會感到萬分寂寞。我可以説，這個老廢物應該受到這樣的懲罰。"

第四章　看過一眼就够了

金龍没有花多少時間就回到山中祖傳的石屋。説得精確一點，他只花了一個星期的工夫——在平原上走了三天，其餘的三天他花在爬山上。當他到達那棵古老的大栗樹的時候，他看到了那座石屋。不知怎的，他忽然覺得腿麻痹了。也可能這是因爲他累了，因爲他一直在趕路。不管怎樣，他現在不想挪動腿了。因此他停下來。看到了自己的出生地，畢竟是使人愉快的事。

他的視綫逐漸從石屋移向他剛纔爬過的那些群山。一個新的思想又在他的心裏出現：他是否應該到北國去看那個偉大的萬里長城和大海。他甚至連北國的邊緣都没有踏上去。他甚至無法告訴他的親人，那裏的氣候是冷是熱。他所完成的只是在平原上走了四天的路，而這點路只不過是他計劃的行程中微不足道的一部分。他的這點冒險聽起來只不過是個笑話。一種羞慚感開始在他的心裏升起來。他低下頭，用雙手捂住自己的臉。

一種自覺的羞慚感使金龍又想再下山去，完成他失敗了的使命。但他一打算向另一個方嚮移動他的步子，金菊那皺縮了的、虚幻的、由她病床邊那盞微弱的燈光弄得神秘化了的面容，又生動地在他的想象中晃動。他馬上感到呼吸困難，心跳加劇，不久前剛卸掉了的痛苦又開始來折磨他。在一陣瘋狂的衝動中，他拔腿就向石屋跑去。

在他走到大門口的時候，一個人不聲不響地走出來迎接他。這是爛草包。這個中年的叔父一點也没有變，只是他的面孔顯得蒼白，一副愁容。

“啊！你總算回來了！我没有料到這麽快。”他用低微的感歎聲説，似乎是怕弄醒了什麽人。在此同時他把侄子的旅行袋從肩上取下來，使他可以輕鬆一點。“我日夜站在窗子後面，盼望你回來。”

金龍馬上就有一種不祥的預感。他直率地問：“金菊奶奶過世了嗎？”

“啊，比那還糟。”愚笨的叔叔如實地説。

金龍發起抖來，只得靠着門柱來支持自己。“你這話是什麽意思，你把我嚇壞了。”

“你要知道，”叔叔低聲説，“金菊奶奶從心眼裏不希望你到那個深不可測的世界——平原——上去。這是你走後她告訴我的。不過你父親的先例促使她鼓勵你去作那次旅行。你離開以後，她日夜想念你。這想念折磨着她，她每時每刻在夢見你。她在白日夢中也念着你的名字。幾天以前天氣變涼以後，她非常惦念你，甚至你的未婚妻也没有辦法安慰她——我只有自作主張，請冬梅到家裏來照顧她，我希望你不反對。金龍，我自己對金菊奶奶不知該怎麽辦好。”爛草包的眉頭皺得展不開。

他們再也没有話説。叔侄兩人呆望着，像兩個陌生人。

還是爛草包最後打破了這個尷尬局面，説：“金菊奶奶此刻睡着了。我們輕輕地進去吧。”

爛草包在前面走，金龍踮着脚，跟在後面，像隻羔羊。

冬梅正站在病床旁邊，她憂慮重重的眼睛盯住這位仰卧着的老半仙姑。空氣是沉重的，但極爲安静，人們幾乎可以聽到一根針落到地上的聲音。整個氣氛顯示出，一個葬禮似乎正在舉行。金菊的臉顯得更多皺，更蒼白。她只剩下一具骷髏，眼睛深陷在眼眶裏。但是她還活着，因爲這雙眼睛睁開了，它們正若有所思地望着什麽：她已模糊地察覺到有什麽人進來。

金龍加快步子走到病床旁邊來，使他正在悲哀中沉默不語的未婚妻大吃一驚。金龍跪在金菊面前，他的頭低垂着，把面孔埋在雙手裏。他開始像個孩子似的哭泣起來。

“金龍到底還是回來了!”冬梅興奮而寬慰地說，“而且回來得正是時候!”

她的話給這個老半仙姑證實，她的孫子回來了。自從金龍走後，她的病一直在加重，以致她的視覺也退化到了什麽都看不見的地步，但她的頭腦仍然清楚。的確，自從過去的那個冬天以來，咳嗽和衰老雖然消耗了她的體力，但她的神智並沒有受到損害。她想拿出她最後的氣力，舉起她的手，撫摩正伏在她床邊哭泣的孫子的濃黑頭髮；但是她失敗了。她現在一丁點兒氣力都没有。她如此喜愛這個世界，但這個世界卻要放棄她了。不管她是一個多麽聰明的半仙姑，她現在也無能爲力，衰老對人類是素來不留情的。但是，在她生命的這最後一段的旅程中，看到她成年、健壯、美貌的孫子回到她的膝下，那該是多麽美好的事。而且聽他如此感情深重地哭泣！這使得祖母又回到她舊時的記憶中去，那時她常常抱着這個孫子在膝上有節奏地摇動，催他入睡。但是啊，她現在可不能對他唱那些催眠的兒歌了!

爛草包傻頭傻腦地望着侄子。他覺得，在這種情況下他該説幾句話。因此他用一個歡快的調子説：“年輕人，我忘記了慶祝你回家。你這麽快就從北方回來了，真了不起！我得説，我非常羡慕你。”

金龍聽了這話，哭得更厲害了。但過了一會兒他站起身來，轉向叔叔，用顫抖的聲音説：“我並没有到北國去呀，叔叔。我感到很羞恥。我在平原上只不過走了四天的路程。”

現在，這位老半仙姑要干預了。她作出最艱難的努力，説出了這幾句話：“我的孩子，你到北國去過也好，没有去過也好，都無關緊要，只要你對平原看過一眼就够了。”

冬梅對她未婚夫的歸來也感到非常高興，她也想説幾句話來安慰他。“你應該感到驕傲，金龍，”她説，“你在平原上的人中間似乎曾經生活得很好。哪一個山民能像你這樣，没有什麽幫助和介紹，居然能在他們中間住幾個月？我爲你感到驕傲。”

金菊喜歡聽這番話，她那乾癟的嘴唇上浮出一個微笑。“告訴我，”

她對她的孫子說,“没有看到萬里長城和大海,什麽力量促使你這麽快就趕回來了?你要知道,我並不是因爲你没有完成你的旅行而責備你,相反,像冬梅説的一樣,我因你安全回到我身邊來而感到驕傲。”

“我不知道,奶奶,”金龍説,“天氣一轉涼,我一看見雁兒向這個山區的方嚮飛,我就想家——想得要命。我一會兒也不能再在平原上呆下去。”

這個老半仙姑的臉上又浮出了一個模糊的微笑。她的虚榮心幾乎又要促使她説,她的靈魂曾經附在南飛雁的翅膀上,召唤他回來。但她臨時控制住了自己,一種强烈的母性感情和温暖壓倒了一切其他的考慮,她只是説:“你做得對,我的孫子。這些山對你有一種魔力——不,對所有的山民都有一種魔力。我很高興,在你在山上安心地住下來以前,去平原看了一眼。萬里長城和大海的作用,只不過是啓發你到平原上的人們中作一次旅行罷了。我知道那兩個叫人嚮往的東西是太遠、太遠了;但你要懂得,它們與我們這裏儉樸的日常生活没有關係。忘記它們吧!”這位老半仙姑忽然變得感情衝動起來,她想要再提高她的聲音,但是她做不到了,只好又回復到原來的沉默。過了一會兒,她重新開始説:“我的孫子,作爲一個正直的山民,感到驕傲吧。你到外面的世界作了一次旅行,但外面的物質誘惑卻未能把你從我們儉樸的族人中拉走——我們的土地貧瘠,對嗎?要爲能在這個貧瘠的土地上生存下去而感到驕傲。”

這番充滿了感情的話,表現出她對生活、對她的後代、對這山區土地的如此熱愛之情,但卻消耗了她剩下的一點精力。她閉上眼睛——它們在眼眶裏陷得更深。但是過了一會兒,她的眼睛又睁開了,她的眸子甚至還閃出了一點亮光,顯示出她的生命力。她把視綫轉向冬梅,説:“你看,現在你的人回來了。他對於外面的世界再也不會起什麽幻想,因爲他曾經親眼看見過它,在那裏也受過感情的折磨。我相信,他已經懂得,它並没有什麽特殊的吸引力,因爲生活處處都是一樣,只是生活的方式不同罷了。他將會安心地在這山裏生活下去,你們今後將會愉快地生活下去。”

這位老半仙姑又閉上了眼睛，因爲她想再鼓起一點精力繼續往下講。她作了足足一刻鐘的努力纔又睜開眼睛。她的嘴唇開始痙攣，無疑，她在作最後的努力，以便能講得出話來。但是不管她的意志是多麼堅强，她卻無力實現她的願望。這也許是她一生中最難過的一刻：她有那麼多的話要講，要微笑，要希望，但是她的氣力不濟。她只好又閉上眼睛，爲的是再集中一點精力。又過了將近一刻鐘，她的眼睛睜開了。她的嘴唇又痙攣起來，但是卻吐不出一個字。也許興奮消耗了她最後一點氣力，也許她的生命快到盡頭了。她的眼裏沁出兩顆淚珠。淚珠映着燈光，好像是説：“金菊要走了……要走了……”

屋裏是一片巨大的沉寂。老半仙姑慢慢地把眼睛合上了。過了好一會兒，她的眼皮又慢慢地顫動起來了，然後是半張開，後來逐漸睜大了。接着她徐徐地把視綫掉向爛草包。最後她總算説出了幾個字：“把這兩個孩子的手聯在一起吧！”這是在危急的時刻一種應變的結婚儀式，只在有家長重病或遇到災難性的意外而不能舉行婚禮的時候纔實行。爛草包順從地把金龍領到獵人的女兒身邊，讓他們面對窗子站着。於是，他把新娘的右手放到新郎的左手裏。“向上天行禮吧！”他大聲地喊。這位中年的叔父，現在被責成完成這項重要的任務，的確感到受寵若驚。作爲一個老單身漢，一想到他最低限度總算促使一對年輕人結爲夫妻，心中也算得到了一點安慰。他作爲這個年輕人首次出獵的見證人，導致他認識了這位新娘——一想到這一點他就感到很得意，也很驕傲。當然，他也儘量要忘記這件事的不愉快部分：他没有見證到那隻被追逐的狼的降服。

這對年輕人按照要求向窗外的上天行了禮。接着他們彼此凝望，自己似乎也感到驚奇。結婚儀式就這樣結束了，剩下要做的事就是舉行一次宴會，請有關的人來參加，如那行乞的報春老頭——他曾用一種既有禮貌，又叫人高興的方式弄走了金菊一生積蓄的銅錢。但這種宴會自然也可以另選時間舉行。

“我的靈魂將祝福你們多子多孫。”老半仙姑又說。她現在對於一切都感到如此滿意，就又搬出有關她的靈魂的那個老故事來——說實在的，對於靈魂是否存在的問題，她從内心深處也没有把握。不過她終於還是没有扯下去，而是改换了話題，因爲被現在這個愉快的場合所鼓舞，她又覺得有點氣力了。她把視綫掉向金龍，說：“我忘記了問你，你在外面的世界裏到過什麽地方？”

“我只去過一個地方，”金龍說，“就是那個老船工的家裏。”

“你一直住在那裏嗎？”

“是的。我在他的田裏幹活兒，直到我離開，回到山上來時爲止。”

“在田裏幹活兒？”一直没有講話的爛草包忽然提出了一個無意義的問題，“你的意思是說，你會種稻子嗎？”

“我會，”金龍用平静的聲音說，略帶一點虚榮的調子，“那個船工的女兒把種田的一切事情都教給了我。”

“船工的女兒！”一直對他們的談話不感興趣的冬梅，這時說話了，“她長得好看嗎？”

“我認爲是這樣。”新郎官說，聲音照舊很平静。

“她聰明能幹嗎？”新娘追着問。

“我相信她是的，”金龍爽直地說，“比如說吧，她會念那些印着滑稽的文字的書。”

冬梅没有再說話，她的雙眼盯着金龍，不無嫉妒和懷疑之意。她的眼睛大張着，似乎某種火花隨時可以從那裏面迸出來。

金菊雖然閉着眼睛，看不見什麽，但是她能在沉静中感覺到，孫媳的心裏正在醞釀着某種不滿的情緒。她喜歡她這樣，因爲她相信，像她的孫子那樣好看的年輕男子需要有一個比較嚴厲的妻子。獵人的這個粗獷的女兒，從現在的情况看來，正是足以使他成爲一個好丈夫的那種婦女。但金菊不願意讓這種略帶敵意的沉默持續太久，所以她就干預了。

“那個老船工和他的女兒對你好嗎？”她用一個微弱的聲音問。

“啊，非常好，奶奶，”金龍說，“他們願意給我他們所有的一切。他們還想把我當作他們家庭的一個成員，留我在那裏永遠住下去！”

這對冬梅來説是最後一擊，她再也按捺不住自己的火氣，像一個軍事法庭的主審官一樣，她大吼一聲：“你接受了嗎？”

“你自己可以回答這個質問。瞧，我不是回到這兒來了嗎？”

金菊喜歡聽孫子的反駁。她覺得這個反駁帶有挑釁味道，但是甜蜜，富有感情。她禁不住發出一個模糊的微笑——這使她衰老的面孔發出了一點亮光。“哎……平原上的人同化了所有其他的族人，但是我們這些山民……哎……”她想提高一點她的聲音，想要説：她的族人，由於有她這樣的半仙姑存在，可以永遠維繫在一起，保持自己的特點。但她是如此興奮和疲勞，她的努力卻得到了相反的結果——一陣暈厥使她失去了一切知覺。

第五章　一束菊花，送給鄰人

興奮、快樂和驕傲，在金菊的心裏交織在一起，把她剩下的一點精力消耗光了，而最糟糕的是那不停的致命的咳嗽。當她的神志偶爾變得清醒了一點的時候，她也再沒有氣力告訴她的“甩仔們”，説什麽她失去了知覺是因爲她的靈魂暫時離開了她，到外面空中去散了一會兒步。不管怎樣，這些神話已經没有什麽意義了，因爲它們的實用價值已經所餘無幾了。孫子已經在這祖傳的石屋裏和妻子住下來了，而且將永遠如此。她只有望着日夜守在她床邊的“甩仔們”，面色鎮静，心滿意足。她的老眼向他們射出温暖、慈愛和略帶自豪的光。不過，偶爾之間，她的眼珠也顯得渾濁暗淡。這是因爲她的身體過度衰弱，還是因爲她已經意識到，不管她親手創造的這個家庭是如何幸福，她終究還得離開這個世界，還是因爲她的心裏有什麽别的思慮——比如説，她的靈魂的存在問題，誰也猜不出來，因爲她現在不説話了。

不過有一天早晨，她的情况似乎好轉了一點，眼睛閃出了光彩。爛草包特别高興，因爲自從金龍成親以後，不知什麽原故，他感到非常寂寞，甚至感到特别衰老。他一看到母親的情况有所好轉，就立刻到廚房去弄開水。他以爲她喝點水就可以增强食欲，吃一點東西，逐步恢復她的體力。金菊一看到他走開，就輕輕地歎了一口氣——輕得旁邊的人幾乎無法察覺。她那乾癟的嘴唇開始痙攣，想對孫子和孫媳婦説點什麽。

“從現在起，”她最後總算説出了幾個字，“你們得學會自己處理生活。你們自己很快要成爲老一代的人了，你們不能再靠老半仙姑或老半仙爺給你們出主意呀。好好地照顧爛草包吧，他現在是我在這個世界上最親愛的兒子……”

她的氣力接不上了，只得停止説話，使自己歇一口氣。就在這時候，爛草包從廚房裏走了出來，手裏端着一碗温開水。他小心翼翼把水送到金菊嘴邊。他過去從來没有像現在這樣自覺地盡孝道，這樣關心老媽媽的身體。他似乎覺得這温開水是世界上的萬應靈丹，可以换回母親的生命和青春。他現在已經意識到，她是這世界上他最親愛的朋友、最慈祥的母親。金菊吸了一口温水，不想再喝了。

“我相信，平原上的那個老船工和他的女兒，一定是非常善良好客的人。”她吃力地説，“金龍，你得對他們表示感謝，告訴他們你已經安全地回到山上來了。我想，我們石屋外面的菊花一定開得很歡。摘下一束來吧，把這花束放在那棵大栗樹上……我的靈魂……”她忽然停住了，臉色顯得很難看。她的心裏在進行一種鬥争——真實與迷信的鬥争。她不知道，在她生命的最後一刻，她是否應該還編那些關於她的靈魂的故事，她的孫子，作爲新一代的主人，是否應繼續聽那些性質不明確的東西。沉寂在這屋子裏持續了好一會兒。金菊的雙眉皺成一團，表現出極大的猶疑。但是她要使她自己和她的“甩仔們”明確地相信，那代表她一家人的感謝的信息，一定會傳給住在平原上的那家慷慨的主人——這是友好的鄰人，他們將和她的後裔世世代代地共同生存下去。“我的靈魂將會安排，”她最後用堅決的調子説，“讓路過的雁兒將那束菊花叼起來，帶給那位老船工和他的女兒。通過這個禮物，他們將知道你的友好和善良的願望。照我説的話去做吧，我的孫子。”

忽然間她閉上了眼睛，顯得不安和疲累。在此同時，油燈上的亮光變得更淡了，因爲“甩仔們”忘記了往裏面加油。在這一貫陰暗的屋子裏，這模糊的光綫逐漸向金菊包圍過來，使她的面容顯得更神秘，也更悲淒。在這個時刻，這位老半仙姑特别顯得感傷。是在爲她又講了一個關於她的“靈魂”的可疑故事而自責呢，還是由於她的體力已經完全耗盡？誰也説不清楚。她又暈過去了。她的“甩仔們”認爲，這是她的“靈魂”飛到外面去呼吸一點新鮮空氣的徵兆。

金龍按照她的吩咐到外面去採菊花。屋裏變得非常寂静，好像死神已經在此降臨。金龍把菊花繫成一束，用竿子把它挂在那棵古老的大栗樹的最高的枝子上。接着他就回到金菊的病床邊來。

老半仙姑的這陣昏厥持續的時間相當久。屋裏静得像死亡已經在這裏發生，唯一可以聽到的聲音是“甩仔們”均匀的呼吸。不過這沉寂並没有持久地持續下去，因爲某種嘎嘎的鳴聲，略微有點淒涼，又似乎有點遠離現實，正在從窗外傳進來：一群南飛的雁正在飛越那棵大栗樹的上空。金菊被它們模糊的鳴聲唤醒了，她竭力想要睁開眼睛，但是未能做到。

金龍看見老奶奶又有了一點生氣，爲了使她高興，便立刻向她報告：“奶奶，我已經照您的話把那一束美麗的菊花放到那棵大栗樹上去了。”

“好！路過的雁兒會把它叼起來。”金菊用極爲微弱的聲音説，她的雙眼仍然閉着，“我的靈魂……”她説不下去了。她的意思是説：我的靈魂將告訴那群雁兒，把這束花帶給那好客的船工和他的女兒。但是她已經没有氣力把這個意思講出來。

金菊那稀薄的眉毛擠到一起，呈現出一個痛苦的表情。但是很快它們就鬆開了。油燈上的亮光已經縮小到一顆麥粒那麽大，在金菊的臉上撒下一層陰影——這臉上現在顯出一副擺脱了人間憂慮的安寧神色。

“看來金菊奶奶要長眠了。”爛草包説。他站在一旁像個傻子似的，手裏仍然端着那碗没有喝完的仍然冒着氣的開水，“她睡得那麽安静。”

這位中年的叔叔，一生老是把事情弄錯，這次倒是説對了：金菊再也没有醒過來。